Lisa Eckhart
Omama

Lisa Eckharts Hommage an ihre Großmutter Helga! Die unscheinbare Helga wächst während der Nachkriegszeit in der österreichischen Provinz auf. Ihre größte Konkurrentin ist die ältere Schwester Inge, wenig intelligent, aber bildschön, die Verehrer stehen Schlange bei ihr, als die jungen Frauen 1945 um die Gunst der attraktiven russischen Besatzer kämpfen. 1955 schickt man Helga aufs Land. Den Dorfwirt soll sie heiraten – sehr zu ihrem eigenen Missfallen und dem ihrer zukünftigen Schwiegermutter. In den 1980er-Jahren organisiert die geschäftstüchtige Oma Busreisen nach Ungarn, um Tonnen von Fleisch über die Grenze zu schmuggeln. Anschließend widmet sie sich der Erziehung ihrer Enkelin, die viele Jahre bei Omama aufwächst. Lisas Kindheit ist ungewöhnlich, kurios und voller skurriler Erlebnisse. Logisch, dass die Macken und Eigenheiten der Oma dabei zum Tragen kommen.

Lisa Eckhart, geboren 1992 in Leoben, studierte in Paris und Berlin Germanistik und Slawistik. Heute lebt sie in Leipzig.

Lisa Eckhart

OMAMA

Roman

dtv

FSC
www.fsc.org
MIX
Papier aus verantwortungsvollen Quellen
FSC® C019821

2. Auflage 2022
2021 dtv Verlagsgesellschaft mbH & Co. KG, München

Umschlaggestaltung: dtv nach einem Entwurf
von Anzinger und Rasp, München
Umschlagmotiv: DEEPOL by plainpicture / Anja Weber-Decker
Satz: Nadine Clemens, München
Gesetzt aus der Minion Pro
Druck und Bindung: Druckerei C. H.Beck, Nördlingen
Printed in Germany • ISBN 978-3-423-21968-6

PROLOG

Es mangelt weiß Gott nicht an Autoren, die sich an der eigenen Familie vergehen. Das Leben schreibt nämlich die besten Geschichten, sagen die heillosen Naturalisten, wann immer es ihnen an Einfällen fehlt. Besonders die Kaste der Großeltern ist ein beliebtes Sujet vieler schriftelnder Enkel. Und ganz gleichgültig, welche Epoche – jede Erzählung von Großeltern hebt stets mit einer schweren Zeit an. Eine Zeit der Entbehrung, des Hungers, der Not, welche zum lichten Horizont blickt, dem Horizont des Enkelglücks. Und von da an wird geschmachtet, dass die Seiten transpirieren: Der Opa hat mir den Weltlauf erklärt, die Oma hat mir was Gutes gekocht. Selbst Thomas Bernhard, der Großmarketenderin des Schimpfes, welche sich naturgemäß jedes nette Wort verbittet, zerfließt beim Suhlen in Großvaters Spuren das Ressentiment zum Sentiment.

Dem gemeinen Leser mag das freilich imponieren, da er, für Kunst so taub wie blind, stets Wahres dem Erdachten vorzieht. Das Leben meiner Großmutter, welches ich hier niederschreibe, hat sich fürwahr so zugetragen, wie ich es behaupten werde. Das soll mein Werk jedoch nicht schmälern. Dies ist eine Aufarbeitung – nur nicht die meine. Es bleibt dem Leser überlassen, ob er diese Biografie als Hommage oder als Rufmord erachtet. Ich vermag darüber nicht zu urteilen. Wenn ich von meiner Großmutter erzähle, so zeichne ich in jedem Falle keinen von Krieg und Besatzung geprägten, von Ehen enttäuschten, vom Alter gerächten, tätschelnden, verhätschelnden Archetyp des weisen Ahnen.

Großmutter hat mir die Welt nicht erklärt. Ich erkläre sie dem Leser. Anhand des Lebens meiner Großmutter.

Großmutter starb kurz nach meiner Geburt. Ich war bereits vier Tage alt, verweigerte aber seit der Entbindung jede selbstständige Körperfunktion. Offenbar sah ich nicht ein, von der ausreichend unwürdigen Existenz eines uteralen Mitessers sogleich mit der nächsten Unzumutbarkeit des menschlichen Daseins konfrontiert zu werden – jener, fortan tagtäglich zu koten, die herrlichsten Speisen zu Stuhl zu entstellen und in Scham zurückgezogen aus meinem Leib zu exorzieren. Ich wollte nicht wahrhaben, dass meine neugewonnene Würde als Körpereigentümer mit solch einer Abscheulichkeit verbunden sein sollte. Wie kann es dem Mensch gelingen, einst zu reinem Geist zu werden, sich den Göttern gleich zu machen und die Gestirne zu Boden zu ringen, wenn er doch metertief durch Dung stakst?

Langer Rede kurzer Sinn, ich litt an desaströser Verstopfung. Ich hatte großen Appetit, doch ebensolchen Futterneid, der mich sogar dahin trieb, die mir kredenzte Muttermilch selbst verdaut nicht herzugeben. Was in meiner Krippe lag, waren strampelnde Fäkalien, von einer dünnen Schicht Säugling ummantelt. Besorgt, ich könnte implodieren, suchte meine Mutter Rat. Und zwar bei ihrer eigenen Mutter.

Sie eilt zu ihrem Elternhaus und übergibt der Muttermutter ihr kotfarciertes Töchterchen. Meine Großmutter väterlicherseits verspürt exakt in diesem Moment nur wenige Kilometer entfernt einen dumpfen Stich im Herzen. Die Muttermutter schnitzt derweil aus einem Seifenstück ein kleines, kindgerechtes Zäpfchen, welches mir ungeniert und formlos in die streikende Öffnung gesteckt wird. Die Vatermutter stützt sich keuchend mit einer Hand am Esstisch ab. Die andre presst sie an die Brust. Sie ruft verzweifelt nach dem Gatten. Nach diesem rief sie heute aber leider schon zweimal zuvor. Erst, als die Eieruhr geklemmt hat, und später, als der Müllsack voll war. Darum rührt er sich jetzt nicht mehr. Irgendwann muss auch mal Schluss sein. Soll das denn ewig so dahingehen? Sie stelle sich vor, er wäre tot! Sie Witwe und allein zu Haus. Sie muss endlich lernen, auf eigenen Beinen zu stehen. Doch die eigenen Beine haben eben versagt.

»Das funktioniert nicht! Hol es raus!«, hechelt meine Mutter panisch. Als wäre es nicht schlimm genug, dass ihr Kind voll Exkrement ist, doch nun steckt ihm auch noch die Seife im Auspuff. Die Muttermutter mahnt bestimmt, sie möge endlich Ruhe geben. Die Vatermutter ist schon ruhig. Ihr fröstelt von dem kalten Schweiß, welcher ihre Bluse tränkt. »Ich glaube, da kommt was!«, stammelt die Mutter und stiert gebannt auf meinen Anus. Und in der Tat, das Seifenzäpfchen lugt bereits verschämt hervor, als hätte es sich umgesehen und wisse nun nicht recht, wie sagen, dass gerade ihm als Seife, als großer Freund der Sauberkeit und Adept der Asepsis, dieser Wohnort nicht behage. In Zeitlupe entwindet es sich dem konstipierten Enddarm und ein jeder schien gespannt, ob es die Zeit darin genutzt hat, auch die Fäkalien zu mobilisieren und sie zum Ausgang zu geleiten. Wie Orpheus aus der Unterwelt steigt das blütenweiße Fettstück immer weiter ans Licht. Im Schlepptau hinter sich, so hofft man, die anverdaute Angetraute. Bald kann der kleine runde Muskel das Stückchen Seife nicht mehr halten. Er lässt es einfach achtlos fallen. Das Tor in den Körper steht weiterhin offen. Der Mund der Mutter ebenso. Der Erwartungsdruck von außen ist größer als der Druck von innen. Das Tor wird wieder zugezogen. Da staunt selbst die Muttermutter. Das soll es jetzt gewesen sein? Die Vatermutter ächzt benommen. Sie ruft abermals um Hilfe. Jetzt wird es dem Gatten aber zu bunt. Jetzt zeigt er ihr, wo der Barthel den Most holt. Und wenn sie dann schon einmal dort ist, soll sie auch gleich Bier mitbringen. Er findet sie am Boden liegend, die Augen zu, der Atem flach. Er stupst sie besorgt mit der Fußspitze an. Sie reißt erneut die Augen auf. Und exakt in dem Moment durchbricht nur hundert Meter weiter ein Rammbock aus Stuhl die Tore der Darmbastion. »Na siehst du!«, lacht die Muttermutter. »Auch du, Schwiegertochter!«, flucht die Vatermutter. Schnaubend rappelt sie sich auf. Das wird sie nimmermehr verzeihen. Das Enkerl zur eigenen Mutter zu bringen statt zu ihr, der Schwiegermutter, die sie bereits seit zwei Jahren kennt! Pechschwarzer Teer quillt aus dem Säugling. Die Mutter würgt. Vor Ekel und Glückseligkeit. Die Muttermutter putzt mich ab und legt mir neue Windeln an. Als Mutter hat sie sich bislang nicht sonderlich hervorgetan. Sie war eine Matriarchin. Und die sind bekanntlich weniger damit beschäftigt, die Tränen ihrer Kinder zu trocknen, denn ihre Gatten zum Weinen zu bringen. Doch das soll nun vergessen sein. Was ihr als Mutter auch misslang, wird ihr als Großmutter gelingen. Die Muttermutter wiegt mich im Arm. »Wenn das nächste Mal was ist, kommst einfach wieder direkt zu mir.«

Drei Tage später war sie tot. Verunglückt bei einem Fahrradunfall. Beziehungsweise einem Autounfall. Beide Fahrzeuge waren verwickelt, und ich weiß nicht, welchem der zwei man im Falle eines Unfalls bei der Bezeichnung Vorrang gibt. Das Auto gab ihn jedenfalls nicht. Das räumte das Fahrrad, auf dem die Muttermutter saß, einfach anstandslos von der Fahrbahn.

»Das ist ja schrecklich!«, wehklagt die Vatermutter lauthals. »Und das nur eine Woche, nachdem sie Großmutter wurde! Schrecklich ist das, schrecklich!« Sie nimmt meine Mutter lang in den Arm und blickt über ihre Schulter zu mir, die ich weit davon entfernt bin, irgendetwas zu verstehen. Ich bin froh, mich an ihr Lächeln, das sie mir damals heimlich zuwarf, nicht mehr zu erinnern. Sie löst die innige Umarmung mit meiner frisch verwaisten Mutter und deklariert ihr feierlich: »Das bekommen wir schon hin. Dann ist die Lisa halt bei mir. Und du, du darfst mich *Mutter* nennen.«

Der Lenker des Autos beging übrigens Fahrerflucht. Man fand bis heute nicht heraus, wer ihren Tod verantwortet hatte. Großmutter – das heißt die Vatermutter, welche wir von hier an nur mehr Großmutter nennen, als hätte es nie eine andre gegeben – hat für den Tag kein Alibi. Aber natürlich war es nicht sie, die den Unfallwagen lenkte. Natürlich war's ein anderer, der ihr diesen Traum erfüllte. Natürlich ärgert es sie auch, wie schmählich einfach es sich zutrug. So wollte sie dann doch nicht siegen. Sie wollte viel lieber über Jahre hinweg bei allen Festen demonstrieren, wer hier die wahre Großmutter ist. Sie wollte ein K.o. in der siebzigsten Runde und keinen Herzinfarkt beim Einmarsch. Ich sprach sie einmal darauf an, wie es wohl gewesen wäre, hätte sie mich teilen müssen. Das konnte sie sich gar nicht vorstellen. »Wo warst du denn, als es passierte?«

Fast alle Enkel dieser Welt berichten von zwei Großmüttern, die sich von Grund auf unterscheiden. Einer guten und einer bösen. Ich werde niemals wirklich wissen, welche von beiden am Straßenrand starb.

Dass jeder Mensch zwei Großmütter hat, ist kein geringeres Übel denn die fatalste Doppelbesetzung der Natur. Die Liebe der Großmutter für ihre Enkel ist unteilbar und absolut. Sie duldet keine Nebenbuhler. Sie erträgt keinen anderen Titel als den der einzig wahren Oma. Solange aber ihrer zwei sind, werden beide wohl oder übel mit scheußlichen Attributen bedacht. Dann spricht man von der Papa-Oma oder von der Grazer Oma oder von der Radi-Oma, die immerzu nach Rettich stinkt. Eine notwendige Spezifizierung, die jeder Großmutter ein Gräuel ist. Nach der Niederkunft entspinnt sich deswegen stets ein grausames Ringen um die Vorherrschaft. Bereits im Kreißsaal raufen die beiden um das frisch geworfene Menschlein wie welke Weiber um den Brautstrauß. Wer darf es als Erste halten? Das erschöpfte Muttertier liegt fernab des Kreidekreises und muss ohnmächtig mit ansehen, wie sich zwei todgeweihte Damen auf das junge Leben stürzen und es zu zerreißen drohen. Der blutverschmierte Säugling flutscht ihnen mehrmals aus den Händen. Beide versuchen ihn erbittert in den Strampelanzug zu stecken, welchen sie jeweils seit Wochen gestrickt haben. Welchen trägt das Kind zuerst? Sie wollen es mit dem Stoff nicht wärmen. Der Strampler ist die Uniform, die das Kind erinnern soll, auf wessen Seite es zu stehen hat. Später werden gehäkelte Häubchen, Söckchen, Handschuhe und Schals die Montur vervollständigen. Eine Großmutter packt es am Bein. Die andere fasst es am Arm. Jede presst ein Körperteil in die selbstgemachte Kluft. Das Blut, das noch am Säugling klebt, sickert in die beiden Gewänder und übertüncht das pastellene Garn. Die Farbwahl alleine hat die beiden Großmütter schon Monate im Vorfeld beschäftigt. Nun ist davon nichts mehr zu sehen. Nun sind es nur mehr zwei dunkelrote, nasse Fetzen. Die Krankenschwester geht dazwischen. Sie birgt das schwerst geherzte Kind und händigt es der Mutter aus. Die Großmütter zischen und ziehen sich zurück.

Selten entscheidet sich der Krieg noch am Tag der Kriegserklärung. Meistens zieht er sich über Jahre. Jahre des Buhlens und des Hofierens. An Feiertagen wird der Enkel in Präsente eingemauert und mit Backwerk ausgestopft, bis die überspannte Haut transparent zu schimmern beginnt. Für den zarten Enkelkörper ist diese doppelte Versorgung eine gefährliche Belastung. Der Biorhythmus eines Kindes erholt sich schwer von Wochenenden, an denen es so sehr verwöhnt wird, dass es bereits an Missbrauch grenzt. Zumal Großmütter bevorzugt auf kulinarische Kriegsführung setzen. Welche der beiden schöner singt oder fehlerfreier vorliest, weiß ein Kleinkind kaum zu bewerten. Aber wer die besseren Palatschinken zubereitet, wird es schnell artikulieren. Die beiden großmütigen Giganten bieten darum ein Arsenal an Speisen auf, um einander auszustechen. Es ist kein Zufall, dass sie den Enkel fast nur mit Süßem drangsalieren. Es ist vielmehr das gezielte Bestreben, das Kind zu einem Süchtler zu machen. Die rigide Zuckerdiät führt im kindlichen Organismus bei dessen Rückgabe an die Eltern unausweichlich zu einer Reihe von Entzugserscheinungen. Schüttelfrost, Gereiztheit oder die tragische Vermählung aus Erschöpfung und Schlaflosigkeit. Das Kleinkind wird nicht wissen, warum, aber es wird mit Nachdruck fordern, zur Großmutter zurückzudürfen. Diese heilt ihn sogleich mittels Krapfen, Schaumrollen und Strudeln. Und der Enkel hat zu genießen, bis der Darm kapituliert. Das geschieht am Höhepunkt eines großmütterlichen Zweikampfes häufiger, als man vermutet. Es fällt alleine deshalb nicht auf, da sich zur Verköstigung unablässiges Herzen gesellt. Mit schier unmenschlichen Kräften drückt die Großmutter den Enkel und aus ihm die verabreichten Speisen. Das beabsichtigt sie gar nicht. Sie will ihn lediglich markieren. Sie modelliert ihn nach ihrer Umarmung, als wäre er ein Stück Plastilin. Oder ein alter Samtfauteuil, welcher über Jahrzehnte hinweg einzig von ein und demselben Gesäß eingesessen, ausgehöhlt und passend zugeritten wurde, sodass sich jeder fremde Gast darin zwangsläufig unerwünscht fühlt. So sollen sich auch Großmutters Pranken in den kleinen Körper meißeln, sodass ihre Kontrahentin sich darin nur nicht wiederfindet. Natürlich aber versuchen das beide, was die Physiognomie eines Kindes mitunter sehr beeinträchtigen kann. Viele verwachsene Figuren sind auf diese Weise entstanden. Doch auf Kollateralschäden können Großmütter keine Rücksicht nehmen. Im Krieg und in der Liebe ist alles erlaubt. Und niemals sind diese beiden Motive fataler verstrickt als im Widerstreit um den Enkel.

Welche der beiden am Ende obsiegt, hängt neben Koch-, Deklamier- und Gesangskunst noch von einer Vielzahl ökonomischer und geostrategischer Faktoren ab. Wer mit dem dickeren Sparbücherl winkt, ist von Beginn an klar im Vorteil. Wer näher am Enkel wohnt, wird mit Sicherheit öfter besucht und erhält mehr Möglichkeiten, ihn zu bezirzen und zu verführen. So laut und polternd auch der Krieg, so leise ist zuletzt die Vernichtung. Ein flüchtiger Glanz im Auge des Enkels beim Öffnen eines Geburtstagsgeschenks. Ein zutiefst befriedigtes Stöhnen beim ersten Bissen einer Torte. Es wird ein stummes Urteil sein. Der Enkel fällt es nicht bewusst. Gleichwohl wird es nicht unbemerkt bleiben. Die geschlagene Großmutter lässt unverzüglich von ihm ab. Sie nimmt ihren Kuchen und die ungeöffneten Geschenke und räumt gesenkten Haupts das Feld. Für jene, welche man fortan nur mehr Oma nennen wird. Sie wird im Exil verhärmen und auf jedes Besuchsangebot entgegnen, keine Zeit zu haben. Sie wird die Kakao- und Zuckerldosen entsorgen, die nunmehr niemanden mehr locken. Während die siegreiche Großmutter von da an immer runder wird, wird sie immer magerer. Sie wird von ihrem Fenster aus auf die Nachbarskinder schimpfen, wenn diese nur ans Ballspielen denken.

Es bedurfte keines Freud, um in Kindern die Ahnung zu wecken, dass die Liebe einer Mutter eine zutiefst unethische und amoralische Empfindung ist. Das leuchtet jedem Kinde ein. Es wird ihm spätestens bewusst, wenn ihm die Mutter einmal recht gibt, obgleich es tief im Unrecht liegt und die Mutter dies auch weiß. Wenn die Mutter das Kind tröstet, nachdem es andre Kinder schlug und sich dabei die Hand verstauchte. Denn eine Mutter liebt ihr Kind. Komme, was wolle. Sie liebt ihr Kind bedingungslos, wenn nicht sogar besinnungslos. Solch eine herrische Neigung zum Kind kann durch nichts gewonnen und durch nichts verloren werden. Sie ist intrinsisch motiviert, das heißt, sie kommt direkt aus der Mutter. Diese unerschütterliche Liebe ist allerdings gerade aufgrund ihrer Unerschütterlichkeit vollkommen wertlos. Denn sie verwischt den Unterschied zwischen der zwanghaften Treulosigkeit einer Dirne, deren Beine jedem offenstehen, und der zwanghaften Treue der Mutter, deren Arme nur das Kind umschließen. Die Prostituierte gibt dem Mann also nicht etwa das, was die Mutter verwehrt hat, sondern exakt dasselbe Gefühl, welches er mit der Mutter verbindet: Willkür. Prostituierte nehmen jeden, und das tut die Mutter auch, vorausgesetzt, es ist ihr Kind. Nun ist nicht jeder Mensch ihr Kind, doch ihr Kind kann jeder sein. Ob Musterknabe oder Mädchen, ob Priester oder Päderast, der Mutter ist das einerlei. Die Mutter würde ihrem Kind wohl auch den Muttermord verzeihen, wäre sie dazu noch imstande. Sie ist ein Fundamentalist, welcher sich stets auf die Seite des Kindes schlägt, da diese praktischerweise auch immer ihre Seite ist. Sie bildet mit der Leibesfrucht eine fötale Front gegen die gesamte Welt.

Das ist allerdings verzeihlich, bedenkt man den horrenden Umstand, unter dem ein Kind heranwächst: Von fremden Säften konserviert und anverdautem Brei ernährt, der, würde er nicht vom Kind absorbiert, schlichtweg zu Stuhl mutieren würde, an eine fleischige Leine gekettet, in einem anderen Körper gefangen. Und auf jeden Tritt des Kindes gegen die Wände seiner Zelle, hoffend, diese zu zerbrechen und den Mutterleib zu sprengen, erklingt von draußen wie zum Hohne stets ein Seufzen der Verzückung. Das kann einen schon gehörig den Verstand kosten. Sowohl das Kind als auch die Mutter. Denn beide stehen nach der Geburt vor der lebenslangen Mission, diesen einstigen Parasiten nun als eigenständiges Wesen anzuerkennen. Dem Kind liegt daran äußerst viel. Der Mutter eher weniger. Sie sieht in der Freilassung des Kindes keinen Anlass zu dessen plötzlicher Subjektwerdung. Nun ist es eben nicht mehr in ihr. Das hat rein gar nichts zu bedeuten. Das Kind läuft vielleicht frei herum, es bleibt aber ein Leben lang nur eine Franchise-Filiale der Mutter. Darum ist die Mutterliebe in Wahrheit immer nur Narzissmus, und dessen wollen wir sie nicht rügen.

Es gibt auf der Welt nur eins, was die Mutterliebe bannt: die Großmutterliebe. Und diese ist wahrlich unethisch. Die Großmutter liebt das Enkelkind mit derselben Zwanghaftigkeit wie die Mutter das Kind. Jedoch entbehrt die Großmutter jeglicher hormoneller Begründung für diesen ihren Liebestaumel. Sie trug das Enkelkind nicht in sich. Sie war nicht einst mit ihm verwachsen. Sie weiß, wo sie aufhört und das Enkelkind anfängt. Der geraume Altersunterschied lässt keinen Spielraum für Verwechslung. Dennoch wird das Enkelkind beinahe grün und blau getätschelt und mit Zuwendung erstickt, um die es nie gebeten hat. Es muss sie sich auch nicht verdienen. Denn auch die Großmutter kümmert es nicht, wie ihr Enkelkind beschaffen. Sie aber treibt die Indifferenz gegenüber dem Liebesobjekt sogar noch weiter als die Mutter. Der Liebende liebt den Geliebten aufgrund all dessen, was er ist. Eine Mutter liebt ihr Kind trotz all dessen, was es ist. Die Großmutter liebt das Enkelkind, ohne zu wissen, was es ist. Die Großmutterliebe transzendiert die Mutterliebe auf ein bislang ungeahntes Niveau der Hysterie. Von der Mutterliebe selbst bleibt dabei leider nicht viel übrig. Eine Frau kann nämlich nicht Mutter und Großmutter gleichzeitig sein, weil sie sonst vor Liebe platzt. Außerdem hat jedes Kind, welches die Mutter zur Großmutter macht, jenen einen Fehler begangen, den die Mutter nicht verzeiht: Es hat sie alt aussehen lassen. Es hat sie von der Kaste der fruchtbaren Mutter in die der hohlerdigen Großmütter verstoßen. Und daraus gibt es kein Entrinnen. Die Großmutter ist evolutionär pensioniert. Sie hat im Grunde ausgedient.

Das Kind muss niemals etwas leisten, um in der Gunst der Mutter zu stehen. Nun aber hat es etwas geleistet. Es hat selbst ein Kind gezeugt. Und das wird es noch bitter bereuen. Denn fortan ist es nicht mehr Kind, sondern Enkelkinderzeuger. Dieser würdelose Status erfreut sich aber noch manch alter Privilegien, welche man als Kind genoss. Das eine oder andere wird sogar kurze

Zeit forciert, wie das hemmungslose Mästen und die Entbindung von jeglicher Arbeit. Zumindest bis zur Entbindung des Enkels. Jetzt wird das Kind von nichts mehr entbunden. Das war aber auch nicht sehr raffiniert. Nun hat es nämlich alles verspielt, was die Großmutter ermutigen könnte, das Kind als wertvollen Mensch zu behandeln. Schließlich hat es die teure Fracht, das sakrosankte Enkelkalb, sicher auf die Welt gebracht. Nun wird es nochmals degradiert, zum Enkelkinderlieferanten. Zum Mittelsmann, dessen Lästigkeit von seiner Notwendigkeit geschürt wird. Zum Rauschgifthändler, welcher der Großmutter wochenendlich den heiß ersehnten Stoff besorgt, ihn ihr zwischen Tür und Angel zustecken und verschwinden soll. Die Großmutter wird sich niemals bemühen, auch nur im Entferntesten Strenge zu mimen. Eine Bürde, welche die Mutter nicht ganz von sich weisen kann. Besonders wenn das Kind recht schlimm ist und der Vater nicht eingreifen kann, weil seine Hand ja schon das Popscherl der Gespielin maßregeln muss. Die Großmutter wirkt nicht erzieherisch ein. Besuche bei ihr sind pures Vergnügen. Picksüße, unverdünnte Liebe.

Selbst der pränatale Irrsinn findet an der Großmutter weit mehr Haftung als an der Mutter. Die trächtige Mutter hat nämlich alle Hände voll zu tun, dem Kindsvater glaubhaft zu versichern, dass er sie und ihren Schoß nach der uteralen Entleerung wie gewohnt weiterverwenden wird können. Da sind sich Männer nicht so sicher. Das Kind könnte ja schließlich bei seiner Vertreibung in einem Anfall von Vergeltung alle Brücken und Dämme hinter sich abbrechen, sodass der Mutterstollen auf ewig von Bergen Schutts verriegelt bleibt. Die Großmutter sorgt nichts dergleichen. Sie kann hemmungslos zerfließen in Aussicht auf das Enkelglück. Bald übersteigt ihre Euphorie die der Mutter um vier Gallonen Fruchtwasser. Die quälenden neun Monate vor der Niederkunft des Enkels, in denen dieser noch in der Rotisserie der

Mutter schmort, bis er endlich verehrfertig ist, vertreibt sich die Großmutter in spe mit dem neurotischen Erwerb von Geschenken. Oder mit deren Anfertigung, so ihr euphorischer Tremor dies zulässt. Dann werden eifrigst Strampler bestickt, Söckchen gehäkelt und Häubchen gestrickt. Alles, um den neuen Heiland aussehen zu lassen wie eine eklektische Collage mittelalterlicher Narren aller Höfe und Epochen. Die Mutter zieht ihr Kindlein an. Die Großmutter aber kleidet es ein. Und das endet meist geschmacklos. Die Mutter beweist in der Regel natürlich auch nicht mehr Geschmack. Ihr ästhetischer Sekundenschlaf beschränkt sich allerdings zum Glück auf die Farben Hellblau oder Rosa. Ganz anders die Großmutter. Wie bereits zuvor erwähnt, ist sie an Wesen und Charakter des Enkels nicht im Mindesten interessiert. Somit auch nicht an dessen Geschlecht. *Das* Enkerl bleibt stets geschlechtslose Masse, eine identitätsleere Hülle, welche sie wie einen Spritzsack mit Kuchenteig und Liebe füllt, bis der Sack zu bersten droht. Darum wird sie auch beim Schenken und Ausstaffieren ihres Enkels nicht durch dessen Eigenschaften oder Vorlieben eingeschränkt. Natürlich ist die strikte Farbwahl nach dem Geschlecht des Kinds veraltet, nicht mehr zeitgemäß, klischeehaft. Nichtsdestoweniger bleibt das Klischee auf den Wegen der Ästhetik die letzte gepflasterte Autobahnausfahrt. Wer bis dahin noch nicht vermochte, sich etwas wie Stil zusammenzuschustern, der möge bitte hier abbiegen, um noch Schlimmeres zu vermeiden. Denn auf diese Ausfahrt folgt nur mehr ein Strudel ästhetischen Chaos. Und in diesem schwimmt die Großmutter am liebsten. Was sie dem Enkelkind kredenzt, ist darum unweigerlich bunt. Bunt steht dabei für die Vielzahl der möglichen Persönlichkeiten, welche der Enkel einst annehmen könnte, und welche die Großmutter konsequent ignorieren wird.

»Heute basteln wir was Schönes für den Muttertag!« Die Kindergartentante lehnt sich zu mir und flüstert: »Für den Omatag.«

In ihrer Stimme verächtliches Mitleid. Dazu die Geheimniskrämerei. Sie tut, als wäre meine Mutter eine cracksüchtige Irre, die von Außerirdischen entführt wurde. Nein, schlimmer noch, sie tut, als wären Crack und Aliens nur die offizielle Geschichte, die man mir erzählt, um mich zu schonen. Wonnig räkelt sich die Tante in der von ihr erzeugten Beklemmung. Jetzt glaubt sie wieder kurz, es gäbe etwas noch Verheerenderes als ihre Kinderlosigkeit. Heute Abend wird sie womöglich sogar ohne Schnapserl einschlafen können. Jetzt erhält jedes Kind eine Karte. Darauf ist ein Gedicht gedruckt, welches natürlich im Alter von drei keines der Kinder zu lesen vermag. Wir sind lediglich beauftragt, dieses schmucklose Papier im Rahmen unserer Möglichkeiten zu verunstalten. Eines der Kinder schneidet hierfür ein verwordageltes Herz aus und fixiert mit Klebeband danach die Schere auf der Karte. Damals erschien es mir vielleicht falsch, Großmutter mit Worten zu danken, welche nicht die meinen waren. Heute, nach zahlreichen Geburtstags-, Weihnachts- und weiteren Omatagskarten, die ich eigenhändig verfasste, weiß ich, diese Worte von damals waren mit Abstand die aufrichtigsten. Am darauffolgenden Sonntag überreiche ich mein Werk. Großmutter ist zu Tränen gerührt. Weniger durch das Gedicht oder durch meine Zierschmierereien denn durch die Überschrift. Auch diese war selbstverständlich vorab schon auf die Karte gepresst. »Zum Muttertag«. Die Tante half mir allerdings, sie meinem Schicksal anzupassen. Was Großmutter so tief bewegt, ist nicht das krakelige »Oma«, welches ich hinzugefügt hatte, sondern das durchgestrichene »Mutter«. Das Enkelkind hat widerrufen! Es dreht sich um die Omama!

TEIL
EINS

»Helga, schnell, die Russen kommen!« Sie läuft zum Fenster hin und schaut. Schwarze Jeeps und Pferdekutschen, gefolgt von schwer bewehrtem Fußvolk. Nun war er also da, der Russe. Und die Angst vor ihm gewaltig. Was hatte man ihnen nicht alles erzählt, wozu der Russe fähig sei und wonach der Sinn ihm stünde. Er werde alles Vieh abschlachten sowie alle Mädchen schänden. Und im Anschluss umgekehrt. Er werde in den Fluss defäkieren. Und zwar genau an jenen Tagen, wo dies strengstens untersagt ist, weil gerade Bier gebraut wird. Er werde die Kartoffelfelder niederbrennen. Dann werde er die Brauereien niederbrennen, um dort Kartoffeln anzubauen. Er werde ganz fürchterlich mit ihnen schimpfen. Er werde dabei russisch sprechen. Er werde alten Frauen die Haare abrasieren und sie nackt vor den Karren spannen. Er werde unangenehm laut sein. Er werde Männern die Gemächte abtrennen und diese als Jetons für ein beliebtes Würfelspiel verwenden.

Kurzerhand versteckte man alles, was einem irgendwie von Wert schien. Darunter auch Großmutters Schwester Inge. Die Mutter befiehlt ihr, unter das Bett zu kriechen. Denn Inge ist ein hübsches Mädel, genau wie sie der Russe mag. Wenn der sie sieht, na dann gut' Nacht! Dann entführt er sie womöglich! Oder schlimmer: Er schändet sie und lässt sie hier! Worauf sie sich fortan der Arbeit verweigert. Auf jede noch so kleine Bitte wird sie melodramatisch entgegnen: »Das geht nicht, ich wurde vom Russen geschändet.« Drum muss die Inge unters Bett. Großmutter Helga nicht. Denn die hat schiefe Zähne und ist auch sonst lange nicht so appetitlich wie die Inge. Die hat langes, blondes Haar und synchron wachsende Brüste – für eine Dreizehnjährige beileibe keine Selbstverständlichkeit. Meistens ist in diesem Alter eine Brust schon gut farciert, da weiß die andere noch gar nichts von ihrem Glück. Weswegen aber auch die eine, stattlich aufgequollene Brust den Männern nicht so recht imponiert. Die mögen nämlich keine komplizierten Frauen, und wenn da eine bereits ihre bipolare Brüstung vor sich herträgt, na, dann kann man sich ja vorstellen, wie es bei der gewiss auch im Innern drunter und drüber gehen muss.

Was die zwieträchtigen Brüste überdies Beliebtheit kostet, ist ihr zerstreuter Silberblick. Im Antlitz mag dieser berückend erscheinen. Nach innen gerichtet, wohlgemerkt. Keinesfalls nach außen gerichtet. Von einem nach außen schielenden Weib fühlt sich ein Mann schnell verunsichert, da sie ihm gegenüber sitzend niemals nur Augen für ihn haben kann. Eines strolcht stets in der Gegend herum, ist somit potentiell empfänglich für all jene Hallodris, wie es selber einer ist. Natürlich wirkt ein Silberblick nach innen wie nach außen dümmlich. Schielt jemand nach innen, so schließt man von beschränkter Sicht unweigerlich auf eine Beschränktheit des Geistes. Zugleich aber zeugt er dadurch von Treue, von zuverlässiger Dümmlichkeit. Hier wird nicht unnötig über den Tellerrand hinausgespäht. Alleine die Existenz eines Randes bleibt ihm meistens unbemerkt. Schielt nun allerdings jemand nach außen, so bescheinigt man ihm eher eine erratische Dümmlichkeit. Hier ist das Sichtfeld ziellos erweitert. Sein toter Winkel ist das, was vor ihm liegt, das Offensichtliche. Er blickt über den Tellerrand, doch vom Teller weiß er nichts. Nun muss darauf hingewiesen werden, dass keiner dieser verschiedenen Reize des Strabismus convergens und des Strabismus divergens auf eine undisziplinierte Blickrichtung zweier Brustwarzen zutrifft. Solch mammale Desorientierung mutet weder verwegen noch hilfsbedürftig an, sondern bestenfalls wie eine Hommage an den großen Marty Feldman. Inges Brüste aber haben sich offenbar gegenseitig zu Höchstleistungen angespornt, blicken geeint zum Horizont und lassen noch auf Großes hoffen. Jetzt besteht die Inge aber nicht nur aus Brüsten, was nach anfänglichem Enthusiasmus selbst Männern recht missfallen dürfte. Auch ihr restlicher Körper ist von exemplarischer Proportionalität. Weswegen die Knaben ihres Alters, denen die Eltern an Weihnachten nicht die teure Carerra-Rennbahn schenkten, gern mit ihren Matchbox-Autos an Inges kurvenreichem Körper entlangführen. Später wird sich in den Kurven auch der eine oder andere überschlagen. Aber nicht heute. Und ganz sicher nicht der Russe.

Großmutter ist gerade in die Pubertät gekommen, jenen ästhetisch grausamen Abschnitt, in dem die über die Kinderjahre aufblühende Schönheit gnadenlos zurückgedreht wird und man wieder ganz von vorne anfangen muss. Einigen ist das zu dumm. Sie kapitulieren vor der hormonellen Entstellung und begnügen sich damit, einst ein schönes Kind gewesen zu sein. Sie kämpfen gar nicht erst dagegen an. Schöne Kinder haben allen Grund, sich vor der Pubertät zu fürchten. Hässliche Kinder können sie in der Regel gar nicht erwarten. Da werden die bislang verwachsenen Attribute noch einmal ganz neu durchgemischt, was nach zeitweiliger Verschlechterung alles zum Guten wenden wird. So hoffen sie zumindest. Großmutter hofft nicht. Sie hofft nicht, dass ihre Zähne zur Raison kommen werden, oder dass ihr aschenes Haar wieder hell wird. Nein, so eitel ist sie nicht. Großmutter hofft lediglich, dass die Inge plötzlich kahl wird und ihr alle Zähne ausfallen. Dann wäre endlich *sie* obenauf. Dann läge jetzt endlich *sie* unterm Bett. Aber heut' liegt da die Inge, weil die das hübsche Gsichterl hat, das den Russen ganz narrisch macht. Sie hat auch ein hübsches Gsichterl, nur halt nicht so eins wie die Inge, wo ein Mann gern nüchtern bleibt. Außerdem hat sie stahlblaue Augen. Ein Blau, dass man ganz durstig wird. Jedoch sind ihre Wimpern schütter – ein zerrupfter, dünner Kranz. Die Inge hat zwar braune Augen, doch groß sind sie und immer offen. Wie ein Reh im Aufblendlicht kurz vor dem Zusammenstoß – so schaut die Inge unentwegt und bezirzt damit den ganzen Mautner Eisstockschießverein. Großmutter hat zudem eine Nase, welche wir hier nicht beschönigen wollen. Aus jeder Perspektive anders und zugleich in keiner passend, verläuft sie erst horizontal, ehe sie sich wagemutig beinahe vertikal hinabstürzt. Eine Nase wie ein Aktienkurs, für den es sich lohnt, aus dem Fenster zu springen. So was mag selbst der Russe nicht. Es heißt, er sei nicht wählerisch – er hat Gelüste, nicht Geschmack –, doch dass ihn so was eher reizt denn die Inge unterm Bett, dass der Russe so ein Viech ist, will sich die Mutter gar nicht vorstellen. Darum versteckt sie nur die Inge. Die Helga nicht, die bleibt schön da. Die muss sich nämlich auf das Bett setzen, unter dem die Inge liegt. So kommt der Russe gar nicht erst auf die Idee, unter dem Bett nachzusehen, weil da oben sitzt die Helga, und die greift kein Russe an. Dazu müsste er ihre knochigen Beinchen hochheben, sie gar an ihrer Hüfte packen. Womöglich wehrt sie sich dabei, wer weiß, wo er dann versehentlich hinlangt.

»So bleibt's jetzt und still seid's!«, schärft die Mutter nochmals den Mädchen ein und geht nach unten in die Stube, um dort auf den unangekündigten Besuch zu warten. Großmutter verharrt reglos vor Kränkung auf dem Bett. Nun hat der Krieg auch sie getroffen. In all seiner menschenverachtenden Scheußlichkeit. Die Inge gluckst und kichert debil. Die Aufregung der Mutter scheint sie nicht zu begreifen. Die Schönheit, ob derer man sie versteckt hält, ist ihr Garant, dass ihr nichts zustößt. Die Helga müsse man beschützen. Denn sie besitzt nun einmal nicht diesen Talisman der Schönheit, welcher den Barbaren bannt. Mit ihr werden sie Schindluder treiben, weil keine Anmut sie gemahnt, von einem Missbrauch abzusehen. Der Inge kann gar nichts passieren. Man schnitte sich nur ins eigene Fleisch, wenn man ihre Haut lädierte. Das verstünde selbst der Russe, wenn er auch sonst nicht viel versteht. Sie flüstert Großmutter vom Boden aus zu, sie mögen doch die Plätze tauschen. Das wäre allemal gescheiter. Sie habe es viel eher nötig, so misslungen, wie sie ist – halb Schwester, halb Ork –, da macht der Russe kurzen Prozess. Großmutter ignoriert das despektierliche Märtyrertum ihrer Schwester und übt lieber stumm die fließende Geste, mit welcher sie den russischen Gästen Inges Verbleib entdecken wird.

Es vergeht eine quälende Stunde, bis mit Erleichterung und Schrecken man ein lautes Klopfen hört. Nanu, wer kann denn das noch sein? Der Vater öffnet vorsichtig die Tür. Vier Männer stehen ihm gegenüber. Einer davon hochdekoriert, offenbar ein Kommandant, so wirklich wird man es nie wissen. Die anderen drei bedeutend schlichter, gleichwohl keinesfalls verlottert. Angenehme Erscheinung, der Russe. Das hatte man so nicht erwartet. Konkrete Vorstellungen gab es zwar nicht, doch dass er nun Kleidung trägt, hat manchen schon etwas erstaunt. Die vier Männer schweigen lauter, als sie hätten schreien können. Als solle man erst einmal selbst nachdenken, was man getan hätte, bevor es einem schallend um die Ohren fliegt. »Ich war nicht im Krieg!«, entfährt es dem Vater. Der Mutter ist das hochnotpeinlich. Zum einen, weil das gar nichts ändert, und zum andren, weil es stimmt. Wie es Großmutters Vater geschafft hat, sich dem Wehrdienst zu entwinden, ist nicht mehr genau zu rekonstruieren. Auf meine Nachfrage hin kommt die Antwort: »Sie konnten ja schlecht alle einziehen. Einige Männer brauchte man schon. Für die Wirtschaft.« Grundsätzlich leuchtet mir das ein. Wieso die österreichische Wirtschaft aber gerade auf einen bankrotten Autohändler ohne Führerschein keinesfalls verzichten konnte, will sich mir nicht ganz erschließen. Das war er zumindest, als alles begann. Letztlich hat auch ihn der Krieg die Arbeitslosigkeit gekostet, und er war bald dazu gezwungen, in einem nahe gelegenen Sägewerk als Holzführer zu arbeiten. Er war nicht in der Partei, und von Hitler hielt er wenig. Doch er war auch nicht Stauffenberg, nicht einmal einer, der am Stammtisch grölt, welch ein Saulump dieser Adolf. Ehrlich gesagt hat ihn der Krieg samt dem ganzen Nazi-Stuck drumherum herzlich wenig interessiert. Obgleich ein Radio im Keller, zog es ihn selten dort hinunter. Dass Radiohören verboten war, gestaltete es anfangs noch als prickelndes Amüsement, doch allmählich erschienen auch die desaströsen Frontberichte ebenso repetitiv und ermüdend wie Goebbels' propagandistische Sandmännchenstunde. General Paulus ist kalt. Feldmarschall Rommel ist heiß. Göring passt nicht mehr in die Fokker hinein. Und Hitler kommt nicht mehr aus dem Bunker heraus. Zudem befand sich kein einziger Angehöriger am Schlachtfeld. Es galt um niemanden zu bangen, außer vielleicht noch die Nation, doch die bedeutete ihm nichts.

Es ist jene Gleichgültigkeit, von welcher er nun – freilich verängstigt, doch unbeugsam gleichgültig – fürchtet, sie könne ihm zum Verhängnis werden. Und das womöglich weitaus mehr, als es Fanatismus, Feigheit oder jedwed' Verbrechen gekonnt hätten. Er war mit Sicherheit kein Nazi. Doch er war nicht aus Überzeugung kein Nazi. Nicht jeder, welcher kein Mitläufer ist, ist darum gleich ein Widerständler. Mancher ist zum Mitlaufen einfach zu müde. Und ihn wird man noch mehr verachten als den, der sich verführen ließ. Die Mutter schiebt ihn schließlich zur Seite. Er wirft ihr einen bockigen Blick zu. »Ich war ja wirklich nicht im Krieg«, flüstert er ihr pampig zu, als könnte sie das je vergessen. All die furchtbar beklemmenden Stunden mit dieser und jener Nachbarsfrau, welche Rotz und Wasser heulte, weil ihr der Gatte oder der Sohn an der Front abhandenkam. Die unendliche Dankbarkeit, dabei nicht mitreden zu können. Der müßige Ärger, es sich anhören zu müssen. Während er zu Hause saß und seine Kuckucksuhr so präparierte, dass der kleine, hölzerne Vogel nicht lediglich zu jeder vollen, sondern auch zu jeder halben rauskam. Drei der Männer treten ein. Sie wechseln ein paar kurze Worte, worauf sich der Kommandant an den Tisch setzt. Die zwei anderen beginnen die Räumlichkeiten zu inspizieren. Der vierte zählt von draußen die Fenster. Wer sich ganz raffiniert glaubte, schob nämlich einen großen Schrank vor die Türen zu den Räumen mit den versteckten Schätzen und Töchtern. Wenn allerdings die Anzahl der Fenster nicht jener der vorgefundenen Zimmer entspricht, dann wird der Russe ungemütlich. Denn verscheißern lässt er sich nicht. Beim ersten knarrenden Schritt auf die Treppe, welche zu den Zimmern führt, wird die Mutter schon nervös und pirscht maximal verdächtig hinter den drei Russen her. Der Vater hat sich derweil zu dem Kommandanten an den Tisch gesellt und bietet ihm ein Stamperl an. Allerdings nicht von der Marille, die der Vater selber brennt, sondern vom billigen Inländer-Rum. Denn schließlich war er nicht im Krieg. Deswegen muss er jetzt nicht die feinen Sachen rausrücken. Da tut es sehr wohl auch der Rum, der selbst zum Backen beinahe zu schirch ist. Die Soldaten betreten zunächst das elterliche Schlafzimmer. Erneut werden einige Worte gewechselt, worauf sie ihr Gepäck abstellen und sich unbeschwert zum letzten, dem Zimmer der drei Kinder, begeben. Schon halb der Hysterie versprochen, tänzelt die Mutter um sie herum. »Da ist nur das Kinderzimmer«, lacht sie zittrig. Zum Glück lachen die Hysteriker gerne. Das wirkt in solch einer Situation noch vergleichsweise unauffällig und kommt dazu sehr freundlich rüber. Die drei verstehen kein Wort Deutsch. Das hätte sie natürlich indes nicht gehindert, auch diesen Raum zu inspizieren, doch nun kann sich die Mutter zumindest keinen Vorwurf machen, rein gar nichts unversucht gelassen zu haben, diese drei, wenn auch äußerlich adretten, doch innerlich gewiss umso verrohteren, Männer nicht in die Nähe ihrer Inge zu lassen. Mit Befremden stehen die Soldaten vor dem Geheimnisse bergenden

Bett und der darauf platzierten Tochter. Diese kauert nicht verschüchtert, aus Angst um sich und ihre Schwester, sondern posiert geradezu. Inzwischen fiel ihr nämlich ein: Sie muss die Inge ja gar nicht verpetzen. Wenn der Russe so ein Schwein ist, wie man sich überall erzählt, dann nimmt er doch gewiss auch sie. Da wird die Mutter aber blöd schauen, wenn sie auf ihrer, ach, so schönen Inge sitzen bleibt. Wochenlang wird sie in der Stube hocken und plärren. Nicht nur, weil die Helga weg ist, sondern weil ihr die Inge eine Schand gemacht hat. Wie soll sich die denn je einen finden, wenn sie nicht einmal der Russ' will? Das ist ihre große Chance. Nun wird sie es der Inge heimzahlen. All die Male, wo sie Schläge bekam, weil sie der Mutter nicht gleich sagte, wo die Inge wieder hin sei, wenn diese spätnachts nicht im Bett lag. Wenn sie stattdessen mit den dreckigen Bauernknechten durchs Dorf strawanzte. Mit ihnen auf den Heuböden walkte und sich umfassend ausgreifen ließ. Der Inge graust es halt vor nichts. Doch was man nicht verstehen mag, wieso's den Knechten nicht gegraust hat. Vor der eingedepschten Inge. Welcher sie morgens immer das Stroh aus dem Haar lesen musste, weil die Mutter sonst fuchsteufelswild wird. Aber das hat jetzt ein Ende. Sie räkelt sich, als gäb's kein Morgen. Die Soldaten wissen nicht, dass sie gerade verführt werden sollen. Gelogen hat sie für die Inge! Dutzende Male hat sie gelogen. »Du darfst der Mama nichts verraten.«

Und leider gibt es ihrer viele, welche es mit Stolz erfüllt, wenn man sie in Geheimnisse einweiht. Persönlicher Natur, versteht sich, andernfalls wäre es nur Klatsch, und darauf braucht sich niemand etwas einzubilden. Der törichte Stolz des Mitwissers speist sich schließlich aus dem Vertrauen, welches der andere ihm angeblich schenkt. Er wird es sich auch nicht verwirken, denn jede einzelne Sekunde, in welcher er Geheimnisse weiterhin für sich behält, lässt diesen Stolz geschwulstartig anschwellen. Klatsch zu horten hingegen ist nichtig. Klatsch soll und muss sich ja verbreiten, um seinem Ruf gerecht zu werden. Trägt zuweilen auch der Klatsch den hurösen Anstrich eines Geheimnisses, so dient dieser lediglich als Brandbeschleuniger. Das wahre Geheimnis aber will behütet werden. Das wird einem fortan auch unentwegt eingebläut. Gleich am Anfang der Erzählung, später vor jedem pikanten Detail und noch ein Dutzend Mal am Schluss. Besiegelt wird die ganze Farce durch einen verschwörerisch erigierten Zeigefinger, den man sich selbst oder dem andern, zur Sicherheit am besten beiden, auf die plaudersüchtigen Lippen legt. Wie lächerlich oft nun wiederholt wird, das Geheimnis zu bewahren, müsste allein dem Mitwisser deuten, wie wenig Vertrauen ihm in Wahrheit geschenkt wird. Die erste Kundgabe darauf, dass Folgendes vertraulich sei, trägt bereits den Tonfall des Vorwurfs. Als hätte man, obgleich noch gar nicht eingeweiht, es schon allen längst erzählt. Man sollte sich davon nicht gekränkt fühlen. Er, der Schöpfer des Geheimnisses, kann sich dabei gar nicht helfen. Ihm wohnt ein krankhaftes Misstrauen inne, weil er selbst die größte Sau ist. Er ist schlicht der Allererste, der sein Geheimnis nicht für sich behalten konnte. Er fordert von allen Stillschweigen ein, weil er selbst nicht dazu fähig ist. »Von allen« ist hierbei nicht übertrieben. Das Proömium der Heimlichkeit, in welchem an Diskretion appelliert wird, hat einen reichlich inflationären Gebrauch zu beklagen. Erzählerisch herausgefordert und rhetorisch eingeschränkt, ist die Geheimnistuerei manchem das einzig verfügbare Stilmittel, um das Gegenüber bei Laune zu halten. Es gibt haufenweise Geschichten, die sonst nicht lebensfähig wären. Ein wahrhaftiges Geheimnis führt wider Willen ein Schattendasein. Jene Geschichten wiederum beziehen aus dem Schattendasein ihre ganze Existenz. Jedoch ist auch ihr Erzähler, wenn auch nicht unterhaltenswert, oftmals ein sehr redseliger Geselle. Darum darf es Sie nicht verwundern, wenn er das sogenannte Geheimnis letzten Endes nicht nur Ihnen, sondern jedem ihm Bekannten, entfernten Angehörigen, Taxlern, Kassierern und Postboten mitteilt. Dies soll Sie keinesfalls verletzen. Jemanden in ein Geheimnis einzuweihen – das heißt, ihn unter die Decke zu zwingen und unverschämt zu flatulieren. Man kann ihn hierfür schwerlich schelten, sieht man den stupiden Stolz des frisch getauften Konfidenten. Denn anstatt seinem anrüchigen Gewahrsam unverzüglich zu entfliehen, suhlt sich der Depp unter der Decke mit Wonne in diesem Hauch von Geheimnis. Er atmet ihn tief und tiefer ein, bis er ganz davon erfüllt ist. Und nun wird er die Luft anhalten. Und regelmäßig als Beweis die zunehmende Bläue seines Gesichtes vorweisen. Er wird niemals etwas sagen. Großes Indianerehrenwort. Hat dem Indianer aber nicht viel gebracht, sein Respekt vor dem Geheimnis. Und es wird auch ihm nichts nützen, dem mit der gierigen Schnappatmung unter der Decke. Wissen ist Macht. Mitwissen Ohnmacht. Das können Sie sich gern ins Poesiealbum notieren, wenn Sie es sich schon nicht hinter die Ohren schreiben, wo leider sehr wenige ihr Poesiealbum tragen.

»Du darfst der Mama nichts verraten.« Und leider gibt es ihrer viele, welche es mit Stolz erfüllt, wenn man sie in Geheimnisse einweiht. Großmutter gehört nicht dazu. »Ich flehe dich an, kein Sterbenswort.« Nur leider lügt sie viel zu gern, um diese Bitte auszuschlagen. Deshalb wird sie nicht verraten, warum die Inge heute wieder partout nicht zum Abendessen runterkommen mag. Jedoch nicht, weil sie die Inge so liebhat. Es ist ihr auch ein wenig unrecht, dass die Inge das jetzt glaubt. Dass sie aus Herzensgüte handelt, weil die Rehäuglein so funkeln. Und weil sie im nahenden Scheinwerferlicht so entzückend schlotternd dasteht. »Ich werd der Mama auch nichts sagen, wenn du später einmal ausgehst«, versichert die Inge, als ob sie es meint. Wie ungewöhnlich rücksichtsvoll. Das hätte sie nicht sagen müssen. Da bremst man schon mal für die Inge, wenn sie auf der Fahrbahn steht.

»Aber du bist eh so brav, du wirst sowieso lieber für die Schule lernen.« Großmutter steigt aufs Gas. Das Rehkitz Inge kracht unter den Reifen. »Und ganz ehrlich, du verpasst nichts. Meistens ist's gar nicht so lustig.« Hoffentlich suppt sie jetzt ordentlich auf die Fahrbahn. »Jetzt geh, ich lass mir schon was einfallen.« Die Inge klettert aus dem Fenster und landet in den Rosenbüschen. Sie hat sich ein Knie aufgeschürft, na servas, jetzt haben die Burschen was zum Schauen. Und die Inge einen Grund, gleich ihr Rockerl raufzuziehen. Sonst muss sie sich immer zieren, wenn ihr ein B'soffener dahin greift. Denn eine Dame muss sich wehren. Andernfalls ist sie ein Flitscherl, und den Burschen freut's nur halb, wenn die Inge gar so willig. Männer legen Wert aufs Vorspiel. Die sind da nicht so wie die Inge, die am liebsten gleich aufsitzen tät'. Die wollen vorher immer raufen. Erst um die Inge und dann mit ihr. Als die Mutter zum Essen zitiert, geht Großmutter allein nach unten. Sie setzt sich hungrig an den Tisch und langt sofort nach einer Gabel. Die Mutter reißt sie ihr forsch aus der Hand. Sie hat zwar eine Rechenschwäche, trotzdem fühlt sie, dass irgendwer fehlt. Ja, wo bleibt sie denn, die Inge? Da wird ihr doch die Hauptspeis kalt, und dabei gibt's heut extra Knödel, um die das undankbare Luder schon die ganze Woche bettelt. Großmutter eröffnet mit niedrigem Einsatz. »Die hat Bauchweh.« Wenn ihr die Mutter das nicht abkauft, kann sie immer noch erhöhen. Doch die Mutter ist bei Gott heute nicht in Abkauflaune.

Am Morgen kam der Bäcker nicht. Der fährt sonntags für gewöhnlich zu den etwas entlegenen Häusern und beliefert sie mit Brot. Aber heute kam er nicht. Von dem wird sie kein Brot mehr kaufen, denn so was lässt sie sich nicht bieten, wenn wer die Arbeit schleifen lässt. Wahrscheinlich hat er wo ein Gspusi. Gewiss ein hübsches, schlankes Dirndl – Gott bewahre, nicht die Inge! Und das knetet er jetzt lieber als den alten Hefeteig. Doch er wird sich anschauen, der Herr Bäcker, spätestens in einem Jahr geht ihm das schlanke Gspusi auf, genauso wie der Hefeteig. Das ist der Fluch des Bäckersmanns. Die schönsten Weiber sind hinter ihm her und trällern noch verliebt im Schlafe: Ich hol mir einen Zuckerbäcker, und dann hab ich's immer lecker. Dann gibt's die Patisserie umsonst, und weil's dem Weib an Contenance fehlt, stopft es sich fortan die Punschtorten rein, und ehe er sichs versieht, ist die Holde selbst nur mehr ein Brandteigkrapferl. Morgens ein Esterházyschnitterl, am Vormittag die Kardinale, Mittagessen lässt sie aus – weil sie derzeit auf die Figur schaut, die schon längst nicht mehr zu sehen ist –, am Nachmittag zum Kaffeetscherl die Sacher, und am Abend noch was Leichtes, wahrscheinlich etwas mit Baiser. Da wird dem Bäcker ganz anders zumute. Und seiner Kundschaft im Übrigen auch. Dass seine Angetraute nunmehr in der Kuchentheke lebt, ist nicht nur äußerst unhygienisch, sondern schreckt auch viele ab. Ihm blüht, was jedem Bäcker blüht, wenn er die Spompanadeln nicht sein lässt. Der Bankrott und eine Blade. Hinter jedem erfolgreichen Mann steht bekanntlich eine Frau. Hinter den Erfolglosen aber erst recht.

Deswegen musste die Mutter kilometerweit ins Dorf gehen. Sie kommt an, als die Kirchglocken läuten und alle aus der Messe stürmen. Nun stehen sie hinter ihr beim Bäcker, die stattliche Frau Bürgermeister und ihre Kohorte tratschsüchtiger Trutschen. Die auf die dürftigen Mehlspeisen stieren und sich bereits die Münder weiten, indem sie sich das Maul zerreißen. Über die unheilbar depperten Gatten, über die Trotteln oben in Wien und, weil der Zufall es so wollte, nun natürlich über sie. »So schlampig geht die in die Kirch'n?« »Schlimmer, die war net in der Mess'!« »Gach ist sie nicht einmal verheirat'?« »Drum ist die Tochter so a Schlampen!« »Geh, die doch nicht, so wie sie ausschaut!« »Na, die ältere. Schirch wie die Nacht, das könnt's ma glaubn.« »Der Sporer Alois hat sie letztens mit seim Buam erwischt. Pudelnackert san's kraxelt am Traktor.« »Der Vater sauft.« »Sie sauft no mehr!« »I hob ghört, dass sie Katzen verkocht.« »Die ihr Bua nachts für sie fangt.« »I hob ghört, sie is a Hex!« »Trude, bitte, sei nicht albern.« Sie nimmt das Brot und dreht sich um. »Grüßi, Frau Brandtner!«, schrillt es fünfstimmig falsch. »Heut haben S' eine schöne Messe verpasst!« Soll so sein. Sie geht sonntags nie in die Messe. Denn Sonntag ist der Tag des Herrn. Und ihrer sieht es gar nicht gern, wenn am Tisch das Frühstück fehlt. Wortlos verlässt sie die Konditorei.

Nun, eine Hexe ist sie nicht, aber inzwischen leicht entnervt. Und noch dazu sehr wissbegierig, wo die verdammte Inge steckt. »Ich hab ja gesagt, die hat Bauchweh.« Bauchweh ist allerdings gegenüber einer Mutter niemals eine kluge Ausflucht. »Wollen wir nach der Inge sehen? Womöglich ist es ja was Schlimmes.« Die Mutter ist in der Mütterlichkeit bedrohlicher als in der Wut. Großmutter denkt eifrig nach. Dass sie Schläge kriegt, ist fix. Doch wie viele, das steht noch im Raum. Wie oft tanzt man Ringelreihen um den famosen Watschenbaum? Sie darf sich es nach Gusto wünschen. Ob sie sich vierzehn Tage dreht. Oder noch schwindlig maturiert. Großmutter muss aufs Ganze gehen. Sie schließt die Augen, holt tief Luft, als rufe sie die Muse an, die der Verlogenheit und Täuschung, und hebt an zur Litanei: »Na gut, ich wollt's dir erst nicht sagen. Die Inge hat's mir nämlich verboten. Und ich fürcht mich so vor ihr, weil sie ganz schnell rabiat wird.« Das musste sein, wenngleich's ihr peinlich. Die Mutter hingegen ist erleichtert, in wenigen Sekunden die Wahrheit zu hören. Sie will die Tochter ja nicht schlagen. Ihr tut das selbst am meisten weh. Sie hat nämlich eine Sehnenscheidenentzündung vom Häkeln. Da sollte sie sich dringlich schonen. Das hat ihr auch der Arzt gesagt. Keine schwere Hausarbeit. Und keine schwere Pädagogik. Zum Glück kollaboriert die Tochter. Die eine zumindest, die brave, die Helga. Der Inge wird sie die Ohrfeigen warm halten, da führt wohl kein Weg dran vorbei. Mal hören, wo sie sich herumtreibt, dann kann die Mutter schon im Kopf einen Watschenvoranschlag berechnen. »Du kennst ja den Bauer Rappolt da drüben.« Die Mutter schüttelt den Kopf. »Und dieser Rappolt, der hat einen Sohn.« Die Mutter nickt. Oder schüttelt den Kopf. Wohl ein bedeutungsleerer Tremor. »Also in Wahrheit hat er zwei. Aber der eine hat an Silvester Böller in die Hendln gesteckt, und seither ist er unt' in Graz.« Der Geduldsfaden der Mutter ist wie einst die Nabelschnur eng mit ihrem Kind verwachsen, welches die Mutter damit würgt. »Der hiesige Sohn, das ist der Sepp.« Die Mutter beginnt flach zu atmen. Wie damals kurz vor der Entbindung. »Und wie der Sepp heute Abend vom Mistführen heimkommt …« Sie bereitet sich darauf vor, das Kind dahin zurückzustecken, wo es hergekrochen kam. »Oder war er Hendln füttern?« Zurück in den Vater! Der sitzt da und frisst die Knödel, während das Kind in Zungen spricht. »Nein, die Hendln hat es ja alle zerrissen. Mistführen war er, ganz bestimmt.« Gleich birst auch das Muttertier. Sie zuckt bereits am ganzen Körper. Das gibt eine Sauerei. »Da sagt der alte Rappolt zu ihm …« Doch wenn es die Mutter z'reißt, wer putzt die Mutter nachher weg? »Er sagt: Sepp, kumm, sei so guat, mogst kurz owi indn Stall gehn und dort dann a Hei fir'an Ochs' außatragen.« »Und?«, presst die Mutter schmerzhaft hervor. »Der Sepp hat ghört, er soll mit seiner neichen Oxt die Sau daschlagn.« Großmutter lehnt sich genüsslich und gönnerhaft an die Lehne ihres Stuhl. Ihre Hände sprechen ein letztes Quod erat demonstrandum. Und ihr kleines Kindergesicht ist von solch schmieriger Süffisanz, als gehörten ihr sämtliche Puffs der Umgebung. Die Mutter hat aufgehört zu zucken. Sie hat auch aufgehört zu atmen. Und obgleich sie nichts mehr sagt, hat sie auch aufgehört zu schweigen. Sie ist existentiell verstummt. Doch es bleibt eine Nahtoderfahrung. Großmutter allerdings ist zu unachtsam, zu stolz auf ihre Deklamation. Sie sieht nicht, wie sich der rasenden Mutter alles Blut im Schädel staut. Das kann nicht gesund sein, sich so zu verhalten. Letztendlich eruptiert die Mutter: »Und was in Himmelherrgottsnam' hat das jetzt mit der Inge zu tun?!« Großmutter verdreht die Augen. Die Mutter ist ganz schön schwer von Begriff. Gott sei Dank hat sie das nur an die Inge vererbt. »Na, die Inge hat gesagt, sie hilft ihm, die tote Sau zu vergraben.« Der Vater bringt seinen Teller zur Abwasch, während die Mutter mit der Tochter durch die ganze Stube walzt. Dann setzt er sich zurück an den Tisch. Ohne das Debütantinnenpaar zu beachten, schlägt er seine Zeitung auf. Seit man ihm die Arbeitslosigkeit nahm, ist er zunehmend teilnahmslos geworden. Helga pirouettiert seekrank auf ihr Zimmer. Die Mutter kocht sich einen Kaffee, um nur ja nicht einzuschlafen. Sie möchte die Inge nämlich gern in Empfang nehmen, wenn diese spätnachts in ihr Zimmer zurückschleicht.

Selbst Watschen klingen auf der Inge schöner. Das ist ein voller, satter Knall, weil an der Inge auch was dran ist. Helga hingegen ist zaundürr, drum klingen auch die Watschen so, wie wenn man einen Teppich ausklopft. Einen sehr billigen dazu. Außerdem tut es mehr weh. Also dem, der sie ohrfeigt. Die Inge ist sehr ergonomisch, die kann man stundenlang verdreschen, ohne dass es hinterher schmerzt. Sie hört die Inge unten jammern. Das weckt bestimmt den Vater auf. Und dafür gibt's noch einen Nachschlag. Schließlich öffnet sich die Tür, und die Inge schleicht herein. Sie dreht sich weg und ärgert sich. Das waren nicht mehr als fünf Minuten, in denen die Mutter mit der Inge unten abgefuhrwerkt hat. Weil sie sich zuvor an ihr schon so sehr verausgabt hat. Jetzt war sie sicher schon sehr müd' und der Zorn auch nur mehr lauwarm. Doch die Mutter ist gerecht. Sie bevorzugt keins der Kinder, nur weil sie schlafen gehen will und die Hand ihr garstig wehtut. Wenn sie die Inge sanfter schlägt, nachdem sie ganz verludert heimkommt und nach dem Schweiß von Knechten stinkt, dann hat das einen guten Grund. Die Inge ist nun mal ein Flitscherl, das schreit sogar der Muezzin in Istanbul vom Zwiebelturm. Doch lange wird es nicht mehr dauern, wenn sie sich weiterhin so aufführt, dann ist die Inge endlich schwanger und prächtig trächtig aus dem Haus. Wer der Vater ist, weiß Gott. Vielleicht aber noch nicht mal der. Der wird sich auch nicht dauernd anschauen, mit wem's die Inge grade treibt. Wer dann für die Inge sorgt, das schnapsen sich die Burschen aus. Hauptsach', die Inge kommt unter die Haube und wälzt sich nicht mehr dauernd auf einer. Die Helga aber ist kein Flitscherl, die ist eine Lügnerin, und so was find't sich keinen Mann. Die mögen's nicht, wenn man sie anlügt. Männer mögen es am liebsten, wenn Frauen gar nicht lügen können. Weil sie alleine das Konzept von Unwahrheit gar nicht verstehen. Wenn sie nichts erzählen können, was sie nicht selbst zuvor erlebten. Von ihnen hört man keine Lügen, keine Hoffnungen und Träume, keine hypothetischen, rhetorischen oder nervigen Fragen, sondern immer nur Erlebnisberichte. Das ist gewiss nicht immer spannend, aber wenn eine fabuliert und sagen kann, was so nicht ist, das ist Männern schnell zu spannend. Weswegen sie sich um die Helga auch gewiss nicht streiten werden. Die hockt hier, bis die Mutter tot, und dann noch mal vierzig Jahre. Die Mutter hat sich damit schon abgefunden. Aber angelogen werden will sie trotzdem nicht. Und das muss die Helga lernen. Und deswegen kriegt sie auch mehr Schläg'.

Doch all das liegt nun hinter ihr. Nun, wo der Russe endlich hier ist. Sie zeigt neckisch ihre Schulter. Oder zumindest tut sie das, was sie sich unter neckisch vorstellt. Das, was die Inge immer tut, wenn ein Mannsbild in der Nähe. Die zwinkert ihm dann immer zu. Auch den verheirateten Männern. Da kennt die Inge kein Pardon. Die denkt nicht an den armen Lotter, den es nun im Hoserl zwickt. Das hat er lange nicht gespürt, drum denkt er erst, ihn drückt der Stuhl. Er dreht sich nach der Inge um, und die Inge tut's ihm gleich. Dann winkt das Luder ihm auch noch. So schnell kriegt der sich nicht mehr ein. Der geht jetzt heim zu seiner Alten und hat den Schädel voller Inge. Entweder fischt er sich die Alte direkt aus dem Badezimmer, nimmt ihr das Kloputzschwammerl weg, reißt ihr den schirchen Kittel auf und denkt im Dunkeln an die Inge, oder er greift seine Alte zu Lebzeiten nicht mehr an. Der Inge ist das herzlich wurscht. Die winkt schon wieder einem andern.

Und heute winkt die Helga auch. Sie winkt und zwinkert, dass es der Sau graust. Der Sau, die hier in Uniform und Ungläubigkeit vor ihr steht. Sie reißt den Kopf von links nach rechts, um ihr Haar wallen zu lassen. Aber wallen tut da gar nichts. Starres Gestrüpp peitscht ihr ins Gesicht. Sie strampelt unkoordiniert mit den Beinen. Immer noch neckisches Konvulsieren der Schulter. Mein Gott, das Kind hat einen Anfall, denkt die Mutter und will helfen. Aber sie traut sich einfach nicht. Wenn sie jetzt aufgeregt zum Bett eilt, dann kriegt die Inge vielleicht Angst und fragt, was denn da oben los sei und ob der Russ' noch immer da ist. Das kann und will sie nicht riskieren. Der Helga kann man wahrscheinlich eh nicht mehr helfen. Die hat offenbar der Schlag getroffen. Sie produziert sich immer wilder und wird langsam etwas unwirsch, da die Wilden nicht mitmachen wollen. Worauf wartet denn der Russe? Vielleicht ist er gschamig. Weil ja die Mutter hier herumsteht und ihr wieder einmal alles versaut. Die dumme Mutter soll sich schleichen. Weil der Russe sonst nicht kann. Er weiß halt auch, was sich gehört. Wenn sie hier mit ihm allein wär, dann täte er sich nicht genieren. Dann hätt' er sie schon längst gepackt und durchfaschiert, wie's seine Art. Ein bisschen Angst hat sie ja schon, aber da muss sie jetzt durch. Es ist ja für eine gute Sache: dass die Mutter und die Inge ihres Lebens nicht mehr froh werden. Hoffentlich hüpfen sie alle drei zugleich aufs Bett. Dann kriecht die Inge nachher raus, ausgewalkt wie ein Strudelteig. Die Russen beginnen untereinander zu flüstern. Offenbar wollen sie doch nach der Reihe. Na, ihr soll's recht sein. Andere Länder, andere Sitten. Sie schauen noch einmal nach der Mutter. Was für ein Feigling, dieser Russ'! Und gegen so einen sollen wir den Krieg verloren haben! Wenn der kämpft, wie er mit Mädchen umspringt, wie sind dann erst die Unsrigen? Ich weiß nicht, ob ich schießen darf, da muss ich erst die Mama fragen. Wo ist die Mama überhaupt? Die wird schimpfen, wenn ich heimkomm und die Uniform dreckig gemacht hab. Puh, das Gewehr ist ganz schön schwer. Die Soldaten nicken der Mutter zu. So, jetzt aber! Sie zieht die Beine auf das Bett und gräbt die Finger in die Matratze. Anschnallen, wir fahren Autobahn! Auf den Russen ist halt doch Verlass. Wenn er sagt, wir kommen her und zerfleddern euch die Madln, bis sie nur mehr Staubwisch sind, dann steht der auch zu seinem Wort.

Die Soldaten sehen sich ein letztes Mal um und sind im Begriff, das Zimmer zu verlassen. Nein, nein, nein, wo wollen die hin, die feigen Sauhund, die verdammten? Sie haben es schon versprochen. Ist sie ihnen nicht fesch genug? Da waren sie jahrelang im Krieg, hatten jahrelang kein Mädchen, und dann wär sie nicht gut genug? Aber sie ist auch was wert, sie ist, was sie ist, nämlich die Erstbeste. Impotent wird er sein, das ist es! Das hat die Inge ihr erzählt, dass es so was geben soll. Wahrscheinlich hat man allen dreien im Krieg ihr Zumpferl weggeschossen. Der eine humpelt eh so gaudig. Oder sie suchen nur die Inge. Einzig deswegen sind sie hier. Weil sie sie tags zuvor gesehen haben und seither an nichts andres denken. Sie sollten schließlich gar nicht hier sein. In Wien sind die Russen, so hat es geheißen. Und dort wären sie wohl schon längst, hätten sich die verliebten Dodeln gestern nicht in die Inge verschaut. Bis nach Moskau werden sie telefoniert haben, dass sie alle herkommen sollen. Hierher nach Mautern, wo's die schönste Schlampen gibt. Eine grausige Schwester gibt es auch. Die geben sie dann dem buckligen Igor, der's bislang nur mit Schweindln treibt. Aber nicht mit ihr. Jetzt sagt sie ihnen, was gespielt wird und dass die Inge unterm Bett liegt, im Dreck, da wo sie hingehört. Der wird so zornig sein, der Russe, da kann die Inge noch so schön sein, verscheißern lässt er sich trotzdem nicht. Nachher wird's ihm schrecklich leidtun, wenn er die Inge kaputtgemacht hat, weil sie ja so was Liebes war. Aber g'schehn ist g'schehn. So, jetzt ist das Luder dran. Die Mutter hüpft eh gleich mit in die Grube, wenn sie sieht, wie man die Inge wie ein fettes Hendl rupft. Und dass der Vater Nazi ist, das will sie ihnen auch noch sagen. Sie holt tief Luft. Die Inge niest. Die drei Soldaten drehen sich um. Jössasna, das Kind ist futsch. Der Mutter entfährt ein geräuschloses Stöhnen. »что было?«, fragen die Soldaten und wenden sich in Richtung Bett. »Das war ich!«, ruft Helga hastig, künstelt stümperhaft ein Niesen und schließt mit einem grotesken Grinsen. So blöd ist nicht einmal der Russe. Nun, womöglich ist er's doch, aber wir werden es nie wissen, denn kaum, dass sie ihn so genarrt hat, da niest die dumme Inge wieder. Einer der Soldaten tritt an das Bett und kniet sich auf den Boden nieder. Sie blickt zu ihrer Mutter hin. Die starrt kinderlos an die Wand. Der Russe beugt sich langsam vor, als sie ihm einen Tritt versetzt. Er schubst sie gleichgültig vom Bett. Die Inge niest ein drittes Mal. Was soll's, jetzt ist es auch schon wurscht. Vielleicht niest sie ja mit Absicht, dass er glaubt, sie wäre krank, und sie darum nicht mehr angreift. Nein, so gscheit ist die Inge nicht. Jetzt schaut er direkt unters Bett. Die Mutter fasst sich an den Bauch. Dort reißt er ihr das Kind nun raus. Der Soldat erhebt sich wieder. Ansonsten rührt sich keiner mehr. Können wir nicht einfach alles vergessen? Dass da unten jemand niest. Dass die andre Tochter lügt. Dass man den Russen ebenso zu Hause überrumpelt hat und sich ungalant benommen. Das wollen wir jetzt nicht unnötig aufwärmen. Sie hatten einen weiten Weg, das ist schon klar. Doch man muss wissen, wann es Zeit ist zu gehen. Die zarte, feine Ingehand tastet sich vorsichtig nach vorne. Was bleibt das törichte Mensch denn nicht unten? Großmutter lehnt sich kopfüber und schaut unters Bett, als die Inge gerade die zweite Hand ins Freie streckt. Die Augen stehen ihr unter Wasser. Auch von oben tröpfelt es. Sie hat so schlimme Schuldgefühle, wie sie nur einer fühlen kann, welcher erstmals nichts getan hat. Nun möcht' sie nicht mehr mit ihr tauschen. Das wird jetzt kein Spaß für die Inge. Da liegt sie auf der Windschutzscheibe. Schon wieder. Nur diesmal hat sie's schwer erwischt. Sie zieht sich unter dem Bett hervor und schlottert langsam in die Höhe. Am Kleid, im Haar, selbst an den Wimpern kleben dicke Bauschen Staub. Sie torkelt kurz nach rechts und links und traut sich gar nicht aufzuschauen. Der Soldat steht ganz dicht vor ihr. Großmutter sitzt hinter ihr. Hoffentlich dreht sich die Inge noch schnell einmal um. Sie möcht sie gern noch einmal sehen. Die Mutter hält sich die Hand vor den Mund. Keiner spricht, und keiner rührt sich. Die Inge niest. Da brechen alle drei Soldaten in schallendes Gelächter aus. Sie lachen und lachen und hören nicht mehr auf. Sie lachen, bis ihnen die Tränen hervorquellen. Wahrscheinlich lacht der Russe, wenn er wütend ist. Kurz bevor er wen erschlägt. Das soll ihn äußerst amüsieren. Die Mutter lacht inzwischen auch, obwohl sie gar nicht amüsiert ist. Es ist dieses irre Lachen. Das hat sie schon einmal gehört. Aus der Scheune von dem Gruber. Der hat die ganze Nacht gelacht. Richtig gejodelt und gejauchzt. Dann hat er Spiritus gesoffen und sich selbst in Brand gesteckt. Die Russen japsen noch ein wenig. Dann verlassen sie das Zimmer. Offenbar gehen sie die Treppe hinunter. Die Mutter stürmt zur Inge hin und legt ihr erst mal eine auf. Die Inge schnalzt es auf das Bett. Der Staub bleibt stehen und wundert sich, wo das schöne Mädchen ist, an welches er sich angeschmiegt hat. Die Mutter holt gleich nochmals aus. Großmutter drückt sich an die Inge. Das passt. Wenn sich die Mutter jetzt nicht verschätzt, dann erwischt sie auf einen Streich alle beide. Was müssen die zwei sie denn auch so erschrecken? Die Rechte hängt noch in der Luft. Sie holt auch mit der Zweiten aus. Das wird eine äußerst kunstvolle Watschen. Womöglich gar doppelt und dann über Kreuz. Die beiden bekommen seit Jahren schon Schläg' und haben noch immer nicht alles gesehen. Sie zucken gar nicht recht zurück, als die Mutter über sie herfällt und sie erstickend an sich presst.

»Wie lang sind die Russen denn geblieben?«, frage ich Großmutter. »Ein halbes Jahr«, entgegnet sie. »Dann hat der Figl da oben am Balkon gerufen, Österreich ist frei, und sie sind wieder abgezogen.« »Das war 1955.« Großmutter seufzt. »Na gut, dann war's eben ein Jahr.« Großmutters Geschichtsrevisionismus, welchen sie liebevoll Gedächtnis nennt, ist gelinde gesagt mit Vorsicht zu genießen. Doch was sollen eitle Fakten? Was zählt, ist die gefühlte Temperatur, und somit auch die gefühlte Geschichte. Dann steht der Figl eben ein paar Jahre eher auf dem Balkon. Wird ihm kein Zacken aus der Krone fallen deswegen. Und vielleicht waren es keine Russen, welche sich ein halbes Jahr bei meiner Großmutter einquartiert hatten. Vielleicht waren es stattdessen Briten. Ihre Familie sprach weder Russisch noch Englisch. Keiner hatte jemals zuvor einen Russen, geschweige denn einen Briten gesehen. Woher um alles in der Welt hätten sie das denn wissen sollen, was da nun bei ihnen nistet? Sowohl der Russe als auch der Brite trinkt zwanzig Liter Tee am Tag. Das hilft also auch nicht sonderlich weiter. Franzosen waren es sicher nicht, denn das hätte man gerochen. Amerikaner waren es auch nicht. Den Ami konnte man meistens erkennen. An seinem unbedarften Ausdruck. Irgendwo zwischen Verwirrung und Impertinenz. Als wüsste er gar nicht, warum er grad hier ist. Aber die Russen und die Briten, die wussten das doch sehr genau. Die schienen durchaus angenascht. Obgleich sie einem nicht sagten, warum. Sie schmollten lieber wie ein Weib, das sich erst hofieren lässt, ehe es endlich einmal zugibt, wo es denn das Schühchen drückt. Dazwischen vergisst sie das Schmollen auch gerne. Wenn man sie dann dabei ertappt, wie sie kudert und lacht und schrecklich fidel ist, weil sie eh schon nicht mehr gram ist, nicht einmal mehr weiß, warum sie es war, dann schmollt sie nachher umso mehr. Jemandem etwas zu verzeihen, das will prunkvoll zelebriert sein. Das macht man nicht so en passant. Blöd nur, wenn man es schon tat, aber gar nicht mitbekam. Wenn einer sein Verzeihen versäumt, davon hat wirklich niemand was. Deshalb hängt man in beider Interesse noch eine Runde Schmollen dran. Nun hat aber Großmutter tatsächlich recht. Entgegen der Moskauer Deklaration von 1943, welche für die Steiermark eine britische Besatzung vorsah, hieß es plötzlich Anfang Mai, die Russen schauen in Graz vorbei. Doch nicht ein jeder schenkte dem Glauben. Schließlich gab es ihrer viele, welche schon lange vor dem Krieg und losgelöst von allem Anlass, tagein, tagaus zu schreien pflegten, der Russe stünde vor der Tür. Es war eine Art paranoides Bonmot, geboren aus einer heiklen Zeit. Man fühlte sich allmählich albern, jeden Krieg und Regenguss dem Zorn Gottes zuzuschreiben. Das ist heidnisch, feige, schwach und schrecklich uneitel dazu. Sich selbst einer Sache schuldig zu wähnen, stand aber auch nicht zur Debatte. Man muss ja nicht gleich überstürzen. Der Russe bildete übergangsweise also die strafende Instanz zwischen Gott und Über-Ich. Sei brav, sonst holen dich die Russen! Da spurte jeder, Jung und Alt. Und trotz der hehren Zahl der Propheten, welche verlässlich jeden Morgen die Ankunft des Russen verlautbaren ließen, fanden sich stets Gläubige. Als jüngster Termin des Jüngsten Gerichts wurde der 9. Mai errechnet. Weswegen in der Nacht zuvor Tausende ihr Heim verließen, um auf die andere Seite der Enns hinüber zu den Amerikanern zu fliehen.

Auch im Hause Brandtner traf man nach reiflicher Überlegung der Mutter sowie nach bedachtem Schulterzucken des Vaters letzten Endes die Entscheidung, die Töchter über die Brücke zu schicken. Vermutlich zu irgendwelchen Verwandten oder notfalls auch zu Fremden, denen Großmutter einreden würde, sie wären ihre beiden Nichten. »Der Onkel lässt euch ganz lieb grüßen. Er kommt bestimmt schon sehr bald nach. Er muss nur noch sein Gold verstecken, das ihm die ganzen Juden schenkten, die er bei sich daheim versteckt hat.« Fremde Kinder hin oder her. Ein reicher, braver Judenfreund, das passt jedem in den Stammbaum. Da sägt man gerne anderswo ein morsches, braunes Ästchen ab. Und ob man nun zwei Kinder mehr nicht beachtet, das war vielen einerlei. Die Mutter aber wollte bleiben. Nicht, dass sie es verhindern könnte, dass ihr der Russe die Bude verwüstet. Doch sie wollte zumindest dabei sein und jeden seiner wirschen Griffe nach so mancher Kostbarkeit mit einem Seufzen kommentieren. Ihn wenigstens darauf hinweisen können, bitte nicht aus dem Nachttopf zu essen oder, schlimmer noch, ein Krapferl ins Gmundner Porzellan zu setzen. Wer weiß, was diesen Russen einfällt. Der Vater verstand indes nicht zur Gänze, wieso man die Töchter von hier fortjagt, um beim Porzellan zu bleiben. Na ja, sie wird schon wissen, was sie tut. Ein Widerwort, das strengt nur an und wäre überdies auch zwecklos. Nachdem er seine Arbeitslosigkeit verlor, hatte er in seinem Hause jegliche Autorität eingebüßt.

»Tut's alles Nötigste ins Pinkerl, und dann ab mit euch da rüber!«, schreit die Mutter aus der Küche und schneidet ihren beiden Töchtern noch ein paar Stück vom Striezel ab. Großmutter sitzt ungeduldig auf dem Rande ihres Betts. Die Inge kann sich nicht entscheiden, welche Fetzen sie mitnehmen soll. Hektik ist das ihre nicht. Außerdem kennt sie einen in Liezen, einen aus der großen Stadt, und für den muss sie was gleichschauen. Der ist nicht so ein Bauernschädel wie die ganzen Knechte hier, welche schon Knöpfe eines Hemdes intellektuell verwirren. Na, die Inge muss es wissen. Sie wirbelt freudig erregt durchs Zimmer und wirft dabei den Sessel um. Die Mutter schreit durchs ganze Haus, dass die Kinder still sein sollen. Es ist bereits nach Mitternacht. Man möge an die Nachbarn denken. Die wissen vielleicht noch von nichts. Wenn die plötzlich mitbekommen, dass der Russe morgen kommt, dann schlafen sie bestimmt ganz schlecht. Und brechen selbst nach Liezen auf. Mit Kind und Kegel und der ganzen Bagage. Zuvor telefonieren sie an alle Verwandten, die mögen auch ihr Haus verlassen, bis eine Völkerwanderung ausbricht. Es machen ja alle so schnell ein Trara. Dann herrscht auf der Brücke Furore, und sie machen alles dicht. Die Nachbarn sollen zu Hause bleiben. Nur ihre beiden Kinder gehen. Die schwindeln sich schon irgendwie durch. Schließlich haben beide gepackt. Wie von der Mutter aufgetragen, nur das Allernötigste. Großmutter zehn Unterhosen sowie recht ein hübsches Kleiderl. Die Inge hat zehn Kleider mit, doch dafür keine Unterhosen. Großmutter ist froh, ihre Schwester zu haben. Denn manches Mal, da ist die Inge geradezu von beruhigender Dummheit. Wenn eine gar so wenig mitdenkt, dann hat das schon fast etwas Meditatives. Großmutter drückt sie ganz fest an sich. Dann kann sie wie bei einer Muschel die Leere in der Inge hören. Wie sie in ihr wogt und rauscht und wie Ideen gleich totem Treibgut von innen an die Stirnwand branden. Die Mutter steckt ihnen noch schnell den bröselnden Striezel in die Taschen. »Geht's nicht direkt auf der Straße und lasst's euch keinesfalls erwischen!« Die Mädchen verdrehen die Augen. Dass die Mutter immer so ein Theater machen muss. Dabei ist der Krieg schon seit Stunden vorbei. Die Mutter kann halt nicht vergessen. Die wird womöglich noch wochenlang traumatisiert sein.

Da ist der Vater viel entspannter. Der hat sich gar nie aufgeregt, drum muss er sich jetzt auch nicht abregen. »Wenn euch trotzdem jemand aufhält, dann tut, was ihr am besten könnt. Die Inge macht ihm schöne Augen, und die Helga lügt ihn an.«

Die Mutter ist ganz aufgelöst, die Kinder nach draußen schicken zu müssen. Selbst dem Vater geht es nahe. In Wahrheit tut er nur mehr so, als würde er die Zeitung lesen. Auch er bangt um die Kinder. Auch er hofft schon mit großer Sehnsucht, dass dieser Irrsinn bald vorbei ist, die Familie vereint wird und er endlich wieder seine Arbeitslosigkeit aufnehmen kann. Die Mutter herzt die beiden Töchter. Doch nicht zu lang, sonst kriegen sie Angst. Man trottet gemeinsam zur Haustür. Einmal noch wird geherzt, was das Zeug hält. Und auch das Seufzen kommt nicht zu kurz. Die Mutter öffnet schwungvoll die Tür und erstarrt sogleich. Den Vaterhänden entgleitet die Zeitung und den Kindermündern der Kiefer. Vor ihnen schwebt eine erhobene Faust, die im Begriff zu klopfen war. An der Faust hängt ein Soldat. Und hinter diesem steht ein zweiter. Die Propheten lagen falsch. Schade, um einen Tag verschätzt. Die Soldaten mustern die Mädchen. Die stehen da wie Häufchen Elend, mit ihrem Pinkerl in der Hand und dem Striezel in den Taschen. Sie pressen sich unauffällig an die Mutter. Die Soldaten lehnen sich vor und werfen einen Blick in die Stube. Einer von beiden streckt die Hand aus. Die Mutter zuckt erschrocken zusammen. Der Soldat fasst nach dem Knauf und schließt die Tür von außen. Na gut, dann bleibt man eben hier. Hätte die Inge nur nicht so getrödelt! Hätte die Mutter nicht auch noch geheult! Dann wären die Kinder bereits auf dem Weg. Aber nun ist es zu spät. Als sich die Mutter aus ihrer Starre befreit, hat der Vater seine Zeitung längst auf- und auch schon ausgelesen. Sie wankt an den Tisch und setzt sich hin. Schweigend vergräbt sie ihr Gesicht in den Händen. Der Vater erinnert sich wieder an die Karikatur auf der vorletzten Seite und muss fast ein wenig schmunzeln. Was diesen Zeichnern immer einfällt. Ein sprechender Hund, ja, wo gibt's denn so was? »Anton!«, schreit die Mutter offenbar nicht zum ersten Mal und reißt ihn aus der Schwelgerei. »Anton, wir müssen die Inge verstecken.« Was die Mutter an dem Abend für ein riesengroßes Pech hält, war im Grunde reinstes Glück. Wie befürchtet waren sie nämlich nicht die Einzigen, welche gedachten, vor der Ankunft der russischen Truppen schnell noch nach Liezen hinüberzuhuschen. Weswegen an der Röthelbrücke ein regelrechtes Chaos ausbrach, welches nur schwer zu bändigen war. Tausende Menschen sammelten sich, worauf die Soldaten die Brücke versperrten. Das ließen sich manche nicht gefallen und sprangen töricht in die Enns, um in die andere Zone zu schwimmen. Beim Eintauchen erst entsannen sich viele, dass sie gar nicht schwimmen konnten. Und selbst die, die es konnten, hatten keinen Garant, heil am Ufer anzukommen. Die Enns ist nun einmal ein Luder, stand in jener Nacht sehr hoch und verschluckte viele Dutzend schlechter und versierter Schwimmer sowie manch Betrunkenen, der mit dem ganzen Zonentamtam in Wahrheit nichts zu schaffen hatte.

Die Inge tritt trotzig gegen das Bett. Jetzt hat sie sich schon so auf ihren Liezener Lotter gefreut, und dann so was. »Kletter doch einfach aus dem Fenster. Das machst du eh die ganze Zeit«, stochert Großmutter sie an. Nicht, weil sie es wirklich wünscht, dass sich die Schwester rausbegibt, um ihr liederliches Leben aufs Spiel zu setzen, mehr als eine Art IQ-Test. Man beginnt bei 130 und zählt im Sekundentakt zurück. So lange, bis die Inge begreift, dass dies kein kluger Vorschlag ist. An dieser Stelle hält man an, und zack, hat man der Inge ihren IQ-Wert. Sie beobachtet genau, wie die Schwester reagiert. Diese zögert, überlegt, blickt immer wieder hin zum Fenster und beißt sich dabei auf die Lippe. Dreistellig wird das heute nicht mehr. Es steigt die Flut in Inges Kopf. Die Inge denkt wie einer nach, von welchem alle sehen soll, dass er gerade am Nachdenken ist. Mit leicht zugekniffenen Augen, die allem Irdischen entsagend irgendwo ins Leere starren, und einer Hand auf Kinn und Lippen, die einen daran hindern sollen, die gedankliche Brillanz allzu vorschnell auszuplaudern. Es ist ja alles schon gepackt und draußen eh schon zappenduster. Da sieht sie der Russe nie. 89, 88, 87. Außerdem wollte die Mutter unbedingt, dass sie gehen. Womöglich will sie es noch immer und vergaß es in der Panik. 75, 74, 73. Man stelle sich vor, sie glaubt sogar, dass die Kinder aufgebrochen und schon bald in Liezen sind. So konfus, wie sie wirkte, scheint das gut möglich. Wenn sie dann morgen früh noch da sind, runter in die Küche kommen und mir nichts, dir nichts frühstücken wollen, dann kriegt die Mutter ihren Rappel. Dann drischt sie ihnen das Schmalz aus den Ohren. Dann noch lieber raus zum Russen. Der ist zwar auch ein Grobian, doch nicht so einer wie die Mutter. Der schlägt sie sicher nicht forsch, wenn er sie in die Finger kriegt. 45, 44, 43. Die Inge schüttelt entschlossen den Kopf. 43 also. Für die Inge gar nicht schlecht. Beim letzten Mal waren es 21. Damals, als Großmutter sie fragte, ob sie der Mutter an ihrem Geburtstag nicht eine Freude machen wolle, indem sie all ihre Kleider verbrennt. Weil sich die Mutter nie was gönnt. Immer flaniert sie in Leoben an den Schaufenstern vorbei und schmachtet und seufzt, dass die Scheiben beschlagen. Aber kaufen tut sie nie was. »Ich hab ja noch die alten Kleider. Und solange die was taugen, brauch ich wirklich keine neuen.« Wenn man sich allerdings zu lange nur das kauft, was man wirklich braucht, und niemals das, was einem gefällt, dann wird man allmählich grantig und greift daher beim Kinderdreschen auch gern mal zum Kaminbesteck. Das ist bislang noch nicht passiert, jedoch scheint's, als ob die Mutter davon nur mehr einen Einkaufsbummel entfernt ist. Wenn man ihr aber die Kleider verbrennt, dann muss sie sich was Neues kaufen. Das war eine harte Nuss für die Inge. Nichtsdestotrotz lehnte sie ab. »Nein, das tun wir besser nicht«, meinte die Inge voller Wehmut, weil sie äußerst gerne zündelt und selten eine Chance auslässt. »Weil, weißt du, ich glaub, die Mutter kauft sich dann einfach die gleichen schirchen Kleider nach. Aber die schönen aus der Stadt, die wird sie sich niemals kaufen. Und wenn sie noch so viel gespart hätt.« Saperlott, schau an, die Inge. Das blinde Huhn mit seinem Korn. Hoffentlich teilt sie sich's gut ein. Wird vielleicht ein harter Winter.

Am Geburtstag hat die Inge der Mutter letztlich was gebastelt. Irgendeine Zumutung aus Ton. »Aber du musst mir doch nichts schenken. Ihr Kinder seid schon das größte Geschenk.« Das sagt die Mutter jedes Jahr. Und bei Gott, sie meint es auch. Den ersten Teil zumindest sicher. Doch schon ist wieder Muttertag, wo ledige Kindergartentanten, die dem Zenith der Fruchtbarkeit nur mehr vom Basislager winken, an all den Frauen Rache üben, denen das Mutterglück beschieden. Sie hingegen sind nur Tanten. Und die sind stets, wonach sie klingen, nämlich familiärer Tand. Überflüssige Flechten am Stammbaum. In den allermeisten Fällen schrullig, kinderlos, mit Hut. Im Krieg waren solche Tanten spärlich gesät. Hingegen gab es viele Witwen. Auffällig viele, möchte man sagen. Nun konnte sich auch die ledigste Jungfer zunächst einen Gatten halluzinieren und den am Schlachtfeld sterben lassen. Wenn sie eine große Chuzpe hatte, erfand sie zusätzlich ein Balg, welches ihr im Kindbett starb. Eine tote Familie ist besser als keine.

In den Kindergärten aber gibt es nicht einmal die echten, sondern lediglich staatliche Tanten. Wenn Menopause zum Beruf wird. Natürlich gibt's auch junge Tanten. Besonders optisch Undankbare fühlen sich sehr früh zu dem Berufsstand hingezogen. Sie ahnen schon im Spiegelbild, unter einem Dutzend Doppler macht mir niemand je ein Kind. Deswegen sichern sie sich ab. Wehen auch durch den Uterus nur vereinzelt Steppenläufer, haben sie dennoch viele Kinder. Zwar nicht als Familie, doch als Bienen- und Schmetterlingsgruppe. Das erfüllt sie auch vollends. Wenigstens tagsüber. Und für den Abend gibt's Likör. Seit jeher das Lieblingsgetränk aller Tanten. Zuweilen werden sie trotzdem fahrig. Am ärgsten ist's am Muttertag. Wahnhaft lachend brüllen sie dann: »Jetzt basteln wir der Mama was Schönes!« Sie knallen den Kindern Scheren und Krepp hin. Wenn eine wirklich schlimm frustriert ist, dann gibt sie ihnen noch Fingerfarben. Anschließend lehnen sie sich zurück und träumen. Davon, wie sich die Kindsmütter winden, wenn ihnen der Balg sein Werk präsentiert und dafür Lob erheischen will. Schlimm genug, dass er die Mutter die Figur gekostet hat, und deren Verlust dann auch den Mann, doch Deckchen mit Kartoffeldruck, das hat die Mutter nicht verdient. Nicht einmal ausschlafen lässt man die Arme. Ehzeit wird sie schon geweckt. Mit Rosen, die man ihr zuvor gedankenlos aus dem Rosenbeet riss. Und mit einer Art Palatschinken, welche zwangsläufig scheußlich sein muss, weil man ja sonst die Liebe nicht schmeckt. Die dafür entfachte Sauerei in der Küche hat man ihr rücksichtsvoll gelassen. Die Mutter steht gern in der Küche. Schließlich schwärmt sie jeden Abend: »Heute bin ich wieder den ganzen Tag in der Küche gestanden.« Sie muss nicht einmal putzen und kochen. So gut gefällt's ihr in der Küche, dass sie den lieben langen Tag einfach nur da drinnen steht. Und als Kirsche dieses Kreuzwegs kommt dann das Muttertagsgeschenk. Aus besagtem Krepppapier. Zumeist sind es Serviettenringe. Für die schönen Stoffservietten, die die Mutter gar nicht hat. Nun aber freilich kaufen muss, weil das Kind sonst völlig durchdreht. Denn statt der Mutter, wie gedacht, Demut und Dank entgegenzubringen, fordert im Gegenteil das Kind für seine abartige Schenkung stets tobsuchtsartige Begeisterungsstürme. Werden diese nicht erbracht, bricht das Kind in Tränen aus. So geht das jahrelang dahin. Bis in das Volksschulalter hinein. Doch dann beleidigt man die Mutter bereits mit Heißklebepistolen, was der Hässlichkeit der Gaben ganz neue Ebenen eröffnet.

All das hat den Tanten offenbar nicht gereicht. Weiterhin herrschte zu viel Harmonie, an der sie keinen Anteil haben. Darum bedurfte es noch eines Tages, welchen die Tanten den Müttern vergällen. Den Vatertag. Für viele Mütter ein Schlag ins Gesicht. Der Schlag der Gleichberechtigung. Und der brennt ordentlich nach. »Jetzt basteln wir dem Papa was Schönes!« Was vielerorts nur dazu führt, dass das Kind verdattert heimkommt und fragt, was denn ein Papa ist. Aber selbst wenn einer da ist, braucht der noch lange keinen Tag. Jede Mutter ist alleinerziehend. Insbesondre die mit Mann. Deswegen passt es ihr auch gar nicht, wenn für den gebastelt wird. Wenn man für den ihre Rosen zerstört. Wenn sie dessen Palatschinken vom Herd kratzen darf. Bisweilen ist eine so gekränkt, dass sie das Kind zur Adoption gibt. Und darauf spekuliert die Tante. Die schnappt sich das Kind dann, solang es noch warm ist. Doch das geschieht nur äußerst selten. Die Tante sammelt das übrige Krepppapier ein und nimmt es mit zu sich nach Hause. Dort trinkt sie ranzigen Likör und bastelt sich selber etwas Schönes.

Wenigstens hat sich damals die Inge für das Geburtsgeschenk an die Mutter so eklatant wenig Mühe gegeben, dass sie nicht auf Lob beharrte. Doch den Vorschlag ihrer Schwester, Mutters Kleider zu verbrennen, konnt' sie lange nicht vergessen. Heute satte 43. »Nein, ich schleich mich nicht nach Liezen«, sagt die Inge resolut. »Weil, weißt du, das wirkt dann, als lauf ich ihm nach.« Dafür gibt es Punktabzüge. Wenn einer zwar das Richtige, jedoch aus falschen Gründen tut, dann wiegt das viel schwerer als klassischer Blödsinn. »Wenn ich die ganzen Kilometer an den Soldaten und Russen vorbei im Finstern durch den Wald marschier. Der glaubt, er kann alles mit mir machen.« Das kostet die Inge noch ein paar Punkte. »Aber ich hab meinen Stolz. Nein, ich bleib da!« Sie läuft eine Kür im Minusbereich. Plötzlich kommt die Mutter ins Zimmer, drückt erneut die beiden Mädchen, wünscht ihnen einen guten Schlaf und kassiert den Striezel ein, der noch in den Taschen steckte. Striezel mitten in der Nacht gibt's nur für ausgesetzte Kinder. Jetzt husch, husch, und ab ins Körbchen. Morgen, Kinder, wird's was geben, morgen werden wir uns freuen, welch ein Trubel, welch ein Leben, morgen fällt der Russe ein.

Und dann blieb er bis zum Winter. Der Herr Kommandant mitsamt den Soldaten. Für Großmutters Familie war das ein Segen sondergleichen. Die lebten fortan wie die Maden im Speck. Denn alles, was der Russe stahl, wurde bei ihnen eingelagert. Und der Russe stahl sehr gerne. Eier, Käse, Brot und Fleisch, sogar lebende Hühner schleppte er an. Die Bauern, denen das alles gehörte, waren darüber nur mäßig erfreut. Dennoch traten sie's dem Russen so bereitwillig ab, als wüssten sie eh nicht, wohin mit dem Zeug. Als täte er ihnen regelrecht einen großen Gefallen, wenn er auch noch die letzte Sau absticht, die ihnen bis dahin geblieben. Fast alles bot man ihm kniefällig an, sobald der Russe arglos um die Ecke bog. Ein klein bisschen aber hielt man zurück. Damit er nachts noch was zum Stehlen hat. Weil er das ja so gerne macht. Dadurch bekommt Großmutter beinahe täglich Eierspeis. Die kocht der Russe übrigens selber. Und das sieht auch die Mutter gern. Wenngleich er es in ihren Augen noch ein wenig lernen müsste. Sie trennt die Eier nämlich immer, bevor sie in die Pfanne kommen. Der Russe haut sie einfach rein und rührt danach wie ein Berserker, als wäre er hier noch am Schlachtfeld. Vielleicht ist das in Russland üblich, dass man kocht wie angeschossen. Doch schmecken tut's, mein lieber Schwan, da kann die Eierspeis der Mutter aber schauen, wo sie bleibt. »Das ist versalzen«, sagt die Inge. Die Mutter gibt ihr eine Tetschn. Nicht etwa, weil es unhöflich klingt, sondern weil es schlicht nicht stimmt. Die Eierspeis ist nicht versalzen. Das hätt die Inge einfach gern. Drum sagt sie es auch jeden Tag, wenn der Dimitri am Herd steht. Ausreden will sie ihn der Inge nicht. Das wär einmal ein Schwiegersohn! Stattlich, redet nichts und kocht. Große Hoffnungen macht die Mutter sich nicht. Der ist eine Nummer zu groß für die Inge. Der hat schon die Welt bereist und viele Schlachten überlebt. Die Inge kann man kaum um Milch zum Bauern gegenüber schicken, ohne dass sie sich verirrt. Komisch, weil sie in der Nacht sich immer wunderbar zurechtfindet. Dimitri stellt acht Portionen auf den Tisch. Vier kleinere für die Familie, vier größere für die Soldaten. Na ja, man will sich nicht beschweren. Den Abwasch macht er auch nicht. Das wird er aber sicher noch lernen, denkt die Mutter zuversichtlich und schnabuliert die Eierspeis. Am Abend gibt es oft ein Schnapserl. Und zwar nicht mehr den grausigen Stroh-Rum. Der Vater offeriert voll Stolz seine eigene Marille. Ausführlich beschreibt er den Russen seine geheime Rezeptur. Das täte er natürlich nicht, könnte der Russe ihn verstehen. So aber kann der Vater endlich enthüllen, mit welch genialem Trick er Schnaps brennt, ohne es wahrhaft auszuplaudern. Den Russen kümmert es sehr wenig, auf welche Abart er ihn herstellt. Er kippt ihn seelenlos hinunter und verlangt ein zweites Glas. Aha, ein Feinspitz, denkt der Vater und gießt ihm gleich geschmeichelt nach. So geht das beinah jeden Abend.

Die Mutter sitzt mit offenem Mund vor dem trunkenen Spektakel und mag es einfach nicht begreifen, wieso vier Russen und ihr Mann, die sich keinen Wortschatz teilen, Stunden in der Stube hocken und dabei vor Lachen brüllen. »В работе отстаём, а за едой обгоняем!«, ruft der Kommandant fidel. Der Vater prustet, als hätte er sein Lebtag noch nichts Lustigeres gehört. »Wer lang sudert, wird ned pudert!«, erwidert er aus vollstem Halse, und die Russen kugeln sich. Der Vater wischt sich Tränen von der Wange und befüllt erneut die Gläser. Sie stoßen miteinander an.

Natürlich so beschwingt, dass alles aus den Gläsern schwappt. Der Kommandant greift sich die Flasche und schenkt nochmals allen ein. Ebenso mit viel Elan. Alles schwimmt in der Marille. Sie tröpfelt schon von jeder Kante auf Boden, Schritt und Hosenbeine. Doch das ist allen fünf sehr recht. Mittlerweile hat sich jeder vor Lachen etwas angezudelt. Das sieht man somit Gott sei Dank nicht. Und riechen kann man's auch nicht mehr. Abermals wird angestoßen. Und weil man sich zusammenreißt, um nur ja nichts zu verschütten, grölt man dafür umso lauter. Jeder irgendeinen Trinkspruch, oder den Namen seiner Mutter. Man kippt das nächste Stamperl weg. Ein Russe wirft das leere Glas mit Verve gegen die Küchenwand. Die Mutter seufzt des Lebens müde. Das Glas zerbirst in tausend Splitter, was immensen Jubel erntet. Die andren Russen tun's ihm gleich. Nur der Vater wirft das Glas nicht gegen die Küchenwand, sondern jodelnd nach der Mutter. Sie soll ein bisserl lustig sein, schickt er dem Angriff hinterher.

Der Mutter aber ist es lustig genug. Dimitri steht auf dem Tisch und brunzt von dort aus in die Abwasch. Die restlichen vier trommeln begeistert mit den Händen auf den Tisch. Die Mutter wünscht sich zurück in den Krieg. Als der Russe noch nicht da war. Der bei Weitem schlimmer ist, als das der Hitler immer sagte. Wahrscheinlich wusst er's selber nicht. So denkt die Mutter jeden Abend. Doch wenn der Dimitri am Morgen wieder die gute Eierspeis macht, da kämmt sie der Inge gleich nochmals das Haar. Womöglich nimmt er sie ja doch. Unterdessen hat der Vater die Quetschen geholt. Er spielt *Sennerin, kumm zier di net,* und der Russ' singt drauf *Katjusha*. Bald ist die nächste Flasche leer und wird gegen die Wand gestutzt. Die Scherben prasseln auf den Boden, was ungebrochen für Erheiterung sorgt. Der Kommandant übernimmt die Quetschen, während der Vater Nachschub holt.

Es ist ja auch genügend da. Der ganze Keller ist voller Marille. Unermüdlich brannte er Jahr um Jahr sein Meisterwerk. Nur fand sich bislang einfach keiner, der seines Werkes würdig schien. Aber der Russe weiß halt, was gut ist. Der Vater hält die Flasche mit beiden Händen fest umklammert, um halbwegs in ein Glas zu treffen. Er befüllt sie fehlerfrei. Die Russen feiern ihn als Volkshelden. »Liaba Frau und Kind daschiaßn, als an guaten Schnaps vagiaßn!« Er prostet zwinkernd in Richtung der Mutter. »пить без тоста – это пьянка!«, schreit der Kommandant und widmet es ebenfalls der Mutter, die gezwungen dankbar lächelt. Gleich darauf muss sie sich ducken, weil fünf Gläser nach ihr fliegen. Dimitri winkt sie an den Tisch. Sie aber deutet ihm freundlich ein Gähnen. Die Müdigkeit ist nicht gelogen. Jedoch vergeblich, da die Mutter ja in der Stube schlafen muss und somit nirgends anders hinkann. Nebstdem möchte sie dabei sein, wenn diese fünf ihre Küche versauen, damit sie morgens nicht der Schlag trifft. Dimitri nickt verständnisvoll und spielt mit der Quetschen auf. Es folgt eine Stunde russisches Liedgut. Zu jeder neuen Melodie werden parallel fünf verschiedene Texte gejault. Dann klatscht der Kommandant in die Hände. Die Mutter weiß, was das bedeutet, und beginnt trockene Tränen zu weinen. Der Vater springt auf und holt Dominosteine. Ein Soldat zieht die Würfel hervor und ein weiterer die Karten. Nun spielt man bis zum Morgengrauen dieses wahnwitzige Spiel, welches die Russen dem Vater tatsächlich beigebracht haben. Wie, bleibt der Mutter für immer ein Rätsel. Schlimm genug, dass der Vater das Spiel tatsächlich zu begreifen scheint. Nein, er gewinnt auch immerzu. Irgendwann stolpert der Vater ins Bett. Das heißt auf die alte Pritschen in der Stube, wo er und die Mutter nunmehr schlafen, weil ihr Zimmer ja von Russen belegt ist. Er schmiegt sich eher versehentlich an sie. Beide haben nicht die Kraft, daran noch groß etwas zu ändern. Die Mutter hört ihn regelrecht grinsen. Das macht er in letzter Zeit immer öfter. Das Sägewerk wurde ob der Besetzung temporär geschlossen. Somit ist der Vater wieder arbeitslos und blüht darin gewaltig auf.

Momentan ist ihm zwar schlecht, doch alles in allem geht es ihm blendend. »Weißt du, Resi«, flüstert er, »der Russe ist ein feiner Kerl. Doch hätt ich's selber nicht erlebt, hätt ich das niemals glauben wollen. Manchmal muss es eben erst knallen, dass man sich ein bisserl näherkommt.« Die Mutter streichelt ihm die Wange. Dann dreht sie sich weg, um sich nicht zu erbrechen. »Morgen lass ich die Russen gewinnen«, kichert er gnädig. »Weil, weißt du, wenn ich kein einzigs Mal verlier, ich glaub, dann erstechen sie einen von uns. Und jetzt schlaf gut, Reserl.«

An der heißgeliebten Inge hat sich übrigens keiner vergriffen. Kaum angeschaut hat man das Kind. Was ihr gar nicht mal so recht war. Die hat sich nämlich äußerst zügig in einen der drei Soldaten verschaut. In den besagten Dimitri. Den mit der guten Eierspeis. Ob er tatsächlich Dimitri hieß, wusste man natürlich nicht. Der hatte semmelblonde Haare und Augen schwarz wie Kaviar. Eine verruchte Kombination. Da war die Inge aus dem Häuschen, wenn Dimitri im Hause war. Er allerdings wusste nicht viel anzufangen mit ihrem Gezwinker. Schien in der Familie zu liegen. Die Jüngere hat das ja auch. Vermutlich jodbedingter Schwachsinn. Oder er war schlichtweg überfordert. Schließlich war die Inge beileibe nicht die Einzige, die ihm nachgestiegen ist. »Die ganzen Menscha waren verliabt in die Russen!«, seufzt Großmutter verständnislos und schüttelt den Kopf. Sie hat eben lieber zu Hause gelernt, als die Soldaten zu umschwanzeln wie diese überdrehten Heerscharen junger aufstrebender Flitscherl, deren Königinmutter natürlich die Inge war. Die kreisten den Russen regelrecht ein, ließen ihre Röcke fliegen und wedelten mit ihrem Kropftuch. Unverkennbar rustikal, und doch, damit er sich daheim fühlt, mit einer leicht orientalischen Note. In eklektischer Ekstase tanzten sie so um ihn herum, als wäre er nichts weiter denn ein wehr- und willenloser Maibaum. Dem Russen war das nicht geheuer. Wahrscheinlich witterte er hier Hitlers letztes Aufgebot. Als der Krieg verloren schien, hatte man fernab der Front offenbar eine Riege Mädchen erschaffen, welche die unerwünschten Besatzer mit rolliger Tanzwut zurückdrängen sollten. Der ganze deutsche Mädelbund war wohl nur darauf ausgerichtet, solch aufbrausendes Weibsvolk zu züchten. Nur darum schickte man die Männer überhaupt erst an die Front, wohl wissend, dass die dort eh nichts reißen. Doch nur durch diesen männlichen Mangel konnte sich so nach und nach die notwendige Hysterie entfalten. Man hat die Weiber in ihrem eigenen Sud eingekocht, bis es ihnen den Deckel wegschnalzt. Den Russen schaudert es ins Mark. Die dicke Bertha war zurück. Das letzte Mal, als man sie sah, stand sie vor Sewastopol. Nun steht sie hier, am Mautner Marktplatz, furchteinflößender denn je. Sie hat noch einmal zugelegt, an Sprengkraft und Entschlossenheit. Die Neuwirth Bertha packt den Russen, dass er nicht weiß, wie ihm geschieht. Er sieht nur mehr ihr helles Brustfleisch, welches sie sich ihm zu Ehren bis zum Halse hochgeschnürt hat.

Die Bertha ist ein feistes Mädel. Daran konnte selbst der Krieg nichts ändern, der oftmals Kilos purzeln lässt. Aber bei manchen harten Fällen will eben keine Diät richtig fruchten. Und dementsprechend blieb die Bertha auch so großkaliberig, wie sie es seit jeher war. Sie hängt jovial am Arm des Russen, schwerer als sein Marschgepäck, und gesprächiger dazu. Sie schnattert ihm irgendetwas ins Ohr und kichert, weil er nichts versteht. Denn Deutsch sprach keiner von den Russen. Das hat den Weibern höchstwahrscheinlich zusätzlich den Kopf verdreht. Endlich einer, der nichts redet. Palavern tun eh *sie* genug. Ein Mann ist schön und stark und schweigt. Doch wenn der Russe Russisch sprach, so hörten sie das freilich gern. Großmutters Cousine Anna, die bis zuletzt in Mautern lebte, erzählte mir einst: »Was hatten wir vor denen Angst! Das waren vielleicht Wilde, diese Russen. Wie viele Mädchen haben die vergewaltigt!« Sie stiert mich an. Nach langer Pause fügt sie hinzu: »Unheimlich viele!« Es war offenbar keine rhetorische Frage. »Eine nach der anderen. Mich zum Glück nie!« Sie nippt an ihrem Glaserl Rotwein und blickt betroffen auf den Tisch. Ihr Kopf wippt trotzig auf und ab. »Doch ich war früher auch sehr hübsch!«, entfährt es ihr plötzlich gleich einem Freudschen Bäuerchen.

»Waren die Russen nicht sehr grob zu den Mädchen?« »Ach, i wo!«, winkt Großmutter ab. »Besonders lieb warn's mit den Kindern. Denen habn's oft an Schokolad gschenkt. Nur ein einziges Mal wurd einer sehr zornig.« Vom ganzen Hühnerstehlen gelangweilt, bemüßigte sich einst irgendein Russe, anstatt der Viktualien lieber einmal ein Fahrrad zu klauen. Nun kann allerdings der Russe an sich selber gar nicht Fahrrad fahren. Das klingt für den Leser jetzt pauschalisierend, entspricht aber den Tatsachen. Mag sein, dass sie es mittlerweile können, dem nachzugehen steht Ihnen offen, aber zu jener Zeit der Besatzung, dessen ist sich Großmutter sicher, war dazu kein einziger Russe imstande. Demnach wusste unser Dieb rein gar nichts mit seiner Beute anzufangen. Die war im Übrigen sehr wertvoll, ein schönes Rad der Marke Puch, einwandfrei und kaum benutzt. Auch freilich nutzlos, wenn man es partout nicht zu bedienen weiß. Besagter Russe aber dachte, dass das Rad defekt sein müsse. Und so trug es sich zu, dass in jenem Moment, als dieser Russe am Straßenrand stand und sein Diebespech beweinte, der Hansi vorbeifuhr. Auf seinem zerlemperten, klapprigen Rad, welches er aber perfekt manövrierte. Der Hansi ist nebenbei bemerkt Großmutters und Inges Bruder. Ein paar Jahre jünger als seine Schwestern. Ich hätte Ihnen, wertem Leser, gerne schon früher vom Hansi berichtet, doch es ergab sich bislang nicht. Sie können ihn sich nun retrospektiv zu jeder der Szenen hinzufantasieren. Tun Sie das ruhig, das stört mich nicht weiter. Er war ja auch tatsächlich da. Als die Helga Schläg bekam, als der Russe vor der Tür stand, als die Inge unterm Bett lag. Überall da war der Hansi zugegen und gab erzählerisch nichts her. Ich sage dies nur, um Ihnen zu zeigen, wie gut ich es mit Ihnen meine. Jeder andere Schriftsteller hätte den Hansi immerzu erwähnt, war er auch niemals von Belang. Der Vollständigkeit halber wird alles beschrieben, weil die Autoren selbst nicht wissen, was davon wahrlich relevant ist. Himmelsfarben, Teppichfransen, Hunderte Zitronenspalten zu einem geschmacklich unrettbaren Schnitzel, und zack, hat man die *Buddenbrooks.* Es ist mir sehr hoch anzurechnen, dass ich Ihnen das erspare. Doch nun ist dem Hansi sein Zeitpunkt gekommen. Der Russe deutet ihm stehenzubleiben. Der Hansi steigt vom Fahrrad ab. Er sieht das schöne Waffenrad und wundert sich darob nicht schlecht. Was will der Russe mit dem Radl, wo der doch gar nicht fahren kann? Der Hansi traut dem Ganzen nicht und glaubt, der Russe will ihn lumpen. Wie, das weiß er nicht genau, drum heißt es nun auch Obacht geben. Der führt sicher was im Schilde. Dumm ist der Russe nämlich nicht. Er lässt die Finger von der Inge, und so gescheit war bisher keiner. Aber der Hansi ist ebenfalls sehr gewitzt. Schließlich ist er noch ein Kind. Und Kinder sind stets von gewitzter Perfidie. Die meisten verlernen es nur im Alter.

Der Russe zeigt auf Hansis Rad, danach auf seines, dann wieder auf Hansis. Es scheint, als will er Räder tauschen. Dem Hansi kommt das komisch vor. Das nigelnagelneue Puchrad gegen den alten Schmarren vom Vater? Obacht, heißt es da nur, Obacht! »Der Russe hat einfach geglaubt, wie er den Hansi fahren gesehen hat, das muss ein Wunderradl sein!«, lacht Großmutter laut und beißt in ein Keks. Der Hansi schaut sich vorsichtig um. Womöglich lauert wo ein zweiter. Der nimmt ihm dann sein Radl weg, und beide fahren sie schnell davon. Oder schieben schnell davon, weil fahren können sie trotzdem nicht, gleich wie gestohlen und schön das Rad ist. Weit und breit kein andrer in Sicht. Den Hansi ereilt schon bald die Befürchtung, dass ihn der Russ' nicht lumpen will. Irgendwie schade, denkt er sich, er hätt gern mehr von ihm gehalten. Die Inge komplett zu ignorieren, bis sie sich schwarz ärgert und weint, das war schon nicht schlecht, das muss er ihm lassen. Doch dieses Tauschgeschäft – enttäuschend! Da hatte er mehr Raffinesse erwartet. Der Russe hört und hört nicht auf, zwischen den beiden Rädern hin und her zu deuten. Der Hansi weiß sich nicht zu helfen. Wenn er das Rad nicht tauschen will, dann dreht der Russe sicher durch. Wenn er es tauscht und der Russe bemerkt, was er selber für ein Depp war, dann ist er auch nicht sehr geschmeidig. Das Klügste wär davonzulaufen. Wobei, was sagt er dann dem Vater, wo dessen Radl plötzlich hin ist? Hoppala, das hat der Russ'! Dann spielt's Granada in der Stube. Denn seitdem das Sägewerk zu ist, hat der Vater wieder Kraft, den Kindern eine aufzulegen. Das hat er lange nicht gemacht, weil er von dem Baggerführen abends immer zu erschöpft war. Deswegen übernahm die Mutter die Watschen. Für Kinder ist das aber nichts. Die brauchen eine feste Hand, nicht so ein zartes Mutterpratzerl. An dem wahrscheinlich noch die Ringelblumencreme klebt, die so gut nach Wiese riecht. Dann ist das keine Watschen mehr, sondern eine Kosmetikbehandlung. Die Mutter schmiert sich ihre Haut, und der Vater schmiert die Kinder. So gehört sich das nämlich. Doch das will der Hansi nicht riskieren und beschließt, sein Rad zu tauschen. Wohl wissend, dass ihm danach nur Sekunden, bevor der Russe es bereut und ihn, wenn er nicht schnell genug, mit seinem Gewehr vom Radl fischt. Der Hansi nickt, der Russe freut sich. Sie händigen einander die Fahrräder aus. Der Russe streichelt den ranzigen Sattel seines magischen Gefährts. Jetzt wird er fahren wie der Blitz. Damit wird er den Mädchen entkommen, wenn sie sich zusammenrotten und ihren Balztanz zelebrieren. Der Hansi schwingt sich auf das Puchrad. Der Russe lächelt siegessicher über den einfältigen Burschen. Soll er schauen, wie weit er kommt mit diesem protzigen Klumpert. Der Hansi tritt in die Pedale. Der Russe schreit ihm hinterher. Er tobt und flucht und tritt gleich mehrmals auf das Rad des Vaters ein. Sein Wutanfall lockt Weiber an. Er schubst das Fahrrad in den Graben und eilt zeternd von hier fort. Der Hansi versteckt sein neues Rad unter Brettern hinterm Haus. Der Vater sah ihn bereits kommen und legt ihm, als er durch die Tür tritt, stante pede eine auf. Er hat die Erziehung sehr schleifen lassen. Deswegen muss er schleunigst aufholen. »Kruzitirkn noch einmal, was hast du mit meim Radl gmacht?« Getauscht hat er es. Mit einem Russen. Gegen ein weitaus besseres. Eine Triole von Watschen erklingt. Was fiel dem Rotzbub da nur ein? Des Vaters gutes, altes Rad, an welchem so viele Erinnerungen hingen. Nicht die seinen, aber trotzdem. Und wenn der Russ' dahinterkommt, wer ihn so verscheißert hat, dann rollen hier keine Würfel mehr. Auch keine Köpfe toter Hendeln. »Und überhaupt werdn's nicht mehr kochen. Dann gibt's wieder die grausige Eierspeis von der Mama. Willst du das etwa?« Stolz zwinkert er der Mutter zu. Sie soll nur herschauen, wie er durchgreift. Der Hansi schlurft beleidigt aufs Zimmer. Die Mutter, die am Esstisch sitzt, schaut ihm auch ganz traurig nach. Sie trauert um die Watschenhoheit, welche ihr schon deutlich fehlt.

Wie sich der Leser denken kann, büßte die Familie Brandtner zur Zeit der russischen Besatzung ein wenig an Beliebtheit ein. Beliebtheit, welche schon zuvor sehr zu wünschen übrigließ. Der Vater war von schlechtem Leumund, da er nicht im Krieg gedient hat und noch jedes Bein besaß. Der Mutter war man nicht gewogen, da sie nicht in die Kirche ging und sich dessen nicht mal schämte. Großmutter hatte nur wenige Freunde, da sie pathologisch log und als Streberin verschrien war. Den Hansi schimpfte man einen Lausbuben, da er gerne Katzen schnalzte. Und sämtliche Ehefrauen hassten die Inge. So gesehen waren die Brandtners der Gemeinde ohnehin des Gottseibeiuns entfernte Verwandte. Da hätte es den Russen gar nicht gebraucht. Doch nun war dieser auch noch da und das Haus Brandtner seine Hochburg. Sein Hauptquartier, sein Unterschlupf, und nicht zuletzt sein Diebesnest. Und man ließ keinen Zweifel zu, dass die Familie von der Beute nicht etwa parasitär profitierte, denn das war jedermann ersichtlich. »Blad is sie word'n, die Brandtnerin«, lästerte man gerade so laut, dass sie es noch vernehmen konnte. »Im Kriag fongt's der erst an zum schmecken.« Sie wurde ja tatsächlich blader, nachdem der Russe bei ihr aufschlug. Doch bei der Eierspeis vom Dimitri, da kann die Mutter halt nicht nein sagen. Drum schmaust sie oftmals drei Portionen. Die eigene, dann die vom Vater, dem stets zu schlecht ist, um zu essen, und als Nachspeis die der Inge, die glaubt, sie muss nur dünner sein, dann will sie auch der Dimitri. Was die Gemüter wohl weiter flambierte, war der dort herrschende Tumult, der Mautern jede Nacht beglückte. Das Gläserwerfen, das Gegröle, das Quetschenspiel bis fünf Uhr früh und nicht zu vergessen das Todesgegacker der gestohlenen Hühner. Für manche war dies unerheblich. Die hätten den Russen auch gehasst, hätt' er den ganzen Tag gehäkelt und dabei leis' ein Lied gesummt. Und so dauert es nicht lange, bis man in Mautern den Beschluss fasst, Zwist im Hause Brandtner zu säen. Gegen den Russen kann man nichts machen. Aber dem roten Bruder Brandtner muss doch beizukommen sein. Es sollte irgendwie gelingen, sie gegeneinander aufzuhussen. Aber wie? Was ist der Keil, welchen man hierein treiben könnte? Es muss doch irgendetwas geben, was zwischen diesen beiden steht. Man denkt scharf nach. Gab es vielleicht in der jüngsten Geschichte einen Disput, gar ein kleines Scharmützel, das sich rechauffieren ließe? Wieso ist der Russe überhaupt hier? Da liegt der Schlüssel begraben. Nun muss es einem nur noch einfallen.

Was hier bislang erzählerisch vielleicht zu kurz kam, ist der Fakt, dass in Mautern nicht nur solche residierten, denen wie meinem Urgroßvater sowohl der Krieg als auch der Hitler, wenn nicht zuwider, zumindest egal waren. Es gab im Ort durchaus auch solche, die das politische Geschehen immerzu mit großer Spannung und Parteilichkeit verfolgten. Diese Parteilichkeit tendierte meist zu sich selbst und seinem Lager. Selbst jene, welche den Hitler nicht mochten, hielten darum nicht sofort zu den anderen. Gleichwohl gab es in Österreich eine weitere und fürwahr sehr spezielle Haltung. Eine Haltung, welche man heute noch bei Fußballmeisterschaften oder den Olympischen Spielen begegnet, wo sie aber mit Sicherheit besser aufgehoben ist als im Krieg. Nämlich die Haltung »Mir is völlig wuascht, wer g'winnt. Hauptsache, die Deitschen net!« Diese Haltung war im Weltkrieg vonseiten Österreichs freilich sehr selbstlos, fahrlässig selbstlos, möchte man sagen, dennoch existierte sie. Dies soll mitunter auch beweisen, dass der Degout des Österreichers vor dem, vor der, vor allem Deutschen alles andre als ein Spleen ist, der, wie man zu behaupten pflegt, erst nach dem Krieg zu florieren begann. Diese Behauptung ist grundlegend falsch. Der Österreicher verachtet den Deutschen nicht erst seit dem Zweiten Weltkrieg, auch nicht seit dem Ersten Weltkrieg und nicht erst seit der Reiberei 1866, sondern seit Anbeginn der Zeit. Womöglich hat man hier sogar das famose Problem um Henne und Ei. Was war zuerst da? Der Deutsche oder der Hass auf den Deutschen?

Der Deutsche aber verklärt sich den Hass, der ihm aus Österreich begegnet, als Minderwertigkeitskomplex, als plumpen Versuch, sich selbst zu entlasten, oder, so sehr belügt sich der Deutsche, als einen Abwehrmechanismus. Als zöge es den Österreicher im Herzen stets zu Deutschland hin, weswegen er gezwungen ist, diese unerlaubte Liebe mit aller Kraft zu unterdrücken. Dieser sittenwidrige Trieb, dessen man sich stets erwehrt, hätte sich demnach irgendwann in sein Gegenteil verkehrt, und am Bodensatz des Hasses klebt in Wahrheit nichts denn Sehnsucht.

Das ist natürlich hehrer Unsinn. Der Österreicher ist kein Knabe, der insgeheim ein Mädchen liebt, sich dieses doch nicht eingesteht, und sie drum unentwegt am Schulhof mit Steinen und mit Dreck bewirft. Der Österreicher hasst aus Hass. Und aus Minderwertigkeitskomplexen. Die schmälern jedoch weder ihn noch seinen Hass. Besonders nicht jenen auf die Deutschen. Denn die Wahrheit ist nun mal, fernab persönlicher Ressentiments zwischen jenen beiden Ländern hasst der Österreicher den Deutschen nicht mehr und nicht weniger, als es alle anderen tun. Die angestrebte Schadensbegrenzung des deutschen Selbstbewusstseins aber übersieht diese weltweite Antipathie und unterstellt diese stattdessen allein dem Staate Österreich. Selbst jene wenigen deutschen Gesellen, die sich des globalen Ausmaßes ihrer Missliebigkeit bewusst sind, vermuten den Eiterherd des Hasses, den Ausgangspunkt ihrer Unliebsamkeit doch immer wieder in den Alpen. Hierfür gibt es zahlreiche Gründe. Der einfachste, weshalb der Deutsche sich nur vom Österreicher gehasst fühlt, ist jener, dass er diesen versteht. Die ansatzweise ähnliche Sprache, die sich diese beiden teilen, nötigt den Deutschen regelrecht, dem Österreicher zuzuhören und in Folge zu verstehen, wie er fortwährend über ihn herzieht. Seine bescheidene Fremdsprachengabe ermöglicht es dem Deutschen nicht, zu hören, wie man allerorts auf the Germans, les allemands, oder i tedeschi schimpft. Was man auf den ersten Blick Deutschen zugutehalten mag, was aber auf den zweiten Blick nur ein weiterer Grund ist, ihn zu hassen, ist der Umstand, dass sich der Deutsche von diesem Deutschenhass nicht ausnimmt. Im Gegenteil, es scheint sogar, dass sich der Deutsche heftiger hasst, als es alle andren tun. Und er bildet sich auf den Selbsthass, das ist das wahrlich Perverse daran, auch noch jede Menge ein.

Gewiss drängt sich die Frage auf, wieso der Österreicher, der sich nichts sehnlicher zu wünschen scheint als eine Niederlage Deutschlands, ausgerechnet mit diesem in den Krieg zu ziehen beschließt? War es, um die Niederlage von innen garantieren zu können? Hat Österreich bewusst getrödelt, absichtlich danebengeschossen und Befehle ignoriert, um Deutschland den Sieg zu kosten? War die teilweise Zerstörung der Alpenrepublik ein Preis, welchen man zu zahlen gewillt war, nur um den Deutschen weinen zu sehen? Mit Sicherheit. Doch nicht ausschließlich. Es gibt noch einen weiteren Grund, weshalb das österreichische Volk 1938 den Deutschen Tür und Tor geöffnet. Äußerst willig, wohlgemerkt. Man war nicht Opfer eines Landsmanns, den man zum Tee geladen hatte, der aber plötzlich unverhofft wilde Freunde mitbrachte, die sich nicht zu benehmen wussten. War es Hunger, Elend, Missmut oder einfach Langeweile? Die Antwort auf jene Frage ist die, welche stets die Antwort ist, wenn wieder irgendwo gefragt wird, warum und wieso der Österreicher dieses oder jenes tut, getan hat oder in Zukunft zu tun gedenkt: Ungarn.

Sie, mein sehr geschätzter Leser, haben gewiss bereits geliebt. Und wie die Liebe oft so spielt, so wurden auch Sie wohl einst verlassen. Das schmerzt fürwahr und ist nicht schön. Nun kann man aber auf diesen Verlust unterschiedlichst reagieren. Ein sehr populäres Divertissement des enttäuschten Liebenden ist, dem verlorenen Liebesobjekt penetrant zu demonstrieren, wie vergeblich wenig man das Verlorene misst. Dies könnte gelingen, indem man die Leere, welche das Verlorene riss, möglichst lange als solche erhält, um die Leere selbst zu leugnen und nicht nur die Einmaligkeit dessen, welche sie einst füllte. Tore hingegen, und das sind die meisten, erachten gerade dieses Verhalten als degradierenden Beweis ihrer schlicht nicht zu überwindenden Liebe und suchen darum stattdessen die Leere möglichst zügig neu zu besetzen. Entscheidet man sich für jenes Vorgehen, ist man zwar schon tief gesunken, doch gabelt sich an dieser Stelle einmal noch der weitere Weg. Jedoch, ich nehme es vorweg, erfreut sich auch hier der Pfad der Torheit weitaus größerer Beliebtheit denn jener der Würde und des Verstands. Letzterer würde nämlich ermahnen, als neuen Platzhalter der Leere das Musterexemplar der Gattung, die Krönung allen Seins zu wählen. Ein Wesen, welches so vollkommen, dass es dem Verlorenen nicht nur plumpe Eifersucht, sondern alleine den Freitod gebietet. Stattdessen wählt der Liebende gern das erste Geschöpf, welches er zu fassen kriegt. Je minderwertiger sich dieses gebärdet, vor allem im Abgleich zu dem, was verloren, umso erhabener glaubt sich der Tor. Er glaubt tatsächlich, das Verlorene kränken zu können, indem er die Leere mit Unrat befleckt. Er glaubt dadurch zu beweisen, dass dessen Podest niemals mehr denn Pissoir war. Diese Finte ist natürlich himmelhochjauchzend zum Scheitern verdammt. Das Verlorene bleibt verloren, die Leere klafft so tief wie nie, nur ist sie nunmehr prall gefüllt mit Despektion und Defäkat. Und diese meine kleine Parabel liefert auf nur einer Seite das, wofür Historiker seit Jahrzehnten den Buchdruck missbrauchen und doch zu keiner Einsicht kommen, nämlich die Antwort auf die Frage, wieso es Österreich begrüßte, ja, schlechterdings darum gebuhlt hat, sich den Deutschen anzuschließen. Nun aber wieder schleunigst zurück zu unserer eigentlichen Geschichte.

Man müsse die Russen davon überzeugen, dass ihr steirischer Genosse nicht der arg- und arbeitslose, gutmütige Trinker ist, der schon allein ob mangelnder Feinmotorik keiner Fliege etwas zuleide tun könnte, sondern ein gestandener Nazi. Ein waschechter Kriegsverbrecher, welcher sich vor der Justiz drückt und deswegen hier in Mautern einen auf verzärtelten Hausmann macht. Einer, der im Ostfeldzug russische Babuschkas skalpierte und aus ihren Schädelknochen hinterher den Borschtsch löffelte, den er sie vor der Exekution noch zu kochen gezwungen hatte. Doch wie sollte man das beweisen? Zumal sich der Brandtner und die Russen bereits eine innige Freundschaft angetrunken haben. Die erschüttert man nicht so leicht mit konfusen Anschuldigungen.

Schließlich erschien es den Verschwörern, dass es wohl das Beste sei, den Besatzern einzureden, der Brandtner wäre Hitler selbst. Dass der sich gar nicht umgebracht hätte, sondern aus Berlin entkommen und in der Steiermark untergetaucht sei. Die Mauterner würden allesamt bereitwillig bestätigen, dass es sich beim alten Brandtner in Wahrheit um den Führer handle. Vermutlich könnte man sogar die Nachbardörfer mit ins Boot holen, wo man ebenfalls erpicht war, wenn auch nicht unbedingt die Russen, doch den Brandtner loszuwerden. Kurze Zeit erwog man sogar, die ältere der Brandtner-Töchter, von der im Dorf gemunkelt wurde, dass sie nicht die Vifste sei, so lange zu bearbeiten, bis auch sie die Lüge glaubte. Nun gibt es aber neben solchen, welche schlichtweg zu intelligent sind, um sich manipulieren zu lassen, auch solche, welche schlichtweg zu schlicht sind. Die erste ungeahnte Hürde tat sich bereits darin auf, dass die Inge gar nicht wusste, wer genau der Hitler war. Und spätestens, als man sie bat, kurz zu erläutern, worum es in diesem Krieg überhaupt ging, mussten die Verschwörer einsehen, dass mit der Inge eher nicht zu rechnen war. Laut ihr hatte sich Österreich nämlich mit den Juden verbündet, um die Deutschen zu bekämpfen. Trotzdem drang man weiter in sie, wenn auch nicht länger in der Hoffnung, sie für den Plan gebrauchen zu können, sondern lediglich aus Neugier, wie tief ihr Unwissen wohl reiche. Warum denn ihrer Meinung nach der Russe hier im Lande sei. Die Inge ist bestürzt, wie wenig diese alten Männer wissen. »Der macht hier doch nur halt. Der ist auf dem Weg nach Frankreich.« Die Verschwörer halten an sich, nun nicht weiter nachzufragen, werden aber übermannt von dem Zauber der Groteske, die sich vor ihren Augen entspinnt. »Und wieso wollen die Russen nach Frankreich?« Da zuckt die Inge mit den Schultern. »Vielleicht wegen der guten Torten.« Den Verschwörern stockt der Atem. »Die haben die in Russland nicht. Die Mama hat letztens einen Marmorkuchen gebacken. Den haben die ratzeputz gegessen. Aber der Dimitri hat mir ein Stück aufbehalten. Der ist nämlich ganz ein Lieber. Und er stinkt gar nicht so schlimm wie die andren.« Wer von den Verschwörern bis dahin noch erotisches Interesse für die liebe Inge gehegt hat, lässt das unverzüglich sein. Mit der stimmt doch etwas nicht. Darüber sind sich alle einig. Entweder hat sie etwas im Sinn, oder irgendetwas im Kopf. Höchstwahrscheinlich Syphilis. Vielleicht hat ihr Hirn davon schon ganz braune Flecken und sieht aus wie der Marmorkuchen, dessen Zutaten sie gerade laut aufzählt.

Dafür, dachten sie, ließen sich leichter belastende Indizien fälschen. Sie alle gingen zunächt davon aus, dass mit Sicherheit keiner der Russen, welcher in Mautern stationiert war, den Hitler je persönlich traf. Die meisten von ihnen kannten ihn wohl lediglich vom Hörensagen. Selbst wenn sie ihn zufällig einmal in einer Zeitung gesehen haben sollten, sofern der Russe Zeitungen liest, wovon nicht auszugehen ist, hätte sich ihnen sein Gesicht niemals so sehr eingeprägt, als dass man ihnen jetzt nicht genauso gut den Brandtner unterjubeln könnte. Zumal der Führer zugegeben kein aufregendes Antlitz hatte. Nimmt man ihm das alberne Bärtchen und das pedantisch gestriegelte Haupthaar, bleiben keine Merkmale übrig, um ihn in einem Wimmelbild ausfindig machen zu können. Und der Brandtner hat zum Glück auch so ein Allerweltsgoscherl.

Um dennoch jeden Zweifel zu tilgen, beschließt man, ein halbes Dutzend identischer Porträts anzufertigen. Wie die alten Hitlerbilder, nur mit dem Gesicht vom Brandtner. Die wollen sie den

Russen zeigen, die ihren guten Freund einpacken werden, und dann ab die Post nach Russland. So kommt das Pazifistenschwein letztlich auch in den Genuss der schönen Strecke Moskau–Mautern. Nur heimkehren wird der sicher nicht mehr.

Gottlob ist zu dieser Zeit im Dorf ein alter Maler wohnhaft. Erst waren die Verschwörer skeptisch, ob der sie unterstützen würde, den Sowjet-Spezi anzuschwärzen. Weil der Maler noch nicht lange hier ist und recht zurückgezogen lebt. Der kennt den Brandtner vermutlich gar nicht. Warum sollte der mitmachen wollen, ihn zu bezichtigen, Hitler zu sein. Das macht man ja nicht alle Tage. Und vor allem nicht einfach so. Da braucht man einen guten Grund, um sich hernach nicht schlecht zu fühlen. Ein noch größeres Problem sahen die Verschwörer darin, dass der Maler nur Landschaften malt. Und selbst das nicht sehr berauschend. Wie sähe dann erst ein Porträt aus? Wenn der den Brandtner ganz verwordagelt hinschmiert, fliegt ihr Plan doch sofort auf.

Nichtsdestotrotz beschließen sie, den Maler mit ins Boot zu holen. Wenn sich dieser weigern sollte, es dem Brandtner petzen wollte oder die Gemälde verhunzen, müssen sie ihn eben entsorgen. Das würde aber wohlgemerkt lediglich eine Notlösung darstellen. Was freilich nicht viel heißen will, da die Verschwörer bereits die Entsorgung des unliebsamen Nachbarn Brandtner als Notlösung betitelten. Der Mauterner Bürgermeister, welcher die Verschwörung selbst ersann, ist allerdings dafür bekannt, niemals Lösungen zu suchen, sondern ohne Umschweife zu einer Notlösung zu greifen. Er kennt sich aus mit Politik und weiß: Lösungen sind keine Lösung.

Zu seinem Erstaunen willigt der Maler anstandslos ein. Und verspricht zudem hochheilig, sich im Gesichtermalen zu üben. Er will den Brandtner so perfekt porträtieren, dass man den aus Fleisch und Blut dagegen für ein Stillleben hält. Für die nächsten Tage und Wochen schleicht der Maler seinem Modell also auf

Schritt und Tritt hinterher. Er verhält sich unauffällig. So unauffällig ein Verfolger mit einer Palette Farben im Arm nur sein kann. Trotzdem bleibt er nicht ungesehen. Vor allem bei den Mauternern, die nichts von der Verschwörung ahnen, sorgt das für regen Unmut. »Schau dir den alten Gecken an!« »Malen lässt er sich, der feine Herr!« »Auf offener Straße!« »Damit es ja auch alle sehen.« »Der Blitz soll ihn am Heisl treffen!«

Angenehmerweise kriegt er von dieser Mokerie nichts mit. Er bemerkt nicht einmal den Maler. Und das obzwar ihm dieser nicht selten bis zu besagter Örtlichkeit nachsteigt, wo in den Brandtner der Blitz einschlagen soll. Diese ewige Zecherei mit seinen roten Untermietern fängt an, seinen Blick zu trüben. Nicht nur, dass sein Sehfeld schrumpft, er wird auch völlig unempfänglich für jedwede böse Absicht. Aus jedem hasserfüllten Mauterner strahlt ihm Wohlwollen entgegen. Er sieht nur das Gute. Und das auch noch doppelt. Niemals würde er vermuten, dass ihm irgendjemand im Dorf einen Streich zu spielen gedenkt. Dem Maler bleibt das nicht verborgen. Nun springt er nicht mehr in die Büsche, wenn sein Modell sich unverhofft umdreht. Er grüßt freundlich und malt weiter. Der Brandtner wird dann ein wenig posieren und lachend seines Weges ziehen.

»Dobre poschalowat, moi ...« Der Bürgermeister stockt. »Kruzitirkn, was heißt Freunde noch schnell?« Sein Sekretär eilt ihm zu Hilfe. »Duraki.« »Moi duraki!« »Nein, warte!«, korrigiert der Sekretär. »Duraki heißt Idioten.« Der Bürgermeister schluckt. Der russische Kommandant verzieht keine Miene. Der Sekretär durchforstet seine Notizen. »Hier, ich hab's! Freunde heißt drusja!« »Moi drusja!«

Betretene Stille. Einer der Russen flüstert dem Kommandanten etwas ins Ohr. Dieser nickt. Der Bürgermeister hustet. Nichts geschieht. Er hustet lauter. Nun tritt seine Frau herein. Vor sich her schiebt sie die Tochter. Der Bürgermeister winkt sie zu sich und seine Gattin aus dem Raum. Er bietet dem Kommandanten die Tochter wie einen Aperitif an. Dieser lehnt ab. Die Tochter stapft pikiert nach draußen. Der Bürgermeister geht zum Geschäftlichen über. Jetzt muss er ganz behutsam vorgehen. Sonst dreht ihm der Russe durch. Wenn der erfährt, dass er seit zehn Wochen beim totgeglaubten Führer logiert und ihn mit Diebesgut versorgt hat, dann sticht er sicher den Erstbesten nieder. Ganz gleich, ob der ihm was getan hat. Einfach, um wieder runterzukommen. Der Bürgermeister räuspert sich. Er wird ihn ganz sachte an die Wahrheit heranführen. »Gospodin Brandtner … Adolf Hitler.« Der Bürgermeister geht in Deckung. Nach einer Minute lugt er verstohlen hinter seinem Schreibtisch hervor. Hat sich der Russe schon beruhigt? Hoffentlich hat er ihm nicht den Secretarius erstochen. Der Kommandant und seine Kohorte stehen weiterhin ungerührt da. »Ja, sapperlott! Haben mir die gar nicht zugehört?« Der Bürgermeister versucht es erneut. Die Russen schauen einander fragend an. Er entreißt dem Sekretär die Notizen. »Olga und Mischa essen gern Eis?! Was hast du denn da übersetzt?« »Ich hatte nur so ein Schulbuch für Kinder, das …« Der Bürgermeister knallt die Zettel auf den Boden. »Gospodin Brandtner«, sagt er ganz langsam und deutet dabei aus dem Fenster, »ist Gospodin Hitler!« Jetzt zeigt er den deutschen Gruß. Der Kommandant kneift die Augen zusammen, als könne er so besser hören. »Seid's ihr Russen wirklich so deppat?! Hört's, der Brandtner is da Hitler!« An den Besatzern regt sich nichts. Außer ein paar Augenbrauen, die schwindelfrei die Stirn erklimmen. Dem Bürgermeister ist sehr unwohl. Er verhält sich undiplomatisch. Nun schreit er nur mehr den Namen des Führers und reißt dazu den Arm in die Höhe. Dazwischen steirische Invektiven gegen den Genossen Brandtner.

»Ich glaube …«, flüstert der Sekretär, »die wissen gar nicht, dass der Brandtner Brandtner heißt.« Das wissen sie in der Tat nicht. Wenn sie etwas von ihm brauchen, rufen sie ihn meist mit »Ey!«. Und zu später Stunde taufen sie ihn immer liebevoll mit allen möglichen deutschen Begriffen, die es auch im Russischen gibt. So hieß der Brandtner bereits Eisberg, Edelweiß und Butterbrot. Der Bürgermeister sammelt sich wieder. Er hat ja noch ein Ass im Keller. Ein Dutzend, um genau zu sein. Der Maler wollte gar nicht aufhören, nachdem er eins vollendet hatte, das Porträt zu duplizieren. So angetan war er davon. Und das zu Recht. Er hat sein Werk sogar mit Brand- und Wasserflecken versehen, damit es noch authentischer wirkt. Ein Pfundskerl, dieser Farbenkleckser! Wenn die Chose endlich vom Tisch ist, wird ihn der Bürgermeister für seine Mühen zum Ehrenbürger ernennen. Von denen haben sie eh erst einen, und der ist nicht mehr ganz aktuell. »Meine Herren, bitte folgen Sie mir.« Er haut sich spaßhaft auf den Schenkel. »Ach, verzeihen Sie! Ich meine: Dawai, dawai!«

Halb Mautern liegt noch in den Betten, als ein kleiner Junge eilig durch die Straßen läuft und schreit: »Der Russe ist weg! Der Russe ist weg!« Er läuft zum Haus des Bürgermeisters, der, von dem Geschrei geweckt, schlaftrunken ans Fenster wankt. »Herr Bürgermeister! Der Russe ist weg!« Dieser reißt die Augen auf. »Und der Brandtner?«, fragt er grinsend. »Liegt betrunken vor seinem Haus.« Das Grinsen rutscht ihm vom Gesicht. »Was?!« »Der Brandtner liegt …«, antwortet der Junge artig. »Jaja, das hab ich schon gehört! Aber was ist mit ihm? Ist er verletzt?« »Nein, er singt.« »Was singt er denn?« »Irgendetwas Russisches.« »Gott steh uns bei.«

Am Nachmittag versammeln sich die Verschwörer in einem der Häuser. Sie alle sind recht aufgebracht. Manche von ihnen sogar nüchtern. So sehr nimmt sie das alles mit. »Also bitte, meine Herren, ein einzelner Mann kann es doch nie und nimmer mit drei Dutzend Russen aufnehmen!«, wiederholt der Bürgermeister nun bereits zum dritten Mal. »Und was, wenn doch?«, wirft einer ein. »Dann hat der Brandtner uns zumindest einmal einen Dienst erwiesen«, wiegelt der Bürgermeister ab. »Lassen wir die Sache ruhen.«

Die Männer wirken unbefriedigt. Offenbar war ihnen der Brandtner ein größerer Dorn im Aug als der Russe. Und unheimlich ist ihnen auch, was da gestern Nacht vorgefallen sein kann. Der Bürgermeister reibt sich die Stirn. »Angenommen, es ist wahr. Der Brandtner hat die Russen verscheucht ...« »Ich hab gehört, er hat sie erdolcht!« »Nein, stranguliert hat er sie alle!« »Mit den Zöpfen seiner Tochter!« »Schluss jetzt! Ganz egal, was da passiert ist. Die Frage ist doch: Haben ihm die Russen, bevor er sie ...« »Erdolchte!« »Strangulierte!« »Von seiner Tochter totpudern ließ!« »... haben sie ihm vor ihrem Verschwinden von unserem Plan erzählt?« Die Verschwörer verstummen. Daran haben sie noch gar nicht gedacht. Jetzt kriegen sie es mit der Angst zu tun. Der Brandtner wird auf Rache sinnen. Und die wird ganz bestimmt fürchterlich sein. Denn wenn der Brandtner im Alleingang dreißig Russen abgemurkst hat, dann ist der noch zu ganz anderem fähig. Der Bürgermeister schüttelt den Kopf. »Das ist doch eine Dodlerei. Meine Herren, ich sag es noch einmal, niemand wäre dazu imstande! Ein ganzer Trupp Rotarmisten! Wer in Himmelherrgottsnamen könnte die in die Flucht schlagen?!« Die Verschwörer nicken sich Mut zu. Er hat wohl recht. Solche übermenschlichen Kräfte hätte die Welt noch nicht gesehen. Und so irrsinnig ist auch keiner, so etwas überhaupt zu versuchen. »Und was, wenn der Brandtner ...«, flüstert einer der Verschwörer mit bibbernder Stimme, »... tatsächlich der Führer ist?« »Red keinen Schmarrn! Der Brandtner war nicht mal im Krieg.« »Das war der Hitler aber auch nicht.« »Willst du sagen, dass unser Führer ein feiger Kriegsverweigerer war?« »Ja, das war er! So wie es alle Kriegstreiber sind! Selber einen Krieg anzuzetteln ist der sicherste Weg, um nicht mitmachen zu müssen.« »Pass auf, du versündigst dich!« »Meine Herren, bitte beruhigt euch!« Der Bürgermeister sucht vergeblich die Männer zu besänftigen. »Wozu noch streiten? Fakt ist, dass der Russe jetzt weg ist, und das war es doch, was wir ursprünglich …« »Fakt ist auch, dass der Brandtner noch da ist!« »Genau! Und dass keiner von uns weiß, wo der die letzten Jahre war. Wir waren ja fort. Wer kann bezeugen, dass der nicht die ganze Zeit in Berlin war?« Die Verschwörer verstummen erneut. Sie schauen einander unsicher an. Nach ein paar Minuten lautlosen Grübelns rennen sie allesamt gleichzeitig los. Flugs hinunter in den Keller, wo sie gestern Abend den Russen die gefälschten Gemälde gezeigt haben. Nun stellen sie eins der Porträts vom schnauzbärtig gemalten Brandtner neben einem Hitlerbild auf. Mit kuratorischer Pedanterie mustern sie die beiden Werke. Sie vergleichen Wangenknochen, Nasenwurzeln und Ohrläppchenlängen. »Das ist er!« »Das kann nicht sein!« »Du!« Die Männer wenden sich bang an den Maler des Brandtner'schen Konterfeis. »Hattest du sicher den Brandtner vor Augen und nicht einfach den Hitler abgemalt?« Der Maler schüttelt beleidigt den Kopf. »Ich hab den tagelang verfolgt, um ihn mir richtig einzuprägen. Ich sage euch, das ist der Brandtner!«

Und von da an sind die Brandtners die beliebteste Familie. Man lästert nicht mehr, grüßt sie höflich, und die Mauterner Frauen bringen der Brandtnerin nun immerzu kleine Aufmerksamkeiten vorbei. Feine Pralinen, gute Rauchwaren und viel frisches Obst und Gemüse. »Weil Ihr Mann ja Vegetarier ist.« »So?«, fragt die Brandtnerin verdutzt. »Davon weiß ich ja noch gar nichts. Ich kann mir aber auch nicht jeden Schaß merken, den sich der alte Depp in den Kopf setzt.« Die Mauterner Frauen lachen gekünstelt. »Sie müssen sich vorstellen: Erst letzte Woche meint er zu mir, er wolle in die Politik gehen. Da müsse wieder Schwung in die Sache kommen!« Die Mauterner Frauen verkutzen sich an ihrer falschen Freundlichkeit. »Sicher war er schon blunzenfett und ist auch nüchtern mords ein Dodl. Aber so was hab ich auch noch nie erlebt. Wie dem auch sei, haben S' schönen Dank für die Tomaten. Daraus mach ich einen …« Aber da sind die Mauterner Frauen bereits kleinmütig geflüchtet.

Das ging für die Familie Brandtner ja noch einmal glimpflich aus. Wie kam es aber, dass die Russen, als man ihnen die Bilder zeigte, keinerlei Verdacht geschöpft haben? War es die Torheit der Verschwörer? Oder der Dilettantismus des Malers? Haben sie die Porträts vom Brandtner sofort als Pastiche entlarvt? Oder war es die tiefe Freundschaft, die sie mit dem Brandtner geknüpft haben? Hinderte sie die daran, irgendwie an ihm zu zweifeln? Kannten sie ihn nach den ganzen Saufgelagen schon gut genug, um zu wissen, dass es sich bei diesem herzensguten Mann unmöglich um einen pensionierten Diktator handeln könne? Oder glaubten sie den Verschwörern, aber brachten es nicht übers Herz, den alten Hitler zu belangen? Er schien sich schließlich geändert zu haben. Jetzt ist er nicht mehr das schreiende Scheusal, sondern ein umgänglicher Kumpel, der durchaus akzeptieren kann, wenn er beim Würfelspiel verliert. Gaben sie ihm eine zweite Chance?

Nein. Nichts von alledem war der Fall. Was die Intrige platzen ließ, war nicht die Magie der Freundschaft, sondern jene der Marille. Hier sollte ich vielleicht enthüllen, was meines Urgroßvaters Kunstgriff beim Brennen seines Schnapses war. Entgegen sämtlichen Regeln der Kunst verzichtete er stets darauf, die Marillen zu entkernen, mit welchen er die Maische gor. Das verlieh seinem edlen Gesöff nicht nur diese feine Note deliziösen Marzipans, sondern auch hehre Mengen Blausäure. Nun lässt sich schwer eruieren, ob diese kleine Spitzfindigkeit die durstigen Rotarmisten gesundheitlich geschädigt hat. Was es aber sicher tat, war das viele Methanol, mit dem er die Marille streckte. Dem war es letztlich zu verdanken, dass sowohl der Kommandant als auch seine

Untergebenen beim Besuch des Bürgermeisters und seiner Privatausstellung fehlerhafter Hitlerbilder allesamt so gut wie blind waren. Sie hätten gar nicht sagen können, ob er ihnen im Keller Gemälde oder Strumpfwaren gezeigt hatte.

Zwei Wochen später flattert ein Brief ins Haus Brandtner. »Inge, komm schnell! Der Dimitri hat dir geschrieben!« Die Inge flutscht die Treppe runter und entreißt der Schwester den Brief. Die hat ihn bereits gelesen und nicht das Geringste verstanden. Das ist aber auch ein heilloses Wirrwarr, was der Dimitri da verfasst hat. Bald ist es russisch, bald ist es deutsch. Und nicht selten wechselt er in einem Wort zwischen zwei Alphabeten. Der Inge scheint das einerlei. Die saugt seine Zeilen auf wie ein ausgehungerter Schwamm. Ihr Blick huscht augenscheinlich planlos kreuz und quer übers Papier. Dabei hält sie den Atem an. Erst nach Minuten holt sie wieder Luft. Gott sei Dank. Die Mutter hat sich schon Sorgen gemacht, weil ihr Kopf bereits rot anlief. Und wenn die Inge etwas braucht, ist das Sauerstoff im Hirn. Noch ein paar Zellen weniger, und sie ist nicht mehr stubenrein. Die Inge herzt das Stück Papier und wiegt es wie einen Säugling im Arm. »Na, sag schon! Was steht drin?«, ertönt es in vierstimmiger Neugier. Die Inge erschrickt. »Jössas, wo kommt's ihr denn her?« Sie hat vollkommen vergessen, dass sie nicht alleine ist. So war sie in Gedanken versunken. Und in denen wiederum in der Reißen ihres Russen. Sie räuspert sich. »Also, dem Dimitri tut es sehr leid, dass er so plötzlich auf und davon ist. Die haben in aller Herrgottsfrühe einen Befehl aus Wien gekriegt, und da mussten sie dann hin. Weil hier in der Steiermark jetzt nur mehr die Briten sein dürfen. Er bedankt sich aber recht herzlich. Die anderen natürlich auch. Dafür, dass wir so gastfreundlich waren. Dass der Vater jede Nacht mit ihnen gekartelt hat. Dass die Mutter jeden Morgen das Daspiebene weggewischt hat. Und dass wir alle die gamsigen

Mädchen vertrieben haben, die sie immer ärgern wollten.« Sie starren die Inge ratlos an. »Ende.« Aber die Ratlosigkeit ebbt nicht ab. »Das alles ist da dringestanden?!«, sprudelt es aus der Mutter heraus, die den Brief natürlich auch vorab schon zu entziffern versucht hat und kläglich gescheitert ist. Die Inge nickt.

Das ist schon erstaunlich. Der Dimitri beherrscht kein Deutsch und die Inge ebenso wenig. Zumindest ist sie im Lesen sehr schlecht. Und Russisch kann sie schon mal gar nicht. Der Dimitri hingegen hat, der krakeligen Schrift nach zu urteilen, noch nie zuvor eine Zeile geschrieben. Auch nicht in der Muttersprache. Jedoch irgendwie fügt es sich, dass sich diese zwei lernschwachen Turteltauben problemlos zu verständigen wissen. »Ach ja, und er bittet dich …«, die Inge deutet auf den Vater, »… dass du ihnen nicht böse bist, weil sie ein paar Flaschen von deiner Marille mitgenommen haben. Weil sie ihnen so gut geschmeckt hat.« Der Brandtner verdrückt eine Träne. »Die hätt ich ihnen ja eh mitgegeben! Mei, hätt ich nur gewusst, dass sie gehen! Dann hätt ich sie schön eingepackt und …« Er kann nicht mehr weitersprechen. Von Schmerz und Rührung überwältigt, schluchzt er leise in die Schulter der Mutter. Diese verdreht die Augen und streicht ihm widerwillig durchs Haar. Sie hat es fürwahr nicht leicht. Als Mutter und als Mann im Haus. »Ist das alles?«, fragt sie die Inge, deren Mundwinkel vor Lächeln schon beinahe ihre Schläfen berühren. »Ganz unten hat er noch gesagt, dass sie vielleicht wiederkommen.« Der Vater hört jäh auf zu schluchzen. »Wann?«, erkundigt er sich quirlig und sucht sofort die Würfel zusammen. »Das weiß ich nicht. Er sagt nur, dass sie vielleicht nachschauen kommen müssen, ob hier in Mautern so ein Herr … Herr …« Die Inge faltet den Brief wieder auf und durchforstet ihn geschwind. »Da! Ob so ein Herr Hitler hier ist.«

Die Russen kehrten nicht zurück. Obwohl die Inge sich das so sehr gewünscht hat. Denn mit den Briten, die jetzt kommen, hat sie keine große Freude. Mit denen wird sie nicht recht warm. Die Inge läuft zwar gerne heiß, doch offenbar reicht das nicht aus, um den Engländer zu wärmen. Deshalb steht sie oft am Fenster. Hoffend, dass der Russe kommt. Doch er kommt und kommt nicht wieder. Die Gerüchte, dass sich der Hitler in dem kleinen Mautern verschanzt hält, wurden als Humbug abgetan. Ansonsten gibt es nichts zu berichten. Der alte Maler ist verschwunden. Aber das hat keinen gekümmert.

»Jetzt mach dir nichts draus.« Die Inge setzt sich neben die Helga aufs Bett und legt ihr tröstend den Arm um die Schulter. »Jetzt komm, ich durfte ja auch nicht aufs Gymnasium.« »Weil du dumm wie Bohnenkraut bist! Aber schau her!« Sie ohrfeigt ihr Zeugnis. »Ich hab in jedem Fach ein Sehr gut!« »Na eben!«, meint die Inge arglos. »Du bist eh schon so gescheit. Was willst du am Gymnasium?« Sie schaut die Inge sprachlos an. Diese zupft ihr das Zeugnis aus der Hand. »Da! Mathematik Sehr gut. Deutsch Sehr gut. Sogar in Geschichte hast du ein Sehr gut. Da hatte ich ein Nicht genügend!« »Du hast ja unbedingt in dem Aufsatz schreiben müssen, dass der Franzose komisch riecht, der Amerikaner sehr gut tanzt, aber der Russe am besten küsst.« »Ich weiß. Doch zu den Engländern fiel mir nichts ein.« »Sie reden Englisch.« »Sag ich doch! Für dich ist es sinnlos, zur Schule zu gehen. Da ist ja keine Luft nach oben.« »Und du hast keine Luft nach unten!«, faucht sie und reißt ihr Zeugnis an sich. Die Inge nickt. »Ja, das ist auch nicht ideal.« Dann senkt sie den Blick zu Boden und hampelt gedankenverloren mit den Füßen. »Du weißt halt alles und ich nichts. Im Grunde sind wir uns sehr ähnlich.« Die Inge hat keinen Hausverstand, manchmal allerdings befällt sie eine gespenstische Bauerndialektik. »Außerdem kriegst du viel eher eine Arbeit, wenn du eine gute Ausbildung hast. Also besser, du lernst nichts, dann brauchst du nicht zu arbeiten«, sagt die Inge fidel und weiß nicht, welcher Wochentag ist. »Wir können aber nicht alle in Vaters Fußstapfen treten«, spöttelt sie und glättet ihr Zeugnis. »Da hast du wahrscheinlich recht.« Die Inge beschaut erneut ihre Füße. »Der müsste erst mal einen Schritt machen, damit es überhaupt Fußstapfen gibt. Im Moment sind da nur zwei, und in denen steht er selbst.« Sie schaut die Inge argwöhnisch an, die so nachdenklich blinzelt, als blende sie das Licht der Erkenntnis. »Ich glaube fast, der Vater wird in seinen eigenen Fußstapfen sterben.« »Herrje …«, seufzt die Großmutter und eilt aus dem Zimmer.

Es ist wohl bald wieder so weit. Wo sich Weiber vor der Mensis tendenziell irrationaler verhalten, als es ihrem Geschlecht entspricht, da sieht die Inge einmal klar. Wo andre Weiber Launen haben, da hat die Inge plötzlich Gedanken. Die Inge spinnt nicht, sie sinniert. Doch das ist schwerer zu ertragen, als wenn eine Zirkus macht und alternierend flippt und flennt. Da hofft man, dass es schnell vorbeigeht. Im Fall der Inge, dass es hält. Die Tage vor dem ersten Tropfen wird die Inge zunehmend schlauer. Meine Güte, die Stunde davor wäre selbst Kant von ihr beeindruckt. Da spricht sie beinahe in druckreifen Versen Ideen aus, auf die nie jemand kommt. Gute Ideen. Bis wieder alles den Bach runtergeht. Hat man bis zu diesem Zeitpunkt etwas noch nicht ausdiskutiert, muss man einen Monat warten und das Gespräch erneut beginnen. Nur diesmal etwas zeitiger. Erinnern kann sie sich dann nicht mehr. Manche pflegen zu vergessen, was sie im Suff verbrochen haben. Sie aber vergisst verlässlich, was sie nüchtern Kluges gesagt hat. Da hat die Inge einen Filmriss. Danach läuft wieder 27 Tage lang das Testbild.

Vor nun schon etwa zwei Jahren hat die Inge zu bluten begonnen. Und das pünktlich zum Abzug der Russen. Als die Rotarmisten gingen, zog die rote Flut herauf. Sie marschierte einfach so in das Haus der Brandtners ein und tat ausgerechnet das, wovon man einst befürchtet hatte, dass es der Russ' zu tun gedachte: nämlich der Inge wehzutun und ihr den Schoß so zu verwüsten, dass man die Laken wechseln muss. Der Inge war das gar nicht recht. Vom Dimitri, da hätte sie sich solcherlei gefallen lassen. Wenn er gewaltsam in sie eindringt. Dass nun jedoch etwas gewaltsam aus ihr austritt, das verstörte sie zutiefst. Das war's jetzt, dachte die Inge entsetzt. Für sie bedeutete die Blutung das Ende. Sogar zwei Enden, die für die Inge unweigerlich zusammenfallen. Das Ende der Kindheit und das der Sexualität. Jetzt war sie geschlechtsreif. Und eine Frau. Kurzum, eine reife Frau. Und das klingt nicht sehr appetitlich. Reif ist man, um geerntet zu werden. Aber nicht mehr von Hinz und Kunz, sondern nur vom Sensenmann. Der schärft schon die Klinge. Die Inge hingegen schärft niemanden mehr. Ihre zahllosen Verehrer werden sich jetzt eine Jüngere suchen. Ein junges Ding, das trocken ist. Das sich nicht mehr anbrunzt und noch nicht anblutet. Oder eine ältere Dame. Die nicht mehr blutet, aber sich nicht schon wieder anbrunzt. Irgendwo zwischen Windeln und Tampons, oder zwischen Blutschlieren und Bremsspuren – da ist das Weib am angenehmsten.

Männer haben lieber, denkt die Inge, eine, die schon Mutter ist, als eine, die noch Mutter wird. Lieber eine, die noch Kind ist, als eine, die schon Kinder hat. Doch was soll's, denkt sie sich weiter, wenn sie bald kein Mann mehr will. Sie selbst wird schließlich auch keinen wollen. Bald nämlich, so fürchtete sie, bebe ihr Körper nicht länger vor Wollust, sondern vor lauter Kinderwunsch. Natürlich wird sie eines haben. Aber sie will keines wollen. Und vor allem will sie dafür nicht den Beischlaf zweckentfremden, der bisher nichts als Selbstzweck war. Was für ein abartiger Plan, dass Koitus und Konzeption im selben Akt vonstattengehen. Das scheint der Inge widersinnig. Zwei Liebende, die ewiglich nur einander halten wollen, die sind ausgerechnet dadurch womöglich nie wieder allein. In ihrer innigen Umarmung zeugen sie absichtslos den Keil, der sie voneinander trennt. Zwei, die sich nicht so gerne halten und auch nicht gern alleine sind, sondern stattdessen viel lieber zu dritt und durch einen Keil getrennt wären, die müssen dafür wohl oder übel erst sehr viel Zeit zu zweit verbringen.

Von wegen, jetzt sei sie eine Frau. Sie war eine Frau, bis sie anfing zu safteln. Nun aber ist sie ein fruchtbares Weibchen. Im Grunde vielmehr Tier als Mensch. Geleitet von irgendwelchen Instinkten, statt wie bisher vom reinen Trieb. Jetzt hat die Inge ihre Unschuld verloren. Ab jetzt is jedes Stelldichein nur mehr entweder geglückte oder verhinderte Befruchtung. Wo sie früher Liebe machte, macht sie jetzt bestenfalls kein Kind. Früher zählte, dass sie kommt. Fortan zählt, dass er es nicht tut. Sie selbst hat gar nicht mehr zu kommen. Sie hat nur mehr zu empfangen. Schließlich bekommt sie jetzt Besuch. Die Inge ist bezugsfertig. Sie ist die leerstehende Wohnung, aus der sie rausgeflogen ist. An ihrer Stelle wohnen da jetzt Kinder und Sekrete. Für die muss sie die Empfangsdame spielen. Die gehen bei ihr jetzt ein und aus. Früher ist niemand je gegangen. Früher galt: Was in der Inge geschieht, das bleibt in der Inge. Das kommt nicht eines Tages raus. Das bleibt für immer im Verborgenen. Nun aber ist die Inge undicht. Nun aber ist sie leckgeschlagen. Nun vertraut ihr niemand mehr Geheimnisse an, weil alle fürchten, dass ein Geheimnis das Licht der Welt erblicken könnte. Wie lebendig war die Inge, als ihr Leib noch schwieg wie ein Grab. Jetzt sprudelt alles aus ihr raus. Das Mutterschiff sinkt, und die Ratten verschwinden. Die Inge wünscht sich ihren Körper und den Klapperstorch zurück.

»Helga, ich muss dir was ganz Schlimmes sagen.« Die Inge schließt dramatisch die Augen. »Hast du den Hansi eingesperrt und wieder vergessen, wo?« »Nein, viel, viel schlimmer.« Sie grübelt. »Hast du erzählt, dass der Hitler noch lebt, damit die Russen wiederkommen?« »Glaubst du, das würde funktionieren? Aber nein! Ich … Ich bin keine Jungfrau mehr.« Sie stutzt. »Bist du jetzt enttäuscht von mir?« Sie fragt die Inge nach ihrer Definition von Jungfräulichkeit. »Na, wenn man blutet«, sagt die Inge und rollt mit den Augen. Sie scheint es zu sein, die enttäuscht ist. Denn sie hat ihre kleine Schwester immer für die Vifere gehalten, und jetzt weiß die nicht einmal das. Dabei ist die Helga schon fünfzehn. Wird die auf ihre alten Tage noch dumm? Womöglich dreht sich bald alles herum. Womöglich war die Gescheitheit der Helga nur eine flüchtige Kindheitserscheinung, die sich nach und nach verwächst? Womöglich wird bald sie die Gescheite. Doch wird sie dann noch die Hübschere bleiben? Oder wird sich das auch verkehren? Kann es sein, dass diese garstige Nase von der Schwester ablässt und bei ihr anwächst? Schreck, lass nach, das wäre ja schlimm! So grübelt die Inge mehrere Minuten lang. »Das ist ja absurd! Du bist absurd!«, unterbricht sie plötzlich Inges geistige Eskapaden. »Man ist keine Jungfrau mehr, wenn man sich zu einem Burschen legt!« Die Inge schüttelt entschlossen den Kopf. »Das hab ich anfangs auch gedacht. Aber der Anton damals, weißt eh, der mit den sechs Fingern, der hat …« »Meinst du den Sohn vom Bürgermeister?« »Was?! Nein, das wär ja ekelhaft!« »Der hat aber auch sechs Finger.« »Ja, aber an einer Hand!« Da ist die Inge sehr genau. Ihr Anton hatte einen Unfall, aber er ist nicht selber einer. »Entschuldige bitte. Ich wusste nicht, dass du so wählerisch bist.« »Bitte, Helga! Als ob ich jeden nehmen tät!« »Es gibt nicht genügend Hände, um deine Lotter abzuzählen.« »Seit dem Krieg bestimmt nicht mehr«, lacht die Inge stolz und streckt sich, ehe ihr wieder ihre Traurigkeit einfällt. »In jedem Fall hat mir der Anton gesagt, dass ich mich nicht zu zieren brauche. Denn Jungfrau ist man, bis man blutet. Aber dann ist man befleckt.« »Oh Gott …« Sie schüttelt voller Verzweiflung den Kopf. »Was hast du denn?«, fragt die Inge besorgt. »Ist dir nicht gut?« Sie schluchzt und presst die Lippen zusammen. Die Inge weiß nicht recht, was tun. Sie macht sich ganz schön Vorwürfe. Hat sie ihre kleine Schwester etwa zu früh aufgeklärt? Ist die Helga jetzt traumatisiert? Wird sie nun den Männern entsagen, bevor sie diese zurückweisen können? Wird sie fortan enthaltsam leben? Wird die Schuld der Inge geben und nicht ihrer verschnörkelten Nase? Oder womöglich ist die Helga selber keine Jungfrau mehr. Und hatte aber, bevor es passierte, niemals bei einem Mann gelegen. Das täte der Inge sehr leid für die Schwester, die gar nicht mehr zu wimmern aufhört. »Geh, Helga, jetzt tu nicht so. Ich konnte ja nicht, ich … Hast du das ernsthaft nicht gewusst?« Die Inge streichelt ihr die Wange »Nein …«, seufzt sie und atmet tief durch. »Nein, ich wusste ernsthaft nicht, wie unbeschreiblich blöd du bist! Und mit dir teil ich ein Zimmer! Ich könnt mich ja anstecken mit deiner Blödheit!«

Man darf nicht glauben, dass die Inge jede Gemeinheit überhört. Sie hat ein dickes, dummes Fell. Aber darunter ist sie ungemein verletzlich. Und wenn man sie darein trifft, bereut man es ein Leben lang. Sie ist zwar eine Frohnatur, doch das heißt nicht, dass die Inge nur lacht. Im Gegenteil, die Inge weint sehr gern und viel. Meist aber wegen eines Lotters und stets nur dann, wenn jemand zusieht. Tränen stehen ihr nämlich vorzüglich. Der Inge steht natürlich alles, aber Tränen ganz besonders. Einem Alten nachzutrauern und einen Neuen anzulachen vermag die Inge simultan. Ein zartes Schniefen an der Bushaltestelle, und schon fliegen die Taschentücher. Hat einer noch dazu ein schönes, mit seinen Initialen drauf, hält er es ihr so nahe hin, als würde er ihr Feuer reichen. Die Inge braucht es dann gar nicht zu nehmen. Sie beugt sich nur lasziv nach vorne, schenkt ihm einen tiefen Blick und schnäuzt sich in seine Hände. Dann knistert es für ein paar Tage, bis der Inge wieder fad wird und sie den Verflossenen in eines andren Stofftuch rotzt.

Gerade aber weint die Inge keinem Lotter hinterher, sondern

weil die Schwester gemein war. Und das war sie wirklich. Jetzt muss sie sich entschuldigen. Und zwar hurtig. Jede einzelne Zähre der Inge hängt einem nämlich ewig nach. Jede Silberkugel, die der Schwester im Herz stecken bleibt und nicht mehr entfernt werden kann. Mit der muss man dann leben. Sie nimmt die Inge bei der Hand. »Das Ganze ist so ...« Sie klärt die Schwester eindringlich auf. Was es heißt, eine Jungfrau zu sein. Was es heißt, die Regel zu haben. Das ist sie ihr schuldig. Und die Inge wieder fröhlich. Fortan mehr als je zuvor. Insbesondere, wenn sie blutet. Das tut sie jetzt noch lieber als weinen. Manche Lotter wundern sich freilich, wie ungeheuerlich viel Blut die angebliche Jungfrau Inge in Laken und Matratze vergießt. Doch denen gesteht sie schamhaft, dass dies in Wahrheit nicht der erste Versuch sei, mit einem Burschen Schabernack zu treiben, aber dass es bislang nie geklappt hat. Weil sie offenbar ein sehr – hier ein gekünsteltes, schüchternes Schlucken – robustes Jungfernhäutchen habe. Geradezu einen eisernen Vorhang. Gar viele hätten es probiert, doch niemand führte das Schwert, welches den Stein zu durchstoßen vermochte. Angezogen und bei Trost wäre selbstverständlich keiner versucht gewesen, Inges verquere Artussage wirklich zu glauben. Doch mit der nackerten Inge im Bett schaut die Welt ganz anders aus. Die kann den verliebten Dodeln das Blaue vom Himmel erzählen und ihnen in die Augen streuen. Blauäugig liegen sie dann da und schlucken alles, was die Inge ihnen einflößt. Und da ist viel Kokolores dabei. Am liebsten aber erzählt sie das Märchen ihrer ewigen Unberührtheit. Bald schon waren so viele von Inges Hymen im Umlauf wie Holzstücke vom Kreuze Jesu. Aber die Gläubigen störte das nicht. Vielmehr befeuerte es sie, zu glauben, sie allein hätten das echte.

»Wer entjungfert eigentlich die Burschen?«, fragt die Inge eines Morgens, während sie im Brennsterz stochert. Neben der ganzen Puderei ist sie nämlich Philosoph. Dann brütet sie über den Grundstoff, über den Anfang allen Seins oder, wie eben, über den Urknall. »Weil, weißt du, Helga, ich hab noch nie eine männliche Jungfrau gesehen.« Und das ist ihr durchaus recht. Die Inge stellt sich darunter etwas sehr Unförmiges vor. Fast wie ein Golem. Von mythologischer Tollpatschigkeit. »Wie war das denn bei dir?«, fragt die echte Jungfrau der beiden. Die Inge seufzt. Die Naivität ihrer Schwester scheint sie schrecklich anzustrengen. Diese ist unschlüssig, ob es so klug war, die weinende Inge damals über Entjungferung zu unterrichten. Da ist wohl etwas schiefgegangen. Bei dem Versuch, sie aufzuklären, hat sie die Inge abgeklärt. Und jetzt hat sie den Salat. »Es gibt kein erstes Mal«, sagt die Inge. Mit einer Trockenheit in der Stimme, die ihr restlicher Körper nicht kennt. »Bis zum ersten Mal vergehen meist einige Male. Das weiß man aber erst hernach. Dass man bislang nicht gepempert, sondern nur gerempelt hat.«

»Helga, Inge. Ihr beide wisst's, wie unheimlich gern ich euch im Haus hab und …« »Du schickst uns weg?!«, kreischen die beiden. Das hat die Mutter schon befürchtet, dass den Mädchen das nicht taugt. Doch ihr taugt auch so manches nicht. »Schaut's, jetzt ist die Schule vorbei und …« »Seit einer Woche!« »… es wird Zeit, dass ihr endlich mal was arbeiten geht's.« »Endlich? Ich hab immer für die Schule gelernt. Nur die Inge tut seit zwei Jahren gar nix!« Die Inge nickt. »Irgendwas muss sie aber tun. Schließlich ist sie nie daheim.« »Weil sie sich andauernd herumtreibt und mit oide Lotter schmust.« Auch da nickt die Inge. »Ihr glaubts ja wohl nicht, dass ich das gern mach? Meine Töchter gehen lassen? Sie in die weite Welt rausschicken, wo ihnen weiß Gott was passieren kann?« Beide Mädchen schütteln den Kopf. »Glaubt ihr, hier ist jetzt Remmidemmi?« Sie schütteln abermals den Kopf. »Dass es uns Spaß macht, dem Vater und mir, ganz allein im Haus zu sein? Furchtbar ist das!« Der Vater nickt. Nur die Mutter bringt es zustande, die Töchter aus dem Haus zu jagen und ihnen zeitgleich vorzuwerfen, dass sie sie verlassen würden. »Und was is mit dem Hansi?« Die Mutter stöhnt. »Gott, der is ja auch noch da!«

In den darauffolgenden Jahren werden sie wild herumgereicht. Bald gibt es um Mautern kein Dorf mehr, wo nicht eines der zwei Mädchen Mist geschaufelt, Akten geordnet, Boden gewischt und Kartoffeln geschält hat. Alles mit mäßigem Erfolg. Kaum sind sie halbwegs eingelernt, kommt ein Anruf von der Mutter, die ihnen die nächste Ortschaft mitteilt, wo man schon sehnlichst auf sie warte. Fast wie eine Schnitzeljagd. An jeder Station erhalten sie neue Anweisungen. Sobald ihnen diese ausreichend missglückt sind, dürfen sie ein Feld weiterrücken. Oder zurück. Das wissen sie nicht. Sie sehen ja das Spielfeld nicht und ob es überhaupt ein Ziel gibt. Das weiß einzig und allein die Mutter. Die hat nämlich eine Liste.

Als im Krieg das Geld knapp war, hat die Mutter oft anschreiben lassen. Vielleicht zu oft, wie ihr nun deucht. Angefangen hat das damals, als ihr die Schneiderin in Mautern einen Rock enger genäht hat. Im Krieg war auf einmal vieles zu weit. Aber nicht alle ließen darum ihre Kleider enger nähen. Das taten nur die, die den Sieg für aussichtslos hielten. Die Zuversichtlichen hingegen klemmten den überschüssigen Stoff einfach mit Stecknadeln zusammen. Weil sie überzeugt waren, dass bald alles gut wird. Besser als je zuvor. Und sie werden fett werden wie niemals zuvor. Sie werden die Kleider sogar auslassen müssen. Das Volk braucht Raum. Besonders um die Hüfte herum. Es schnallt sich nicht den Gürtel enger, sondern zwei Gürtel aneinander, um die gewaltigen Hosen zu halten, welche sie mit Wohlstand füllen.

Aber die Mutter war da skeptisch. Sie trug den Rock zur Schneiderin. Das Geld hatte sie schon parat, nur fehlten plötzlich ein paar Schilling. Wunderbar, dachte die Mutter, dann kann sie den Rock am Abend gleich in voller Pracht präsentieren.

Wenn sie mit ihren drei diebischen Rotzpipn ausgelassen um den Watschenbaum tanzt. Da wird es fliegen, das schöne Stück! Die Schneiderin war sehr kulant. Sie scherzte, als sie der Mutter vorschlug: »Schickst mir halt eine deiner Töchter! Die arbeiten das für dich ab.«

Die Mutter aber scherzte nicht, als sie Butter, Milch und Käse sowie jede Menge Schnickschnack fortan mit der Aussicht auf die Hilfskraft einer ihrer beiden Töchter vergolt. Man sollte deswegen jedoch nichts Schlechtes von der Mutter denken. Sie dachte nicht ernsthaft, dass es dazu käme. Dass jemand die Schulden einklagt. Nach Ende des Krieges, dessen war sich die Mutter gewiss, wird keiner nach den Töchtern fragen. Sie konnte ja nicht damit rechnen, wie fürchterlich ereignislos diese Nachkriegszeit doch würde. Sie war ereignislos genug, dass einige die Muße hatten, all die wirren Ehrenworte, Schwüre und Versprechungen, die man in der Not oft macht, weil eh schon alles wurscht erscheint, durchzusehen und einzufordern. Die Mutter fluchte auf das Land. Österreich wieselte sich aus der Schuld. Das wollte sie doch eigentlich tun. Alle zugleich können freilich nicht wieseln. Irgendwem bleibt der schwarze Peter. Dieses Mal traf es die Mutter. Oder vielmehr ihre Töchter. Und in gewisser Hinsicht traf es ebenfalls die Gläubiger. Die hatten schon genug zu tun mit den betrunkenen Gesellen, die wieder aus den Löchern krochen und durch die Dörfer marodierten. Offenbar um zu beweisen, dass Krieg in Europa unsinnig sei, weil man doch auch wunderbar im eigenen Lande mobilmachen könne. Hinzu kamen die Alliierten, die auch so ihre Bedürfnisse hatten. Scherereien gab es genug. Da brauchten viele nicht auch noch zwei walzende Weiber. Doch Schulden sind halt Ehrensache. Zuletzt wurde eine nach Landl geschickt. Zu ihrer Tante. Die hat dort eine Putzerei. Bei der hat sich die Mutter einmal einen Angoramantel geliehen. Sie hat ihn kein einziges Mal getragen, doch zurückgeben wollte sie ihn auch nicht.

So hat sie einfach angerufen und ihr eine der Töchter geboten. Am Telefon ging ihr der Handel sogar noch leichter über die Lippen. »Welche is denn die Manstolle?«, erkundigte sich die Tante. »Die Inge.« »Dann will ich die andere!«

Nicht alle hatten später das Glück, aus den Schwestern frei wählen zu können. Manchmal aber hatte die Mutter zufällig beide im Sortiment. »Siebzehn und neunzehn ... Nun, die Jüngere ist gut im Rechnen, aber auch dementsprechend frech. Die Ältere ist sehr charmant. Da werden die Kunden Schlange stehen. Nur an die Kassa darf die nicht ... Nein, nicht weil sie stiehlt. Es ist halt das Rechnen. Also, verstehen Sie, grundsätzlich kennt sie alle Zahlen. Sie weiß nur manchmal nicht, wie sie ausschauen ... Ja, alles noch dran ... Der Jüngeren fehlt ein Backenzahn. Der ist aber rausgebrochen!« Die Mutter klatscht sich gegen die Stirn. Das hätte sie nicht sagen sollen. Dem Metzger ist doch herzlich gleich, ob sie sich die Zähne putzt. Schwarz kann sie sein, die Pappalatur. Solange nur Faulheit die Fäulnis verschuldet. Wenn sie aber so ungeschickt ist, dass sie sich die Zähne ausschlägt, kann er sie im Geschäft nicht brauchen. Da nahm der Metzger lieber die Inge und damit nichtsahnend in Kauf, dass diese den Metzgersohn so penetrant bezirzen wird, dass er sich fast die Hand mitfaschiert. So etwas wollte die Tante vermeiden. Sie entschied sich gegen die Inge.

In der Putzerei in Landl hat die Helga nur zwei Monate. Der Angoramantel war offenbar schon abgewetzt. Diese zwei Monate ziehen sich trotzdem ganz schön in die Länge. Den ganzen Tag über bügelt sie Hemden. Das kann sie recht gut. Deswegen fliegt auch nichts in die Luft, tritt mit den Hufen nach ihr aus oder verursacht einen Kurzschluss. Und dementsprechend langweilig ist die Angelegenheit. Die Tante ist auch eine selten langweilige Person. Wohl das einzig Spannende wäre die Geschichte, woher sie die zwei kleinen Ungarn hat, die sie hier ebenfalls beschäftigt.

Die will sie aber nicht erzählen, und die zwei Ungarn können es nicht. Auch die Kunden der Tante sind fad. Sogar die Kleidung der Kunden ist fad. Der ganze Ort ist nichts weiter als ein recht belebter Friedhof. Hier gibt es so wenig zu tun, dass sie Zeit findet, sich zum ersten Mal zu verlieben. In einen Lehrlingsburschen aus Landl. Dem ist wohl gleichermaßen fad, deswegen verliebt er sich postwendend in sie zurück. Wohlan, denkt sie sich, wäre das also erledigt. Unspektakulär. Da hat sie sich jetzt mehr erhofft. Zumal die Inge unentwegt so ein Trara darum gemacht hat. Doch irgendetwas muss doch dran sein. An dem, was an den Burschen dran ist. Das kann's ja nicht gewesen sein. Und weil sie sich in Landl eh nicht anderswie zu beschäftigen weiß, geht sie der Sache auf den Grund. Die Jugend forscht. Und wie forsch sie forscht! Der Lehrling ist ganz aus dem Häuschen. Wie die ihn will! Sie aber will es nur nicht wahrhaben. Vielleicht forscht die Inge auch. Vielleicht macht sie nur das so narrisch, dass es sie nicht narrisch macht. Nein, die Inge ist da anders. Ihr ganzer Körper ist da anders. Der ernährt sich davon richtig. Wenn sich die Inge nachts zu einem Burschen legt, hat sie in der Früh eine ganz reine Haut. Da kann sie abends noch furunkeln, am Morgen sieht das Gsichterl aus, als hätte sie sich frisch gehäutet. Wann immer sie aber daheim bleiben muss und länger keinen Burschen sieht, wird die Inge sehr leicht kränklich und rotzt quer durchs ganze Haus. Anscheinend staut sich die Mannstollheit auf. Und weil sie nirgends abfließen kann, verpropft sich das in ihrer Nase. Und dabei ist sie noch gesegnet. Diese verknäulte Rolligkeit könnte sich ebenso gut weiter oben ansammeln. Dann kriegt die Inge einen Hirnschlag. Daraufhin schielt und schlatzgert sie. Das wird den Burschen nicht wahnsinnig zusagen. Die Inge aber wird zwar hirn-, aber noch lang nicht lustlos sein. Dann fängt es wieder an, sich zu stauen, doch weit und breit kein gamsiger Lotter. Die arme Inge hätte dann Hirnschläge in einer Tour. So aber hat sie lediglich eine verstopfte Nase. Was aber auch daher rühren kann, dass die Inge sehr viel weint, wenn die Mutter so gemein ist und sie nicht nach draußen lässt. Da kriecht nämlich in ihr die Angst hoch. Dass die Burschen sie vergessen, wenn sie zwei Tage aussitzen muss. Nicht, weil die Inge vergessenswert wäre, sondern die Burschen so vergesslich. Sie ängstigt auch nicht, dass die Burschen sich derweil eine andre suchen. »Red kan Schmarrn! Wen sollen's denn nehmen? Die Eva, dieses Schindelgsicht? Oder die Hanni mit die Warzen? Oder den bladen Trampel, die Lisl? Die einmal beim Melken der Kuh eine Zitze ausgrissen hat? Glaubst, zu der trauen die sich hin?« Im Gegenteil. Die suchen sich kein andres Gspusi, sondern ganz ein andres Spiel. »Womöglich fangen's zum Eisschießen an!« Die Inge heult wie ein läufiger Schlosshund. »Oder lernen Karten spielen!« Dann hat sie nämlich ausgedient.

Weiber fürchten immerzu, ihre Haberer könnten anderen Weibern begegnen. Die Inge ist da weitaus klüger. Die fürchtet nur, ihre Haberer könnten anderen Haberern begegnen. Dann hören sie nämlich auf, sich für Mädchen zu interessieren. Damit haben sie damals mit zwölf oder dreizehn überhaupt nur angefangen, weil die Freundschaft unter Knaben irgendwie zu eintönig wurde. Die Freundschaft unter Männern aber wird niemals zu eintönig sein. Denn jetzt haben sie ja Alkohol. Das gibt den ganzen Kinderspielen, derer sie damals müde wurden, wieder einen neuen Pfiff. Vor allem dem Raufen. Das macht antschechert im Wirtshaus noch viel mehr Spaß als einst am Schulhof. Weil man auch den Schmerz nicht spürt. Nicht nur wegen des Alkohols. Als Knaben waren sie noch schmächtig, doch jetzt im Alter sind sie bräsig. Da federn die Fäuste aus der Fettn zurück. Dadurch kann man stundenlang raufen, ohne sich böse wehzutun. Die schlaue Inge konkurriert deswegen nicht mit andren Weibern, sondern mit dem wahren Feind, der Magie des Männerbunds. Die Schwester ist noch nicht so weit. Die kämpft immer noch vergeblich gegen die eigene Langweile. Dass es an dem Lehrling liegt, kommt ihr gar nicht in den Sinn. Oder sogar an seinem Zumpferl. So ausführlich hat ihr die Inge nie erzählt, als dass sie weiß, dass es da Unterschiede gibt, dass vielleicht einem nur die Pipette und dem Nächsten mords ein Prügel gewachsen ist. An ihr hapert es selbstredend auch nicht. Der Wurm steckt in der Sache selbst. Denn ob jemand gut im Bett sei, hört sich für sie an wie die Frage, ob man bequem liegt.

Nicht nur der Lehrling ist von ihr entzückt. Mehr noch sind es seine Eltern. Wenn sie zu viert am Tisch sitzen, stellen sich die Eltern vor, die Helga wäre ihre Tochter und ihr Kind der Schwiegersohn. »So ein braves, tüchtiges Mäderl!« Die Mutter seufzt. Ununterbrochen. Wie andere Menschen atmen, so seufzt sie. Der Vater hingegen holt unentwegt Luft und verharrt dann stolzgebläht. Bei ihr führt das zu Atemnot. Ihr kommt das alles sehr unheimlich vor. Nicht nur, dass die Eltern ihr die Nägel sauber lutschen würden, sofern sie nur den Sohn zum Mann nimmt, sondern dass dem dabei nicht gruselt. I wo! Alle drei sitzen sie da und schmachten sie so rührselig an, dass sie sich ganz pickert und gschmiert fühlt. An ihrem letzten Arbeitstag in der Putzerei hat sich die Tante bei ihr bedankt. »Du warst mir eine große Hilfe. Und wo geht es jetzt hin?« Jössasna, das weiß sie gar nicht. Die Mutter hat nicht angerufen. Wahrscheinlich ist die Liste fertig. Wahrscheinlich ist sie jetzt am Ziel. »Du kannst natürlich auch hierbleiben«, bietet die Tante großzügig an. »Mich würd es freuen. Und jemand andren sicher auch.« Die Tante zwinkert mit beiden Augen, weil sie es mit nur einem nicht kann. Die zwei kleinen Ungarn hinter der Tante wacheln aufgeregt mit den Armen. Sie versteht nicht recht, was sie wollen. Es schaut so aus, als deuten sie, dass sie die beiden mitnehmen solle. Die Tante greift nach ihrer Hand. »Und wie schaut's aus? Bleibst du noch hier?«

Im Bus nach Hause wird ihr mulmig. Sie kann sich nicht genau erinnern, ob sie in ihrer Hast zu verschwinden das Bügeleisen ausgesteckt hat. Wenn ihretwegen die Putzerei abbrennt, Gott bewahre! Dann müsste sie gleich wieder hin, um den Schaden abzubügeln. Und erneut entkommt sie von dort nicht. Als sie zum ersten Mal seit Monaten das Elternhaus wieder betritt, beißt die Mutter gerade in eine lachhaft große Birne. Die verliebten Eltern des Lehrlings haben anscheinend einen Obstkorb geschickt. Mit schmackhaften Früchten und einem geschmacklosen Billett, auf welchem ebenfalls Früchte zu sehen sind. Darin die Versicherung, dass sie jederzeit zurückkommen könne. Dass sie gar nicht vorher anrufen brauche. Dass sie ihr die Zugfahrt zahlen. Dass sie nie wieder so eine Schwiegertochter wie sie finden werden. Sie würgt. »Und das hier ist auch noch für dich!« Die Mutter reicht ihr einen Zettel.

Liebste Helga,
ich bin in Wien! Ich bin jetzt Kindermädchen bei einem Professor. Der unterrichtet an der Universität. Philosophie, glaube ich. Er ist nämlich sehr gescheit. Wien gefällt mir sehr gut. Hier gibt es den Stephansdom und das Schloss, wo die Sissi gewohnt hat. Aber am besten sind die Mehlspeisen. Manchmal geht der Professor mit mir zum Meinl. Das ist ein ganz feines Geschäft. Dort kaufen nur die Reichen ein. Und eine Konditorei ist dabei. Am liebsten mag ich die Punschtorte. Wenn ich nicht aufpasse, werde ich noch ein richtger Wuzel. Den Professor stört das nicht. Der mag eh nicht, wenn an einer Frau nichts dran ist. Der Professor ist ein ganz ein Lieber. Seine Frau ist manchmal ein bisschen komisch. Ich glaube fast, die mag mich nicht. Weil ich wahrscheinlich nicht so gescheit bin wie sie. Letztens hat sie mich gefragt, ob ich überhaupt weiß, wer den Krieg gewonnen hat. Das war sicher eine Fangfrage. Deswegen habe ich gesagt: Beim Krieg geht es nicht ums Gewinnen. Da hat sie vielleicht

blöd geschaut. Und das hab ich ganz vergessen! Hier sind so viele Soldaten, das glaubst Du nicht! Aus allen Ländern! Den Dimitri hab ich noch nicht gesehen. Hoffentlich haben wir uns nicht verpasst. Ich hoffe, wir sehen uns recht schnell wieder. Also Du und ich. Nicht ich und der Dimitri. Obwohl ich den auch gerne wiedersehen würd. Pass gut auf Dich auf! Und bestell der Helga einen lieben Gruß von mir, wenn Du sie siehst!

In Liebe, Deine Inge

Sie ist verwirrt. »Hier steht, ich solle mir liebe Grüße ausrichten, wenn ich mich sehe.« Die Mutter schaut kurz von ihrer Birne auf. »Wahrscheinlich ist sie durcheinandergekommen. Sie hat uns allen viermal denselben Brief geschrieben und alle in ein Kuvert gesteckt.« Die Inge scheut weder Mühen noch Dummheit. »Was ist sonst so passiert?« Die Mutter zuckt mit den Schultern. »Nicht viel. Der Hansi kommt jetzt aufs Gymnasium. Und dein Vater ist immer noch derselbe Dodl, den ich geheiratet habe.« Sie blickt verstohlen hinüber zum Vater, der das mit stolzem Nicken bestätigt.

Im Jahre 1953 trifft es sich, dass beide Schwestern jeweils von einem Ehepaar als Kindermädchen eingestellt sind. Sie in Gmunden und die Inge in Wien. Sie lebt im Hause eines Doktors. Die Inge in der Wohnung eines Professors. Der einzig wahre Unterschied ist jener, dass der Herr Professor keine Kinder hat. Zumindest keine, die daheim sind. Genau genommen suchte also der Doktor eine Kinderfrau und der Professor eine Kindsfrau. Sie passt auf die Kinder auf und die Inge, dass sie keins kriegt. Sie hilft dem Doktor in den Mantel, die Inge dem Professor heraus. Dementsprechend unterschiedlich vertragen sich die beiden Schwestern mit der jeweiligen Gattin. Sie mag die Frau Doktor gern, und die Frau Doktor mag sie auch. Die Inge mag die Frau Professor, und die Frau Professor mag es, sich vorzustellen, wie die Inge die Treppe runterfällt und liegen bleibt. Dabei entwenden beide Schwestern, wenn die Frauen außer Haus sind, hie und da deren Hab und Gut. Doch sie vergreift sich am Parfüm, die Inge aber am Professor. Und die Frau Professor weiß das. Sie riecht an ihrem Mann die Inge und an Inge ihren Mann. Ebenso weiß die Frau Doktor, dass man ihr Parfüm entwendet. Weil sie sich plötzlich überall selbst riecht. Darüber schmunzelt die Frau Doktor. Die Frau Professor schmunzelt nicht. Der ist das Schmunzeln gehörig vergangen. Alles, was sie noch tut, ist runzeln. Und meistens nicht einmal mit Absicht. Deshalb sieht der Herr Professor immer öfter von ihr ab. Davon weiß die Inge nichts. Beziehungsweise denkt sie nicht, dass es da was zu wissen gibt, oder für sie was zu verschweigen. Dass sie mit dem Professor schmust, indessen seine Gattin weg ist, das hat sich einfach so ergeben. Sie versteckt es nicht bewusst, und deshalb fliegt es auch nicht auf. Erwischt wurden sie nämlich nie. Die Inge kann sich gar nicht vorstellen, dass das die Frau Professor stört. Wieso wäre sie sonst noch hier? Sie schmust nicht mit dem Herrn Doktor, weil der mit seiner Gattin schmust. Da macht sie sich nur lächerlich. Reichte sie ihm den kleinen Finger, verweigert er die ganze Hand. Außerdem respektiert sie den Doktor. Und sie weiß nicht, wie man wen noch respektieren kann, nachdem man ihn nackt gesehen hat. Wenn man eine Respektsperson nackt sieht, ist man hoffentlich verliebt. Dann liebt man statt zu respektieren. Beides gleichzeitig geht nicht, obwohl das schrecklich viele glauben. Wenn Menschen sich trennen, sind sie oft grausam zueinander. Nicht etwa, weil sie die Liebe verlernten. Das ist zwar schade, aber kein Grund, mit Porzellan um sich zu werfen. Sondern, weil sie durch die Liebe verlernt haben zu respektieren. Besser ist, sich nicht zu trennen. Selbst, wenn man sich nicht mehr liebt. Es ist leichter, so zu tun, als würde man lieben, denn so zu tun, als würde man respektieren. Denn Respekt kann man nicht heucheln. Weil Heucheln stets respektlos ist. Also wird auch Respekt zu heucheln zwangsläufig respektlos sein. Doch Liebe zu heucheln nicht zwangsläufig lieblos.

»Unter der Woche sind wir meist bis sechs Uhr abends im Spital.« »Die Frau Doktor auch?«, ruft die Helga erstaunt. Was macht die denn bitte im Spital? Höchstwahrscheinlich ist sie krank, und ihr Mann behandelt sie dort. Sie mustert die Frau Doktor von oben bis unten. So krank sieht die aber gar nicht aus. Von außen wirkt sie pumperlgsund. Dann ist es sicher was im Kopf. So eine Manische vielleicht, die sich absichtlich gegen die Wand schmeißt. Davon hat sie schon gehört. Solche legt man an den Strom. Der ist nämlich noch geladener als sie. Da reißt es sie richtig. Dann reißen sie sich kurz zusammen. Bald muss man aber wieder nachlegen. Wie bei einem Kamin. Da wirft man ein Holzscheit rein. Denen zieht man es über den Schädel. Der Kamin soll nicht ausgehen, und sie sollen nicht angehen. Na hoffentlich bleibt die Frau Doktor ruhig. »Die arbeitet auch dort.« Das sagt er jetzt, weil sie neben ihm sitzt. Er will sie sicher nicht blamieren. Das Kindermädchen soll nicht wissen, dass die Frau Doktor in den Strom kommt, bis ihr der Trenschga aus dem Mund rinnt. Aber sie kann das verstehen. Ihr wäre das auch sehr peinlich. Oder aber die Frau Doktor glaubt selbst, dass sie dort arbeitet. Dann muss es wirklich schlimm um sie stehen. Na hoffentlich sind die Kinder normal. Nicht, dass die Mutter das vererbt hat. »Wir sind beide auf der Kinderstation.« Schau an, die Frau Doktor ist wirklich ein Doktor. Quasi die Frau Doktor Doktor. Das war ihr anfangs gar nicht klar. Und als es ihr klar war, verstand sie es nicht. Wieso studiert die Medizin, wenn sie doch schon Frau Doktor ist? Den Titel hat sie ja bereits. Und außerdem keine Patienten. Wenn sie da noch arbeiten geht, gehört sie wirklich an den Strom.

Bei der Inge ist das genauso. Die Frau vom Professor ist auch selbst Professor. An der Universität. Der Inge ist das sehr suspekt, wenn sich zwei Gescheite auf ein Packl hauen. Der Professor sollte besser so eine wie sie heiraten. Ein armes Dirndl aus der Provinz. Sie wäre nämlich viel lieber zu ihm als die alte Frau Professor. Die braucht in Wahrheit eh keinen Mann. Die kann allein bleiben mit ihrer Gescheitheit. Geld hat sie ja auch genug. Frauen wie die Frau Professor nehmen sich gerne einen Mann, nur um ihm später vorzuraunzen, dass sie sich keinen nehmen müssten. Und für ein Mädchen wie die Inge bleibt letztlich kein Professor übrig. Die Inge ist ja nicht dagegen, dass immer mehr Frauen studieren. Wenn sie sein wollen wie die Männer, sollen sie das doch bitte dürfen. Aber dann müssen sie es auch durchziehen. Dann muss sich die Frau Professor einen armen Knecht anlachen, dem sie teure Sachen kauft. Wenn der Professor sie heiraten würde, müssten sie keine Unterschiede, sondern Gemeinsamkeiten suchen. Sie würden wahrscheinlich keine finden. Er mag arme junge Mädchen und sie alte reiche Herren. Ihre Wege können sich kreuzen, aber sie kommen sich nicht in die Quere.

Arbeiten müssen beide nicht viel. Die Inge tut im Grunde gar nichts außer tagsüber Punschtorten bampfen und abends mit den Besatzern poussieren. Zwischendurch flaniert sie durch Wien, was aber ebenfalls unweigerlich in Bampfen oder Poussieren endet. Nicht nur die Frau Professor fragt sich, was die Inge hier verloren hat. Die Inge fragt sich das auch selbst. Ursprünglich wurde ihr gesagt, dass sie die Kinder hüten solle. Als dem Professor aber einfiel, dass seine Kinder bereits vor Jahren ausgezogen waren, wurde die Inge kurzerhand zum Hausmädchen umgetauft. Sie bezog eines der leerstehenden Kinderzimmer und wohnt von da an Tür an Tür mit den beiden Ehegatten. Zu jener Zeit recht ungewöhnlich. Nur mehr sehr wenige Haushalte pflegen die Tradition des Dienstbotenwesens. Die meisten haben jetzt Stundenmädchen oder eine Zugehfrau, die Arbeiten erledigen, während die Herrschaften nicht da sind. Im Anschluss schleichen sie sich wieder. Sie logieren nicht im Haus, um reflexartig zu springen, wenn man nach ihnen klingelt. Es scheint, als ob das Bürgertum anstelle seiner alten Sklaven nun lieber seine Ruhe hat. Dies war gewiss keine leichte Entscheidung, jedoch eine notwendige. Schließlich ist das Bürgertum von seiner einstigen Dienstbotenriege inzwischen schwer zu unterscheiden. Daher werden Klassenübergriffe der Großbürger auf das Gesinde, die in einem Bankert münden, nicht mehr so nachsichtig belächelt. Früher konnte man sich leisten, nicht immer ganz genau zu wissen, was ein Kind und was ein Kegel. Jetzt legt man darauf wieder Wert. Es geht immerhin um das Aussterben der Klasse.

Trotzdem begrüßt die Frau Professor diesen antiquierten Charme, den die Inge mit ins Haus bringt. Zumal ihre Zugehfrau seit Kurzem einfach nicht mehr auftaucht. Niemand weiß so recht, warum. Gut, der Professor weiß es schon, aber er möchte seine Gattin damit nicht behelligen. Als die Inge also hier ankam, hatte in diese große Wohnung mitten in der Josefstadt bereits etwas Unordnung Einzug gehalten. Zettelwirtschaften verselbstständigten sich, einige Lampen hatten schon Mühe, durch den Staub hindurch zu leuchten, und überall lagen Bücher verstreut. Das Bildungsbürgertum ging unter, als es begann, sein Chaos selber wegzuräumen. In der Wohnung des Professors ist das strengstens untersagt. Die Zerstreuung nach der Arbeit darf nicht etwa aus Sortieren zerstreuter Arbeiten bestehen. Das fiel nun der Inge zu. Diese sollte waschen, ordnen, putzen, schrubben und polieren. Kochen hingegen brauchte sie nicht. Das fand die Inge, die wesentlich besser kocht als die Schwester, beinahe bedauerlich, aber die Frau Professor besteht darauf, ihre Mahlzeiten selbst zuzubereiten. Das muss sie auch. Es fände sich wohl keine Köchin, die sich zur Mittäterin der grausigen Diäten machte, denen die

Frau Professor huldigt. Obwohl sie eh schon so klapprig beinand ist. Ein Windstoß, und man muss sie suchen. Zumal sie auch dauernd diese Kohlsuppe isst. Die Frau Professor geht nicht zu Fuß. Die weht es nur von Raum zu Raum.

Aber die Inge hält sich da raus. Sie putzt nur den Mist zusammen, aber nicht die Frau Professor. Und anfangs funktionierte das. Wenn auch nicht ganz makellos. Sie vermied es konsequent, den unter den Fauteuils und Betten angesiedelten Lurch aufzustören. Ebenso verschonte sie jede Art von Flaum und Flusen, die weit oben auf Regalen, Schränken und Vitrinen schliefen. Sie nahm sich nur Schmutz zum Feind, der mit ihr auf Augenhöhe war. Eines Tages aber bekam sie die Grippe und lag eine Woche danieder. Der Professor kümmerte sich rührend um die junge Patientin. Essigpatscherl, Wadenwickel sowie Eukalyptussalben wurden von ihm höchstpersönlich angelegt und aufgetragen. Die Genesung stand dabei naturgemäß im Hintergrund. Dementsprechend widersinnig waren seine Behandlungsmethoden. Nicht selten legte er ihr zeitgleich Wärmflaschen und Waschlappen auf. Zudem entschied er nach Belieben, was davon sie auf den Bauch und was auf die Stirn bekäme. Schlussendlich galt es lediglich, für jeden Körperteil der Inge ein altes Hausmittel zu finden, um auch noch die letzte Ritze einschmieren und einsehen zu können.

Nicht etwa, dass sich der Professor in die Körperwelt der Inge nicht schon längst einen Einblick verschafft hätte. Nun aber vermochte er ungeniert zahllose Stunden bei ihr im Zimmer zuzubringen. Sonst hatten sie meist nur Minuten für des Betthupferl vorm Schlafen. Ebenso lange, wie die Gattin allabendlich im Badezimmer ihr rissiges Gesicht verputzt. Insofern eilte es ihnen nicht, die Grippe in die Flucht zu schlagen. Ähnlich wie die Frau Professor fühlte sich die Krankheit aber irgendwann von den beiden gefrotzelt und verließ den Leib der Inge. In dem hatte sie sowieso keinen Frieden. Das hinderte die Turteltäubchen freilich nicht, weiter zu behaupten, dass die Inge sehr, sehr krank und unfähig zur Arbeit sei. »Jetzt lass doch das arme Kind! Du siehst doch, dass sie noch nicht wohlauf ist«, rügte der Professor die Gattin, während die Inge im Haus seilsprang. Erst wollte sie ja wieder putzen, doch sobald sie den geringsten Handgriff tat, brachte sie der Professor ins Bett. Der Inge war das durchaus recht. So legte sie die Arbeit nieder und fing nie wieder damit an. Die Frau Professor sagte nichts. Sie brachte keinen Ton hervor, weil sie regelrecht zu baff war. Baff ob der schamlosen Groteske, die vor ihren Augen stattfand. Drei Wochen war die Inge nun bereits wieder auf den Beinen, tollte tagsüber durch die Wohnung und tobte nächtens durch die Stadt. Die Zettel begannen erneut, sich zu häufen. Der Lurch ging auf Entdeckungsreisen. Die Frau Professor war gezwungen, nach einer Zugehfrau zu schicken, die wöchentlich die Wohnung säubert. Während die Inge ewiglich in der Badewanne einweicht. Bis ihre Haut ganz schrumplig ist. Dann läuft sie labbrig zum Professor, und er soll raten, wer sie ist. Einmal mussten sie die Zugehfrau wechseln, weil die Inge sie nicht mochte. Weil sie angeblich frech zu ihr war. Die Zugehfrau sprach zwar kein Deutsch, aber die Inge war sich sicher, ein Augenrollen gesehen zu haben. Auch dazu sagte die Frau Professor kein Wort. Sie entließ die Haushaltshilfe und stellte eine neue ein.

Auch im Hause des Doktors gibt es nicht viel zu tun. Die Doktorkinder sind sehr brav. Und sehr vernünftig für ihr Alter. Meist halten sie die Helga von Dummheiten ab und nicht etwa umgekehrt. Wenn auch nicht immer mit Erfolg. Wie damals, als sie unbedingt diesen Geschirrspüler ausprobieren wollte. Der Doktor hat enorm viel Geld und somit recht moderne Sachen, die sie nicht zu bedienen weiß. Wann immer sie etwas kaputtmacht, wirft sie es allerdings den Sachen, wenn nicht sogar dem Doktor vor. »Na, Sie haben vielleicht ein Klumpert!«, poltert sie ihn vorwurfsvoll an und stapft aus der überschwemmten Küche. Kochen braucht sie zum Glück nur selten. Darum hat sie die Frau Doktor einmal gebeten. Seither macht sie es wieder selbst. Sie hingegen muss nur in Notfällen ran. Und dann betet die Frau Doktor, dass diese Notlösung nun nicht einen weiteren Notfall gebiert. Zugegeben, sonderlich nützlich ist sie nicht. Trotzdem will sie niemand missen. Weder die Kinder noch Herr und Frau Doktor. Rasch ist sie ein Teil der Familie, und als solcher braucht sie nicht nützlich zu sein. Die Inge hingegen ist kein Teil der Familie. Sie ist der Keil in der Familie. Und nicht so ein Keil, der alles zusammenhält, was er auseinandertrieb. Wie eine Pistolenkugel, die zu entfernen tödlich wäre, weswegen man jetzt mit ihr lebt. Aber die Inge heilt nicht ein. Über der Inge schließt sich kein Schorf. Denn dafür ist sie viel zu schön.

Stundenlang erzählt der Professor seiner Inge von Gott und der Welt. Und sie versucht, sich nichts zu merken. Ebenso hütet sich die Inge, eines der Bücher aufzuschlagen, die ihr der Professor aufs Bett legt. Sie hat nämlich Sorge, wenn sie mit dem Lernen erst einmal begonnen hat, kann sie womöglich nicht mehr aufhören. Dann wird sie immer noch gescheiter, bis sie eines Tages aufwacht und gescheiter ist als er. Und das will sie ihm nicht antun. Vor allem will sie sich das nicht antun. Dann muss sie das Geld verdienen und ihm teure Sachen kaufen. Der Professor schlägt ihr vor, die Abendschule zu besuchen und die Matura nachzumachen. Doch davon hält die Inge wenig. Sie wäre nicht da, wo sie jetzt ist, hätte sie in der Schule gelernt. Zudem ist ihr schleierhaft, wie der Professor darauf kommt, ihr dauernd Wissen andrehen zu wollen. Und zwar so, dass sie es sich merkt. Eine Gescheite besitzt er doch schon. Jetzt hat er beides. Die, mit der er reden kann, und die, zu der er sprechen kann. Und der Professor liebt es zu sprechen. Ganz besonders zur Inge. Er liebt auch ihre Wissenslücken. In die stößt er genauso gern wie in jene andere. Und jene andere bleibt offen. Die wächst nach einem Stoß nicht zu. Genauso müssen Wissenslücken immerfort wissensdurstig klaffen. Wären die einst ausgefüllt, wüsste der Professor nichts mehr mit ihr anzufangen. Aber das kapiert er nicht. Deswegen liegt es an der Inge, jede Erkenntnis zu verhindern. Sie hört und denkt rechtzeitig weg, damit nichts in ihr haften bleibt. Ein ständiger cogito interruptus. Manchmal tut sie ihm zuliebe so, als hätte sie verstanden. Gekonnt gaukelt sie ihm dann ein Aha-Erlebnis vor. Das befriedigt den Professor. Fragt sie am nächsten Tag erneut, wieso eine Thermoskanne Getränke warm und kalt halten kann, ist er zwar erstaunt, aber nicht enerviert. Erklärt er es eben ein viertes Mal. Manchmal wüsste die Inge wirklich gern mehr. Die Eitelkeit aber verbietet es ihr. Sie wird nie beeindruckend schlau sein. Darum bleibt sie berückend schlicht.

»Gibt es denn jemanden, mit dem du dich triffst?« Das fragt sowohl der Doktor als auch der Professor. Nur der Tonfall variiert. Beide Mädchen schütteln den Kopf. Die eine gschamig, die andere pampig. Die Pampige lügt obendrein. Dem Professor ist das klar. Er will nur sehen, ob ihn die Inge noch so liebhat, dass sie lügt. Dann passt wieder alles. So ein eifersüchtiger Pinkel, denkt die Inge sich und strahlt. Schließlich würde sie sehr spinnen, wenn es dem Professor wurscht wär, wie viele Amis bereits zur Landung auf der Inge angesetzt haben. Dabei ist spinnen gar kein Ausdruck. Wenn er den Nebenbuhler kennt und ihn nicht unzusammenschlägt, ist das für sie ein Schlag ins Gesicht. Jede unterlassene Messerattacke ein erneuter Stich ins Herz. Die Weiber behaupten, es nicht zu goutieren, wenn Männer eifersüchtig sind. Doch wehe dem, der es wirklich nicht ist. Wehe dem, der nicht durchklingen lässt, dass ihm weitaus lieber wäre, sie verbrächte ihre Zeit einzig mit blinden, taubstummen Kastraten, die überdies noch hässlich sind. Und wehe dem, der ihr sagt, er vertraut ihr. Einer Frau zu vertrauen ist nicht nur naiv, sondern vor allem unhöflich. Manchen ist Eifersucht aber zu mühsam. Vor allem dann, wenn die Geliebte dem Anschein und dem Aussehen nach keinen Anlass dazu gibt. In Ermangelung von Feinden muss der Mann in solchen Fällen über den eignen Schatten springen und mit diesem Streit anfangen. Und das ist gar nicht so verkehrt. Zu wenige Herren fürchten sich vor ihrem eigenen Schatten – dem, was das Weib in ihnen sieht. Das ist der schlimmste Nebenbuhler. Mit dem brennen die Weiber am häufigsten durch.

Die Inge wiederum ist nicht eifersüchtig. Selbst dann nicht, wenn der Professor brav ohne die geringste Neigung seinen Ehepflichten nachkommt. Dann denkt sie nur, »Wie schön für sie!« Und manchmal auch, »Der arme Mann!« Und kichern muss sie, wenn sie mitkriegt, wie er seiner Gattin die Lautstärke abdreht. Weil sie sonst die Kinder aufweckt, die seit zehn Jahren aus dem Haus sind. Laut ist sie ohnehin nicht aus Lust, sondern nur wegen der Inge. Die aber lässt sich nicht beirren. Sie weiß, sie hat den Professor für sich. Gerade, weil er eine Frau hat. Deswegen sieht sie zu, dass die bleibt. Die Inge ist diejenige, die den Professor ermahnt, dass er lieb sein muss zur Gattin. Dass er ihr auch was schenken soll oder mit ihr zum Meinl gehen. Der Professor versteht das nicht wirklich. Doch er versteht auch Hegel nicht. Insofern ist beim Professor sowie schon Hopfen und Malz verloren.

Der Doktor ist nicht eifersüchtig, trotzdem liegt ihm viel daran, dass sie nicht auf ein Gankerl trifft. »Deinen Mann, Helga, den such schon ich dir!« Das täte er auch stante pede nach bestem Wissen und Gewissen. Sie aber lehnt dankend ab. Sie möchte derzeit keinen Mann. Sie möchte auch nicht fort von hier. Am liebsten bliebe sie für immer beim Doktor und seiner Familie in Gmunden.

»Ihr habt was getan?!«, kreischt Helga in den Hörer. »Wir haben dich dem Wirt in Freienstein versprochen, weil der Vater ja diese ganzen Musikanten umgebracht hat und sonst ins Gefängnis muss.« Glücklicherweise kann sie nicht sehen, wie gelassen die Mutter, während sie dies sagt, am Telefonkabel herumspielt. »Nein, die Zeit ist vorbei! Ich geh nicht weg! Wieso schickt ihr nicht die Inge?« »Nein, das geht nicht, die brauchen wir noch.« »Und mich braucht ihr nicht mehr?!« »Doch natürlich, jetzt im Moment. Ganz dringend sogar. Deswegen ruf ich dich ja an.« »Weil ihr mich verkaufen wollt!« »Das stimmt so nicht ganz.« »Und wieso nicht?« »Wir kriegen ja kein Geld für dich.« »Aber ich soll jetzt zum Wirt, damit der Vater nicht einsitzen muss. Ein Kuhhandel ist das!« »Wenn du dich selbst so erniedrigen willst, bitte.« »Ich hab die Leut' ja nicht umgebracht.« »Sei froh, dein Vater hat deswegen ganz schön viel Scherereien.« Stille. »Und jetzt gib mir schnell den Doktor. Mir brennt sonst hier die Rahmsuppe an. Oder, noch besser, sag du ihm gleich selbst, dass er dich nächste Woche herbringen soll.« »Warum ich und nicht die Inge?« »Wie gesagt, die brauchen wir noch. Die behalten wir uns in der Hinterhand. Falls der Vater einmal was wirklich Schlimmes anstellen sollte.«

Sie heult nun schon seit über zwei Stunden. Die Kinder seit einer. Gleich erfährt es die Frau Doktor. Dann fängt die auch zu heulen an. Der Doktor aber ist besonnen. Das muss er ja sein bei seinem Beruf. Na, das sähe vielleicht aus, wenn der bei einer schlechten Nachricht immer gleich anfinge zu plärren. Dann ließe sich niemand mehr untersuchen, aus Angst, der Doktor kriegt die Krise. Nein, er muss stets standhaft bleiben. Er muss selbst dem Tod ins Gesicht lachen. Aber nicht dem Patienten, welcher sterbend vor ihm sitzt. Das wäre unhöflich. »Jetzt, Helgalein, beruhig dich endlich.« Aber sie will sich nicht beruhigen. Er soll sich gefälligst entruhigen. »Morgen früh gehen wir zum Anwalt.«

Sie macht große Augen. Bei einem Anwalt war sie noch nie. Das gibt es, wo sie herkommt, nicht. Dort werden Tötungen gesühnt, indem man die unattraktivere Tochter dem buckligen Dorfwirt zum Geschenk macht. Man müsste lang nach etwas suchen, was nicht mit einer Tochter zu kaufen, entgelten und aus der Welt zu räumen wäre. Töchter gelten als relativ stabile Währung. Zumindest bis sie zwanzig sind. Dann setzt die Hyperinflation ein. Wo zuvor noch eine reichte, braucht man dann schon einen Schubkarren voller Töchter, um ein einziges Schwein zu erwerben. Und für Töchter über dreißig gibt es gar keine Käufer mehr, sondern nur mehr Abnehmer. Die lassen sich das Abnehmen auch immer ordentlich viel kosten. Eine jüngere Tochter zum Beispiel. Wer keine Tochter hat, ist nicht liquid.

Es soll ja Kulturen geben, man möchte sagen, Unkulturen, wo ein Mädchen nicht so viel wert ist wie hier. Wo man die Mädchen sogar als Bürde empfindet, und sie wie Fruchtfliegen vertreibt. Aber wo Töchter bares Geld sind, dort setzt man sie nicht vor die Tür. Dort wirft man sie beim Fenster raus. Söhne hingegen sind eher lästig. Klar könnte man auch die verschachern. Wesentlich schwerer allerdings und meist nur unterm Ladentisch. Meist aber kann man sich von Söhnen nichts kaufen. Die verbrauchen nur Ressourcen und stellen allerlei Schabernack an, der einen wieder Töchter kostet. Bei Adeligen ist das anders. Bei denen sind Söhne beliebter als Töchter. Weil sie die Söhne als Thronfolger brauchen. Doch wer keinen Thron hat, braucht auch keine Söhne. Trotzdem watscheln auch den Armen oftmals Söhne hinterher. Die folgen dem Vater aber nicht auf den Thron, sondern stattdessen direkt ins Grab. Und in der Zwischenzeit müssen sie stehen. Weil sie nun einmal nichts besitzen, worauf sie sich setzen könnten. Aber auch Arme wollen gerne ab und an ein Päuschen machen. Deshalb sitzen sie auf Schulden. Doch die sind nicht so schön gepolstert und haben äußerst wacklige Beine. Nein, danke schön, da stehen sie lieber. Am besten mit dem Rücken zur Wand. Da lehnen sie sich heimlich an. Aber die Armen wussten stets sich ihre Armut schönzureden. Als Ausgleich für ihre materielle Misere erfanden sie Dinge wie Tugend und Liebe und stellten diese wenig später sogar über Gold und Güter. Die wichtigsten Dinge kann man nicht kaufen. Doch was nichts kostet, taugt auch nichts. Irgendwann hatten die Armen den wahrlich ingeniösen Einfall, um diese ungerechte Welt gehörig auf den Kopf zu stellen. Der größte Coup der Armen war, ihre Toiletten zum Thron zu erklären. Hier schwingt nun auch der Arme sein Zepter. Hier trifft er Entscheidungen und verabschiedet Sekrete. Hier ist des Armen Herrschaftssitz, von dem aus er auf alles scheißt. Ganz so wie ein echter König.

Der Anwalt begutachtet sie länger als nötig. Dann wirft er fachmännisch einen Blick in den Akt, der vor ihm am Schreibtisch liegt. Der eines gewissen Hubert S., welchen man bezichtigte, seit nunmehr drei Jahren einen russischen Soldaten in seinem Keller festzuhalten, um mit diesem wieder und wieder die größten Patzer des deutschen Ostfeldzugs zu besprechen, einzelne Schlachten zu rekonstruieren und teilweise auch nachzustellen. Überdies soll er ihn zwingen, nächtens mit ihm Skat zu spielen. Dies rief Nachbarn auf den Plan, die sich nach anfänglicher Duldung nun vom Lärm belästigt fühlen, der aus dem Keller des Herrn S. dringt. Bei Nacht seien es zerbrochene Gläser, Mundharmonikamusik und exaltierte Jubelschreie, tagsüber laute Hilferufe, welche die Nachbarn als störend empfinden und deshalb dafür plädieren, den Herrn S. zu inhaftieren, den Russen zunächst freizulassen, um ihn dann offiziell ebenfalls inhaftieren zu lassen. Der Anwalt ist sich noch nicht sicher, ob ihm der Fall des Hubert S. in dieser Sache weiterhilft. Doch auszuschließen ist es nicht. Vielleicht besteht hier eine Verbindung. Er schließt den Akt so fachmännisch, wie er ihn geöffnet hat. »Herr Doktor, damit ich Sie richtig verstehe … Sie wollen das Mädchen aus dem Haus haben.« »Nein, ich will sie bei mir behalten.« Der Anwalt mustert sie erneut. Seine rechte Augenbraue rutscht ihm unwillkürlich nach oben. So weit nach oben, man könnte meinen, sie verspüre den Drang, sich dem Haupthaar anzuschließen. »Und das Mädchen weigert sich?« »Nein, sie will es auch.« »Gut, gut. Das kann uns vor Gericht nur nützen. Einverständnis ist Gold wert heutzutage.« Er schlägt ein zweites Mal den Akt auf und überfliegt einige Zeilen. Daraufhin blickt er wieder zum Doktor. »Im wievielten Monat ist sie denn?« »Sie ist nicht schwanger«, seufzt der Doktor. »Ich habe sie als Kinder- und Hausmädchen eingestellt und möchte sie nun vertraglich verpflichten, sodass sie bei mir bleiben kann und nicht zu ihren Eltern zurückmuss.« Der Anwalt kneift angestrengt die Augen zusammen. »Ich verstehe.«

Er verstand nicht. »Es muss doch eine Möglichkeit geben, das Mädchen aus der elterlichen Vormundschaft zu befreien. Sie ist immerhin schon zwanzig!« Der Anwalt grübelt. Ein zwanzigjähriges Hausmädchen und ein eingesperrter Russe. Es kann gewiss kein Zufall sein, dass hier keinerlei Zusammenhang besteht.

»Kennen Sie einen gewissen Hubert S.?« Helga verneint und blickt stutzig zum Doktor. Aber auch dieser zuckt mit den Schultern. Der Anwalt lehnt sich in seinem Sessel zurück. Langsam fügt sich alles zusammen. »Und Sie wollen nicht zu Ihren Eltern, weil …« Er fischt fragend mit den Händen. »Die mich an den Wirt in Freienstein ausliefern.« »Der Sie aber nicht will?« »Was?«, zuckt sie empört zusammen. »Natürlich will der mich! Ich meine, ich weiß nicht, er kennt mich ja noch … Darum geht es hier ja gar nicht!« Der Anwalt gibt sich fachmännisch skeptisch. »Verzeihen Sie, aber das verstehe ich nicht. Wenn der Wirt Sie nicht will und Sie nicht zum Wirt wollen, wieso bestehen Ihre Eltern darauf?« »Mein Vater hat 31 Musikanten getötet.« »Ich verstehe.« Und er verstand wirklich. »Und Sie sollen nun den Schaden begleichen, indem Sie dem Wirt …« Es folgt eine weitere eindringliche Musterung. »Na ja, irgendeine Verwendung wird er schon für Sie finden.« »Ist Ihnen so etwas schon einmal untergekommen?«, fragt der Doktor sichtlich entrüstet. »So etwas kann doch nicht legal sein!« Der Anwalt erhebt sich aus seinem Sessel und schreitet hoheitlich ans Fenster, dem Doktor und ihr den Rücken zuwendend. »Ich kenne diese Menschen vom Land. Legal oder nicht, spielt dort keine Rolle. Der Wilde Westen war dagegen ein windelweiches Jungscharlager und jede Rothaut ein Primar.« »So schlimm ist es nun auch wieder nicht.« »Sie sind blind, junge Dame, weil Sie selber vom Land sind. Diese Leute sind roh, das waren sie schon immer. Ich habe es im Krieg erlebt. Aber ich dachte, sie hätten gelernt. Kurz hatte es tatsächlich den Anschein. Schnell aber sind sie von Neuem verroht. Und diese Verrohung ist noch weitaus gefährlicher als die urstämmige Roheit. Sie haben von der Vernunft gekostet und sie wieder ausgespuckt, weil sie ihnen nicht geschmeckt hat.« Er wendet sich wieder seinem Publikum zu. »Gefällt es Ihnen? Das ist aus unsrem neuen Stück.« Helga und der Doktor fragen nicht nach. Fachmännisch schließt der Anwalt daraus, dass die beiden gelähmt sind vor Neugier, mehr darüber zu erfahren. »Ich wirke nämlich beim Gmundner Laientheater mit. Also, die anderen sind Laien. Ich agiere dort eher als Zugpferd.«

Der Doktor wird allmählich ungeduldig. »Glauben Sie, Sie können uns helfen?« Der Anwalt blickt stoisch zwischen den beiden hin und her. »Aber natürlich kann ich das!« Er lehnt sich konspirativ nach vorne. »Wissen Sie, ich habe sogar einmal Dr. Oetker verklagt.« Wieder sind die Zungen vor Neugier gefesselt. »Ich kam nämlich dahinter, dass keiner der Geschäftsführer dort einen Doktortitel hat. Ich halte das für irreführend.« Sie will es nicht und muss es doch. Schweren Herzens fragt die Helga nach. »Haben Sie den Fall gewonnen?« Der Anwalt rümpft gelassen die

Nase. »Die Menschen da draußen haben eine falsche Vorstellung davon, welch eine Kunst Justiz doch ist. Im Gerichtssaal geht es nicht darum, ob man gewinnt oder verliert. Meistens weiß man das am Ende auch gar nicht.« Er gleitet wieder in den Sessel und schwenkt ein fiktives Cognacglas. »Ein Prozess ist wie ein Walzer. Mal führt der eine, mal der andre. Doch, mit Verlaub, selbst Sie, junges Fräulein, die Sie einer Welt entstammen, wo sich Fuchs und Has gut Nacht sagen, doch Mensch und Mensch den Schädel einschlagen, selbst Sie würden doch am Ende des Tanzes nicht fragen, wer gewonnen hat.« Die Lider des Doktors stehen auf Halbmast. Dem Anwalt fällt dies fachmännisch auf. Offensichtlich ist der Doktor kein Tänzer. »Wenn Sie aber unbedingt in solch ordinären Kategorien wie Sieg oder Niederlage zu sprechen belieben, dann kann ich Ihnen getrost mitteilen, dass wir nur gewinnen können. Sie, junges Fräulein, unterzeichnen einen Antrag mit der Bitte, aus der elterlichen Vormundschaft entlassen zu werden, und in spätestens zwei Wochen ist die Sache über die Bühne.« Ihre Augen leuchten auf. »Sie müssen dazu einfach nur schreiben, die Mutter hätte Sie geschlagen, der Vater unsittlich berührt … oder womöglich umgekehrt. Es gibt ja alles heutzutage!«, lacht er und durchsucht eine Lade.

Sie fällt stumm in sich zusammen. Der Anwalt, noch immer nicht fündig geworden, geht an seinen Aktenschrank. »Das ist sogar besser. Sonst hört es sich zu klassisch an. Seien Sie da ruhig kreativ. Je abwegiger, umso glaubwürdiger. Lügen, die der Wahrheit nahestehen, fliegen stets am schnellsten auf. Ich hatte einmal einen Fall, da …« »Ich kann nicht gegen die Eltern lügen«, flüstert sie dem Doktor ins Ohr, »und …« Der Doktor nickt. Die beiden stehen gemeinsam auf. »… warten Sie, wo wollen Sie denn hin?« Sie schweigt betreten und blickt auf den Boden. »Sie wird nicht Dinge behaupten, die nicht wahr sind.« »Wie können wir denn wissen, dass sie nicht wahr sind. Jetzt ist das Fräulein … Fräulein ...« »Brandtner.« »Brandtner, genau! Sie ist ja nun schon ein Jahr bei Ihnen. Vielleicht hätte Sie die Mutter ja in dieser Zeit geschlagen, wären Sie daheim gewesen. Oder der Vater Sie unsittlich ...« Der Anwalt beschaut ihre Beine, welche vorher vom Schreibtisch verdeckt waren. »... oder der Vater Sie geschlagen.« Sie sieht den Doktor fragend an. »Wenn Sie mir Ihr Vertrauen schenken, werde ich Tag und Nacht um Sie kämpfen. Wie ein Löwe um sein Junges.« »Löwinnen kämpfen um die Jungen. Löwen liegen nur faul im Gras.« »Und genau das werden wir auch tun! Wir zögern die Sache endlos hinaus. Ihre Eltern werden den Tag nicht mehr erleben, an dem wir sie klagen!« »Ich glaube, es ist besser, wir gehen.« Der Anwalt läuft um den Tisch auf sie zu. »Ich schwöre Ihnen, ich kann dafür sorgen, ...« Der Doktor reicht ihm seine Hand. »Haben Sie besten Dank für die Hilfe.« Der Anwalt nickt gesenkten Hauptes. Fachmännisch sieht er davon ab, sie und den Doktor zum Bleiben zu zwingen. Der Doktor trat bereits aus der Tür, als er ihr verlegen nachruft. »Eines noch, Fräulein ...« »Brandtner.« »Brandtner, genau. Hat Ihr Vater einen Anwalt? Bezüglich dieser Tötungsdelikte?« Sie seufzt. Er patscht sich lachend gegen die Stirn. »Nein, Sie haben recht, natürlich nicht. Doch sagen Sie ihm, falls er einen benötigt, ich würde ihn mit Freuden vertreten.« Der Doktor greift nach ihrem Arm und zieht sie aus dem Büro. Der Anwalt ruft ihr hinterher. »Nachdem wir gegen ihn prozessiert haben, versteht sich!«

»Mutter?« »Schnell, mir brennt die Rahmsuppe an!« »Du hast doch vorhin schon Rahmsuppe gemacht.« »Ja, aber die ist mir angebrannt. Was willst du?« »Ich mach's.« »Ich weiß.« Stille. »Mutter?« »Ja?« »Kennst du den Wirt?« »Den aus Freienstein?« »Ja.« »Nein.« »Was, glaubst du, will der denn von mir?« »Da rufst du am besten die Inge an. Die soll dir das erklären.«

Liebste Helga,
die Mutter hat mir geschrieben, dass Du Dich in einen Mann verliebt hast und jetzt zu ihm in so ein Dorf ziehst. Frankenstein oder so ähnlich. Ich freue mich so für Dich! Das hast Du Dir wirklich verdient. Ich hatte schon Angst, dass Du Dir gar keinen mehr findest. Wirst Du den jetzt heiraten? Dann musst Du mich zur Hochzeit einladen. Sonst bin ich Dir böse. Ich würde auch so gerne heiraten. Aber der Professor lässt sich nicht scheiden. Ich weiß gar nicht, warum. Ich habe ihm gesagt, dass seine Frau eh bei uns bleiben kann. Ich bin da nicht so. Und so schön wie bei uns hat sie es nirgends. Die wäre ja dumm, wenn sie ausziehen würde. Aber sie war schon immer eigen. Jetzt muss ich aber aufhören. Bitte schreib mir so schnell Du kannst. Ich freue mich so wahnsinnig für Dich!

Deine stolze Schwester Inge

Eines noch: Hast Du gehört, dass der Vater 31 Musikanten umgebracht hat? Das sieht ihm überhaupt nicht ähnlich.

TEIL
ZWEI

I. DAS DORFWIRTSHAUS

Die Dorfmatratze war verschwunden. Von einem auf den andren Tag packte sie ihre Sachen und ging. Zurück blieb nur der Lattenrost. Den hat sie nicht mitgenommen. Den braucht sie nämlich gar nicht mehr. Die Dorfmatratze schläft jetzt auf Futons. Sie geht nicht mehr zum Frühschoppen. Sonntags geht sie jetzt zum Brunch. Dort wird man komisch angeschaut, wenn man mehr als ein Glas Sekt trinkt. Beim Frühschoppen wird der gerügt, der schon die zweite Brezel isst. Sie will keinen Bauernschädel, der sich schnell zufriedengibt, oder, noch schlimmer, womöglich gar zufrieden ist. Sie will einen, der mehr will vom Leben. Mehr, als das Leben hier bieten kann. Sie will einen Prinzen, der selbst auf zwanzig Dorfmatratzen noch immer nicht gut schlafen kann, weil ihn die Erbsenhirne drücken. »Das ist diese Frauenbewegung. Die ganzen Schlampen fahren heute nach Graz rein.«

Die Dorfschlampen, von denen hier die Rede, die Hofdamen der Dorfmatratze, sind schon vor langer Zeit gegangen. Auch sie zogen alle in die Stadt. Anfangs nur an Wochenenden. Da haben sie sich zusammengerottet und sind in den Zug gestiegen. Man hat sie auch sehr schnell erkannt. Wenn sich die Schönheit vom Lande mal aufhübscht, bleibt von der Schönheit nicht viel übrig, aber umso mehr vom Land. Den Dorfschlampen war das egal. Im Gegenteil, sie waren stolz auf ihre Herkunft. Darauf, hierhergekommen zu sein. Um endlich mal was zu erleben. Der Raubzug der Sabinerinnen. Sie waren weitaus selbstbewusster als der Vorstadtcasanova, der allen versuchte weiszumachen, wie unfassbar mondän er sei. Die Dorfschlampen aber verstellten sich nie. Sie empfanden keine Scham für ihren tiefen Dialekt. Wenn sie ein Mannsbild nicht verstand, dann war er der Depp, nicht sie. Doch irgendwann sind sie geblieben. Irgendwann wollten sie nicht mehr zurück. Nicht mehr zurück zum Viehgestank und zum grauslichen Veltliner. Sie wollten süßen Kaiserspritzer und einen Lotter, der gut riecht.

Während die Schlampen Prinzen suchten, suchten die Bauern ihre Frauen. Für diese war der Schlampenschwund ein fataler Aderlass. Wenn sie auch nie eine bekamen, haben sie immer gern geschaut. Jetzt blieb den alten Herren am Stammtisch nur mehr die großbusige Wirtin. Aber die war stets recht hantig und ließ sich nicht ans Popscherl greifen. Oftmals wollte man das gar nicht. Aber nicht hinzugreifen ging nicht, weil die Wirtin war meist sehr stämmig und ihr Popscherl überall. Doch dann verschwand auch noch die Wirtin. Zumindest große Teile von ihr. Nun ist die Wirtin dürr und hager und ihr Wirtshaus ein Café. Sie schaffte eine Jukebox an, raucht und heißt jetzt plötzlich Lore. Auf jeden Kaffee, den sie serviert, trinkt sie erst mal selber einen. Die Gäste spielen nicht mehr Karten, sondern an den Automaten, die die Lore aufstellen ließ. Hier spendiert man keine Runden, sondern höchstens eine Tschick. Hier tragen Männer keine Hüte, weil kein Mädchen mehr hereinkommt, vor welchem man ihn ziehen könnte. Hier liegen auch keine Zeitungen aus, weil eh jeder weiß, dass der Ausländer schuld ist.

Die Dorfmatratze ist nur eine jener vier sakralen Säulen jeder dörflichen Gemeinschaft. Schönling, Matratze, Depp und Trinker. Die vierfache Einfältigkeit. Heute stehen an ihrer Stelle lust-, genuss-, humorbefreite Sitten- und Moralapostel und eine primitive Heerschar ungustiöser Epigonen.

Die Dorfmatratze war nur die Erste. Nach und nach verschwanden sie alle. Und das nicht immer freiwillig. Der Dorfdepp wollte nirgendwohin gehen. Ihn verstieß man eines Tages. Denn er galt nun nicht mehr als Depp, sondern als Behinderter. Man jagte ihn aus der Gesellschaft, um ihn danach reintegrieren zu können. Doch fortan lachte niemand mehr über seinen bunten Irrwitz. Wie wenn der Depp das Beinkleid losward, nur in Hemd und Hosenträger, sich selbst mit einem Kübel krönte und dann blind und hosenlos durch die Straßen paradierte und Passanten segnete, indem er ein frisch eingetunktes Klobeserl durch die Lüfte schwang. Einst spendete man dafür Beifall. Heute wird nur mehr gespendet.

Das gleiche Schicksal traf den Krüppel. Der war plötzlich auch behindert. Krüppel und Depp fanden sich in einer Zwangsverwandtschaft wieder, welche nie bestanden hatte. Zwillinge, die keine waren, trugen nunmehr denselben Namen. Coniunge, divide et impera. Denn bald zeigte sich: In dieser behinderten Familie ist der Depp das schwarze Schaf. Ihn beschloss man wegzusperren. In Werkstätten und Wohnheimen. Dazu verdammt, sein Lebtag zu basteln. Ein Höllenkreis voll Krepppapier, Kreiden und Kartoffeldruck. Der Depp bekam keinen eigenen Parkplatz. Er bekam auch kein Symbol, kein Insignium der Ohnmacht. Wie eine Armbinde mit drei Punkten. In diesem penetranten Gelb, welches zu keiner Kleidung passt. Als wäre es Blinden egal, wie sie aussehen! Zum Anführer der Krüppel kürte man den Rollstuhlfahrer. Sein unpersönliches Porträt hängt öfter aus, als es Rollstühle gibt. Weil es in Wahrheit Werbung ist. Denn alles, was man sieht, ist Werbung. Das Auge will umworben werden. Es macht nie den ersten Schritt. Und der Rollstuhlfahrer auch nicht. Er macht stattdessen Fortschritte. Er ist der beste Freund der Technik. Die kann nämlich auch nicht gehen und schreitet mit riesigen Schritten voran. Ihr sind alle Menschen Krüppel. Laut ihr brauchen alle Räder, Sprachcomputer und Prothesen. Der Krüppel ist für sie die Zukunft. Er ist halb Mensch und halb Maschine. Der Depp ist einfach nur halb Mensch.

Auch der Dorftrinker weilt nicht mehr hier. Auch ihn hat man arretiert. Weil er einem Mädchen geschmeichelt und einem Kätzchen eine geschmiert hat. Und weil er obendrein die beiden versehentlich verwechselt hat. Also dem Kätzchen Süßholz geraspelt und das Mädchen zu Kleinholz gemacht hat. Früher steckten ihn dafür die Gendarmen in eine Ausnüchterungszelle. Heute liefert er sich selbst in eine schicke Entzugsklinik ein. Jetzt macht er nicht mehr Rambazamba. Heute macht er Rumba-Zumba. Denn er ist krank. Er ist ein Süchtler. So hieß man früher nur solche, welche gerne Rauschgift nahmen. Und Rauschgift hieß man etwas nur, wenn ein Schwarzer es verkaufte. Heute aber ist alles ein Rauschgift und ein jeder Mensch ein Süchtler. Somit war auch der Trinker plötzlich Teil einer großen, gestörten Familie. Der Trinker selbst hat sich hingegen in eine Vielzahl Geschwister gespalten, welche eben noch eine Person, sich jedoch auseinandergelebt haben. Genuss-, Gewohnheits-, Wirkungs-, Spiegel-, Problem-, Kampf- und Komatrinker. Sie alle waren angehalten, untereinander nicht mehr zu reden. Der Trinker aber ist gesellig. Er schwadroniert und schwätzt sehr gerne. Das Schlimmste, was man ihm antun konnte, war, anonym bleiben zu müssen. Er will sich schließlich nicht verstecken. Er will den besten Platz an der Budel. Mit Panoramablick auf die Wirtin. Wenn er schon recht eingeweicht ist, verschmelzen allmählich Zapfhahn und Zitzen. Dann sieht es aus, als würde die Wirtin sein Bier aus ihrem Busen pressen. Der Trinker bevorzugt flüssige Nahrung. Der Esser trinkt zum Essen Wein. Der Trinker isst zum Wein Soletti. Der Esser gönnt sich vor dem Essen einen leichten Aperitif. Der Trinker gönnt sich vor dem Trinken eine feste Unterlage. Die Unterschiede sind recht klein und die Umschnittmenge groß. Der Trinker stammt aus einer Zeit, als stete Nüchternheit die Sucht und

Abstinenz das Laster war, dessen man sich gehörig schämte. Wer immer verzichtet, kann sich nicht beherrschen. Deswegen beherrscht er andere, sperrt sie weg und klagt sie an, seine Gesundheit zu gefährden. Er fordert einen Raum für sich und einen anderen für die, die immer noch essen, trinken und rauchen. Einen Raum für die, die leben. Und einen anderen für die, die lediglich am Leben sind.

Der Dorfschönling ist zwar noch da, doch er ist alt und schirch geworden und hat jetzt wesentlich weniger Schlampen. Ihm selbst ist das nicht aufgefallen. Im Gegenteil, er wähnt sich schöner als jemals zuvor. Damals wusste er meist gar nicht, wie traumhaft schön sein Antlitz war. Er stand nicht stundenlang vorm Spiegel, sondern spiegelte sich nur in den Pfützen aus Weibern, die vor ihm zerschmolzen. Darin erblickte er viele Gesichter. Bald das des strammen, blonden Knechts, dem seine Manneskraft erlaubte, in einem Zug sowohl den Stall als auch die Steffi auszumisten. Bald das des scheuen Ziegenpeters nach der ersten Pollution, den die Maiden gern fellierten, weil sein junges Zumpferl so mundgerecht war. Und bald das des adretten Raufbolds, dem nach getaner Rangelei die Weiberleit die Wunden leckten. Sie alle wichen dem schmierigen Manfred. Zu später Stunde auch Mampfred gesprochen. Der Manfred hat kein Antlitz mehr, sondern nur eine Visage. Der ist kein Tunichtgut, sondern ein Nichtsnutz. In seinem Mundwinkel steckt weder ein Grashalm noch die Zigarette, sondern ein Zahnstocher. Doch außer zwischen seinen Zähnen stochert der Manfred nirgends mehr. Er ist bei Gott kein Mädchenschwarm, der die Mädchen kommen lässt. Der Manfred ist ein Schürzenjäger. Denn ihm läuft keine hinterher. Er steigt jetzt den Schlampen nach. Der Manfred sagt jedoch nicht Schlampen. Seine Damenwelt ist voller Ladys und Prinzessinnen. Aus dem prallen Tuttelbär wurde ein prüder Mausibär. Der Manfred redet nicht schlecht über Frauen. Umso schlechter denkt er von ihnen.

Ehelichen wird er keine. Gott gab dem Manfred nicht zehn Finger, um nur einen Ring zu tragen. Der Manfred möchte jede Nacht mit einer anderen. Nicht, weil ihm eine nicht genug, doch weil ihm eine viel zu viel ist. Der Manfred ist nicht unersättlich. Er hat ein Weib nur sehr schnell satt. Er beißt es an und lässt es liegen. Es heißt, er habe Bindungsangst. Der Manfred ist ein Phobiker. Neben Behinderten und Süchtlern nur ein weiterer Verräter, der Funktionalität verweigert. Funktionstüchtig zu sein ist wichtig. Weit wichtiger als lebensfähig. Der Manfred braucht kein Bindemittel. Er braucht ein Gleitmittel. Um nicht bei einer hängenzubleiben. Um ständig im Transit zu sein. Der Manfred hat häufig wechselnde Sexualpartner. Bald hat er häufig wechselnde Sexualorgane. Dann hat er nicht mehr viele Frauen, weil er viele Frauen ist. Er stellt das Sein über das Haben und sagt, das sei Konsumkritik.

Früher war nicht alles besser, weil heute alles schlechter ist. Früher war alles besser, weil man wusste, wie schlecht alles war. Heute ist alles schlechter, weil man glaubt, dass alles gut sei. Dass die Geschichte und der Mensch unausweichlich besser werden. Die Vergangenheit hat in der Vergangenheit sehr viele Fehler gemacht. Aber die werden der Zukunft in Zukunft nicht mehr passieren. Gestern glaubte man ans Morgen. Heute glaubt man an das Jetzt. Heute lebt man den Moment. Jeder lebt jetzt seine Träume. Niemand träumt mehr irgendwas. Sie denken nicht, bevor sie sprechen, weil sie statt zu sprechen handeln. Denn am Anfang war das Wort, und am Ende steht die Tat. Die Gegenwart will Zukunft sein, um nie Vergangenheit zu werden. Vergangenheit ist per se schuldig. Sie anzuklagen per se richtig. Die Vergangenheit zu verurteilen ist die beste Eselsbrücke, um sich nichts davon zu merken und um nichts daraus zu lernen. Und auf die Zukunft zu vertrauen ist der beste Weg, sie zu verhindern.

Es ist 1955. Und sie alle sind noch da. Schönling, Matratze, Depp und Trinker. Der gesamte Dorfstab sitzt im Freiensteiner Dorfwirtshaus, tischgariert, tachiniert oder versucht angestrengt, sich an den Vortag zu erinnern. In einem Eck der Dorfschönling mit einem fangfrischen Flitscherl im Arm. Im andren Eck die Dorfmatratze, die sich standesgemäß ziert, ehe sie einen jeden nimmt. Am Nebentisch lästern die Schlampen, die promiskuitiven Zofen, die zwar etwas wählerisch, dann aber umso leichter zu haben sind. An der Theke wogt der Dorftrinker, der an einem Spritzer nippt und sich alle paar Minuten seine Strickkrawatte richtet, die er versäumt hat anzulegen. Hinter der Theke erstreckt sich der Busen einer keifenden Walküre, die abwechselnd das Personal und die Wirtshausgäste anbrüllt. Der Dorfdepp sorgt derweil für Unmut, indem er in die Küche rennt und dort fidel in die Schnitzelpanier brunzt. Am Stammtisch spielt man Dreierschnapsen. Jeder bescheißt dabei so gütlich, dass es im Grunde schon wieder gerecht zugeht.

Es ist 1955. Österreich ist frei. Die Helga unfreiwillig in Freienstein. Tränen steigen ihr in die Augen. Am liebsten liefe sie davon. Heim zur Mutter. Die würde sie jetzt sicher trösten und ihr etwas Feines kochen. Danach aber schmierte sie ihr eine und schickte sie sofort wieder hierher. Dann geht sie eben zur Polizei. Um zu erzählen, dass sie es war, welche diese 31 Musikanten umgebracht hat. Vielleicht dürfe sie ja dann ins Gefängnis. Dort wäre sie nämlich lieber als hier. Über ihren Kopf fliegt ein Bierkrug hinweg. Es ist 1955. Österreich hat sturmfrei.

»Ah, du bist sicher die Helga!« Das ist er jetzt also. Dem muss sie fortan hörig sein. Denn wer nicht hören will, muss fühlen. Doch fühlen muss sie sicher auch. Sie ist geradezu gespannt, wovor es ihr mehr grausen wird. Wenn er sie anfasst oder sie ihn. Was der wohl für Begierden hat! Wahrscheinlich ziemlich widerliche. Sonst hätt' er sie nicht holen lassen. Sonst hätt' er selbst eine gefunden. Offenbar ertrug bislang keine seine Perversionen. Draußen am Eingang ist gestanden: »Streichelzoo im Hinterhof«. Sie kann sich schon vorstellen, wie das gemeint ist. Sie hat es oft genug gesehen, wie sich die Filous in Mautern an dieser Sau vergangen haben. Jössas, sie muss der Inge schreiben! Das hat sie im Trubel vollends vergessen.

Im Dachkammerl oben wird er sie einsperren, ihr das Kleid vom Körper reißen und sofort hineinschlupfen wollen. In sie sowieso, doch vielleicht auch ins Kleid. Solche soll es nämlich geben. Sie hingegen wird er zwingen, ewig nackt herumzulaufen, dass man am Bauch die Riedeln sieht. Nachts kommt er dann zu ihr hinauf. Immer fetzendicht und brunftig. Das Zumpferl wird freilich nicht recht wollen, weil er gar so einen Schwips hat. Das zieht das Ganze in die Länge. Den Akt natürlich, nicht das Zumpferl. Und alt ist er ja noch dazu. Dem hat der Arzt bestimmt gesagt, dass er nicht schwer heben soll. Bei dem bleibt die Gondel sicher im Tal. Und aus der Übung ist er extra. Der hat ein Zumpferl wie ein Säugling. Der kann das Kopferl auch nicht halten. Den muss man stützen. Und tätscheln, bis er ein Bäuerchen macht. Das wird eine Schufterei. Wie Salzburger Nockerl. Und Schnee schlagen tut sie eh so ungern. Da kriegt sie immer gleich einen Krampf. Man darf auch ja nicht zu früh aufhören. Wenn man ungeduldig wird und mit einer Gabel reinsticht, um zu sehen, ob es schon fest ist, stürzt womöglich alles ein, und man muss von vorn beginnen. Er beginnt hoffentlich von hinten. Dann muss sie ihn dabei nicht anschauen. Auch wenn er gar nicht so schirch ist. Aber nicht auf allen vieren. Das ist entwürdigend. Das tun wirklich nur die Schweinderln. Sie darf nicht vergessen, der Inge zu schreiben! Die ist bestimmt schon eingeschnappt. Hoffentlich schleicht er sich danach gleich. Und bleibt nicht die ganze Nacht mit ihr auf dem verpickten Leintuch, schnarcht, dass sie nicht schlafen kann, und wacht neben ihr in der Früh restfett und brunftig wieder auf. Und das alles nur wegen ein paar Musikanten. Der Vater ist aber auch manchmal ein Dolm!

»Sind Sie der Wirt?«, fragt sie verschüchtert. »Geh, sag doch Sepp«, lacht er milde. Eh klar. Sie wird ihren Mann ja nicht immer nur Wirt nennen. Wie klingt denn das, wenn sie im Bett sind? Wenn sie Erregung heucheln muss und ihn dabei mit Wirt anspricht. Sie mustert ihn von oben bis unten. Es gibt tatsächlich Schirchere. Und den perversen Hurenbock sieht man ihm gar nicht so an. Er nimmt ihr ihren Koffer ab. »Dann bringe ich dich erst mal nach oben.« Jesus Maria! Sie blickt hilfesuchend durch den Gastraum. Die Matratze wird gerade nach allen Regeln der Kunst ausgegriffen. Am Nebentisch lästern die Schlampen. Momentan über die Traude. Weil die von einem Amerikaner eine Banane geschenkt gekriegt hat und sie nicht mit ihnen geteilt hat. »Das war vor fünf Jahren!«, wirft die Traude ein, die natürlich mit am Tisch sitzt. Sie sind ja schließlich Freundinnen. Da lästert man nicht hinterrücks. Die Traude darf alles artig mit anhören und warten, bis die Nächste dran ist. »Das geizige Luder …« »Ich hab noch nie eine Banane gegessen.« »Der Blitz soll sie beim Scheißen treffen!« »Und der Rudi soll sie finden!« »Dem läuft sie eh umsonst hinterher.« »Er sagt, die Traude hätte Tuttln wie a ausgedrückte Senftubn.« »Heat's, passt's doch auf!« Eine der Schlampen wird von hinten angerempelt. Der Dorfdepp und der Dorftrinker haben sich jeweils einen Zeitungsstock geschnappt und veranstalten damit quer durch den Raum ein Lanzenturnier.

Mit einem Knall schwingt die Küchentür auf. Heraus tritt die verschwitzte Walküre mit vier Portionen Schnitzel am Arm und trägt sie in Richtung Stammtisch. Sie fegt mit ihrem Busen die Spielkarten weg und schleudert ihnen die Teller hin. Ein Feinspitz äußert sofort Kritik. »Die Panier is ja ganz letschat!« »Dann druck a Zitron drauf!«, schreit die Wirtin. »Dann wird's ja nur noch letschata!« Über ihren Kopf fliegt ein Bierkrug hinweg. Sie seufzt und fügt sich ihrem Schicksal. Vielleicht lässt der Wirt sie ja irgendwann gehen. Wenn er ihrer müde ist. Wenn ihm vor lauter Sich-an-ihr-Vergehen der Appetit vergangen ist. Wenn sie nicht mehr knusprig ist, sondern letschat. Wie die bebrunzte Schnitzelpanier. »Das da drüben ist übrigens meine Frau.« Er zeigt auf den Busen hinter der Theke. Sie stutzt. »Monika heißt sie, aber nenn sie nicht Moni, da wird sie nämlich fuchsteufelswild. So hat sie ihr Onkel immer genannt, und der war recht ein, na, du weißt schon.« Nein, jetzt weiß sie gar nichts mehr. Wenn der Wirt schon eine Frau hat, wofür ist sie dann bitte da? Die werden ja wohl kein Rudelschmusen vorhaben! Wird sie die neue Dorfmatratze, weil die alte durchgelegen ist? Oder ist das alles nur ein perfider Racheplan? Wollen sie es ihrem Vater etwa auf diese Weise heimzahlen? Hat sich der Anwalt womöglich geirrt? Sind die Wilden mittlerweile beim Auge um Auge angekommen? Vergelten sie jetzt 31 Musikanten mit 31 Eingeborenen, die ihr die Wadln viererichten? Dann zurück, und danach wieder viere. So lange, bis sie damisch ist. »Und wunder dich nicht, wenn sie am Anfang ein bisschen garstig rüberkommt«, flüstert er ihr tröstlich zu. Er blickt auf, um sicherzugehen, dass die Wirtin ihn nicht hörte. Aber die ist eh beschäftigt. Lautstark schimpft sie die Kellnerin aus, weil diese wieder zu viel Soda in den weißen Spritzer schenkt. Und das Soda ist viel teurer als der Fusel von Veltliner. »Das darf man nicht persönlich nehmen. Sie ist einfach ein wenig gereizt, weil ihr Vater kürzlich erst ganz fürchterlich ums Leben …« Er lacht und schüttelt recht albern den Kopf. »Aber wem erzähl ich das!«

Man merkt sofort: Er hat hier die Hosen an. Sofern sie ihm beim Anziehen hilft. Denn der Wirt ist Linkshänder. Und zwar ausschließlich. Zumindest seit Kurzem. Genauer gesagt, seit dem Maibaumumschneiden. Da hat der Wirt nämlich allen bewiesen, dass man sich auch durchaus noch nach dem Krieg verstümmeln kann. Und das ganz ohne fremde Hilfe. Wenn man von dem Maibaum absieht. Das war vielen im Dorf eine Lehre. Seither gaben sie besser acht. Seither trugen die Kriegsversehrten wieder alle ihre Orden, um nur ja nicht mit den Tollpatschigen verwechselt zu werden, den sogenannten Potscherten. Die Letzteren ließen das nicht auf sich sitzen. Sie sahen nicht ein, weshalb ein am Schlachtfeld verlorenes Bein etwa ehrenvoller wäre als ein weggerauchter Haxen. Deswegen steckten sich einige der Potscherten ebenfalls einen Orden an. Sofern sie einen erwerben konnten. Denn diese waren nicht ganz billig. Wer etwas zu verkaufen hatte, kam damit flott zu großem Reichtum. Insbesondere junge Burschen betrieben einen regen Handel. Eifrig durchforsteten sie Keller, tauchten in Bäche und wühlten durch Gärten. Weitaus gründlicher noch als die Russen. So hatten sie innerhalb kürzester Zeit ein beachtliches Sortiment feilzubieten. Damit sanken auch die Preise und wurden für jedermann erschwinglich. Bald schon war jede Beeinträchtigung, jeder besoffene Arbeitsunfall und vertrottelte Fauxpas durch ein Abzeichen geadelt. Die Nachfrage wuchs dennoch weiter. Weil auch die Zahl der Unglücke stieg. Die Aussicht auf eine Medaille, die ihr Ungeschick belohnt, ließ die Menschen fahrlässig werden. Sie waren am Bau und auf den Feldern jetzt noch betrunkener als zuvor. Um sie alle versorgen zu können, suchten die Burschen fleißig weiter.

Bald aber waren sie nicht mehr alleine. Noch jemand begab sich jetzt auf die Suche nach den versteckten Antiquitäten. Nämlich all die Kriegsversehrten, denen es partout nicht recht war, dass nun jeder Krüppel Kriegsheld und jeder Tollpatsch Patriot sei. Sie wollten alles wieder ausgraben, dessen sie sich einst in Panik gedankenlos entledigt hatten. Doch nicht, um es zu verhökern wie diese geldgierigen Burschen. Sie wollten es finden, um es besser zu verstecken. Aber diesmal nicht vor den Russen, sondern vor den Plünderern sowie vor den Potscherten. Im Wettkampf mit den jungen Burschen hinkten und robbten sie nachts durchs

Dorf. Tagsüber saßen sie im Wirtshaus. In Uniform und so hochdekoriert, dass es in den Augen brannte. Ihnen gegenüber die Nachkriegsversehrten, die Tölpel und von Geburt an Entstellten. Nicht minder stolz und übersät mit ihren erkauften Auszeichnungen. Man konnte von Glück reden, dass die Alliierten zu diesem Zeitpunkt nicht mehr hier waren. Hätte ein Engländer verschlafen und im Tran das Wirtshaus besucht, wo sein Auge nichts erblickte als ein Meer von Hakenkreuzen, er wäre überrascht gewesen, wie ungeniert lernschwach dies Österreich ist. Die Fronten verhärteten sich stündlich. Nachts kam es zu Schlägereien zwischen den jungen Schwarzmarkthändlern und den alten Veteranen. Einer der Burschen verlor dabei zwei Finger. Woraufhin er sich sogleich ein Abzeichen ans Revers heftete und fortan mit den Alten kämpfte. Als dann aber eines Tages ein kleines Mädchen von acht Jahren nach seinem Sturz vom Fahrrad daherkam mit einem aufgeschürften Knie und an seinem Blumenkleid ein Kriegsverdienstkreuz Klasse II, wacker an den Stammtisch trat und den alten Herren erzählte, wie sie damals in Stalingrad diente, was für ein Depp der Paulus sei und dass man nicht so schnell aufgeben durfte, da wussten sie alle, dass der Krieg endgültig vorbei war. Sie legten die Orden und Abzeichen ab. Die Frontinvaliden und Heiminvaliden reichten sich versöhnend die Stumpen. Und die, die nicht verwundet waren, passten wieder besser auf, indem sie zwar nicht weniger tranken, aber weniger arbeiteten.

Der Wirt geht vor ihr die Stiegen hinauf. Sie trottet benommen hinterher. Gestern noch war sie Kindermädchen einer Gmundener Doktorenfamilie. Heute ist sie die Dachbodenbuhlschaft eines einarmigen Wirten und bald schon Watschenübungsplatz seiner tobsüchtigen Frau. Was diese wohl mehr erzürnt? Dass sie mit ihrem Gatten schmust? Oder dass sie das Töchterlein des Mörders ihres Vaters ist? Nun, bald hat sie genügend Zeit, um das

Ganze zu sortieren. Zehn Jahre werden es wohl sein. Sie nimmt sich allerdings fest vor, noch während der Gefangenschaft diese zu verarbeiten. Sie möchte es besser machen als diese Kriegsgefangenen, die nach Jahren heimgekehrt und immer noch recht damisch waren. Anstatt sich zu freuen, bockten sie nur und verdarben allen die Laune. Wahrscheinlich waren sie angefressen, weil sich Frau und Kind inzwischen nicht vor Kummer umgebracht haben. Aber wären sie heimgekehrt – die Küche und die Alte kalt, die Familie unter der Erde und kein Essen auf dem Tisch –, da wären sie auch gekränkt gewesen. Gut, manche Weiber sind auch biestig. Die fragen, »Na, wie war's im Krieg?«, mit diesem Vorwurf in der Stimme, als wäre er die letzten Jahre bei irgendeinem Flitscherl gelegen. Und so macht heimkehren keine Freude. Einer aus Mautern hat sich damals gar nicht erst nach Hause getraut. Der kam zwar schon im Mai zurück und stand bereits vor seiner Haustür, machte dann aber wieder kehrt und kehrte erst beim Wirten ein. Denn einkehren tun die Haberer lieber als heimkehren.

Die Stiege will und will nicht enden. »Stört das Ihre Gattin nicht, dass ich jetzt hier bei Ihnen bin?« »Im Gegenteil!«, versichert der Wirt. »Sie braucht hier dringend eine helfende Hand.« Sie blickt beklommen auf seinen Stumpf. Es ist schon seltsam, denkt sie sich. Ob es die rechte oder die linke, wenn einer seine Hand verliert, verliert er stets die helfende. Die, die übrig bleibt hingegen, ist immerzu die ungeschickte. So unausweichlich, wie ein Brot auf die Butterseite fällt. Einhändig ist er jetzt nicht einfach halb so fingerfertig wie vorher, sondern eher doppelt potschert. Jetzt macht er nichts und Scherereien. »Ich kann halt nicht mehr so wie früher.« Ja, das hat sie schon befürchtet.

»So, da wären wir.« Er stößt die Tür zum Dachboden auf. »Hereinspaziert!« Für einen kriminellen Mädchenverzahrer ist der ganz schön jovial. Und noch dazu sehr unvorsichtig. Die Tür steht sperrangelweit offen. Sie könnte jetzt ohne Weiteres fliehen. Mit nur einer Hand holt er sie gewiss nicht ein. Er legt ihren Koffer auf das Bett. »Ruh dich erst ein bisschen aus. Ich hol dich dann in einer Stunde.« Eine Stunde. Dann ist es so weit. Dann fällt er über sie her. Man merkt, er kann sich schon kaum mehr beherrschen. Sonst wäre er jetzt nicht so auffällig ruhig. Was musste sie auch dieses verruchte Rüschenkleid anziehen? Da wird jeder Mann zum Lustmolch. Ihr ist nicht entgangen, wie er es anstarrt. Gleich fliegt der Fetzen! Er geht zurück in Richtung der Tür. »Da fällt mir ein. Die Monika lässt fragen, was du denn am besten kannst. Es ist ja dein erster Tag. Deswegen will sie dich noch nicht so hart rannehmen.« Grundgütiger! Was sind das nur welche! Verwerflich genug, dass er sie gegen ihren Willen vergenusswurzeln wird. Jetzt muss sie auch noch sagen, wie. »Ganz normal?«, fragt sie verlegen. Das Blut steigt ihr in den Kopf. Seines sinkt ihm in die Lenden. Gleichwohl tut er, als hätte er sie nicht verstanden. Normal befriedigt diesen Mann nicht. Er will es hart. Umso härter, weil er selber so weich ist. Sie atmet schwer. »Ich … ich … bin ja noch völlig unerfahren. Ich hab nur einmal mit so einem Lehrling …« Der Wirt runzelt befremdet die Stirn. Das Kind spricht offenbar in Zungen. Sakrament!, denkt er sich. Hoffentlich ist das keine Fanatikerin. So eine, die mit Engeln spricht. »… aber da war es ziemlich finster, und vorher waren wir auf so einem Feuerwehrfest …« Allmählich dämmert ihm, warum die Mutter die Tochter so leichtfertig hergeben wollte. »… und ich weiß auch nicht, aber diese ganzen Schläuch, ich …« Unten war sie noch völlig normal. Vielleicht ist hier was am Dachboden. Schimmel zum Beispiel. Da werden ja manche ganz spinnert davon. »… dann hat er es auch noch versucht, mit einem Obstler zu desenfi… disenfi…« Er unterbricht ihren kläglichen Vortrag. »Dann sag, was isst du selbst denn am liebsten?« »Salzburger Nockerln!«, prustet sie unverhofft hervor. »Gut, dann machst du Salzburger Nockerln.«

Sie nickt ohne zu verstehen. »Und später geht die Monika mit dir die Speisekarte durch.« »Danke, ich hab gar keinen Hunger.« Dieses Warten macht sie fertig. »Du vielleicht nicht, aber die Gäste.«

Und denen wirft er sie zum Fraß vor! Diesen liebeshungrigen Tranklern, die bei ihr überall reinschnudeln werden. Gar nicht so sehr, weil sie es wollen, doch weil sie nicht anders können. Weil sie so betrunken sind, dass sie erst oft danebengreifen, bis sie am rechten Platzerl sind. Wie bei der Führerscheinkontrolle, wenn erst der fünfte Griff das Handschuhfach öffnet. »Du brauchst keine Angst haben. In einer Woche lernst du das. Und unsere Gäste sind sehr gnädig. Die beschweren sich nicht so schnell. Die wissen eh meist nicht, was gut ist.« Na, das ist ja wohl die Höhe. Der Wirt tut ja gerade so, als hätte sie's noch nie gemacht. Aber dem wird sie es zeigen. Ihm und all den grausigen Tranklern. Sie wird so wild mit ihnen schmusen, dass ihnen Hören und Sehen vergeht. »Meine Güte, wenn ich denk … Die Erna, die Köchin, die wir vor dir hatten, die hat gegen Ende Gerichte gekocht, das glaubst du gar nicht!« »Die Köchin, die Sie vor mir hatten?!« »Ja, die ist jetzt schon einen Monat weg. Deswegen sind wir heilfroh, dass du da bist!«

Er macht einen kleinen Knicks und verschwindet nach unten. Wirklich ein freundlicher Mann, dieses Schwein. Sie setzt sich stumm auf die Kante des Bettes. Die Schamesröte ihrer Wangen reichte, um fünfzehn Huren zu schminken. Ihr ist, als hätte sie das alles irgendwann schon mal erlebt. Fehlt nur noch die Inge, die unter dem Bett liegt. Spaßeshalber sieht sie nach. Da unten liegt tatsächlich jemand. Aber es nicht die Inge, sondern ein zerzaustes Weiberl, das sie mit großen Augen anstiert. Das Weiberl öffnet seinen Mund. »Ruckedigu!«, entfährt es ihm schrill. Sie schreit und reißt die Beine hoch. Hechelnd stürzt der Wirt herein, der ihren schrillen Schrei vernahm. Sie deutet verängstigt auf den Boden. »Ruckedigu!«, ertönt es erneut. Der Wirt senkt erleichtert die Schultern und tupft sich mit seinem Stumpen den Schweiß von der Stirn. »Ach so. Das hätt' ich vielleicht sagen sollen. Die alte Köchin vor dir, die Erna … nun, streng genommen ist sie noch da.«

Schnell stellt sie fest, dass der Freiensteiner Wirt in Wahrheit gar kein Wirt ist. Zumindest nicht so, wie sie sich das vorstellt. Ein Wirt, wie er im Buche steht. Ein Patriarch erster Güte, der mit eiserner Faust den Zapfhahn regiert. Wie der Bauer die Familie, so beherrscht der Wirt das Dorf. Er säuft jeden unter den Tisch, und dafür liegt man ihm zu Füßen. Der Wirt ist ein großer, stattlicher Mann, obgleich man ihn nie essen sieht. Zum Essen hat er keine Zeit. Ihn nähren keine üppigen Speisen, sondern die Ehrfurcht seiner Gäste. Er weiß alles über sie. Sie aber wissen nichts vom Wirt. Er schenkt aus, ohne dabei sein Herz zu verschütten. Er ist ruppig, aber respektvoll. Dem Wirt sind alle Menschen gleich.

Der Freiensteiner Wirt ist anders. Ihn nennt man nur deshalb Wirt, weil seine Frau die Wirtin ist. Der Wirt hat hier nicht viel zu sagen. Ab und an inspiziert er den Gastraum, um nach Problemen Ausschau zu halten, von welchen er im Traum nicht wüsste, wie er sie jemals lösen könnte. Die meiste Zeit hockt er nur da und überlegt sich witzige Sprüche zu seiner verlorenen Hand. Von denen hat er mittlerweile viele. So viele, dass der Zweifel aufkommt, ob sich der Wirt ein Leben mit Hand überhaupt noch vorstellen kann.

»Ruckedigu!« Helga seufzt und reißt erneut ein Stück von ihrer Semmel ab. Dann wirft sie sie lieblos in die Ecke. Die alte Köchin springt vom Bett und klaubt das Stück vom Boden auf. Helga hört die Wirtin nach ihr rufen. Es ist zwar erst halb vier, und die Wirtin hat versprochen, ihr eine Stunde freizugeben, doch irgendwie ist sie erleichtert, aus diesem Taubenschlag zu kommen. Im Gastraum dampft es vor Ausdünstungen. Sie geht in die Küche und bindet sich die Schürze um. Zwei nicht mehr ganz so junge Mädchen formen lustlos Grammelknödel. Die packt viel, die andere wenig Grammeln in den Teig hinein. Später kommt jeweils einer von beiden auf die Teller. Ein ordentlicher und ein geiziger. So kann man nämlich Grammeln sparen und erspart sich zudem noch Beschwerden. Wenn einer passt, war der andere ein Unfall. Wenn man zwei sparsame servierte, machten die Gäste ein Tamtam und wichsten der Wirtin den Knödel um die Ohren. So aber sind sie peinlich berührt von der kleinen Missgeburt, die sich auf den Teller geschwindelt hat. »Schau, so a liaba, klana Knedl!« Denn sobald die Leute Geld haben, schätzen sie die kleinen Dinge. Dann stehen sie in Abu Simbel vor den Tempeln und schimpfen: »Die im Minimundus gefallen mir besser!« Bombast ist etwas für die Armen, Sattheit für die Hungrigen.

Aber dass der Österreicher immer im Wiglwagl ist zwischen dem Gestern und dem Morgen, zeigt sich an seinem Leibgericht. Das Wiener Schnitzel muss so groß und so dünn wie möglich sein. Ein Schnitzel wie ein Jungfernhäutchen. Vom Ausmaß des Wörthersees. Und für den Gast naturgemäß immer noch nicht ganz perfekt. Selbst ein Stück Fleisch von der Größe einer Briefmarke, das man auf einen Quadratmeter flachklopft und nach dem Braten aus der Panier zieht, wäre den Suderanten sowohl zu klein als auch zu dick. Die Tür schlägt auf. Herein tritt ein Busen, dicht gefolgt von der Wirtin. »Helga, mach a Rindssuppn! Und ihr zwa«, sie deutet auf die beiden Mädchen, »ihr zwa tuat's net so vü Fleisch in die Laberl! Die Gäst hörn auf, sich zu beschweren!«, ordert sie herrisch und verschwindet. Sie wundert sich, wie rundheraus die Wirtin auf die Mädchen einbrüllt und dabei en passant enthüllt, dass kein Fleisch in die Fleischlaberl kommt. Noch gibt es im Dorf keine Vegetarier, die dafür Unsummen bezahlen, dass man sie endlich einmal ernst nimmt. Noch fühlen sich Gäste von der Wirtin beschissen und verweigern zu bezahlen, wenn ihnen fleischlose Laberl serviert werden.

Die Tante in der Putzerei hat sie nur manchmal ausgeschimpft. Und wenn, dann immer nur ganz leise. Die Tante hat auch niemandem die Kleiderbügel nachgezunden. Sie dachte, das schickt sich nicht vor Kunden. Sie dachte, die denken dann, sie wäre offenbar nicht ganz sauber. Sie dachte, dass niemand sein Gewand in eine Putzerei gibt, wo die Chefin ein dreckiges Mundwerk und schmutzige Finger hat. Wenn man überdies Kinder beschäftigt! Kinderarbeit und Kindesmisshandlung sind am Land zwar gang und gäbe, jedoch Kinder bei der Arbeit zu misshandeln – da hört sich selbst am Land der Spaß auf. Erst die Arbeit, dann die Rügen.

Aber die Wirtin hält das anders. Es scheint sogar, als brülle sie mit den Mädchen in der Küche noch etwas lauter, als es ihr ernst ist, damit es auch die Gäste hören. Umgekehrt ist es genauso. Wann immer die Wirtin draußen wieder einen schasst, der ihren Veltliner ausgespuckt hat, dann ist ihr in der Küche so, als geschähe es hier drinnen. Dann steht die Wirtin neben ihr, wenn sie im Gastraum draußen keift: »Jetzt schleichst di, Sauhund, dreckiger! Sunst nimm i die Bouteille und kork da dein Auspuff zua!« Das klingt vermutlich etwas harsch. Doch muss man wissen, dass der Gast auch nicht sonderlich galant war. Ihr Veltliner rieche wie ein Scheißhaus in der Spargelzeit. Die Wirtin muss sich von den Gästen schon eine Menge bieten lassen. Vielleicht meinen sie es gut, weil ihr schließlich ja der Wirt überhaupt nichts bieten kann. Doch gut gemeint, man weiß es ja, ist das Gegenteil von gut. Und gegenteilig stimmt es auch. Der Wirt sagt, was die Wirtin sagt, sei sehr oft nicht bös gemeint. Es ist unverhohlen böse. Die Wirtin ist sehr schlagfertig. Und mundfertig noch obendrein. Das ist selten anzutreffen. Gewalttätig und wortgewaltig sind nur die allerwenigsten. Viele Menschen schlagen zu, weil sie schlecht mit Worten sind. Andere beschränken sich aufs Schimpfen, weil sie zu schwach zum Zuschlagen sind. Kaum jemand ist gleichermaßen zum Kraftakt und Kraftwort befähigt.

Die Freiensteiner Wirtin aber ist ein solches Wunderkind. Ihre Schelte schmerzt nicht minder, als es ihre Schellen tun. Die Wirtin lässt sich von Männern nichts sagen. Und Weibern hört sie gar nicht erst zu. Sie allein herrscht über das Wirtshaus und somit auch über das Dorf. Dementsprechend führt sie sich auf. Und Gastraum und Küche sind ihre Bühnen. Auf beiden spielt sie nun seit Jahren ein drakonisches, üppiges Weibsbild, welches ihre Gäste prellt und ihre Angestellten prügelt. Die Flügeltür zwischen Gastraum und Küche ist ihr hölzerner Bühnenvorhang. An dieser Schwelle atmet sie durch, ehe sie ihren nächsten Auftritt hinlegt. Und ein jeder muss makellos sein. Sie kann sich keinen Hänger erlauben. Jede versäumte Tetschn ist ein bekräftigendes Tätscheln auf das Haupt der Tschecheranten. Ihre Gnade wäre der Tropfen, der die brettlebendichten Fässer überlaufen ließe. Sie darf nicht rasten, sonst rasten die aus. Ein unkontrollierter Schwips führt zum Putsch. Zu einem Aufstand der Säufer. Der Stammtisch plant ihn schon seit Jahren. Dessen ist sich die Wirtin sicher. Dort sitzen die Promillenzen und schmieden den Staatsstreich gegen den Zapfenstreich. Sie wollen nicht ausbrechen aus dem Wirtshaus. Sie wollen sich darin einsperren. Sie träumen davon, die Rechnung ohne die Wirtin zu machen. Im Trankler steckt ein wildes Tier, das die Wirtin zähmen muss. Zwar ist es der Alkohol, wofür der Säufer kämpfen will, doch ist es auch der Alkohol, der ihn kampfunfähig macht. Das kommt der Wirtin sehr gelegen. Gleichwohl reicht die Gerste nicht. Es muss zudem die Gerte sein. Die ihre ist ein altes Wettex von archaischem Gestank. Das schwingt sie, wann immer es den Tranklern wieder zu gut geht. Es heißt, man muss Feuer mit Feuer bekämpfen. Die Wirtin bekämpft Fetzen mit Fetzen.

»Helga, wie schaut's aus mit der Suppn?« Sie deutet auf einen großen Topf. Die Wirtin trampelt schnaubend zum Herd, beugt sich über die siedende Suppe und tunkt dabei fast ihre Töpf in den

Topf. »Helga!«, schreit sie schrill, obwohl diese direkt neben ihr steht. »Hast du da etwa Knoblauch reintan?« Nickend schüttelt sie den Kopf, dunkel ahnend, dass die Wirtin gleich wieder ihren Rappel kriegt. »Wo tut man denn bitte schön Knoblauch in eine Rindssuppn rein?« Sie aber hebt stolz das Kinn. »Also bei uns zu Hause tut man …« »Hör auf mit deinem bei uns zu Hause!«, fängt die Wirtin an zu rasen und schmeißt dabei ein Glasl um. »Das hör ich jetzt schon seit zwei Wochen! Nein, Frau Scharf, bei uns zu Hause kommt kein Paprika ins Gulasch. Bei uns zu Hause muss die Kalbsbrust so zach sein, dass man's nicht dabeißt! Wo ist das denn? Bei uns zu Haus? Irgendwo bei die Zigeiner? Die mit'n Ohrenschmalz Einbrenn machen?« Sie denkt nach. »Nein, Frau Wirtin, ich glaub, die Zigeuner machen ein besseres Gulasch als ich.«

Es ist wieder so weit. Wenn die Wirtin sehr gereizt ist, beginnt ihr rechtes Aug zu zucken. Vorgestern den ganzen Tag. Da hat das Lid so wild geflattert, dass sie glaubte, es wetzt der Wirtin den Augapfel ab. Die wäre beinah explodiert. Wie kurz zuvor der Kelomat. Aber sie konnte ja nicht wissen, mit welcher Waffe sie da kocht. Als dem Topf der Dampf entwich, dachte sie, er wäre undicht. Deswegen hat sie ihn abgedichtet. Das war eine Sauerei. »Na, Sie haben vielleicht ein Klumpert!«, warf sie der Wirtin an den Kopf und stapfte empört vom Schlachtfeld. Das war dasselbe Zucken wie jetzt. Wahrscheinlich ist in der Wirtin auch noch Zorn von vorgestern übrig. Der geht wohl so schnell nicht weg. Ebenso wenig wie der Linseneintopf. Der wird noch an der Decke kleben, wenn die Lore hier bedient. Innerlich kocht die Wirtin gerade so sehr, dass es ihr richtig die Krampfadern drückt. Das hätten sich die Adern auch nicht gedacht. Dass sie noch mal ans Freie dürfen unter diesen feisten Stelzen. Kurz bevor sie die Haut perforieren und ihr aus den Beinen züngeln wie ein durchgebranntes Kabel, wird die Wirtin abgelenkt. »Mama?«, jemand klopft rhythmisch auf die Budel. »Mama, zah an! I hob an Hunger.«

Die Wirtin schluckt ihren Zorn hinunter. Das tut sie nicht oft. Wenngleich ihr Körper nahelegt, dass sie keinen Bissen auslässt. Wahrscheinlich ist ihr Zorn sehr nahrhaft. »Helga, mach a Hirn mit Ei! Oba flott! Mei Bua is do, und des mog er so gern.« Sie mag den Buben der Wirtin auch. Deswegen strengt sie sich recht an. Obgleich es ihr vorm Hirn sehr graust. Überhaupt vor Innereien. Jedoch zu ihrem Leidwesen werden die im Wirtshaus schrecklich oft bestellt. Dann geht's hier zu wie bei den Wilden. Die glauben ja, dass ihnen das Fleisch eine spezielle Kraft verleiht. Und das glauben die im Dorf hier auch. Wenngleich sie es resolut verneinen. »Es schmeckt mir einfach«, sagen sie und schaufeln die Organe rein. In Wahrheit glauben sie sehr wohl, dass ihnen so ein Herz was bringt. Das kann ja kein Zufall sein, dass sie immer das bestellen, was bei ihnen selbst marod ist. Die Trinker wollen geröstete Leber, die Bettnässer wollen saure Nieren und die Blöden Hirn mit Ei.

Der Rudi aber ist kein Blöder. Dem schmeckt es einfach. Das Hirn flutscht ihr durch die Finger. Sie versucht angestrengt, nicht zu würgen. Mehrmals am Tag fragt sie sich, wie sie reagieren würde, wenn sie der Rudi küssen wollte, nachdem er Hirn gegessen hat. Das wäre schlimm. Wenn er sie busselt und es sie würgt! Dann wäre es vorbei mit der Gaude. Dann pfeift er ihr was. Und die Wirtin wäre darauf sicher noch gemeiner zu ihr. Weil sie ihren Buben beleidigt hat. Und über den lässt sie nichts kommen. Über den Rudi kommt auch nichts. Ganz im Gegenteil. Den ließe jede drübersteigen, auch wenn der Rudi gar nicht raufwill. Die laufen ihm alle hinterher. Zum Glück ist er mit seinem Motorrad schneller als die Weiberleit. Die täten ihn sonst ganz vernaschen.

Angenascht ist auch die Wirtin, obwohl der niemand am Ohrläppchen zuzelt. Die sieht das nämlich äußerst ungern, wenn sich eine Dahergelaufene an ihrem Wonnebrocken vergreift. »Jetzt lasst's den Buben in Ruhe essen, elendige Robnviecher, elendige!« Der Rudi schnabuliert sein Hirn, während die Wirtin die Mädchen von ihm wegfächelt wie einen Schwarm lästiger Fleischfliegen. Manchmal erwischt sie eine so heftig, dass sie ganz benommen ist. Doch unverbesserlich wie die Fliegen schwirrt auch diese sogleich wieder an. Der Wirt ist vom Rudi nicht so begeistert wie dessen jähzornige Mutter und die gamsigen Dorfpomeranzen. Er beobachtet mit Argwohn, wenn der Rudi wieder reinschneit, sein Motorrad mitten am Gehsteig, selbstredend hinter die Theke spaziert und sich am guten Wein bedient. Und das, obwohl er ihm gar nicht gehört. In jedem Sinne. Der Wein gehört nicht dem Rudi, und der Rudi nicht dem Wirt. Ja, selbst der Wein gehört dem Wirt nicht. Den bezahlt schließlich die Wirtin. Eigentlich könnt ihm alles wurscht sein. Dass sich der Rudi wie ein Pascha benimmt, hier alle Tage ein und aus geht und den guten Wein sauft. Sich einfach Zigaretten nimmt und keinen Groschen für das Hirn zahlt. Dass seine Maschin am Trottoir steht und noch dazu der Motor läuft. Aber irgendwie zwickt es ihn trotzdem. Und dass ihn jetzt auch noch die Helga mit ganz verliebte Augerl anschaut, das versteht er gar nicht.

Liebste Helga,
es ist furchtbar! Die Soldaten sind weg! Alle! Die Russen, die Amerikaner, die Franzosen die Engländer. Um die Engländer tut es mir nicht leid. Die waren immer so reserviert. Der Professor freut sich natürlich. Dieser eifersüchtige Geck. Dem hat das sowieso nie gefallen, wenn ich mit einem von denen tanzen war. Der Professor wollte halt nicht mit mir. Ich aber eh auch nicht mit ihm. Kannst Du Dir das vorstellen, so ein alter Lotter beim Tanzen? Jetzt bin ich abends meistens zu Hause. Oft ist mir schrecklich langweilig. Und traurig bin ich auch, weil der

Mischa jetzt weg ist. Und der Pierre. Und der Paul. Deswegen ist der Professor mit mir letzte Woche wandern gegangen. Weit sind wir aber nicht gekommen. Der Schlawiner! Die Frau vom Professor spinnt schon wieder. Ich glaube, die hat es mit den Nerven. Sie nimmt zwar dauernd Baldriantropfen, aber helfen tun die nichts. Letztens hat sie sogar eins ihrer Kleider zerrissen. Die wird halt auch recht traurig sein, dass die Soldaten alle weg sind. Schreib mir doch bitte wieder mal! Ich weiß, Du bist jetzt frisch verliebt und hast sicher nicht viel Zeit. Trotzdem darfst Du mich nicht vergessen. Komm mich doch einfach mit dem Deinigen besuchen. Das ist sicher in Ordnung. Wenn Besuch da ist, schreit die Frau Professor fast gar nicht. Da reißt sie sich zusammen. Sie weiß eh, was sich gehört.

In Liebe,
Deine einsame Schwester Inge

II. DER DORFTRINKER

Wenn man am Totenbett zurückdenkt, haben die einen Erinnerungen und die anderen Erinnerungslücken. Das ist Geschmackssache. So wie das Glas halbvoll oder -leer ist. Der Optimist wird sagen, halbleer. Der Pessimist hingegen, halbvoll. Dieses andersrum zu deuten, ist ein landläufiger Irrtum, welchen nichts besser widerlegt als ein Blick in ein Wirtshaus. »Was ist denn heute mit dir los? Dein Glas ist ja noch immer halbvoll.« Wer vor halbvollen Gläsern sitzt, tut sich schwer, sie auszutrinken. Er wird behaupten, zu genießen und sich genüsslich Zeit zu lassen. In Wahrheit aber hat er zu kämpfen. Er zieht alles in die Länge. Nicht, weil ihm jeder Schluck so schmeckt, sondern weil er gar nichts schmeckt. Was er sich aufhebt, ist die Hoffnung, dass da noch irgendetwas kommt. Von den wahren Optimisten hört man hingegen Sätze wie: »Jössas, mein Glas ist schon wieder halbleer!« Dem folgt meist ein beeindruckender Schluck, der den Rest des Inhalts tilgt. Aber zuvor noch: »Mitzi, stell mir gleich noch eins her.« Jener, dessen Glas halbleer ist, wird noch viele Gläser trinken. Er hofft nicht auf den einen Schluck, der alles verändern wird. Er glaubt an das Glas danach. Wiederum jener, dessen Glas stets halbvoll ist, erwägt gar nicht die Möglichkeit, dass man doch einfach nachschenken könne. So sind die Grenzen dieses Glases gleich die Grenzen seiner Welt. Ganz anders der Optimist. Das Glas mag zwar leer sein, doch er ist jetzt voll. Er ist selbst ein Fass ohne Boden.

Wessen Glas immer halbleer ist, der hat eher Erinnerungslücken. Das beunruhigt ihn tagsüber und lässt ihn griesgrämig erscheinen. Weil er nicht mehr so lustig ist, wie eben noch am Abend zuvor, als er vor den Augen aller einem den Bierkrug ins Gesicht warf und danach beflissen den Schuldigen suchte. Jetzt hat er anderes zu tun. Jetzt ist er damit beschäftigt, das Vergangene zu rekonstruieren. Der Pessimist betäubt sich inzwischen, indem er seine Zukunft plant. Er denkt voraus statt nachzudenken. Ihn sorgt nicht, dass ihm entgeht, was er gestern alles getan hat. Ihn sorgt, etwas davon zu versäumen, was er morgen alles tun kann.

Sie haben sich ihr Leben lang in Formaldehyd getränkt, um der Nachwelt erhalten zu bleiben. Denn der Alkohol macht sie haltbar. Sie selbst können freilich nichts behalten. Und das meist weder für noch in sich. »Wer sich morgen noch daran erinnert, der war nie dabei.« Und was vielleicht noch wichtiger: Wer sich selbst daran erinnert, der wird nicht erinnert werden. Nehmen Sie beispielsweise nur den Dorftrinker aus Freienstein. Der ist jetzt hier. Zu Lebzeiten aber wusste er nie, wo er die letzte Nacht geschlafen, wessen Blut an seinem Hemd und wo schon wieder seine Hose. Wozu auch? Wer weiß schon, was gestern sein wird, wenn es erst mal morgen war? Den Dorftrinker aus Freienstein schert weder, was vergangen ist, noch was einmal kommen wird. Und am allerwenigsten lebt er im Hier und Jetzt. Mit Abstand die furchtbarste Zeit, um zu sein. Das ist die Zeit der Abstinenzler. Die sind nicht voll. Die sind voll da. In einer rauchfreien Opiumhöhle jagen sie den Drachen ihrer inneren Mitte.

Ähnlich dem Dorfdepp ist der Dorftrinker eine messianische Figur. Maßgeblich beauftragt, einen wüsten Streit zu schlichten. Denn die Adepten des Alkohols sind in zwei Fraktionen gespalten. In Genuss- und Wirkungstrinker. Die einander so verachten, weil sie sich so schrecklich ähneln. Beiden geht es nur um das eine. Der eine will am liebsten nicht schlucken, der andere will am liebsten nichts schmecken. Beide stehen um denselben Kübel. Der eine spuckt, der andere speibt. Der Dorftrinker aber führt beides zusammen. Er ist zwar auf die Wirkung aus, aber er lässt es sich nicht nehmen, jedes abgestandene Bier, jeden blind machenden Fusel und jede Flasche Franzbranntwein als edlen Tropfen lobzupreisen. Selbst verschüttete Getränke, die sich im Aschenbecher sammeln, wird er würdevoll degustieren. Er wird den Aschenbecher heben und so genussvoll daraus trinken, als wäre es ein Damenschuh. Und die Tschickreste Oliven.

Der Dorftrinker bekleidet ein wichtiges Amt. Ihm ist schließlich zu verdanken, dass es im Dorf so friedfertig zugeht. Während der Dorfdepp die Schuld für Sachschäden sühnt, hält der Dorftrinker zumeist für das Zwischenmenschliche her. Er ist der, auf den ein Mann sich beruft, wenn ihm seine Gattin vorhält, er sei der betrunkenste und der bebrunzteste Auswurf des Dorfes. »Nanana, hast du da nicht wen vergessen?« Die Gattin schlägt sich mit der Hand gegen die Stirn. »Der Dorftrinker! Verzeih mir bitte!« Demütig wird sie ihre Blödheit einsehen, ihrem Gatten um den Hals fallen und ihm diversen Dreck aus dem Bart busseln. Der Dorftrinker ist überdies ein Ventil für jeden Überschuss an Kraft. Er ist der, an den man sich wendet, wenn man Lust zu raufen hat. In Freienstein wird viel gerauft. Viel gerauft und wenig gestritten. Es bringt ja schließlich nichts zu streiten. Beim Streiten kochen immer gleich die Emotionen über. Beim Raufen, da kocht nur das Blut. Man rauft nicht mit Herz und Seele, sondern mit vollem Körpereinsatz. Das wirkt ungemein befreiend. Ein wenig wie ein Saunagang. Nur fließen mehr Tränen als Schweiß. Schmecken tut das aber gleich.

Es geht die Legende um, ein Dorf nicht weit von Freienstein hätte den Versuch gewagt, Dorfdepp und Dorftrinker in einer einzigen Person zu vereinen. Wie man sich denken kann, war dies ein Versuch mit fatalen Folgen. So fatal, dass ich sie Ihnen, meinem zartbesaiteten Leser, an dieser Stelle nicht zumuten möchte. In Freienstein aber war man seit jeher bedacht auf eine Gewaltentrennung zwischen Trunkenheit und Schwachsinn. Freilich sieht man Depp und Trinker nachts nicht selten händchenhaltend und Schabernack treibend durchs Dorf marodieren. Nichtsdestotrotz unterscheiden sie sich in manchen wesentlichen Punkten. Schon alleine die Hygiene. Man weiß weder wo noch wie der Dorfdepp es zustande bringt, zumal niemandem bekannt, wo und ob er schläft und haust, doch er ist stets rausgeputzt. Der Dorftrinker riecht da schon bedeutsam strenger. Was amüsant ist, denn sie beide besitzen einen starken Drang zum öffentlichen Urinieren. Obzwar unterschiedlich geartet. Während der Dorfdepp mutwillig brunzt, zudelt sich der Dorftrinker an. Unfreiwillig, unbewusst und vereinzelt auch bewusstlos. Vor allem wenn er morgens im Rinnstein erwacht, der eigentlich kein Rinnstein ist, sondern nur das Trottoir, welches er zum Rinnstein machte.

Wie der Dorftrinker erkoren wird, ist eine Wissenschaft für sich. Fest steht, im Kampf um diesen Titel gibt es keine Stockerlplätze. Wer beachtlich viel trinkt, aber es nicht zum Dorftrinker schafft, der hat leider Pech gehabt. Denn der gilt einfach nur als Säufer. Und das ist lange noch kein Titel. Obzwar es viele leugnen wollen, so ist eben nicht jeder Säufer auch zum Dorftrinker gemacht. Der Dorftrinker, das ist nicht der, welcher am meisten verträgt. Au contraire, madame le maire! Allzu trinkfest zu sein ist in Wahrheit ein Ausschlusskriterium. Der Dorftrinker besitzt kein Zeitgefühl. Er selbst ist die Zeit, nach der man die Uhr stellt. Er ist die Fahne, die morgens gehisst und abends wieder eingeholt wird. Das Ächzen, wenn er munter wird und sich an die Theke hievt, ist das Einläuten zum Ausschank. Der Rums, wenn er von seinem Stuhl fällt, der Glockenschlag zur letzten Runde. Wenn er liegt, dann ist Feierabend. Dann greift die Wirtin zu Schauferl und Besen und kehrt ihn wieder auf den Gehsteig. Manchmal quengelt er ein bisschen und trotzt, er sei noch gar nicht müde. Aber die Wirtin sieht es doch, wie ihm schon die Äugerl zufallen. Raus in den Dreck und heia machen. Er muss schließlich ein Vorbild sein. Wenn er sich nicht schleicht, wollen die andren auch noch länger aufbleiben dürfen. Die haben natürlich längst überrissen, dass ihr Rausch vom Dorftrinker abhängt. Deswegen versuchen sie alles, um seinen Sturz hinauszuzögern. Damit nicht schon um zwei Uhr Schluss ist. Oft schieben sie ihm ein Wasser zu, hoffend, dass er sich vergreift und aus Versehen einen Schluck nimmt. Sie jubeln ihm ein Achterl unter, das in Wahrheit Traubensaft ist. Sie lassen auch nie eine Gelegenheit aus, ihm im Vorbeigehen ein paar Nüsse oder Soletti ins Goscherl zu drücken. Die Wirtin sieht das gar nicht gern. Da klopft sie ihnen auf die Finger, leert die Wassergläser aus, die sie um ihn herum platzieren, und stellt ihm gleich drei Schnapserl hin. Zur Sicherheit. Wer weiß, wie viel Saft und Wasser der schon in sich reingekippt hat. Da kann man gar nicht vorsichtig genug sein. Dann geben die Gäste wieder Ruhe. Sie wollen es schließlich nicht zu weit treiben. Nicht allein, weil sie die Wirtin sonst wieder mit dem Wettex drischt. Sondern weil sie genauso Angst haben, dass der Dorftrinker ausnüchtern könnte. Niemand weiß, was dann passiert. Aber sie wissen, dass es grauenvoll sein wird. Wenn nach durchzechten sechzig Jahren sich der Nebel plötzlich lichtet. Was tritt im Flussbett alles zutage, sollte man ihn trockenlegen? Was stillte den Brand eines halben Jahrhunderts? Wird das Wirtshaus ewig offen oder stets geschlossen sein? Die Zeit im Dorf wird stehenbleiben. Der Dorftrinker befeuchtete ja die Kehle des Erzählers. Der wird sich nun fortwährend räuspern. Die Erde hört auf, sich zu drehen, wenn dem Dorftrinker nicht schwindelt.

Es ist der Tag des Jüngsten Gerichts, wenn der Dorftrinker ernüchtert. Wenn er weiß, welcher Tag es ist, wird es der Menschheit letzter sein. Er wird sich an nichts erinnern, nein, viel schlimmer, er wird wissen. In vino veritas. Das stimmt tatsächlich. Doch nicht in dem plumpen Sinne, dass sich gerne wer verplaudert, wenn er einmal fetzendicht ist. Weil dann alles überläuft und er es einfach rinnen lässt. Wenn er Dinge sagt und tut, welche er sich sonst nicht traut. Betrunkene sind ehrlicher. Aber die Ehrlichkeit der Menschen ist der Wahrheit auch nicht näher, als es ihre Lügen sind. Diese Wahrheit, die im Wein liegt, kommt erst, wenn der Wein verflogen. Dann fliegt die Eule der Minerva. Nicht am Abend, doch in der Morgendämmerung. Das Ende des Tages ist der Morgen danach. Wenn Frischluft und Fußmarsch den Rausch drangsalieren und mit ihm die Maske der Ehrlichkeit fällt. Der Dorftrinker war niemals ehrlich. Weil er noch nie gelogen hat. Er ersäuft nicht seinen Kummer. Er besäuft sich lieber selbst. Er begann schließlich nicht zu trinken, weil ihn seine Frau verlassen, sein Arbeitgeber rausgeworfen oder der Ostfeldzug enttäuscht hat. Der Dorftrinker begann zu trinken, um sich das alles zu ersparen. Er hat einfach durchgemacht, um nichts durchmachen zu müssen. Er hat keinen Tunnelblick. Er ist der Tunnel, durch den alles fließt. Nicht nur Alkoholika. Seit Jahrzehnten sitzt er hier und protokolliert im Geiste, ohne davon etwas mitzubekommen. Er ist der Flugschreiber, der, wenn er abstürzt, die ganze Maschine mit in den Tod reißt.

»Das ist nicht fair!« »So war's aber abg'macht. Wenn dem Rudi dein Hirn schmeckt, dann darfst du zum Ball.« Sie entreißt der Wirtin den Teller und hält ihn ihr anschaulich entgegen. »Er hat eh alles aufgegessen!« »Aus Höflichkeit. Weil er ja weiß, wie du dich bemühst, auch wenn es tausendmal nichts bringt.« »Bitte, lassen S' mich ihn fragen, ob's ihm gschmeckt hat oder nicht.« »Glaubst du, der sagat dir ins Gsicht, was für an Schaß du zammendatschgerst? Das tun vielleicht die andern Gäst'. Die fragen mich oft, wenn du Schweinsbraten machst, ob das Schwein krank war oder die Köchin. Ein paar von denen glauben sogar, dass jetzt die Erna wieder kocht. Aber mein Bua, der tät das nicht. Weil mein Rudi kein Rauwaschl ist.« Sie blickt aufgelöst in der Küche umher. Als hielte sie nach etwas Ausschau, um die Wirtin umzustimmen. Oder sie notfalls zu erschlagen, wenn sie komplett auf stur schalten sollte. »Und wieso dürfen die zum Ball?« Sie zeigt auf die beiden Mädchen. Diese grinsen hämisch zurück. Da wird die Wirtin grundlos milde. »Wie wär's damit? Du kannst zum Ball gehen, wenn ich hier zumach.« Sie zappelt ungeduldig herum. »Und wann ist das?« »Hergottsack, das weißt du doch! Dann, wenn es den Obertrankler umprackt.« »Aber dann ist ja sicher schon alles vorbei!« »Wenn du jetzt auch noch frech wirst, verliest du die Linsen!« Die Wirtin deutet auf eine Schüssel. »Aber die sind doch schon verlesen!« Die Wirtin geht zum Vorratsschrank, holt eine Packung Polenta hervor und leert sie in die Linsenschüssel. »Und danach gehst einkaufen. Wir haben keinen Polenta mehr. Du musst mit den Sachen sparsamer umgehen. Und den hier …«, die Wirtin hebt die leere Packung, »… den hier zieh ich dir vom Lohn ab.« Das ist wirklich gemein von der Wirtin. Niemand ist sparsamer als sie. Nicht gegen andere. Nur gegen sich. Nachts denkt sie an all die Sachen, die sie sich nicht kaufen wird. Sie wirft kein Geld zum Fenster raus. Sie macht das Fenster gar nicht erst auf. Das hat die Wirtin ihr verboten, weil die Erna sonst davonfliegt. Die ganzen letzten Monate hat sie erbarmungslos gespart. Und gestern hat sie ihr Erspartes auf einen Rutsch ausgegeben. Da fuhr sie mit dem Bus nach Leoben und kaufte sich damit ein Kleid. Für den großen Feuerwehrball. So etwas Schönes besaß sie noch nie. Sie war bislang auch nie besessen. Jetzt ist sie es, und zwar vom Rudi. Der hat von ihr Besitz ergriffen. Dabei will er sie gar nicht haben. Wenn er sie aber erst in dem Kleid sieht! Dann werden beim Rudi hoffentlich die Augen größer als der Mund sein.

Da zerbrechen sich Philosophen seit jeher den Kopf darüber, ob es den freien Willen gibt, und die Feuerwehr tut so, als wär die Sache völlig klar. Denn die machen das freiwillig. Man darf jedoch den freien Willen und Freiwilligkeit nicht verwechseln. Die Freiheit zu wollen und die Freiheit vom Wollen. Letztere haben Feuerwehrler. Sie wollen keine Brände löschen. Sie tun es einfach. Eigentlich sind sie willenlos. Die willenlose Feuerwehr. Das sagt aber keiner. Stattdessen werden sie es nicht leid zu betonen: »Ich bin bei der Freiwilligen Feuerwehr.« Das ist nicht nur metrisch scheußlich, sondern auch völlig überflüssig. Zumal es auch die Regel ist. Nur eine Handvoll Dörfer setzt auf Berufsfeuerwehrmänner. Die meisten Brände werden hingegen von Dilettanten gelöscht. Quasi als Hobby. Der Verweis auf Freiwilligkeit ist also immer auch schon die präventive Bitte um Nachsicht. Etwas freiwillig zu tun bedeutet: Ich tue das, weil ich es will. Nicht etwa, weil ich es kann.

Der Freiensteiner Feuerwehrhauptmann ist nicht nur ein begeisterter Brandstifter, sondern auch ein Feind des Alkohols. Keinen Tropfen rührt er an. Nicht einmal die Kindermischung mit nur einem Schuss Veltliner, die selbst die Kleinen trinken können. Da kichern immer alle hämisch, wenn er hier im Wirtshaus sitzt und sein Tschopperlwasser trinkt. »Dass er nicht grad ein Röhrl nimmt!«, lallt der Dorftrinker vergnügt und nimmt so schwungvoll einen Schluck, dass er sich das Hemd einsaut. Nach zehn Minuten des Gespötts besinnt sich aber meistens einer und flüstert kleinlaut in die Runde: »Seid's still, der zünd't uns sonst das Haus an!« Worauf das Kichern jäh verstummt. Ja, selbst die Schlampen hören kurz auf zu lästern. Denn jeder weiß, dass der Hauptmann gern zündelt. Zumindest aber hat er den Anstand, den von ihm gelegten Brand unverzüglich wieder zu löschen. So ist man ihm auch draufgekommen. Weil er immer gleich vor Ort und sofort zur Stelle war, wenn wieder wo ein Heuschober rauchte. Die nimmt er sich am liebsten vor. Doch niemand hat sich groß beschwert. Ausgenommen die Dorfmatratze sowie hie und da die Bauern, denen die Heuschober gehören. Letztere werden allerdings, wenn es mal wieder so weit ist, dafür vom Bürgermeister entschädigt. Der ist nämlich der Spezi vom Hauptmann. Die waren beide nicht im Krieg. Das hat sie zusammengeschweißt.

Der Bürgermeister rechtfertigte sich, indem er offenherzig zugab, dass er eine feige Sau sei. Dabei war das heillos gelogen. In Wirklichkeit ist er Pazifist. Das aber war ihm dann doch zu peinlich. Der Hauptmann ist kein Pazifist. Der sah wahrscheinlich nur nicht ein, wieso das Feuer auf Russen eröffnen, solange es hier noch Heuschober gibt? Soll er doch!, sagt man im Dorf. Zum einen aus Angst, der Hauptmann könne sie allesamt daheim besuchen und ein Öllamperl vergessen. Zum anderen, weil er seine Sache gut macht. Er löscht nämlich auch jene Brände, für die er überhaupt nichts kann. So selbstlos ist er nämlich schon. Das rechnet man ihm auch hoch an. Sperrte man den Hauptmann ein, gäbe es zwar viel weniger Brände, jedoch es bliebe niemand mehr, um die restlichen zu löschen. Wenn sie sich auch gern mokieren, so ist das ganze Dorf heilfroh, dass wenigstens ein Einziger bei der Feuerwehr nicht sauft.

Denn abgesehen vom Hauptmann sind die Freiensteiner Feuerwehrler die panierteste Bagage des österreichischen Brandbekämpfungswesens. Beim letzten Feuerwehrball haben sie als furiose Mitternachtseinlage allen Gästen und Besuchern vierhundert Liter Bier spendiert. Vierhundert Liter, die sie zuvor in den Löschwasserbehälter eines ihrer Fahrzeuge leerten. Doch auch im feuerwehrlichen Alltag sind sie immer gut beinand. Man hört, wenn sie ihm Einsatz sind. Ihre bacchantischen Gesänge übertönen dabei selbst das grelle Burren der Sirenen. Rücken sie zum Löschen aus, sitzt in der Regel einer am Steuer, indessen sich die anderen außen an das Fahrzeug klammern und dann um die Wette eifern, wer sich am längsten halten kann. Schupfen und treten ist erlaubt. Um Schwierigkeit und Spaß zu steigern, ist der Fahrer angehalten, die Fahrt zum Einsatzort rasant und kurvenreich zu gestalten. Doch anderes ist gar nicht möglich. Schließlich ist der Fahrer nicht selten der Angetschechertste von allen. Wer nicht mehr aufrecht stehen kann, der muss sich ans Lenkrad setzen. Zu seiner eigenen Sicherheit. Bei voller Fahrt hält der sich draußen ja nicht mal bis zur ersten Kreuzung. Aber auch die anderen schleudert es regelmäßig von dannen. Kürzlich erst fuhren sie los, mit vierzehn Mann am Einsatzwagen. Am Ort des Feuers angekommen, war kein Einziger mehr da. Nichtsdestotrotz gelang es dem Fahrer, den Brand erfolgreich zu bekämpfen. Wohlgemerkt mithilfe des Hauptmanns, der praktischerweise gerade in der Gegend war. Auf dem Rückweg klaubte der Fahrer seine Kameraden auf. Glücklicherweise lagen sie alle nur einige Meter voneinander entfernt. Wie Brotkrumen wiesen sie ihm, dem es erneut entfallen war, wo es zur Feuerwache langgeht.

Die Freiensteiner Feuerwehr – fünfundzwanzig junge Herren und die Telefonistin Maria – eine korpulente Maid mit befremdlich kleinen Brüsten. »Na, vom vielen Ausgreifen. Der habn's die Tuttln owigschmirgelt.« Der Dorftrinker kennt sich da aus. Einst war er selber Feuerwehrler. Wenngleich nur für ein paar Stunden. Und das eher durch einen Zufall. Als er einmal blunzenfett vor der Feuerwache einschlief und für Stunden die Ausfahrt blockierte. Kurz nach zehn Uhr vormittags ging jedoch ein Notruf ein. Die feiste, aber flache Maria griff nach dem Hörer. Am Apparat eine ältere Dame, die sich große Sorgen machte. »Hallo? Ist da die Feuerwehr?« »Freiwillige Feuerwehr«, präzisiert die Maria schnippisch. »Auch gut. Meine Nachbarin, die Irma, kennen Sie vielleicht die Irma? Die ist ungefähr so groß und etwa so alt wie ich.« Die Maria antwortet mit dem Platzen einer Kaugummiblase. »Die Irma ist gerade auf Kur in Bad Ischl. Dort soll es diese Heilbecken geben. Mich lassen sie da nicht hinein, weil ich so Schuppenflechte hab, und die blättert immer …« Die Maria wird langsam grantig, und ihr Damenspitz lässt nach. »Gnä' Frau, jetzt sagen S', wo brennt es denn?« »Na, bei der Irma! Also streng genommen noch nicht. Aber beim Gartenarbeiten hab ich durch das Fenster gesehen, wie bei der Irma der Hauptmann durchs Haus schleicht.« Die Maria läutet Alarm. Eine Viertelstunde später haben alle Feuerwehrler ihre Siebensachen gepackt und hängen johlend am Feuerwehrauto, eingespritzt und bereit für die Spritztour. Nur lag der Dorftrinker im Weg. Der Fahrer musste also aussteigen und ihn mit sanften Tritten wecken. Als dieser endlich die Augen auftat, sich streckte und durstig nach einem Fläschchen schmatzte, beugte sich der Fahrer zu ihm. »Heast, Oida, kennast du für mi fohrn? Mir geht's net so frisch.« Eigentlich fährt der Dorftrinker nicht. Für ihn ist Trunkenheit am Steuer wie ein Würschtl im Stehen zu essen oder beim Gehen eine zu rauchen. Er macht nie zwei Dinge auf einmal. Er macht zweimal hintereinander dasselbe, weil er alles doppelt sieht. Sollte aber Not am Mann sein, lockt ihn das aus und von der Reserve.

Der Dorftrinker kroch in das Feuerwehrauto. Die Feuerwehrler sagen noch heute, dies sei die beste Fahrt gewesen. Unberechenbar, aber geschmeidig. Anspruchsvoll, doch nicht unschaffbar. Ein Drittel schaffte es ans Ziel. Der Dorftrinker lenkte im Einklang mit seinem Schwindel. Besonders beeindruckt waren sie vom Endspurt. Als sich der Dorftrinker, der das Fahren nicht gewohnt ist, auf die Windschutzscheibe erbrach, die Straße nicht mehr sehen konnte und die Scheibenwischer anwarf. Einige der jungen Herren waren daraufhin bei ihm in der Lehre. Ergeben scharten sie sich um ihn, wenn er an der Theke saß und im Öl seine Predigten hielt. Er mahnte sie, sich nicht irrführen zu lassen von den vielen falschen Proleten, die ihnen einzureden suchten: Wein auf Bier, das lob ich mir. »Gschisti-Gschasti!«, rief er dann und enthüllte den Zeloten die geheime Reihenfolge, mit welcher nie ein Schädel dröhnt. Bald aber unterband der Hauptmann solcherlei Zusammenkünfte. Weil ihm der Dorftrinker verhasst ist. So wie jeder Säufer hier. Eigentlich hasst der Hauptmann alle. Mit ihrem apathischen Gelalle, ihrer obszönen Brunzerei und ihren stumpfen Herrenwitzen über die Tuttlhupfburg der Wirtin. Seiner Brigade junger Herren sieht er solch Exzesse nach. Im Gegenzug sind sie ihm gefügig und mucken selbst dann nicht auf, wenn sie spätnachts noch ausrücken müssen, weil es ihrem werten Hauptmann wieder mal unter den Nägeln gebrannt hat.

»Wieso habt ihr das getan?!«, plärrt sie laut und haut das versaute Kleid auf die bemehlte Arbeitsfläche, dass es in der Küche nur so staubt. »Was meinst du denn?« Die beiden Mädchen schauen perplex. Sie aber weiß, dass sie es waren. Den beiden saftelt doch die Schuld aus ihren jauchegrubengroßen Poren. Die eine hebt das Kleid in die Höhe. »Bumstinazi!«, ruft die andre. »Das ziehst du heute Abend an?« Beide wiegen skeptisch den Kopf hin und her. »Ob das den Rudi reizt? Ich weiß nicht …« »Recken wird's ihn! Das ist sicher!« Sie stürzt ihr Gesicht in die Hände. »Mach dir nichts draus. So schön war's eh nicht.« »Da findest bei den Fetzentandlern am Kirtag weitaus schönere!« »So ein altbackener Fetzen!« »Wie die Lapperl von der Matratze.« »Aus denen könntest dir drei Kleider schneidern.« Die Mädchen kichern so hysterisch, als hätten sie Spiritus gesoffen. Sie aber stiert sie zornig an. Die beiden kriegen sich wieder ein. »Wenn es eh so schirch ist, wieso musstet ihr es dann von oben bis unten mit Stuhl einschmieren?« Ein schriller Schrei entfährt den Mädchen, ehe sie das Kleid angewidert von sich werfen. »Wer gackt denn bitte auf a Kleid?!«, empört sich die eine, woraufhin die andere angeekelt ihre Zunge herausstreckt. »Das wisst's ihr Funsen ganz genau!« Die beiden Mädchen mustern das Kleid. »Das war sicherlich die Erna!«

»Stimmt, das ist eindeutig Taubendreck.« Sie blickt die beiden sprachlos an, baff ob solcher Verlogenheit. Wie schaffen die das? Sich so unverfroren blöd zu stellen? Blödheit, die sträflicher ist als die Schuld. Sie fängt sich wieder und zuckt aus. »Die Erna ist keine Taube! Sie ist eine arme Wachtel, die sich für eine Taube hält! Und ihr habt auf mein Kleid gegackt!« Die Mädchen zeigen sich unbeeindruckt. Besonnen inspizieren sie abermals den Stoff. »Nein, nein, nein, das ist ganz sicher Taubendreck. Sonst wär's ja nicht weiß.« »Das ist Mehl!« Die Mädchen schweigen. »Ist es wegen dem Rudi?« Sie lachen entrüstet. »Aber geh, wer will denn den?«

Die beiden Mädchen wollen ihn. Und zwar sehr. Sie wollen ihn so sehr, dass sie nachts vor Wollen gar nicht schlafen können. Der Rudi spukt durch ihre Köpfe und jausnet ihnen am Gehirn. Das Hirn junger Hühner schmeckt ihm sogar noch besser als Kalbshirn. Die schnabuliert er ratzeputz weg. Da reicht schon ein Zwinkern von seinem Motorrad. Dann ist den Mädchen ganz damisch zumute. Aber ein kleines Stückchen Hirn wächst ihnen immer wieder nach. Gott sei Dank! Sonst säßen sie ja unentwegt verwildert in die Leere glotzend in ihrem eigenen Lulu und ließen mit dem Zeigefinger ihre Unterlippe blubbern. Die beiden Mädchen haben sich geschworen, dass, wenn eine den Rudi kriegt, die andere das Dorf verlässt. Damit sie nicht zum Streiten kommen. Und ist die andere so traurig, dass sie gar nicht mehr leben mag, dann muss die eine sie erschießen. Mit einem Schlachtschussapparat. So etwas machen Freundinnen nämlich. Wenn aber sie, dieses zuagraste Flitscherl vom Dachboden, wenn sie den Rudi kriegen sollte, fielen sie beide wohl tot um.

»Was ist es dann? Was hab ich euch denn getan? Warum müsst ihr so gemein sein?« Die Mädchen schauen einander an. Dann zu ihr, dann wieder einander. Das geht ein paar Mal hin und her. Bis beide einen Seufzer tun und reuig einen Schmollmund ziehen. »Weil dich die Wirtin lieber hat als uns.« Die Wirtin lugt bei der Küche herein und schmeißt ein nasses Wettex nach ihr. Das Wettex klatscht ihr an die Wange. Das Wasser spritzt ihr in die Augen. Sie kann regelrecht sehen, wie es stinkt. »Du dummes Mensch, hast du schon wieder a echtes Fleisch ins Reisfleisch tan?« Sie versucht die Augen zu öffnen, doch ihr gelingt nur ein groteskes einäugig nervöses Blinzeln. Der Wettex-Gestank brennt auf der Netzhaut. »I glaub, i spinn!« Die Wirtin tobt. »Äffst du mich da grade nach?« Sie schüttelt vehement den Kopf und macht dabei die Augen zu, damit sich die Wirtin keinesfalls verscheißert fühlt. »Schau mich gfälligst an, wenn ich mit dir red!« Sie reißt ihre Lider hoch. Ihr Blick ist von roten Adern durchästelt. Über die Wangen fließen miachtelnde Tränen. Der pestilente Saft des Wettex giftelt noch gehörig nach. Sie beginnt erneut zu blinzeln. »Jetzt reicht's!«, kreischt die Wirtin. »Deinen Ball, den schmink dir ab! Du bleibst heut Nacht auf deinem Zimmer!« Die Wirtin stürmt in den Gastraum zurück und sie zur Abwasch, um sich die Augen auszuspülen. »Siehst du? Habn wir's doch gesagt!« Sie schaut verquollen zu den Mädchen. »Die Wirtin hat dich einfach lieber«, zischen sie neidvoll triumphierend.

Sie mag nicht so recht verstehen. Die Mädchen deuten auf das Wettex. Sie betrachtet es genau. Na da schau her! Das Wettex ist tatsächlich neu. Das hier stinkt zwar auch gemein, aber nicht so bestialisch wie das, das die Wirtin zum Dreschen verwendet. Das würde sie nie ersetzen. Im Gegenteil. Wann immer es beim Dreschen reißt, flickt sie es nachts wieder zusammen. »Ich hab gehört, sie legt es manchmal in ranziges Schmalz ein, damit es mehr stinkt.« »Ich hab gehört, sie geht ins Spital und lässt die Schwindsüchtler drauf husten, damit man davon krank wird.« »Ich hab gehört, sie … Sag, weinst du jetzt etwa oder graust's dir vorm Wettex?« Sie antwortet nicht. Hie und da reißt es sie ein bisschen. Die Mädchen schauen einander an und pressen bedrückt die Lippen zusammen. Sie können verstehen, wie traurig sie ist. Dürften sie beide nicht zum Ball, sie brächten sich wahrscheinlich um. »Jetzt wein doch nicht«, meint eine der beiden und legt ihr tröstend die Hand auf die Schulter. »Schau, nächstes Jahr kommt wieder ein Ball«, meint die andre und reicht ihr ein Geschirrhangerl. Sie schnieft und trocknet sich das Gesicht ab. »Danke«, flüstert sie geknickt. »Ich weiß, aber ich wollt halt so gern …« Sie hält plötzlich inne. Diese hirnmaroden Funsen haben das Geschirrhangerl mit Zwiebeln eingerieben.

Die Wirtin schneit in die Küche. Nein, das stimmt so nicht. Die Wirtin hagelt in die Küche. »Es ist acht. Ihr könnt's gehen!« Die Funsen reißen sich die Schürzen vom Leib. Darunter haben sie schon ihre Ballroben an. Die werden heute auch noch heruntergerissen. Idealerweise vom Rudi. Zur Not von einem Feuerwehrler. »Helga? Wir wollten dir noch etwas geben.« Eine der beiden hält etwas hinter ihrem Rücken versteckt. Sie weicht vorsichtig zurück. Die beiden kichern. »Keine Angst.« Die eine streckt ihr etwas entgegen. Ein blaues Stück Stoff. Sie faltet es auf. Es ist ein blaues, langes Kleid. Nicht so schön, wie ihres war, aber auch kein Rotztücherl. »Das mit deinem Kleid tut uns leid. Und das hier ziehen wir eh nicht mehr an. Deswegen wollen wir es dir schenken.« Ihre Worte schmecken nach Kandisin. »Wir wissen, dass du nicht zum Ball darfst. Vielleicht probierst du es trotzdem mal an. Du kannst ja damit oben in deinem Kammerl ein bisschen mit der Erna herumtanzen.« Die beiden stöckeln glucksend davon. Sie schleudert das Kleid zu Boden. Die Wirtin steht in der Flügeltür. »Dann geh halt, du Trutschen!« Ihr stockt der Atem. »Aber erst, wenn ich hier zumach!« Sie nickt mit schwachsinnigem Grinsen. Die Wirtin verdreht die Augen ob ihrer ekelhaften Nachsicht. Die muss sie morgen kompensieren, damit sie ihr nicht überschnappt. »Und jetzt zupf di außa. I brauch di beim Servieren.« Jetzt muss sie aber schleunigst zusehen, dass es den Dorfttrinker bald umprackt. Immer wenn die Wirtin wegschaut, kippt sie mehr Wein in seinen Spritzer, Sliwowitz in seinen Wein und Stroh-Rum in den Sliwowitz. Dazu stellt sie ihm Nüsse hin und salzt sie nochmal ordentlich nach, damit das Goscherl durstig bleibt. Aber kaum, dass sie sich umdreht, sind die Nusserl wieder weg.

Dieses faule Luder von Wirtin will heute wieder recht früh zusperren. Damit sie ehzeit rauf ins Bett und den Wirt aufwecken kann. Um ihn wegen irgendwas, was er tagsüber versaut oder zu versauen versäumt hat, erst ausgiebig zusammenzustauchen und dann bis in die Puppen zu motschgern. Sie ist zwar schon hundemüde, aber so viel Zeit muss sein. Traktiert sie ausschließlich die Gäste, aber niemals ihren Mann, fühlt der sich doch alleingelassen. Und damit womöglich wohl. Wenn ausgerechnet der Wirt nie eine mit dem Wettex fängt, glaubt der doch glatt, sie hat ihn nicht lieb. Oder er glaubt, sie hat ihn lieb und drischt ihn deswegen so ungern. Vielleicht sogar beides. Dann wird er schmollen. Und schmusen wollen! Oder er sucht sich die Schläge woanders. Bei einer, die sich um ihn schert, eine, die auch gschert zu ihm ist. »Hör auf damit!« Ein Mann am Stammtisch packt sie forsch an ihrem Arm und zieht sie zu sich herunter. »Hör auf, ihm Nussen hinzustellen!« Die anderen Männer ringsum nicken. Er blickt verstohlen zur Theke hin. Gerade nimmt der Dorftrinker ein großzügiges Achterl Rotwein entgegen. Dankend steckt er der Wirtin ein Biertatzerl ins Dekolletee. Sie möge sich was Schönes kaufen. Nicht, dass sie jetzt nichts Schönes trüge, aber da ginge doch noch mehr. Er zwinkert ihr zu. Ihr zuckt das Aug. Er zwinkert zurück. Sie greift nach dem Wettex. Aber das Wettex bleibt, wo es ist. Die Wirtin hält es fest umklammert wie einen stinkenden Revolver, den man heimlich unter dem Tisch auf sein Gegenüber richtet. Doch statt auf den Dorftrinker zu feuern, nimmt sie behutsam seine Hand, jene mit dem Achterl Rot, und hebt es ihm an seinen Mund. Mit »dududu« und »gluckgluckgluck« und andren infantilen Lauten spornt sie ihn an auszutrinken. Wer sein Achterl nicht austrinkt, der kriegt dann kein zweites. Brav ist er. Und nur ganz wenig angepatzt hat er sich. Dafür gibt's jetzt einen Nachtisch. Sie serviert ihm noch ein Stamperl und verschwindet in die Küche, um sich mit Terpentin den Mief vom Wettex von der Hand zu ätzen. Kaum, dass sie außer Sichtweite ist, fährt der Mann am Stammtisch fort: »Es soll ihn umpracken, verstehst du? Also hör auf mit die deppaten Nussen und stell ihm lieber noch an Stroh hin!« Ein anderer fährt ihm dazwischen. »Pst, sie kommt!« Er schupft sie weg. Ebenso forsch, wie er sie herzog. Die Wirtin kehrt aus der Küche zurück und riecht dabei an ihren Händen. Ihrem Gesichtsausdruck zufolge war selbst das Terpentin erfolglos, und ihre Finger stinken weiterhin hauptsächlich nach Schwindsucht und Schmalz. Sie weiß nicht recht, was hier gespielt wird.

Es gibt eine Nacht im Jahr, da wehren sich die Säufer nicht trotzig gegen den Zapfenstreich. Vielmehr sehnen sie ihn herbei. Das ist die Nacht des Feuerwehrballs. Die Nacht, wo alle Gattinnen die Riedeln, Ranzerln und die Runzeln in ihr bestes Dirndl quetschen und sich die Haut mit Melkfett polieren, damit sie wie ein Schwartl glänzt. Die wollen nämlich Eindruck schinden bei den ganzen Feuerwehrlern. Den fünfundzwanzig strammen Knaben, die in der Ballnacht so eingwassert sind, dass sie in jeden Busen schnudeln, welcher sich vor ihnen erstreckt. Manchmal geht sogar noch mehr. Sofern sowohl die Feuerwehrler als auch die Weiber hübsch genug hergerichtet sind. Und das mögen Gattinnen, deren Männer nur ins Glasl statt ihnen in den Ausschnitt schauen. Den ganzen Tag nur Karten spielen, statt einmal einen Stich zu machen. Sich selber nachts ans Zumpferl greifen statt der Gattin an ihr Popscherl. Meist beginnen sie schon mittags mit den Restaurierungen. Ehe die Gatten zum Wirtshaus aufbrechen. Damit sie noch sehen, was sie versäumen. Die betonen dann verlässlich, wie herzlich wuascht es ihnen ist, dass sich die Gattin so aufbrezelt, wie sie es nicht mal zur Hochzeit getan hat. »Hannerl, wennst dir heut Abend einen siehst, der dir gfallt und du ihm auch, tu dir wegen mir keinen Zwang nicht an. Bitte lauf ruhig mit ihm davon.«

In Wahrheit aber wurmt es sie. Dass die wurmstichige Gattin einen jungen Hupfer sucht, der in ihr altes Locherl schlupft. Das Locherl, das sie vorgebohrt haben. Am allerliebsten würden sie mitgehen. Aber dann wissen ihre Weiber, dass sie eifersüchtig sind. Dann gibt es keine Ausflucht mehr, nicht selbst zu schnudeln und stierdeln. Das aber wollen die Herren nicht. Dafür sind Zumpferl und Gattin zu sulzig. Erst, wenn die Wirtin sie geschasst hat, können sie zur Feuerwache und dort nach dem Rechten sehen. Dann werden sie sagen, dass ihnen fad und daheim kein Bier mehr war. Einige werden sich ihrer Gattin prompt ins Dekolletee erbrechen. Quasi, um sie zu markieren. Da langt kein Feuerwehrler mehr hin. Deswegen hat es jetzt schnell zu gehen. Deswegen muss der Dorftrinker fallen. Aber das ist gar nicht so einfach. Bekommt die Wirtin nämlich mit, wie sie ihm ein Glaserl hinschieben, kippt sie es in gewohnter Manier und dem Glauben, es sei Wasser, natürlich sofort in die Spüle. Die dumme Dudl weiß ja auch nicht, dass sie heute Abend alle unter einer Decke stecken. Und das darf sie auch nicht wissen. Weil es den Herren peinlich ist, dass sie ihre Gattinnen offenbar noch so sehr lieben, um ihnen keinen Spaß zu gönnen.

Von all dem hat sie keine Ahnung. Aber die Helga hat eine Sau. Dass sie hier offensichtlich alle tatkräftig dabei unterstützen, den Dorftrinker zu Fall zu bringen. Das ganze Millimandldorf will den Riesen Bumbum stürzen. Nicht mit Köpfchen, aber mit Geist. Mit Himbeeren, Zwetschken und Marillen. Und natürlich auch mit Obstler – quasi der Multivitaminsaft unter den Schnäpsen. Sie reichen ihm alles wild durcheinander. Jeder jubelt ihm im Vorbeigehen unauffällig etwas unter. Mehr oder minder unauffällig. Die Wirtin wundert sich doch sehr, wieso heute Abend alle Getränke an der Theke ordern, anstatt ihre Bestellungen chaotisch durch den Raum zu brüllen. Versehen mit einer Garstigkeit und einem Kompliment an ihren Busen. Heute stehen sie richtig Schlange, um bis zur Budel vorzudringen und mit dem Dorftrinker anzustoßen. Und was die heute alles saufen. Ganz komisches Zeug von ganz oben im Regal, wo die Wirtin ein Stockerl holen muss, um überhaupt hinaufzukommen. Indessen träufeln sie ihm wieder ein bisschen Franzbranntwein ins Glas. Meine Güte, einer hat sogar Spiritus in seinem Flachmann mitgebracht, um ihn in die Knie zu zwingen. Sie handeln, wie sie's immer tun, einzig aus Liebe und Fahrlässigkeit. Die Gäste, die zu ihren Frauen wollen. Die Wirtin, die zu ihrem Mann will. Und sie, die Helga, die zum Rudi will, um ihn endlich zu ihrem zu machen. Sie alle sind so blind vor Liebe, dass jeder skrupellos in Kauf nimmt, den Dorftrinker auch blind zu machen. Wenn sie auch über Schnapsleichen gehen, bleibt es bezaubernd anzuschauen, wie aufopfernd sie jemanden opfern. Wie eifrig sie an einem Strang ziehen, beziehungsweise ihm den Stecker. So mutwillig und miteinander haben sie seit Jahren nichts gemacht.

Aber irgendetwas stimmt nicht. Obwohl sie alle drauf und dran sind, den Dorftrinker ins Koma zu schwemmen, will dieser nicht ins Wanken kommen. Im Gegenteil, es wirkt fast so, als sitzt er immer aufrechter, artikuliert sich immer klarer, greift immer seltener daneben und zudelt sich in immer größeren Abständen an. Sakrament! Gerade eben hielt er sich beim Rülpsen die Hand vor. Und das fällt nicht allein ihr auf. Sondern auch der Wirtin und den Gästen. Irgendjemand spielt hier falsch. Irgendjemand pfuscht hier heimlich am Rausch des Dorftrinkers herum. Aber wer? Bald schon verdächtigt jeder jeden. Nun gibt ihm niemand mehr etwas aus. Die Stammtischler setzen sich wieder hin. Die Wirtin nimmt die Hand vom Zapfhahn. Sie steht stramm neben der Wirtin. Sie alle warten. Darauf, dass sich der Schuldige zeigt. Schweigend liegen sie auf der Lauer. Nur der Dorftrinker krakeelt. Sämtliche seiner Gläser sind leer. Aber niemand schenkt mehr nach. Plötzlich kommt es zum Tumult. Ein Herr springt vom Stammtisch auf. »Du warst es!« Er zeigt auf seinen Sitznachbar Otto. »Du wolltest dei Oide immer schon loswerden!« Da fängt der Otto an zu weinen. »Dem Otto sei Oide ist kürzlich erst gstorben«, berichtigt ihn jemand. Der Herr setzt sich und murmelt verlegen: »Jössasna, des wusst i net. Heast, Otto, des tuat ma jetzt lad.« Der Otto zieht seinen Rotz auf. »Ach, is scho guat. Ich war's eh selbst. Und trotzdem fehlt sie mir bisweilen.«

Der Herr springt erneut vom Stuhl hoch und richtet seinen Zeigefinger abermals erregt auf den Otto. »Aha! Und jetzt willst du, dass wir unsre Frauen auch noch verlieren. Damit'st net allan bist in deinem Elend!« Da mischt sich ein Dritter ein. »Nein, der Ignaz war's, ich hab's gsehn! Der hat sei Oide extra auf den Hauptmann angsetzt. Damit er ihm neama des Haus anzünden kummt.« »Schmarrn, der Erwin isses gwesen! Der war den ganzen Abend net da! Das is mir gleich gaudig vorkommen.« In Windeseile hat jeder von ihnen irgendein windiges Motiv. Sowie die große Motivation, den Übeltäter auszuspüren und zivilisiert zu lynchen. Die Wirtin wittert einen Vorwand. »Jetzt passiert's, Helga, sie putschen!«

Jetzt geht es um alles. Die Wirtin poltert ins Getümmel. Sie schwingt das Wettex wie ein Schwert grölend über ihrem Kopf und schlägt damit in die Menge. Sie weiß nicht mehr, wo oben und unten. Auch die Herren wissen nicht, ob sie stehen oder liegen. Ein jeder schlägt und tritt konfus gegen das, was ihm am nächsten. Ein Herr ringt schon seit zwei Minuten erbittert mit einem der Stühle, indessen sich ein anderer des Hutständers bemächtigt hat und nun wie mit einem Rammbock in den verkeilten Menschenknäuel stößt. Ein weiterer hat sich mit Biertatzerl bewaffnet und feuert sie wurfsternartig um sich. Alles fliegt unkontrolliert durch den Raum. Ein Hut, ein Stock, ein Damenunterrock. Und immer wieder fährt das Wettex, dieser todbringende Lumpen, peitschend auf die Häupter nieder. Die Männer zucken schreiend zusammen. Verätzt von Spritzern des stinkenden Suds. Die Wirtin dreht sich in Richtung Theke. Ihr Busen gleich zwei Morgensternen fegt alle Herren im Umkreis zu Boden. Das Klimbim an ihrem Dirndl zerfurcht ihnen das Gesicht. »Helga!«, ruft die Wirtin ihren Knappen. »Ich muss nachtunken! Bring mir den Kübel unter der Budel!« Sie bückt sich und durchsucht die Schränke. Als sie das dritte Türl öffnet, flutet ihr ein Odeur entgegen, das sie zuletzt in Mautern roch. Als sie mit der Inge und dem Hansi einmal diese Katze fanden, die in den Topf voll heißen Öls fiel, in dem die Mutter Krapfen ausgebacken, dann zum Auskühlen rausgestellt und tagelang vergessen hatte. Das ist es also. Das Fruchtwasser des modernden Vlieses. Dies macht die Wirtn so gefürchtet und das Wettex so fürchterlich. Sie stemmt den schweren Bottich hoch und hält dabei den Atem an. Als sie hochblickt, entfährt ihr jedoch vor Entsetzen der Kübel. Das Scheppern des Aufpralls, ihr Schrei und die Welle olfaktorischer Monstrosität, welche in den Raum schwappt, setzen der Schlacht ein jähes Ende. Ein jeder blickt zum Tresen hin. Und sie sehen, was sie gesehen hat, als sie vor Schreck die Hand ausließ. Der Platz des Dorftrinkers ist leer. Davor ein halb geleertes Glas.

III. DER DORFDEPP

Fällt Ihnen auf, dass heute niemand mehr dumm ist? Auch nicht töricht, blöd, stupide oder einfach ein klassischer Trottel? All diese wunderbaren Begriffe, welche der Dummheit keine Begründung unterstellen, keinen pseudomedizinischen Anlass wie zum Beispiel hirnverbrannt. Welche die Dummheit nicht als materiellen Mangel begreifen wie geistlos, minderbemittelt und hohl. Welche die Dummheit auch nicht als temporalen Mangel sehen wie etwa zurückgeblieben. Es wird Zeit, dass man die Dummheit endlich wieder positiviert. Und zwar nicht in diesem Sinne, wie er gerne kolportiert wird, Dummheit sei kein Defizit, weil jeder Mensch auf seine Weise super, toll und ganz ein Lieber. Der eine kann zählen und der andere nicht. Dafür kann der andere sich an Suppe so verschlucken, dass sie bei der Nase rauskommt. Zwar nicht auf Befehl und auch nicht ohne sich dabei vor Angst einzunässen, dennoch kann das bei Gott nicht jeder. Das ist stumpfer Relativismus. Wer so redet, hält die Dummheit sehr wohl für ein Defizit. Man will es nur nicht so sagen, aus Sorge, die Dummen könnten es nicht verstehen.

Nein, ich meine in dem Sinne, dass die Dummheit eine eigenständige Kraft ist. Sogar eine, die der Klugheit durchaus nicht widersprechen muss. Aber auch das nicht in dem Sinne, dass der Narr die Wahrheit hütet. Der Narr ist ein Narr. Und närrisch, was er tut und sagt. Niemand bekennt sich heute mehr zu einer allumfassenden Dummheit. Denn auch im Bereich der Inkompetenzen gibt es nur mehr Spezialisten. Im wahrsten Sinne Fachidioten. Die sind in einem Fach sehr schlecht, und in den restlichen kennen sie sich nicht aus. Die haben dann beispielsweise entweder eine Rechenschwäche, ein Aufmerksamkeitsdefizit oder eine Lesestörung. Niemand ist mehr in allem schlecht. Der Universalgelehrte ist ebenso passé wie der Vollidiot. Den prominentesten Vertreter der Vollidiotie fand man in ländlichen Gebieten, nämlich den famosen Dorfdepp.

Der Freiensteiner Dorfdepp ist, wie viele seiner Kollegen aus den angrenzenden Dörfern, nicht in Freienstein geboren. Wo er geboren ist, weiß man nicht. Wer seine Eltern, ebenso wenig. Man munkelt nur, dass seine Mutter eine Dirne namens Anna war, die man in Wien in den Narrenturm steckte, weil sich Anna für verrückt hielt, aber es offenkundig nicht war. Doch diese Geschichte erzählt man sich von allen Dorfdeppen des Landes. Seine Herkunft bleibt somit ein Rätsel. Er war einfach plötzlich da. Eines Sonntags im Dezember stand er plötzlich mitten im Wirtshaus. Man weiß nicht einmal, wie er heißt. Er hat einen Namen, so viel ist sicher. Er verheimlicht ihn aber eisern. Auch wenn ihm das manchmal schwerfällt. Der Dorfdepp tut nämlich nichts lieber, als im Winter seinen Namen in den frischen Schnee zu brunzen. Den Spaß lässt er sich nicht nehmen. Sondern einfach die Hose an. Das trübt ihm sein Vergnügen nicht. Sobald es schneit, jodelt er auf und läuft nach draußen auf die Wiese. Positioniert sich fachgerecht, greift sich durch den Stoff sein Zumpferl und beginnt zu kalligrafieren. Es scheint ein langer Name zu sein. Womöglich gar ein Doppelname. Seit Jahren versuchen Dorfbewohner unermüdlich, ihn zu entschlüsseln. Anhand der Hüftbewegungen. Sie freuen sich auf den ersten Schnee. Diesmal kommen sie ihm drauf!

Der Dorfdepp genießt Narrenfreiheit. Er ist vollkommen immun. Und deswegen schiebt man ihm auch für so ziemlich alles die Schuld zu. Der Dorfdepp ist der Sündenbock und zugleich die heilige Kuh. Allmacht und Ohnmacht in einer Person. Quasi ein antiker Gott. Das sichert seit jeher den Frieden im Dorf. Anders als der Bürgermeister, der stets für Streitereien sorgt. Aber nicht solche der lustigen Art. Wo man sich ein bisschen schupft und dabei ein, zwei Zähne verliert, die eh schon dringend rausgemusst haben. Kein ironisches Gezanke am Sonntag um die letzte Hostie, bei dem wer in die Kerzen fällt und dann lang nicht ins Schwimmbad kann. Kein Duell um irgendein Mädchen zwischen dem Bruder und ihrem Haberer, die nur mit Platzpatronen schießen, sich darauf brüderlich betrinken und zur Feier der Versöhnung die Schwester gemeinsam in einen Heuschober schleifen. Nein, der Bürgermeister sorgt wirklich für Knatsch. Eigentlich ist er parteilos. Wie jeder hier nach 45. Doch wohingegen nach und nach sich alle wieder wohl oder übel für irgendein Lager entschieden, wechselt er von Tag zu Tag, manchmal sogar von Stunde zu Stunde. Er ist immer von jener Partei, die seinem Gegenüber am meisten verhasst ist. Er sagt, das fördere die Demokratie. Und natürlich auch den Kreislauf. In Wahrheit fördert er nur sich, indem er sich von allen Parteien ausgiebig hofieren lässt. Wenn der Bürgermeister ginge, wäre das allen herzlich recht. Den Dorfdepp wollen sie nicht verlieren.

Der Dorfdepp ist so wohlgelitten, dass manchen richtig angst und bange, er könne einst so jählings verschwinden, wie er zuvor aufgetaucht ist. Da wüssten sie nicht recht, was tun. Ein neuer Dorfdepp müsste her! Doch wer wäre ausreichend unterbelichtet? Diese Frage stellt sich beim jährlichen Gemeindetreffen. Was tun, wenn uns der Dorfdepp wegläuft? Der Idioten gibt es viele. Aber ein Dorfdepp muss minimal gesellschaftsfähig und maximal gesellig sein. Sich gerne unter Menschen mischen, auf ihnen sitzen oder sie seitlich bespringen. Er braucht einen ausgefeilten Wortwitz sowie eine verkümmerte Sprache. Äußerlich sollte er komisch verwachsen, aber noch kein Monstrum sein. Die potentiellen Anwärter aber sind entweder zu weggetreten, mehr lethargische Paste als sonst was. Und das geht schon einmal gar nicht. Oder sie sind zu eingebildet und überzeugt von ihrem Schwachsinn. So etwas braucht auch kein Mensch. Spinner, die dank ihrer Blindheit alles klarer sehen können. Der Dorfdepp ist da völlig konträr. Er sieht so klar, dass er dadurch schon wieder blind ist. Das unterscheidet ihn von den Spinnern, welche ihren abstrusen Taten diese pathetische Schwere beimessen. So einer würde seinen Namen eitel in den Neuschnee scheißen und es gesellschaftskritisch meinen. Pfui Teifel, nein, danke. Das ist mehr für die feinen Leute. Die selber derart eitel sind, dass sie sich dauernd einen Spiegel vorhalten lassen. Das ist die Aufgabe der Hofnarren. Hier aber regiert der Dorfdepp. Hier ist man noch bodenständig. Den Dorfbewohnern braucht man keinen Spiegel vorzuhalten. Das wäre zwecklos. Sie haben ja auch zu Hause keinen. Die wissen gar nicht, wie sie ausschauen.

Letztendlich trug man dem Dorfdeppen selbst auf, einen Nachfolger zu küren. Das war freilich keine gute Idee. Im Nachhinein auch völlig klar. Man kann eben keinen Dorfdeppen mit einer so ernsthaften Angelegenheit wie mit der Wahl des Dorfdeppen betrauen. Der gemahnte sie nämlich zu warten, eilte aus dem Gemeindesaal und kam erst nach zwei Stunden wieder. In seiner Hand eine Kartoffel. Die solle seinen Platz einnehmen, wenn er weiterpilgern müsse. Einige waren skeptisch, ob das Nachtschattengewächs seiner Aufgabe gerecht werden könne. Andere fragten, ob es sich bei dieser Kartoffel um eine mehlige oder festkochende handle. Und ja, das spielt sehr wohl eine Rolle. Da man sich nicht einig wurde, beschloss man einfach abzustimmen. Dreißig zu neun für die Kartoffel. Der Dorfdepp war außer sich vor Freude, streichelte die Kartoffel und aß sie. Spätestens da waren sich alle bewusst, dass man ihn nicht ersetzen konnte.

Drei Schlampen reiben sich an dem Rudi und blasen ihm schmerzlindernd auf seine Verbrennungen. Der Rudi lässt sich das gefallen. Der Helga aber gefällt das gar nicht. Sie stapft grantig in die Küche. Die beiden Trutschen ziehen gerade gemeinsam einen Strudelteig aus. Sie tun sich dabei sichtlich schwer mit ihren bandagierten Händen. Nachdem die Freiensteiner bemerkt hatten, dass der Dorftrinker offenbar aus eigener Kraft aufgestanden und einfach rausgegangen war, eilten sie hinaus auf die Straße. Sie sahen ihn nicht, aber sie hörten das panische Geschrei von Menschen, das Splittern von Scheiben und das Burren von Sirenen. Wenige hundert Meter weiter stieg dunkler Rauch zum Himmel auf. Als sie angekommen waren, stand die gesamte Feuerwache bereits lichterloh in Flammen. Noch immer strömten Dutzende aus dem brennenden Gebäude. Obgleich sie schrien wie am Spieß, schien glücklicherweise niemand verletzt. Alle Ballbesucher brachten sich rechtzeitig in Sicherheit und standen nun zusammen mit denen, die aus dem Wirtshaus herbeigeeilt waren, vor der knisternden Brandschutzbastion. Nur einer wälzte sich am Boden und schnappte aufgeregt nach Luft, ganz so als hätte er Feuer gefangen. Dabei war er ein junger Bursch, der sich vor Lachen kugelte. Die angeblasenen Feuerwehrler fanden die Ironie des Ganzen allesamt zum Brüllen komisch. Ganz vorbei war es mit ihnen, als sie aus dem Inneren des lodernden Gemäuers plötzlich ein Klingeln vernahmen. »Schnö, Maria, renn und heb o!« »Do ruaft sicha ana an und möd, dass bei da Feiawehr brennt!« Allmählich ließen sich auch andre zu einem erleichternden Kichern verleiten, das sich wie ein Lauffeuer zu einem Kudern ausbreitete. Und binnen kürzester Zeit war der Ball wieder im Gange. Das ganze Dorf war ausgelassen, schunkelte und schäkerte, indessen im Hintergrund das Feuerwachenfeuer glühte und die Freiensteiner wärmte. Da traf die feierende Gesellschaft wie aus dem Nichts ein grelles Licht. Dann das Brummen eines Motors.

Das Löschfahrzeug war in Bewegung, und es steuerte präzise auf die Feuerwache zu. Kurz davor kam es zum Stillstand. Tatütata, der Hauptmann ist da! Gleich ist er der Held der Stunde. Die Stunde vorher war er noch der brandstiftende Bösewicht. So schnell können sich Menschen ändern. Hauptsache, er macht jetzt den Dreck weg. Endlich schwang die Fahrertür auf. Aber es war nicht der Hauptmann, welcher aus dem Wagen stieg. Freienstein hielt den Atem an. Da stand er. Wie sie ihn noch nie gesehen haben. Aufrecht. Und bereit, dem Brand zu trotzen. Der Dorftrinker kletterte aufs Dach, griff zielsicher nach dem Schlauch und richtete ihn auf die Flammen. Kein bisschen wankend, ausschließlich wacker bietet er dem Brand die Stirn. Der Dorftrinker hat Lust zu raufen. Alle starren offenen Mundes auf seine blade Silhouette. Nur einer der Feuerwehrler reibt sich nachdenklich die Stirn. »Du, Sepp!«, fragt er seinen Kollegen, »glaubst, wor des gscheit …« Es folgte ein ohrenbetäubender Klescher. Um die letztjährige Bierflut zu toppen, hatten die fünfundzwanzig Herren der Freiwilligen Feuerwehr das Löschwasser im Einsatzwagen dieses Mal durch Schnaps ersetzt.

Die meisten kamen glimpflich davon. Der Dorftrinker war der Einzige, den es wirklich schwer erwischte. Der lag seither im Spital. Schlimmer als die Verletzungen zwickte ihn allerdings sein schlechtes Gewissen. Er gab sich die Schuld dafür, dass alles derart eskalierte. Wäre er nur betrunken gewesen, hätte er nicht so schnell geschaltet. Hätte er höchstens den Versuch unternommen, das Inferno auszubrunzen. Aber wie konnte er stattdessen dieses Löschfahrzeug besteigen? Im vollen Besitz seiner geistigen Kräfte? Dies war ihm freilich eine Lehre. Er schwor sich deshalb hoch und heilig, niemals wieder nüchtern zu sein. Nur half das den Versehrten auch nichts. Die saßen nun im Wirtshaus mit ihren Armschleifen und Krücken, Augenklappen und Bandagen. Es war November 1955, und doch sah es aus wie November 1918.

Die Stimmung im Wirtshaus war merklich gedrückt. Mit den Verbänden an den Händen konnten sie nicht dreierschnapsen. Mit einem abgeklebten Auge war Pfeilewerfen ein Vabanquespiel. Sie haben es anfangs zwar probiert, aber da diese Versuche bald mehr Opfer zu fordern drohten als der Feuerwachenbrand, montierte die Wirtin die Wurfscheibe ab. Auch die Wirtin war verwundet. Eines der brennenden Trümmer hatte ihr freigelegtes Dekolletee getroffen. Zielgenau in jene Ritze, wo sie ansonsten ihr Trinkgeld empfängt. Dorthin schleuderte die Explosion ein glühend heißes Stück Gemäuer.

Nun war ihr versengter Busen bis zum Halse abgebunden. Wo früher Spitze, war nun Mull. Das war ein herber Schlag für die Gäste. Dass die beiden drallen Zotteln ihrer reschen Tuttelbärin frühzeitig eingewintert wurden. Die wussten jetzt nicht, wo sie hinschauen sollten, wenn die Wirtin aufgebäumt vor ihnen stand und sie beschimpfte. Es wäre ja wohl anstandslos, ihr dabei ins Gesicht zu starren. Da schauen Herren höflich weg, wenn sich beim Brüllen ihr Mund verzerrt und ihr linkes Augenlid flattert wie ein sich losreißender Drache. Nur manchmal schielt jemand verstohlen nach oben und blickt ihr direkt in die Augen. Doch das macht der kein zweites Mal. Da ist die Wirtin wie ein Hund. Das macht sie richtig aggressiv. Noch aggressiver, als sie eh schon ist. Keiner der Dorfbewohner kann der Wirtin Augenfarbe nennen. Die ist genauso ein Enigma wie der Name des Dorfdeppen. Unter jungen Burschen ist es zur Mutprobe geworden, der Wirtin in die Augen zu schauen, um deren Farbe zu erkennen. Wenige haben sich getraut. Und die, die es taten, waren hernach zu versteinert, um eine sinnvolle Auskunft zu geben. Stattdessen senkt jeder verlegen den Blick auf die bukolische Idylle ihres weitläufigen Busens. Hier finden die Gäste Trost, wenn die Wirtin sie misshandelt. Denn so übel sie auch kläfft und so kräftig sie auch prügelt, hier wird einem bereits vergeben, während die Wirtin noch bestraft. Ihr Mundwerk ist lose, die Hand sitzt ihr locker. Doch ihre Brüste sind die Festung, wo man vor ihr in Deckung geht. Zumindest waren sie das bislang.

Die Wirtin selbst war auch geknickt über die gesperrte Brüstung. Denn fortan blieb das Trinkgeld aus. Ihr Opferstock war abmontiert. Wohin sollte man jetzt spenden? Und, noch wichtiger, wofür? Es war ja nicht etwa das sonnige Lächeln, die prompte Bedienung und Friedfertigkeit, Wirtshausgäste nicht zu schlagen, welche diese honorierten. Es war allein die Opulenz des Opferstocks, der diesen füllte. Und zwar stets bis oben hin. Viele steckten ihr sogar schon bei der Ankunft etwas zu. Und dann erneut etwas zum Abschied. Fast so als stempelten die Säufer Beginn und Ende ihres Rauschs. Und ihr Busen war die Stechuhr. Nunmehr allerdings defekt. Die Wirtin stellte daraufhin ein Sparschwein an der Theke auf. Man kann sich vorstellen, dass der Schlitz am Popscherl einer Porzellansau den Gästen nicht so reizvoll schien.

Kurzum, es war ein Jammertal. Erst hatte die Wirtin Angst, ohne den Dorftrinker und seinen ohnmächtigen Gong würden die Nächte ewig gehen. Von nun an bräuchte sie zwei Wettex, um die unstillbaren Säufer zu verscheuchen. Anders kriegt sie die nicht raus. Die hauen sich nicht über die Häuser. Das wird sie selber machen müssen. Noch besser wär ein Luftgewehr, mit dem sie auf die Gäste zielt, um ihnen freundlich anzudeuten, dass sie sich zu schleichen haben. Doch ob sie das zum Aufbruch zwänge. Nicht wenige kassierten wohl lieber einen Bauchschuss von der Wirtin als einen Anschiss von der Gattin. Denn Letzterer kommt, wenn sie zu früh daheim sind und die Gattin noch ihre Ruhe haben möchte. Er kommt aber auch, wenn sie zu spät daheim sind. Letztlich gibt es keinen Zeitraum, in dem das Heimkommen des Gatten die Gattin nicht bis aufs Blut provoziert. Dann fiel es der Wirtin ein. Eine Fackel müsste her. Damit vertriebe sie das Gsindel. Dem wird nämlich neuerdings bei Feuer immer etwas bang.

Einige lassen's sogar rinnen, wenn sie eine Kerze sehen, so mitgenommen hat sie das. Wer zündelt, brunzt bei Nacht ins Bett. Eine alte Bauernweisheit. Nur stimmt sie offensichtlich nicht. Der Hauptmann hat sich nie angezudelt.

Schlussendlich brauchte sie keine Fackel. Denn es kam noch weitaus schlimmer, als die Wirtin es sich ausgemalt hatte. Die Gäste gingen freiwillig.

Der Brand hatte ihnen alles genommen. Den Feuerwehrlern die Unterkunft. Der Wirtin den Busen. Den Wirtshausgästen den Busen der Wirtin. Und der Helga den Rudi. Gut, der Rudi war noch da, aber der Brand nahm ihr die Chance, sich ihm in diesem schönen Kleid zu zeigen. Nicht immer nur in der grausigen Schürze, die nach Fett und Einbrenn stinkt. Da kann er ja gar nicht sehen, was für ein hübsches Figurl sie hat. Es waren zwei, die das Elend erkannten und nun alles daransetzten, die Dorfbewohner aufzumuntern. Der Bürgermeister und der Dorfdepp.

»Meine lieben Freiensteiner!« In dem Moment versetzt der Dorfdepp, nachdem er sich von hinten anschlich, dem Bürgermeister so eine saftige Gnackwatschn, dass er fast vornüber fällt. Er blickt den glucksenden Dorfdeppen an. Dieser drückt dem Bürgermeister einen Finger auf die Lippen und flüstert ihm vertraulich zu: »Pst, der Bürgermeister spricht!« »Ich bin der Bürgermeister, du Dummbatz!« Er schleudert die Hand des Dorfdeppen weg und legt sich seine an den Hals. Das hat wohl ganz schön wehgetan. Bei dem Schnalzer, der zu hören war. So ein satter, voller Klang. Weil er so einen Nacken mit massig Angriffsfläche hat. Der Bürgermeister hat ein richtiges Watschengenick. Andere haben ein Watschengesicht. Und bei manchen weiß man gar nicht, was man als Erstes watschendreschen will. »Meine lieben Freiensteiner!«, wiederholt er feierlich. »Es ist mir freilich nicht entgangen, dass ihr alle seit dem Unglück, welchem ich im Übrigen noch auf den Grund zu gehen gedenke …« »Der Hauptmann war's!«, grölt jemand laut. »Wie gesagt, ich werde alles in meiner Macht Stehende tun, um herauszufinden, wer …« »Der Hauptmann war's!«, grölt nun ein andrer. »Aber derzeit deutet alles darauf hin, dass es …« »Der Hauptmann war!«, ergänzt ein Dritter. »… einmal mehr der Dorfdepp war, weswegen ich der ganzen Sache nicht mehr weiter nachgehen werde.« Alle schweigen. Ein einsames Glas fliegt über dem Kopf des Bürgermeisters hinweg und trifft einen der Gäste dahinter. Dieser fällt wie ein Stein zu Boden. Der Dorfdepp eilt sogleich zu ihm hin, kniet sich neben ihn und mahnt: »Pst, der Bürgermeister spricht!« »Wie schon gesagt, mir ist nicht entgangen, dass sich seither in unser Dorf Trübsal eingeschlichen hat. Und ich habe mich gefragt, wie man dieser abhelfen könnte.« »Knüpfen wir den Hauptmann auf!« »Jawohl! Und zünden ihm sein Zumpferl an!« »Contenance, meine Herrschaften! Freienstein ist eine fortschrittliche Gemeinde. Hier wird niemand aufgeknüpft!« Der Bürgermeister dreht sich zum Stammtisch. »Oder zusammen mit zwei Katzen in einen Jutesack genäht und danach in den Bach geworfen!« Der Otto verschränkt beleidigt die Arme. »Und weil wir eben so fortschrittlich sind, dachte ich, es wäre nur gut und recht, wenn Freienstein einen der ersten … Fernsehapparate bekommt! Burschen, hopp auf, holt's ihn rein!« Zwei wulstige Knaben watscheln nach draußen. Es sieht beinahe so aus, als hätte sie der Bürgermeister direkt aus seinem Hals gezeugt. Kurz darauf kommen sie wieder. Ächzend schleppen sie gemeinsam einen viereckigen Kasten. »Dort rüber!«, weist der Bürgermeister. Die Früchte seines Nackens folgen und platzieren das Gerät am Ende der Theke. Die Wirtshausgäste recken die Köpfe. Neugierig und voller Angst. Langsam erheben sie sich von den Stühlen und nähern sich dem schweren Klotz. Sie gehen nicht direkt darauf zu, sondern umschwärmen ihn diskret, schauen immer wieder weg, pfeifen, strecken sich und gähnen.

Sie ziehen immer engere Kreise und mimen dabei Gleichgültigkeit wie ein ungeübter Lustmolch, der sich an ein Weibsbild heranpirscht. Als der Erste ihn berührt, schlagen auch die anderen zu. Nur einer interessiert sich gar nicht für die seltsame Gerätschaft. Der Dorfdepp hockt in einer Ecke und schaut den Apparat nicht an, den die anderen betrachten, betasten und sogar beriechen. Vielmehr dreht er sich trotzig weg. Der Bürgermeister geht auf ihn zu und zerwuschelt ihm spöttisch das Haar. Der Dorfdepp schleudert seine Hand weg und glättet sich pikiert die Frisur. Er trägt seine Haare kurz mit streng gezogenem Mittelscheitel. Er meint, das unterstreicht den Depp in ihm. »Wohlan, meine Freunde, morgen Abend nehme ich dieses Wunderwerk der Technik höchspersönlich in Betrieb!« Ein Raunen wabert durch den Raum. »Und wir alle werden Zeugen eines historischen Moments!« Das Raunen schwillt zunehmend an. »Denn morgen Abend werden wir, hier im Herzen der Gemeinde, bei einer von mir spendierten Runde …« Die Herren johlen. »… direkt aus dem schönen Wien …« Die Weiber schmachten. »… die Wiedereröffnung der Staatsoper anschauen!« Jäh verstummen Johlen und Schmachten. Zwei der Anwesenden klatschen. Der Bürgermeister badet im Zuspruch. »Is da noch was andres drinnen?«, ruft einer vom Stammtisch. Der Bürgermeister ist sichtlich verwirrt. »Wie? Was anderes drinnen?« »Na jo, die Staatsoper interessiert mi scho in echt net. Warum suit sie's in dem Kastl da tuan?« Einige der Gäste nicken. Freienstein ist ein hartes Pflaster. Das weiß der Bürgermeister wohl. Die Menschen hier sind widerspenstig und stellen die ganze Zeit nur Fragen. »Wir schauen uns morgen die Staatsoper an! Ob euch Bleampln das passt oder nicht! Gemma, Burschen!« Er schreitet majestätisch von dannen. Seine zwei Schopfbraten ihm hinterher. Alle drei besteigen das Auto, welches vor dem Wirtshaus parkt. »Und? Wie ist die Stimmung?« Der Bürgermeister winkt beschwichtigend ab. »In ein paar Tagen haben sie's vergessen. Du kennst doch unsre Freiensteiner. Und tu das weg! Da wird einem ja ganz anders zumute!« Der Hauptmann seufzt und steckt den Zigarettenanzünder wieder in die Buchse zurück.

»Schleich di! I siech nix!« »Otto, nimm dein Huat vom Schädel!« »Rutsch umi, du vadeckst jo ois!« »Otto, wennst net boid dein Huat owituast!« Das vortägige Desinteresse an der Staatsoperneröffnung hat sich über Nacht gewandelt. Schon seit dem frühen Nachmittag rangeln alle Freiensteiner um einen Platz vor dem Gerät. Die Ellbogen sind abgewetzt und die Oberarme blau. Keiner will ganz hinten sein und niemand in der ersten Reihe. Jedem ist der Vordermann zu groß, zu breit und zu behutet. Wer vorschlägt, einfach alle Gäste nach ihrer Größe hinzusetzen, wird sofort als Faschist beschimpft. Oder als Jud. Kurzum, man ist sehr aufgewühlt ob des kommenden Ereignisses. »Wann kommt er denn, der Bürgermeister?«, fragt sie die Wirtin, die den schwelenden Tumult wachsam im flatternden Auge behält. »Otto, i schwör's, i nimm dir dein Huat weg und gack ihn brettleben zua!« Die Wirtin zuckt nervös mit den Schultern. »Geh Mama, gib ma a Packerl Tschick.« Der Rudi lehnt sich an die Theke. Ihr rutscht das Herz ab. Aber ihr Rock wird es nicht halten. Gott sei Dank hat sie darunter noch ein Unterhoserl an. Ansonsten hopste es bereits wie ein entsprungener, reuiger Goldfisch panisch am Boden hin und her. Die Wirtin überhört den Sohn. Sie ist zu gebannt vom Anblick, wie zwei Herren den Otto packen, mit Gürteln an den Stuhl festschnallen und ihm den Hut herunterreißen. Dann drücken sie sein Gesicht in den Hut und fixieren diesen mit einigen der Gummibänder, welche sonst ihre Spielkarten bündeln. »Na, Otto, siechst eh guat?«, lachen sie laut und stoßen zu guter Letzt den ganzen Stuhl samt Otto um. Der Fernseher macht Menschen also tatsächlich dumm und aggressiv. Dabei ist er noch nicht mal an. Der Rudi tippt ungeduldig auf die Budel. Die Wirtin ist wie weggetreten. Darum dreht er sich zu ihr. »Herta, gib ma du a Packerl!« Herta hat er sie genannt! Sie wird fast ohnmächtig vor Freude. Er kennt drei Fünftel ihres Namens. Jetzt kann es nicht mehr lange dauern, und er ist in sie verliebt.

»Aufhören, aufhören!« Die Wirtin muss wieder einen ermahnen, der an den Knöpfen des Fernsehers lutscht. Lange hält sie nicht mehr durch. Jetzt wird auch vor dem Wirtshaus getobt. »Geh weg von mir, du armer Irrer!« Es folgt wortloses Geschrei. »Burschen, helft's mir!« Die Stimme des Bürgermeisters. »Nehmt's ihn weg! Nehmt's ihn weg!« Erneut Gerumpel und Geschrei. Schließlich schlägt die Wirtshaustür auf. Der Bürgermeister stolpert herein. Er stützt sich auf den Schenkeln auf und schlingt inbrünstig nach Luft. Sein Gesicht ist knallrot. Abgesehen von einem hellen Watschenabdruck auf der Wange. Seine speckigen Sprösslinge schließen hinter ihm die Tür. Die geht zwar nach außen auf, trotzdem stemmen sich die beiden wohlmeinend von innen dagegen. »Na endlich!«, keucht die Wirtin erleichtert und wettext eilig das Geschmeiß von dem Fernsehgerät weg. »Meine lieben Freiensteiner! Bitte verzeiht mir die Verspätung! Ich wurde leider aufgehalten. Von einem gewissen Unruhestifter.« Unruhestifter nennt er den Dorfdepp. Unruhestifter. Kann es so etwas überhaupt geben? Wenn ja, dann würde über allem zuvorderst stets die Ruhe herrschen. Die könnte man dann nicht mehr stiften. Genauso wenig wie den Frieden. Oder den Sinn. Die wären ja der Ursprungszustand. Welcher eben zuweilen gestört wird. Von jemandem, der Unruhe stiftet. Etwa, indem er Unsinn baut. Oder indem er Zwist sät. Auf das brache Feld des Friedens. In das Nichts substanzlosen Sinns. Ist das wahrscheinlich? Eher nicht. Der Dorfdepp ist kein Unruhestifter. Gleichwohl sorgt er nicht für Ruhe. Er ist der, der die Unruhe stört.

Der Fernsehsendemast am Schöckl hat für das Dörfchen Freienstein offensichtlich nicht viel übrig. Wie die läufigen Landpomeranzen beglückt auch er lieber die in der Stadt. Was wie im Falle der Landpomeranzen reichlich ungerecht erscheint. In der Stadt gibt es so vieles, das einem die Zeit versüßt. Die haben Theater, Museen, Casinos. Die haben es dort eh schon so gut. Und jetzt kriegen sie auch noch Flitscherl und Fernsehen! Somit haben sie alles. Empfang und Empfängnis. Die Dorfbewohner lässt man dumm aussterben. Da kennen die Städter nichts. Die sehen die Leute vom Land nicht als ihre Landsleute an. Da ist ihnen sogar der Ausländer lieber, der aus einem fremden Land kommt. Den kann man eher zivilisieren als einen Inländer vom Land. Diese elenden Wilden. Die nur aus Trieben und Tratschsucht bestehen. Aber was sollen sie schon machen? Hier am Land erfährt ja man nicht, was sich in der Welt so tut. Umso besser weiß man Bescheid, was in der Gemeinde vorgeht. Die in der Stadt haben Nachrichten. Hier am Land gibt es nur die Nachrede. Die neuesten Ereignisse liest man morgens nicht in der Zeitung, sondern noch aus dem Kaffee. Mancher auch aus dem Urin. Den Wetterbericht für die kommende Woche kriegen sie direkt ins Kreuz. Und, sollte man den verpassen, gibt es ja noch den guten, alten Blick zum Himmel. Ob es regnet oder schneit, das findet der Hans Guckindieluft auch ohne Guckkasten heraus. Heute fällt zum Beispiel Schnee. Dafür brauchen die Freiensteiner keinen Fernsehapparat. Auch wenn der, den sie jetzt haben, die aktuelle Wetterlage sehr präzise wiedergibt. Die Dorfbewohner beeindruckt das wenig. Ein verschneites Bild bekommen sie in ein paar Stunden sowieso. Spätestens, wenn die Wirtin sie rausschmeißt und sie auf dem Heimweg herfallen, auf dem Rücken liegen bleiben und mit der Zunge Schneeflocken auffangen, um präventiv den Brand zu lindern. »Da sieht man ja gar nichts!« Das hat der Bürgermeister gar nicht bedacht. Dass man mit einem Fernseher nur in die Ferne sehen kann. Wer schon in der Ferne ist, kriegt hingegen nichts zu sehen.

Die Freiensteiner zappeln fahrig auf ihren Stühlen hin und her. Sie alle sind schon so gespannt, dass manche vor lauter Spannung vergessen, weswegen man sich hier versammelt. »Was soll dieses Kastl sein?« »Ein Fernsehgerät!«, schnauft der Bürgermeister. »Und was kann das?« »Das zeigt Sachen!« Nur momentan tut es das nicht. Momentan zeigt es nicht mehr als das Dekolletee der Wirtin. »Was für Sachen?« »Die Eröffnung der neuen Staatsoper.« »Wann war die denn?« »Die ist jetzt gerade!« Die Freiensteiner lehnen sich ganz nahe an den Bildschirm. »Die alte Oper hat mir aber besser gefallen!« »Ja, die hier ist ganz komisch gepunktet.« »Das ist wahrscheinlich diese neumodische Architektur, von der wir nix verstehen!« Der Bürgermeister wünscht sich weit weg. Er malt sich aus, wie es wohl wäre, eine Gemeinde zu regieren, die sich neben dem Verstand nicht auch noch die Bauernschläue weggesoffen hat. »Ist das eine Zeitmaschine?«, krächzt es aus der Menge hervor. »Was?! Zum hundertsten Mal, ihr eingwackten Dodeln, das ist ein Fernsehgerät!« Enttäuschtes Raunen macht sich breit. Der Bürgermeister wird allmählich nervös. Wenn seine Untertanen nicht schnell irgendetwas zu sehen bekommen, dann geht es mit denen durch. Wenn der Kasten keinen Mucks macht, rappelt es bald in der Kiste. Dann fällt ihnen wieder der Feuerwehrball ein. Von da an ist es nicht mehr weit, dass sie in die Nacht hinauslaufen und irgendjemanden aufknüpfen wollen. Und zwar höchstwahrscheinlich ihn. Er muss sie bei Laune halten. Man kann sein Volk verhungern lassen. Foltern und für dumm verkaufen. Aber langweilen darf man es nicht. Langweile steht am Anfang einer jeden Revolution. Der Bürgermeister revidiert sich. »Ja, natürlich! Das ist eine Zeitmaschine!« Urzeitliche Laute der Ehrfurcht brechen über ihn herein. »Und mit dieser Zeitmaschine reisen wir jetzt alle zusammen ...« Augen und Münder weiten sich. »... direkt in die Gegenwart!« Frenetischer Applaus entlädt sich. Der Bürgermeistert schäkert zufrieden. Das hat ihm etwas Zeit verschafft. Wieder macht er sich daran, irgendein Signal zu erhaschen. Doch die Ruhe währt nicht lange. »Können wir damit auch in die Zukunft?« »Nein!«, schreit der Bürgermeister entnervt. »Und in die Vergangenheit?« Er grübelt. »In gewissem Sinne, ja.« Es wird aufgeregt getuschelt. »Dahin dürfen wir aber nicht!« »Ja, das haben uns die Russen verboten!« Die Vergangenheit darf sich nicht wiederholen. Das hat man ihnen sehr deutlich gesagt. Und jetzt kommt da so ein Gerät, was nichts als wiederholen kann.

Im Wirtshaus wird es ungemütlich. Die Freiensteiner fühlen sich um die Staatsoper betrogen. Nicht, dass sie diese interessiert, jedoch hätten sie gern so getan. Um einmal an dieser Kultur teilzuhaben, von der die Städter immer schwärmen. Sie haben hier nur die Agrikultur, die mit der anderen nicht viel zu tun hat. Vielleicht passiert es hie und da, dass sich eine Scheibe Ei von einem Freiensteiner Huhn bei so einem Kunst-Tamtam auf ein Lachsbrötchen verirrt. Aber das ist auch schon alles. Der Bürgermeister ist verzweifelt. Jetzt steht er wie der größte Depp da. Einer, der sich mit Technik nicht auskennt. Mit den Damen, da kennt er sich aus. Und er hätte nie geahnt, dass es da einen Unterschied gibt. Die Madln bringt er immer zum Laufen. Der Fernseher aber schaltet auf stur. Dabei hat er alles versucht, was er auch bei den Madln macht, wenn diese einmal nicht anspringen wollen. Er hat ihn gehauen, getreten und mit Geldscheinen beworfen. Abgefüllt hat er ihn nicht. Das haben ihm gnädigerweise die Dorfbewohner abgenommen. Das Gerät ist über und über mit verschüttetem Bier eingesaut. Doch williger macht ihn das nicht. Im Gegenteil. Nun scheint er langsam wegzudösen. Ganz wie die Madln. Ein, zwei Schnäpse machen die lustig. Aber spätestens beim fünften schläft das Betthupferl dann ein. Das hat natürlich auch seinen Reiz. Doch so ein Halunke ist der Bürgermeister nicht. Von dusigen Dirnen lässt er die Finger. Er mag es lieber, wenn sie sich wehren. »Da! Schaut's!« Da ist sie. Die Staatsoper. Und ein Haufen geldiger Leute. In Pelzen und in vollem Putz. Die Crème de la Crème der Künste, die Hautevolee der Politik und die … »Inge!«, kreischt sie fassungslos und drückt sich sofort die Hand auf den Mund. Hoffentlich hat das niemand gehört. Die Freiensteiner dürfen nicht wissen, dass sie eine Schwester bei der Schickeria hat. Sonst glauben die am Ende noch, sie gehöre auch dazu. Dass sie vielleicht eine Adlige ist, die sich als Wirtshausköchin ausgibt, um in der Freiensteier Wildbahn den Bauernschädel zu erforschen. Am meisten aber fürchtet sie, dass der Rudi hingeschaut hat. Denn dann ist es um ihn geschehen. Dann setzt er sich auf sein Motorrad und rast schwuppdiwupp nach Wien. Und dem Herrgott wird er danken. Um ein Haar hätte er sich in die falsche Schwester verliebt. In die jüngere, die von den Zähnen angefangen bis zu den Zehen überall ein wenig schief ist. Wahrscheinlich war im Zumpferl vom Vater nicht mehr genug Material für eine zweite, schöne Tochter. Der hat damals bei der Inge sein gesamtes Pulver verschossen. Für sie blieb nur der Nachlauf über. Den hätte man damals wegschütten sollen und nicht ein Kind draus machen. Dann wäre ihr der ganze Kummer erspart geblieben. Plötzlich ist sie richtig froh, dass sie dem miesen Stück von Schwester noch immer nicht zurückgeschrieben hat. Spannt die ihr glatt den Rudi aus! Und weiß es selbst noch nicht einmal. Na, in zwei Stunden wird sie es wissen. Wenn der wild gewordene Rudi sie aus ihrer Loge schleift und im Foyer niederschmust. Und die Inge? Die wird da nicht nein sagen. Die hat sicher lieber einen, der keinen Operngucker braucht, um am Morgen die Zeitung zu lesen. »Rudi!«, brüllt die Wirtin plötzlich und reißt sie aus ihrem Tagalptraum. »Hast du mir alle Zigaretten gfladert?!« Aber der Rudi reagiert nicht. Der stöhnt schon wieder auf dem Schoß von einer Schlampen. Da hat sie aber Glück gehabt. Doch war es überhaupt die Inge am Arm von diesem alten Lotter? Sie sieht etwas genauer hin, aber da ist das Bild schon erloschen. Die prunkvolle Szene war nur für einen Wimpernschlag zu sehen. Darauf hat das Fernsehgerät ein kurzes Brutzeln von sich gegeben und die Staatsoper verschluckt. Das war wohl ein Bier zu viel, das man ihm versehentlich eingeflößt hat. Selbstgefällig lehnt sich der Bürgermeister an das qualmende Gerät und gibt ihm einen lobenden Klaps. »Nun, meine lieben Freiensteiner, auf mich könnt Ihr euch eben verlassen! Und jetzt sagt! Wie hat euch die Sendung gefallen?«

Der Dorfdepp blickt zum Himmel hoch. Schnee verfängt sich in den Wimpern. Langsam geht er in die Knie, greift in seine Hosentasche und zieht ein kleines Messer hervor. Er klappt es auf und zerschneidet damit die Schürsenkel an beiden Schuhen. Dem Dorfdepp will es nicht gelingen, einen lösbaren Knoten zu binden, weswegen er jeden Tag ein neues Paar Senkel braucht. Er legt Schuhe und Socken ab. Die Socken steckt er in die Schuhe und stopft noch eine Handvoll Schnee nach. Daraufhin fasst er nach dem Spanndraht, den er als Gürtel umgeschnallt hat. Mit einem Ruck zieht er den Draht aus allen Schlaufen seiner Hose und lässt ihn zu Boden fallen. Dann streift er seine Hose ab, legt sie sorgfältig zusammen und wirft sie achtlos hinter sich. Der Dorfdepp erhebt sich. Schneeflocken wirbeln durch die Luft. Jede von ihnen ist einzigartig, sagen die Menschen und reden von sich. Aus dem Wirtshaus dringen Gepolter, das Krachen von geworfenen Stühlen und Morddrohungen gegen den Bürgermeister. Der Dorfdepp greift nach seinem Zumpferl und schreibt seinen Namen in das Weiß. Die Eskimos besitzen nicht vierzig verschiedene Wörter für Schnee. Aber der Österreicher vierzig fürs Brunzen.

IV. DER DORFSCHÖNLING UND DIE DORFMATRATZE

Der Schönling ist kein Haberer. Der Schönling ist ein Weiberer. Er wäscht den Weibern nicht die Füße. Nein, der Schönling küsst sie ihnen! Weil es ihm selbst vor Huren nicht graust. Er ist ja selber einer von ihnen. Er ist halb Mensch, halb Hurenbock. Er schimpft nicht auf Weiber. Er schimpft sie aus. Doch nur, wenn sie brav sind. Dann schimpft er sie ungezogen und gibt ihnen eins aufs Popscherl. Er gibt es ihnen. Er vergibt nicht. Wenn die Weiber sehr brav sind, bindet er sie sogar fest. Sie wollen schließlich nicht befreit, vielmehr wollen sie befriedigt werden. Und der Schönling bringt den Frieden. Und er bringt ihn mit dem Schwert. Der Schönling ist kein Herzensbrecher. Weil er kein Versprechen macht, welches er dann brechen könnte. Er hält nicht Wort, er hält den Mund. Er bietet einen schönen Anblick, aber keine schöne Aussicht auf ein gemeinsames Leben danach. Er ruft nicht nach drei Tagen zurück, um daraufhin erneut zu verschwinden. Sollte er einmal Kreuzschmerzen kriegen, wird er die Damenwelt verlassen. Der Schönling wird nicht wiederkehren. Er lässt sie allein. So können die Damen in Würde altern. Der Schönling verleiht Weibern Würde. Er schenkt ihnen keine Hoffnung. Weil Hoffnung immer würdelos ist.

Die Matratze ist eine Hure. Und sie ist eine Heilige. Eine hurö-se Heilige. Sie schwor, der Tugend zu entsagen. Sie ist zu Tieferem berufen. Sie wohnt nicht im Herz der Menschen. Die Menschheit wohnt in ihrem Schoß. Was sie auch sieht, das nimmt sie auf sich.

Die Laster der Herren und das Lästern der Weiber. Sie erlöst die Sünde vom Menschen. Und den Menschen von der Sucht. Die Herren von Sehnsucht, die Weiber von Scheelsucht. Dank ihr sind die Männer treu. Sie schielen nicht nach rechts und links. Sie starren nur auf die Matratze. Und wenn sie die nicht haben können, wollen sie keine andere. Bis auf die, die eh schon daheim sitzt. Die behalten sie natürlich. Sie wollen schließlich nicht allein sein. Tauschen wollen sie ebenso wenig. Denn im Vergleich zu der Matratze ist alles andre ghupft wia ghatscht. Sie können sie stürmen, doch niemals erobern. Sie pfählen mit einem Fahnenmast, aber keine Flagge hissen. Da ist die Dorfmatratze streng. Sie sagt, bis hierhin und nicht weiter. Immer noch tiefer, aber nicht weiter. Sie hat viele Haberer, aber kein Haberer hat sie. Denn Haberer kommt nicht von haben. Ein Haberer ist der, der habert. Bald nagt er am Hungertuch, bald kaut er auf der Dorfmatratze. Sie hat da durchaus nichts dagegen. Auffressen darf er sie von ihr aus. Aber verdauen wird er sie nie. In der Büchse der Matratze haust alles Elend dieser Welt. Von der Filzlaus zum Franzosen. Doch hinter weiten Fistelriffen schimmert am Grund das Gegengift. De profundis silentium. Hier ruht die Hoffnungslosigkeit. Die Matratze will die Männer glücklich machen. Sie macht keine Hoffnungen. Weil Hoffnung niemals glücklich macht.

Dorfschönling und Dorfmatratze. Sie beide können Wunder wirken. Sie beide machten bereits viele Gehende lahm und Sehende blind. Die waren aber selber schuld. Man hat sie nicht umsonst gewarnt, dass sich selber an der Mumu oder am Zumpferl zu berühren zu Rückgratschwund und Blindheit führt. Dorfmatratze und Dorfschönling wirken aber noch größere Wunder. Sie bannen alle Eitelkeit. Begehren und Begehrlichkeit der Matratze und des Schönlings sind den Dorfbewohnern zu fern, um sich selbst daran zu messen. Es wäre sinnlos zu wetteifern. Nicht nur mit den zweien, auch untereinander. Da angesichts der Libido und des Liebreizes dieser zwei all die Schirchen und Schönen, die Feurigen und die Frigiden nicht mehr zu unterscheiden sind. Sie stiften somit Harmonie. Und bringen dafür große Opfer. Dorfmatratze und Dorfschönling dürfen sich keinesfalls verlieben. Und vor allem nicht ineinander. Wenn das passiert, ist Polen offen. Dann stehen die Russen und die Türken gemeinsam vor Wien und spielen Granada. Dieses verheerende Schicksal ereilte ein Dorf nicht weit von Freienstein, von welchem heute nichts mehr übrig ist bis auf einige Ruinen und diese tragische Liebesgeschichte. Jene vom Fritz und seiner Zenzi.

Die Zenzi war eine Vorzeigematratze. Standesgemäß war die Zenzi am Heiratsmarkt nicht zu erwerben. Die gab es nur zu Ausstellungszwecken. Die konnte man vor Ort probieren, aber nicht mit nach Hause nehmen. Matratzen suchen Männer heim. Die machen keine Hausbesuche. Dort sind oft die Gattinnen oder, schlimmer noch, die Mütter. Und die haben mit Matratzen meistens keine rechte Freude. Sie nahm ihre Eroberer in denselben Heuschober mit, in welchem sich schon ihre Mutter und davor Großmutter gewälzt. Die aber waren noch landläufige Schlampen. In der Familie war die Zenzi die Erste, die es zur Matratze schaffte. Die Mutter war auch mächtig stolz, bevor sie sie verstoßen hat.

Der Fritz dagegen war Dorfschönling in vierter Generation. Bereits sein Großvater zuzelte Maiden so wild am Leib herum, dass nicht wenige von ihnen mit Blutergüssen übersät waren. Doch niemand hätte es bemerkt, wäre nicht eine dieser Maiden eines Winters krank geworden. Sie litt zwar nur an leichtem Fieber, trotzdem versteifte sich ihre Mutter darauf, das Kind zum Arzt zu schicken. Dieser untersuchte sie und bat sie dann, sich zu entkleiden. Nicht, weil es vonnöten war, sondern der Arzt einfach ein Lump. »Das gefällt mir aber gar nicht!«, rief er bei ihrem Anblick aus. Mehr aus Enttäuschung denn aus Sorge. So etwas sagte ihm nicht zu. Die wollte er nicht eindringlich mustern, schließlich war sie schon gemustert. Dieses arme, kranke Früchtchen hatte ganz gescheckte Brüstchen. Und Schenkel. Und Bäckchen. Und … Jesus Maria! Da macht er keinen Spatenstich. Da griff er doch lieber zum Spatel. Denn sie erregte nicht den Mann, aber den Mediziner in ihm. Woher sie das habe, fragte er sie. Beschämt, die Wahrheit zu gestehen, zuckte die Maid nur mit den Schultern. Das kam dem Haderlump sehr recht. Im Namen der Wissenschaft zitierte er zehn weitere Maiden aus dem Dorf in seine Praxis. Doch als eine nach der anderen ihr Blümchenkleid vom Leibe streifte, wurde ihm selbst ganz blümerant. Sie alle waren ausnahmslos von den gleichen Malen gezeichnet. Blauschwarz verfärbt war ihre Haut an Hüfte, Hals und … Herrschaftsseiten! Zwei von ihnen hatten leichtes Fieber, eine dritte hüstelte. Nichts Ungewöhnliches im Winter. Somit war dem Arzt schnell klar: Die Beulenpest ist wieder da!

Bald forderte sie erste Opfer. Einige der Maiden wurden kurz nach ihrer Diagnose zunehmend kränker und schwächer. Was aber freilich nicht an der Pest, sondern der ominösen Kur lag, die der Arzt ihnen verschrieb. Er rückte der Krankheit nämlich ebenso skrupellos zu Leibe wie einst ihren Trägerinnen. Er riet zur Quecksilber-Methode, die damals für kurze Zeit unter Quacksalbern des Landes großes Ansehen genoss. Sie umfasste strenge Bettruhe und Schonkost. Außerdem sollten die Kranken jeden Morgen ihr Fieber messen, danach das Thermometer zerbrechen und daraus das Quecksilber trinken. Das mache sie wieder lebendig. Zum Glück konnte sich im Dorf solchen Verschleiß an Thermometern kaum eine Familie leisten. Beschämt von ohnmächtiger Armut, gab dies aber niemand zu. Was den Arzt nun glauben machte, dass seine formidable Kur in neun von zehn Fällen reüssierte. Dann kam Gott sei Dank der Krieg. Fritz' Vater wurde eingezogen, und die Beulenpest verschwand.

Der Arzt nahm die Meriten auf sich und verlangte Anerkennung. Ihm zu Ehren stellte man am Dorfplatz eine beachtliche Pestsäule auf. In der Form des Äskulabstabs. Umrankt von unzähligen Schlangen. Man war sich allerdings nicht sicher, ob der Bildhauer ein Stümper oder tatsächlich ein Schweinigel war. Denn Fakt war, die Säule sah aus wie ein Zumpferl. Hocherregt mit pulsierenden Adern.

Einzig der junge Fritz war sich sicher. Dies war das Gemächt des Vaters und sein phallisches Vermächtnis. Denn leider war der alte Fritz indessen an der Front gefallen. Nachdem der junge Fritz sehr lange getrauert und gehofft hatte, dass der Vater wiederkäme, mit einem galoppierenden Trieb, ausgehungert durch die Jahre der virilen Kumpanei, trat er dessen Nachfolge an. Obzwar der Fritz noch fast ein Kind und gerade fünfzehn Jahr alt, nahm er den Titel des Dorfschönlings an. Doch weil er scheu war, traf der Fritz seine allererste Liebschaft am Schaft der väterlichen Säule. Gestärkt von dessen Beistand, führte er nunmehr jede Maid hierher. Der Fritz schaute zum Vater auf und samte vor Glück in die Sterne. Doch auch die Maiden waren beglückt, weil sich zwei Dolche in sie bohrten. Von vorne spürten sie den Sohn und von hinten die Penaten.

Ein Dolch hingegen reichte aus, um dem Krieg ein Ende zu setzen. Das Dorf war in Aufruhr. Alle strömten am Marktplatz zusammen und zerstritten sich über der Frage, ob der letztlich vernichtende Stoß von vorn oder von hinten kam. Zwischen ihnen tat sich ein Spalt auf, der auch Sohn und Vater trennte, die sonst durch einen Spalt vereint waren. Darum gemahnte der Fritz seine Liebschaft stattdessen, zum Heuschober zu kommen. Dort werde er dann auf sie warten. Es war zu finster, als dass der Fritz in dieser Nacht erkennen konnte, dass jene, welche er geherzt, nicht jene war, die er bestellt. Letztere war nicht gekommen. Ebenso wenig jener Bursch, welchen in jener Nacht die Zenzi zum Heuschober zu kommen bat. Und wie der Fritz sah auch die Zenzi ob des verhangenen Mondes nicht, in wessen Arme sie sich legte. Erst als der Morgen dämmerte, da erkannten sie einander. Nie zuvor hatten die beiden eine Dämmerung zweisam erlebt. Üblicherweise schickte der Fritz nach vollbrachter Apotheose seine Zerflossenen nach Hause, so schnell konnten sie gar nicht schauen. Dann griff er nach seinem Taschentuch, wusch sich und den Vater rein und kehrte ohne Umschweife heim. Ebenso hielt es die Zenzi, welche ihre Habrerer schasste, sobald sich ihre Finger entkrampften. Gerade eben noch zuckte sie am ganzen Leib, nun zuckten nur mehr ihre Schultern. Plötzlich aber war das anders. Fritz und Zenzi hatten sich geliebt. Doch das Kuriosum war, sie liebten sich auch noch danach. Sie brachen also ihren Schwur des liederlichen Lotterlebens. Stattdessen schworen sie einander die Treue und ließen das Dorf zurück.

Den zerstrittenen Dorfbewohnern kam dieser Frevel sehr gelegen. Denn Politik lag ihnen nicht. Sie wollten zwar weiterstreiten, doch bitte schön das Thema wechseln. So wurden sie schließlich fündig. Die amouröse Fahnenflucht ihrer erotomanen Ordnungshüter ließ sie binnen kürzester Zeit in die Barbarei verfallen. Mit den beiden Sittenstrolchen verschwand die Sittenpolizei. Ohne Schönling und Matratze busselten und puderten alle kreuz und quer herum. Sie blieben jedoch unbefriedigt. Weil kein Weib weich wie die Matratze und kein Mann stramm wie der Schönling gewesen. Frauen bespuckten ihre Männer. Und Männer schlugen ihre Frauen. Sie warfen sich respektive Hässlichkeit und Prüderie vor. Trinker und Depp versuchten zwar mit Kapriolen und Capricen die Ausschreitungen abzuwiegeln. Der Depp trug dreiundzwanzig Hüte und ritt auf einer Sau durchs Dorf. Der Trinker tanzte torkelnd Limbo unter dem Brunzstrahl des Deppen hindurch. Aber es half alles nichts. Der Zwist hatte sich schon zu tief in die Herzen der Menschen gegraben, das Dorf war verloren.

Der Rudi kennt diese Geschichte. Als Dorfschönling weiß er um die Pflichten, die mit seinem Amt einhergehen. Er darf kein Flitscherl ehelichen und keine Familie gründen. Er muss stattdessen Verantwortung übernehmen. Er muss jedes der Weiber beglücken. Er darf sich nicht auf einer ausruhen. Er muss in jede Kiste springen, bevor er in die eigene darf. Der Rudi hat Vorlieben, aber er liebt nicht. Er dreht und wendet seine Weiber, um ja nichts anbrennen zu lassen. Um nicht selber Feuer zu fangen. Da passt der Rudi höllisch auf. Wenn so ein Weibsbild ganz entflammt ist, verbrennt man sich sehr leicht die Finger. Deswegen verweilt er nur ganz kurz. Er fährt so schnell durch sie hindurch wie eine kühne Kinderhand durch die Flamme einer Kerze. Er läuft über heiße Kohlen, doch er bleibt nicht darauf sitzen. Ansonsten springt der Funke über. Und dann jaulen Maunz und Minz, in Brand steht nun ihr Märchenprinz.

Den Rudi muss selbst das loderndste Luder kaltlassen. Das ist manchmal gar nicht leicht. Deswegen kühlt er sich oft ab. Wenn der Rudi ins Freibad stolziert, steigt sofort der Wasserspiegel. Da rinnen sie aus die läufigen Weiber und dem Rudi hinterher. Eins, zwo, drei, im Gänsemarsch. Manchmal schnappt er sogar zu. Weniger, weil er es will, doch weil er nicht nein sagen darf. Er darf keine stehenlassen. Gegessen wird, was auf den Tisch kommt. Wenn er sich einmal überisst, macht er eine Verdauungsspazierfahrt auf seinem schönen Puch-Motorrad. Darauf saust er durch die Gegend, wenn er eine Pause braucht und ihm das Nichtstun zu viel wird. Wenn er mal Abstand braucht von den Weibern. Die finden ihn aber mit Abstand noch schärfer. Sie schreien zwar, er solle stehenbleiben, aber der Rudi hält nicht an. Um keinen Preis. Um keine Hand. Nicht einmal Händchen hält er mit ihnen. Stattdessen trägt er sie auf Händen. Oftmals drei, vier Weiber zeitgleich. Wie die Mama die Teller im Wirtshaus. So macht es der Rudi auch. Er nimmt die Weiber auf den Arm, trägt sie kurz mit sich herum und serviert sie wieder ab, solange sie noch dampfend heiß sind. Er lässt sie weder fallen noch sitzen. Der Rudi lässt sie höflich liegen. Sie brauchen gar nicht aufzustehen. Danke, er findet selber raus.

Die Mutter meint immer, er müsse was tun. Arbeiten gehen und Geld verdienen. Als Vorarbeiter im Stahlwerk drüben. Hätte er gleich nach der Schule begonnen, wäre er bestimmt schon Meister. Aber der Rudi muss sich erst mal erholen. Schließlich ist er dem Krieg nur haarscharf entkommen. Fast hätte er sich mit ihm beschäftigen müssen. Doch zu seinem Glück war alles rechtzeitig vorbei, ehe der Rudi nachdenken musste, zu wem er nun letztendlich hält. Man würde es zunächst nicht glauben, aber der Rudi ist äußerst gebildet. Schön sein allein reicht nicht im Leben. Der Rudi ist vielleicht nicht schlau, doch er weiß unermesslich viel. Weil er so viele Bücher liest. Das hält ihm auch zeitweilig die Weiber vom Hals. Ein Buch wirkt auf die wie Lavendel auf Motten. Vor allem in den Händen vom Rudi. Das passt nicht zusammen. Wenn er dasitzt mit einem Wälzer über die Donaumonarchie. Da schütteln sie die Vorderpfote und warten, bis sich der Rudi beruhigt hat. Bis er wieder lustig ist und ihnen einen Veltliner ausgibt. Er ist kein plumper Puderant, der den Weibern hörig ist, um zu bekommen, was er will. Manchmal müssen sie erst anstehen, ehe sie kriegen, was sie wollen. Der Rudi ist kein Aufschneider, der vor den Haberern am Stammtisch mit dem deftigen Weibsaufschnitt prahlt, den er zuletzt gejausnet hat. Viele Haberer sind Sammler, die erworbene Jungfernhäutchen wie Schmetterlinge präparieren und zu Hause in Schaukästen ausstellen. Der Rudi aber sammelt nicht. Ebenso wenig wie er jagt. Er ist weder Teil der Herde, noch ist der Rudi Teil des Rudels.

Einen guten Freund aber hat er. Den Karli. Der ist auch ein fescher Bursch. Aber nicht ganz so fesch wie der Rudi. Deswegen kniet er sich mehr rein, wenn es um die Weiber geht. Trotzdem kommen die zwei nie zum Streiten. Weil sie nicht dasselbe Revier haben. Der Karli ist nämlich das, was man einen Vorstadtcasanova nennt. Auch, wenn er eigentlich vom Land ist. Am Wochenende fährt er raus nach Graz. Das unterscheidet ihn von den Schlampen. Die fahren nämlich rein nach Graz. In die Zivilisation. Der Karli hingegen fährt raus in die Wildnis. In den Großstadtdschungel. Dort geht er auf Hasenjagd. Dafür tarnt er sich entsprechend. Wenn so ein Has' den Jäger wittert, läuft er Haken schlagend davon und versteckt sich auf dem Klo. Dann fängt die Hetz erst richtig an. »Dann musst du sie an den Löffeln herausziehen. Und festhalten, sonst ist sie weg!« Im Dorf wildert der Karli nicht. »Das ist wie Fasane jagen. Denen ist's wuascht, ob man sie trifft.« Der Karli will Herausforderungen. Er sucht sich keine leichten Ziele. Keinen brunftigen Brocken vom Land, den man nicht verfehlen kann. Er will die Zarten aus der Stadt. Auf die Gefahr hin, danebenzuschießen. Das macht dem Karli gar nichts aus. Es kränkt ihn mehr, wenn eine schnell nachgibt, als wenn sich eine ganz verwehrt. Wichtig ist dem Karli nur, dass er nicht zum Gejagten wird. Deswegen mag er lieber Weiber, die keinen großen Hunger haben, sondern wie ein Rohrspatz pudern. Der Karli hat Appetit auf appetitlose Weiber. Mit den Kilos purzelt nämlich oftmals auch die Libido. Schlank und gschamig muss sie sein. Der Karli ist halt sehr modern. Er hält nichts von veralteten, traditionellen Rollenbildern, wo die Männer die Vernunft und das Weib die Wollust treibt. In der Stadt ist man da weiter. Dort ist die Vernunft beim Weib und die Lüsternheit beim Mann.

»Wir beide fahren heut raus nach Graz!« Der Rudi sträubt sich. »Komm schon, du musst weg aus dem Nest hier. Und ich schwöre, das wird dir gefallen. Die haben da in der Innenstadt so ein neues Lokal. Das ist aufgemacht wie ein Wirtshaus.« Der Rudi schaut ihn skeptisch an. »Aber da kann ich ja gleich hierbleiben.« Der Karli verdreht die Augen. »Du verstehst nicht. Die Kellnerinnen tragen dort Dirndln und tun, als wären sie vom Land.« »Und dann marschierst du rein, mit deinem teuren Seidengwandl, und tust, als wärst du aus der Stadt.« »Genau!« »Aber Karli …«, der Rudi lehnt sich weit nach vorne und greift sich nachdenklich an die Stirn, »… was bringt des?«

Der Karli schüttelt erschüttert den Kopf. Er ist zwar enttäuscht, aber nicht überrascht. Dann erklärt er dem Rudi erneut die Vorzüge der Stadt- gegenüber der Landmaus. Die Landmaus ist dem Karli zu schamlos. »Die haben nicht den geringsten Genierer! Deswegen sagt man die Unschuld vom Lande. Nicht, weil die Weiber hier unschuldig sind, sondern weil sie die Schuld gar nicht spüren. Die sind einfach so eins mit der Sünde, dass es schon wieder unschuldig wirkt.« Dass sich die Landmaus manchmal ziert, macht es für den Karli nur schlimmer. »Die zieren sich immer, obwohl sie's eh wollen!« Dass sie sich zieren, stört ihn nicht. Dass sie es wollen, ist sein Problem. »Das muss diese Landluft sein. Ganz schlimm wird's, wenn die Bauern Mist fahren. Da schnalzen die Schenkel auseinander und saugen ein, was sie erwischen.« Sie sollen es aber nicht schon wollen, noch bevor der Karli sie anspricht. Wenn er denn überhaupt dazu kommt. Denn die Landmaus wartet nicht, bis man ihr einen Antrag macht. Die Landmaus fragt ganz frei heraus, ob er mit ihr zum Heuschober will. Oder sie greift ihm gleich ans Zumpferl. »Mit einer Selbstverständlichkeit, dass du glaubst, du wirst nicht mehr!« Die Stadtmaus ist viel schüchterner. Gut, auch in Graz kann es passieren, dass ihn eine Stadtmaus anspricht, ja, sogar zum Tanze lädt. Richtig gehört, das hat sie getan. Weil sie so unabhängig und stark ist. Und weil es gar so selbstverständlich, dass sie den ersten Schritt gemacht hat, wird sie ihren Freundinnen noch wochenlang davon erzählen. Die Stadtmaus ist nämlich emanzipiert. Jetzt ist sie hin- und hergerissen zwischen dem, was sie neuerdings darf, und dem, was sie immer schon wollte. Und den ganzen Tag redet sie sich ein, dass das ein und dasselbe wäre. Dem Karli taugt diese Entwicklung. Er war stets ein großer Freund der Emanzipation von Frauen. »Seither sind sie so herrlich verwirrt. Jetzt wissen sie gar nicht mehr, was sie wollen.« Und da kommt dann der Karli ins Spiel. Der sagt ihnen wieder, was sie wollen. Nämlich ihn.

»Das kannst! Saufen und Herumpoussieren! Mit deine ganzen dreckigen Luder! Willst dir nicht mal eine Anständige suchen?« Es ist halb vier in der Nacht, und der Rudi und die Uschi sitzen auf dem Trockenen. Noch ehe sie sich kennenlernten, ging ihnen der Gesprächsstoff aus. Das wäre nicht weiter tragisch, doch seit einer halben Stunde haben sie auch keinen Alkohol mehr. Deswegen schlich der Rudi ins Wirtshaus, um eine Kiste Bier zu holen.

Aber die Mutter schläft nicht tief, weil sie immer auf der Hut ist. Es könnte ja jederzeit geputscht werden. Auch außerhalb der Öffnungszeiten. Doch heute hat sie Glück gehabt. Es ist nicht die Revolution, sondern der Rudi, der hier herumschleicht. Das jähzornige Blinzeln setzt ein und katapultiert ihr den Schlaf aus dem Auge. Der Rudi lacht und stellt die Kiste Bier ab, die er soeben fladern wollte. »Aha, und wen?« Er öffnet die Schublade hinter der Theke und zieht eine Packung Zigaretten heraus. »Irgendeine, die was im Kopf hat. Was anderes als dauernd nur saufen und in der Nacht die Küh umschupfen.« »Das war der Dorfdepp!«, empört sich der Rudi. »I waß genau, dass du des warst! Dagegengfahrn bist mit deim Motorrad! Auf dem ormen Viech worn sogar die

Reifenspuren!« Unbeeindruckt zündet der Rudi sich eine Zigarette an und klappt schwungvoll sein Feuerzeug zu. »Mama, hör zu, wieso gehst du jetzt nicht ins Bett, und morgen reden wir nicht mehr drüber? Die Uschi sitzt ...« »Das ist mir egal. Die Uschi kann da draußen schwarz werden!« »Ja, aber der Motor lauft noch. Und ich glaub, der Auspuff ist irgendwie defekt. Wenn die Uschi das zu lang einatmet ... die kippt mir doch um!« »Dann schnall sie einfach hinten drauf.« »Aber da kommen die Bierflaschen hin.« »Dann lass sie doch liegen!« »Die Flaschen oder die Uschi?« Die Wirtin stampft erbost auf den Boden. »Die Uschi, du Rotzbua! Was kümmert's dich schon? Morgen kummst eh wieder mit einer andern!« Er drückt die Zigarette aus und hievt die Bierkiste von der Theke. »Bist jetzt fertig?« »Stell de Kistn wieder ab.« »Ich bring dir morgen a neue.« »Stell de Kistn ab, hab ich gsagt!« »Mama, was willst du eigentlich?« »Was ich will? Dass du dir a Arbeit suchst! Und a anständiges Madl!« »Was meinst du denn dauernd mit einer Anständigen? Ist das noch immer, weil die Dorli einmal nicht Grüß Gott gsagt hat?! Sicher hat sie Angst vor dir, weil du sie immer mit dem Fliegenpracker zindst!« »Dei liebe Dorli hat mir durt hinten auf die Sitzbank gspiebn! Dort, wo der Petzi immer schloft! Dem pickt das Daspiebene heit no im Fell!« »Dafür hat sie sich entschuldigt. Außerdem speiben die Gäste nur wegen deine Heckenklescher.« Die Wirtin klescht ihn gleich in die Hecken. »Wahrscheinlich hättest gern, dass ich mir eine nehm wie die Helga. Die selbst dem Pfarrer z'heilig wär und ein Hirn macht, dass der Sau graust.« Die Wirtin setzt sich in Bewegung und galoppiert auf ihren Sohn zu. Der Rudi duckt sich. Sie holt aus und schlägt die Zigarettenlade zu, die er vorhin offen ließ. »Nein! Das schmink dir ab!«, lacht die Wirtin angriffslustig und reißt ihm die Bierkiste aus den Händen. »So eine Tüchtige wie die Helga wirst du dein Leben lang nicht kriegen! Die ist tausendmal zu gscheit, als dass sie sich mit einem Trottl wie dir einlasst!«

Die Helga weiß gar nicht, wie ihr geschieht. Da sitzt sie jetzt am Kirchplatzbankerl und schmust mit dem Rudi, als gäb es kein morgen. Der Rudi ist aber auch überrascht. So unsauber ist die Helga gar nicht. Und schmusen kann sie noch dazu. Manchmal geniert sie sich ein bisschen, doch gibt man ihr dann ein, zwei Stamperl Schwedenbitter, wird sie plötzlich richtig locker. »Komm, gemma in dein Zimmer rauf.« Sie kichert verstohlen, ehe sie streng wird. Dahin will sie lieber nicht. Da ist ja die Erna. Und überhaupt müssten sie zunächst durch den Gastraum. Und wenn die Wirtin sie erwischt, dann gute Nacht! Die hat bereits spitzgekriegt, dass sie mit ihrem Rudi tändelt. Seither redet sie nicht mehr mit ihr. Schlimmer noch, sie keift auch nicht mehr. Letztens hat sie in der Küche extra die Palatschinken anbrennen lassen. Damit die Wirtin endlich wieder zum Wettex greift. Zumal sie ja wissen musste, dass sie es mutwillig getan hat. Palatschinken gelingen ihr immer. Da hätte sie das Wettex doch in ihrem Gesicht auswringen müssen. Aber gar nichts. Wurscht war's ihr. Geseufzt hat sie und weiter nichts. Stumm rausgegangen ist sie dann, hat ein paar Teller abserviert, sie zurück in die Küche gebracht und vor den zwei Funsen unumwunden fallen lassen. »Was habt's ihr dummen Menscha jetzt wieder angricht! Das gute Gschirr! Putzt's das weg, oder i hob eich!« Einer der beiden gab sie im Gehen noch eine feste Tetschn mit.

Später fragte die Helga den Wirt, ob mit der Wirtin irgendwas los sei. »Nicht, dass ich wüsste. Aber ich muss auch zugeben, dass ich sie einige Tage nicht gesehen hab.« »Aber Sie wohnen doch beide hier!« »Ja, schon, aber die Monika geht sehr spät schlafen und steht immer ganz früh auf. Ich geh immer früh ins Bett und steh erst gegen Mittag auf. Da kann man sich schon leicht versäumen.« Beide schweigen. Ihm fällt auf die Schnelle auch kein Witz ein. »Warum fragst du?« »In letzter Zeit, da ist die Wirtin … irgendwie nicht mehr so schirch zu mir.« Er lächelt und legt ihr die Hand auf die Schulter. »Ach was, das bildest du dir ein.« Aber sie bildet sich das nicht ein. Zu den Gästen und den Funsen ist die Wirtin hantig wie je. Nur sie schikaniert sie nicht mehr. Das ist sicher wegen dem Rudi. Weil das dreckige Luder vom Dachboden ihren Goldjungen besudelt. Der verdient was Besseres. Eine, die richtig kochen kann, und nicht so eine dumme Gans, die Knoblauch in die Rindssuppe wirft. Er zieht sie vom Bankerl hoch und geht mit ihr in Richtung Wirtshaus.

Vielleicht hat die Wirtin Angst um den Rudi. Weil sie befürchtet, dass sie mit ihm spielt. Und für den Nächstbesten verlässt. Denn wenn der Rudi – der Dorfschönling von Freienstein, der unheilbare Weiberer, Schamhaarwuchsmittel junger Mädchen und Herzschrittmacher ältrer Damen, dem selbst die größte Schlampen treu blieb –, wenn ausgerechnet der sie will und um sie herumscharwanzelt, dann heißt das doch ganz eindeutig, dass sie jeden haben kann. Das hat sie bislang nicht gewusst. Aber es muss ja wohl so sein. Und sie dachte immer, sie wäre nicht besonders hübsch. Schmarrn! Wenn sie der Rudi will, wollen sie alle. Sie darf es sich nur nicht anmerken lassen. Dass sie jetzt weiß, wie begehrenswert sie ist. Das wirkt ansonsten arrogant. Nein, sie wird sich stattdessen dumm stellen. Dumm und naiv – das mögen die Männer. Das imponiert ihnen. Wenn eine überhaupt nichts weiß und sich die Welt erklären lässt. Weder widerspricht noch zustimmt, sondern nur beeindruckt ist.

Der Rudi denkt genau das Gleiche. Weiber muss man plappern lassen, bis die Batterie leer ist. Das Wichtigste ist, sagen sie, dass ein Mann gut zuhören kann. Tatsächlich meinen sie damit, dass er gut die Goschen hält. Ob er zuhört, ist egal. Hauptsache, er redet nicht. »Du denkst immer nur an dich!« Das sagt die Frau besonders gern. Niemand weiß aber genau, sie selbst am allerwenigsten, worin genau der Vorwurf liegt. Im An-sich-Denken oder im Denken an sich. Denn Letzteres kann sie nicht kontrollieren.

Wenngleich sie es beharrlich versucht. Woran denkst du gerade? Heute denkt er vielleicht nur an sich, aber woran denkt er morgen? Für sie liegt die Antwort auf der Hand: natürlich an andere Weiber. Das Denken des Mannes ist für die Frau an sich schon eine Provokation. Ein Fremdgehen des Geistes in eine Welt, zu der sie keinen Zutritt hat. Nicht, dass die Frau nicht denken würde. Meistens aber denkt sie nur, was er wohl gerade denkt. Er hat indessen gar nichts gedacht und einfach stumpf die Welt erobert.

Sie wird der Wirtin schon beweisen, dass sie es ernst meint mit dem Rudi. Dass er kein Spielzeug für sie ist. Dass sie bei ihm bleibt bis zu ihrem Tod. Der schon morgen eintreten könnte, falls sie die Wirtin nicht überzeugt. Die greift dann nämlich zur Gusseisenpfanne und klopft sie aus wie eins ihrer Schnitzel. Hernach bindet die Wirtin sie am Motorrad vom Rudi fest, und die beiden schleifen sie leblos durch das halbe Dorf. Der Rudi und sie stehen vorm Wirtshaus. Sie erschrickt. Das hat sie gar nicht mitbekommen. Hat sie auf dem Weg hierher überhaupt irgendetwas gesagt? Der Rudi hätte ja auch was sagen können! Aber wozu? Ein Gentleman genießt, wenn sie schweigt. Der Rudi will gerade die Tür öffnen, als sie ihn leidenschaftlich zurückhält. Beziehungsweise hysterisch. Das ist dasselbe. Es wirkt deshalb leidenschaftlich, weil der Rudi sie zufällig mag. Andernfalls wäre es nur hysterisch gewesen. Sie schmiegt sich an ihn. »Gemma doch in deine Wohnung. Da sind wir allein.« Sie setzt einen Blick auf, den sie für lasziv hält. In Wahrheit wirkt es eher schläfrig. Mit einem Schuss wildem Verlangen. So wie einem kurz ganz warm wird, ehe man erfriert. »Geh, dann müsst ma wieder zrückgehen. Und das ist mir jetzt viel zu weit.« Auch der Rudi künstelt Erregung. Streng genommen will er gar nicht, dass sie aus ihrem Kleiderl fährt, sondern die Mutter aus der Haut.

Das Wirtshaus ist getreten voll. »Rudi!« Der Karli wachelt wild mit den Armen und deutet ihm, sich herzusetzen. Der Rudi schaut die Helga fragend an. Sie schaut sinnlos verliebt zurück. Ihm ist nicht ganz wohl dabei, sie dem Karli vorzustellen. »Rudi, oida Schlunzigreifer! Jetzt kumm scho her!« Der Rudi fasst sie an der Hand und drängt sich mit ihr durch den Gastraum. Sie fühlt den bösen Blick der Wirtin, die ihr die Pest an den Hals wünscht. Und ins Gesicht. Und an ihr Popscherl. Ach was, die Wirtin ist heute spendabel. Ihren ganzen Luderleib soll sie treffen. »Karli, das ist die Helga.« Helga hat er sie genannt! Sie ist außer sich vor Glück. Augenblick, verweile doch! Denn es ist nur ein Augenblick, wo ein Mann seine Geliebte nicht mehr seine Neie und noch nicht seine Oide nennt. Der Karli prüft die Wahl seines Freunds. Der Rudi ahnt ein vernichtendes Urteil. Der Karli ist recht oberflächlich. Ihm ist das Aussehen sehr wichtig. Sein eigenes und das der Weiber. Wenn der Karli zwei Freundinnen sieht, greift er stets zu der Schircheren – dem Schwimmflügerl der Schöneren. Er zieht der Schönen die Schirche vom Arm und entführt sie weg zum Tanzen. Beim Weggehen hört er das Gurgeln der Schönen, wie sie in Komplimenten ersäuft. Er mag keine Mauerblümchen. Nein, der Karli mag das Unkraut. Solche, die sonst übrig bleiben, die schnappt er sich gleich zuerst. Für ihn sind sie kein Resteessen. Für den Karli sind sie das Beste. Auch wenn es viele nicht nachvollziehen können. Wie wenn einer diesen Glibber aus zerkochten Markknochen zuzelt. Am allerliebsten zuzelt der Karli an Frauen, die schon älter sind. Da ist er nicht so. Der Karli fährt auch mit abgewetzten Reifen. Er nimmt nicht nur frische, die noch ganz grün sind, sondern auch eingedepschte Früchtchen, die schon braune Flecken haben. Sie darf auch gerne schon geschält sein. Mehrmals sogar. Sie kann es mit hundert Männern getrieben haben. Solange es ihr nicht gefiel. Gefallen soll's ihr erst mit ihm.

Als Köchin eines Dorfwirtshauses hat man unzählige Gründe für morgendliche Übelkeit. Der Dreck derangierter Zimmergenossen. Das Mistführen der Bauern draußen am Feld. Der kalte Rauch von Zigaretten. Das Aufschneiden der Schweinehaxen. Die Restfettn der Panierten und die Reste des Panierfetts. All das schlägt ihr auf den Magen, wenn sie sich morgens das Dirndl zuschnürt. Deshalb schnürt sie es recht eng. Damit das Nachtmahl unten bleibt und der Busen schön weit oben. Sonst sagt der Brennsterz gach Grüß Gott. Und ihr ist eh schon schlecht genug. Nach dem Erwachen gähnt sie nicht, wie es andere Menschen tun. Es reckt sie erst einmal ausgiebig. Dann läuft sie runter in die Küche, macht sich schnell einen Kakao und brockt einen Striezel ein. Appetitlich ist das nicht, wenn sich die Striezelfetzen vollsaugen und alles nur mehr flockt und flanschgert. Wie eine süße Fleckuppe wirkt das. Und vor der graust es ihr sauber. Irgendwie hilft es aber doch. Das Auslöffeln vom Striezelgatsch. Nun blickt der Sterz nicht mehr zurück, weil es kein Zurück mehr gibt. Er wird vom Kakao verschüttet und tritt die Wanderjahre an.

Normalerweise ist das so. Heute aber hilft es nichts. Im Gegenteil, der Striezel selbst wendet sich jetzt gegen sie. Schon nach dem dritten Bissen kommt er ungebeten wieder hoch. Er bringt sogar jemanden mit. Seinen guten Freund, den Sterz. Die haben sich da unten aber sehr schnell angefreundet, dass sie nach nur fünf Minuten miteinander wandern gehen. Sie hängt entkräftet an der Schüssel. Ein Speiberl auf öffentlichen Klos ist eine vertrackte Sache. Mann kommt nur kurz wegen der Speisen und bleibt dann wegen des Ambientes. Weil sie auch extra die Klobrille hochhob, um nicht zu viel Schmutz zu machen. Das hat sie jetzt von ihrer Rücksicht. Wie die das machen, fragt sie sich, dass alles an den Rändern pickt. Das müsste doch steil runterplumpsen und nicht erst nach oben hopsen. Der Darm ist doch bitte keine Schanze, wo der Dreck hinunterrodelt und am Auspuff schließlich abhebt. Doch irgendwie ist sie beruhigt. So schlecht kocht sie also doch nicht, wie die Wirtin immer sagt. Wirklich versagt hat man als Koch erst dann, wenn das Essen ärger riecht als das, was der Gast draus macht.

Das war es wohl. Sie ist leer und die Schüssel pappsatt. Jetzt muss sie sich wieder derrappeln. Sonst glaubt die Wirtin, dass sie noch schläft, fegt nach oben in ihr Zimmer und scheucht dabei die Erna auf. Man wird erst viele Jahre später den Schmetterlingseffekt entdecken. Sie aber weiß das schon seit Langem. Dass ein einziger Lidschlag der Wirtin einen Tornado auslösen kann. Sie stützt sich an der Schüssel ab und versucht schlottrig aufzustehen. Jössas, jetzt ist sie abgerutscht und mit Karacho auf das Popscherl. Erst als sie es erneut versucht, sieht sie an ihrem Unterarm, dass sie wo angekommen sein muss. Und schon geht es von Neuem los. Wenngleich nichts mehr Festes kommt. Sterz und Striezel sind passé. Ihr Magen ist ideenlos, was er ihr noch aufwarten könnte. Zu den Tränen der Entkräftung kommen solche der Verzweiflung. So kann sie heute doch nicht kochen. Und das ausgerechnet jetzt, wo ihr die Wirtin eh so gram ist. Die wird hundertprozentig glauben, sie hätte sich gestern Abend mit dem Rudi angeflaschelt. Dabei waren es nur zwei Magenbitter. Lediglich zum Lustigwerden.

Lustig finden das bestimmt auch die zwei Funsen in der Küche. Die Wirtin wird dagegen Gift und sie hier weiter Galle speien. Na super, jetzt kommt sie. Sie hört die Wuchtbrumme von Wirtin auf ihrem Lidflügel daherfliegen. Verwünscht, gespielt, die Tür schwingt auf. »Do bist du! Am Heisl verstecken! Des schaut da gleich! Und jetzt vaschwind in … Marandana, Helga! Du bist ja ganz bloach.« Sie greift nach dem Hascherl. Sie duckt sich verängstigt weg. »Jetzt tua net so bled!«, schimpft die Wirtin weichmütig. »I wü nur schaun, ob'st Fiaba hast.« Sie kommt zaghaft aus der Deckung und kriegt sofort eine geschmiert. »Dafür, dass'd glaubst, dass i dir jemals grundlos eine auflegn tät.« Dann greift sie nach ihrer Stirn. »Das wird heut nichts.« Doch anstatt sie zu verdreschen, hilft ihr die Wirtin rauf in ihr Bett.

Vielleicht hat die Wirtin es da schon gewusst. Sie hingegen brauchte länger. Verstörend viel länger, um ehrlich zu sein. Die Gäste wussten es schon längst. Zumindest haben sie bemerkt, dass irgendetwas anders war. Was genau, war ihnen nicht klar. Aber bald verging kein Tag, an dem man darüber nicht ruminierte. »Die neie Köchin is gor net so zwida.« »Weitaus gscheita als di oide!« »Na jo, die Erna wor scho in Urdnung.« »Na, net die Erna! Die die noch da Erna do wor. Die Klane do, die Zuagraste.« »Stimmt, die hob i gor neama gsehn.« »Is eh besser. Die hot vielleicht an Schmorrn zamkocht. Da hot's sogar den Auspuff beitelt.« »Do hobn die Kropfitzer grochn wie Schaß.« »Unterm Hund wor des, pfui Teifl!« »Oba die Neie, die is fix!« »Na, ka Vergleich! Allan des Soßerl da – a Traum! Des muaßt fost kostn. Kumm, schliaf ruhig eini mitn Leffl.« »Jo, sehr gschmackig.« »Die muaß des glernt haben. Sunst gibt's des gar net!«

Gelernt hat sie in Wahrheit gar nichts. Schon recht nicht, wie man Soßerl macht. Da haut sie auch weiterhin so viel Speisestärke rein, dass es beinah als Mehlspeise durchgeht. Sie kocht exakt so schlecht wie vorher. Nur ihr Busen ist gewachsen. Und zwar gewaltig. Wenn sie neben der Wirtin steht, da glaubt man fast, die wären verwandt. Die Tuttlbärin und ihr Junges. Deswegen renken sich die Herren neuerdings die Hälse aus, damit sie in die Küche sehen. Dort werkelt sie mit ihre Töpf.

Nicht nur die Herren, doch auch die zwei Funsen sind davon oftmals ganz gebannt. Da vergessen sie aufs Kneten, wenn sie sich vornüber beugt und es das Fleisch aus der Panier drückt. Dann rütteln sie sich wieder wach, grinsen frech und kneten weiter. Denn so neidisch sie auch sind, so groß ist ihre Schadenfreude. Weil sie nicht zu wissen scheint, dass nicht nur ihr Busen wächst.

Die Trutschen halten sich zurück, es ihr vorschnell zu verraten. Obgleich ihnen das äußerst schwerfällt. Wenn sie etwas Schweres hebt, nehmen sie es ihr sofort ab. »Mach dir doch keine Umstände, Helga. Von denen hast du schon genug!« Ebenso rücksichtsvoll sind die beiden, wenn wieder Bluttommerl gemacht wird. Dann sagt eine Trutschen zur anderen: »Heute machen wir das Tommerl. Die Helga kann ja kein Blut sehen.« »Nicht mehr«, gluckst die andre. »Vielleicht sollte es doch sie machen. Damit sie wieder weiß, wie's ausschaut.« Ihr Mangel an Subtilität ist erstaunlich. Noch erstaunlicher ist freilich, dass die Helga nichts davon kapiert. Einigen werden in Athen immer zu wenig Eulen sein. Denen hilft manchmal nur eine Taube. »Ruckedigu!« »Ja, ja, ja …« Sie reißt ein Stück von ihrer Semmel ab, holt aus und stockt. Ihre Stirn liegt in Runzeln. Jetzt hat sie's endlich. Hallelujah! Die Erna ruckt ungeduldig mit dem Kopf. Ihr fällt die Semmel aus der Hand. Die Erna spaziert auf sie zu und pickt nach dem weichen Teig. Zwischendrin hebt sie den Schnabel und blickt sie ganz selig an. »Ruckedigu!«, krächzt die Erna. »Ruckedigu«, wiederholt sie versunken. »Blut ist im Schuh … Na servas.« Bis eben war sie guter Dinge. Jetzt plötzlich ist sie guter Hoffnung.

Entgeistert starrt die Helga auf den Frosch, der immer noch beleidigt wirkt. Wegen der Spritze, die ihm der Doktor injizierte. Die hat ziemlich wehgetan. Und gestunken hat sie auch. Aber das ist das harte Los eines Apothekerfroschs. Der hier musste diesen Monat bereits fünfmal Auskunft geben, ob ein Mädchen schwanger war. Fünfmal diese garstige Spritze. Fünfmal stinkender Morgenurin. Sie könnte ruhig etwas dankbarer sein, statt ihn so rüde anzustarren. Aber da kann sie sich nicht helfen. Sie hat schon viele Frösche gesehen, doch der hier ist der hässlichste. So ein unförmiger Patzen. Wie ein Hefedampferl liegt er flach auf seinem Bauch und glotzt. Der kann wahrscheinlich gar nicht hüpfen, sondern nur teigig hin- und herrollen. Aber da braucht sie gar nicht lachen. Denn ihr wird es bald auch so gehen. Gehen kann sie dann zwar nimmer, aber dafür geht sie auf. Ein Germteig außer Rand und Band. Bis sie eines Tages platzt. Wie damals die Frösche in ihrer Kindheit. Nein, daran mag sie gar nicht denken. »Ein afrikanischer Krallenfrosch ist das.« Sie nickt angewidert. Der Frosch ist aber auch nicht begeistert von ihr. Nicht nur wegen der schmerzhaften Nadel. Bestimmt kann er es an ihr riechen. All das Froschblut an ihren Händen. Das ist nun also ihre Strafe. Auge um Auge. Selbst Frösche halten sich daran. Sie hat lang darauf gewartet. Zehn Jahre müssen es wohl sein. Kleine Sünden straft der Herrgott schnell.

Nun, der Herrgott vielleicht nicht, doch auf die Mutter war Verlass. Oder vielleicht war die Mutter nur die rechte Hand des Herrgotts. Denn die Mutter war tatsächlich nie viel mehr als rechte Hand. Dort bündelte sich ihre Kraft, und die entlud sich vorzugsweise auf dem Popscherl ihrer Kinder. Die Wirtin ist der Mutter sehr ähnlich. Seltsam, dass ihr das jetzt erst auffällt. In jedem Falle hat die Mutter damals äußerst schnell gestraft. Gleich als sie heimgekommen waren. Der Hansi, die Inge und sie. Sie waren oft gemeinsam schlimm. Aber es kam selten vor, dass die Mutter sie hernach zeitgleich in die Finger kriegte. Das war eine Knochenarbeit für die Mutter. Denn kaum lag ein Kind am Boden, stand das nächste wieder auf. Mit demselben Schelm und Grinsen, weil sie, was sie getan, so unbelehrbar komisch fanden. »Das is doch der Gipfel!«, schrie die Mutter, worauf die Kinder kurz verschreckt waren, ehe sie sich alle drei erneut vor Lachen kugelten. Die Mutter gab auf. Und einmal mehr war sie beschämt, dass sie nicht imstande war, drei Bälger zu bändigen. Die Schneiderin, die konnte das. Dabei hatte die sieben Kinder. Und wenn die zornig war, dann schlug sie, so geht zumindest die Legende, alle sieben auf einen Streich. Ihr schaudert es. Was, wenn ihres so schlimm wird wie sie? Oder die Inge und der Hansi? Was, wenn es wird wie alle drei? So goschert wie sie, so link wie der Hansi und so ein Flitscherl wie die Inge? Na, das wird ein Bankert! Was haben sie sich dabei gedacht? Diese armen, armen Frösche. Aber sie waren doch noch Kinder. Die wussten es einfach nicht besser. Das ist eine müde Entschuldigung. Denn die Wahrheit ist doch: Wer schon als Kind so etwas macht, von dem will man sich gar nicht vorstellen, wie er später einmal wird. Wenn er es dann besser weiß. Irgendwie wusste sie schon damals, dass es falsch gewesen war, was sie den Fröschen angetan haben. Aber sie dachte eben auch, es sei nur eine kleine Sünde, weil die Gottmutter schnell strafte. Nun aber weiß sie, dass sie irrte. Es war eine große Sünde. Und ihre Strafe, die kommt jetzt.

»Und Sie sind sicher, dass das funktioniert?« »Junges Fräulein, welch eine Frage! Das kränkt mich richtig. Und den Frosch!« »Verzeihen Sie, Herr Doktor, ich …« »Bitte, bitte, nennen Sie mich Arzt.« »Also, Herr Arzt, ich …« »Doktor Arzt! Ich muss doch sehr bitten!« Sie setzt erneut zu sprechen an, weiß aber nicht mehr, was sie wollte. Der Herr Doktor Arzt ist schon etwas eigen. »Dieser ganze Hokuspokus von Schall und Strahlen und Maschinen – das setzt sich nie und nimmer durch. Aber das hier!« Er versetzt dem lethargischen Frosch einen kumpelhaften Klaps. »Das ist Wissenschaft! Urin in einen Frosch zu spritzen und abzuwarten, ob er laicht. Alles andere ist Mumpitz!« Stolz hält er die beiden Enden des Stethoskops um seinen Hals. »Wie sagte schon Kaiser Wilhelm II? Das Automobil hat keine Zukunft. Ich glaube an das Pferd!« »Sie haben aber schon bemerkt, dass er sich offensichtlich täuschte.« »Natürlich hat er sich getäuscht. Pferde, pah! Er hätte an den Frosch glauben müssen!« Ihr Blick fällt auf einen großen Schrank. Irgendwie befürchtet sie, der echte Doktor steckt da drin. Geknebelt und nackt. Und der hier hat ihm den Kittel entwendet und gibt sich jetzt als Doktor aus. »Junges Fräulein, Sie schauen so traurig.« »Hm?« »Wenn ich so frei sein darf zu fragen:

Würden Sie das Kind denn wollen?« Sie reißt entsetzt die Augen auf. »Junges Fräulein, keine Sorge, so modern meine Methoden, so modern meine Moral. Ich war immer schon der Ansicht, dass man Frauen nicht zwingen sollte, auf Stricknadeln zurückzugreifen. Wir sind ja nicht im Mittelalter.« Der Frosch in ihrer Mitte quakt. »Das ist wirklich sehr modern. Das sehen bestimmt nicht alle so.« »Keineswegs. Ich muss viel Gegenwind ertragen. Vor allem vonseiten der hiesigen Kirche. Für die bin ich der Antichrist!« »Das ist sehr mutig von Ihnen. Das heißt, Sie führen solche …« Der Herr Doktor Arzt schüttelt heftig den Kopf und winkt dazu mit beiden Händen. Doch es ist kein begrüßendes Winken. Es ist eher eine Art Pontius-Pilatus-Winken. So winkt der, der keine Lust hat, in den nächstbesten Schmafu mit hineingezogen zu werden. »Nein, junges Fräulein, da sind Sie hier falsch. Dazu wäre ich nicht fähig. Die Anatomie einer Frau fand ich schon immer sehr verwirrend. Die ist ganz anders als die eines Froschs.« Er sagt das, als wäre es ein Vorwurf. »Ich kann kaum die Gebärmutter von einem Uterus unterscheiden.« Hoffentlich kriegt der echte Doktor im Schrank auch genügend Luft. »Aber ich kenne jemanden, der das kann. Gleich hier in Leoben.« Sie verzieht skeptisch ihren Mund. »Ein echter Arzt?« »Selbstverständlich, was denn sonst?« »Ich meine, ist das … ein Menschenarzt?« »Nein, besser noch, ein Frauenarzt! Der kennt sich aus mit diesen Sachen. Eierstöcke, Eileiter, Eisprung. Auf dem Gebiet ist er der Beste. Lediglich vom Abdomen aufwärts hat er nicht die geringste Ahnung.« »Darf man das denn überhaupt?« »Keineswegs! Aber zum Glück hat die Justiz ein paar sehr umtriebige Töchter. Allerdings weise ich Sie darauf hin, dass der Eingriff recht kostspielig ist. Mit zweitausend Schilling müssen Sie rechnen.« »Das ist ganz schön happig.« »Aber ein Kind ist happiger.«

Der Herr Doktor Arzt ist ein sehr rationaler Mensch. Mal abgesehen von dem Umstand, dass er Doktoren in Schränke sperrt und dann heimlich ordiniert. »Ist so ein Eingriff denn sehr schmerzhaft?« »Nun, ich kann Ihnen das natürlich nur aus zweiter Hand berichten. Doch waren Sie schon einmal Ski fahren?« Sie nickt. »Dann sind Sie auch sicher schon einmal gestürzt.« Sie nickt erneut. »Und haben sich das Bein verstaucht.« Sie nickt und seufzt. »Das war nicht schön, aber erträglich.« »Genau, und jetzt stellen Sie sich vor, wie fünf Skifahrer hinter Ihnen, die nicht sehen, dass Sie daliegen, über Ihr verstauchtes Bein fahren. Dann haben Sie ungefähr den Schmerz vor Augen.« »Ist das nicht gefährlich?« »Na, das will ich wohl hoffen! Die Überlebensrate liegt bei etwa fünf Prozent.« »Das heißt, dass ich mit 95-prozentiger Sicherheit sterbe?« »Was? Wer redet denn von Ihnen? Ach …« Er klopft sich mit einem Holzspatel gegen die Stirn. »Ich dachte, Sie reden von dem Kind. Nein, Ihnen wird nichts passieren. Die Wahrscheinlichkeit, dass Sie sterben, ist geringer als die, dass Ihr Kind überlebt. Wobei wohl beides gleich schlimm wäre. Nach so einem Eingriff dürfte das Kind sicher ein bisschen … verwordagelt sein.« Sie fände das gar nicht so schlimm. In Mautern gab es so einen Burschen, so einen Verwordagelten. Eben ein richtiges Mongerl. Und klar, der war nicht so gescheit wie die meisten andren Kinder. Aber denkt sie an sich selbst, an den Hansi und die Inge, und was die alles angestellt haben, dann muss man zugeben, der Bursch war auch lange nicht so deppat wie die meisten andren Kinder. Dafür war der nicht gescheit genug. Um gar so deppat zu sein wie die andren. Außerdem ist er gehatscht. Den fängt man als Mutter auch leicht wieder ein. Der kommt nicht weit, wenn er was ausfrisst. Das sind bestimmt ganz artige Kinder. Die schleichen sich nicht nachts zum Teich. Mein Gott, diese armen Frösche.

»Dieser Arzt da in Leoben, kriegt man bei dem schnell einen Termin?« »Jetzt warten S' doch erst mal, was der Frosch sagt.« Stimmt. Den hat sie ganz vergessen. Der liegt da immer noch am Tisch. Sie schaut ihn einige Momente an und wird immer zappeliger. »Laicht er jetzt endlich?«, entfährt es ihr plötzlich. Der Herr Doktor Arzt lacht sie wohlgesonnen aus. »Oh nein! Da müssen Sie sich noch gedulden. Am besten, Sie kommen morgen früh wieder.«

»Nun, junges Fräulein, was führt Sie zu mir?« »Ich befürchte, ich bin schwanger.« »Das ist ja wohl ein sehr freudiges Ereignis.« »Ich kann mich aber nicht so recht freuen.« »Trotzdem ist das Ereignis freudig. Ob Sie sich freuen oder nicht, tut nichts zur Sache.« »Ich …« »Wenn ich so frei sein darf zu fragen: Sind Sie denn verheiratet?« »Nein.« »Ein Bastard also.« »Aber ich könnte ja noch heiraten, bevor das Kind …« »Junges Fräulein, eine Frage: Halten Sie Gott für einen Idioten?« Das ist eine schwere Frage. Es ist nicht etwa so, dass sie an Gott nicht glauben würde. Sie hat nur nie an ihn gedacht. Vor allem hat sie nie gedacht, was Gott womöglich von ihr denkt. Was andre Menschen von ihr denken, darüber denkt sie sehr oft nach. Denn vielleicht denken die was Falsches, und das wäre ihr nicht recht. Gott aber schert sie herzlich wenig, weil Gott ja gar nicht denken kann. Weil er doch schon alles weiß. »Ich, ähm, nein?« »Doch, das tun Sie. Sie glauben, wenn Gott Sie sieht, wie Sie da vorne am Altar stehen und vor Trächtigkeit fast platzen, dass er dann sagt: Schau an, wie schön, dass jemand keusch blieb vor der Ehe und sich, um den Trieb zu zähmen, lieber so fett gefressen hat, dass Unzucht gar nicht möglich ist!« »Nein, ich …« »Welch eine holde, fromme Maid! Die sich so widerwärtig mästet, um auch das sündige Verlangen ihres Mannes zu ersticken!« »Bitte, hören Sie …« »Hoseanna, Hoseanna! Seht ihr die Kugel am Leib dieser Jungfrau? Diese unschuldige Pustel wächst nur den Tugendhaftesten! Als Ausdruck, ach was, als Auswuchs ihrer Züchtigkeit! Maria war eine Metze dagegen!« »Ich habe verstanden.« »Junges, Fräulein, Sie …« »Warten Sie mal …« Die Stimme des Pfarrers kommt ihr schrecklich bekannt vor. Sie lehnt sich nach vor und blickt durch das kleine Gitter, das Beichtenden und Pfarrer trennt. »Herr Doktor Arzt?!« Er räuspert sich etwas verlegen. »Hier drinnen nicht. Hier bin ich Pfarrer.« »Aber …«

Es ist mitunter problematisch, wenn Dorfpfarrer und Dorfarzt eine einzige Person sind. Die Trennung dieser beiden Ämter hat sich jedoch für Freienstein als problematischer erwiesen. Bis vor zehn Jahren, da gab es noch hier den Arzt und da den Pfarrer. Und das waren nicht allein zwei verschiedene Personen, sondern von Grund auf verschiedene Menschen. Der eine glaubt an Wissenschaft und der andere an Wunder. Von dem einen hörten die Menschen, dass sie ewig leben würden. Von dem anderen hörten die Menschen, dass sie nicht mehr lange hätten. Problematisch waren aber nicht diese vielen Unterschiede, sondern doch ein und dieselbe Liebe, welche Arzt und Pfarrer verband. Eine wilde, ungestüme, von gemeinen Sterblichen nicht zu bändigende Liebe, die ihrer beider Herz getränkt und sich um ihren Leib gerankt. Eine Liebe, die sie schon frühzeitig an sich entdeckten, aber vorsichtig verbargen, weil sie als unsittlich verschrien war, und bisweilen gar als krank. Die Liebe zu Klatsch und Tratsch. Doch Männern ziemte solches nicht. Tratschsucht war ein Weiberleiden. Wie Scheidenpilz und Regelschmerzen. Man sah das weibische Geschwätz als eine weitere Art Ausfluss. Giftig, gallige Gallerte, die sie allerorts verspritzen. Heilbar ist die Tratschsucht nicht. Doch sie wird stationär behandelt. Das Lazarett, in das die Weiber im Falle eines Ausbruchs kommen, ist meistens ein Friseurgeschäft, ein Nagelstudio oder ein Kosmetiksalon. Dass sie dort aufgebrezelt werden ist freilich nur ein Alibi. Dort gehen sie nicht zum Herrichten hin, sondern allein zum Ausrichten. So eitel sind die Weiber gar nicht. Das Waschen, Schneiden, Fönen, Pinseln, Zupfen, Schminken und Lackieren geht ihnen in Wahrheit am Popscherl vorbei. Sie wollen nur eins: Gerüchte streuen und erfahren. Und auch darin sind die Weiber alles andere als eitel. Ein Mann will immer Pionier sein, der Erste und der Einzige. Er will erfinden und entdecken und jede Mithilfe verleugnen. Die Frau gibt offenherzig zu, dass sie ihr gesamtes Wissen von jemand anderem erfuhr. Dieses hat sie hier gelesen, jenes hat sie dort gehört. Und alles hat man ihr erzählt. Deswegen darf sich hinterher niemand je auf sie berufen. »Das hast du aber nicht von mir!« Sie bleibt lieber unerwähnt und schwärzt sich selbst aus der Geschichte. Später wird sie sich beschweren, dass sie nur im Schatten steht. Denn heute wäre sie gern beides: hinterrücks im Rampenlicht.

Der Arzt und der Pfarrer trieben sich nicht in Friseursalons herum. Sie waren nicht angewiesen auf das Geschnatter und Geplapper aus zweiter, dritter, vierter Hand. Sie hatten unmittelbar Zugang sowohl in die Körper als auch die Seelen der gesamten Dorfbewohner. Die Sünden und Seuchen, an denen sie litten, die niemand je erfahren sollte, Arzt und Pfarrer kannten sie. Beichtstuhl und Behandlungsraum. Sie berauschten sich daran, Wahrheiten in Klatsch zu wandeln. Zumal es strengstens untersagt war. Während dem Weib der Anstand verbietet, verbieten es dem Arzt und Pfarrer Schweigepflicht und Beichtgeheimnis. Ihr Tratschen war nicht nur anstands-, sondern sogar gesetzeswidrig. Ohne es darauf abzusehen, taten sie dabei sehr viel Gutes. Der Arzt konnte viele Maiden und Männer von Geschlechtskrankheiten heilen, obgleich diese behaupteten, jungfräulich und treu zu sein. Denn durch den Pfarrer wusste er, welche Männer Ehebrecher und welche Jungfrauen Schlampen waren. Der Pfarrer wiederum war imstande, viele derer zu beruhigen, die sich schmutzig fühlten, weil sie sich selbst am Zumpferl gezwickt oder sich selbst in die Mumu gestierdelt hatten. Schließlich wusste er vom Arzt, wer alles an der Filzlaus litt. Und juckt die Laus und nicht das Laster, darf man sich sehr wohl berühren. Selbst, wenn dabei aus Versehen so manches hart und glitschig wird. Da war der Pfarrer tolerant. Er sagte immer: Beim Kratzen kommen selbst die Frommen.

Obgleich sie davon profitierten, war es den Dorfbewohnern nicht recht, dass sich diese beiden insgeheim verbündet hatten und nun alles über sie wussten. Schließlich war es ihnen wichtig, ihren Arzt und ihren Pfarrer nach Belieben belügen zu können. Das ging jetzt aber leider nicht mehr. Deshalb schassten sie die beiden und suchten eine Möglichkeit, um solchen Klüngel zu vermeiden. Um von nun an auszuschließen, dass der Pfarrer und der Arzt miteinander konspirieren. Um zu garantieren, dass beide sich nur auf eines konzentrieren, kamen sie zu dem Entschluss, einer müsse beides machen. Einer, der weder Medizin noch Theologie studiert hat. Weil er sonst parteiisch ist, oder vielleicht sogar fanatisch. Seither läuft alles wunderbar. Der Freiensteiner Dorfarztpfarrer ist in allem sehr korrekt. Er kauft sich keine neuen Frösche mit Spenden aus dem Opferstock. Wenn er den Kirchgängern am Sonntag die Hostien ins Goscherl steckt, sagt er nichts zu dem Belag, den manche auf der Zunge tragen. Ganz gleich, wie weiß und dick er ist. Er verwehrt niemandem den Messwein. Auch nicht denen mit Leberzirrhose, die er zuvor in seiner Praxis ermahnte, keinen Schluck zu trinken. Er ignoriert die alten Damen, die ihm während seiner Predigt ihre diversen Ausschläge zeigen. Anfangs hat ihn das abgelenkt. Wenn manche mitten im Gebet sich ihre Blusen aufgeknöpft und Röcke hochgeschoben haben. Einige machen sich auch ganz frei. In der ersten Reihe sitzt immer ein Dutzend halb Entblößter, die mit diskreten »Pst!«- und »Huhu!«-Rufen seine Aufmerksamkeit suchen. Mittlerweile steht er da drüber.

»Das ist doch albern. Ich werde jetzt gehen.« Sie steht auf und schiebt den Vorhang beiseite. »Wobei …« Sie setzt sich wieder. »Ich würde gerne etwas beichten.« »Ich bin ganz Ohr.« »Das liegt mir schon sehr lang im Magen.« »Von dem Bastard weiß ich schon.« »Nein, nicht das! Ich war vielleicht elf, meine Schwester Inge vierzehn, und mein kleiner Bruder, der Hansi, war acht, also drei Jahre jünger als ich.« »Gott kann rechnen, wissen Sie!« »Auf jeden Fall sind wir einmal runter an den Teich gegangen. Ganz spät am Abend. Wenn die Frösche rauskommen. Es war aber so finster, dass wir aus Versehen auf ein paar draufgetreten sind.« »Ihr habt es ja nicht mit Absicht getan. Dafür brauchst du dich nicht zu grämen.« »Warten Sie! Da kommt noch mehr. Also, Sie haben schon recht. Wir wollten auf die Frösche nicht draufsteigen. Wir wollten sie lebend fangen. Wir hatten nämlich Röhrl mit. Die haben wir uns aus Schilf gemacht. Und die Röhrl haben wir dann in die Frösche reingesteckt und sie damit aufgeblasen. Bis sie geplatzt sind.« Der Dorfarztpfarrer schweigt. »Und das tut mir heute leid. Dass wir so dumm waren. Und ...« »Wie viele Frösche waren es denn?« »Ich ... kann es nicht mehr genau sagen. Weil auch der Hansi viel langsamer war als ich und die Inge und ... Ich würde schätzen, jeder zehn.« Der Dorfarztpfarrer schweigt erneut. »Plus die, auf die wir draufgestiegen sind.« Immer noch Schweigen. »Danach hat man nachts sehr lange keine Frösche mehr gehört.« »Nun ...« Das war keine gute Idee. Gleich packt er sie an ihren Haaren und schleift sie aus dem Beichtstuhl raus. Bis zu irgendeinem Tümpel. Dort steigt er so lang auf sie drauf, bis sie auch nicht mehr quaken kann. Herrje, sie bereut weniger die Sünde, als dass sie sie gebeichtet hat. »Nun ...«, wiederholt der Dorfarztpfarrer. »Sie kennen doch die Stelle Exodus 7,26.« »Ist das die mit Gott?« »Jede Stelle ist die mit Gott!« Na super, jetzt hat er alles verraten. »Frösche waren eine der zehn Plagen, die über Ägypten kamen.« »Und was heißt das für mich?« »Dass Gott Sie nicht bestrafen wird, weil Sie die Frösche ... ähm ...« »Aufgeblasen haben.« »Genau, aufgeblasen haben. Die Frösche waren bereits die Strafe.« »Aber wofür?« »Wahrscheinlich, weil Sie schwanger sind.« »Aber damals doch nicht.« »Gott straft manchmal im Vorhinein Sünden, von denen Sie noch gar nicht wissen, dass Sie sie begehen werden.« »Ich weiß nicht …« »Das, oder es lag an Ihrer Schwester.« Nein, die Inge war nie schwanger. Was alle immer wunderte. Besonders die Mutter. Die meinte, so wie sich die Inge aufführt, bräuchte sie einen Zehnerblock bei der Engelmacherin. Aber das wäre rausgeworfenes Geld gewesen. Aus der Inge wird kein Engel. Den muss man nicht erst aus ihr machen, weil sie immer einer blieb, obgleich sie es bei Gott nicht war. Was sie aber war, war eisern. Eine eiserne Jungfrau. In die kommt man auch nur einmal. Dann ist's vorbei. Wer das Zumpferl nicht rechtzeitig rauszieht, der sucht sich eine neue Bleibe. Den setzt sie endgültig vor die Tür. Dann gibt es Hausverbot in der Inge. Und das hat keiner je riskiert. Helga hingegen war da schlampig. Wie die Engel eben sind. Sie hat ihn mit seinem Zumpferl nicht rechtzeitig ausgejagt. Und das hat sie jetzt davon. Nur weil sie Dirn nichts gesagt hat. Also hat er sein Röhrl genommen und hat sie einfach aufgeblasen. Sie hat einen Prinzen geküsst und sich in einen Frosch verwandelt.

»Ich habe schlechte Nachrichten.« Der Herr Doktor Arzt wirkt tief bekümmert. Er scheint gar nicht recht zu wissen, wie er diesem jungen Mädchen das jetzt schonend beibringen soll. »Bin ich schwanger?« Der Herr Doktor Arzt druckst hilflos herum. »Ich … ich weiß es nicht. Ich muss wohl über Nacht die Tür zur Praxis offen gelassen haben.« Sie schlägt sich entnervt die Hände vors Gesicht. »Und offenbar hat sich dann nachts ein Franzose reingeschlichen.« Sie spreizt langsam die Finger und schaut ihn durch diese an. Sie will nicht hören, was jetzt kommt. Doch sehen will sie es sehr wohl. »Und der hat meinen Frosch gefressen! In einem Haps! Schlupp und weg!« Die Hände gleiten ihr vom Gesicht und ballen sich zu zitternden Fäusten. Läge sein Frosch jetzt auf dem Tisch, würde sie ihn einfach zerquetschen. In einem Haps. Plopp und weg. »Nein, das war doch nur ein Spaß! Und ja, Sie sind schwanger.« Er lacht und hätte gern, dass sie mitlacht. Sie aber bleibt versteinert sitzen. »Ach, jetzt seien Sie nicht so. Es war doch nur ein dummer Witz. Und wären Sie nicht schwanger gewesen, hätte ich ihn nicht gemacht.«

»Ihr habt's mir alle nie erzählt, dass der Arzt zugleich der Pfaff is!« Der Rudi zuckt mit den Schultern und klopft eine Zigarette aus der Packung. »Ist das nicht überall so?« »Natürlich net!« Der Rudi schaut sie fragend an. Irgendetwas will sie von ihm. Aber da kommt er eh nicht drauf. Wahrscheinlich weiß sie's nicht mal selbst. Und er soll das jetzt eruieren. Aber ganz sicher nicht. So etwas fängt er sich gar nicht erst an. Er lenkt das angefangene Gespräch geschmeidig gegen einen Baum. »Na und? Is doch wuascht! Kumm her, trink ma an Magenbitter!« »Ich darf kan Magenbitter trinken.« Jetzt weiß es also auch der Rudi. Ob es ganz sicher auch von ihm ist, will er wissen. »Ja, ganz sicher.« Da freut er sich. Und sie freut sich auch. Dass er glaubt, es gäbe da noch andre Männer, die sie wollen. Nach außen wird sie trotzdem spinnen, weil der Rudi das gefragt hat. Ob er sie für ein Flitscherl hält, pudelt sie sich künstlich auf. Dann entschuldigt sich der Rudi, und sie fährt mit dem Freuen fort. Ob sie lieber einen Buben oder ein Mäderl haben würde. Sie grinst. »Lieber einen Buben, weil der mehr an der Mama hängt.« Der Rudi sieht das ganz genauso. Er will auch, dass das Kind mehr an der Mama hängt als an ihm. »Um einen Buben muss man weniger Angst haben. Die werden nicht von zu Hause verschleppt.« Nein, Buben schleppen Dreck ins Haus. Erst den Schlamm an ihren Füßen. Dann die Schlampen an ihrem Arm. Sie hasst die Schwiegertochter schon jetzt. »Wenn mich deine Mutter nur nicht so furchtbar hassen tät.« »Aber geh, wenn die hört, dass sie Oma wird, hauts ihr vor Freid den Beidl auf die Seitn. Wuascht, von wem des Enkerl is.« Das klingt plausibel. Dann fliegen statt dem Wettex die dreckigen Windeln. Das wäre wohl die Munition, von der die Wirtin stets geträumt hat. Der Rudi scherzt, dass er einen Kindersitz auf seinem Motorrad montieren wird. Vielleicht hätte sie auch noch Platz. Dann düsen sie zu dritt herum. Da muss sie lachen, weil das sehr lustig aussehen tät. Daraufhin fragt der Rudi, ob sie das Kind nicht doch lieber wegmachen könnte.

»Und? Hat's arg wehtan?« Das hofft der Rudi ehrlich nicht. Und nicht nur wegen der Semperei. Ihm war fast ein bisschen flau, als sie heute in der Früh in den Bus gestiegen ist. Deswegen ist er gleich ins Wirtshaus. Dort hat ihm die Mutter ein Hirnderl gebraten. Und einen Spritzer hingestellt, damit das Hirnderl besser flutscht. Dann haben sie gemeinsam auf die Helga geschimpft. Sie, weil sich das faule Luder heute freinehmen hat müssen. Er, weil er nicht mitzuschimpfen irgendwie verdächtig fand. »Wegen einer Beerdigung!« Für die Wirtin ist das kein Grund, die Küche zu verlassen. Dem Toten ist das schließlich blunzen. Lebtags scheren sich die Leute einen Dreck um die Verwandtschaft und fühlen dabei nicht das Geringste. Doch die Bestattung zu versäumen werfen sie sich ewig vor. Schließlich ist die letzte Ehre, die man jemandem erweist, nicht selten auch zugleich die erste. Wenn man einander Jahrzehnte nicht sprach, ist so eine Beerdigung doch mehr Wiedersehen als Abschied. Kinder lernen so manche Verwandten überhaupt erst am Totenbett kennen. Und sind bitterlich enttäuscht, wenn ihnen die Uroma nicht einmal ein Zuckerl zusteckt. »Wer ist denn gestorben?«, hat der Rudi die Mutter gefragt. Er wusste nämlich wirklich nicht, was sie der Wirtin vorgelogen hatte. »Irgendein entfernter Onkel!« Er denkt an das entfernte Kind. Das heute zur Welt kommt und gleich wieder geht. Oder erst geht und danach zur Welt kommt. Wie bei einer Totgeburt. Das ist schon eine seltsame Sache, wenn etwas stirbt, bevor es geboren wird. Wenn das erste Licht der Welt schon die Totenruhe stört. Die Mutter ist der kleinste Sarg.

»Mach, dass d'aschwindst!« Die Mutter schnalzt eine Schlampen zur Seite, die sich an ihren Rudi heranwanzt. Das war heute erst die dritte. Und dabei ist es schon fast zwölf. Langsam sickert es durch bei den Weibern, dass der Rudi eine hat. Eine Feste. Jetzt werden es immer weniger. Manche spekulieren schon, wer der neue Dorfschönling wird. Der Rudi muss was unternehmen. Es gibt nur zwei Möglichkeiten: schicken oder heiraten. Wenn er mit ihr verheiratet wäre, schwirren die Weiber wieder an. Aber so ein lose liierter, ja, selbst ein verlobter Mann, das interessiert sie null Komma Josef. Wenn, dann wollen sie eine Affäre oder eine Liaison. Aber das kann man lediglich mit Verheirateten haben. Alles andere ist sonst nichts weiter als ein Techtelmechtel. Und das ist so, wie es sich anhört. Wie ein Raubüberfall auf die Monopoly-Bank. Aber eine Liaison! Da wird den Weibern warm ums Herz. Das klingt nach großen Emotionen. Von denen haben sie gelesen. In Abertausenden Schmonzetten. Die haben sie fleißig einstudiert. In Wahrheit liebt das Weib vom Blatt.

»Vaschwind, hob i gsogt!« Die Wirtin fuchtelt mit dem Fliegenpracker. Das Flitscherl, das sie eben erwischt hat, wollte aber gar nicht zum Rudi. Jetzt fuchtelt sie bereits aus Mitleid. Oder weil es ihr peinlich ist, dass den Sohn keine mehr will. Er muss sie einfach heiraten. Dann schwirren sogar mehr an als vorher. Manche wollen nämlich nur solche, welche schon vergeben sind. Die denken, mit den Ledigen stimme irgendetwas nicht. Die wollen keinen Haberer, den keine andre haben will. Der ist mit Sicherheit ein Saubär. Wenn aber ein Haberer seine Alte fallenlässt, um mit der Neuen abzuzischen, dann ist er ein Schweinehund. Auch, wenn es ihm schwergefallen ist. Beim zweiten Mal geht es schon leichter. Die Weiber haben also die Wahl: Saubär oder Schweinehund.

Er wird sie nicht fallenlassen. Hochleben lassen wird er sie. So hoch, dass sie nicht sehen kann, was unten alles vor sich geht. Jetzt aber muss er sich erst einmal kümmern. Der liebe Rudi holt sie sogar von der Busstation ab. Also noch mehr kann er wirklich nicht tun. Herrje, ganz bleich ist sie, das Hascherl. War wohl fest angeschnallt das Ding. Wie ein gemeiner Nasenrammel. Der Doktor hat sicher recht anreißen müssen. Der Rudi weiß ja, wie das ist. Ihm wurde nämlich ein Weisheitszahn entfernt. Das war so ein großer Brocken, dass man ihn erst zertrümmern musste, um ihn rausholen zu können. Womöglich war's bei ihr genauso. Na, hoffentlich ist alles draußen. Nicht wie bei seinem Weisheitszahn. Wenn sie dann später einmal ein Kind haben und das sieht, hier war schon jemand. Wenn da drinnen ein Fußerl herumliegt. Das Kind kriegt einen Schock fürs Leben! Oder das Fußerl kommt von selbst raus und klebt ihm vorn an seinem Zumpferl. Da vergeht einem aber der Appetit. Ganz traurig schauen tut sie jetzt. Der Rudi überlegt. Er will weder gleichgültig noch neugierig erscheinen. Er will so einfühlsam wie möglich vorgehen. »Was hat der Doktor denn gemacht? Also, ich mein, wie hat er das Kind denn rausgekriegt?« Sie schluckt. Dann beißt sie sich auf die Lippen. Dann rümpft sie die Nase. Dann blinzelt sie hektisch. Sie macht so ziemlich jeden Unfug, den man mit einem Gesicht anstellen kann, nur eine Antwort gibt sie nicht. Der Rudi macht sich langsam Sorgen. Dass sie ihn verabscheut, weil es ihm noch zu früh war. Aber sie muss doch überreißen, dass das nicht geht. Der Dorfschönling mit einem Kind! Was ist das Nächste? Fängt der Dorftrinker Mostsaufen an? Wenn die Schlampen davon Wind kriegen! Dann will ihn doch keine mehr! Oder alle! Und zwar so narrisch wie noch nie! Die beißen ihm das Zumpferl ab und reichen es einmal quer durch die Reihen. Weil sie jetzt alle einen kleinen Rudi wollen. Sie hat noch überhaupt nichts gesagt. Was, falls sie nicht mehr reden kann? Weil sie so tiefgehend verstört ist? Weil ein Stückerl von dem Kind rauf ins Hirn gewandert ist? Meine Güte! Was, wenn er jetzt statt einem Bankert so eine Art Mongerl hat? »Helga, sag ma jetzt bitte, wos passiert is!« Sie holt tief Luft. »Der Doktor hat … es einfach rausgezogen.« »Mit der bloßen Hand?« »Mit einem Faden.« »Den hat er um das Kind gewickelt?!« »Ja. Und das andere Ende um einen Türknauf.« Der Rudi nimmt ihre Hand. Sein Motorrad lässt er stehen. Bis zum Wirtshaus sprechen beide kein Wort. »Magst nicht was essen?« Der Rudi schiebt ihr die Speisekarte hin, die sie tagtäglich auf und ab kocht. Da darf sie sich jetzt was aussuchen. Und dann in die Küche gehen und es sich selbst zubereiten. Der Rudi denkt nicht wirklich mit. Er ist eben ein bisschen unruhig. Sie hat nicht nur ein leeres Baucherl, sondern auch einen leeren Magen. Sie schiebt die Speisekarte weg. Ihr ist gerade etwas schlecht.

Das war der beste Tafelspitz, den sie jemals gegessen hat. Und die Mohnnudeln auch. Nur den Germknödel drauf hätte sie sich sparen können. Wer isst denn einen Germknödel, wenn er vorher Mohnnudeln hatte? Beziehungsweise wer bestellt denn überhaupt Mohnnudeln, wenn es auch einen Germknödel gibt? Aber geschmeckt hat der Knödel, sapperlot! Hatte auch einen geschmalzenen Preis. »Und? Hobt's eh nomoi nochgschaut, ob er a tot war?« »Mama, bitte, reiß di zam!« Die Wirtin stochert munter weiter.»Wos denn? Des soll schon vorkommen sein. Dass so einer a Stund später plötzlich zum Schreien anfangt.« Jetzt ist auch dem Rudi schlecht. »Die sollt ma oba nimma retten. Die sind dann meist a bisserl deppert. Wegen dem langen Sauerstoffmangel. Besser, man daschlagt's sofort.« Der Rudi muss die Mutter daschlagen, bevor sie weiterreden kann. Seinem bleichen Hascherl zuliebe. Das springt sonst auf, fährt zum Doktor zurück und holt den Gschroppen aus dem Mistkübel raus. »Wie hat er denn überhaupt gheißn, dein Onkel?« Herrje, die Beerdigung! Die hat sie vollkommen vergessen. Sie hatte sich ja freigenommen, weil man angeblich ihren Onkel bestattet. »Das war mein Onkel …« Ihr fällt und fällt kein Name ein. Sie ist wie hypnotisiert vom flatterhaften Lid der Wirtin. »Verzeihen Sie mir, das ist die Trauer …«

Das hat ihr etwas Zeit verschafft. Trotzdem weit und breit kein Name. »Sicher«, haucht die Wirtin sanft und schlägt sie mit der Speisekarte. »Jetzt schau, dass d' in die Kuchl kummst!«

Der Rudi hat sie auch danach niemals nach dem Geld gefragt, das er ihr für den Eingriff gab. Zweitausend Schilling waren es gewesen. Und statt sich ausräumen zu lassen, hat sie sich damit vollgestopft. Aber für ein schlechtes Gewissen war der Tafelspitz zu gut. Sie hat es ihm nie gesagt. Sie hätte es auch nicht getan, hätte er danach gefragt. In dem Fall hätte sie erzählt, dass der Eingriff wohl missglückt sei. Dass so etwas passieren könne. Und dass ihr Kind nun höchstwahrscheinlich durchwegs fröhlich grinsen werde. Dann freut sich der Rudi nämlich, wenn es am Ende doch normal ist. Allerdings musste sie nie lügen, weil der Rudi nie gefragt hat. Auch die Wirtin sagte nichts zu dem stetig wachsenden Knödel, den sie zielstrebig hinter sich her schleift. Ganz zu schweigen von der Füllung. Dem aufgeweckten Powidl, der bald zu randalieren beginnt. Schwerfällig kugelt er herum, wirft sich blind von Wand zu Wand und tritt mit den Füßen aus. In ihr geht es zu wie in einer Ausnüchterungszelle. Dementsprechend riecht sie auch. Weil ihr fortwährend übel wird und jeder morgendliche Bissen im Magen sofort den Rückwärtsgang einlegt. Womöglich ist der Powidl seekrank. Oder er mag keinen Brennsterz und macht darum solche Tanz. Doch g'essen wird, was durch den Schlauch kommt. Das gilt für den kleinen Gast ebenso wie für die großen.

Letztere wundern sich indessen, warum die Wirtin nun schon wieder die Köchin ausgewechselt hat. Innerhalb nur eines Jahres kochte hier zunächst die Erna, dann die junge Schmächtige, daraufhin die Prächtige und jetzt eine Trächtige. Zugegeben, manche ahnen, dass es stets dieselbe war. Gleichwohl ist es ihnen peinlich, wie sie sich vor Wochen noch an den frischen Tutteln labten, die offensichtlich nicht für sie waren. Wie wenn man freudig wem zurückwinkt, der aber jemand andren grüßte. Dann duckt man sich und räumt das Feld. So was verkraftet man nur schwer. Manche sind gar außerstande, je wieder unbeschwert zu winken. Den Wirtshausgästen geht es ähnlich. Sie hätten fast in den Busen geschnudelt, aus dem Milch gesprudelt kommt. Milch! Die Königin der Tschopperlwasser! Jetzt wenden sie sich schamhaft ab. Sie wollen, dass die Glasln voll, aber die Bouteillen leer sind. Auch die zwei Funsen ignorieren sie. Erst waren sie sehr geknickt, dass sie kein Kind vom Rudi kriegen, doch dann fassten sie neuen Mut. Sie holen sich den Rudi eben, während sie im Wochenbett liegt. Sie wird ihm eh zu ausglatscht sein. Er greift sie jetzt schon nicht mehr an. Nicht etwa, weil es ihm graust, sondern weil der Rudi fürchtet, sie könne noch mal schwanger werden. Quasi auf den Powidl drauf. Die lägen somit nebeneinander und wären doch unterschiedlich alt. Und wenn der Powidl einst rauskommt, zottelt der kleine vielleicht hinterher, obwohl er ja noch gar nicht durch ist. Das ist dem Rudi zu riskant. Deshalb serviert er keinen Nachschlag, bis der erste Teller leer ist.

Stattdessen fährt er viel Motorrad. Er fährt meist langsamer als früher, weil er ja jetzt Vater wird. Nur manchmal fährt er extraschnell. »Sag, willst du eigentlich heiraten?«, fragt der Rudi lapidar zwischen zwei Portionen Hirn. Sie weiß nicht, ob er das jetzt fragt, weil er sie gerne heiraten oder es ihr ausreden möchte. Sie lächelt ihn missverständlich an. Der Rudi nickt und stochert im Hirn.

V. DIE DORFHOCHZEIT

»Mutter?« »Kinderl! Dass ich von dir auch wieder was hör!« »Tut mir leid. Aber es war so viel zu tun in letzter Zeit. Ich war im Schädel ganz woanders.« »Ich hab oft probiert, dich anzurufen.« »Wirklich?« »Na sicher, aber da hat immer so ein narrischer Krampen abgehoben, gesagt, du wärst ein missratenes Mensch, dass ich mich für dich schämen sollt und du im Moment nicht da bist.« »Hm. Und wie ist's bei euch?« »Der Vater hat wieder Arbeit.« »Na, geh. Und? Wie geht's ihm?« »Saufen tut er viel.« »Und dir?« »Bei mir passt alles. Danke für die gute Bonbonniere, die du geschickt hast. Die haben wir auf einen Sitz …« »Ich hab dir doch überhaupt keine … Hier ist die Helga!« »Ach, du bist's! Marandana, ihr klingt's vielleicht gleich! Was gibt's denn? Aber schnell, mir brennt die Rahmsuppe an!« »Ich heirat.« »Jössas! Den Freiensteiner Wirt?« »Nein, seinen Stiefsohn. Nächsten Sonntag.« »Solltest du nicht den Wirt heiraten?« »Jo eh, aber dann ist ihm eingefallen, dass er schon verheirat ist.« »So sind's, die Männer!« »Könnt's ihr kommen?« »Kinderl, was glaubst denn?«

»Wenn du das versaust, dann gnade dir Gott!« Das Auge der Wirtin ist außer Kontrolle. »Keine Angst, meine Rabiatperle. Des moch i mit links!« Die Wirtin hält den Atem an. Die Nähte ihres Festtagsdirndls schreien um Erlösung. »Verstehst? Mit links! Weil ich nur den linken …« Zu dem Flattern am Aug kommt ein Flimmern im Herz. Sie nimmt sich ihren Mann zur Brust. Wobei sie sich streng genommen alles, was sie greift, zur Brust nimmt.

»Werd net lustig! Die putschen, wenn du lustig wirst!« Sie schielt argwöhnisch zum Stammtisch. Da sitzen sie und warten schon. Diese verdammten Kommunisten! Die glauben wirklich allen Ernstes, sie können das Wirtshaus übernehmen, all ihre knechtenden Deckel verbrennen und hier eine Herrschaft der Trankler errichten. Aber da müssen sie ihr den Zapfhahn erst aus ihren kalten, toten Händen reißen. Der Dorftrinker schreckt auf. Er rülpst und wischt sich den Schlaf aus den Augen. Dann nuckelt er an seinem Achterl und schlummert wieder seelenruhig ein. Wahrscheinlich ist der der Rädelsführer. Sie nimmt ihm das Achterl weg. Dann denkt sie auf den Ballbrand auf und schenkt ihm lieber noch mal nach. »Wenn du so a schlechtes Gfühl hast, sperr die Hittn doch anfoch für a Stund zua!« »Sicher net!« In fünfzehn Jahren hat die Wirtin diese Budl nicht verlassen. Ganz egal, was draußen tobte, ob Schneesturm oder Sturmabteilung, ob Feuer- oder Fliegeralarm, sie hielt hier drinnen weiter die Stellung. Kein Ruhetag, kein Krankenstand. Die Wirtin hat sich nichts geschenkt. Sie schenkte immer nur den Gästen erst einen aus und dann eine ein. Herschenken tut sie aber nichts. Da fällt ihr noch etwas ein. Sie greift in die Lade und zieht einen von oben bis unten beschriebenen Schmierzettel heraus. »Wenn die den in ihre Dreckspratzen kriegn, dann …« Aber sie geht auf Nummer sicher und stopft ihn sich ins Dekolletee. Die Dirndlnähte liegen auf der Streckbank. Sie wären jetzt bereit, alles zu beichten, wenn sie denn nur etwas wüssten. Ein gönnerhafter Geldschein noch, und sie fliegen durch die Gegend wie losgerissne Gartenschläuche. »Beruhigt?« Die Wirtin nickt. Dieser Zettel ist neben dem Wettex die wichtigste Geißel, um die Massen niederzudrücken. Die offene Zeche hält sie im Zaum. Sie verhindert, dass sich zum Unmut auch noch Übermut gesellt. »Jetzt, Monika, dann mach halt zu. Wir gehen nur kurz auf die Gemeinde. I wär ja selbst so gern dabei.« »Na! Darauf worten die jo olle!« Sie zeigt drohenden Fingers zum

Stammtisch. »Braucht's gor net so schauen!« Irgendetwas liegt in der Luft. Heut wird noch gerauft. Sie spürt's im Urin. Wahrscheinlich ist die ganze Hochzeit ein Schwindel. Und die Helga war von Anfang an mit dabei. »Sobald was is, dort is das Wettex!« »Jaja, is schon gut. Geh jetzt, sonst versäumst du's noch.« Er wälzt sie langsam in Richtung der Tür. Sie krallt sich am Türrahmen fest und schaut panisch durch den Raum, ob sie noch irgendwas vergessen hat. »Und nimm ihnan die Spükorten weg! Des wiegelt die nur unnedig auf. Oder na! Gib ihnen mehr, dann sind's beschäftigt. Ach …«

»Meine lieben Freiensteiner!«, hebt der Bürgermeister an. Sein wursthafter Nachwuchs hat ihm eine kleine Tribüne aus Bierkisten gebaut. Darauf steht er nun stolz. Der Dorfdepp pirscht sich hinterrücks an. Er holt genüsslich zur Gnackwatschen aus, als sich der Bürgermeister umdreht und die Hand im Fluge abfängt. »Diesmal nicht, Freundchen!« Aber der Dorfdepp hätte es nicht zum Dorfdeppen gebracht, wenn er sich so leicht in Schach halten ließe. Er nickt dem Bürgermeister anerkennend zu und zwickt ihm mit der freien Hand ohne Umschweife ins Zumpferl. Der Bürgermeister ächzt. Der Dorfdepp springt von dem Bierkistenstapel und legt ihm klangvoll eine auf. »Loch gfölligst net über dein Vota!« Dann schlägt er auch den zweiten Sohn. »Loch gfölligst über meine Witz!« Dann schnappt er sich sein Hochrad und strampelt davon. Der Dorfdepp war damals der Einzige, der diese Dinger zu fahren vermochte, und er tut es bis heute. Der Bürgermeister richtet sich auf und nimmt wieder Haltung an. Er darf keine Schwäche zeigen vor dem willfährigen Volk. Sonst irren die ahnungslos umher, beginnen das Besteck mit den Füßen zu halten und rühren Salz in den Kaffee. Er muss diesen peinlichen Zwischenfall jetzt mit einer rhetorischen Glanzleistung tilgen. »Ahh …« Das Zwicken zieht noch einmal nach. Der Bürgermeister geht erneut in die Knie. Das Volk wartet geduldig ab, bis ihr unverwüstlicher Häuptling endlich fertig gestöhnt hat. Zu seinem Glück gibt es nicht viele Augenzeugen dieses pathetischen Spektakels. Neben dem Brautpaar, dem Karli, der Erna und der Wirtin stehen vor dem Gemeindeamt nur fünf, sechs betrunkene Hanseln herum. Zwei von ihnen sind hier aufgewacht. Sie wissen nicht, dass eine Hochzeit stattfindet. Sie wüssten vermutlich nicht einmal, ohne auf ihre Hände zu schauen, ob sie selbst verheiratet sind.

»Meine lieben Freiensteiner!«, wiederholt der Bürgermeister gequält. »Ich weiß, es ist nicht meine Art, Privates mit Politik zu vermengen. Dennoch möchte ich Ihnen die Ehre erweisen, als eine Art kleines Hochzeitsgeschenk – anlässlich der Vermählung des Sohns unserer geliebten Wirtin und dieser hochträchtigen Dirne, die ich noch nie gesehen habe – zwei famose Neuigkeiten kundzutun. Wie Sie sicher alle wissen, haben wir seit geraumer Zeit keinen Feuerwehrhauptmann im Dorf.« »Und auch kein Feuer!«, schreit einer der Hanseln. »In der Tat ein sehr bedenklicher Umstand, dem ich nun endlich beikommen konnte. Bitte begrüßen Sie also mit mir den neuen Freiensteiner Hauptmann.« Der Bürgermeister erzwingt ein Klatschen. Aus dem Gemeindeamt tritt ein Mann. Jählings bricht das Klatschen ab. »Das is der Gleiche!« »Nur mit Schnurrbart!« »Zum Zweiten bin ich hocherfreut, Ihnen mitteilen zu dürfen, dass nun nach über einem Jahr, in dem unser schönes Dorf die Freuden der Musik entbehrte, nachdem ein gemeingefährlicher Irrer unsere Musikkapelle bis zum letzten Mann … Jetzt weiß ich wieder, wer Sie sind, junge Dame!« Sie würde am liebsten im Boden versinken. Gott sei Dank ist der Vater verspätet. Der finge jetzt bestimmt an zu raufen. »Wie dem auch sei, hier ist unsere neue Freiensteiner Blaskapelle!« Ein Dutzend äußerst kleiner Männer paradiert aus dem Gemeindeamt und trötet in ihre Instrumente. Als würde man mit einer Katze einen Teppich sauber klopfen. Der Bürgermeister erzwingt weitere Ovationen und brüllt über das Gedudel hinweg: »Hopp auf, Buama, geht schon besser!« Die kleinen Männer verstehen kein Wort. Und offenbar nicht das Geringste von dem, was sie gerade tun. Doch das ist nicht verwunderlich. Sie sind schließlich nicht Musiker, sondern ein Verein bulgarischer Glasbläser. Aber dafür kostengünstig. Und so verschieden ist das nicht, dachte sich der Bürgermeister. Das lernen die schon, wenn sie erst mal hier sind. Während sich die anderen schmerzverzerrt die Ohren zuhalten, grinst Helga selig vor sich hin. Nun hatte es also doch etwas Gutes. Dank ihrem Vater können diese bulgarischen Zwerge hier ein neues Leben beginnen. Das haben sie sich immer gewünscht. Sie wünschte, der Vater könnte das sehen. Wo bleibt er denn nur?

Irgendwo zwischen Mautern und Freienstein gefährdet der Vater den Straßenverkehr. »Dass du auch genau an dem Tag, wo die Helga heiratet, so grausig viel saufen musst!« Er grunzt und kneift konzentriert die Augen zusammen. Die Landstraße ist schnurgerade. Trotzdem legt er sich in die Kurven, als wär es eine Serpentine. Zwischenrein wirft er einen gehetzten Blick in den Rückspiegel. Er fürchtet, die Bäcker seien wieder hinter ihm her. Die Mutter erschrickt. »Herrschaftsseiten, spät dran sind wir schon!« Er versucht schneller zu fahren. Doch statt aufs Gaspedal zu treten, lehnt er sich einfach nur nach vorn. »Und stell die Scheibenwischer ab, wenn die Sonn' scheint!« »Bist narrisch?«, schreit der Vater. »Die sind das Einzige, was mich wach hält!«

Eine halbe Stunde später steht die versammelte Hochzeitsgesellschaft im Trauraum des Gemeindeamts und wartet auf die Standesbeamtin. »I waß, i hob vü Föhla gmacht. Dei Mutter und i, wir worn no so jung. I wor anfoch no net bereit für a Kind. Oba i schwör's da, I hör jetzt mitn Saufn auf.« Er wischt sich lächelnd eine Träne von der Wange. »Und die Hurn loss i a weg. I wü, dass du stolz sein kannst auf dein Vater.« »Sie sind nicht mein Vater!«, ruft sie entsetzt und dreht sich hilfesuchend zum Rudi. »Bitte, gibt's keinen anderen Trauzeugen für mich?« Der Rudi schüttelt entschlossen den Kopf. »Glaub mir, der ist noch am besten beinand!« Sie hatte sich so sehr gewünscht, ihre Eltern wären heut hier. Dass sie mit eigenen Augen sehen, wie sie den Rudi heiratet. Sonst glaubt ihr es die Mutter nicht. Deren Skepsis hat sie nämlich schon am Telefon gehört. Unmöglich, dass die hagere Helga, diese Nachgeburt der Inge, der saftigen, kräftigen, brunftigen Inge, vor ihrer Schwester einen Mann hat. Wenn die Mutter nicht bald kommt, um diese Hochzeit zu bezeugen, wird sie nie stattgefunden haben. Misstrauisch wird sie auf ihren Ring schauen. Dass die Tochter so weit sinkt, sich selber einen Ring zu kaufen. Die Mutter wird es ihr nicht sagen, aber denken wird sie es. Dass sie nur eine Scheinehe führe. Mit einem Scheinmann, der nicht existiert. Weil sie sich dieses Kind hat andrehen lassen. Vom alten Wirt, der sie nicht will. Selbst, wenn sie den Rudi mitbringt und mit ihm nach Mautern fährt, wird das die Eltern nicht bekehren. Das würde die Mutter nur tiefer beschämen. Erst wirft sie Geld raus für den Ring, und jetzt bezahlt sie auch noch einen, der sich als ihr Mann ausgibt.

»Du kannst imma no davonrennen!«, flüstert der Karli dem Rudi ins Ohr. »Sog anfoch, du muaßt kurz aufs Heisl, und i wort draußt auf da Mopettn!« Der Rudi lehnt dankend ab. »Geh kumm, wir fohrn außi nach Graz, suachn zwa Weiber, die nix vertragn, flascheln's an, und der, dem seine weiter speibt, gwinnt. Wie fira!« Der Karli ist wirklich einer von den Guten. Es gibt nicht viele, die ihren besten Freund am Standesamt zu überzeugen versuchen, eine Schwangere sitzenzulassen, um mit ihm Weiberweitspeiben zu spielen. »Rudi, huach zua!« Der Karli deutet auf die Braut, die stimmlos ihre Standpauke an die verspäteten Eltern einprobt und dabei wie eine Verrückte aussieht »Die Oide kriagt a Kind! Du kriagst a Kind. Als dein Trauzeuge rat ich dir: renn!« Aber der Rudi will nicht rennen. So kitschig es klingt, er mag dieses verrückte Weiberl. Und nicht nur deswegen, weil die Mutter sie hasst. Maßgeblich deswegen, aber eben nicht nur. Die Standesbeamtin tritt herein. Sofort erblickt sie in der Ecke den obdachlosen Feuerwehrler, der gerade vor sich hin döst. Sie steckt vier Finger in den Mund und erzeugt ein schrilles Pfeifen. Jäh schreckt der Feuerwehrler auf und torkelt schlaftrunken nach draußen. Die Standesbeamtin schließt die Tür hinter ihm. Sie verweist die Hochzeitsgesellschaft auf den Stapel Hitlerbilder, der verschmäht an einer Wand steht. Die seien damals noch übrig geblieben, als die Russen auf Besuch waren. »Sie dürfen sich sehr gern bedienen«, ermutigt die Standesbeamtin. Daraufhin beginnt sie zu schwafeln. Von Gott und dem Geschenk der Liebe. Davon, wie herrlich es doch ist, wenn aus zweien einer wird. Davon, dass für sie persönlich der Richtige noch nicht dabei war. »Ich bin deswegen nicht verbittert, aber es ist nun einmal so, dass alle Männer Oaschlecher san!« Die Standesbeamtin hat ordentlich einen sitzen. Jetzt erzählt sie von dem Lotter, der sie einfach nicht zurückruft. Die Braut fühlt einen Luftzug im Genick. Dazu das Geräusch, als würde in der Ferne ein Hubschrauber landen. Es ist das zuckende Auge der Wirtin. Die wird langsam prickelig. Immer wieder prüft sie die Uhrzeit. Eine Stunde ist sie schon weg. Und ihr sakraler Tranklerschrein in der Hand ihres kläglichen Gatten. Vielleicht haben sie ihn bereits gefesselt. Geknebelt mit dem Wettex im Mund. Die Wirtin versucht ruhig zu bleiben. Sie ist ja gleich wieder zurück. Bis dahin wird ihr Mann den Mob mit Sicherheit noch zu bändigen wissen.

Im Wirtshaus steht der Rädelsführer indessen schon auf einem der Tische und peitscht den Mob zur Meuterei auf. Nicht mit dem Wettex, sondern mit Worten. Die Trunkenen stehen um ihn versammelt und heben ihre Fäuste. »Jahrelang haben wir gewartet, doch endlich ist der Tag gekommen. Viel zu lange stehen wir schon unter der Fuchtel …« »Und dem Wettex!« »Ja, danke, Otto! Und unter dem Wettex dieser massigen Megäre! Sie hat uns beschimpft, geprellt und erniedrigt! Sie hat uns die Spielkarten weggenommen! Und zwar immer genau dann, wenn es um den letzten Stich ging. Sie hat uns vor unseren Augen in die Suppe gespuckt, wann immer wir um Maggi baten. Sie hat uns unser eigenes Gspiebenes selbst vom Boden wegmachen lassen! Sie hat uns gezwungen, Bierdeckel zu nehmen, obwohl sie nie die Tisch putzt hat! Aber nun ist damit Schluss! Ich sage: Weg mit der despotischen Tuttlbärin! Ab heute bleiben wir duttenzua und das Wirtshaus immer offen! Und das hier!«, er hebt einen Schmierzettel in die Höhe, »das wird uns nicht länger beherrschen.« Er zerreißt ihn und wirft die Fetzen in die Luft. Da flattern fünfzehn Jahre Schulden. »Heute beginnt ein neues Leben, meine blunzenfetten Brüder. Heute beginnt Operation Walküre!« Die Gäste trommeln auf die Tische. Ein paar laufen in die Küche und verjagen die beiden Trutschen. Viele können es gar nicht fassen. Sie pressen mit beiden Händen ihren Kopf zusammen und schreien mit geschlossenen Augen voller Ekstase durch den Raum. Nur einem ist das nicht geheuer. »Jetzt hört's auf! Des is scho langsam net mehr lustig!« Der Rädelsführer zeigt mit gefühlloser Miene auf den schlotternden Verräter. »Otto! Bind ihn fest!«

Es war eine reizende Trauung. Weder Braut noch Bräutigam haben beim Ja-Sagen gezögert. Der Karli hat sein Bestes gegeben, aber der Rudi hat sich nicht umstimmen lassen. Ebenso wenig wie die Braut. Obwohl der Karli sehr hartnäckig war. »Der Rudi tragt gern Spitzenhoserl und hupft in der Nacht damit durchs Dorf.« Am Ende ist die Standesbeamtin auf dem Stapel Hitlerbilder zusammengebrochen. Das war alles ein bisschen viel für sie. Es hat sich herausgestellt, dass der Trauzeuge der Braut der ungezogene Rüpel war, der sie einfach nicht zurückruft. Selig traten die Vermählten Hand in Hand auf den Dorfplatz hinaus. Die Kirchturmglocken blieben stumm. Dafür erklang seit langer Zeit erstmals wieder das Burren der Feuerwehrsirenen.

Verliebt schaut sie ihrem Rudi zu, wie er ihr ein halbes Glaserl Sekt einschenkt. Das soll sie nämlich täglich trinken. Sonst wird das Kind ein Abstinenzler. Und keine Paradeiser soll sie essen. Sonst wird es ein Mädchen. Der Rudi ist wirklich ein Schatz. Sie hält sich freudestrahlend den Bauch. Dem Herrgott oben steigen die Grausbirnen auf. »Du gemeine, egoistische, hinterfotzige, untreue Dirn!« Diese Stimme kennt sie doch. Aber nicht mit diesen Worten. Sie dreht sich um. Na servas! Die Inge schaut vielleicht grantig. Jessasna, da fällt ihr ein, sie muss noch der Inge schreiben. »Küss di Hand, schöne Frau!« Der Karli schmalzt an die Inge heran. Sie legt ihm schnurstracks eine auf. »Du bist oba net von do!«, schließt der Karli aus der Wucht ihrer Watschen. Einschüchtern tut ihn das nicht. Im Gegenteil, das schärft ihn richtig. Der Inge ist der Karli wurscht. Ihre Augen haben sich unbeirrbar in der Schwester verbissen. Aber fesch ist sie, die Inge. Ganz ein adrettes Kostüm hat sie an. Da schauen die Bauernschädeln nicht schlecht. Vor allem der Karli. Der holt ihr gerade einen Spritzer. Ein bisserl kernig ist sie geworden. Ganz bamstige, rosige Backerl hat sie bekommen. Ach so, nein, das ist der Zorn. Weil sie ihr nie geschrieben hat. Und sie nicht zur Hochzeit eingeladen. Und … Jetzt erst sieht die Inge das Ranzerl. Und dass sie schwanger ist, hat sie auch nicht erzählt! Angestrengt hält sie die Tränen zurück. Der Karli kommt mit dem Spritzer daher. Die Inge schluchzt laut auf. Der Karli macht geschmeidig kehrt und reicht den zweiten Spritzer dem Rudi. Plärrende Weiber mag er nicht. Aber das dauert sicher nicht lange. Die Stadtweiber sind halt hysterisch. In einem Moment plärren sie, und im nächsten lachen sie. Nur ein kurzer Regenguss. Die Inge lässt ihren Koffer fallen und hält sich die Hände vor die Augen. Das ist vielleicht ein großer Koffer. »Inge, bitte, hör auf zu weinen. Ich hab nicht gwusst, dass dir das so wichtig ist.« Das stimmt so nicht ganz. Die Inge hat oft vom Heiraten geredet. Über das Essen, das Kleid, das Gesteck. Von all dem war sie so besessen, dass sie immer wieder gesagt hat: »Ich werd mich zehnmal scheiden lassen!« Nur für die nächste Hochzeit. Deswegen dachte sie sich nicht, dass die Inge so einen Terz macht. Die hat noch so viele Hochzeiten vor sich.

»Das is es nicht …«, schnieft die Inge. »Die gstörte Trutschn hat mich rausghaut!« »Was? Warum?« Sie kann es sich natürlich vorstellen. Aber es schickt sich nicht, der Inge ihr eigenes Ende zu verraten. »Ich weiß es ja auch nicht!« Keine gespielte Unwissenheit, welche die Inge nicht mit echter übertrifft. »Sie hat einfach meine Sachen gepackt und vor die Tür geschmissen!« Die Inge rotiert wie ein Kreisl. »Beschimpft hat sie mich richtig! Dass ich ein Rotzmensch wär und, und, und dass ich eine weiße Leber hätt! Ich! Die ich nie was trink! Und dann hat sie gsagt, ich wär perfekt als Kurschattenschlampen!« Gleich hebt sie ab. »Und der Professor steht nur da! Dieser feige Schweinehund! Soll er zuschaun, ob er eine Dumme wie mich noch mal find't! Die ihm das Zumpferl gradericht! Mit diesen gaudigen Flecken, die …« »Helga?« Sie dreht sich um. Die Wirtin steht vor ihr und lächelt. Die Inge schimpft im Hintergrund weiter. »Schön schaust aus.« Sie lächelt zurück. Aber etwas verlegen. Weil sie selbst auch findet, dass sie heute sehr schön ist. »Und wenn der Rudi deppat wird, schickst ihn zu mir. Ich stell ihn schon wieder so ein, dass er passt!« Die Wirtin hält kurz inne. Dann schüttelt sie den Kopf und seufzt. »Ich hab immer gehofft, du findst dir einen Gscheiteren.« »Das ist lieb von Ihnen.« Jetzt muss die Wirtin aber los. Lang hält ihr Mann gewiss nicht mehr durch. Einmal aber macht sie noch kehrt. »Eins noch, Helga. Sei mir nicht böse wegen dem Kleid.«

Sie denkt nach. Sie braucht noch etwas. Da, jetzt hat sie's. Grundgütiger! Aber was soll's. Das Kleid, das sie heute anhat, ist eh viel schöner als das damals. Die Wirtin öffnet ihre Arme. Sie duckt sich. Das wird noch eine Weile dauern, bis sie vor ihr nicht mehr zurückschreckt oder nachts im Schweiß erwacht, weil sie schon wieder vom Wettex geträumt hat. Sie atmet erleichtert auf und wirft sich der Wirtin geradezu an die Brust. Diese drückt sie so fest an sich, dass ihr der Busen fast die Rippen zertrümmert. Genug ist genug! Die Dirndlnähte kreischen auf wie ein schasaugates Weib, das soeben ein Hühnerauge mit einem Zeh verwechselt hat und nun in ihrer Blutsuppe dasteht. Das Mieder bricht auf. Die Tutteln preschen in die Freiheit und katapultieren die Helga zu Boden. Auch die Wirtin torkelt vom Rückstoß nach hinten. Die Anwesenden erhaschen nur flüchtig das Bild ihrer entfesselten Brüste. Ihr Starren wird sogleich unterbrochen. Ein lautes Rufen dringt aus der Ferne. »Frau Wirtin! Frau Wirtin!« Der Dorftrinker kommt völlig außer sich über den Dorfplatz gerannt. »Frau, Wirtin! Sie putschen!« Er bricht hechelnd vor seiner Meisterin nieder. »Frau Wir…« Er erstarrt, als er bemerkt, dass er gerade im Schatten ihres blanken Busens liegt. Er schüttelt sich. Dafür ist jetzt nicht die Zeit. »Frau Wirtin, sie putschen!«, keucht er stimmlos. »Wer putscht?« »Ihr Mann! Ihr Mann is deppat wordn!« Die Wirtin runzelt die Stirn. Langsam senkt sie ihre Hände. Wie eine fleischige Lawine sinkt ihr Busen auf den Dorftrinker nieder. Er schließt andächtig die Augen. Ein Schmierzettel segelt aus der Versenkung und entfaltet sich am Boden. Die Wirtin beugt sich vornüber, um das Geschriebene zu entziffern. Die Busenlawine rutscht weiter ab. Der Dorftrinker glaubt, er zudelt sich an. Die Schrift ist äußerst krakelig. »Keine Hand wäscht die andre.«

Da plötzlich ertönt ein zorniges Brummen. Dann ein Quietschen und der Schrei einer Frau. Alle horchen neugierig auf, als plötzlich ein Wagen schwungvoll um die Ecke biegt und auf die Hochzeitsgesellschaft zuhält. Sie kommt nicht vom Boden auf. Starr vor Schreck, Enttäuschung und Freude. Freude, dass die Eltern nun doch noch daherkommen. Enttäuschung, dass sie etwas zu spät sind. Und Schreck, weil der Vater nicht langsamer wird, sondern weiter auf die Anwesenden zurast. Diese springen hysterisch herum, humpeln im Kreis oder legen sich hin. Das macht man auch, wenn ein Bär angreift. Sich totstellen. Vielleicht funktioniert das auch mit Autos. »Bleib stehn, um Himmels Christi willen, bleib stehen!« Die Mutter macht die Augen zu. »I versuch's ja, i versuch's ja! Schau amoi, a Nackerte!« Er brettert auf die Wirtin zu. Die hechtet rechtzeitig zur Seite. Wie durch ein Wunder hat es keinen erwischt. »Pass auf!« Die wuchtige Wirtin hat etwas verdeckt. Er hat das Bremspedal gefunden. Doch da steht der Wagen schon still. Einen halben Meter über dem Boden. Unter ihm winden sich zerwurschtelt die Reste der frisch eingeweihten Freiensteiner Glasblaskapelle. Der Vater schaut sich orientierungslos um. »Jössas, i glaub, i hob a Katzerl dawischt.«

TEIL DREI

KAPITEL 1

Kurz nachdem ich auf die Welt kam, verschwand die Maul- und Klauenseuche aus der Obersteiermark. Und bis heute wissen viele nicht um den Zusammenhang zwischen der Eindämmung der Krankheit und dem Dammriss meiner Mutter. Es war nämlich so: Die Gitti Komarek hatte ein Pantscherl mit einem windigen Busunternehmer, der in der Bredouille steckte, da das Eisstockschießfinale des hiesigen Seniorenklubs am vorletzten Wochenende dessen Mitglieder stark dezimierte. Es war das verheerendste Unglück der Gegend seit dem Musikanten-Massaker im Jahre 1955. Zahlreiche Frauen verloren ihre Gatten, zahlreiche Männer verloren die Mitzi, die Kellnerin der Eisstockhütte und Brandbeschleunigerin des Dramas, und besagter Busunternehmer verlor seinen Kundenstamm. Wenngleich nicht zur Gänze, doch waren jene zwei, die überlebten, bei Weitem noch nicht reisetauglich.

In drei Tagen sollte es losgehen. Eine Tagesreise nach Sopron. Bislang aber ging keine einzige Anmeldung ein. Dabei hat er wirklich alles versucht. Er bot sogar höchstpersönlich den Witwen des Seniorenklubs an, sie könnten doch die Plätze ihrer verschiedenen Gatten einnehmen. Zum halben Preis. Quasi als Kondolenzrabatt. Das brächte sie sicher auf andere Gedanken. Man könne doch den Leichenschmaus überhaupt in Ungarn feiern. Er kenne da ein Restaurant. Dort koste das Szegediner mittags nur fünfundzwanzig Schilling. Und allzu gut dürften die Speisen bei solchem Anlass eh nicht schmecken. Aber es half alles nichts.

»Weiber! Aber meine Gittimaus, du wirst deinem alten Gery

doch sicher helfen, oder?« Er zieht an seiner Zigarette und bläst der Gitti den Rauch ins Gesicht. Sie hustet und entschuldigt sich. »Treib ein paar deiner Freundinnen auf. So etwa fünfzig würden schon reichen.« »So viele Freundinnen hab ich doch gar nicht.« »Nicht?« Er dämpft seine Zigarette im Aschenbecher am Nachttisch aus. »Du warst doch sicher das beliebteste Mädchen in der Schule.« Er kitzelt den Hautlappen an ihrem Hals. Die Gitti schüttelt energisch den Kopf. Der Hautlappen schwingt etwas nach. »Dann waren sie bestimmt neidisch auf dich.« Er fasst der Gitti an den Busen, hoffend, dass er oben bleibt. Aber kaum, dass er sie loslässt, platscht die Seezunge wieder hinab. Die Gitti ist hin und weg vom Gery. Sein dunkles, üppiges Brusthaar kräuselt sich ihr wie ein Korkenzieher ins Hirn. »Du könntest dir auch was verdienen. Weißt was, du gibst mir einfach fünftausend Schilling, und den Rest kannst du behalten. Wenn du alle Plätze vollkriegst, da bleibt ein Batzen für dich übrig.«

Die Gitti, blind vor Gier und Liebe, geht mit ihm zum Bankomaten und gibt ihm die fünftausend Schilling. Die Gitti ist eine gute Haut. Sie hat zwar keine schöne Haut, doch die haben gute Häute nie. »Du bist echt a Mörderpuppen!«, säuselt der Gery und haut ihr aufs Popscherl. »Jetzt aber Schluss!«, kichert die Gitti, die viel zu alt fürs Kichern ist, und greift sich selbst noch mal ans Popscherl, weil das eben grad so schön war. »Gach sieht uns wer und erzählt's deiner Frau.« »Sollen sie doch!«, posaunt der Gery und zählt derweil die Scheine nach. »Wär mir eh lieber, sie erfahrt's von wem anders.« »Wieso das?« »Wenn ich's ihr sag, dann pfiati Gott! Dann tut's ihr noch mehr leid um mich. Dann heißt's: Was für ein herzensguter Mann! Erst belügt er mich, um mich nicht zu verletzen. Dann sagt er die Wahrheit, um mich nicht zu belügen. Du weißt ja, wie's is.« Ja, die Gitti weiß, wie es ist. Sie weiß, dass ein Dutzend Weiber warten, dass der herzensgute Gery endlich seine Frau verlässt. Sie weiß aber auch, dass der Gery überhaupt keine

Frau hat. Dass er sich diesen Ring nur ansteckt, weil es die Weiber narrisch macht und aber zugleich in Schach hält.

Großmutter dreht sich nach hinten und blickt durch die leeren Busreihen. »Und wo steigen die anderen zu?« Da beginnt die Gitti zu heulen und kriegt sich erst irgendwo im Burgenland wieder ein. Großmutter wusste nie so recht, wie sie zu dieser Freundschaft kam. Nur, wie sie sich kennenlernten, daran erinnert sie sich gut. Gittis Gatte und der Rudi arbeiteten eine Zeitlang gemeinsam in der Voest Alpine und hatten dort eine Affäre mit derselben Sekretärin. Ein verheirateter Mann hat bekanntlich wenig Zeit. Da nimmt man besser zwei davon. Dann ist man eigentlich rundum versorgt. Vor allem, wenn der eine nachts und der andere tagsüber Schicht hat. Die Sekretärin war damit zufrieden und gedachte nicht im Geringsten, an den Zuständen zu rütteln. Die beiden Männer aber kamen damit nicht so gut zurecht. Wenn selbst Mätressen untreu werden, was hat in dieser kalten Welt dann noch überhaupt Bestand? Sie forderten von der Geliebten, sich gefälligst zu entscheiden. Und, dass das von vornherein klar ist: Scheiden lassen wird sich keiner. Also kriegen wird sie nichts. Trotzdem soll sie endlich sagen, welchen von den beiden Männern, die sie niemals haben wird, sie lieber haben wollen würde. Die Sekretärin sah das nicht ein. Somit waren die Männer gezwungen, das Ringen um die holde Maid untereinander auszutragen. Nun waren sie aber beide nicht disponiert, die missliche Lage mit ihren blanken Fäusten zu klären. Sie waren Hallodris, keine Haudegen. Deshalb sahen die zwei Männer keinen anderen Ausweg als diesen, zu ihren Gattinnen zu kriechen und den Ehebruch zu beichten.

»Helga! Ich muss dir etwas gestehen.« Der Rudi seufzt und schließt die Augen. Dann seufzt er erneut und schüttelt den Kopf. Nun nimmt er ihre Hand und seufzt. Er seufzt so oft, bis sie versteht, dass ihm das Folgende nicht leichtfällt. Und dass er es ihr nur gesteht, weil er sie so schrecklich liebhat. Er könnte ihr auch gar nichts sagen und es einfach nie mehr tun. Aber das wäre unaufrichtig. Lieber sagt er einmal alles und tut es dann immer wieder. Später braucht er auch nicht mehr zu beichten, sondern nur mehr abzustreiten.

»Helga! Kennst du den Komarek?« Sie verneint. »Diesen Arbeitskollegen von mir? Der auch hier in Freienstein wohnt. Gleich dort in dem grünen Haus.« Sie bekräftigt ihre Verneinung. Der Rudi springt auf und zerrt sie liebevoll in die Küche. Dort zeigt er aus dem Fenster. »Da! Da hinten!«, kreischt ihr der Rudi weibisch ins Ohr. »Da ist so ein grünes Haus. Und in dem wohnt der Komarek!« Sie weiß nicht, was er von ihr will. Sie aber will jetzt eine Frittatensuppe machen. »Der betrügt seine Frau.« Die Frittatensuppe kann warten. »Mit so einer Sekretärin. Ein ziemliches Flitscherl. Mit ziemlichen …« Sie fragt, warum er ihr das erzählt. »Weil er mein Freund ist.« Sie wiederholt ihre Frage. »Ich will, dass du mit seiner Frau redest.« »Warum ich?« »Weil du weißt, wie das ist.« »Betrogen zu werden?!« »Nein, Helga, eine Frau zu sein. Ihr versteht euch. Sogar mit Worten.« »Ich kenn die doch gar nicht!« »Hör zu, wenn ich jemals ein Pantscherl hätte, würde ich auch wollen, dass es mir jemand sagt.« »Dass dir was jemand sagt?« »Jetzt geh einfach zur Gitti rüber! Sag ihr am besten nichts von dem Flitscherl. Das wühlt die Gute nur unnötig auf. Sag ihr einfach, dass sie sich ein bisschen mehr um ihren Lotter kümmern soll. Und nicht immer so hantig sein. Und nicht immer Knoblauch in die Rindssuppe tun.« »Das tu ich auch.« »Und du weißt, wie sehr ich das mag. Aber der Komarek nicht. Der mag es auch nicht, wenn er heimkommt und die Kinder wie deppert herumschreien.« »Wie viele Kinder haben die denn?« »Keine Ahnung. So eng sind wir auch wieder nicht, dass er mir jeden Schaß erzählt. Er hat nur nebenbei mal bemerkt, dass er es nicht gut findet, wenn seine Frau mit den Söhnen nackt badet.« »Das tu ich doch auch mit unsren.« »Helga, kann ich bitte ausreden? Hier geht es einmal nicht um dich!« »Entschuldige.« »Und sag ihr auch, dass sie nicht immer an die Klotür klopfen soll, wenn er gerade drinnen sitzt.« »Vielleicht will sie nur gerne wissen, wie lange es noch ungefähr dauert.« »Das konntest du mir auch nicht sagen, als du die Buben zur Welt gebracht hast.« Sie beginnt den Teig für die Frittaten anzurühren. »Und vergiss nicht, ihr zu sagen, dass ein Sechsertragerl Bier sehr wohl als eine Portion gedacht ist.« Sie nickt und durchsucht die Laden. »Weißt du, wo der Teigschaber ist?« »Der Komarek hätte auch sicher nie eine andre angeschaut, wenn die seine nicht andauernd sein Werkzeug verräumen würde!« Sie knallt die Küchenlade zu. »Geht es noch immer um diesen dummen Schraubenzieher? Ich hab dir tausendmal gesagt …« »Ich, ich, ich! Das ist alles, was dich interessiert. Helga, Kruzitirkn noch mal! Ich rede hier von meinem Freund! Dessen Ehe auf dem Spiel steht. Hast du denn gar kein Mitgefühl?« »Bitte.« »Am meisten aber regt es ihn auf, wenn er sich abends zu ihr ins Bett legt und ein bisserl schmusen möchte und sie viel zu müde ist, weil sie so viel zu tun gehabt hat, obwohl sie eh nichts arbeiten muss, sondern den ganzen Tag nur herumsitzt und deine Klatschzeitschriften liest!« Die Mafia, hat sie gelesen, soll Menschen mit Klaviersaiten erdrosseln. Sie aber wäre wohl die Erste, die jemanden mit Frittaten erwürgt. »Ich red mit ihr.« »Du bist ein Spatz.« Der Rudi gibt ihr ein dickes Busserl auf die Stirn und tänzelt seelenruhig davon. Es ist hoffentlich vom Leser nicht zu viel verlangt zu glauben, dass sich die Großmutter und die Gitti auf den Millimeter genau auf halber Strecke zueinander über den Weg gelaufen sind.

Das weiß Großmutter bis heute. Nur wieso sie jetzt alleine mit der hysterisch plärrenden Gitti in einem Bus nach Sopron sitzt, ist ihr etwas schleierhaft. Wahrscheinlich hat die Gitti sie immer ein wenig an die Inge erinnert. Die Gitti ist auch so ein mannstolles Luder und war auch sicher mal sehr schön. Heute ist sie etwas letschert, aber lüsterner denn je. Na, besser so als umgekehrt. Man kann es schon lustig haben mit ihr. An diesem Tag in Sopron haben sich unsere beiden Damen jedenfalls köstlich amüsiert. Erst haben sie ein Sekterl getrunken, sich die Haare machen lassen, dann ein zweites Sekterl getrunken, sich die Nägel machen lassen, und nach dem dritten Sekterl haben sie je fünf Kilo Fleisch gekauft, weil sie gar nicht fassen konnten, wie günstig der ungarische Hirschbraten ist. Leider war die Zeit zu knapp, um die ganzen Forint zu verblasen, die die Gitti eingetauscht hat. »Die tausch ich besser wieder zurück. Wer weiß, wann ich wieder hierherkomm.« »Aber Gitti, was immer du tust, wechsel kein Geld auf der Straße!« Großmutter steigt in den Bus, und die Gitti läuft von dannen. Nach zehn Minuten kommt sie wieder und setzt sich neben Großmutter hin. »Hast du noch wo wechseln können?« Irgendwo im Burgendland hat sie sich wieder eingekriegt. Ja, die Gitti ist der Inge manchmal zum Verwechseln ähnlich. Nur trauen tut sich die Gitti nichts. Die Inge hätte diesen Bus innerhalb von einer Stunde mit achtzig Lottern angefüllt und noch auf dem Weg nach Ungarn sicher die Hälfte von ihnen vernascht. Das bringt die Gitti nicht zustande. Die ist nämlich äußerst schüchtern. Sogar, wenn es um Männer geht. Die müssen den ersten Schritt tun. Sie selber gibt sich keinen Ruck. Wenn die Gitti das selbst könnte, bräuchte sie ja keinen Mann. Nein, den Ruck soll man ihr geben. Täglich, wenn's nach der Gitti geht. Aber das ist nicht so einfach. Wenn ihr einer gut gefällt, steht sie meist nur da und kichert. Das wirkt bei Frauen in Gittis Alter auf Männer allerdings befremdlich. Da glauben dann viele, das sei dieses irre Kichern, das manchmal ledige Frauen bekommen, wenn der Uterus zur Sperrstunde klingelt und um die letzte Runde bittet. Aber die Gitti ist einfach nur feig. Zumindest, solange die Kleidung noch dran ist. Großmutter schlägt der Gitti vor, es mit dieser Ungarnreise trotz des heutigen Desasters doch ein weiteres Mal zu versuchen. Sie kenne ein paar Freiensteiner, die an so einer Busfahrt wohl ihre helle Freude hätten. Abends noch telefoniert Großmutter ein wenig herum, und siehe da, im nächsten Monat waren es immerhin schon dreißig. In dem darauf schon fünfundsechzig. Und innerhalb nur eines Jahres fuhr der Bus alle zwei Wochen ohne je einen leeren Platz raus nach Sopron und wieder zurück. Großmutter hat den Gery geschasst und ihm sein Reisebusimperium, das einen ganzen Bus umfasst, kostengünstig abgekauft. Sogar minus die fünftausend Schilling. Unter der wirksamen Androhung, dass sie ansonsten seiner Frau erzählt, dass diese gar nicht existiert. Und den Schock wolle er ihr doch sicher ersparen. Der Gitti hat sie die fünftausend Schilling aber nicht zurückgegeben. Damit sie es lernt, das gamsige Flitscherl.

»Ich sage es zum letzten Mal: fünfhundert Gramm Fleisch, zwei Flaschen Sekt und Waren im Wert von tausendfünfhundert Schilling.« Die Pensionisten nicken gelehrig. Großmutter sagt, dass sie abtreten dürfen. Die geriatrische Armada zerstiebt in alle Richtungen. Sie humpeln, hinken und hatschen davon. Jedes Mal zählt Großmutter ihnen die Zollbestimmungen auf. Jedes Mal mimen sie Verständnis. Nichtsdestotrotz wird jeder von ihnen auch heute Abend wieder den Bus mit einer Tonne Fleisch besteigen. Dass die meisten hier dement sind und Großmutters Worte sofort vergessen, schließt nicht aus, dass sie einfach drauf pfeifen. Großmutter kennt und schätzt die Renitenz der Alten, auch wenn sie das nicht zeigen darf, weil diese sonst völlig durchdrehen. Im Lauf der Jahre fand sie stets neue Mittel und Wege, um immer noch mehr Fleisch und Sekt, Pelze und Kaffeemaschinen, Paprika, Kosmetika und gerne auch Narkotika zollfrei nach Österreich zu importieren. Erst versteckte sie die Waren. In, auf und unter dem

Bus. In einem aufgeschlitzten Sitz konnte man vier Sektflaschen bunkern. Das war jedoch nicht ungefährlich, da die ungarischen Straßen nicht durchwegs so glatt waren wie ein junger Venushügel. Teilweise holperte man für Stunden auf aknösem Asphalt durch die Gegend. Da konnte es durchaus passieren, dass sich einer der Sektkorken löste und heiter in die Höhe schoss. Und dann blieb nur zu hoffen, dass die Cordhose des Alten, welcher diesen Platz belegte, im Schritt noch relativ stabil war.

Großmutter nutzte jede Ritze, jedes Löchlein, jeden Spalt, um die Zöllner zu düpieren. Es war vermutlich der einzige Bus, der weit über fünfzig Verbandskästen barg. Das bedeutete jedoch nicht, dass man im Notfall einen Verletzten größzügig bandagieren hätte können. Schließlich befanden sich in den Kästen weder Pflaster noch Kompressen, sondern ausschließlich Salami. Auf die waren die Alten nämlich ganz besonders scharf. Oftmals kamen sie abends zum Bus, mit über zehn Stangen davon im Schlepptau. Die hatten sie aneinandergebunden und trugen sie gleich Blumenkränzen locker-lässig um den Hals. Versuche, die Zollbeamten zu überzeugen, dass es sich hierbei um Schmuckstücke handle, die sie schon bei der Einreise trugen, schlugen freilich meistens fehl. Großmutter bat die Freunde des gepressten Eselfleischs stets, einen Kissenbezug mitzuehmen, die Würste dort hineinzustopfen, um sie als Halskrause zu tarnen. Oder sie schnallte sie ihnen um. Mit Spanngummis und Klebeband. Bei manchen eher beleibteren Alten hielten die Würste auch von alleine, wenn man sie nur tief genug in die vorhandenen Bauchschluchten drückte. Das sah zwar bisweilen unförmig aus, doch glücklicherweise wagte der Zoll nur selten Leibesinspektionen. Verspürte doch einmal ein Beamter ein taktiles Verlangen, schickte Großmutter erst die vor, deren Körper schon von Haus aus und somit legal deformiert waren. Das trieb den kuschelbedürftigen Zöllnern die Übergriffigkeit schnell aus, wenn sie erst einmal so einen furunkelnden Witwenbunkel, welchen sie für ein paar Brocken angeklebten Schopfbraten hielten, in seiner entblößten Pracht erblickten. Später nahm Großmutter auf die Reisen immer ein paar Leute mit, welche in Ungarn gar nichts kaufen, jedoch bei der Zollkontrolle alle zu viel erworbenen Waren als die ihren nennen sollten. Dafür fuhren sie gratis mit. Aber das menschliche Leergut war fehlbar. Der Geist war schwach, und Fleisch war so billig. Trotz ihres Eides plünderten sie und konnten schließlich am Grenzübergang keine Schuld mehr auf sich nehmen. Deswegen bot ihnen Großmutter an, sie für die Mitfahrt zu bezahlen. Gleichwohl unter der Bedingung, dass sie sich zur Sicherheit, um gar nicht erst in Versuchung zu kommen, tagsüber im Bus einsperren ließen. Das funktionierte eine Zeitlang. Bis zur Fahrt im August.

»Ich hab dir so oft gesagt: Helga, lass die Fenster offen!« Großmutter wiegt den Kopf hin und her. Schuldbewusst und uneinsichtig. »Aber du weißt, was letztens passiert ist. Die haben die Forint noch durch den Fensterschlitz geworfen und sich Fleisch hereinreichen lassen.« Die Alten draußen werden unruhig. Sie klopfen auf allen Seiten gegen den Bus. Abfahrt war vor drei Minuten. Dass sich jetzt alles so verspätet! Hätten sie das doch vorher gewusst! Da hätten sie ja noch mehr Fleisch kaufen können. »Wir müssen die Rettung rufen!«, kreischt die Gitti und rennt am Gang des Busses auf und ab. Großmutter packt sie Arm und ermahnt sie, still zu sein. Die Alten hören und sehen zwar schlecht, weswegen eine Massenpanik nur sehr langsam ausbrechen würde, doch wenn sie sich nicht bald beruhigt, kapieren auch die, dass was nicht stimmt. »Aber er stirbt doch!« »Gitti! Seine Augen stehen weit offen, und eine Fliege sitzt ihm auf der Iris.« Die Gitti würgt. Großmutter gibt ihr zu verstehen, dass es äußerst wichtig sei, dass keiner der Alten davon erfährt. Wissen die, dass hier ein Toter, dann glauben sie, dass der Tod nicht weit. Er kam zwar nicht, um sie zu holen, aber wo er schon mal hier ist. Was man hat, das hat man. Das sagt sich sicher auch der Tod. »Dann laufen uns die wie alte, aufgescheuchte Hühner kreuz und quer in Sopron herum, und wir können sie dann suchen. Nein, Gitti, niemand darf das mitbekommen!« »Aber die vier, die hier sitzen! Die wissen, dass hier drin …« »Ach was! Die haben ja selbst einen Hitzeschlag. Die wissen überhaupt nichts mehr. Oder, meine liebe Frau?«, fragt die Großmutter die alte Dame, die schnaufend an der Scheibe klebt. »Ist Ihnen etwa aufgefallen, dass es dem Herrn vor Ihnen schlecht geht?« »Wasser …«, keucht die gute Frau, und ihre Lider beginnen zu flackern. Vermutlich, um ihr Luft zuzufächeln. »Na, siehst du? Du wartest kurz hier. Ich frag jetzt den Goran, was wir tun sollen.« Großmutter geht nach vorne zum Fahrer. Goran, ein Jugoslawe Mitte fünfzig und ein Gazpromcontainer von Mann, den Gery anno dazumal zusammen mit dem Bus erstand, lungert in der Fahrerkabine.

Goran ist eine berückende Mischung aus Pedanterie und brachialer effeminierter Grobschlächtigkeit. Gerade entfernt er mit einem Messer die Nagelhaut von seinen Fingern. Viele Männer wissen gar nicht, dass es so etwas wie Nagelhaut gibt. Geschweige denn, dass Grund besteht, diese auch noch zu entfernen. Aber Goran ist da anders. Er kratzt die Haut so großzügig ab, als würde er Kartoffeln schälen. Links ist er offenbar fertig. Da ist schon alles blutunterlaufen und bereit, sich zu entzünden. Wie auf dem Balkan üblich, streift er nach jedem Finger das Messer samt Haut an seiner Hose ab. Im Grunde gehört er hier gar nicht hin. Er ist zu Höherem berufen, als diese alte Kraxn zu fahren. In ihm schlägt das noble Herz eines Limousinenchauffeurs! Davon hat er schon als kleiner Junge in Jugoslawien geträumt. Großmutter wartet geduldig einen passenden Moment ab. »Sagen Sie, Goran, Sie fahren doch nun schon seit Jahren hierher. Wenn sich einer der Reisenden beispielsweise mal ein Bein brach, oder …« Goran zeigt mit seinem Messer auf die Plakette über ihm. »Bitte während der Fahrt nicht mit dem Fahrer sprechen.« Großmutter dreht sich und sieht, wie die Gitti in ihrer Verzweiflung eine Packung Tictac ext. »Goran, bitte, hier im Bus ist ein Mann, dem …« Goran tippt mit der Messerspitze dreimal gegen die Plakette. »Ja, aber wir fahren doch gar nicht!« Goran dreht wild an seinem Lenkrad und imitiert Motorengeräusche. »Gitti, das wird nichts. Wir müssen jetzt los!« »Ja, aber …« Ein paar Tictacs fallen ihr aus dem Mund. »Wenn wir jetzt die Polizei holen, sitzen wir hier ewig fest. Ich füll nicht hundert Formulare für eine sündteure Rückführung aus, wenn wir zehn Kilometer von Österreich weg sind.« »Du willst mit einem Toten über die Grenze?!« Großmutter schweigt. »Das sehen wir dann schon. Du gehst jetzt erst einmal nach draußen, sammelst ein, was die gekauft haben, und versteckst es wie sonst auch. Nur nicht das Fleisch. Das legst du denen hier drinnen auf den Schoß. Das erfrischt sie gleich ein bisschen.« »Dem Toten auch?« »Dem ganz besonders! Wenn wir den nicht runterkühlen, riecht es hier binnen Minuten wie in der Grazer Märchenbahn.« Natürlich riecht ein Bus voll Rentner, die bereits im Endspiel stehen, auch ohne Tote sonderlich. Ganz besonders dieser hier, in dem sich zu dem Kölnisch Wasser und den losen Flatulenzen noch die Schwaden des böcksernden Wildfleischs und der Geruch vom Goran mischen. Letzterer setzt der olfaktorischen Collage noch die verstörende Kopfnote auf. Denn der Goran sieht zwar aus, als röche er nach den Testikeln ausgehungerter, brunftiger Stiere, aber der Eindruck täuscht gewaltig. Diesen jugoslawischen Hünen umwabert der betörende Duft, den man nur in der kleinen Kerbe am goldbeflaumten Hinterkopf einer schlafenden Nymphe vermutet. Die Gitti hat bereits alles verstaut und treibt die Herde in den Bus. »Und jetzt?« Sie zittert am ganzen Körper. »Bitte, Helga, ich flehe dich an. Lass uns die Polizei rufen.« Großmutter streichelt ihr die Wange. »Goran, wir fahren!«

»Sehr viel Fleisch!« Der ungarische Grenzpolizist beäugt den Toten misstrauisch. Seltsamer als die Tatsache, dass der sich überhaupt nicht rührt, findet er allerdings den Berg aus zwei Dutzend Plastiksackerln, die man ihm auf den Schoß gelegt hat. Sowie den obenauf drapierten, aufgeschlagenen Reisepass. In den Sackerln steht das Blut. An manchen Stellen suppt es heraus, weil die Markknochen im Inneren das Plastik aufgerissen haben. Den Toten scheint das nicht zu stören. Seinen Kopf an die Scheibe gelehnt, döst er seelenruhig vor sich hin. Großmutter sitzt neben ihm. Erst sollte da die Gitti sitzen, damit Großmutter derweil die anderen Alten ablenken kann. Doch die Gitti hat partout nicht aufgehört zu schreien. »Er ist sehr müde.« Großmutter streichelt sanft die Schulter ihres trägen Sitznachbarn. »Wollen Sie seinen Pass sehen? Hier!« Sie reicht dem Grenzpolizisten den Pass. Dieser aber weist ihn zurück und zeigt auf den Schoß des Toten, wo sich der halbe Wildbestand der ungarischen Wälder türmt. Großmutter hat schon geahnt, dass das Stillleben »Toter mit Wild« bei den Zöllnern nicht allzu gut ankommen wird. Nur hatte sie keine Wahl. Nach hundert Metern schon war klar, dass der Gurt allein nicht reichte, um den Seligen zu fixieren. Deswegen haben Großmutter und die Gitti ihm genau so viel Fleisch aufgeladen, wie nötig war, damit er nicht immerzu nach vorne kippt. »Fünfhundert Gramm! Zu viel Fleisch!« Großmutter schüttelt entschlossen den Kopf. »Nein, nein, das gehört uns allen. Er hält es nur.« Dann steht sie auf und flüstert dem Polizisten ins Ohr. »Der arme Mann, müssen S' sich vorstellen, wurde am Zumpferl operiert. Das muss er jetzt kühlen. Aber sagen Sie es nicht laut. Dem ist das nämlich furchtbar peinlich.« Der Polizist drückt Großmutter mit der Kraft eines einzigen Fingers langsam in ihren Sitz zurück. »Wie heißen Mann?« Großmutter stutzt. Von fast allen hier im Bus kennt sie Namen und Adressen. Manchmal sogar die Krankengeschichte. Nur der hier fährt zum ersten Mal mit. Und wahrscheinlich auch zum letzten. »Sepp! Sepp heißt er, Sepp Weidinger.« Der Polizist entreißt ihr Sepps Pass, den sie noch immer in der Hand hielt und zugegeben leicht angeschwitzt hat. »Franz Treussner.« Großmutter nickt. »Das ist die Langform.« »Herr Treussner!«, schreit der Polizist. »Herr Treussner!«

Gitti, die drei Reihen weiter vorn sitzt, dreht sich panisch nach Großmutter um. Auch dieser wird nun etwas mulmig. Nun weiß sie tatsächlich nicht weiter. Sie sitzt nur versteinert da und ist teilnahmslos gespannt, wie das Ganze ausgehen wird. Der Polizist brüllt zunehmend lauter auf den toten Treussner ein. Schließlich streckt er seinen Arm aus, um ihn händisch aufzuwecken. Der Gitti kommt vor Schreck einer aus. Ihre alte Sitznachbarin entschuldigt sich recht herzlich dafür. Der Arm des Gesetzes wird immer länger. Gleich hat er ihn. Großmutter erwägt spontan, ihm in den Ellbogen zu beißen. Aber was dann? »Herr Treussner!« »Kruzitirk!« Der Polizist zuckt zusammen und zieht seine Hand zurück. »Und Kruzinesen!«, kreischt das kleine Weiberl weiter, welches direkt vor Großmutter saß. Mittlerweile steht sie aufrecht vor dem Polizisten da, dem sie gerade bis zur Brust reicht, und wirft ihm einen bösen Blick zu. Großmutter atmet erleichtert auf. Auf ihre Alten ist Verlass. Das tobsüchtige Weiberl schenkt dem Polizisten jetzt ordentlich ein, und dann schleicht er sich von selbst. Und wie sie ihm einschenkt. Sapperlot! Großmutter muss sich regelrecht zusammenreißen, um nicht zu grinsen. »Was bilden Sie sich eigentlich ein?!« Das Weiberl will es wirklich wissen. »Nun hören S' doch auf mit Ihrem Geschrei!« Sie stupst ihn mit ihrem frisch lackierten Zeigefinger an. »Das ist ja kaum auszuhalten!« Toll haben sie ihr die Nägel gestrichen. Da muss sie hinterher gleich fragen, wo sie das so schön machen hat lassen. »Haben Sie denn gar keinen Anstand?« Jetzt zeigt sie ihm sogar den Vogel. Herrlich. »Zeigen S' ein bisschen mehr Respekt. Sie sehen doch, dass der arme Mann tot ist!« Gittis Sitznachbarin entschuldigt sich abermals. Der Polizist zieht seine Waffe und mahnt damit unmissverständlich, dass alle sitzen bleiben sollten. Großmutter hat verlernt zu atmen. Der Fleischberg rutscht dem Treussner vom Schoß, worauf dieser reglos nach vorn kippt. Viele der Alten beginnen zu schreien. Nur wenige wissen, warum. Schließlich brüllt der Polizist irgendwas auf Ungarisch und setzt dem Krakeelen ein Ende. Bis auf nervöses, rasselndes Röcheln ist kein Laut im Bus mehr zu hören. Langsam und vorsichtig schreitet er rückwärts durch den Gang in Richtung Tür, seine Waffe weiterhin auf die entsetzten Alten gerichtet. Wen er dabei übersieht, ist Goran, welcher ihn am Ende des Gangs mit der Lenkradsperre erwartet. Goran holt aus. Gittis Sitznachbarin kichert und zeigt mit dem Finger auf sie. »Das waren jetzt aber Sie!« Plötzlich erklingt erneut Geschrei. Diesmal allerdings von draußen. Der Polizist senkt seine Waffe und Goran seine Lenkradsperre. Alle drängen sich an die Fenster. Auf der Straße stehen zwei Dutzend aufgescheuchter Grenzpolizisten, Ungarn sowie Österreicher, welche wild gestikulieren und mit ihren Waffen fuchteln. Manche stehen nur stumm da und zeigen entgeistert Richtung Osten. »Horcht!« Aus der Ferne hört man ein Stampfen. Irgendetwas scheint zu kommen. Die Erde bebt. Und es wird kalt. »Himmeljesusmaria, was ist das?«

Ich habe bereits erwähnt, dass es ein heißer Tag im August war. Doch womöglich sollte ich das Datum etwas präzisieren. Es war der 19. August 1989. Jener Tag, an dem man erstmals für den Zeitraum von drei Stunden die Öffnung des Eisernen Vorhangs gewährte. Goran nutzt den Moment der Verwirrung, packt den Polizisten von hinten und befördert ihn grob aus dem Bus. Stracks eilt er zurück ans Steuer, legt den Gang ein und prescht los. Eine Handvoll Uniformierter besteigt sogleich ein Auto und nimmt die Verfolgung auf. Gerys alter Reisebus rast durch das burgenländische Brachland. Dicht gefolgt von der Grenzpolizei. »Schneller, Goran, schneller!« Goran grunzt. Die Alten peppelt es wild hin und her. Den Treussner, der schon auszuhärten beginnt, schlägt es mehrmals gegen die Scheibe. Sektkorken schnalzen an die Decke. Hunderte Zwetschken und Marillen, die zum Einkochen bestimmt waren, fliegen kreuz und quer herum. Goran fängt eine davon im Flug und beißt ungestüm hinein. Sein halbes Gesicht ist mit Fruchtfleisch verschmiert. Ihm scheint diese Verfolgungsjagd einen Heidenspaß zu machen. Mit irrem Lachen rauscht der Goran auf der Gegenfahrbahn dahin. Aber so gemeingefährlich er auch alles überholt beziehungsweise überfährt, was ihm in die Quere kommt, er entkommt den Ungarn nicht. »Gitti, die holen immer weiter auf!« »Vielleicht sind wir zu schwer!«, schreit die Gitti Großmutter zu. Diese schnallt sich waghalsig ab. »Helga, nein!« Großmutter hangelt sich durch die Reihen und fordert die Alten auf, sofort sämtliche Fenster zu öffnen und allen Ballast abzuwerfen. »Vorsicht!« Die Gitti zeigt rechts aus dem Fenster. Die Grenzpolizei hat sie eingeholt. »Die schießen!« Die Alten gehen panisch in Deckung. Nur der tote Treussner sitzt seit dem letzten Schlagloch wieder aufrecht. Da jedoch keine Schüsse fallen, lugt Großmutter auf die rechte Straßenseite hinaus. Das Polizeiauto fährt nun direkt neben ihnen her, überholt und hängt sie ab. »Goran, stopp!« Goran bremst ab. Er ist merklich enttäuscht, dass der Ritt schon vorbei ist. »Helga, bist du wahnsinnig?!« »Gitti, die waren gar nicht hinter uns her.« »Aber warum sind sie dann …« Plötzlich ertönt erneut dieses Stampfen. Und wieder beginnt die Erde zu beben. Großmutter schleicht ans Ende des Busses und blickt nach hinten auf die Straße. »Grundgütiger … Los, Goran, los!« Goran johlt auf und tritt aufs Pedal. Am 18. August 1989 passierten binnen kürzester Zeit fast tausend DDR-Bürger die Grenze zwischen Ungarn und Österreich, um von dort aus weiter in die Bundesrepublik zu gelangen. »Die holen auf! Seid ihr bereit?« Die Alten nicken. Sie scheinen noch verängstigter als vorhin, als sie nur von der Polizei gejagt wurden.

»Dann los!« Aus allen Fenstern des Busses fliegt Fleisch. Jeder wirft, was er fassen kann, in hohem Bogen über Bord. Kleider, Kaffee und Küchengeräte. Hunderte Salamistangen kugeln über die Landstraße. »Es funktioniert!« »Schaut's! Die setzen sich hin und essen!« Nun erschließt sich auch dem Leser und wohl auch dem Historiker, weshalb dieser Tag später als das Paneuropäische Picknick in die Annalen eingehen wird. Goran hält an. Großmutter, Gitti und die Alten beobachten die Ostdeutschen beim Jausnen. »Mei, san's net liab?« »Die schauen gar nicht wie Deutsche aus.« »So einen hätt ich auch gern daheim.«

Großmutter schweigt die restliche Heimfahrt. Keiner der Alten wird hiernach je wieder diesen Bus besteigen. Das Maul zerreißen werden sie sich, diese tratschsüchtigen Zecken. Wahrscheinlich wird sie umziehen müssen. Höchstwahrscheinlich ins Gefängnis. Aber der Rudi wird sie besuchen. Und fragen, wo das Maggi ist. Ihre Söhne werden sie ihr wegnehmen und zu Pflegfamilien bringen, auch wenn der älteste bereits dreiunddreißig ist. Verstohlen schleicht sie aus dem Bus und läuft geradewegs davon. Nicht einmal Tschüss gesagt hat sie zur Gitti. Auch die Alten torkeln ins Freie und schnurstracks in ihre Häuser. Die meisten sind von Kopf bis Fuß mit Marillengatsch verdreckt. Den schaben sie ab und rexen ihn ein. So kommen sie schlussendlich doch noch zu ihrer Marmelade. Ohne dass sie sie einkochen mussten. Auch Großmutter ist über und über mit orangem Batz verschmiert. Hinzu kommt das ganze Blut von den zerfetzten Fleischsackerln. »Marandjosef, Helga!« Der Rudi lässt die Zeitung fallen. »Bist du heut Morgen schon so rausgangen?« Wider Großmutters Erwarten kam infolge dieser Fährnis keine einzige Beschwerde, geschweige denn der Haftbefehl. In den nächsten vierzehn Tagen ertrinkt sie förmlich in Anmeldungen für die nächste Ungarnfahrt.

Nur eine Unannehmlichkeit musste letztlich bereinigt werden. In dem ganzen Tohuwabohu, und die Augen voller Fruchtmus, hatte man damals beim Aussteigen auf den toten Treussner vergessen. Somit fuhr er zwei Wochen später unfreiwillig nochmals mit. Allerdings hatte sich der Treussner in der Zwischenzeit dem Bus geruchlich sehr stark eingeprägt. Weswegen Großmutter vor der Abfahrt fünf Dutzend Wunderbäume kaufte. Zehn hängte sie dem Treussner an und einen über jeden Sitz. Das roch dann nicht nur fein nach Vanille, sondern sah auch festlich aus. Und es sorgte überdies für allgemeines Amüsement, wenn manch einer der wirklich Alten, die geistig nicht mehr rutschfest waren, von einem Schlagloch aufgeweckt wurde, nach dem vor ihm baumelnden Wunderbaum griff und tief inhalierte, als wäre es eine Sauerstoffmaske. In Sopron war dann Endstation für den Treussner. Während die Alten Fleisch besorgten, ging der Goran mit ihm um die Ecke.

Großmutter schmuggelt frohgemut weiter und versorgt ganz Freienstein mit Blutverdünnern, Büstenhaltern sowie natürlich Tonnen Wildbret. Und, das aber eher unabsichtlich, mit der Maul- und Klauenseuche. Wie genau der Virus von dem verseuchten Fleisch aus Ungarn auf das heimische Vieh überging, darüber kann man nur spekulieren. Fest steht, dass zu dieser Zeit die sonst beliebten Schweinsfüße plötzlich zu Ladenhütern verkamen. Die Seuche hätte sich gewiss über das ganze Land verbreitet, hätte nicht Anfang des Jahres 1992 bei Großmutter das Telefon geklingelt. »Gitti, ich krieg ein Kind.« Die Gitti schaut Großmutter zweiflerisch an. Sie mustert die Runzeln um ihren Mund, die kleinen Fältchen um die Augen und die tiefen Furchen am Hals. Zählt man alle Schluchten zusammen, ergibt das ungefähr das Alter. Die Gitti überschlägt sie grob und kommt dabei schon fast auf sechzig. »Helga …«, setzt sie schonend an. »Bist du dafür nicht zu …« Großmutter verdreht die Augen. Die Gitti hat auf einmal Angst, sie damit arg gekränkt zu haben. »Aber Sachen gibt's, die gibt's nicht. Was weiß denn ich? Vielleicht ist das da

Fruchtwasser in deinen Beinen.« Großmutter schlägt die Gitti sanft mit dem Zollbestimmungsprospekt. »Ich selber krieg das Kind doch nicht!« Die Gitti seufzt erleichtert auf. »Aber ich werd es bekommen.«

Eine Woche vor meiner Geburt fährt Großmutter ein letztes Mal nach Sopron. Ein letztes Mal befehligt sie die pensionierten Plünderer. Ein letztes Mal befestigt sie Fleisch mit Klebeband an der Unterseite des Busses. Ein letztes Mal stellt sie sich tollkühn vor dem Zollbeamten taubstumm. Als der Bus am späten Abend in Freienstein zum Halten kommt, bleiben alle schweigend sitzen. Schließlich fängt jemand an zu klatschen. Der gesamte Bus stimmt mit ein. Goran schäkert selbstzufrieden. Er ist überzeugt, der Applaus gelte ihm, weil er heute kurz vor der Grenze diesen Hasen überfahren hat. Fast wäre er ihm entwischt. Großmutter hat feuchte Augen. Schweren Herzens nimmt sie Abschied. Von ihren Stammkunden, die ihr zum Dank einen Geschenkkorb überreichen. Von Goran, dem das alles egal ist. Und sogar vom Reisebus selbst, der sich gerührter zeigt als Goran. Zumindest erscheint es Großmutter so, als sie zum allerletzten Mal durch die leeren Reihen geht, um nachzusehen, ob etwas zurückblieb. Morgen wird sie zum letzten Mal all die heutigen Teilnehmer anrufen, um zu erfragen, wem der blaue Regenschirm, die sieben Kilo Wildschweinlende und das Hörgerät gehören, die im Bus vergessen wurden. »Bist du dir sicher, dass du das schaffst?« Die Gitti japst und nickt unter Tränen. »Du brauchst niemanden anzuwerben. Die meisten fahren eh immer mit. Manche musst nur erinnern. Hier!« Großmutter gibt der Gitti eine Liste. »Das sind die Namen und Telefonnummern unserer Stammfahrer. Daneben habe ich dir markiert, wie verwirrt die jeweils sind. Wenn da nur ein Rufzeichen steht, reicht es, wenn du sie drei Tage vorher kurz anrufst. Bei zwei Rufzeichen rufst du sie am Abend vor der Abfahrt an. Und bei drei Rufzeichen hat es keinen Sinn mehr anzurufen. Bei denen müsst ihr einfach vorbeifahren und sie zur Not im Pyjama mitnehmen. Manche von denen werden sich wehren, aber glaub mir, die wollen mit.« Die Gitti putzt sich die Nase und nickt. »Du kannst mir vertrauen. Wir sind jetzt acht Jahre zusammen gefahren. Ich krieg das schon hin.« Und dann hat die Gitti das Busunternehmen innerhalb von nur vier Monaten völlig heruntergewirtschaftet. Als der Goran ihr gedroht hat, ihr die Daumen abzuschneiden, sollte sie ihn nicht bezahlen, hat sie den Gery angerufen, der sich zum Glück erweichen ließ, den alten Bus zurückzunehmen. Das hat die Gitti allerdings noch mal fünftausend Schilling gekostet. Ihr schönes, kleines Unternehmen war futsch. Von einem jedoch nahm Großmutter trotz des Verlusts bis heute nicht Abschied. Im Laufe der Jahre hatte sie sich nämlich in Ungarn verliebt. Gut, das hat die Gitti auch. Die hat sich, um genau zu sein, sogar in mehrere Ungarn verliebt. Oftmals sogar am selben Tag. In Großmutters Fall aber war es das Land, das ihr nicht aus dem Kopf gehen wollte.

Großmutter und ich dösen müßig in einer Sitzkoje aus Eiche, die mein Großvater zuvor durch beharrliches Herumschreien von Deutschen gesäubert hat. Wir befinden uns im Kurgarten, dem privilegierten Bereich der Badeanlage von Zalakaros. Die Badeanlage ist nämlich strikt in zwei Bereiche geteilt, für die es zwei verschiedene Tickets zu zwei verschiedenen Preisen gibt. Zur rechten Seite liegt der besagte Kurgarten. Ein Hort der Ruhe und der Rast. Die farbenprächtige Botanik ist französisch arrangiert. Der Rasen säuberlich gestutzt, die Bäume stehen stramm habt Acht! und salutieren den Passanten mit ihren vollbusigen Kronen. Die Blumenbataillons bestechen durch Verspieltheit und Disziplin. Ein Hain der Gnade und des Glücks, welcher eine jede Gangart, war sie auch noch so ungelenk, auf Krücken oder allen vieren, sofort zum Lustwandeln erhob. Hier in der unfreien Natur muss der Mensch nicht länger Mensch sein. Zur linken Seite der Badeanlage west hingegen ein Bereich, den man mit keinem Namen taufte, sondern stets nur *draußen* nannte. Ein Draußen, das mehr draußen war als die ungarische Puszta. Selbst wer von der Straße kam, ging hierhin eher raus als rein. Diesen Bereich als Gegenpart zu dem Kurgarten à la française nun als englisch zu bezeichnen, wird dem nicht so ganz gerecht. Was dort draußen wütend wuchert, ist weniger romantische Verwilderung, sondern ein Amoklauf der Natur. Um zu verhindern, dass die jeweiligen Gäste vom Blick und Anblick der anderen verstört werden, prangt zwischen diesen beiden Bereichen ein uneinnehmbar lückenloser, blickdichter Massivholzzaun. Sowohl rechts als auch links findet man die berühmten Schwefelbäder – das Herzstück und Heilsversprechen der kleinen Stadt Zalakaros. Das schwefelhaltige Wasser, so sagt man, kuriere darin eingeweichte Leiber von allen Hautkrankheiten, Blasenschwäche, Nierenleiden, Atemwegsverstopfungen, anderen Verstopfungen und sogar Anfällen von Kommunismus. Fünfzehn Minuten sollte man in dem sakralen Nass verharren. Danach schlägt der heilsame Effekt abrupt in ein fatales Gift um. Für den gemeinen Kurgartengast ist diese Vorgabe jedoch illusorisch, da er schon zwanzig Minuten benötigt, um seine porösen Glieder, sowie Scherpen und Schleier aus Fleisch, in das, nebenbei bemerkt, bestialisch stinkende Wasser zu schleifen. Diesen Triumph kostet er dann meistens drei, vier Stunden aus, ehe er sich schwachen Herzens wieder aus dem Becken kämpft. Manch einer versucht das erst gar nicht und zieht sich bewusst in die pestillente Brühe zum Sterben zurück. Auf dass der schwefelige Saft ihn nicht nur von den Leiden heile, sondern vollständig erlöse. Das Schwefelbecken des Kurgartens ist zum Glück sehr großzügig bemessen. Kein Gast berührt den anderen. Auch für die Seebestatteten ist reichlich Platz, um friedlich hin und her zu treiben. Jeder lungert mindestens in einem Abstand von fünf

Metern zu seinem Zeitzeugengenossen in dem warmen, gelben Sud, geschützt vom Schatten eines Dachs und imposanter Trauerweiden. Draußen existiert kein Dach. Bäume gibt es, doch die sind keiner Gattung zuzuordnen. Ein paar botanische Bastarde krüppeln ungestalt aus dem Boden. Das Becken ist beträchtlich kleiner, der Andrang aber zigfach größer. In dem winzigen Tümpel stecken an die zwei-, dreihundert Menschen, atem-, reg-, und freudlos aneinandergepfercht. Die Sonne drischt gnadenlos auf sie ein. Der einzige Vorteil, welchen dieses Becken bietet, ist die Unmöglichkeit des Sinkens. Hier ist jeder ein tragender Balken des grotesken Fleischgerüsts, das sich entweder geschlossen oder eben gar nicht bewegt. Selten nur gelingt es einem, sich einen Weg aus dem Becken zu bahnen. Der dadurch geleerte Platz schließt sich augenblicklich wieder durch die aufgeweichten Körper. Doch für den Sekundenbruchteil, in dem die Lücke offen steht, empfiehlt es sich, sich abzuwenden. Denn an diesem schmalen Platze treibt es unverzüglich allen Schorf und alle Krusten, desertierten Hühneraugen, abgestorbenen Furunkel, Pilzgeflechte, Schamhaarknäuel, Schuppenwuste und Ekzeme an die Wasseroberfläche.

Großmutter ist ganz vernarrt in den Kurgarten. Hierher fahren wir jeden Sommer. Ich, die beiden Großeltern sowie Großmutters Bruder, der Hansi, dem wir zuletzt begegneten, als ihn ein Russe zwang, ihm sein neues Rad zu entwenden. Mittlerweile ist der Hansi verheiratet und hat selber schon einen Enkel. Anfänglich war seine Frau auch noch mit von der Partie. Sie wäre es bis heute, hätte sich nicht zwischen sie und Großmutter ein Keil getrieben. Und dieser Keil, mein werter Leser, ist mehr als nur ein schnödes Bild. Zwischen Großmutter und ihre einst geliebte Schwägerin riss ein monströser Tortenkeil eine tiefgehende Wunde. Denn Hansis Gattin ist ein Mensch, der eine Torte zu backen vermag, die Großmutter bis in die Träume verfolgt. Doch dort gehört das

Enkerl hin. Für Backwaren ist da kein Platz. Deswegen liegt ihr viel daran, diesen Umstand zu beheben. Es geht hierbei um das Rätsel einer Schokoladentorte. Eine Torte, die weder geschmacklich, optisch noch sonst auf irgendeine Weise die Fehde wert schien, die sie entfachte.

Alles begann an einem kalten Winterabend 1996. Wir waren bei Hansi zum Essen geladen. Es war die Zeit, als ich noch bei Großmutter lebte und sie nicht im Geringsten daran glaubte, dass sich das je ändern würde. Ich würde noch mit vierzig Jahren und zweihundert Kilogramm Körpergewicht im ersten Stock des Hauses wohnen, arbeitete bei der Mordkommission und käme mittags zum Essen nach Hause, wo mich Großmutter fortwährend zu meinem neuen Kollegen befragt, diesem adretten, feschen Jüngling, und ob sich da vielleicht was ergäbe, deutlich hin- und hergerissen zwischen der Angst, mich zu verlieren, und der, mich niemals loszuwerden. »Geh, Oma, dem bin ich doch z'fett!«, würde ich sagen, während mir Brocken Kaiserschmarren muränenartig vom Kinn stürzten. »Dann bleibst halt daheim. Du hast ja mich!«, würde sie mich und sich dann trösten. »Aber was mach ich, wenn du nicht mehr da bist?«, würde ich sie wiederum fragen. »Du hast mich zu einem morbiden, immobilen Schwamm gemacht. Ich wurde einmal fast versteigert, weil man mich für einen Beuys hielt. Du hast Mama und Opa getötet, damit wir beide endlich allein sind. Du hast Behörden mit Torten bestochen, sodass ich Mordkommissar werden konnte, um diese Morde zu vertuschen. Ich bin beziehungs-, bewegungs- und zahlungsunfähig, weil du mein gesamtes Gehalt für das teure Butterschmalz rauswirfst. Ich bin omniimpotent. Ich bin auf ewig dazu verdammt, mich von dir sklavisch bedienen zu lassen. Wenn du stirbst, weiß ich nicht, was ich tun soll.« Tränen wie Fettaugen würden mir über das Gesicht laufen. Doch Großmutter würde mich beruhigen. »Geh schau her, jetzt wein doch nicht. Du brauchst um mich nicht traurig sein. Jetzt bist du so ein dickes Wuzerl. Du stirbst sicher ganz viel vor mir.« Kurzum, es war noch jene Zeit, in welcher Großmutter mit mir unters Volk ging, Verwandte besuchte und Freundinnen traf. Kein Grund, sich zu Hause zu verbarrikadieren und die gemeinsame Zeit zu genießen, indem man bedauert, wie bald sie vorbei.

So saßen wir da: ich, die Großmutter, der Hansi und natürlich Hansis Frau, die wir hier Elfriede nennen, und das, obwohl sie tatsächlich so heißt. Doch dies ist schließlich ein Roman, das heißt ein fiktionales Werk, weswegen die Namen der Personen auch die sind, die sie in Wirklichkeit tragen. Der beste Deckname ist immer der eigene. Und wenn dieses Buch erst veröffentlicht ist, wird sich Elfriede überall suchen, sich hinter jedem Namen vermuten, nur gewiss nicht hinter Elfriede. Diese schneidet uns gerade allen etwas Torte ab. Das Schüsselchen mit Schlagobers ist noch nicht bei mir angelangt, dennoch will ich nicht mehr warten. Ich nehme die Kuchengabel zur Hand und steche ein Stück Torte ab. Natürlich mit der Gabelkante. Es soll ja durchaus Menschen geben, die hierfür die Zacken nutzen. Ich kann nicht genau erklären, weshalb mir diese Handhabung unschicklich scheint. Dennoch war ich stets der Meinung, die Abschiebung von Ausländern ist von keiner Dringlichkeit, solange es noch Menschen im Land gibt, die Patisserie mit den Zacken zerteilen. Vorfreudig führe ich die Gabel zum Mund. Elfriede gelang es, den vollen Geschmack aus den Zutaten zu kitzeln. Wohin sie ihn darauf entsorgte, ist mir aber schleierhaft, denn in der Torte ist er nicht. Sie ist außerordentlich saftig. An sich ein wünschenswertes Merkmal. Ist es jedoch das einzige Merkmal, wird es der Torte zum Verhängnis. Denn saftig ist streng genommen auch ein Schluck Wasser. Das macht Wasser aber noch lange nicht zu einer gelungenen Torte. Geschmacklich nämlich beißt man sich an dem Nichts die Zähne aus. Meine Verstörung war vollkommen. Ich war schließlich noch ein Kind und hatte bis dahin mit Torten keinerlei schlechte Erfahrung gemacht. Torten stehen für eine heile Welt. Wo immer man noch Torten bäckt, dort ist der Krieg nicht ganz verloren. Ich drücke das Tortenstück an den Gaumen und werfe es gegen die Mundhöhlenwände. Alles in der verzweifelten Hoffnung, ihm ein Aroma abzupressen. Das Kauen wird zum Kreuzverhör. Schließlich muss ich es gehenlassen. Es weiß nichts und hat nichts zu sagen. Der leichte Eindruck von Schokolade, der auf meiner Zunge zurückbleibt, ist auch nur ein Hirngespinst, weil der Teig so dunkelbraun ist. Ich blicke hilfesuchend zu Großmutter. Sie gurgelt ihren Bissen wie Mundwasser. Mich ängstigt, sie könnte daran ertrinken.

»Und?«, fragt Elfriede ungeduldig. »Ich hab sie gerade frisch gemacht.« Das Rohr ist noch warm, aus dem sie kroch. Ich blicke auf meinen Teller hinab. Doch Großmutter ist nicht verlegen. Sie hat bereits zu viel erlebt, um nun die Nerven wegzuschmeißen. Sie weiß, es gibt nur einen Weg, solch konditorischer Katastrophe angemessen Paroli zu bieten. »Du musst mir unbedingt sagen, wie du die gemacht hast!«, johlt Großmutter auf. Sie nimmt sogleich einen weiteren Bissen, schließt genussvoll ihre Augen und stöhnt, dass mir ganz anders wird. Großmutter ist immer ehrlich. Sie ist mitunter so gnadenlos ehrlich, dass es Autisten schroff erschiene, welche ja weiß Gott nicht für ihre diplomatischen Lügen bekannt sind. Niemand findet vor Großmutter Gnade. Nur eines würde sie nie tun. Niemals würde sie jemandem sagen, dass ihm eine Mehlspeise misslang. Hier, und nur hier, entwickelt Großmutter so etwas wie Ethik. Jemandes Backkunst bloßzustellen wäre für sie ein unverzeihliches Verbrechen. Jedoch nicht, weil sie das Backen als Nebensächlichkeit erachtet, die nicht jeder können muss. Ganz und gar nicht, in Großmutters Welt hat jeder gefälligst alles zu können. Besonders die Frauen. Und besonders das Backen. Wenn eine das nicht gut beherrscht, dann ist sie nicht viel wert. Gar nichts, um genau zu sein, deswegen tritt Großmutter nicht noch nach, wenn ihr so ein armes Geschöpf über den Weg läuft. Unbegabte Bäckerinnen sind ihr zufolge wahrscheinlich die einzigen Behinderten. Solche, die man schützen muss vor der Häme und dem Spott, weil sie nicht die Grundwürde haben, um selbst damit zurechtzukommen.

Plötzlich unterbricht Elfriede Großmutters lautstarkes Genießen. »Nein.« Wir blicken sie an. Die Stirn der Elfriede liegt in barocken, wuchtigen Falten. Es fällt ihr sicherlich nicht leicht, sie so kunstvoll zu drapieren. Stirnrunzeln ist etwas für die Jugend. Ältere Menschen tun sich da schwer. Eine ohnehin runzlige Stirn nämlich fürderhin zu runzeln erfordert einen gewaltigen Kraftakt. Kraft, die den Alten offenbar fehlt, sonst hinge ihre Stirnhaut nicht resignativ vom Schädel herab. Die mürrische Verdrießlichkeit, welche bei Alten so verbreitet ist, liegt in diesen Falten begraben. Man darf den geriatrischen Grimm aber nicht falsch interpretieren. Manch einer vermutet ja, was die Alten hantig macht, sei ihre greifbare Nähe zum Tod. Dabei ist es die Rebellion gegen diesen. Statt den Faltenwurf ihrer Stirn zu akzeptieren, identifizieren sie sich mit ihm. Aus den Falten werden Runzeln. Aus unkontrollierbarem Verfall wird nun selbstgewählter Verdruss. Und das ist den Alten allemal lieber. Besser moros als moribund. Ist jedoch die üble Laune grundsätzlich in die Stirn gemeißelt, muss man sich schon sehr bemühen, will man, wie momentan die Elfriede, hie und da zu besonderem Anlass besonders schlecht gelaunt erscheinen. Lange hielt sie es nicht durch. Weswegen man ihren bösen Blick für eine kurze Spastik hielt, die man höflich unerwähnt lässt. Wir wenden uns erneut von ihr ab. Aber sie hat doch etwas gesagt, bevor sie so komisch zu zucken begann. »Nein«, hat sie gesagt, die Elfriede.

»Nein was?«, fragt Großmutter fidel, während sie noch voller Inbrunst Verzückung ob der Torte mimt. »Nein, ich gebe dir das Rezept nicht«, erläutert Elfriede mit eisigem Antlitz. Es wird schlagartig still. Hansi lässt sich in Gedanken heute bereits zum fünften Mal scheiden. Großmutter ist angespannt. Als zöge sie langsam ihren Colt, greift sie nach ihrem Hörgerät, um Elfriede anzudeuten, dass sie sich wohl verhört haben muss. Elfriede schüttelt bedrohlich den Kopf, woraufhin Großmutter die Hand wieder senkt. Es vergehen einige katatonische Momente, ehe Elfriede nachdrücklich flüstert: »Es ist *mein* Rezept.« Elfriede und die Großmutter sitzen einander direkt gegenüber und starren sich unnachgiebig an. Zwischen ihnen nur die Torte, der Mittelpunkt eines grotesken Kreidekreises. Elfriede will das Rezept nicht verraten, und die Großmutter will es nicht wissen. Trotzdem wären beide bereit, den Tortenheber zu ergreifen und einander zu erstechen. Die alten Damen atmen schwer. Ich versuche unauffällig, Hansis Aufmerksamkeit zu erhaschen. Doch wie weggetreten malt er Unterschriften in die Luft. Nun liegt es offenbar an mir. Das Schicksal dieses Nachmittags liegt allein in meinen Händen. Ich lehne mich wortlos zurück und esse weiter mein Stück Kuchen. Nicht selten eskaliert ein Konflikt, sobald man ihn zu schlichten versucht. Die wahren Helden sind die, die nichts tun, wenn jeder andre etwas täte. Wie beispielsweise Stanislaw Petrow. Und wie ihm wird es auch mir niemand danken. Doch wahre Helden kümmert das nicht. Sie wissen, was sie nicht getan haben, und das ist ihnen Lohn genug. Ich sonne mich im Heldentum. Was ich verhindert haben werde, indem ich zum richtigen Zeitpunkt nicht eingriff, kann man sich wohl gar nicht ausmalen.

»Um Himmels Christi willen, Elfriede! Niemand auf Gottes grüner Erde wollte hierfür das Rezept!« Das hätte Großmutter gerufen, verstieße es nicht gegen die goldene Regel, niemanden ob seiner Backkunst zu ächten. Diese Regel einzuhalten fiel ihr bislang noch nie so schwer. Nicht einmal beim Kaffeekränzchen mit ihrer Großtante Gundl, die ihr eine Sachertorte servierte, deren

Marmeladenschicht ein rotes, rundes Filzstück war, rang sie derart mit sich selbst, keinesfalls Kritik zu üben. Denn Gundl war zwar so umnachtet, dass sie beim Toilettengang die Hose nicht hinunterzog, zugleich aber darauf beharrte, sich danach gründlich abzuputzen, doch war ihr Hirn nicht so geronnen, dass sie es hätte glauben gemacht, ihre Filztorte wäre in einem Backwettbewerb satisfaktionsfähig gewesen. Gundl wusste, dass ihre Torte sie nicht der Gefahr aussetzt, von den Erben des Eduard Sacher vorsorglich liquidiert zu werden. Sie wusste, ihre Torte schmeckt nicht. Sie wusste nicht genau, warum. Vermutlich hätte sie gemeint, dass ihr der Filz an diesem Tag nicht so gut gelungen sei. Nichtsdestoweniger war Gundl immerzu von großer Demut, wenn sie ihre Torten servierte.

Elfriedes Torte besteht nicht aus Filz. Sie hat auch keine Streusel aus Knöpfen, keine Glasur aus Kukident, und der von ihr verwendete Teig setzt sich nicht aus einem Teelöffel Mehl und dreihundert Gramm Backpulver zusammen, wie ihn Gundl herzustellen pflegt. Elfriedes Torte ist kein Grund, sie dafür ins Heim zu stecken. Sie wäre aber auch kein Grund, sie wieder aus dem Heim zu holen, wenn sie denn in einem wäre. Darum ist diese Eitelkeit, welche Elfriede hier zur Schau stellt, impertinent und besorgniserregend. Großmutter ist mit der Situation sichtlich überfordert. Sie könnte es einfach dabei belassen. Sie dachte ja beileibe nicht daran, Elfriedes Torte nachzubacken. Doch dass das die Elfriede glaubt! Dass sie ernsthaft glaubt, dass meine Großmutter, der Pate der Freiensteiner Patisserie, die Königinmutter der Mehlspeisenkunst, die kurze Zeit, die ihr noch bleibt, diese Zumutung imitieren will, kann sie nicht auf sich sitzen lassen. Elfriede muss einsehen, dass ihre Torte nichts taugt. »Um Himmels Christi willen, Elfriede!« Großmutter stockt. »Du musst es mir geben!«, würgt sie zähneknirschend hervor. Elfriede hat nun mittlerweile seit zehn Minuten nicht geblinzelt. Man möchte ihr beinahe Torte in die Augen schmieren, um diese wieder zu befeuchten. »Nein.« Das ist das Letzte, was wir von Elfriede gehört haben.

Ich kann Großmutters Grimm verstehen. Nicht jedoch verstehe ich, mit welcher Selbstverständlichkeit sie mir dasselbe antun kann. Während ihrer Ungarnreisen ist sie naturgemäß auch selbst mehrmals dem wohlfeilen Wildbret erlegen. Und Sie, mein Leser, müssen mir glauben, sie erschuf daraus das Beste, was ein Sterblicher jemals sowohl gekocht als auch gegessen hat. Einen Rehbraten mit Rotkraut, Kroketten und einer karamellisierten Birne. Ein Klassiker, gewiss, ich weiß, doch sie präpariert das Reh auf eine Art und Weise, dass sich die Haute Cuisine in den Staub schmeißt. Seit über zwanzig Millionen Jahren springen Rehe allerorts konfus auf dieser Welt herum, nicht wissend, was ihre Bestimmung, dürstend nach Antworten und einer Soße, deren dezentes Zitrusaroma ihnen die Angst vor dem Sterben nimmt. Großmutter kocht nicht nur einen Braten. Sie verschafft diesen armen Geschöpfen nebst ihrer einfältigen Schönheit endlich einen Lebenssinn. Und das schmeckt man. Man schmeckt die Dankbarkeit des Tieres. Es ist so dankbar, dass man meint, diesen Bissen Fleisch nicht zu kauen, sondern ihn regelrecht zu fellieren. Wann immer ich heute dieses Wildgericht bei ihr esse, versetzt es mich in die Kindheit zurück. Nicht in meine, wohlgemerkt, sondern eine bessere. Servierte der Pfarrer Großmutters Soße anstelle seines Billigfusels, ich hätte nie eine Messe versäumt. Wäre Gott ein Leib gegeben, durch seine allmächtigen Adern flösse dieser Bratensaft. Großmutter serviert ihr Reh ausschließlich am Christtag, an Neujahr und an Ostern. Und genauso wie der Heiland braucht Großmutter drei volle Tage, um es auferstehen zu lassen. Drei Tage Vorbereitungszeit, in denen sie sich in der Küche verkerkert. Ohne Kontakt zur Außenwelt, ohne uns zu unterrichten, was gerade vor sich geht. Danach schiebt sie den Felsblock zur Seite und tritt gravitätisch aus der Küche. In ihren Armen das Kitz Gottes.

Ich hätte Ihnen allzu gerne zwischen diese beiden Seiten eine Schöpfkelle Soße geschmiert, auf dass Sie zumindest eine leise Ahnung haben von dem, was ich hier beschreibe, aber Sie kennen ja die Verleger.

»Sag, Oma, wie machst du eigentlich dein Reh?« »Aber Kindchen, das habe ich dir schon so oft erklärt.« Großmutter steht auf und geht in die Küche, um einen frischen Kaffee aufzustellen. Das ist allerdings nicht richtig. Richtig ist, dass ich oft danach fragte. Aber erklärt hat sie es nie. Sie gibt weder die Zubereitung noch die genauen Zutaten preis. Sie weigert sich nicht explizit. Im Gegenteil, mit größter Offenherzigkeit erläutert sie die Vorgehensweise, alle essentiellen Gewürze und minutiösen Spitzfindigkeiten, die ihr Wild so besonders machen. Kocht man gemäß ihren Anweisungen den Wildbraten nach, wird man jedoch schnell entdecken, dass davon offensichtlich nichts der wahren Rezeptur entspricht. Was Großmutter diktiert, ist zweifelsohne ein Gericht. Doch da enden die Gemeinsamkeiten. Auch der zweiten, dritten, vierten Bitte nach der Rezeptur entspricht die Großmutter mit Freuden. Beflissen holt sie sogar einen Stift, auf dass man alles mitschreiben möge, um nur ja nichts zu vergessen. Vergleicht man später die Notizen, offenbart sich erst der Irrsinn, mit welchem Großmutter seit jeher ihr Wildgeheimnis unter Verschluss hält. Keins der Rezepte, welche sie ansagt, gleicht jemals dem vorherigen. Sie wandelt ab und variiert, lässt Kochschritte aus und fügt welche hinzu, die dem Gericht nicht zuträglich sind. Manchmal erfindet sie Ingredienzien und preist sie als Geheimzutat. Diese tragen meist absonderliche Namen wie Sumpfwipferl oder Strunzkraut. Auf die Entgegnung, das gäbe es nicht, rollt sie abschätzig mit den Augen: »Wahrscheinlich sagt ihr in der Stadt anders dazu.« Die hochdeutschen Bezeichnungen dieser vermeintlichen Gewürze liegen Großmutter stets auf der Zunge, werden ihr aber verlässlich nicht einfallen. Auf die Nachfrage, wo es sie gäbe, zuckt sie arglos mit den Schultern und deutet nur auf ihren Garten. Dort wuchern angeblich solch seltene Pflanzen wie Lorbärlauch und Wacholunder. Diese seien unerlässlich für das Gelingen des Rezepts. Ob man etwas davon mitnehmen könne, ist ein vergebliches Gesuch. »Nein, das wächst gerade nicht.« Hier noch zu insistieren ist zwecklos. Im Gegenteil, dann wird Großmutter tiefer und tiefer in einen Dialekt verfallen, zu dessen Sprecherschaft nur sie zählt. Was man hier noch mitschreiben kann, sind keine konkreten Anweisungen, sondern konkrete Poesie. Sogar die bescheidene Auskunft, welches Stück vom Reh sie verwende, wird einem partout nicht vergönnt. Hier werden Körperteile genannt, welche ein Reh überhaupt nicht besitzt. Anatomische Einwände aber prallen unbeeindruckt an Großmutter ab. »Es ist eben ein ungarisches Reh. Vielleicht sind die dort anders gebaut.« Für ihren Wildbraten liegen mir inzwischen Dutzende Versionen vor. Keine davon ist das Original.

Großmutter kommt mit der vollen Kaffeekanne zurück. »Weißt du was«, sage ich warm und umfasse ihre Hände, »lass es uns beim nächsten Mal doch einfach zusammen kochen.« Großmutter verschluckt sich. Jetzt hab ich es, das alte Luder. Sie ist zwar sichtlich überrumpelt, stimmt mir aber sofort zu. »Das machen wir. Das wird ein Spaß!« Großmutter streichelt mir die Wange. Ihre Handinnenfläche ist nass, weil sie hineingehustet hat.

Ich habe mir mehrfach die Mühe gemacht, andere Menschen zu mobilisieren, Großmutter das Rezept zu entlocken. Anfangs brachte ich vermeintliche Freunde mit, welche Großmutter erst über Stunden Gourmetambitionen vorgaukeln sollten, um sie dann im rechten Moment, wenn ich mich nach draußen zum Rauchen entfernte, unverfänglich zu fragen, ob sie ein gutes Wildrezept kenne. Doch was ich hinterher erfuhr, war wieder nichts weiter als kulinarischer Kokolores. Manchmal brachen meine Informanten das Verhör sogar frühzeitig ab und eilten in der Sorge zu mir, Großmutter erleide gerade einen schweren Schlaganfall. Darauf setzte ich Schläfer ein. Nachbarn, Verwandte, Stammtischkumpane sollten mir das Rezept beschaffen. Doch wer auch immer es war, der sie darauf ansprach, Großmutter hat den Braten gerochen, den ich zu fabrizieren gedachte. Ich könnte es auch gut sein lassen. Denn der Klügere gibt nach. Der Dümmere aber hat das Rezept. Und der gedenke ich zu werden.

KAPITEL 2

»Also, Gittihasi, was sagst?« Der Toni klopft eine Zigarette aus der Packung und bietet sie der Gitti an. Diese lehnt ab. Der Toni zuckt konsterniert mit den Schultern. »Beim letzten Mal hast du doch noch geraucht!« Da muss er sie wohl verwechseln. Es gab nämlich kein letztes Mal. Die Gitti und der Toni haben sich erst vor ein paar Stunden kennengelernt. In einem Beisl in Leoben. Da hat ihr der Toni so viele Veltliner ausgegeben, bis sie aufgehört hat zu kichern. »Das Zeug verkauft sich wie verrückt. Ich würde es ja selber tun, aber das kommt natürlich besser, wenn das so eine flotte Biene wie mein Gittihasi macht.« Der Toni schnudelt ihr in den Ausschnitt, welcher bei der hageren Gitti eher wie ein Aufschnitt wirkt. Dem Aufschneider Toni ist das nur recht. Der mag keine großen Tutteln, sondern nur Weiber, an denen nichts dran ist. Vor allem keine Eigenschaften. Der Toni will eine mit Ecken und Kanten, die auch gerne mal wo aneckt. Aber nur mit ihrem Steiß. Und nur an seinen Beckenknochen. »Pass auf, ich geb dir einen Karton. Den nimmst du mit und drehst das Klumpert erst einmal deinen ganzen Freundinnen an. Und dann bringst du mir das Geld.« Der Toni springt auf und rennt in die Küche. Die Gitti schlupft in ihre Hose. Danach geht sie auf die Knie und sucht unter dem Bett ihre Socken. Dicht an ihrem Gesicht scheppert plötzlich ein riesiger Karton zu Boden. »Da! Da drin sind etwa hundert Stück.« Die Gitti lugt verschreckt in die Schachtel und zieht ein weißes Behältnis hervor. »Drachenbalsam.« Sie schaut den Toni fragend an. »Wofür soll das gut sein?« Der Toni seufzt und schnipst der

Gitti kräftig gegen ihre Stirn. »Gitti! Jetzt sei doch net so deppert! Es ist gut, wofür es gut ist. Wenn eine Rheuma hat, ist es gegen Rheuma. Wenn eine Asthma hat, gegen Asthma.« Die Gitti reibt sich sichtlich geknickt die rote Stelle an ihrer Stirn. »Und wenn eine gar nichts hat?« Der Toni schnipst die Gitti erneut. »Dann ist es dafür, dass das so bleibt!«

Wäre Großmutter nicht langsam zu Hause schrecklich fad geworden, hätte sie der Gitti gesagt, dass sie sich zum Teufel scheren soll. Stattdessen aber willigt sie ein, und nach nur einer Woche ist der Karton bereits geleert. Jetzt riecht es in ganz Freienstein wie in einer Opiumhöhle. Die Freiensteiner frohlocken in einem Taumel imaginierter Verjüngung und Glückseligkeit. Und das alles dank der Kräfte von Dr. Forstmanns Drachenbalsam. »Dr. Forstmann … gibt es den wirklich?« Großmutter inspiziert das letzte übrig gebliebene Behältnis. »Keine Ahnung«, murmelt die Gitti. Großmutter schraubt den Balsam auf. »Hast du das selbst einmal probiert?« Die Gitti schüttelt verängstigt den Kopf. Großmutter schraubt ihn wieder zu. »Hauptsache, den Leuten taugt's. Du, Gitti, sag mir, dieser Toni … wie viel davon hat der denn?«

Großmutter war wieder im Geschäft. In welchem, wusste sie erst nicht so recht. Den ominösen Dr. Forstmann hat sie niemals persönlich getroffen. Wie sich schnell herausstellte, hatte dieser aber noch mehr im Sortiment als lediglich den Drachenbalsam. Hinzu kamen allerlei Cremen und Pasten, Trünke, Tonika und Öle. Wo genau die hergestellt oder was darin enthalten war, gaben die Etiketten nicht preis. Aber der Preis dafür verriet, dass es ein magisches Fleckchen sein musste, vermutlich eine verborgene Lichtung, wo unter Dr. Forstmanns Aufsicht nackte Jungfrauen die Ingredienzen behutsam mit den Zehen pflücken. Der Toni erwies sich zwar als Kanaille vor dem Herrn, aber zugleich als patenter Geschäftsmann. Er stellte der Großmutter und der Gitti sogar ein Firmenauto zur Verfügung. Mit dem könnten sie nun im gesamten Land herumdüsen und die Lehre des Drachen verbreiten.

»Da! Das ist er!«, zischt die Gitti in Richtung meiner Großmutter und schlägt ganz ohne hinzusehen den Holzkassendeckel über meinen Fingern zu. »Schau, da hinten kommt er!«, japst sie aufgewühlt und presst sich bebend gegen Großmutter. Diese streift die heiß gelaufene Gitti ab und zieht dandyesk ihr Halstuch zurecht. »Wetten, dem verkauf ich was!« Ich recke meinen Hals, um zu sehen, wer der Gitti so viel lustvolle Furcht einflößt, dass sie unten gleich wieder abfließt. Ein adretter Mann in Jeans und einem teuren Trachtenjanker. Traditionell und doch modern. Leger und elegant zugleich. Er würde sich niemals in eine weiße Sommeruniform zwängen, wenn sie ihn eh so schrecklich kratzt. Da könnte ihn Ribbentrop noch so beschwatzen, wie flott und keck er darin aussieht. Er ließe sich davon nicht beirren. Er hätte Ribbentrop gesagt: »Nein, das mag ich heute nicht anziehen!« Schlimm genug, dass dieser Geck von Hermannonkel im weißen Anzug paradiert, wo weiß bekanntlich furchtbar aufträgt. Er mag es gemütlich. Weil er selbst so ein gemütlicher Typ ist. Der natürlich auch durchgreifen kann, versteht sich. Aber zum Durchgreifen braucht man Armfreiheit, und wenn da der Anzug zwickt, dann ist man grantig und versäumt, die warmen Jacken nachzuschicken. Jetzt hat der Paulus wieder sein Pausenbrot vergessen! Und alles nur wegen dieser verflixten Uniform. Er hat Geschmack. Er trägt am Wochenende gerne den cremefarbenen Leinenanzug. Darin befehligt er die Tschuschen, seine Yacht über die Karawanken zu ziehen. Manchmal tritt er sogar in der Ledernen auf. Das zeigt Risikobereitschaft und dass er sich nichts schert.

Ein Politiker der neuen Art eben. Den Journalisten gefällt sein Stil gar nicht so gut. Weil sie von Mode nichts verstehen. Darum arbeiten sie auch beim *Falter* und nicht bei der *Vogue*. Dabei ist es so wichtig, dass einer gepflegt ist. Denn wer nicht auf sich schaut, schaut auch nicht auf uns. Das ist ja mal ganz logisch. Wenn er sich den Hemdkragen aufstellt, dann heißt das: »Jetzt pack' ma's an!« Doch das kapiert natürlich niemand. Ein österreichischer Staatsmann soll seinen Kragen nicht offen tragen. Am besten trägt er ihn geschlossen und dazu eine Halskrause, die ihm das Rückgrat stützt. Oder so einen Leckschutz für Hunde. Blickdicht natürlich, damit er nicht anfängt, wieder nach Ost und West zu schielen. Doch er, er trägt ihn trotzdem offen, nicht wie die Künstler und die Pfaffen, mit ihren Rollkrägen und ihren Kollaren, die nur so eng geschnitten sind, weil die billigen Flitscherl im Puff sie nicht ausreichend forsch würgen. Ihn hingegen kann man nicht an die Leine legen. Er ist ein Draufgänger. Und die gehen bekanntlich viel zu früh drauf. Wie James Dean, so einer ist er. Ein Halbstarker. Denn von dem starken Mann haben wir vorerst genug.

Er bahnt sich seinen Weg durch die Menge. Er schreitet voran und spaltet das Volk. Wie Moses. Nur ohne diesen Hokuspokus. Rechts und links von ihm schunkeln drei etwas weniger schneidige Herren sowie ein üppiges Dirndl mit Weibsbildeinlage. Seine Entourage ist sowohl ungehemmter als auch verkrampfter als er. Er hingegen ist geschmeidig und polternd nur dann, wenn sich ein rustikales Gegenüber gern in ihm gespiegelt sieht. Er kann einfach mit Menschen, wie manch andre mit Maschinen, mit Pflanzen oder Tieren können. Wieder andre können gar nichts, und denen imponiert er besonders. Er schäkert sich von Stand zu Stand und verweilt nie länger denn wenige Sekunden. Der erste Eindruck zählt. Darum kann man sich weitere schenken. Er ist ein ausgefuchstes Bürscherl. Das sieht man schon an seinem Grinsen. Und grinsen tut er gut und gerne. Genau wie dieser Alfred E. Neumann, dieser Bengel am *Mad*-Magazin. Damit er besser grinsen kann, hat er sich sogar extra sein Goscherl retuschieren lassen. Wissen Sie, es gibt so Leute, die können nicht lächeln. Wenn sich deren Mundwinkel hochziehen, dann ist es unweigerlich ein Grinsen. Und seines ist wie ein mimisches Kippbild, ohne sich dabei zu verändern, wirkt er dadurch je nach Bedarf unbeschreiblich raffiniert oder himmelschreiend dümmlich. Den meisten Menschen ist ihre Dummheit sowie auch ihre Intelligenz unentrinnbar ins Gesicht geschrieben. Er hingegen kann frei daraus wählen. Das muss er auch können, da er schließlich Doktor ist, und das ist vielen schon suspekt, wenn da einer Doktor heißt, aber gar kein Stethoskop trägt. Da muss man dann behutsam vorgehen, um das Volk nicht zu verschrecken. Sonst glauben sie am Ende noch, er wär ein Gstudierter, ein Herr Gscheit, der glaubt, er ist irgendwer. Doch irgendwer ist bald mal einer.

»Dr. Forstmann«, liest er von den Pappaufstellern ab. Großmutter scheint ihn nicht zu beachten. Die Gitti hyperventiliert. Das fleischige Segel unter ihrem Kinn beginnt unkontrolliert zu zittern, was ihr jedoch Luft zufächelt, die ihr gelegen kommt. Meine Großmutter ordnet ihre Ausstellungsstücke. »Grüß Gott«, säuselt er mit leiser Stimme. So leise, dass ich es kaum verstehe. Ältere Menschen fühlen sich nämlich geschmeichelt, wenn man leise mit ihnen spricht und nicht sofort davon ausgeht, dass sie höchstwahrscheinlich zermürbend schwerhörig sind. Rhetorische Grobiane eröffnen das Gespräch mit Alten zumeist mit maximalen Dezibel und schreien sich danach langsam auf die erforderliche Lautstärke hinunter. Dabei muss der erste Satz so leise dahingesäuselt werden, dass die Alten es unmöglich zu hören vermögen. Dann fühlen sie sich ernst genommen, manchmal sogar ein bisschen jünger. Da sie aber zumeist fürwahr schwerhörig sind, haben sie natürlich kein einziges Wort von der geflüsterten Flatterie verstanden und müssen notgedrungen nachfragen. Das wiederum beschämt sie zutiefst, und sie fühlen sich viel älter als je zuvor. Und in diesem Wechselbad aus Bestätigung und Blamage kann, wer solcher Finte fähig, nun vortrefflich Wellen schlagen. »Grüß Gott«, wiederholt er nun etwas lauter. Großmutter aber lässt sich bitten und stapelt weiterhin stumm ihre Pröbchen. Die blondgelockte Füllung des Dirndls zieht bereits ungeduldig an seinem Arm. Ihr ist offenbar zunehmend unwohl, da die fette Brettljausen von Stand 62 die Schilcherverkostung von Stand 27 zu absorbieren droht. Bald wird sie wieder nüchtern sein und bereuen, dass sie nie Matura gemacht hat. Doch er hat einen weiten Weg hinter sich. Er stieg von oben auf die Erde hinab. Und wenn er jetzt schon einmal hier ist, hier unter den Sterblichen, dann will er auch mit ihnen palavern.

»Jössas, Herr Doktor!« Großmutter entgleitet eine Dose Melkfett. Er lächelt milde und befriedigt. »Ich hab Sie gar nicht kommen sehen«, stammelt Großmutter zerstreut. »Das ist mir aber furchtbar peinlich.« Sie zupft an ihrem Trachtenkleid, um es in Fasson zu bringen. Die Gitti hat ihre Fasson längst verloren und wird sie so schnell auch nicht wiederfinden. Die Anstecknadel an ihrem Halstuch hält das vor Erregung schon splitternde Weib noch mit Müh und Not zusammen. »Ich weiß gar nicht so recht, was ich … Möchten S' ein Glaserl Sekt?« Die nudeldicke Dirndldirne reibt sich affirmativ an seinem Arm. Er raspelt sie müßig von sich ab und lehnt sich mit theatraler Diskretion über den Verkaufsstand. »Immer einen Sekt parat? Ihr beiden habt es wohl gern lustig!« Großmutter grinst mit dem Schelm eines Kindes, welches sich klammheimlich eingenässt hat und auch noch mächtig stolz drauf ist. »Gitti! Hol die Hochriegl-Flascherl aus'm Kühlschrank!« Die blonde Maid wird hellhörig und reckt das Köpfchen aus ihrer Dirndlpelle. »Nein, sehr lieb, danke«, winkt er ab, worauf die Maid in ihr Dekolletee zurücksackt und sich dort für den Aufprall mit ihrer Nüchternheit bereitmacht. »Ich fahr heut Abend noch nach Hause. Und wenn ich erst ein Glaserl trink, dann bleib ich gach bei Ihnen hängen«, lacht er laut. »Das tät die

Gattin nicht sehr freuen«, lacht meine Großmutter noch lauter. »Die schmeißat mir den Nachtscherm nach, bei so feschen Madln wie Ihnen!« Die Gitti hat sich geistig soeben zum verschütteten Melkfett gesellt. »Geh, Herr Doktor. Sagen S' doch du. Ich bin die Helga.« Er soll sie nur beim Vornamen kennen. Das versprüht so einen eigenen Charme. Wie bei Cher. Großmutter streckt ihm ihre Hand entgegen, die er fachmännisch ergreift und schüttelt. Als wollten sie sich gegenseitig an Jovialität übertrumpfen, mag niemand so recht das Schütteln beenden. Im Gegenteil, unbeirrbar weiterschüttelnd hussen sie sich sogar zu immer größeren Amplituden auf. Man hätte in diesem Armschütteln seilspringen können. »Na dann, was soll's, ich bin der …« Jetzt erst zieht Großmutter ihren Arm zurück und tätschelt ihn kokett an der Schulter. »Herr Doktor, sein S' mir jetzt nicht albern. Sagn S', darf ich Ihnen vielleicht was zu Dr. Forstmann erzählen? Wir haben da ganz tolle Produkte.«

Ein Gong ertönt und eröffnet die Schlacht. Der Laut kam in Wahrheit aus dem blonden Klangkörper, dessen Alkoholpegel soeben bei null aufgeprallt ist. Der Schilcher-Sturm-und-Spritzer-Rausch zieht aus ihrem Geiste ab, und ihr fällt wieder schmerzlich ein, dass sie keine Matura hat und bald schon nicht mehr knusprig ist. »Da schaun S' her! Das is unsere Ringelblumensalbe!«, verkündet Großmutter mit solchem getragenen Stolz, als hätte sie die in der Salbe verarbeiteten Ringelblumen alle eigenhändig gepflückt und dabei drei ihrer Söhne verloren. »Na, da schau her!«, entgegnet er interessiert. »Da sind sicher lauter gute Sachen drin!« Er hofft, sie damit zu fachkundiger Schwafelei zu verleiten. So kann er sein anfängliches Interesse irgendwann in intellektuelle Überforderung kippen lassen. »So was Feines«, wird er sagen, »wäre an mich ganz verschwendet. Für meine grobe Haut, da reicht auch der Franzbranntwein. Damit reib ich mich immer nach dem Wandern ein.« An der Stelle würde die andere Alte, deren Namen er nicht kennt und weiß Gott nicht kennen möchte, jauchzend auf ihrem Vaginalsekret davonrodeln. Er hingegen von dannen ziehen, bodenständiger denn je, während Großmutter sich an der Messedeckenhalle stoßen wird, emporgetragen von dem meterhohen Haufen Dung, den sie vor ihm kluggeschissen hat. Und auf dem bleibt sie dann sitzen. Auf dem und ihren schirchen Cremen. Es wird sie noch im Tode reuen, wie sie den Doktor fünf Minuten mit Jojoba belabert hat. Hätte er ihr doch nur eine geschmiert, wird sie denken. Dann hätte sie sich nicht vollends zum Narren gemacht. Er aber hat sie nicht unterbrochen. Weil er für die Menschen ein offenes Ohr hat. Und dort ist sie schamlos hineingekrochen und hat sich wie eine billige Ohrenkerze abgefackelt. Was er jedoch noch nicht weiß: Die Großmutter ist auch nicht auf der Nudelsuppe dahergeschwommen. Weswegen sie nur lakonisch meint: »Ja, ja, das sind lauter gute Sachen.«

Um das zu rekapitulieren: Die beiden haben ein einfaches Ziel. Nämlich dass einem der andere etwas abkauft. Er ihr reichlich kosmetischen Humbug. Und sie ihm, dass er der Sohn Gottes. Dann wird sie ihm ein Kreuzerl schenken und sich am Wahltag mit ihm freuen. Abkaufen möchte er ihr nichts. Denn er ist hier der Bauernfänger. Wenn er schwach wird und was kauft, dann kriegen das die andern mit. Worauf ihm fortan jeder Stand etwas anzudrehen versucht. Von der Brombeermarmelade über orthopädische Schweißfußeinlagen bis hin zur gleichgeschlechtlichen Weihnachtskrippe. Und dafür ist im dicken VW einfach kein Platz. Die Großmutter wiederum hat nichts zu verlieren. Gerade das macht sie so gefährlich. Und darum legt sie jetzt auch einen Gang zu. Sie schraubt den Drachenbalsam auf. »Do riach eini, des is amoi a guate Schmier!« Er beugt sich tief über den Tiegel und schreckt sofort daraus zurück. »Gnä' Frau, seien Sie mir nicht gram, aber Ihre Creme …« Er windet sich. »Die stinkt wie vierzig wüde Neger, i waß. Oba höffen tuat sie guat!« Eine Punktlandung meiner Großmutter. Er wird sich noch schwarz ärgern über die verpasste Chance, nicht selbst diesen Vergleich angestellt zu haben. Schon allein deswegen, weil er stimmt. Kaum jemand vermag ernstlich zu wissen, wie vierzig wilde Neger riechen, doch Dr. Forstmanns Drachenbalsam lässt es sehr getreu erahnen. Nun muss er aber schleunigst aufholen. Er drechselt seine Rhetorik so weit herunter, dass es den Pinzgauer Dorfdepp beschämte.

»Tuat des net brennan, wenn i's zum Beispü auf a Schürfwundn drauftua?« Eine vorzügliche Riposte. In nur einem einzigen Satz inszeniert er sich sowohl als ungeschickt wie auch als weinerlich. Das muss sie erst mal überbieten. »Oba na, do schau her!« Unter vollstem Körpereinsatz kratzt sich Großmutter den Schorf von einer kleinen Wunde am Arm, patzt etwas Drachenbalsam darauf und hält ihm das Ensemble viel zu nahe vors Gesicht. »Morgen is guat, des konnst ma glauben!« Großmutter baut ihre Führung weiter aus. Er setzt zur Gegenoffensive an. »Sie san a Steirerin, net wohr? I bin söbst sehr vü in Graz.« Doch Großmutter ist ihm in diskursiver Sabotage schon wieder einen Schritt voraus. »Nein, das ist kein Bienenwachs! Drachenbalsam, da steht's eh!« »Nein, i hob gsogt: Ich bin viel in Graz.« Rückfall ins Hochdeutsch. Man merkt, lang hält er nicht mehr durch. Doch Großmutter kennt keine Gnade. »Sie müssen a bisserl lauter reden. Ich hör schlecht auf die alten Tag.« Zur Veranschaulichung ihrer Schwerhörigkeit werkelt Großmutter an ihrem Hörgerät herum, bis es einen schrillen Ton von sich gibt. »So, jetzt hör ich Sie sicher besser.« Ich aber kenne diesen Ton. Großmutter hat ihr Hörgerät nicht lauter, sondern ausgeschaltet. Er wiederholt, dass er viel in Graz sei. Großmutter nickt. »I find, die Steirer und die Kärntner, wir san aus demsöben Holz!« Großmutter zuckt mit den Schultern und deutet auf ihr Hörgerät. Er beginnt liebenswürdig zu schreien. Großmutter nickt erneut. Dann aber lehnt sie sich zur Gitti. »Gitti, wos sogt er? I versteh ihn anfoch net!« Die Gitti entschuldigt sich unterwürfigst, dass ihre Kollegin ihn nicht hört. Sie aber höre ihn sehr gut.

Und hörig wäre sie ihm auch. Wenn er sie nur erhören würde. Der Gitti schlottern die Knie. Die Strumpfhose kann sie heute Abend wegwerfen. Großmutter drängt sich wieder vor sie, dreht erneut am Hörgerät und meint, jetzt klappe es bestimmt. Er ergießt sich in der Erzählung, wie er einmal einen Bären mit bloßen Händen fotografiert hat. Die Gitti ergießt sich auch. Großmutter lauscht ihm gebannt. Um ihm am Ende mitzuteilen, dass sie kein Wort vernommen hat. Jede Olga des Bolschoi wirkt wie ein einbeiniger Trampel, verglichen mit der Anmut des Spektakels, wenn sich zwei G'scheite deppert stellen. Wenn sie angestrengt versuchen, einander wortwörtlich zu übertölpeln. Denn sind zwei auf gleicher Höhe, machen sie am besten kehrt und wetteifern stattdessen in die Tiefe. Nach dem fünfzigsten Remis schiebt man gern das Brett beiseite und kürt schließlich jenen zum Sieger, welcher sich die meisten Figuren in Mund und Nase stecken kann. Und so haben wir hier den Doktor, der auf galanten Dorfdepp macht, und da meine schwerhörige Großmutter, die eine schwerhörige Großmutter mimt.

Er steht kurz davor, das Handtuch zu werfen. Das will die Großmutter tunlichst verhindern. Denn die Gitti würde es fangen und sich die ganze Nacht daran reiben. Flink knipst sie ihr Hörgerät an, greift sich eines der Produkte und fuchtelt frenetisch damit herum. »Schau her, des is no vü wos Bessas! A Murmeltierschmier! Aus Murmeltier! Kennst du ane Murmeltier? Hobts eis Murmeltier bei eich im Bärntal?« Großmutter ist wieder im Rennen. Sein Interesse scheint geweckt. Vielleicht geht bei der Alten noch etwas, denkt er sich und ahnt ja gar nicht, wie viel mehr noch bei der andren Alten ginge. »Oba sicha kenn i …« Großmutter torkelt ihm ins Wort. »Mei, des san so liaba Viecherl. Sooo liab!« Sie hält kurz inne. »Fost a weng zliab, dass ma aus ihnen a

Schmier mocht.« Wenn er jetzt keinen Schlaganfall erleidet, bleibt sie auf ewig uneinholbar. »Wie vü kostet so a Topferl?«, fragt er ideenlos. »Hundert Schilling«, nuschelt Großmutter schüchtern und kratzt heimlich den Preis von der Packung. Sie bietet es ihm wie eine Hostie dar. »Das is aber schon sehr teuer!«, poltert er rustikal daher, doch mit dem Grinsen im Gepäck. Sie solle nur ja nicht glauben, Geld spiele für ihn keine Rolle. Vielmehr soll sie sehen, wie sparsam er ist. Nicht so einer wie der Kreisky, der das Geld beim Fenster rauswirft. Er zögert lautmalerisch dahin, während er das Murmeltieröl inspiziert. Großmutter umfasst seine Hände und presst sie fester um das Öl. »Oba nur für Sie, Herr Doktor, sog ma heute achtzig Schilling.« Er bleibt trotzig. Das sei noch immer sehr happig. Die Leute würden alle glauben, Politiker seien schrecklich reich. Dabei, sagt er, sei er in Wahrheit nichts weiter als ein armer Teufel. Das Volk und seine Jünger lachen. Warum, wissen sie selber nicht. Großmutter aber ist immun gegen den Charme gespielter Einfalt. Sie hat schließlich auch für echte Einfalt nicht sonderlich viel übrig. »Jetzt tuan S' net tschachern wie a Jud! Des is hoit a supa Schmier. Und wos nix kost, des is a nix.« Der Doktor Simplicissimus hängt schwer verwundet in den Seilen. Jetzt muss sie dranbleiben. Sie holt ein weiteres Fläschchen hervor und schlägt es ihm fast ins Gesicht. »Das is unser 39-Kräuter-Trunk!« Großmutter beginnt die 39 Kräuter aus dem Gedächtnis aufzulisten. Sie zählt dabei an den Händen mit und nennt mindestens fünfmal Melisse.

Er nutzt die Zeit, um nachzudenken. Zeit! Er hat keine Zeit mehr. Er blickt auf seine Armbanduhr und stößt ein resches »Jössas!« aus. Eine äußerst billige Finte. Zumal er gerade überhaupt keine Armbanduhr trägt. Er blickt nur auf den hellen Streifen an seinem linken Handgelenk. Auf diesen ehrfurchtgebietenden Streifen, welchen Menschen gerne ausstellen, um mit ihrer Freiheit zu prahlen. Wie Jesus nach der Auferstehung laufen sie damit herum und lassen staunende Passanten ihr Wundmal mit den Fingern betasten. Seht ihr die Narbe? Hier prangte einst die Fessel der Zeit. Aber er hat sich befreit, so wie er uns befreien wird. Losgerissen hat er sich, von den Ketten der Termine, wenn nicht gar der Sterblichkeit. Wenn jemand im Hause stirbt, bleiben alle Uhren stehen. So der Volksmund. Was aber, wenn der Volksmund irrt? Womöglich ist es umgekehrt. »Na gut, trotzdem, Gott segne Sie, Herr Doktor …« Großmutter stockt. Dann schüttelt sie energisch den Kopf. »Herr Doktor …« Sie beißt sich angestrengt auf die Lippe. »Das ist mir jetzt schrecklich peinlich. Wie war noch Ihr Name?« Letzten Endes hat er ihr nicht nur die Flasche Kräutertrunk, sondern noch zehn Drachenbalsam und fünf Hühneraugencremen zum Preis für sieben abgekauft. Während sie die Kostbarkeiten behutsam in ein Sackerl packt, brüllt er mehrmals seinen Namen. Das Rumpelstilzchen ist sehr traurig, dass niemand wusste, wie es heißt.

»Wie hieß noch dieser Freund von dir? Weißt eh, der Franzose.« Großmutter fängt gar nicht erst an, selbst darüber nachzudenken. Sie wird die Antwort eh gleich hören. Da kann sie inzwischen auch getrost an irgendetwas anderes denken. »Das musst du etwas präzisieren. Es heißt nicht umsonst die französische Krankheit.« »Na, der mit den längeren Haaren.« Die Auswahl schränkt sich nicht sonderlich ein. »Der, der immer nackt gekocht hat.« »Du meinst Romain.« »Genau!«, ruft sie aus und schnipst mit den Fingern, als wäre es ihr selbst eingefallen. »Renault!«, wiederholt sie triumphierend. Großmutter konnte sich die Namen französischer Freunde immer schlecht merken. Deswegen wich sie stets auf ähnlich klingende Automarken aus. Aus Romain wurde Renault. Aus Pierrot wurde Peugeot. Und aus Gilbert wurde Toyota. Zugegeben, das klingt nicht ähnlich, aber Gilbert war Asiate, und das schien ihr nah genug. »Und wie hieß der Pole noch schnell? Der mit den roten Cowboystiefeln?« Ich senke mein Haupt in Scham. »Wojciech.« »Ah, ja.« Und schon hat sie es wieder vergessen. »Und der, bei dem du, wie er weg war, in ein Glas geludelt hast und …« »Mika!« »Was ist denn das bitte schön für ein Name?!«, entfährt es Großmutter entsetzt. Sie wird es niemals leid zu betonen, wie absurd Leute neuerdings heißen. Und damit hat sie völlig recht. Heutzutage tragen Menschen oftmals ganz und gar einzigartige Namen. Das muss allerdings so sein, weil man sie ansonsten nicht mehr unterscheiden kann. Denn sie selbst sind ganz und gar nicht einzigartig. Ihre breiige Eintönigkeit, eintönige Breiigkeit wird aber fatalerweise genau dadurch nur vorangetrieben. Je fantasiereicher der Name, umso fader der Mensch. Nomen est omen. Der zwölfte Franz im Dorf wird eher versuchen, sich zu profilieren als der, dessen Besonderheit schon am Taufschein prophezeit wird. Der sticht dann nicht aus der Masse hervor, sondern nur aus Namenslisten. Und damit wird er sich begnügen. Man wird sich seinen Namen merken. Ihn selbst wird man zwar vergessen, doch das fällt ihm zum Glück nicht auf. Er denkt, er sei etwas Besonderes, nur weil am ersten Schultag der Lehrer drei Anläufe braucht, um seinen Namen zu entziffern. Vielleicht fragt der Lehrer sogar nach, ob er ihn auch richtig ausspricht. Mit dieser devoten Verunsicherung, die noch aus jener Zeit stammt, wo man dachte, einen ausländischen Namen falsch auszusprechen sei rassistisch. Und dann darf das Kind den dummen Lehrer korrigieren. Selbst sowie besonders dann, wenn es nichts zu korrigieren gibt. Es wird seinen Namen trotzdem wiederholen und den Lehrer glauben machen, da wäre noch ein Zungenschlag, ein Zischlaut, eine Winzigkeit, die er unsauber prononciert und damit das arme Kind die nächsten Jahre kränken wird. Zehn Minuten nach Schulbeginn hat der Lehrer somit all seine Macht dem Kind übergeben.

Die größten Inkarnationen des Weltgeists wurden recht banal

getauft. Der Jesus und der Julius zum Beispiel. Die waren auch nicht gleich Christus und Caesar. Denen gaben die Eltern keine Vorschusslorbeeren oder -dornen. Jesus – das konnte jeder sein. Deswegen hat er ein bisschen gezaubert, bis man ihn Jesus von Nazareth nannte. Von denen gab es zwar immer noch viele, aber man konnte schon ein wenig spekulieren, um wen es geht. Doch erst als er am Kreuze starb, wurde er zu Jesus Christus und somit unverwechselbar. Einen außergewöhnlichen Namen gibt's nicht pränatal, sondern posthum. Le personnage precède le prénom. Einen Namen muss man sich machen. Den bekommt man nicht geschenkt. Falls doch, ist es meist ein Danaergeschenk. Denn das kann ganz schön peinlich werden, wenn der Name Erwartungen schürt, welche später unerfüllt bleiben.

Trägt der Name eine Geschichte, wird der Träger keine schreiben. Am grausamsten geschlagen sind jene, die nach dem Zeugungsort benannt sind. Schließlich wird kein Kind der Welt gern Zeuge elterlichen Beischlafs. Einen jeden schaudert es, wenn man solches mitbekommt, mit ansehen oder -hören muss, oder es sich versehentlich vorstellt, weil man in den Gedankengängen irgendwo falsch abgebogen ist. Das Unbehagen rührt natürlich aus gekränkter Eitelkeit. Was pudern die jetzt noch herum? Das Kind ist ja bereits geboren! Und überzeugt, es sei das Beste, was diesem Akt entspringen kann. Nun aber wird es schmerzlich feststellen, dass es ein Kolaterallschaden war. Ja, selbst das Wunschkind erkennt, was es ist: nur ein erfreulicher Nebeneffekt. Dieses Trauma zu verdrängen fällt jedoch schwer, wenn man danach benannt wird. Jedes Rufen nach dem Kind reißt diese Wunde wieder auf. »Sydney, komm, wir gehen nach Hause!« Und schon hat Sydney wieder vor Augen, wie es Papa und Mama getrieben haben. Damals nach der Safari im Outback, die den Papa ganz scharf gemacht hat wegen der vielen Aboriginestuttln. Weinend bricht Sydney am Spielplatz zusammen. Und fällt dabei auf die zuckende Lourdes, die nicht mehr aus dem Kopf kriegt, wie ihre fundamentalistisch atheistischen Eltern einst die Mariengrotte entweihten.

»Wie wirst denn du deine Kinder nennen?«, fragt mich Großmutter skeptisch. Sie fürchtet schon, dass ich ihre Urenkerl appellativ verschandeln werde. Schließlich war ich in Paris, London, Berlin und Amsterdam. Das wird Spuren hinterlassen haben. Ich schüttle den Kopf. »Keine Sorge. Die kriegen ganz normale Namen.« Großmutter atmet erleichtert auf. »Allerweltsnamen, möchte man sagen.« Sie nickt ein kräftiges Jawohl. »Am liebsten hätt ich ja zwei Burschen.« Sie äußert ein verzücktes Seufzen. »Und die nenne ich dann Hinz und Kunz.« Großmutter hat auch zwei Kinder. Zwei Söhne, deren Namen sie ständig verwechselt. Versehentlich, doch konsequent ruft sie den einen mit dem Namen des anderen. Nur wenn sie angetrunken ist, rutscht ihr manchmal der richtige raus. Das kommt jedoch fast niemals vor. Weshalb in diesen seltenen Fällen der Richtige nicht reagiert, sondern automatisch der Falsche. Der korrigiert sie dann und fragt, was er für sie tun solle. Keiner fühlt sich angesprochen, wenn sein eigener Name fällt. Was aber nicht bedeuten soll, dass die beiden resigniert und einfach ihre Namen getauscht haben. Denn korrigieren werden sie Großmutter immer. Bald mit amüsiertem Lächeln, bald mit cholerischem Geschrei. Großmutter aber meint es nicht böse. Sie bevorzugt keinen der beiden. Sie hat beide gleich viel lieb. Großmutter wünscht sich lediglich, der eine Sohn wäre der andere und der andere wäre der eine. Doch den Gefallen tun sie ihr nicht. Deswegen ist Großmutter auch von beiden Söhnen gleich enttäuscht.

Während meine Altersgenossen im Kindergarten eingesperrt sind, wo sie schmerzlich lernen müssen, dass Kinderscheren nicht so heißen, weil man damit Kinder schneidet, und zum Trost über das Aua einen Uhu-Stick nach dem anderen fressen, tingle ich mit Großmutter einmal quer durch Österreich. Binnen eines Jahres kenne ich sämtliche Messehallen, die dieses Land zu bieten hat. Die Kärntner Messe gefällt mir am besten. Weil da so viele Seen rundherum sind. Großmutter hat mir das Schwimmen nicht explizit beigebracht. Abgesehen von dem vagen, wenngleich völlig korrekten Ratschlag, an der Oberfläche zu bleiben, gab sie mir keine Instruktionen. Sie empfindet Schwimmen auch nicht als etwas, das erlernt werden muss. Das kann oder kann man nicht. Wie etwa mit den Ohren wackeln oder seine Zunge einrollen. Großmutter war nicht unvorsichtig. Bis sich herausstellte, ob ich ein Schwimmer oder Nichtschwimmer bin, schnallte sie mir Schwimmflügerl an. Sie war wirklich nicht unvorsichtig. Deswegen trug ich vier davon. Zwei an den Armen und zwei an den Beinen. Das hat nicht nur dazu geführt, dass ich mehrmals fast ertrank, sondern zudem meinem Schwimmstil geschadet.

Es gibt einen Zugang zum Hafnersee, welcher durch Gestrüpp verschleiert von einem schmalen Waldweg abzweigt und somit dem naturvernarrt dahintaumelnden Spaziergänger durchaus leicht entgehen mag. Auch Radfahrern, vom Licht- und Schattenspiel des Blattwerks der Epilepsie gefährlich nahe, bleibt dieser zumeist verborgen. Den Eingeweihten jedoch erschließt sich hinter einigen feindlich gesinnten Stauden und Sträuchern ein verlassener, kleiner Steg. Am Fuße des besagten Stegs liegt, nicht abgerissen, umgeweht, von Betrunkenen entpfählt oder sonst irgendwie zu Fall gebracht, sondern von Anbeginn schon liegend ein Schild mit der Aufschrift FKK. Der Holzpfahl ist zwar morsch, doch sauber und steckte somit zu seinem Bedauern bislang noch nie in einem Erdstück. Womöglich ein subtiler Aufruf, hier auch sonst nichts irgendwo hineinzustecken. Die Bedingung der Freizügigkeit eines jeden FKK-Strands ist schließlich das Verbot aller Anzüglichkeiten. Man spielt hier jenen paradiesisch unaufgeregten Urzustand nach, welcher herrschte, bevor die Schlampe Eva es allen gründlich versaut hat. Das wahrhaft Lustvolle der Freikörperkultur ist seine völlige Lustlosigkeit, das schlaffe Glied sein Wappentier. Hier wird nicht der Körper verehrt, sondern die Absage an diesen.

Darum ist es kaum verwunderlich, dass sich ein wahrhaft schöner Leib selten in diese Gefilde verirrt. Zumeist tummelt sich an diesen Stränden ein anatomisches Kuriositätenkabinett. Die propagierte Körperkultur wirkt äußerst schmächtig kultiviert. Weswegen es hier auch niemals Voyeure oder gar Spanner geben kann, sondern stets nur Schaulustige. Für den Voyeur gäbe es nicht das Geringste zu holen. Sein Begehr ist nicht die Nackheit, sondern die verletzte Scham. Und diese sucht man hier vergeblich. Trotzdem wird man nicht leid zu betonen: Voyeurismus am FKK-Strand wird ausnahmslos und harsch geahndet. Das muss so sein, weil sonst gar niemand auf die Idee käme. Und das kränkt den Körperkultler am allermeisten. Er möchte nicht betrachtet werden. Doch dass ihn tatsächlich keiner betrachtet, ist ihm dann auch nicht vollends recht. Zumindest diesen Anflug von Eitelkeit hat er sich noch bewahrt, wenn ihm auch alles andere abhandengekommen sein mag. Scham, Ästhetik, Libido. Nichtiger Tand!, würde er schimpfen, er, welcher erhaben ist über alle niederen Laster der Menschheit, die bekanntlich nicht im Körper, doch einzig in den Kleidern nisten. Hier gebiert sich sträfliche Spekulation, die Grenze zwischen Haut und Stoff, hier thront der Satanas persönlich. Dem Nudisten ist die Burka das Kleid der Hure Babylons. Ihm ist sie kein Knecht des Patriarchats, sondern die aufreizendste Metze. Fünf Meter Stoff reichen kaum aus, um so viel Sünde zu bedecken. Sie, mein, so hoffe ich zumindest, angezogener, werter Leser, fragen sich nun wahrscheinlich nach den sexuellen Gepflogenheiten des FKKlers. Die Antwortet darauf ist ganz einfach: Es gibt sie schlicht und ergreifend nicht. Ein Besuch am

FKK-Strand ist der selbst erteilte Ritterschlag aller freiwillig Frigiden und passionierten Impotenten.

Großmutter hat sich mittlerweile aus ihrem Badeanzug geschält und ist darum aus dem Sichtfeld der Nackten verschwunden. Diese sind nun nur auf mich sowie auf meine Gewänder fixiert und versuchen mich mit ihren irren Blicken auszuziehen. Nichts anderes bin ich gewohnt, doch wo mir dies ansonsten schmeichelt, bereitet es mir hier tiefstes Unbehagen. Diese Menschen hier würden mir am liebsten die Kleider vom Leib reißen und es dann dabei belassen. Eine Kränkung, die mich sexuell in die Volksschule zurückkatapultieren würde. Ich gebe resignativ nach und streife meine Hose ab. Die Nackten verlieren sogleich meine Fährte. Großmutter steht bereits am Ende des Steges. Voll Verachtung schaut man von hier aus auf die bekleidete Seite des Sees, und voller Verachtung blickt diese zurück. Dort drüben hausen die Perversen, flüstert man zu beiden Ufern. Bald verdeckt man die Augen der Kinder, bald mahnt man sie nur hinzusehen. Hier das verschämte Ende der Zivilisation. Dort ihr schamloser Beginn. Dazwischen wogt allein der See und weiß nicht, wie er dazu kommt.

Es ist ein Spießrutenlauf durch die Nackten. Ich spüre die Abwesenheit ihrer Hände auf meinem Gesäß und ihre abgewandten Augen auf meinen zutiefst empörten Brüsten. Eilig scheuche ich Großmutter ins Wasser und folge ihr mit einem Kopfsprung, um ihr orgiastisches Stöhnen zu versäumen, welches ihr das erste Eintauchen abringt. Es wird nicht das letzte bleiben, doch das folgende wird leiser, asexueller und in meinen Ohren erträglicher sein. Großmutter ist eine vorzügliche Schwimmerin. Solange man sie nicht berührt – denn dann beginnt sie panisch zu schreien und mit Untergang zu drohen –, treibt sie stundenlang durchs Nass. Schwimmen mag man es nicht nennen, vielmehr vollzieht sie eine undurchschaubare Abfolge ineffektiver Bewegungen, die sie aber irgendwie am Sinken hindern. Voran kommt sie natürlich kaum, weswegen ich meist nicht neben ihr schwimme, sondern stets nur wie ein appetitloser Hai um sie herum. Plötzlich bemerke ich, dass wir gar nicht mehr vorankommen, worauf ich fluchtartig wende und zum Steg zurückkehre. Großmutter besitzt eine eigentümliche Gabe. Ausdruck einer Geistesruhe und einer Leibesdisziplin, wie sie ein tibetanischer Mönch auch in der fünfzigsten Reinkarnation als defekte Gebetsmühle nicht fände. Sie kann im Schwimmen defäkieren. Sie hält dabei zwar kurzzeitig inne, dennoch dauert die Entbindung nur wenige Sekunden. Die Frage, ob Junge oder Mädchen, wird ersetzt durch die brennende Neugier, ob das Neugeborene sinkt oder ballaststoffarm herumtreibt. Kurzatmig erreiche ich das Ufer, setze mich auf eine Sprosse der Leiter und erspähe das Geschlecht. Treibend. Großmutter hat sich schon aus dem fäkalen Kindbett freigekämpft und gute zwei Meter Abstand dazu gewonnen. Es wird nicht mehr da sein, wenn sie kehrtmacht. Denn schon fallen Dutzende kleine Fischchen über das frische Treibgut her.

Großmutter ist nicht krankhaft schamlos. Ihre geringe Prüderie ist zum Teil ihrem Alter geschuldet. Dieses fordert von uns allen so manchen schmerzlichen Tribut. Die Sehkraft lässt nach, man hört stetig schlechter, und der Schließmuskel büßt zunehmend seine Strenge ein. Er ist bald nicht mehr denn ein leerer Radar, an dem Flatulenzen unbeeindruckt vorbeirauschen werden. Und irgendwann, meist im Umfeld der hundertsten Blähung, die unzähmbar den Darm verlässt, erstirbt die Scham in einem Menschen. Großmutter hat sie zwar verloren, gleichwohl hat sie sie nicht vergessen. Darum vermag sie auch diebische Freude daran zu empfinden, ihre Tischgesellschaft zuweilen mit solch einem sonoren sowie olfaktorischen Memento mori zu beglücken und sich anschließend gleich einem Klebstoff schnüffelnden Schulmädchen durch die beklommene Stille zu kichern. Und ich, ich gönn' es ihr von Herzen. Sie soll es in vollen Zügen genießen, in vollen Bussen und vollen Cafés. Zumindest solange es ihr möglich ist. Denn einst wird auch sie dieses Schicksal ereilen, wenn der zerschlissene Schließmuskel alle Hoffnung fahrenlässt, endgültig seiner Spannkraft entsagt und somit zu keiner Geräuschbildung mehr fähig ist. Flatulenzen nehmen nunmehr ungehemmt Fahrt auf, suchen vergeblich Widerstand und entweichen lautlos dem Mastdarm mit der Melancholie eines Kindes, welches plötzlich am Fuß einer Rutsche feststellt, dass rutschen es nicht mehr befriedigt. Die Schastrommel verklingt für immer.

Der Polizist wägt sorgsam ab, ob ihm Großmutter zu alt ist, um die Sache anders zu regeln. In der Zwischenzeit beteuert sie unermüdlich ihre Unschuld. »Sie müssen mir glauben! Ich bin in der Gruppe gefahren!« Das ist sie wirklich. Die Gitti und ich haben es ganz genau gesehen. Großmutter ist in der Gruppe bei Rot über die Kreuzung gefahren. Praktischerweise musste niemand die Polizei verständigen, weil es ein Streifenwagen war, den Großmutter dabei gerammt hat. Dass dem so war, will sie nicht leugnen. Das wäre auch etwas töricht, da unser Dr.-Forstmann-Mobil noch immer tief in die Beifahrerseite des Polizeiautos verkeilt ist. Was Großmutter aber sehr wohl leugnet, ist ihre Schuld an dem Schlamassel, die ihrer Ansicht nach eindeutig bei der Straßenverkehrsordnung liegt, welche sie, gelinde gesagt, anders auslegt als so mancher.

Großmutter ist nicht politisch. Zumindest auf den ersten Blick. Sie war nie in einer Gewerkschaft und heißt solche auch nicht gut. Als der Goran einmal versuchte, für sich allein eine zu gründen, hat sie das schleunigst unterbunden. Ihr klassenkämpferisches Naturell offenbart sich erst und ausschließlich auf der Straße. Hier entflammt in ihr ein Feuer. Hier zählt nicht mehr der Einzelne. Hier fahren alle in der Gruppe. Denn Solidarität ist alles. Man begehe Fahrerflucht, niemals aber Fahnenflucht. Anzuhalten ist Verrat. Auszuscheren Desertion. Nur gemeinsam sind sie stark. Gemeinsam sind sie eine Front gegen das Establishment, die Regierung, das System und, vor allem, die da oben. Also die Ampeln. Die Gruppe macht vor gar nichts halt. Am wenigsten vor Haltezeichen. Aber auch Zebrastreifen und Schranken sind offenbar für Großmutter Insignien der Unterdrückung. Geschaffen, um die Gruppe zu spalten. Divide et impera. Aber sicher nicht mit ihr. Sie bleibt nicht stehen. Komme, was wolle. Sie fährt bei Rot bis in den Tod.

»Sie haben zwei Wochen Zeit zu bezahlen.« Er händigt Großmutter einen Strafzettel aus. So schlecht hat ihn seine Mutter nun auch wieder nicht behandelt, als dass er das jetzt nötig hätte. Die andere hätte er genommen. Die, die da noch im Auto sitzt und unentwegt so komisch schlottert. Und kichert, nebenbei bemerkt. Aber das kann er nicht hören. Das höre nur ich, die ich im Auto bleiben musste, um auf die Gitti aufzupassen. Wenn die einem Uniformierten zu nah kommt, dann knallt's. Schlimmer als beim Stonewall-Aufstand. Hatte sie vorher ein paar Schnapserl, dann wirft sie sich ihm an den Hals. Dann hat die Gitti einen Druck drauf, der jedes Wasserwerfers spottet. Gerade schäumt sie ganz besonders. Angesichts der Situation ist sie nämlich nicht nur erregt, sondern hat auch panische Angst. Wegen Beihilfe zum Falschfahren ebenfalls ins Gefängnis zu müssen. In eine Frauenstrafanstalt. Wo es nur Wärterinnen gibt! Die Gitti brodelt vor sich hin, dass es schon fast an Veitstanz grenzt. Das wäre draußen von Nutzen gewesen. Großmutter hat schlecht gepokert. Einzig und allein der Arsch von der Gitti hätte den ihren retten können. Allerdings war sie so überzeugt von ihrer Gruppentheorie, dass sie nie und nimmer glaubte, man würde ihr das Handwerk legen. Sie nimmt den Strafzettel entgegen, aber protestiert erneut. »Hören Sie schlecht? In der Gruppe! Ich bin in der Gruppe gefahren!«

Der Polizist ist sichtbar verwirrt. So etwas scheint er bislang nicht erlebt zu haben. Dabei hielt er schon Fahrer an, die mit blickdichter Windschutzscheibe, da von innen vollgespieben, auf der Autobahn dahinfuhren. »Gnä' Frau!«, seufzt er. »Wenn es Rot ist, müssen Sie stehenbleiben!« »Nicht, wenn ich in der Gruppe fahre!« »Hören Sie, das ist der Straßenverkehr und keine Polonaise!« Großmutter zerreißt den Strafzettel. Es werden noch einige Sätze gewechselt, die ich nicht mehr verstehen kann, weil die Gitti so laut rattert. Dann tritt ihm Großmutter gegen sein Schienbein. Offensichtlich war er schnippisch. Sonst macht Großmutter so etwas nicht. Vermutlich nannte er sie alt. Das hört sie nämlich gar nicht gern. Er brüllt auf sie ein. Dann stapft sie zum Auto zurück, reißt die Beifahrertür auf, kramt schnaubend im Handschuhfach, zieht ihren Führerschein hervor und übergibt ihn dem Polizisten. Er nimmt ihn triumphierend an sich. Großmutter dreht sich wortlos um, setzt sich ans Steuer und fährt los. Sein Erstaunen ist zu groß, um sofort zu reagieren. Deswegen dauert es eine Weile, bis hinter uns die Sirenen ertönen. Großmutter scheint das egal zu sein. Sie überhört die Signale und bricht auf ins letzte Gefecht.

KAPITEL 3

Großmutter putzt bei Fremden aus Neugier. Nachdem man ihr auf Lebenszeit Führerschein und Auto wegnahm, brauchte sie dringend etwas zu tun. Nun ist sie zwar nicht mehr geschäftig, aber wenigstens beschäftigt. Am liebsten hat sie große Häuser, wo es recht viel zu schauen gibt. Aber sie kramt nicht in den Laden oder stierdelt in den Schränken. Das muss sie gar nicht. Sie bleibt an der Oberfläche. Alles darunter kann man sich schenken. Was Leute sorgfältig verstecken, ist selten wirklich interessant. Schließlich verbergen alle das Gleiche. Sexspielzeuge, Naschereien, Pornoheftchen, Bootsbroschüren, Schmuddelfilme, Abführmittel, Nasenkorrekturprospekte und Kondome, in die man erst hineinwachsen muss. Auf diese paar Peinlichkeiten haben sich alle Menschen geeinigt. Wirklich peinlich sind sie ihnen dadurch selbstverständlich kaum. Im Gegenteil, es wäre blamabel, fände sich nichts von alledem in ihren Wohnungen und Häusern. Denn das würde ja bedeuten, diese armen Leute hätten weder Träume, Sex noch Stuhlgang. Vielleicht ist dem tatsächlich so, und ihre obskuren Schätze sollen nur den Anschein erwecken, dass man für sie Verwendung hat. Darum verbergen Leute ihre Vorzeigegeheimnisse auch immer an den gleichen Orten. Damit sie ja gefunden werden. Von jemandem wie Großmutter. Die soll diese kleinen, perversen Perlen finden, sich nach Belieben ihren Teil dazu denken und dann nur nicht weiterschürfen. Sonst entdeckt sie womöglich noch Dinge, derer sich die Leute wahrlich schämen.

Die können sie aber nicht verstecken. Die wahren Geheimnisse sind ihnen nämlich selber unbekannt. Deswegen liegen sie offen herum, ganz obenauf im Rest- und Papiermüll, oder sind schlichtweg nicht vorhanden. Das, was hervorsticht, ist meist ein Mangel, der den gesamten Raum ausfüllt. Großmutter aber deutet nichts. Sie möchte nur wissen, wie es bei anderen Leuten aussieht. Nicht, um zu höhnen, und nicht, um zu neiden. Weder beklaut noch erpresst sie die Leute mit vermeintlich pikanten Details, die ihr beim Wischen unterkommen. Sie will einfach nur schauen. Erst erledigt sie die Arbeit, danach setzt sie sich an den Esstisch und schaut sich in Ruhe um. Putzfrauen genießen zwar die Aussicht, aber dafür kein hohes Ansehen. Doch Großmutter geniert sich nicht, dass sie bei Fremden saubermacht. Sie erzählt ganz offenherzig, wessen Klos im Dorf sie schrubbt. Das flößt anderen kein Mitleid, sondern eine Heidenangst ein. Dass sie bald auch bei ihnen putzt. Der gute Poltergeist des Hauses könnte schließlich jeden heimsuchen. Großmutter braucht nur zu fragen, und keiner wagte nein zu sagen, wenn er auch hundertmal niemanden braucht, der sein Bad auf Hochglanz scheuert, Gewürze alphabetisch ordnet oder die Fransen am Teppich frisiert. Denn wer ihr den Zutritt verwehrt, tut das gewiss nicht ohne Grund. Diesen Grund wird sie sich dann ausmalen und weit über den Rand hinausschmieren. So denken sich die Leute das. Also lässt man sie gewähren. Besser, sie spukt durch ihre Häuser als ihnen dauernd durch den Kopf. Der Leser wird wohl versucht sein zu glauben, dass Großmutters impertinente und penetrante Hilfsbereitschaft sie in Freienstein unbeliebt machte und man ihr darum aus dem Weg geht. Doch dafür ist die Furcht zu groß, ihr zufällig zu begegnen. Und schon packt sie sie am Schlafittchen. Irgendwann ist jeder dran. Der Teufel schläft bekanntlich nie.

Großmutter schläft tief und fest. Darum ist sie ausgeschlafener als der Teufel. Großmutter gibt niemals Ruhe. Das heißt nicht, dass sie selbst keine findet. Andere suchen sie vergeblich. Vor allem, wenn sie ein Haus bewohnen, wo Großmutter noch nicht geputzt hat. Doch anstatt ängstlich abzuwarten, bis sie zu- und vorschlägt zu putzen, gehen viele Freiensteiner in die Offensive. Sie versuchen prophylaktisch Großmutters Neugierde zu stillen, indem sie sie zum Essen einladen. Sie öffnen ihr Tür und Tor, zeigen ihr jedes ihrer Zimmer, öffnen jeden ihrer Kästen. Sie soll jeden Winkel kennen und am Ende ihres Besuchs von allem so gelangweilt sein, als hätte sie selbst fünfzig Jahre hier gewohnt. Alles nur, dass Großmutter nicht auf die Idee kommt, bei ihnen zu putzen. Sie darf nicht den Eindruck haben, irgendwas verpasst zu haben, was sie noch aufspüren wollen könnte. Irgendeine Obszönität, die zu entdecken es notwendig macht, sich für Jahre hier als Putzkraft zu verdingen. Das führt naturgemäß dazu, dass einige Geschichten enthüllen, welche normalen Menschen die Neugier noch für Jahrzehnte austreiben würde. »Diese Striche dort an der Wand.« Großmutter lehnt sich etwas zur Seite. Neben dem Türrahmen zur Küche verläuft längs an der Wand entlang eine bunte Wucherung. Die Hausdame beginnt nervös zu lächeln. »Da haben wir eingezeichnet, wie unsere Enkel größer werden.« Sie schluckt. Ihr Gatte blickt sich räuspernd zu Boden und kratzt sich am Hinterkopf. »In Wahrheit aber wollten wir nur übermalen, wie er …«, sie zeigt auf ihren Gatten, der reuig mit dem Fingernagel an seiner Hosennaht entlangfährt, »im Suff gegen die Wand gezunden hat. Da war dann so eine Kerbe und …« Doch das will Großmutter nicht hören. Sie will nichts erzählt bekommen. Sie will ganz alleine schauen. Sie will dabei am Esstisch sitzen und einen Filterkaffee trinken. Den gönnt sie sich daheim nicht. Dort rührt sie ihn mit Pulver an, obwohl ihr der nicht sonderlich schmeckt. Filterkaffee gibt es ausschließlich, wenn Großmutter Besuch empfängt, wobei sie sich unverhohlen weitaus mehr auf den Kaffee als auf ihre Gäste freut, oder nach getaner Arbeit in einem Haus, das ihr nicht gehört.

Großmutter weiß, wie viel Macht es verspricht, anderer Leute Dreck wegzumachen. Und die Leute wissen das auch. Deswegen nehmen sie sich gerne Putzfrauen aus fernen Ländern. Angeblich, weil die billiger sind. Aber in Wahrheit schätzen sie, dass die Svetlana nichts versteht von all dem, was sie sieht und hört. Und dass sie hier niemanden kennt, dem sie es verraten könnte, sollte sie doch einmal etwas kapieren. Vielen Menschen sind ihre Putzfrauen lästiger als Einbrecher. Der Einbrecher nimmt Wertvolles mit. Die Putzfrau hingegen wirft Wertloses weg. Was den Hausbewohnern aber von keinem oder großem Wert ist, darüber sind sie sich zumeist eher mit dem Einbrecher als mit ihrer Putzfrau einig. Denn er entwendet keinen Schund, weil er ihn für einen Schatz hält. Sie aber entsorgt oft Schätze, die sie versehentlich für Schund hält. Die werden dann heimlich aus den Mülltonnen gefischt und trotzig zurück an ihr Plätzchen gestellt. Woraufhin das Sauberweib sie erneut dem Mist übergibt. Das geht ein paar Mal hin und her, bis man sich der Expertise des starrköpfigen Putzteufels beugt, der kein Verständnis für Gefühlsduselei, Kitsch oder liebgewonnenen Schmutz hat.

Großmutter beschämt diese Arbeit auch alleine deshalb nicht, weil sie es nicht aus Geldnot tut. Selbst ein Bidet von Stuhl zu befreien, nachdem es eines Nachts wieder dem im Suff heimkehrenden Hausherrn und einer Verwechslung zum Opfer gefallen war, ist für sie keine dreckige Arbeit. Überhaupt ist gar nichts dreckig, wenn man es nicht aus der Not heraus tut. Großmutter geht darum immer zahllosen Arbeiten gleichzeitig nach. Großmutter verdient kein Geld. Sie verdient sich etwas dazu. Sie hält nichts von Broterwerb. Großmutter empfängt nur Boni. Auch mit ihrer Putzerei macht sie einen Batzen Geld. Sie wird immer fürstlich entlohnt, weil Großmutter sehr zuverlässig, sorgfältig und, nicht zu vergessen, ziemlich angsteinflößend ist. Zumindest als Putzkraft. Wenn man sie erst als solche hat, will man sie keinesfalls verlieren. Nicht, weil sie dann nicht mehr putzt, sondern Gott weiß was rumerzählt. Schon allein die Tatsache, von Großmutter beputzt zu werden, darf nicht ausgeplaudert werden. Das halten viele tunlichst geheim. Insbesondere die Frauen. Die wollen nicht, dass jemand glaubt, sie seien damit überfordert, die Regale abzustauben und das Stiegenhaus zu kehren. Schließlich sind sie es auch nicht. Was können sie denn schon dafür, dass Großmutter bei ihnen einfiel wie ein putzwütiger Hunne und alles kurz und klein poliert? Sie nimmt den Freiensteiner Frauen nicht ihre Männer, sondern ihren Haushalt weg, und das zerbröselt die Weiber komplett.

Sobald ich nicht mehr ganz so klein war, dass mich Großmutter gefahrlos allein zu Hause lassen konnte, nahm sie mich zum Putzen mit. Für mich war das ein großer Spaß, durch die fremden Gemächer zu streunen. Zumal ich, ganz anders als Großmutter selbst, ausgiebig stahl und stierdelte. Vorzugsweise am Dachboden. Der faszinierte mich mehr als der Keller, wo immerzu nur Leichen liegen. Totgeträumte Fantasien und verweste Spinnereien wie diverse Fitnessgeräte, Dutzende selbstgebrannte Schnäpse, Scherztrophäen und Trostpokale, die man fürs Apfelfischen am Kirtag, den zehnten Führerscheinentzug oder als Kind beim Sportfest erhielt. Tragikomische Medaillen, welche Siege honorieren, die eher Niederlagen waren. Oben am Dachboden ruhen dagegen all die ungeborenen Wünsche, die schon aufgegeben wurden, ehe sie sich nicht erfüllten. Das Schaukelpferd für einen Enkel, auf welchen man vergeblich hofft. Die leere Verpackung »Zaubertricks für Anfänger«, von der man nicht weiß, ob man sie hier hinauf verbannte, weil es nicht oder zu magisch wurde. Die Antiquitäten hier sind nicht weniger verstoßen, aber vielfach morbider als die in der Gruft, wo die Finsternis sogar die Tristesse überschattet. Wo zumindest Schimmel lebt und modrigen Gestank verbreitet. Am Dachboden ist nur Asbest. Dieser riecht und lebt auch nicht. Hier oben fallen Sonnenstrahlen durch kleine

Dachluken herein. In diesem hellen Grab in den Lüften ist es unmöglich, sich in den sicheren Grusel zu flüchten, der im dunklen Keller haust und dabei so künstlich wirkt wie in einer Geisterbahn. Man schreckt sich, wenn der Boiler rattert, eine Assel am Boden vorbeihuscht oder man in Spinnweben greift. Trotzdem fühlt es sich an wie ein Spiel. Das sind alles nur Attrappen, und selbst der echte Sensenmann trägt schlussendlich ein Kostüm. Oben aber ist das anders. Unten fürchtet man um sein Leben. Oben bekommt man Angst vor dem Tod. Von unten könnten in der Nacht Einbrecher nach oben kommen. Die Vorstellung ist schauderhaft, aber ein Lercherlschas gegen jene, was vom Dachboden alles nach unten kommen könnte.

Für mich hatten diese Häuser, in denen Großmutter geputzt hat, alle etwas sehr Unheimliches. Als stünden sie schon ewig leer. Wohl weil ich irgendwie nie wusste, wer in diesen Häusern wohnte. Und weil alles so blitzblank war. Und das bereits bei unserer Ankunft. Viele können es nicht lassen, für ihre Putzfrau vorzuputzen. Ich finde das ungehörig. Als würde man noch schnell onanieren, ehe man eine Dirne aufsucht. Im Falle meiner Großmutter ist es aber besonders schlimm. Da glänzt jeder Boden so, dass einem der Appetit vergeht. Und leise war es in den Häusern. Eine Stille, die ich nicht kannte und auch danach nie wieder hörte. Daheim war immer der Fernseher an. Zusätzlich lief das Radio oder eine Hörspielkassette. Sogar am Esstisch. Beim Essen durfte nicht gesprochen, sondern musste zugehört werden. Zuhören und sprechen geht für Großmutter nicht gut zusammen. Das merkt man recht schnell, hat man sich einmal mit ihr unterhalten. Zuhören tut sie eigentlich nur Geräten und Maschinen. Dem Radio, dem Fernseher, dem Backrohr, wenn der Alarm eingestellt ist. Denen lauscht sie aufmerksam. Sprechen tut sie nicht mit ihnen. Dafür hat sie ja die Menschen. Denen aber hört sie nicht zu. Großmutter sagt oder fragt irgendetwas. Ich antworte ihr oder frage zurück, und sie fängt etwas Neues an. Ich muss nicht nur schnell zum Punkt, sondern gleich zum Fazit kommen. Mein erster Satz zu einem Thema wird immer auch der letzte sein. Großmutter kann sich nicht schlecht konzentrieren. Es interessiert sie einfach nicht. Trotzdem ist es keine Floskel, wenn sie sich nach meinem Befinden erkundigt. Was ich erwidre, ist ihr egal, doch die Frage ist trotzdem durchaus echt und ernst gemeint. Bei vielen ist es umgekehrt. Die fragen zwar aus Höflichkeit, würden aber nur zu gerne eine wahre Antwort hören.

Großmutter hat es gerne sauber. Ihr eigenes Haus ist in der Tat der wohl sauberste Ort, den ich kenne. Sogar sauberer als bei solchen, die unter krankhaftem Putzfimmel leiden. Denen grätscht der Wahnsinn nämlich in die Perfektion hinein. Oft sind die sogar richtig schlampig. Da sie sich damit abgefunden haben, dass ihnen alles schmutzig vorkommt. Aus demselben Grund hat auch so mancher Paranoiker kein schnelles Reaktionsvermögen. Sie sind überzeugt, dass irgendjemand sie verfolgt. Nicht, dass es jemand wirklich tut. Die Sauberkeit in Großmutters Haus hat zudem nichts Bedrohliches. Sie ist kein Fluch für ihre Gäste. Wenn jemand patzt, muss er nicht bangen, Großmutter stecke sogleich seine tollpatschigen Finger in die rotierende Brotschneidmaschine. Es gibt keine Untersetzer, und mit den schönen Stoffservietten darf man sich tatsächlich den Mund abwischen. Ja, auch wenn es Rotkraut gibt. Großmutter fürchtet keine Flecken. Im Gegenteil, sie liebt das Duell. In der Waschküche ringt sie mit ihnen. Ächzend und jauchzend, als säße sie auf einem elektrischen Bullen. Großmutter ist nicht zufrieden, wenn das Tischtuch nach einer Mahlzeit nicht vollständig eingesaut ist. Das betrügt sie um das Vergnügen, es erneut reinweiß zu zaubern. Und es beleidigt ihre Kochkunst. Diese ist schließlich so delirisch, dass man während des Essens gefälligst die Fassung zu verlieren hat. Großmutter glaubt versagt zu haben, wenn nicht so erbittert um die Sauciere gerauft wird, dass der halbe Bratensaft hoch bis an die Decke spritzt.

Sollte dies nicht eintreten, seufzt sie: »Jetzt steh ich den ganzen Tag in der Küche.« Mit oder ohne Ausrufezeichen. Manchmal enttäuscht, doch meistens entnervt. Was hier gewürdigt werden will, ist allein die harte Arbeit. Nicht das Anrichten am Teller, nicht die Zubereitungsart, und erst recht nicht der Geschmack. Ist Letzterer auch noch so misslungen, ist dies kein Grund, nicht aufzuessen. Hier wurde schließlich mit Liebe gekocht! Und Liebe lässt man gefälligst nicht stehen! Ganz gleich, wie ekelhaft sie schmeckt. Wobei man nicht vergessen darf, dass die Liebe zwangsläufig ekelhaft schmeckt. Nur daran vermag man sie zu erkennen. Niemand verweist auf die Zutat der Liebe, wenn das Gericht nicht grauenvoll ist. Großmutter kocht nicht mit Liebe. Großmutter kocht einfach gut. Zudem kocht sie gerne, weshalb sie auch niemals zum Aufessen zwingt, indem sie keift, sie wäre den ganzen Tag in der Küche gestanden. Das täte sie ja sowieso. Auch wenn es nichts zu kochen gäbe. Großmutter hat ihre eigene Art, Gäste und mich dazu zu bewegen, stets einen über den Hunger zu essen. Wer etwas überzulassen gedenkt, zu dem beugt sie sich hinüber, um mit zittriger Stimme zu fragen: »Sag, Kindchen, schmeckt's dir etwa nicht?« Sie fragt es so leise, dass die andren, die am Tisch sitzen, nicht hören. So wird sie jeden ringsum fragen. Minutiöse Kreuzverhöre von beklemmender Intimität. Immerzu dieselbe Frage, in diskretem Flüsterton. »Sag, Kindchen, schmeckt's dir etwa nicht?« Als spräche man hinter dem Rücken der Köchin, welche in Wahrheit doch vor einem sitzt. Ihr könne man es anvertrauen. Sie werde es niemandem verraten. Hier merkt man, dass ein Eingeständnis, dass es einem tatsächlich nicht schmecke, nicht die Schmach der Großmutter wäre, doch die des ignoranten Gastes. Seine gravierende Schwachsinnigkeit, welche allein das Nicht-Schmecken erkläre, solle nicht die Runde machen. Nicht um die der Großmutter, sondern seine Würde zu wahren. Es gibt auf diese ihre Frage ohnedies nur eine adäquate Reaktion. Stumm seinen Teller leerzuessen und sich noch etwas nachzunehmen. Man braucht gar nicht zu antworten. Dies wäre sogar ein Affront. Denn Großmutter weiß, dass es schmeckt. Nicht, weil es zu schmecken hat. Sondern, weil es wirklich schmeckt. Und zwar universell. Das Pronomen in der Frage, ob es *mir* etwa nicht schmecke, ist ein rhetorischer Manierismus. Das Subjekt, dem es schmeckt oder nicht schmecken könnte, existiert im Grunde gar nicht. Großmutters Kochkünste sind absolut.

Außerdem kocht sie in Mengen, welche ganze Kompanien kampfunfähig machen würden. So sehr es ihr und mir das Herz bricht, muss ich etwas übriglassen. Portionen, wie sie Großmutter berechnet, vollständig aufzuessen, würde von meinem Körper wohl als Suizidversuch gedeutet werden. Ich fiele sogleich in ein lebenserhaltendes Koma, aus dem ich erst wieder erwachte, wenn der Verdauungsprozess vorbei ist. Das dürfte ein, zwei Jahre dauern. Sofern man mich nicht fütterte. Wahrscheinlich aber ließe Großmutter es sich nicht nehmen, mir heimlich Palatschinkenteig intravenös in den Körper zu spritzen. Mir bleibt also keine Wahl. Ich muss sie kränken, wenn ich leben will. Jedoch bedeutet, sich nicht lachend in den Exitus zu bampfen, für Großmutter notgedrungen, dass einem das Essen nicht schmecke. Was, wenn sie die Köchin war, ja per se nicht möglich ist. Deswegen gibt sie mir oftmals noch eine Chance, meinen Entschluss zu revidieren. Und nachdem sie mir mit Laxoberal und einer Bauchmassage gedroht hat, greift sie zu einem Hausmittelchen, das sich schon seit Generationen bewährt. »Jetzt iss schon auf! In Afrika verhungern die Kinder!«

Für mich hatte dieser Satz die unheimliche Ähnlichkeit mit jenem, den man beim Picknicken hört, bei Grillereien und Gartenfesten, wenn man die Desserts aufträgt. Großmutter überreicht mir Kuchen gerne mit dem Menetekel: »Kind, iss schnell, sonst kommen die Wespen!« Steckt darin dieselbe Botschaft? »Iss schnell, sonst kommt der Afrikaner! Und der bringt nicht nur Hunger mit, sondern auch seine hundert Kinder! Die ebenfalls sehr hungrig sind, und die essen's dir dann weg!« Spielte Großmutter womöglich nur mit meinem Futterneid? Nein, es war etwas andres. Großmutters Waffe ist die Schuld. Ab und an garniert mit Mitleid, Angst, Gewalt und erdrückender Liebe. Aber die Hauptzutat bleibt die Schuld. Dass die Kinder dort verhungern, sollte mir also Schuld einflößen. Aber warum? Und wie könnte das Verschlingen eines Dutzends Zwetschkenknödel mich von dieser Schuld befreien? Zunächst schien mir die Frage wichtig, ob sie derzeit schon verhungern, oder erst verhungern werden, sofern ich nicht aufessen würde. Wenn ich es benennen müsste, was genau mein Interesse für Sprache entfachte, dann ist es mit Sicherheit die fehlende Konjunktion dieses Satzes. Ist es ein *sonst*, ein *weil*, ein *obwohl*, oder sogar ein zynisches *trotzdem*? Nach vielen Jahren der täglichen Mästung, welche mir Großmutter angedeihen ließ, bin ich mir sicher, dass es ein *weil* ist. Man solle aufessen, weil sie verhungern. Jedoch verhungern sie, weil man aufisst. Nun aber nicht das Aufessen selbst, welches der Grund für deren Verhungern, sondern den Verzicht darauf zum Verbrechen zu gestalten, das ist beinahe von hegelianischer Raffinesse. Oder nur eine Frage des Geschmacks. Wie definiert man Pietät? Sich solidarisch zu Tode zu hungern, oder sich dankbar zu Tode zu fressen?

Was an dem Satz noch mehr verwundert: Was ist mit den Erwachsenen? Verhungern jene etwa nicht? Geben die einfach den Kindern nichts ab? Gewiss, am schwarzen Kontinent geht es rauer zu als hier, doch dass man Kinder nicht zum Trog lässt, bis sie jämmerlich verenden, so wild ist nicht einmal der Wilde. Dann aber begreife ich. Gehen alle Kinder am Hunger zugrunde, wird ja niemand je erwachsen. Wer zeugt dann aber all die Kinder, welche immer von Neuem verhungern? Offenbar verhungern nicht alle, sonst kämen keine neuen nach, auf die sich Großmutter bei Tisch immerzu berufen könnte. Sofern der Status quo bestehen bleibt. Großmütter aller Herren Länder hoffen wohl, dass dies so bleibt. Womit ermahnen sie sonst die Enkel, ihre Teller leerzuessen? Großmüttern muss viel daran liegen, dass den afrikanischen Kindern gerade so geholfen wird, dass nicht alle dem Hunger erliegen, er aber weiterhin besteht. Vermutlich rührt daher die Spendenfreudigkeit alter Damen. Sie erachten es als nötig, regulativ einzugreifen, wie viel Hilfe nach Afrika durchdringt. Nur nicht zu viel und nur nicht zu wenig. Denn beides würde Großmütter ihr liebstes kulinarisches Druckmittel kosten.

Wir verbringen viel Zeit im Garten. Großmutter eskortierte mich nie auf einen Kinderspielplatz. Für sie hatten diese Plätze stets den Ruch von Swingerklubs. Großmutter und ich hingegen lebten streng monogam. Sie schaute anderen Kindern auf der Straße nicht hinterher. Ganz gleich, wie drall und kernig sie waren. Und ich drehte mich natürlich nicht nach anderen Großmüttern um. Ganz gleich, wie alt und geldig sie waren. Besonders aber hatte ich nicht nach Kindern Ausschau zu halten. Großmutter fürchtete nicht die Perversen, die mich mit ein paar Süßigkeiten in einen VW-Bus locken. Sie fürchtete vielmehr die Kinder, die mich mit einem halben Twinni in eine Freundschaft ködern könnten. Solche Entführung wöge schwerer. Ich wäre zwar nicht verschollen, aber verloren allemal.

In Großmutters Haus gibt es zwar kein Kinderzimmer, aber dafür ein Opazimmer. Früher war das einmal meins. Da stand hier noch mein Gitterbett. Doch mit dem dritten Lebensjahr schien ich ruhig und reif genug, um fortan nicht mehr alleine zu schlafen. Ich war den Privilegien der Privatsphäre entwachsen.

So wurde es zum Opazimmer. Ich hingegen zog nach oben und schlief mit Großmutter in dem, was einst das Ehebett. Platznot war der Anlass nicht. Großmutters Haus ist sehr geräumig und umfasst mehrere Zimmer. Ich hätte durchaus ein eigenes Bett beziehen können. Doch das war nicht in ihrem Sinne und ich zu jung zum Widerspruch. Ich wollte auch nicht aufbegehren, da es mir nicht befremdlich schien. Heute weiß ich, dass es auf Erden nichts Befremdlicheres gibt als Erwachsene, die ein Kind, ohne die Absicht, es zu missbrauchen, jahrelang in ihr Schlafgemach sperren. So etwas Vulgäres wie sexuelle Nötigung fand in dieser Familie nie statt. Dabei hat fast jeder Mensch diesen einen verschrobenen Onkel, der Süßigkeiten für die Kleinen aufgrund seines Hörgeräts nicht hinterm Ohr verstecken kann, doch anderswo hervorzaubern muss. Einer, dem die Familienbande noch nicht eng genug geknüft und der weiter anbandeln möchte. So sehr der Leser danach giert, kann ich von derlei nicht berichten. Großmutter streichelt gerne Popscherl. Das ist leider auch schon alles. Ob das Ihre Sensationslust befriedigt, wage ich jedoch zu bezweifeln. Zumal nicht nur ich dafür herhalten musste, sondern zu Dr.-Forstmann-Zeiten im Hotelbett auch die Gitti. Und man lese bitte hierin keine lesbischen Gelüste. Großmutter kümmert nicht im Geringsten, wer oder was daneben liegt. Sie würde jedes Popscherl streicheln. Was sie in die Finger kriegt, wird von ihr in den Schlaf getätschelt.

Essen ist der Sex des Alters. Deswegen schlafen meine Großeltern nicht nur in separaten Betten, sondern speisen auch getrennt. Großvater im Wohnzimmer, Großmutter im Speisezimmer. Großmutter spart sich nämlich auf. Für ihr Enkelkind. Für mich. Seit jeher kopulieren wir also kulinarisch miteinander dahin. Das mag für Sie, mein werter Leser, gewiss etwas befremdlich klingen, doch wenn Sie eine Großmutter haben, haben auch Sie es schon getan. Enkelkinder allerorts sollten sich keine Illusionen machen. Im Alter Essen als Ersatz für den Koitus zu betrachten, resultiert nicht immer nur aus körperlichem Ungenügen. Manchmal dient diese Verschiebung insbesondere Großmüttern dazu, es ungeniert mit den Enkeln zu treiben. Denn wo Essen an die Stelle von Sex tritt, da treten diese an die Stelle der Gatten. Schlimmer noch, sie werden zur Gattin, zum nimmersatten Succubus, ohne Umschweif zu Großmutters Buhlschaft. Das Enkelkind ist dieser meist nämlich nicht mehr als ein Gefäß. Großmutter selbst dagegen schwingt den Kochlöffel und andere phallische Küchengeräte, um damit Menüs zu zeugen, mit welchen sie das Enkelkind zu penetrieren gedenkt, bis es birst. Jeder Gang ein weiterer Stoß. Ständig Besteck- und Tellerwechsel. Küchendämpfe. Schweißgeruch. Großmutter schuftet sich schonungslos ab. Das Enkelkind muss derweil alles stumm über sich ergehen lassen. Von ihm wird erwartet, dass es beim Essen andächtig schweigt. Geplänkel ruiniert die Stimmung. Bei Tisch soll nicht gesprochen werden. Zumindest nicht mit leerem Munde. Ein Leerstand, welchen die Großmutter ohnehin nur schwer verkraftet. Ein leerer Mund ist eine Wunde. Die gilt es dringlicher zu schließen als einen offenen Knochenbruch. Lange darf dieser Zustand nie währen, sonst wird die Großmutter nervös. Wie sich ein Anorektiker stetig als zu dick empfindet, ist der Großmutter das Enkelkind unausweichlich viel zu dünn. Wenn es auch hundert Kilo wiegt, der Herzkranz triefend wie ein Langos, hundert Prozent Fettgehalt in der Trockenmasse Kind, so sieht die Großmutter noch immer einen akuten Stopfbedarf. Das Enkelkind droht zu verenden. Nicht erst, wenn es lange nichts isst. Sondern in jedem Moment des Nichtessens. Gleich nach dem Hinunterschlucken des letzten aufgedrängten Bissens setzt schon das Verhungern ein. Es liegt im Interesse des Enkels, die Großmutter nicht unnötig warten zu lassen, den Mund von Neuem zu befüllen. Sonst droht der Speiseröhrenschnitt, durch den die Großmutter dann eindringt. Da die Nahrung somit nicht mehr Rachenraum und Zunge passiert, muss man mit geschmacklichen Einbußen rechnen. Das ist der Großmutter aber herzlich egal. Natürlich kocht sie ausgezeichnet. Und dies bezieht sich nicht nur auf die meine. Die Großmutter an sich ist eine formidable Köchin. Wenn sie es nicht zuvor schon war, dann wird sie es auf äußerst wundersame Weise, sobald ihr der erste Enkel geboren wird. Evolutiosromantiker, gebt acht! Dies ist keine glückliche Fügung, eingerichtet durch die Natur. Au contraire, was hier geschieht, ist wieder einmal nichts anderes denn eine anthropologische Abartigkeit. Die Mutter füttert. Die Großmutter mästet. Die Fütterung ist lebensnotwendig. Die Mästung ist hochgradig lebensverneinend. Einzig beschränkte Besuchszeiten halten die Großmutter somit halbwegs in Schach. Denn mutterlos ausgeliefert, hätte der Enkel in ihrer hochkalorischen Obhut nur eine geringe Lebenserwartung. Grund hierfür ist eine Kränkung.

Fest steht: Großmütter lieben ihre Enkel. Die Verzückung ihres Anblicks ist keinesfalls geringer als die beim Anblick ihrer Kinder, nachdem sie diese in die Welt warfen. Mit dem heiklen Unterschied, dass der Großmutter nun nicht die Molke aus dem Busen sprudelt. Ein Umstand, den sie nicht versteht, angesichts ihrer manischen Liebe. Sie drückt und presst sich ihre Brüste und wütet, weil daraus nichts kommt. Wo bleibt sie denn nur, die Großmuttermilch? Die wäre ein ganz besonderer Saft. Viel nahrhafter als die der Mutter. Angereichert mit Erfahrung. Stichfest womöglich, aber nahrhaft. Im Vergleich zur Muttermilch ist sie das Gelée royale. Aber die Quelle ist versiegt. Das versetzt der Großmutter plötzlich einen schlimmen Stich. Doch auch jener nützt ihr nichts. Auch dieser bleibt ein Fassanstich, dem keine Kaskaden folgen … Wie soll sie jetzt die Neigung bezeugen, die sie im trocknen Busen schürt? Während die Mutter stillen kann, muss die Großmutter nun stopfen. Was sie aber aus Ressentiment umso hysterischer betreibt. Großmutter kocht nicht mit Liebe. Was sie kocht, ist ihre Liebe. Großmutter verkocht sich selbst, um sich dem Enkerl einzuflößen, wie es die Mutterkuh zu tun pflegt. Rotkäppchen soll die Großmutter fressen. Denn nur von ihr will Großmutter gefressen werden. Nicht vom großen, bösen Wolf, welcher da draußen im Wohnzimmer sitzt und immerzu nach Maggi brüllt, weil die Suppe wieder zu fad ist. Großmutter ist nicht zu fad. Sie wird dem Enkelkind sehr munden. Da muss nicht nachgesalzen werden. Problematisch wird diese Perversion dadurch, dass der Großmutter niemals eine Speise genug scheint, um den Enkel die Mutter gänzlich vergessen zu machen.

Für das Enkelkind ist essen bei der Großmutter nicht nur zwangsläufig Vergnügen, sondern enkeliche Pflicht. Sich dem zu entziehen ist so gut wie unmöglich. »Nein, danke, ich habe keinen Hunger« zu sagen, ist ebenso illegitim wie der Verweis auf mangelnde Lust, um dem Beischlaf zu entgehen. Die Erregung kommt beim Akt wie der Appetit beim Essen. Anfänglicher Widerwillen soll und darf kein Hindernis sein. Im Gegenteil, das stachelt an. Das weiß der Sexualstraftäter, und die Großmutter weiß es auch. Zumal sowohl die vermeintliche Lust- als auch die Appetitlosigkeit immer schon als Ausflucht gesehen werden. »Gib zu, dir schmeckt mein Essen nicht!« »Gib zu, du findest mich nicht attraktiv!« Das Enkelkind ist immer hungrig und auch die Libido nie satt. Sollten sie also etwas von der Bett- oder Tischkante stoßen, liegt die Schuld notgedrungen bei dem, was gerade vor ihnen liegt. Da hilft es auch nichts, wenn man energisch beharrt, dass es an einem selber liegt. Das ist höflich, aber zwecklos. Migräne, Übelkeit und Krämpfe werden sogleich als Lügen entlarvt. Ebenso ausgeschlossen ist es, die großmütterliche Verköstigung auszuschlagen mit den Worten: »Ich habe heute schon gegessen.« Die Empörung wäre dieselbe, wenn sich die Frau dem Mann verweigert, weil sie es ja im Büro bereits mit dem Kollegen trieb. Auch mit Kompromissen kommt man nicht weit. »Können wir nicht einfach nur gemütlich zusammensitzen?« Doch einfach nur zusammensitzen ist der Großmutter zu wenig. Sie will nicht kuscheln. Sie will es tun.

Ich stehe auf der Terrasse und rauche. Es ist die Zigarette danach. Förderlich für die Verdauung und förderlich für die Verdrängung. Es gab Wild. Heute Nachmittag hat sie es nur für mich gekocht. Niemand darf davon erfahren. Ich habe aufgeraucht und kehre zu Großmutter ins Haus zurück. Sie räumt das Geschirr in den Geschirrspüler und verwischt die letzten Spuren. Falls mich jemand fragt, was wir heute aßen, laufe ich am besten weg. Das ist weniger verdächtig, als wenn ich versuche zu lügen. Großmutter fragt, welchen Strudel ich denn wolle. Topfen, Marille, Apfel, Apfel-Marille oder Topfen-Marille. Großmutters Strudelsortiment spuckt jedem Bäcker ins Gesicht. Sie deutet auf fünf lange Bahnen, die parallel auf der Anrichte ruhen. Der Strudelteig ist so dünn wie ein Hymen. Legt man ihn über eine Zeitung, kann man diese nicht nur lesen. Großmutters Teig lässt das Geschriebene wie ernst zu nehmenden Journalismus erscheinen.

»In welchem ist denn Orangeat?«, frage ich, die ich Orangeat hasse. »In keinem. Ich weiß doch, dass du das nicht magst.« Ich begutachte die Strudel. Für mich sehen sie alle gleich aus, fünffach goldbraune Vollendung, doch Großmutter könnte sie blind unterscheiden. Selbst wenn ich sie hinterrücks vertauschte, sie schnitte nicht den falschen an. Sie ist wohl eine dieser Inselbegabten, die seit dem Ende von *Wetten, dass …?* ihre letzte Bastion in der Gesellschaft verloren. Jetzt sitzen sie alle wieder zu Hause, lecken an Buntstiften, blähen Kondome mit der Nase und üben *Lindenstraßen*-Folgen anhand des ersten Satzes zu benennen.

Das taten sie natürlich schon, bevor es diese Sendung gab, doch niemand hätte sie darin ermutigt. Man hätte eher viel Geld investiert, ihnen solcherlei abzugewöhnen. Nun aber erhielten plötzlich unverwertbare Geschicke, Fetische und Zwangsneurosen ein illustres Renommee. Kein Kind wurde mehr gescholten, wenn es, anstatt in die Schule zu gehen, lieber die Buchstaben einer Buchstabensuppe lingual zu ertasten trainierte. Denn nicht für das Leben, sondern für *Wetten dass ...?* lernen wir. Die Sendung war, wenn man so will, die mit Abstand humanste Irrenanstalt. Dort wurden sie nicht vorgeführt. Die Irren durften etwas vorführen. Und nicht im Stile der alljährlichen Talentshow einer Lebenshilfe, die von den Pflegern veranstaltet wird, wenn sie der sexuelle Missbrauch allmählich zu langweilen beginnt. Das Entwürdigende an solchen Spektakeln sind aber nicht die zur Schau gestellten Talente. Es ist nicht der Anblick eines Erwachsenen, der seine Fähigkeit unter Beweis stellen möchte, ohne Zuhilfenahme der Hände, sondern nur kraft der Wucht seines mächtigen Stuhlgangs sich eine angelegte Windel in einem Ruck vom Körper zu scheißen. Entwürdigend ist die Tatsache, dass er daran nicht scheitern kann. Schafft er es, wird applaudiert. Schafft er es nicht, ebenso. Dann gibt es womöglich noch Standig Ovations. Denn er ist trotzdem ein Gewinner. Weil er sich getraut hat. Weil er ganz ein Braver ist. Solche gescheiterten Existenzen können im Leben nur reüssieren. Wenn auch meistens ohne Erfolg. Die Sendung *Wetten dass ...?* hingegen zog das Scheitern der Kandidaten nicht vor. Und das obwohl es naheliegt, anzunehmen, jene Frau, welche Katzenfuttersorten mit dem bloßen Fuß erkennt, wäre allein durch dieses Vermögen in irgendeiner Form gescheitert. Doch nein, gescheitert war sie nur, wenn sie tatsächlich scheiterte. Bis dahin sah man ihr gestörtes Verhalten als legitime Lebensplanung. Im Falle des Scheiterns traf sie jedoch rückwirkend die ganze Schmach, die einem jeden Menschen zusteht, der seine Zehen in Tierfutter tunkt. Nun galt nicht nur die Wette als verloren, sondern ihr gesamtes Dasein. Und ebendieses Risiko barg die Würde dieser Sendung.

Ich beiße auf ein Stück Orangeat. Nicht überrascht, aber umso genervter isoliere ich es im Mund, fasse mit meinen Fingern danach und lege es wortlos zu den anderen, die bereits am Tellerrand liegen. Nach einer halben Portion Strudel hat sich hier schon ein stattliches Häufchen gebildet. »Ein bisserl Orangeat muss rein. Sonst schmeckt der Strudel einfach nicht«, meint Großmutter mit mildem Lächeln. Ich nicke. Wie immer uneinsichtig. Wenigstens hat sie aufgehört, theatralisch auszurufen: »Ich weiß nicht, wie die da reingekommen sind.« Es geht mir nicht darum, egomanisch meinen Geschmack und Willen durchzusetzen. Wenn in der Familie alle in Orangeat vernarrt wären, bestünde ich nicht auf seinen Verzicht. Aber niemand außer mir wird von diesen Strudeln essen. Großmutter machte sie extra für mich. Sie wird mich in jeder freien Sekunde bis zu meiner Abreise mit diesen Strudeln drangsalieren. Was im Anschluss übrig bleibt, wird sie mir in den Koffer stopfen. In die Handtasche, den Mantel, und noch am Bahnsteig in die Hände. »Das nächste Mal lass ich es weg. Versprochen.« Ich pule mir ein weiteres Stück zwischen meinen Zähnen hervor. Großmutter erfüllte mir im Handumdrehen jeden Wunsch. Doch Strudel ohne Orangeat werde ich von ihr nie bekommen. Ich blicke auf die Uhr an der Wand. Viertel nach vier. Ich überlege. Beginnen wir jetzt gleich zu streiten oder lege ich mich vorher kurz hin? »Magst du noch einen Kaffee?«, fragt Großmutter und schraubt die Kaffeekanne auf. Also jetzt gleich.

Großmutter liest mir zwar nicht vor, doch dafür erzählt sie gern. Das macht sie eigentlich ganz gut, bis auf eine Kleinigkeit. Großmutter hat durchaus das, was man Erzählstimme nennt. Was sie jedoch entbehrt, ist eine Erzählsprache. Sie ringt im wahrsten Sinne des Wortes mit dem wahrsten Sinn des Wortes.

Um es mit Rilke zu sagen: Ich fürchte mich so vor der Großmutter Wort. Denn dieses heißt Ding, und jenes heißt Ding. Und hier ist Ding, und Ding ist dort. Ohne das Gedicht zu kennen, ist Großmutter die Einzige, welche es verstanden hat. Sie ist Rilkes feuchter Traum. Jemand, der sich gegen jede Konkretisierung der Sprache verschließt. Großmutter spricht unentwegt nur in platonischen Ideen. »Du, das muss ich dir erzählen! Die Ding ist letztens da nach … Ding gefahren, um dort so eine … Ding zu machen.« Großmutter lächelt. Nach einem kurzen Tobsuchtsanfall und unter Aufbietung aller mäeutischen Kräfte gelingt es mir schließlich, das Rätsel zu lüften. »Die Gitti ist letztens nach Gmunden gefahren, um dort eine Kur zu machen.« Großmutter ist ausgelaugt. Ihr Mund steht sperrangelweit offen. Sie hat soeben semantische Drillinge entbunden. Ich, die schwerst entnervte Hebamme, sinke ebenfalls blutüberströmt und erschöpft in mir zusammen. Ein seliges Keuchen schwebt durch den Raum. Und doch ist in uns beiden das Gefühl postnataler Depression. Rilke hat recht. Wir haben die Gitti umgebracht. Nicht tatsächlich, wie sich herausstellt, als die Gitti am Nachmittag anruft, um Großmutter zu instruieren, sie solle, falls ihr Mann sich meldet, sagen, sie wäre gerade bei ihr. Das wird Großmutter sicher nicht tun. Sie wird nicht für die Gitti lügen. Dann wüsste ihr Mann nämlich sofort, dass sein notorisches Luder von Gattin bei irgendeinem Lotter liegt. Nein, sie wird sagen, sie wisse von nichts, dass die Gitti nicht hier sei, aber vermutlich bei irgendeinem Lotter liegt. Dann wird ihr Mann vergnüglich glucksen ob Großmutters hehrer Fantasie und befriedigt den Hörer auflegen.

Großmutter erzählt am liebsten aus einer ihrer Klatschzeitschriften. Was brauchte ich die Grimm'schen Märchen, wenn ich die *Gala* haben konnte? Da ist im Grunde alles drin. Kutschen, Schlösser, prunkvolle Bälle, Prinzen und Prinzessinnen. Und die waren alle echt. Nicht dieses »Es war einmal«. Wenn sie nicht gestorben sind, dann sind sie heute in der *Gala*. Großmutter hat sie mir alle gezeigt. Und sie erreichte damit mehr als jede Genderpädagogik, die Kinderbücher produziert, wo die Prinzessin ein ebensolches Tabu ist wie der Neger. Dort werden Mädchen Ärztinnen, Erfinderinnen, Feuerwehrwehrfrauen und hoffentlich auch irgendwann Sexualstraftäterinnen, Hauptsache, nicht Prinzessinnen. Ich wollte nie Prinzessin sein, weil ich sah, was das bedeutet. Ich sah Dianas Augenringe. Den toten Blick der Stephanie. Das Schaulaufen mit einem Gatten, der einem am Stammbaum vom Nachbarast zuwinkt. Die trögen Militärparaden, obgleich man nichts erobert hat. Die notorischen Besuche irgendwelcher Waisenhäuser. Wo man so traurig lächeln muss. Und dabei äußerst vorsichtig sein, dass sich Ermutigung und Mitleid immerzu die Waage halten. Zu viel Mitleid wirkt bedrückend. Zu viel Ermutigung wirkt hämisch. Mir schien das alles wie ein Kraftakt, den kein Geschmeide der Welt wert ist. Zumal das Geschmeide und die Garderobe, die man an diesen Prinzessinnen sah, keineswegs zum Träumen einluden. Meist waren es biedere Kostüme, mit welchen man offensichtlich gedachte, das Lumpenproletariat zu versöhnen. Und das gleich zweifach. Zum einen versicherten ihnen die Roben, man müsse nicht arm sein, um sich hässlich zu kleiden. Zum anderen gewährte ihnen diese zugeknöpfte Frigidität den Glauben, im alleinigen Besitz der Sexualität zu sein. Wir haben die Macht, und ihr habt den Sex.

Abgesehen von der *Gala* gibt es nur eines, was Großmutter liest. Das einzige Buch, das sie je interessierte. Ein Opernführer von achthundert Seiten. Ein weinrotes Monstrum mit Einband aus Leinen. Darin finden sich etwa zweihundert, stets auf zwei, drei Seiten gedrängt, leidenschaftslose Inhaltsangaben. Diese sollen dem Operngänger noch vor dem Besuch des betreffenden Werks die Handlung der Oper nüchtern erläutern. Damit er während des ganzen Gejodels ansatzweise weiß, was passiert. Unter

Vermeidung allen Pathos und Verwendung aller Namen sämtlicher Haupt- und Nebenpersonen schließen jedoch diese Inhaltsangaben jegliches Verständnis konsequent aus. »Die irische Königstochter Isolde verliebt sich in den Briten Tristan, welcher zuvor ihren Verlobten getötet hatte. König Marke, Kurwenal, Melot und Brangäne sind ebenfalls mit von der Partie. Tristan stirbt.« Wo hier die Kürze dem Sinn keinen Raum gibt, streckt ihn die Länge der tatsächlichen Oper, dass sich der Sinn darin verliert. Mir ergeht es zumindest so. Mir blieb die Oper immer fremd. Und ich wage zu behaupten, dass Sie und ich und alle Menschen uns darin heimlich einig sind. Das Gefallen an einer Oper sind des Kaisers neue Kleider. Der erste Opernkomponist stellte die Behauptung auf, wem diese Kunstform nicht behage, der sei ein einfältiger Narr. Und seither kompostierte man stundenlang vor diesen Tragödien, deren meist fataler Ausgang sich verhindern hätte lassen, hätten die Personen miteinander gesprochen, anstatt sich in den Tod zu singen.

Soweit ich mich zurückerinnere, liegt der Opernführer bräsig auf dem Nachttisch. Jeden Abend schlägt sie ihn an irgendeiner Stelle auf, studiert eine willkürliche Inhaltsangabe und schiebt ihn dann erneut beiseite. Und das seit nunmehr vielen Jahren. Dennoch sprach sie nie davon. Bis ich sie eines Tages fragte, was ihre liebste Oper sei. »*Aida*«, hieß es kurz und bündig, trocken wie ihr Lieblingsbuch, ohne jedwede Erklärung. Ich beschloss, nicht nachzufragen. Aus Angst, ihrer ersten lakonischen Antwort könnte ein endloser Redeschwall folgen. Womöglich gesungen! Ein Schwall, in welchem ich kläglich ertrinke, versinke, unbewusst – höchste Unlust! Deshalb beließ ich es dabei. Es war mit Abstand das beste Gespräch, das ich bis zu dieser Stunde jemals über die Oper geführt hatte.

Ein weiteres sollte es allerdings noch geben. Ich lebte gerade in Paris und hatte Großmutter vermutlich schon länger nicht mehr angerufen. Oder ich hatte es getan und war mit ihr in Streit geraten. Womöglich hatte ich ihr wieder einmal vorgeworfen, dass ihre abartige Aufzucht, die nur aus Palatschinken und Knödeln bestand, mich im Wachstum eingeschränkt hätte. Weswegen ich nun viel zu klein für den Beruf des Modelns wäre. Was auch immer es gewesen, mich marterte offenbar solch schlechtes Gewissen, dass ich entschied, ihr zum kommenden Geburtstag zwei Karten für *Aida* zu schenken. Ich hatte sie wohl sehr gekränkt. Nichts hätte mich sonst bewogen, mich diesem Wahnsinn auszusetzen. Stundenlang stumpf dazusitzen, ständig hin- und hergerissen zwischen dem Verdacht, zu dumm, und dem Verdacht, zu klug zu sein, um diesen Mummenschanz zu begreifen. Ich ging all die Orte durch, an denen ich nun lieber wäre. Zum Beispiel im Grab. Oder bei den Kasatschok-Weltmeisterschaften der bein- und armlosen Kosaken. Die einzige Ablenkung von dem Gejodel böten wohl Großmutters deftige Blähungen. Die Musik, so dachte ich, wäre in diesem Fall zu laut, um das Vibrato zu hören. Was zur schlimmen Folge hätte, dass Großmutter ihr kleines Solo nicht wie gewöhnlich amüsierte, sie somit nicht zum Kichern brächte und ihre Miene unbewegt bliebe. Was bliebe, wären alleine die Dämpfe, dieser olfaktorische Fall-out, welcher sich über das Publikum legte. Und dann begänne die heimliche Suche nach dem Urheber des Knalls. Wieso fällt es in solchem Falle den Schuldigen stets so viel leichter, ihre Unschuld zu bezeugen, als jenen, welche ohne Schuld? Großmutter säße seelenruhig da, während ich panisch überlegte, was weniger verdächtig wäre. Ebenfalls suchend um mich zu blicken, die Stirn in brüskierte Runzeln gelegt? Bestrebt, den Unhold auszumachen, der mich mit seinem irdischen Duft soeben aus der Transzendenz riss? Oder dem Unhold selbst zu vertrauen, ihn mimetisch nachzuahmen und so zu tun, als wäre nichts geschehen? Unschlüssig wechselte ich sicher frenetisch zwischen den beiden Varianten, zwischen sensorischem Stoizismus und nagetierartiger Aufgescheuchtheit, und stünde somit für die anderen nicht nur bald als Täter fest, sondern auch als hyperaktive, geistesschwache Spastikerin. Ich könnte es ihnen nicht verübeln. Nichts ist unglaubwürdiger, als wenn ein Unschuldiger spielt, unschuldig zu sein. Doch die Furcht, eines Furzes bezichtigt zu werden, den man selber nicht verantwortete, wiegt so viel schwerer als die Furcht, welche den Verantwortlichen heimsucht.

Es war also abzusehen, dass mir ein solches Abendprogramm Ungemach bereiten würde. Folglich wäre ich den ganzen Tag über äußerst prickelig. Und in meiner Vorstellung gab ich mir etwa zwanzig Minuten, nachdem ich sie vom Bahnhof abgeholt hätte, bis ich die Contenance verlöre. Wir müssten mit dem Taxi fahren, weil ich tiefe Hemmungen hätte, Großmutter öffentlich zu lynchen. Die Menschen in der Straßenbahn ergriffen stumm für sie Partei. Sie kannten die Vorgeschichte nicht. Sie sähen nur einen cholerischen Enkel und eine arme, alte Frau mit dem Gesichtchen eines Engels. Eines sehr, sehr alten Engels. Genau dieses wäre vermutlich meine Einstiegsklage. Ich machte Großmutter zum Vorwurf, dass sie die Faltencreme nicht nutzt, welche ich ihr einst geschenkt. Wäre ihr Antlitz jugendlicher, und nicht jede Runzel ein Guckloch des Todes, hätte ich mich nicht gezwungen gefühlt, sie in die Oper einzuladen. Danach fragte ich sie entrüstet, wie sie denn ein solches Geschenk überhaupt hat annehmen können. Wo sie doch wüsste, unter welchem Zugzwang ich es überreichte. Wir wären erst an der zweiten Haltestelle angelangt, wenn ich ihr wieder einmal vorhielte, dass es ihre Sterblichkeit ist, die unser gesamtes Verhältnis verpestet. Wir hätten uns bis zum Anfang der Oper zehnmal zerstritten und neunmal versöhnt. Und im Nachhinein täte mir alles wie gewöhnlich furchtbar leid. Das wäre insofern nicht praktisch, als dieser Abend ja bereits als Entschuldigung für einen früheren Anfall hätte fungieren sollen.

Ich würde schon am Folgetag nach einer Wiedergutmachung suchen, die für sie noch pläsierlicher und für mich noch quälender war. Spazieren gehen in der Bärenschützklamm. Spazieren gehen im Murtal. Einen Nachmittag lang besprechen, wie schön es in der Oper war. Solches würde mich logischerweise letztlich noch mehr Nerven kosten, mich in noch wildere Rage versetzen und somit noch einmal verpflichten, den eskalierten Versuch einer Sühne mit einer weiteren zu vergelten. Ein Teufelskreis entspänne sich, an dessen Ende mir nichts bliebe, als wieder bei ihr einzuziehen und mit ihr ein Bett zu teilen.

Zum Glück aber strahlt die Wirkung solcher sühnenden Geschenke zeitlich in alle Richtungen aus. Eine geschickt platzierte Schenkung verzeiht Frechheiten, die waren, und jene, die noch kommen werden. Je nach Aufwand und Preis des Geschenks sowie der damit zu tilgenden Frechheit beträgt der Radius einer Entschuldigung im Durchschnitt etwa einen Monat. Zwei Wochen vor und nach der Schenkung kann man sich wie Sau verhalten und sich im Anschluss guten Gewissens auf den geleisteten Bußakt berufen. Ich behaupte aber nicht, dass dieser nur materieller Natur sei. Eine gelungene Entschuldigung setzt sich stets aus zwei Teilen zusammen: dem verbalen »Es tut mir leid« und einem materiellen Ablass. Hier waren es eben zwei Operntickets, woran sich mein »Es tut mir leid« mnemotechnisch heften könnte. Das ist umso mehr vonnöten, da Großmutter schon über achtzig ist. Man kann sich vorstellen, wie viele Entschuldigungen bislang bei ihr eingereicht wurden. Ein monumentaler Stapel aus Akten, die darauf warten, verziehen zu werden. Bearbeitet werden aber nur jene, auf denen ein kleines Mon Chéri liegt. Und in meinem Falle zwei. Eins für sie und eins für mich. Und dadurch, dass ich Mon Chéri nicht mag, schmeckt ihr ihres gleich noch mehr.

KAPITEL 4

Reiselustige Personen, so heißt es, sind weitaus weniger rassistisch. Das ist natürlich grober Unsinn. Selbst den größten Fremdenfeind begeistert eine schöne Aussicht. In Wahrheit reisen vor allem Rassisten. Die glauben in fremden Ländern etwas anderes zu finden als immerzu das Ewiggleiche. Am schlimmsten sind die Weltenbummler, ehemals Landstreicher genannt. Landstreicher aber konnten noch etwas. Oft waren das vorzügliche Taschendiebe, Trickbetrüger oder unterhaltsame Tölpel. Die Weltenbummler können gar nichts. Die brauchen auch nichts mehr zu können, weil sie nicht die Armut treibt, sondern ihr stumpfsinniger Reichtum. Die wollen niemanden berauben. Die wollen sich nur selbst bereichern. Und das nicht einmal mit Geld, denn davon haben sie genug. Nein, sie wollen Erlebnisse. Sie müssen ständig etwas erleben, um nur ja nicht leben zu müssen. Und sie wollen Erfahrungen. Sowohl gute als auch schlechte. Sie wollen lieber Erfahrungen sammeln, anstatt Wissen anzuhäufen. Denn Wissen ist Macht. Und Macht ist böse. Vor allem wollen sie Eindrücke. Richtig tiefe Dellen und Druckstellen soll die Welt ihnen verpassen. Ganz und gar eindringen soll sie in sie. Deswegen liegen sie breitbeinig da und zeigen stolz ihre Weltoffenheit. Da soll sie rein, die große Welt, und sie vollständig erfüllen. Aber da ist keine Öffnung. Überall an ihnen klafft eine lückenlose Glätte. Sie haben keine Knöpfe mehr, welche die Welt drücken könnte. Sie sind ein Touchscreen, der unentwegt berührt werden will, aber auf nichts mehr reagiert. Wenn sie ihrer Ansicht nach ausreichend Erlebnisse, Erfahrungen und Eindrücke beisammen haben, wollen sie diese sofort teilen. Erst berauben sie die Armen, dann teilen sie mit den Reichen. Die können dann das Selfie bewundern, wie man in New Mexiko mit einem jungen Navajo posiert. Sie reißen alle Grenzen nieder und nennen sich selbst aufgeschlossen. Sie brechen bei Fremden ein und heißen diese dann willkommen. Großmutter will keinesfalls in andere Kulturen eintauchen. Sie weiß, dass das unmöglich ist. Dazu müsste sie zunächst aus ihrer eigenen auftauchen. Am liebsten reist sie in Begleitung einheimischer Reiseführer. So ist sie sicher, nur zu sehen, was sie sehen darf und soll. Großmutter ist offen für Fremdes. Aber sie ist nicht offen für Neues.

»Könnten Sie das noch mal wiederholen?« »Was denn?« »Was Sie in den letzten zwei Tagen gesagt haben.« Dass Großmutter schwerhörig ist, gesteht sie der Olga erst am dritten Reisetag. Seither schreit die Olga so laut, dass alle Umstehenden glauben, *sie* wäre die Schwerhörige. »Fünf der sieben Zarenresidenzen wurden im Zweiten Weltkrieg von den Nazis fast vollkommen zerstört!« Großmutter schüttelt empört den Kopf. »Schlimm, schlimm. Aber, wissen Sie, bei uns, da war auch ganz schön viel kaputt.« Selbstverständlich glaubt jeder Tourist, dass er für seinen Reiseführer nicht etwa nur einer von vielen, sondern etwas Besonderes sei. An mich wird er sich gewiss erinnern!

Auch für Großmutter und mich steht in Russland außer Frage, in Olgas Augen mehr zu sein denn ein fünftägiges Pantscherl. Das hat sie uns auch selbst gesagt. Dass sie noch nie Touristen hatte, die während der gesamten Reise nicht ein einziges Foto gemacht haben. Erst war sie davon irritiert. Doch das änderte sich schnell. Und schon bald war Olgas Stolz für niemanden zu übersehen. Es gefiel ihr nicht, alle paar Meter für ein Selbstporträt stehenbleiben zu müssen. Erhobenen Hauptes schritt sie mit uns an Aussichtsplattformen vorüber, wo sich ganze Karbunkel von Menschen um den besten Blickwinkel raufen. Großmutter braucht keine Fotos. Schließlich kauft sie vor der Reise immer einen großen Bildband des jeweiligen Reiseziels. Den blättert sie zwei Wochen durch und bestaunt die eindrucksvollen Hochglanzaufnahmen jener Kirchen und Paläste, die wir schon bald sehen werden. Das tut sie, bis sie sicher ist, dass sie die matte Realität garantiert enttäuschen wird. Sie wird blasiert vor der Blutskirche stehen und sich nach ihrem Bildband sehnen. Anschauen wird sie ihn trotzdem nie wieder. Sie will keine Erinnerungen, die ihre blassen Eindrücke nachzukolorieren versuchen. Die Blutskirche, vor der sie steht, ist die Erinnerung an den Bildband. Olgas Stolz auf uns und unser Desinteresse ließen uns regelrecht süchtig werden. Bald lehnten wir nicht nur ab, von der Aussichtsplattform aus Fotos zu schießen, sondern weigerten uns sogar, die Aussichtsplattform aufzusuchen. Olga belohnte unsere Indifferenz, indem sie uns immer mehr historische Informationen ersparte. Das spornte uns zusätzlich an, abgebrüht und gelangweilt zu wirken. Die Zarengemächer und Ikonostasen würdigten wir keines Blickes. Bei der letzten Führung haben wir die Augen gar nicht mehr geöffnet.

Einzig das Reisen kuriert von dem Glauben, die Welt sei größer als der Verstand. Großmutter reist schrecklich gerne. Sie will die Welt sehen. Nicht ergründen, nicht entdecken und erst recht nicht verstehen. Sie will sie nur sehen. Großmutter reist aus den richtigen Gründen. Nämlich aus keinen. Sie reist nicht, um sich selbst zu finden. Sie reist nicht, um sich selbst zu fliehen. Ebenso wie das Internet ist das Selbst eine Erfindung, die Großmutter nicht mehr mitmachen möchte.

Das Bernsteinzimmer im Katharinenpalast ist bekanntlich eine Kopie. Das Original haben die Nazis auf dem Heimweg verloren. Bis heute hat sich kein ehrlicher Finder gemeldet. Schon seit einer Viertelstunde spricht Olga von den Schwierigkeiten, dieses Zimmer nachzubauen, als mich Großmutter am Arm packt und voller Entsetzen fragt, ob das hier ein Nachbau sei. Das kann ich ihr jetzt unmöglich antun. Für Wochen sprach sie von nichts anderem als dem famosen Bernsteinzimmer. »Nein, nein, das hier ist das echte.« Olga starrt mich zornig an und zwingt mich mit ihrem Blick, Großmutter die Wahrheit zu sagen. »Ja, das hier ist ein Nachbau.« Großmutter erbleicht. Aus ihren Augen blitzt ein Schrecken. Wenn das Bernsteinzimmer nicht echt ist, was ist es dann überhaupt? Binnen Sekunden infiziert sie eine tiefgreifende Skepsis. Sogar meine Verwandtschaft zu ihr scheint sie kurzzeitig anzuzweifeln. Zu ihrem Misstrauen mischt sich Reue, diese Reise überhaupt angetreten zu haben. Großmutter pudelt sich ungeniert auf. Sie will das Bernsteinzimmer sehen! Und zwar das echte! Und zwar jetzt! Wären die Nazis nur halb so starrsinnig gewesen, hätten sie es gewiss gefunden. Während Großmutter wild auf und ab springt, stecke ich Olga heimlich Geld zu. Plötzlich ist es doch das echte. »Wusst ich's doch!«, ruft Großmutter tadelnd und wedelt vor Olgas Gesicht mit ihrem Zeigefinger herum. »Sie müssen sich schon informieren, gute Frau! Und so was schimpft sich Reiseführer!« Olga fordert einen Nachschlag. Großmutter ergötzt sich artig an der Pracht des Duplikats. Beim Rausgehen allerdings wirkt sie verstimmt. »Also dieses Bernsteinzimmer … Ich hab mir das immer prunkvoller vorgestellt.«

Prunkvoll stellte sich Großmutter auch jahrzehntelang die Champs-Élysées vor. Bis sie eines Sommers dort ist. Wir besichtigen die Stadt in einem Touristenbus. Als wir am Place de la Concorde in die berühmte Straße einfahren, wird Großmutter ungehalten. »Und das soll diese Prunkstraße sein?!« Ich bleibe ruhig. Der Pariser Verkehr ist eine einzige Nebenhöhlenentzündung. Für die zwei Kilometer der Champs-Élysées brauchen wir eine halbe Stunde. Großmutter hat also Zeit, um ihre Meinung zu revidieren. Diese verhärtet sich jedoch mit jedem Meter. Großmutter missfällt einfach alles. Die Boutiquen, die Cafés, ja, sogar die Pariser Kleidung. Diese sei schmucklos, abgeschmackt, und die Farbe Beige käme viel zu oft vor. Großmutter berauscht sich richtig an ihrer Ernüchterung. Bis zum Triumphbogen sage ich nichts. Hier bitte ich sie auszusteigen. Dann scheuche ich Großmutter die gesamte Champs-Élysées auf der einen Seite hinunter und auf der anderen wieder hinauf. Mehrmals muss ich sie ermahnen, ihren Kopf, den sie trotzig hängen lässt, hinauf zu den Palisaden zu heben. Es wird nicht gesprochen. Auch Trinken, Essen und Pausieren sowie renitentes Seufzen untersage ich ihr strikt. Sie soll schauen und genießen. Großmutter schnauft ob der brütenden Hitze. Selbstverständlich tut es mir leid, sie an den Rand eines Kollapses zu zerren, aber da muss sie jetzt durch. Es wird bereits dunkel, als wir den Ausgangspunkt erreichen. Großmutter ringt nach Atem. Ich stütze sie und frage erneut, wie ihr die Champs-Élysées nun gefielen. Großmutter kann nicht mehr stehen und setzt sich auf die Bordsteinkante. Ich fächle ihr Luft zu. Es dauert eine ganze Weile, bis sich ihr Kreislauf stabilisiert. Dann hebt sie ihr verschwitztes Antlitz und röchelt mir stimmlos zu: »Unspektakulär.« Wir besteigen schweigend den Bus. Großmutter lässt einen gehörig an der Effizienz von Folter zweifeln. An der Sorbonne steigen wir wieder aus. »Das ist der Ort, wo du studierst?« Großmutter sagt das Wort *studieren*, als hätte ich es frei erfunden.

Wenn jemand Erdenbürger ist, dann einzig meine Großmutter. Sie hat keine Vorurteile. Dass die Afrikaner so und die Asiaten so wären. Großmutter denkt gar nicht in Völkern. Was sie interessiert, sind holländische Tulpenfelder sowie norwegische Gletscher. Was sie nicht interessiert, sind Holländer und Norweger. Für Großmutter sind das Statisten, die sich hinter den Kulissen von Sehenswürdigkeiten tummeln. Großmutter denkt auch nicht in Sprachen. Sie geht grundsätzlich davon aus, dass sie jeder Mensch versteht. Nicht, weil sie Deutsch für die Weltsprache hält, sondern, im Gegenteil, weil sie Deutsch gar nicht für eine Sprache hält. Großmutter spricht keine Sprache. Großmutter spricht. Selbst der Franzose könnte sprechen, aber stattdessen spricht er Französisch. Von ihr aus kann er das gern machen, doch er braucht nicht so zu tun, als könne er sie nicht verstehen. Das sieht Großmutter nicht ein.

Richtig grantig macht es sie, wenn sie jemanden was fragt und der nur mit den Schultern zuckt. Manchmal wiederholt sie die Frage, spricht aber nicht langsamer oder zähmt den Dialekt. Leugnet er weiterhin Verständnis, sieht sie darin kein Unvermögen, sondern Unwillen. Einmal vor Jahren nahm ich mir vor, Großmutter Englisch beizubringen. Morgens, mittags und abends sind wir für eine Viertelstunde die Zahlen von eins bis zehn durchgegangen. Und siehe da, nach einer Woche der unentwegten Wiederholung hatte sie sich nichts gemerkt. Keine einzige Zahl! Ganz gleich, wie sehr sie sich bemühte, und ganz gleich, wie oft ich schrie, dass kein Mensch so dumm sein könne. Dabei ist Großmutter nicht dumm. Das beweist schon ihre Begründung, weshalb sie den Englischkurs einstellen wollte: »Warum sollte ich das lernen? Ich kann die Zahlen ja schon längst.«

»Die haben hier ja auch Kreisverkehre!«, ruft Großmutter begeistert aus, während wir in St. Petersburg einfahren. Mit dem Staunen eines Kindes klebt sie an der Windschutzscheibe und spricht alles laut aus, was sie sieht. Stets mit dem verwunderten Zusatz, dass sie ja keine Ahnung hatte, dass es dieses oder jenes sogar hier in Russland gibt. Dass die Russen so wie wir motorisierte Fahrzeuge haben, Ampeln, Supermärkte, Kleidung, hat sie zwar nicht angezweifelt, aber auch nicht für möglich gehalten. Beim Aussteigen greift Großmutter tief in ihre Jackentasche und drückt, was sie ergattert hat, unserem Chauffeur in die Hand. Das sind neben ein paar Kopeken auch zwei leere Zuckerlpapiere sowie eine Sicherheitsnadel. Großmutter grinst ihn so gönnerhaft an, als hätte sie ihm ein Organ ausgegeben. Er aber lächelt nicht zurück. »Typisch Russen! Immer unfreundlich!«, flüstert mir Großmutter zu. Im Grunde aber brüllt sie es. Ihr Flüstern beschränkt sich auf die Geste, sich an mein Ohr heranzulehnen. Eine tatsächliche Variation von Lautstärken beherrscht sie nicht. Einzig Mimik und Körperhaltung deuten ihren Mitmenschen an, was diese zu hören haben und was gefälligst nicht.

Olga erhält den Inhalt aus der zweiten Jackentasche. Sie lächelt und bedankt sich herzlich für die Kronkorken und den Knopf. »Typisch Russen!«, flüstert Großmutter wieder. »Immer so freundlich!« Sie gebraucht den Begriff *typisch* bisweilen sehr inflationär. Das antiseptisch saubere Trottoir des Newski-Prospekt ist ebenso typisch russisch wie ein überfüllter Mülleimer vor der Isaakskathedrale. Wenn ein Kellner kein Wort Deutsch kann, so ist das typisch, und wenn er es fließend spricht, gleichfalls. Typisch russisch ist sowohl das umsichtig Sanfte als auch das pöbelnd Rücksichtslose. Großmutter untergräbt jedes Vorurteil, indem sie einfach alle vertritt. Womöglich ist das Dialektik. Womöglich auch nur postmodern.

»In diesem Russland sind erfrischend wenig Neger«, stellt Großmutter beim Essen fest, als sie die Passanten mustert. Großmutter hat für die Schwarzen nicht sonderlich viel übrig. Das hat sich auch nicht geändert, seit sie sie nicht mehr Neger nennt. Heute sagt sie zwar ausschließlich Schwarzer, doch es gelang ihr, ihre Abschätzigkeit dahin verlustfrei mitzunehmen. Nun stiehlt und schändet eben der Schwarze. Nicht mehr und auch nicht weniger, als es zuvor der Neger tat. Großmutter nimmt neue Moden in der Sprache willig an. Sie ziert die Neuerungen auch nicht mit bockigem Zynismus. Sie rollt weder mit den Augen, noch hört man sie jemals spötteln, »Wie man heute sagen muss …« Wenn der Neger es vorzieht, nun Schwarzer zu heißen, dann ist das sein gutes Recht. Und jetzt möge der Schwarze bitte verschwinden. Es ist zudem denkbar, dass ihr der Wechsel unerhört willkommen war. Wie viele sind mit der Etymologie des Wortes Neger gar nicht vertraut? Für jene ist es nichts weiter als ein willkürlicher Name, der erst erläutert werden muss. Wenn der in Kinderbüchern fällt, kann es schon einmal passieren, dass die wissbegierige Brut lästig nachzufragen beginnt: »Was ist ein Neger?« Worauf man mühsam ausholen muss, zu seiner Herkunft und Geschichte, der des Negers und des Begriffs. Und all das kostet Mama Zeit. Zeit, in welcher sie schon längst ein Schnapserl trinken hätte können. Beim Schwarzen hingegen, da weiß man, was los ist. Der Schwarze ist schwarz, und damit hat sich's. Da fragen Kinder nicht mehr nach, wenn er in Geschichten auftaucht. Jetzt kann man den Neger endlich auf das reduzieren, was er ist: nämlich schwarz.

Juden hingegen haben Großmutter nie interessiert. Sie sieht sich weder als arisch noch christlich und kennt keine Geldprobleme. Worüber soll man sich da streiten? Erschwerend kommt hinzu, dass die Juden den Nicht-Juden sehr ähnlich sehen. Das mag für manche den Reiz noch erhöhen, einen ausfindig zu machen. Menschen wie meine Großmutter aber schreckt langes Fährtenlesen ab. Da geht sie lieber Schwammerl suchen. Auch die erdachte Eselsbrücke, Juden hätten große Nasen, konnte sie niemals dazu bewegen, nach einem Ausschau zu halten. Für sie blieb Antisemitismus stets ein Wimmelbild ohne Lösung. Der Neger wiederum ist einer, welchen sie zu erkennen vermag. Und zwar auf den ersten Blick. Das ist nämlich der, der Rauschgift verkauft. Einzig dafür ist er hier. Quasi ein Handelsreisender. Wie Großmutter es selbst einst war. Die hat früher schließlich auch allerlei Pulver und Tabletten günstig aus Ungarn angeschleppt und danach etwas teurer verkauft. Aber das waren ja keine Drogen, sondern Medikamente.

Ob etwas Droge oder Medikament ist, hängt für Großmutter nicht von der Substanz, sondern von dem ab, der es nimmt. Medikamente lindern das Leid. Drogen fördern das Vergnügen. Die Alten aber, welchen sie damals regelmäßig Stoff besorgte, hatten zum Glück stets ein Leiden vorzuweisen. Für die war der Konsum von Drogen definitionsgemäß unmöglich. Und somit war auch Großmutter viel mehr Arzt als Rauschgifthändler. Trotzdem könnten böse Zungen sagen, dass die Großmutter und der Neger mehr gemein hätten, als den beiden lieb sein dürfte. Vermutlich rührt ihre Abneigung daher. Vermutlich sieht Großmutter vom Neger ihr Geschäft bedroht. Wenn der draußen vor der Messe seine Ware an den Mann bringt, kommt ja niemand mehr zu ihr. Sein Drachenbalsam steht dem ihren nämlich sicher in nichts nach. Das Murmeltieröl vom Schamanen ist vermutlich sogar besser. Wer kauft noch bei Dr. Forstmann, wenn man das Gleiche günstiger auch beim Buschmann kriegen könnte? Da kann sich die Großmutter schwarz ärgern, und es wird ihr trotzdem nichts nützen. So ist eben der Weltenlauf. Die Dritte Welt stellt Drogen her, die die Erste Welt benötigt, um in eine zweite Welt zu fliehen.

Wer gerne reglos reisen möchte, macht am besten eine Kreuzfahrt. Das machen sogar immer mehr. Und das wird sich auch nicht ändern, solange im Fernsehen *Das Traumschiff* zu sehen ist. Es gibt viele Menschheitsträume. Einer der größten ist wohl der zu fliegen. Doch keinesfalls, um möglichst schnell oder möglichst weit zu reisen. Man wollte nicht fliegen, um die Welt zu erobern. Au contraire, man wollte fliegen, um das Firmament zu stürmen. Auf die Gestirne hinunterzublicken und Gottes Schöpfung zu verlachen. Den Wunsch haben wir uns erfüllt. Der größten Hybris der Menschheitsgeschichte kann sich heute jedermann zum Discountpreis schuldig machen. Lange ein Vorrecht der oberen Schichten, die dem Himmel ohnedies nah waren, vermag sich heute auch das Gesinde anmutig in die Lüfte zu schwingen. Ja, sogar die Elendsten, die vor dem Krieg geflohen sind, kommen vereinzelt in den Genuss einer Abschiebung per Flug. Trotzdem gibt es nur wenige, die um des Fliegens willen fliegen. Für Masse, Markt und Militär ist das Flugzeug nichts weiter als Mittel. Ein Mittel zum Transport und zum Töten. Der Endzweck ist die Zeitersparnis. Der Traum zu fliegen war ein Traum von Freiheit. Ihn zu erfüllen war lediglich dreist. Ihm den Selbstzweck zu rauben verheerend. Man hat die Flügel zu Fesseln gewandelt.

Umso erstaunlicher erscheint es, dass anderswo das Gegenteil eintrat. Dass es Millionen Menschen gibt, die um der Schifffahrt willen Schiff fahren. Sinnlos auf dem Meer herumzugondeln, wie es Kreuzfahrtschiffe tun, war dabei nie ein Menschheitstraum. Man stach nicht in See, um im Wasser zu schunkeln. Hier herrschte der Wunsch, die Welt zu erobern. Und die Fahrt in fremde Gefilde verhieß allerlei Widrigkeiten. Überall lauerten Skorbut, Seeungeheuer, Stürme und Weiber, die in ihrer weibischen Neugier immer versuchen, als Männer verkleidet irgendwie auf das Schiff zu schleichen. Doch das alles nahm man auf sich, weil man ein Ziel vor Augen hatte. Denn am anderen Ende der Welt winkten Schätze, Sklaven und Weiber. Nackte Weiber, die den Männern die Kleider nicht vom Leibe rissen, um sie selber anzuziehen. Kreuzfahrer aber brauchen kein Ziel. Im Gegenteil, die Häfen, in denen sie immer wieder anlegen, aussteigen und Exkursionen mitmachen müssen, sind für sie die Widrigkeiten, welche sie widerwillig in Kauf nehmen. Eigentlich ist es ihnen zuwider, den uteralen Komplex zu verlassen. Sie wollen sich lieber nicht bewegen. Es bewegt sich ja das Schiff. Dieses reist an ihrer statt, während sie sich im Schiffsbauch verstecken. Das größte Kreuzfahrtschiff der Welt fasst beinahe zehntausend Menschen. Das ist schon schrecklich luxuriös, sich mit so vielen anderen auf engstem Raum inmitten des Meeres ohne die Möglichkeit zur Flucht und täglich nur drei Stunden Auslauf wochenlang einsperren zu lassen. Das bekommt man sonst nirgends geboten. Nicht einmal auf Alcatraz. Eine Insel, deren Größe in etwa der des Schiffs entspricht. Sogar die fensterlosen Zellen sind gleich groß wie die pompösen Innenkabinen des sogenannten Luxusliners. Auf Alcatraz waren allerdings nie mehr als dreihundert Menschen gleichzeitig gefangen. Hätte man dort mehr inhaftiert und bis zu zehntausend zusammengepfercht, hätten nämlich ganz bestimmt irgendwelche Menschenrechtler ordentlich Radau gemacht. Weil das menschenunwürdig sei. Das Recht auf Würde wird jedoch ohnehin dauernd mit Füßen getreten. Nicht von Despoten und Tyrannen, sondern von den Menschen selbst. Die ziehen ein anderes Recht vor. Das Recht darauf, nach Glück zu streben. Und das Kreuzfahrtschiff beweist, wie seltsam sich doch heutzutage Glück und Würde widersprechen.

Großmutter liebt Kreuzfahrten. Das ist insofern verzeihlich, als sie die in früheren Zeiten ikonische Kreuzfahrerin darstellt. Eine adrette ältere Dame, nicht alleinstehend, doch alleinreisend, mit einem prallen Portemonnaie und Appetit auf fesche Lotter. Und das Kreuzfahrtschiff war der Ort, wo sich die betuchte Matrone mit einem Rudel Matrosen vergnügte und vor Glückseligkeit verging. Und zwar im wahrsten Sinne des Wortes. Deswegen waren Witwendampfer stets mit Kühlräumen bestückt. Dort brachte man die Seligen unter, die auf hoher See verstarben. Und selig waren sie bestimmt, diese kecken alten Weiberl auf ihrer letzten Überfahrt. Schließlich war Charon kein düsterer Fährmann, sondern ein verruchter Italiener, mehr Gigolo als Kapitän, dem sie anstatt einer Münze zwei Scheine in den Hosenbund und ins Brusthaar stecken durften. Dafür zwinkerte er ihnen zu und vergriff sich unanständig, wenn er ihren zittrigen Körpern von der Sonnenliege aufhalf. Bald aber waren sie nicht mehr allein, die anhabigen Argonauten und die senilen Sirenen. Unter die Passagiere mischten sich Männer und unter die Besatzung Frauen. Die lasterhaften Totenfeiern verkamen zu Erlebnishöllen. Wo man den moribunden Damen einst Cocktails aus der Lethe servierte, befindet sich jetzt ein Souvenirshop. Statt der lasziven Sterbehilfe gibt es jetzt Animateure – lachende Lagerkommandanten mit Smileys statt der Knochenschädel. Die schmeicheln nicht mehr in den Tod. Die pressen aus den Toten Leben. Da wird selbst der Rollstuhlfahrer so lange fröhlich angebrüllt, bis er zu *Macarena* tanzt. Menschen schätzen diesen Drill, weil sie ihn am Arbeitsplatz immer seltener bekommen. Ihr Chef trägt seine Hemden offen und ist auch sonst ein lockerer Typ, der ihnen so viel Freiraum lässt, dass sie daran fast ersticken. Am Schiff werden sie endlich wieder zu einer Aufgabe genötigt. Einer stupiden noch dazu. Hier muss niemand mehr tun, was er will oder, Gott bewahre, was er für gut und richtig hält. Hier sollen sie springen, klatschen, hopsen und dabei gefälligst jauchzen. Sie sollen bei Spielen partizipieren, für welche sich selbst Kinder schämten. Erwachsenen aber macht das Spaß. Weniger die Spiele an sich als der sinnlose Gehorsam und die stete Aktivität. Das bewahrt sie vor Entspannung. Denn entspannen dürfen sie nicht, sonst rinnen sie unkontrolliert aus.

Animateure sollen zusehen, dass sich die Urlauber nicht langweilen. In Wahrheit sollen sie sicherstellen, dass kein Urlauber aus Versehen zur Vernunft kommt. Dass nicht plötzlich einer durchdreht, weil ihm bewusst geworden ist, dass er soeben fünfzig Wochen einer verhassten Arbeit nachging, um seiner verhassten Familie, sich und seinem verhassten Selbst diese verhasste Reise zu schenken. Und wenn in diesem Moment der Erkenntnis noch ein Animateur antänzelt und dem Erleuchteten vorschlägt, er solle, statt hier griesgrämig zu sitzen, lieber mit an die Tikibar kommen, um einen bunten Luftballon endlos im Kreis herumzureichen, dann rappelt's aber in der Kiste. Der macht dann auf seine Art Stimmung. Schlafende Hunde soll man nicht wecken. Aber noch viel gefährlicher ist es, Aufgeweckte aufzumuntern. Denn meist wird nicht munter, wer erst einmal wach ist.

Ich schnelle schreiend aus dem Bett hoch und sehe, wie sich Großmutter umdreht und ins Badezimmer stapft. Ich greife blinzelnd nach dem Leintuch und wische mich trocken. Die Vorhänge stehen bereits offen, und die Sonne betatscht mein Gesicht mit ihren schweinsrosigen Fingen. Es ist erst sieben Uhr in der Früh. Großmutter leidet nicht an Bettflucht. Sie ist nicht eine dieser Alten, die schon im Morgengrauen erwachen, aus Angst, den eigenen Tod zu verschlafen. Der kommt bekanntlich gern im Schlaf. Weil er sich dann nicht rechtfertigen muss. Oder mit einem, der sich wehrt, Karten spielen und Rumtee saufen.

Großmutter steht auf, um mich zu wecken. Die Zeit mit mir ist ihr zu kostbar, um sie mit Ohnmacht zu vergeuden. Schlafen kann ich, wenn sie tot ist. Aber bis dahin machen wir durch. Abends legt sie mir ein warmes Kirschkernkissen an die Füße. Morgens schüttet sie mir Eiswasser über den Kopf. Wie habe ich Bettnässer immer beneidet. Jene, die sich zwar nicht bewusst, aber selbst besudelten. Wie gerne hätte auch ich die Laken eigenmächtig überschwemmt, anstatt eingenässt zu werden. Einnässen ist vielleicht übertrieben. In Wahrheit wringt sie lediglich einen nassen Lappen langsam über meinem Nacken aus. Das macht es fast noch schlimmer. Dieser Hauch von Zärtlichkeit, den sie ihrer Folter beimengt.

Eine Frauenstimme bittet über die Lautsprecher des Schiffs alle Passagiere aufs Deck. Sie wiederholt die Ansage in einer Vielzahl von Sprachen. Offensichtlich ist keine davon die ihre. Englisch holpert, Deutsch holpert, Russisch holpert. Die arme Frau. Höchstwahrscheinlich wurde sie sprachlos hier auf diesem Schiff geboren. Jetzt ist sie jeder Fremdsprache mächtig, vermag aber nicht zu sprechen. Sie hat keine Muttersprache, noch hat ihr jemand mitgeteilt, dass man weit mehr sagen könnte als das, was auf den Kärtchen steht, die man ihr vors Mikrofon legt. Großmutter ist ganz aufgeregt und treibt mich rabiat aus der Kabine. Mit der streng gerollten Schiffspost peitscht sie mich herrisch durch die Gänge, bis hinaus aufs höchste Deck. Ein kalter Windstoß schlägt mir entgegen. Von hinten schlägt mich Großmutter mit ihrer Gerte aus Papier. Ich halte ihr galant die Tür auf. Dann schiebe ich sie durch die Massen. Großmutter lässt sich ob ihres Alters und ihrer trügerischen Herzigkeit hervorragend als Schneepflug nutzen. Selbst jene, welche augenscheinlich weitaus älter sind als sie, weichen anstandslos zur Seite. Hinzu kommt meine Wenigkeit, die ich auch vorgelassen werde, weil ich noch so furchtbar jung bin. Wohl die Jüngste auf dem Schiff, abgesehen von den Kindern, die noch so klein sind, dass sie längst vergessen haben, jemals an Land gelebt zu haben. Diese sind aber spärlich gesät. Kreuzfahrer sind grundsätzlich recht alt. Jedoch auf Fahrten in den Norden steigt das durchschnittliche Alter noch einmal dramatisch an.

Das liegt sicher an der Kälte. Das taugt den Jungen weniger, weil sie sich hier warm anziehen müssen. Sie wollen aber unbedingt ihre schlanken Leiber zeigen, solange sie noch knusprig sind. Den Alten macht der Frost nichts aus. Im Gegenteil, sie hoffen, dass er sie konserviert. Und es scheint zu funktionieren. Auf den Reisen in den Norden sterben angeblich weniger als auf solchen in den Süden. Vielleicht aber ist das nur Humbug. Vielleicht sterben sie auch im Norden, nur riecht man es erst bei der Rückkehr.

Ich bin in jedem Fall auf diesem Schiff ein Kuriosum. Hier gibt es sonst fast niemanden, der schon und noch alle Zähne besitzt. Mich lässt man ebenfalls schnell vor. Ich werde nämlich noch sehr lange an diesen Anblick zurückdenken können. Doch die dem nahen Tod Geweihten, was sollen die noch etwas sehen? Sie können die Erinnerungen schließlich nicht mit ins Grab nehmen. Besser, sie häufen gar nichts mehr an, was ihnen dann zur Last fallen würde. Einsichtig weichen sie mir aus. Ich fasse Großmutter an der Hand und ziehe sie zu mir nach vorne. Nach sieben Tagen und fünfzig Disputen sind wir endlich angekommen. Soeben erreichten wir Spitzbergen. Genauer gesagt den Magdalenenfjord. Gleich sehen wir die blauen Gletscher. Das hat Großmutter seit Jahrzehnten ersehnt. Sie hat sie bereits im Fernsehen und in Reiseprospekten bestaunt. Sie hat so eifrig davon geschwärmt, dass einige ihrer Bekannten tatsächlich eine Kreuzfahrt buchten und in den höchsten Norden aufbrachen. Nicht etwa, weil sie Spitzbergen nur im Geringsten interessierte, sondern um Großmutters Furor zu stoppen. Bekanntlich spricht diese vor Neid mit keinem über blaue Gletscher, welcher sie bereits gesehen hat. Nun aber ist es so weit. Nur mehr eine kleine Treppe, und sie wird zu einer von ihnen. Zu einer, die den Gletscher sah. Fortan wird sie blaublind sein. Alles, was ihr bislang blau schien, wird nun grau und aschern wirken. Die Nacht wird sich vollends verfinstern. Das Meer wird wieder dunkler Wein. Großmutter freut sich schon darauf, im Sommer in ihrem Garten zu sitzen und den Pastiche von Blau zu verspotten, welcher sich da Himmel schimpft. Die Antiken kannten kein Blau, weil sie keine Gletscher kannten. Woher wüsste man, was Blau ist, ehe man dieses Eis gesehen hat. Und wenn man es tat, wer wagte danach, noch irgendetwas blau zu heißen? Jetzt wird sich die Welt verändern, nicht nur ihre Sicht darauf. Sie wird diese andere Welt mit anderen Augen sehen. Andere Augen als die, die sie jetzt hat.

»Also, ich hab mir den Gletscher irgendwie blauer vorgestellt.« Wenn ich sie jetzt unauffällig über diese Reling stoße, kriegt es sicher niemand mit. Unrettbar starren allesamt auf die stummen, eisigen Wächter, die der Welt hier Einhalt gebieten und das Tor aus ihr bewachen. Nie und nimmer schaut jetzt einer weg. Selbst wenn eine über Bord geht. Sie hörten gar nicht Großmutters Schrei. Zwischen den ganzen »Oooh!« und »Uuuh!« fällt so ein kleines »Aaah!« nicht auf. Und man verstehe mich nicht falsch! Sie soll ja nicht untergehen. Nicht einmal ins Wasser plumpsen. Im Idealfall landet sie weich auf einem Stückchen Treibeis. Die schwimmen hier zuhauf herum. Auf denen kann sie ganz entspannt rüber bis ans Festland hüpfen. Manchmal muss sie vielleicht warten, bis eine passende Scholle vorbeikommt, und weiter geht's im Sauseschritt. Dann soll sie auf den Gletscher kraxeln und alles etwas wirken lassen. Bestimmt kommt er ihr blauer vor, wenn sie erst mal auf ihm lebt. Selbstverständlich nicht für immer. Ein Jahr dürfte reichen. Dann holte ich sie wieder ab. Natürlich würde ich mich vorher vergewissern, ob sie einsieht, wie gottverdammt blau der Gletscher ist. Wenn nicht, bleibt sie noch ein Jahr. Sollte sie dringend etwas brauchen, kann sie runter in die Stadt gehen. Nur einige hundert Kilometer von hier liegt das entzückende Longyearbyen. Das haben wir heute Morgen besucht. Da hat sie sich, soweit ich weiß, bislang keine Feinde gemacht. Die helfen ihr sicher gern weiter.

Ich lege Großmutter die Hand auf den Rücken. Das Schiff steht still. Unter uns treibt gerade eine prächtige Scholle vorbei. Wenn sie im Fall nicht potschert verreißt, kann sie die spielerisch erwischen. Die dicke Jacke hat sie auch an. Das sollte alles kein Problem sein. Also, hau ruck! Plötzlich dreht sich Großmutter um und flutscht blitzschnell zurück durch die Menge. Ich eile ihr nach. »Willst du nicht noch ein bisschen schauen?« Großmutter schüttelt gelangweilt den Kopf und tippt auf ihre Armbanduhr. Es ist Punkt drei. »Jetzt gibt's den Kuchen! Komm, gemma schauen, was sie heute Feines haben!«

»Krank ist das, krank!« »Entartet!« »Saufuada, grausligs!« Ein dickes Kind beginnt zu weinen. Es drückt sein Gesicht in den Bauch der Mutter. Die wendet sich ruckartig zu mir und schüttelt vorwurfsvoll den Kopf. Ich halte Großmutter am Arm fest. Knurrend zerrt sie an ihrer Leine. An Ort und Stelle festgehalten, greift Großmutter nach einem weiteren Stück, steckt es sich in ihren Mund und spuckt es sofort wieder aus. »Sag, spinnen die völlig?!«

Trotzdem hört sie nicht auf, sie zu essen. Großmutter isst Schokolade aus Frust, hier Schokolade essen zu müssen. Sie hat sich so auf den Kuchen gefreut, und jetzt liegen da nur Exponate eines berühmten Chocolatiers. Ich versuche Druck zu machen und Großmutter voranzutreiben. Diese aber lässt sich nicht hetzen. Sie ist entschlossen, alles zu kosten und mit einer dicken Ganache aus Gift und Galle zu glasieren. »Pfui, Teifl!« »Mi reckt's!« »Dass die sich nicht schämen!« Wieder weint ein dickes Kind, das gerade neben Großmutter steht und ihren Geifer mitbekommt. Akustisch und in Tröpfchenform. Auch dieses Kind steckt seinen Kopf zwischen zwei Bauchfalten der Mutter. Die versucht es zu beruhigen. »Die Frau hat doch nicht dich gemeint.« Explizit natürlich nicht. Sie hat die Schokolade beschimpft. Aber da das Kind, wie es aussieht, grundsätzlich und besonders heute zu gut einer Hälfte aus dieser besteht, muss es sich jetzt zu gut dieser Hälfte selbst als erbrochenen Durchfall empfinden, wie Großmutter eben ihre letzte Kostprobe taufte.

Es ist nicht wirklich der Geschmack, welcher diesen Ekel erzeugt. Die Exzentrik der Sorten verstört sie. Großmutter will nicht verstehen, wer um Himmels Christi willen so kreative Kombinationen, beziehungsweise, wie sie sagt, kranke Kreuzungen benötigt. Koriander-Lakritz, Tofu-Salami, Milz-Banane. Das ist doch keine Chocolaterie, sondern ein Versuchslabor. Hier conchiert ein Mengele. Munter mendelt, manscht und mischt hier einer klammheimlich herum. Am schlimmsten aber ist: Er näht schon wieder alles aneinander! Da hört sich für Großmutter der Spaß endgültig auf: blanke Schokoladentafeln ohne jede Sollbruchstelle. Für das egomane Süßmaul, das nicht länger teilen möchte. Ja, nicht einmal mit sich selbst. Sich selbst und seinem Ich von morgen, das sicher gerne ebenfalls davon kosten wollen würde. Morgen wird aber nichts mehr da sein. Weil ohne jegliche Markierung, die zu rationieren ermahnt, jeder das Ding auf einen Sitz auffrisst. In Wahrheit sind das keine Tafeln. Das sind Schokoladenriegel! Nichts als ungeschlachte Schindeln. Damit kann man Dächer decken, aber sie nicht zum Kaffee servieren. Man stelle sich das Chaos vor!

Großmutter ist schon recht skeptisch, was die Öffnung der Grenzen betrifft. Aber die Demarkationslinien auf Schokolade zu verwischen geht für sie eindeutig zu weit. Sakrament, sie will Rippen sehen! Burggräben braucht es zwischen den Stücken! Sodass ein jeder weiß, wo er steht und wo er stehenzubleiben hat. Was ist denn das für eine Welt, in der jeder ein Stück abbricht, wie es ihm gerade passt? Und was ist bitte schön das Nächste? Besteht auch Klopapier bald nicht mehr aus vielen vorgestanzten Blättern, sondern aus einer einzigen Rolle? Da kennt sich ja keiner mehr aus. Aber genau das bezwecken die hier. Ein Sozialexperiment. Wie damals in diesem Gefängnis. Die benutzen Großmutter nur. Sie und ihre armen Papillen. Die werden auch zwangsvereint. Alles muss gleichzeitig passieren. Sauer, bitter, salzig, süß. Kein Geschmack darf mehr allein sein. Von diesem Umami weiß Großmutter zum Glück noch nichts. Wobei ich es ihr sagen könnte. Sie würde mir eh nicht glauben. Höchstens lachen würde sie. »Ein fünfter Geschmack? Kindchen, hör auf! Was kommt danach? Ein drittes Geschlecht?« Großmutter will normale Sorten. Sie schmaust gerne die mit Nüssen. Schokolade und Nuss. Das ergibt Sinn. Oder wenn es an Feiertagen extravagant werden soll, kauft Großmutter Traube-Nuss. Es soll ja Paradiesvögel geben. Die mögen so exotisches Chichi. Ihr selber ist die zu speziell, aber sie hat nichts dagegen, wenn die Gäste davon essen. »Also, eines sag ich dir, als ich damals in der Schweiz war …« So geht das eine Stunde lang. Erst probiert sie eine Sorte. Danach lutscht sie angewidert und widerlich daran herum, ehe sie den Rest in ein Taschentuch spuckt. In eines aus Stoff. Und nur in das eine. In dem sind mittlerweile fünfzig verschmähte Brocken Schokolade. Angelutscht, zum Teil zerkaut, verschmelzen sie hier bloßgestellt zu einem bunten Klumpen der Schande. Ein pralles Pinkerl trägt sie da. Sie faltet es auf, schlatzgert hinein, und faltet es wieder zu. Daraufhin schimpft sie ausgelassen auf die offerierte Frechheit und gleitet schlussendlich ins Schwärmen über Schweizer Schokoladen ab. Und dann geht es von vorne los. Spucken, schimpfen, schwärmen, spucken. Über einen Kilometer. Bis ans Ende des Buffets. Dort sind alle soeben probierten sowie Hunderte weitere Sorten museal an den Wänden drapiert. Ein wahrlich eindrucksvoller Anblick.

Großmutter nutzt die Gelegenheit, jede Schokoladensorte noch einmal einzeln anzupöbeln. Die Menschen um uns starren mich an. Als wäre Großmutter mein Kind, das ich gefälligst zu bändigen habe. Mir ist das durchaus nicht unangenehm. Ich komme nur selten in den Genuss, ihret- und nicht meinetwegen abfällig angestarrt zu werden. Jetzt sehen sie es mal! Jetzt sehen sie mal, wie irre sie ist! Nur leider gibt ihr Anfall hier nicht ihren wahren Irrsinn wieder. Hier tourettiert sie nur herum, wird ausgefallen ausfällig, rennt frenetisch von Regal zu Regal und ruft mit erhobener Faust zum Boykott gegen Nougat auf. Gewiss ist das kurios, aber es ist nicht der Grund, warum ich träume, tot zu sein und plötzlich Großmutter zu sehen, die mich natürlich überlebt hat, ungeniert den Sargdeckel aufstemmt und fragt, ob ich die Palatschinken lieber mit Marme- oder Schokolade hätte. Genau so hat sie es gefragt. Genau mit dieser kruden Trennung.

Marme-. Das ist das Verstörende an diesem sonst sehr plumpen Traum.

Großmutter drangsaliert das Mädchen hinter der Pralinentheke. Dann knöpft sie sich die Passagiere vor. Der Wahn scheint langsam zu verebben. Jetzt streitet sie nur mehr mit Menschen und nicht mehr mit der Kuvertüre. Plötzlich werden wir aufgehalten. Von einem gigantesken Mannsbild. Ein Golem aus Kakao gefertigt. Es sei nicht gestattet, Kostproben von hier mitzunehmen. Er deutet auf das Stofftaschentuch. Auf diese stattlich pralle Kugel, die Großmutter umklammert hält. Und zwar so fest und fuchsteufelswild, dass sie bereits den Stoff durchtränkt. Großmutter fragt den Giganten, ob er allen Ernstes glaube, dass sie diese Abscheulichkeit mitnehme, um sie zu essen. Sie hält ihr Tuch an einem Zipfel und lässt den grotesken Brocken vor sich auf die Erde klatschen. Auf dem Weg zurück zur Kabine wringt sie nochmals all ihre Erinnerungen an diese fabulöse Schweizer Schokoladenfabrik aus. Großmutter ist sowieso sehr begeistert von der Schweiz. Nur die Schweizer, die mag sie nicht. Das sind eingebildete Pinkel, die einen jeden Krieg ausschlagen. Dafür sind sie sich zu gut. Wahrscheinlich können sie gar nicht schießen. Selbst Wilhelm Tell nicht. Der hat auf den Sohn gezielt, aber das hat man dann vertuscht.

»Schau dir das an! Grauslig ist das!« Diesmal aber meint sie keine Schokoladenkreation. Großmutter deutet unverhohlen mit dem Finger auf zwei alte Damen, die sich von ihren Sesseln hochkämpfen. Beide sind schon ziemlich morsch, weswegen sich aufzurichten ihnen sichtlich schwerer fällt als den ersten Hominiden. Ein aufmerksamer Mitarbeiter hievt sie en passant in die Höhe. Und zwar beide simultan, damit sie nicht zum Streiten kommen, welche er nun schärfer findet. Bucklig schlurfen sie von dannen. Ihre Rücken sind beeindruckend krumm. Beim allabendlichen Limbo könnten die beiden jeden schlagen, wenn man sich nur nach vorn beugen dürfte. Doch die Konkurrenz wäre groß. Hier mangelt es nicht an Kurven. Die meisten Wirbelsäulen weisen geradezu kunstvolle Krümmungen auf. Teilweise über neunzig Grad. Das heißt, die gehen im spitzen Winkel. Die schauen beim Gehen nicht auf den Boden, geschweige denn geradeaus, sondern kopfüber nach hinten. Direkt durch ihre Beine hindurch. Ich kann mir beim besten Willen nicht vorstellen, dass das komfortabel ist. Vielleicht tanzen sie tatsächlich Limbo. Nur ist es in ihrem Fall nicht etwa eine bunte Stange, unter der sie sich durchschleichen wollen. Die Alten versuchen, unter dem Radar zu buckeln. Unter jenem ihres Herrgotts, welcher ohnehin schlecht sieht. Wenn dann einer fast im Staub robbt, erkennt er wirklich gar nichts mehr. Von oben sieht er lediglich Knäuel und schwerfällige Steppenläufer. Deswegen verzichten die Alten meist auf den Gehstock, denn der könnte sie verraten. Und sie blicken nie hinauf, sondern immer nur hinab. Der Herrgott ist da wie ein Hund. Den sollte man nicht grundlos anstarren, sonst wird er mächtig aggressiv. Glotzt jemand provokant gen Himmel, regt ihn das bei Weitem mehr auf, als wenn ihn einer ignoriert.

Großmutter ist der Herrgott wuascht. Ganz gleich, wie große Schmerzen sie leidet, sie wird immer aufrecht gehen. Sie wird sich nicht gehenlassen, und mit Sicherheit nie schieben. Man hat ihr im Leben nie etwas in den Hintern geschoben. Deswegen muss man auch nichts rausholen. Großmutter erdrückt ihre Nächsten, ohne dabei bedrückend zu wirken. Sie erpresst, zerquetscht, beschwert, aber sie fällt nicht zur Last. Sie arbeitet nicht mit Eigengewicht. Schwer wiegen soll das Gewissen. Niemals sie selbst. Sie scheut sich nicht, um Hilfe zu bitten. Sie will nur keine Hilfe kriegen. Sonst stünde sie in jemandes Schuld, und Großmutter macht keine Schulden. Sie gibt nie mehr aus, als sie hat. Sie scheut sich auch nicht, Schwäche zu zeigen. Sie will schlicht keine Schwäche haben.

Ich sah Großmutter nie weinen. Ein paar Mal sammelten sich Tränen an der Steilwand ihres Lids, aber keine schaffte den Absprung. Selbst glasige Augen bekommt sie nur, wenn ich bereits weine. Dann laufen auch die ihrigen meinen gleich Lemmingen hinterher. Doch kurz vor der Klippe machen sie halt. Sie weint ja nicht ernstlich mit. Es ist eher ein Reflex. Wie wenn man mit dem Gegenüber mitgähnt, obgleich man gar nicht müde ist.

»Rutsch rüber!« Großmutter zeigt sich etwas bockig. Schlussendlich pariert sie aber und tauscht brav ihren Platz mit mir. Da ist er. Der Offizier. Licht dieser Kreuzfahrt. Feuer im Eis. Meine Sünde. Mein Seemann. Und Seemann der Großmutter. Die hat ihn nämlich auch im Visier. Zumindest bis eben. Jetzt habe endlich ich freie Sicht. Sie hingegen muss erneut mit einer Säule vorliebnehmen. Ungeduldig stochert sie in ihrem Obstsalat herum. In zehn Minuten ist sie wieder dran. Bis dahin muss sie artig warten. Bis dahin hat sie Sendepause. Natürlich hält sie das nicht durch. »Du schaust ja gar nicht richtig hin!« Ich mahne zur Ruhe. »Wenn du eh nicht hinschaust, lass mich doch da sitzen!« Silentium, alte Frau! »Ich mein ja nur, das bringt so nichts!« Ich bitte sie höflich, die Goschen zu halten. Großmutter schweigt und wendet sich folgsam der Vivisektion ihres Obstsalats zu. Nach nur wenigen Sekunden legt sie schon wieder die Gabel beiseite. »Lass mich da her!« »Hab ich nicht gesagt, du sollst still sein?« »Das kann ich nicht, wenn du so selten deppat tust!« »Das muss man subtil angehen!« »Deppat ist das. Nicht subtil.« Gleich fliegt der Obstsalat. »Kannst du nicht eins deiner Rätsel lösen?« Großmutter blättert durch das Buch. Sie schüttelt den Kopf. »Alles fertig.« Mein Gott, dieses Weib ernährt sich regelrecht von Sudokus. »Das hab ich dir doch gestern erst gekauft!« Sie zuckt arglos mit den Schultern. »Du musst dir das besser einteilen.« Doch dazu ist sie außerstande. Sie kann Rätsel nicht rationieren. Solange man ihr welche vorsetzt, wird sie immer weitermachen. Wie ein Aquariumsfisch. Solange man ihn füttert, frisst er. Bis er elendig verreckt. Der Fisch kann sich da einfach nicht helfen. Und die Großmutter ebenso wenig. Die wäre wohl auch befähigt, sich freiweg in den Tod zu rätseln. Weil sie verhungert oder verdurstet, zu atmen vergisst oder nicht mehr aufs Klo geht, bis sich in ihrem vollen Hoserl Infektionskrankheiten suhlen, die seit Jahrhunderten eingedämmt sind. Deswegen muss man ihr regelmäßig einen Obstsalat hinstellen. Und die Sudokus wegnehmen. Einfach keine neuen zu kaufen reicht in ihrem schweren Fall nicht. Ich habe sie schon mehrmals erwischt, wie sie fertige ausradiert und ein zweites Mal gelöst hat. Wenn sie zu fest aufgedrückt hat, sodass sich die Lösungen nicht vollends ausradieren lassen, nimmt sie einfach die Brille ab. Dann ist sie so gut wie blind und das Sudoku unbefleckt. Doch sie ihr einfach wegzunehmen regelt die Sache immer noch nicht. Großmutter findet einen Weg, um an ihre Sudokus zu kommen. Mit einer Kreativität, wie sie nur schweren Süchtlern zuteil ist. Zur Not bastelt sie sich welche. Die gehen dann zwar meist nicht auf, aber für einige Minuten verschafft es ihr Erleichterung. Doch bald muss wieder echter Stoff her. »Sodala, deine Zeit ist um!« Großmutter scheucht mich von meinem Platz auf und erneut in den Schatten der Säule. Sie stößt ein Stöhnen der Befriedigung aus. Kurz darauf buhlt sie, was das Zeug hält. Sie nickt, neckt und zwinkert. Meine Güte, jetzt winkt sie sogar! Ich muss eingreifen, ehe man Großmutter interniert. »Hör auf damit! Das ist ja schrecklich!« »Nein, das ist keck.« »Du wirst es uns noch beiden versauen!« Großmutter scheint mich auszublenden. »Du bist dem doch viel zu alt!« »Du bist dem doch viel zu jung!«

Eine Pattsituation. Denn streng genommen haben beide recht. Alterstechnisch dürfte er genau zwischen mir und der Großmutter liegen. Doch wenn es keine Liebe ist, spielt das Alter keine Rolle. Für ein maritimes Pantscherl muss man nicht zu rechnen beginnen. Besser, man geht nach Knusprigkeit. Und da liege ich klar im Vorteil. Großmutter ist nicht mehr knusprig. Sie härtet an den Enden schon aus. Das wirkt an mancher Stelle knusprig, ist aber eigentlich nur zäh. Müsste er sich für eine entscheiden, griffe er mit Sicherheit zum Frischfleisch anstatt zum Geselchten. Doch was, wenn er sich nicht entscheidet? Was, wenn er alle beide will? Einfach des Spektakels wegen. Wie oft im Leben wird ein Mann zeitgleich von Oma und Enkel hofiert? Da darf man nicht nein sagen. Selbst, wenn er schwul ist, darf er das nicht. So eine Malchance bietet sich kein zweites Mal. Wir ringen also nicht darum, wer den Offizier bekommt, sondern wer ihn als Erster bekommt. Wir ringen um das ius primae noctis. Denn wenn ihn erst mal eine hatte, ist er völlig unbrauchbar. Das fühlte sich zu seltsam an, ihn nacheinander abzuschmusen. Großmutter und ich, wir teilen uns ja nicht einmal eine Gabel. Demnach naschen wir auch nicht von ein und demselben Mann. Es wird ein Kopf-an-Kopf-Rennen werden. Sepia und Alabaster. Wonach wird es ihn gelüsten?

Der Leser wird vermutlich denken, dass ich schrecklich kokettiere. Dass es ein Leichtes sein müsse, Großmutter vom Feld zu buhlen. Aber der Leser kann sich nicht vorstellen, wie mythisch schön dieses Mannsbild ist. Ein Meeresgott. Mit dreizackigem Gemächt. Eine Harpune reicht da nicht aus, um all die Nymphen zu beglücken, die in seinem Dunstkreis grundeln. Kein tapsiges Zyklopenglied, sondern ein Zerberus von Zumpferl. Der braucht nur eine anzulächeln und hat zehn weitere als Beifang. Sogar Sirenen lockt er an und raubt ihnen Verstand und Stimme. Sang- und klanglos flehen sie, er möge sie an den Schiffsmasten fesseln. Leerfischen könnte er die Gewässer, ohne auch nur ein Netz auszuwerfen. Es reicht, wenn er im Boot herumsitzt, und die Backfische springen an Bord. Die flapsen dann nach Atem ringend sehnsuchtsvoll zu seinen Füßen und werden immer glitschiger. Manche schmeißt er zurück ins Wasser. Die weinen dann das Salz ins Meer. Jedes Meer besteht allein aus Tränen, Rotz und verflossener Liebe. Darauf segelt der Seemann dahin. Damit Wangen und Wellen nicht trocknen, muss er also Abschied nehmen. Dann füllen die Weiber das Meer wieder auf. Ihre Trauer trägt ihn fort, und ihr Schnäuzen bläht die Segel. Die Zähren dürfen nie versiegen, ansonsten läuft das Schiff auf Grund. So muss der Seemann immerzu der Weiber Schoß und Augen fluten. Weil er an Land nicht atmen kann. Kurzum, die Gunst von schönen Mädchen ist dem Offizier nicht fremd. Er kennt das Jauchzen der Begegnung, und er kennt das Schluchzen des Weggangs. Er hatte sie alle. Große, Kleine, Schwere, Feine, Trübe, Klare, Falsche, Wahre. Er kennt jede Art von Tränen. Bis auf jene eines Mädchens, welche er links liegenlässt, um sich auf ihre Ahnin zu legen. Wenn ihm nach diesen Tränen gelüstet, dann hat Großmutter gewonnen.

Großmutter war am Buffet. Wieder hat sie sich nichts gefunden. Nichts außer einem kleinen Apfel. Auf einem lachhaft großen Teller. Ganz verloren wirkt er. Er wankt im Einklang mit Großmutters Schritten und hat sichtlich Angst zu fallen. Weil die Großmutter so hatscht und gerade kreuz und quer schaut, statt auf den Apfel achtzugeben. Schwupps, schon ist er weg. Allerdings schlägt er nicht auf. Großmutter schaut am Boden umher, wo er nur hingerollt sein könnte. Doch da ist nichts. Nichts außer Hunderten von Füßen. Wo sie auch hinblickt, Warzen, Blasen, Schrunden und Grind. Hornhaut, die Schuhe drei Größen größer erfordert als der Fuß darunter. Zehen, die nässend zusammengewachsen. Knöchel, die zum Bersten verquollen. Im Sommer lagern die Alten dort Wasser. Wie Kamele in ihren Höckern. So haben die Alten in den Knöcheln einen kleinen Wassertank, der sie mit Flüssigkeit versorgt, sollten sie zu wenig trinken. Wenn es aber schnell gehen muss, weil sonst ein Hitzekoller droht, kann man den subkutanen Brunnen auch mit einem Messer öffnen und direkt aus dem Knöchel schlürfen. Wer rheumatisch eingeschränkt ist und den Mund nicht so weit runterführen kann, nimmt am besten einen Strohhalm und zapft damit seinen Fuß an. Wie bei einer Kokosnuss. Nein, das stimmt natürlich nicht. In den Kamelhöckern ist Fett.

Auf jeden Fall kann Großmutter nirgendwo ihren Apfel erblicken, sondern lediglich wuchernde Klumpen in einschneidenden Sandalen. Misslungene Ballonfiguren. Sichtlich enttäuscht gibt Großmutter auf. Sie holt auch keinen neuen mehr, sondern setzt sich zu mir an den Tisch. In gewohnter Manier stellt sie den leeren Teller vor sich hin und übertrumpft mit einem Seufzer tausend Seiten *Les Misérables.* Ich versuche sie nicht zu beachten. Wir dürfen uns jetzt nicht streiten. Das haben wir heute nämlich schon. Und zwar genau an jenem Tisch. Nur ein paar Stunden zuvor. Als Großmutter vom Frühstücksbuffet mit einer Scheibe Toastbrot daherkam und diese mit etwas Butter bestrich. Nach einem Bissen war sie fertig. »Das ist keine echte Butter.« Damit war das Frühstück gelaufen. Was haben die Alten nur mit ihrer Butter? Immerzu wittern sie Lätta. Überall lauert Sanella. Hinter allem steckt Becel, und alle Welt besteht aus Rama. Da kann auf der Packung stehen, was will. Sie sind überzeugt, ständig belogen und betrogen zu werden, und deshalb zwangsneurotisch beschäftigt, den Betrug ans Licht zu kehren. Dieses bluthündische Entlarven jedweden Butterersatzes erscheint als der große gemeinsame Nenner aller Menschen über siebzig. Kein Wunder, dass der Göring sie ihnen wegnahm. Der hat die Butter streng rationiert und die Rama-Werke geschlossen. Die Menschen sollten ja Juden aufspüren und nicht den Einsatz falscher Butter. Doch da bleiben die Alten stur. An ihrer Butter halten sie fest.

Die postmoderne Paranoia hat uns alles madig gemacht. Bis auf den kleinen Klumpen Fett. Echte Butter ist der letzte Zufluchtsort des Absoluten, die letzte unumstößliche Wahrheit. Daran ist nichts Verwerfliches. Aber zugleich ist es kein Grund, deshalb das Schiffspersonal zu traktieren, im Frühstücksraum herumzuplärren, dass diese sogenannte Butter wie gestockter Eiter schmecke, und mit Hungerstreik zu drohen.

Ich habe mir fest vorgenommen, pro Tag auf jedem Deck des Schiffs nur einmal mit ihr zu streiten. Ansonsten fällt es zu sehr auf. Dann geht wieder wer dazwischen und glaubt mich maßregeln zu müssen. Dass ich doch etwas netter sein solle zu meiner lieben Omama. Schließlich sei sie ja schon alt, und wer kann schon wissen, wie lange ich sie noch habe. »Für immer!«, möchte ich dann brüllen. Und genau deswegen kann ich ihr nicht dauernd jeden Schwachsinn durchgehen lassen. Weil sie kein alter Dodl ist, in dessen Schädel nichts mehr reinpasst. Weil ich sie zu sehr respektiere, um sie nicht zusammenzustutzen wie ein ungezogenes Kind. Ständige Begnadigung ist schlimmer als der Gnadenschuss. Denn, ja, Großmutter ist alt. Ja, Großmutter sitzt am Rande ihres ausgehobenen Grabs, die Hosenbeine hochgekrempelt, und weicht schon mal die Füße ein. Großmutter ist keine Investition in die Zukunft. Trotzdem verdient sie Lektionen fürs Leben. Ganz gleich, wie kurz dieses noch ist.

Die Vergehen, die sie begeht, verjähren nicht sofort automatisch, nur weil Großmutter verjährt ist. Altersmilde darf nicht heißen, dass man milde wird gegen die Alten. Denn wo setzt man das Alter an, das einem Amnestie gewährt? Bald schon würde jeder kommen, sich frohgemut wie Sau benehmen und sich der Justiz entziehen. Immer mit dem Argument, dass man ja nicht wissen könne, wie lang er noch zu leben hat. Die Alten genießen keine Immunität. Nicht gegen Krankheit, nicht gegen Kränkung. Einzig noch verheerender als die Nachsicht mit den Alten ist die Nachsicht mit den Jungen. Man verbitte sich Greisengehätschle ebenso wie Welpenschutz. Keinem Alter gebührt Amnestie. Die steht nur dem Narren zu. Die Narrenfreiheit darf nicht preisgegeben werden. Großmutter aber ist kein Narr. Das braucht sie sich nicht einzubilden. Sie hat zu spuren, wie wir alle, und nicht sittlich zu schlittern und schlingern, einzig weil der Tachometer schon lange keine Zahlen mehr anzeigt. Großmutter muss man nur richtig einstellen. Medikamentös und manierlich.

Höre ich auf auszurasten, beginnt Großmutter zu rosten. Man muss sie immer wieder ölen, dann braucht sie nicht die letzte Ölung. Man darf Großmutter nicht salben. Man muss ihr einfach eine schmieren. Im übertragenen Sinne natürlich. Das andere kommt überhaupt nicht infrage. Watschen kriegt sie von mir nicht. Ich habe schließlich in der Kindheit von ihr auch keine gekriegt. Quid pro quo. Nihil pro nihilo. Großmutter hat mich nie geschlagen. Stattdessen hat sie mich gestreichelt. Und zwar so fest, dass mir davon noch nach Jahren der Schädel wackelt. Ein richtiges Schleudertrauma vom Streicheln. Ich justiere sie mit Worten. Umso wahnsinniger macht mich, dass sie im Laufe eines Streits von Zeit zu Zeit zusammenzuckt, als hätte ich vor, ihr Leid anzutun. Das macht sie nur in der Öffentlichkeit. Und ich kann nichts dagegen tun. Wenn ich sie bitte, das zu lassen, zuckt sie nur noch verschreckter zurück und schaut hilfesuchend umher. Natürlich glauben die Leute dann, dass diese arme, alte Frau mit mir im Watschenbaumhaus lebt und selbst die Tetschn brocken muss, mit denen ich sie dann bewerfe.

Zudem wird Großmutter nie laut. Großmutter braucht keine schweren Geschütze. Sie braucht keine Panzerfaust, sie streichelt mit dem Samthandschuh offene Wunden auf die Haut. Die Menschen können das nicht sehen. Die sehen nur ein putziges Muaterl. Lustig, lustig, tralalala, so lieb ist sie, die Omama. Sie sehen nur den Obersalzberg. Friede, Freude, Palatschinken. Auch Sie, mein objektiver Leser, glauben gewiss, ich sei ein kaltherziges Scheusal. Das mag schon sein. Doch von wem hätte ich es wohl? Nur die wenigsten Defekte sind spontane Mutationen. Manchen mag das so erscheinen, weil Laster sowie Tugenden oftmals eine Generation überspringen. Das ist auch ganz logisch. Denn alle Kinder üben sich darin, den Eltern zuwiderzuhandeln. Sie wollen nicht deren Ebenbild, sondern deren Spiegelbild sein. Gleich und doch verkehrt herum. Das wollten aber auch die Eltern, als sie noch selber Kinder waren. Das Enkelkind ist somit stets die Negation der Negation. Und wohl dem, der hier Fortschritt vermutet. Es gibt nur zwei Generationen, die sich ewig alternieren. Ich bin meine Omama. Ihre Geschichte ist die meine.

»Der ist doch viel zu schön zum Essen!«, schmachtet die Großmutter angesichts des für immer verloren geglaubten Apfels, welcher sich nun plötzlich wieder vor ihr auf dem Teller befindet. Der Offizier hat ihn gefunden und Großmutter zurückgebracht. Wobei, nein, so war es nicht. Er hat ihn ihr erst stibitzt und ist damit kurz verschwunden. Ich habe es genau gesehen. Großmutter hat nichts gesehen. Weder die Frucht noch das Früchtchen. Gerade eben kam er zurück, um seiner Schönsten den Apfel zu reichen, den er ihr gefladert hat. Nur sieht der jetzt ganz anders aus. Dieser perverse Haderlump hat ihr nämlich ein Kunstwerk geschnitzt. Rosen hat er eingraviert, die Sau. Großmutter liebkost den Apfel. Natürlich nur mit ihren Augen. Sie wagt es nicht, ihn zu berühren. Ihre Hände umkreisen die Frucht gleich einer Kugel aus Kristall. Sie liest aus dem Apfel ihre schillernde Zukunft. Wie der Offizier und sie auf einer weiß vergoldeten Yacht die sieben Weltmeere bereisen. Ich bin natürlich auch mit dabei. Als quirliger Klabautermann, welcher auf Großmutters Schultern umherspringt und manchmal ein Kekserl zugesteckt kriegt. Natürlich nur dann, wenn die beiden nicht gerade eng verflochten in der Kajüte sind, wo sie sich heiß und grindig lieben. Wenn der Offizier nicht gerade in See sticht. In diese wallende, schwabbelnde See.

Damit ist es wohl besiegelt. Paris hat sein Urteil gefällt. Wahrscheinlich sollte ich jetzt gehen. Dann kann er sich zu ihr setzen, und sie besprechen den Vollzug. Wo und wann und wie viele Spanngummis vonnöten sind, um freizulegen, wo die Musik spielt. Aber der wird sich noch wundern, wenn er neben Großmutter einschläft. Dann spielt nämlich die Musik aus einer anderen Spelunke. Sein Schiffshorn ist ein Schaß dagegen. Gegen den Schaß der Omama. Wenn das Ventil zu klappern beginnt und sie einen flotten Humpapa bläst. Aber vielleicht taugt ihm das.

Ich war mir so sicher. Dass er mich wählen würde. Mich, das stille, tiefe Wasser. Und nicht das flanschgerige Gschloder. Aber gut. Will er mich nicht aus freien Stücken, dann muss Großmutter halt weg. Zweifelsohne wird man mir die Schuld zuschieben, sollte sie auf hoher See verlorengehen. Man hat uns in der letzten Woche bereits zu oft streiten sehen, um mich nicht zu verdächtigen. Ich hätte es gleich am Beginn der Reise tun sollen. Da waren es nur wenige, die hätten bezeugen können, wie ich mir schon am ersten Abend vor lauter Zorn auf Großmutter ein Cocktailschirmchen in den Handrücken gerammt hatte.

Zuvor hatte ich ihr erzählt, ihr, die sie stets großen Wert auf meine guten Noten legte, dass ich alle Prüfungen mit 1,0 bestanden hätte. Dieses quittierte sie geistesabwesend mit der herzlichen Gratulation, »Du wirst schon wissen, was du tust.« Das aber braucht mich nicht zu kränken. Sie hat damit nicht versucht, meinen Studienerfolg und mein Studium an sich subtil herabzuwürdigen. Nein, Großmutter hat mir einfach überhaupt nicht zugehört. Ich prüfe sie ab. Um zu sehen, an welcher Stelle der minutenlangen Erzählung sie sich gedanklich ins Aus katapultiert hat. Offenbar sind wir zeitgleich gestartet. Ich mit dem Bericht der Noten, von dem ich dachte, er mache sie stolz. Sie hingegen in Richtung des Kosmos, wo sie arglos im Äther herumtrieb.

»Woran hast du denn gedacht?« An irgendetwas denkt sie immer. Denn so schwindlig ist selbst sie nicht. Mir einfach nicht zuzuhören einzig um des Nichtzuhörens willen. Meist läuft ihr einfach eine Laus übers Hirn. Der hoppelt sie dann hinterher und ward nie wieder gesehen. Zumindest nicht in dem Gespräch, das man gerade mit ihr führt. Irgendwann taucht sie wieder auf. Aus dem Tümpel ihrer Gedanken. Weil sie wieder Luft holen muss. Das bedeutet, sie muss reden. Denken ist bekanntlich vielen, als würden sie die Luft anhalten. Das kann durchaus spaßig sein. Zu schauen, wie lange man es durchhält. Ehe man an der Oberfläche erneut nach Stumpfsinn schnappen muss. Großmutter war ganze zehn Minuten in Gedanken versunken. Fast wäre sie blau angelaufen. Jetzt aber ist sie wieder fröhlich. Richtig grinsen tut sie sogar. Mit diesem Ausdruck schelmischer Scham. Weil sie gerade ertappt worden ist. Sie grinst wie ein Kleinkind, welches sich zwar in die Hose gemacht hat, aber die warme Sitzpolsterung auch heimlich genießt. Großmutter weiß wirklich nicht, wodurch sie sich verraten hat. Das erratische Umherschauen, das unbeteiligte Gehampel, die toten Antworten auf Fragen, von all dem weiß sie schon nichts mehr.

»Woran hast du denn gedacht?«, wiederhole ich. Zu diesem Zeitpunkt war das Schirmchen schon in meiner rechten Hand. Großmutter schunkelt unentschlossen. Sie traut sich nicht, es zuzugeben. Es muss sogar für ihre Standards etwas selten Dummes sein. »Deine alte Frisur fand ich besser.« Inzwischen hat wohl jeder der zweitausend Passagiere mindestens einmal miterlebt, wie ich in Großmutters Gesellschaft heulte, schrie, davon-, zurücklief, Feuerzeuge um mich warf und vier Zimmerkarten zerbrach. Aber das soll es mir wert sein. Für meinen schönen Offizier ginge ich gerne ins Gefängnis. Ich hätte dort auch nichts zu fürchten. Keine noch so lüsterne Lesbe legt sich mit einer Großmuttermörderin an.

Der adipöse Schiffsarzt zieht an seiner Zigarette und bläst den Rauch in Großmutters Wunde, während er diese untersucht. Unter der weißen Uniform lugt neckisch besudelter Feinripp hervor. Die Epauletten sitzen schief. Fast so, als hätte sie ein Kind mit der Heißklebepistole befestigt. In seinem struppigen Schnauzbart hängen Brösel unterschiedlicher Karatzahl. An seinen klobigen Fingern klebt Blut. Er sieht aus wie der verkaterte Stalin nach der Potsdamer Konferenz. Passend dazu brummt er mit slawischem Akzent: »And how this happen?« »She fell out of bed.« Stalin scheint mir nicht zu glauben. Wieder inspiziert er die klaffende Wunde, welche Großmutters Hinterkopf ziert. Diese liegt in Seitenlage auf dem Untersuchungsbett und versucht, ihr Hemd nicht zu zerknittern.

Keine Widrigkeit der Welt wäre ihr je Entschuldigung, sich nicht adrett herauszuputzen. Darum ließ sie es sich auch nicht nehmen, vor dem Arztbesuch ihr Haar zu waschen. Ich habe mich abgewandt, um nicht ohnmächtig zu werden, als sie sich eine Handvoll Shampoo direkt in die Wunde rieb. »Babushka!« Er tippt ihr auf die Schulter. »How this happen?« Großmutter versteht kein Englisch. Ohne ihr Hörgerät erst recht nicht. Dieses musste sie entfernen, weil es ins offene Fleisch gedrückt hat. Sie sieht mich eingeschüchtert an und zuckt ratlos mit den Schultern. Stalins Verdacht erhärtet sich. Ich übersetze ihr die Frage, doch weil sie auch mich kaum hört, muss ich notgedrungen laut werden. Großmutter versteht immer noch nichts. Sie schüttelt lediglich den Kopf. Stalin glaubt, sie will nicht reden. Aus Angst, dass ihr weitere Schläge drohen, wenn sie jetzt den Mund aufmacht. Ich bitte sie zum fünften Mal, ihm zu sagen, was passiert ist. Schulterzucken, Kopfschütteln und eingeschüchtertes Grinsen. Mehr kriege ich nicht aus ihr heraus.

»Sag, dass du aus dem Bett gefallen bist!« Meine Fäuste sind geballt. Großmutter blickt hektisch zwischen mir und Stalin hin und her. Sie setzt an, etwas zu sagen. Jedoch nicht wissend, was gefragt war, lässt sie es letztlich lieber bleiben, lächelt verlegen und schüttelt den Kopf. Nicht einmal echte Missbrauchsopfer würden so authentisch wirken. Kurz bin ich selbst davon überzeugt, Großmutter geschlagen zu haben. Für Stalin ist die Sache klar. Diese arme Frau muss schleunigst in ein Zeugenschutzprogramm, sonst ist sie heute Abend tot.

Glücklicherweise gibt er sich mit dieser Erkenntnis zufrieden. Ihm liegt nichts an Gerechtigkeit. Er wollte nur wissen, was los war. Er zündet sich eine weitere Zigarette an und richtet das Operationsbesteck her, um die Wunde zu vernähen. Ich setze mich in eine Ecke und möchte ebenfalls eine rauchen. »Are you crazy, girl?«, schreit Stalin. »This is a medical room! No smoking!« Ich packe die Schachtel weg. Stalin setzt die Nadel an. Ich schreie auf und erinnere ihn, dass er die Betäubungsspritze vergessen hat. Stalin aber ignoriert mich und setzt Großmutter fünf Stiche. »Old people don't feel no pain.«

Großmutter stolziert mit ihrem Verband herum, als wäre er ein Diadem. Für alle scheint außer Frage zu stehen, wer ihr das angetan hat. Manche scheinen sogar überzeugt, ich hätte Großmutter umbringen wollen. Dafür schäme ich mich sehr. Nicht für die unterstellte Absicht, doch dafür, vermeintlich gescheitert zu sein. Die Scham währt allerdings nicht lange. Es hat klare Vorteile, dass an Bord gemunkelt wird, ich würde Großmutter misshandeln. Anfangs war ich noch besorgt, die Alten würden mir das verübeln, mich in einer Tour sekkieren und mit Orangenschalen beschmeißen. Doch das Gegenteil trat ein. Die pensionierten Passagiere machen fortan einen wohltuend weiten Bogen um mich. Ganz besonders die älteren Damen, die mich ob ihrer Sehschwäche oft für ihr eigenes Enkerl hielten und mich ungebeten umarmten. Jetzt schauen die schaßaugaden Trutschen immer lieber zweimal hin, bevor sie mir einen Schmatzer aufdrücken. Der kommt sonst volley zurück. Aber auch die älteren Herren sind eindeutig reservierter. Die gehen jetzt auf Nummer sicher, solange noch ungeklärt ist, ob ich nur Großmütter verschnalze oder etwa auch Großväter. Wenn ich aus dem Whirlpool steige, trauen die sich nicht mehr Popscherl greifen. Da fürchten sie, dass wir zwei Hübschen dann eine Runde schnorcheln gehen. Die Sauerstoffschläuche haben sie ja schon. Mal sehen, wie tief man damit kommt.

Zugegeben, ich genieße meine Stellung als Schiffsschläger sehr. Soziologisch lerne ich eine ganze Menge dazu. Wie, dass es nicht von Schwäche zeugt, einen Schwächeren zu schlagen. Es erfordert großen Mut, sich ein Opfer vorzuknöpfen, das heillos unterlegen ist. Die gesellschaftliche Schmach, welche einem dafür blüht, muss man erst einmal aushalten können. Das flößt den Menschen wieder Respekt ein. Dass es einen so gar nicht schert, wie man vor den anderen dasteht. Insbesondere wenn einer seine eigene Großmutter drischt, sind viele erst einmal beeindruckt. Da geht jemand seinen Weg. Als ehrenhaft gilt das zwar nicht, doch wer schlüge es schon aus, wenn die Ehrfurcht ihm verwehrt wird, mit der Furcht vorliebzunehmen?

Großmutter dagegen hat ihre Rolle als armes Hascherl sehr schnell satt. Jetzt läuft sie von Deck zu Deck, von Passagier zu Passagier und beschreibt jedem Einzelnen, wie sie aus dem Bett gefallen ist. Doch alle sind davon überzeugt, dass sie in meinem Auftrag handelt. Großmutter versinkt in Scham. Je mehr sie meine Unschuld beteuert, umso mitleidiger schaut man sie an. Wer eine weiße Weste wäscht, macht sie unweigerlich schmutzig. Fast schon hysterisch versucht Großmutter klarzustellen, dass sie sich von mir nicht schlagen und erst recht nichts sagen lässt. Das hat sie nie. Von niemandem. Außer damals von der Mutter. Die hat ordentlich zugelangt. Danach war der Bedarf gedeckt. Großvater hat nie gewagt, ihr eine Standpauke zu halten. Oder wie auf einer solchen auf Großmutter herumzutrommeln. Das hätte er probieren können, doch weit wäre er nicht gekommen.

Man kann gegen Großmutter gut und gern die Hand erheben. Es wird nicht mehr als ein Aufzeigen sein. Vielleicht nimmt sie einen dran. Aber drankriegen wird man sie nie. »Einen rabiaten Lotter suchen sich nur Weiber aus, die man als Kind zu wenig geschlagen hat.« Deswegen schlägt mich Großmutter nicht. Sie erspart mir keine Strafe. Nein, sie schiebt sie einfach auf und einem anderen in die Schuhe. Damit ich ihren perfiden Plan aber nur ja nicht mit Milde verwechsle, kommt sie am Ende eines Streits oftmals nicht umhin zu fauchen: »Ich wünsch dir einen Mann, der dich schlagt.« Auf den warte ich heute noch. Offenbar gehen nicht nur Wünsche, sondern auch Verwünschungen nicht in Erfüllung, wenn man sie laut ausspricht.

An Bord spricht niemand mehr etwas laut aus. Inzwischen tuscheln alle nur mehr. Über dieses irre Enkerl, von dem das Gerücht umgeht, es habe bereits seine Eltern und den Großvater erledigt. Nun ist einzig die Großmutter übrig. Aber die muss auch bald dran glauben. Ich bin erstaunt, dass hier niemand Anstalten macht, mich am unterstellten Mord an meiner Großmutter zu hindern. Viel zu gespannt scheinen die Alten, wie es vonstattengehen wird. Ich habe zunehmend den Eindruck, manche stiften mich sogar an. Wenn ich allein herumspaziere, deuten sie verschwörerisch mit dem Finger in die Richtung, wo sich Großmutter momentan aufhält. Ich kann es ihnen nicht verübeln. Sie haben nichts gegen Großmutter. Ihnen ist nur furchtbar fad. Es ist der zwölfte Tag auf See, und sie gelüstet offensichtlich nach ein bisschen Remmidemmi. Nach einem echten Krimidinner.

Nicht diese grauenhafte Farce, die einem hier allabendlich beim Essen zugemutet wird. Jedes Mal ist es der Gärtner! Der Hinweis ist, dass er gesteht. Bis dahin taucht er gar nicht auf. Außer in dem Lied von Reinhard Mey, das man in Endlosschleife abspielt. Was ein Gärtner überhaupt auf einem Schiff zu suchen hat, versteht natürlich keine Sau. Es wird einfach aufgelöst, dass er es war, der die Baronin mit der Heckenschere erstach. Das Motiv? Es gibt keins. Der Gärtner ist schlichtweg geistig verwirrt, und die arme Baronin war leider zur falschen Zeit am falschen Ort. So unvorhersehbar dieser Ausgang, so sicher ist nichtsdestotrotz, dass einer der Gäste schreien wird, er hätte es bereits geahnt. Während der Ermittlungen sitzt die Leiche der Baronin mit dem Gesicht im Suppenteller unappetitlich an einem Tisch. Das ist insofern problematisch, als dass angesichts der hohen Pensionistenrate an Bord sie meist nicht die Einzige ist, die so dahängt. Nur leistet denen niemand Hilfe, weil jeder glaubt, das gehöre zum Stück. Auf so eine Dodlerei haben selbst die Alten keine Lust. Ein Krimidinner ist was für die Jungen. Für die hat das Sterben noch etwas Skandalöses. Den Alten ist das einerlei. Ob jemand ermordet wurde oder schlicht gestorben ist, ist für sie nur eine Frage von Stunden. Nichtsdestotrotz gehen sie jeden Abend hin. Gnädigerweise löscht die Demenz bei vielen die Erinnerung aus. So bleibt ihnen zwar verborgen, dass es erneut der Gärtner sein wird, aber die Enttäuschung darüber steigert sich von Mal zu Mal. Sie vergessen, aber sie verzeihen nicht. Sie sind schrecklich nachtragend, weil ihnen entfallen ist, weswegen sie wütend waren. Was ihnen nicht entfällt, verherrlichen sie. Einfach, weil sie es herrlich finden, irgendetwas behalten zu können. Man sollte alten Menschen darum ihren Hang zur Nostalgie nicht andauernd zum Vorwurf machen. Sie ist eben eine Alterserscheinung. So wie Osteoporose. Natürlich war in ihren Augen früher alles besser. Weil ihre Augen besser waren. Und ihr Gedächtnis. Was gestern war, das wissen sie nicht. Aber an früher können sie sich noch ganz genau erinnern. Da war der Krieg. Früher war gewiss nichts besser, aber das Früher ist besser als nichts.

Das Captain's Dinner ist der Abschluss und famose Höhepunkt einer jeden Kreuzfahrt. Hier geht es gehobener zu als an den Abenden zuvor. Nach jedem Gang nehmen die Kellner das schmutzige Besteck vom Tisch. Sie wischen es nicht lediglich an ihren Hosenbeinen ab, ehe sie es wieder hinlegen. Es wird echter Sekt serviert. Kein bis zur Unkenntlichkeit gestreckter Weißwein aus dem Tetrapack, den man in die Sodamaschine geleert hat. Die Miesmuscheln sind frisch und klaffen ihren Verehrern so sündig entgegen, wie es nur die Unschuld kann. Sie haben die Reinheit von Novizen, die zu Freveltaten aufruft. Die Wollust der Willenlosen ist die verheerendste von allen. Beim Krimidinner zieren sich die Miesmuscheln immer. Sie halten sich verschämt bedeckt und wollen nicht, dass man in sie dringt. Sie geben sich nach außen züchtig. Im Inneren sind sie jedoch allesamt zutiefst verdorben. Eine Meisterin der Täuschung. Insbesondere den Herren werden sie dadurch zum Verhängnis. Sie sind Seigneurs der alten Schule und wissen noch, dass nein nicht nein heißt. So greifen sie zum Austernmesser, das die Kellner ihnen reichen, um die holde Mollusca zu knacken. So versiert die alten Herren in der Kunst der Galanterie, so naiv und ahnungslos sind sie in jener der Gastronomie. Kellner sowie Küchenchefs nutzen das naturgemäß aus. Die belassen sie in dem Glauben, dass unter der keuschsten Schale auch die jüngste Perle sei. Die verraten ihnen nicht, dass in ihrer Muschelsuppe kleine, schwarze Särge schwimmen. Und dass diese aufzustemmen kein Verbrechen an der Jugend, sondern Leichenschändung ist. Und als solche nur selten bekömmlich. Dem Personal ist das egal. Jedem bekommt, was er verdient. Die alten Herren greifen zum Werkzeug. Eifrig suchen sie die Muscheln, welche sich am meisten wehren. Die offenen lassen sie links liegen. Die sind ihnen zu ungeniert. Knackig sollen sie sein. Aber nicht leicht zu knacken. Denn Flitscherl mögen die Alten nicht. Denen schauen sie vielleicht nach. Oder greifen einmal hin. Stolpern ihnen in die Arme, stürzen mit ihnen zu Boden und reiben sich dort an ihren Leibern. Aber umwerben tun sie sie nicht. Denn da liefen sie Gefahr, dass das Luder sie erhört. Und dann wüssten sie nicht weiter. Deswegen begehren sie die verbotenen Meeresfrüchte. Wobei die Meeresfrucht per se immer eine verbotene ist. Die muss man dem Meer entreißen. Freiwillig kommt die nicht heraus. Nicht wie das gemeine Obst, das, wenn es alt ist und verzweifelt, sich würdelos von seinem Baum dem Menschen vor die Füße wirft. Er fällt zugleich vom Glauben ab und einer neuen Hoffnung anheim. Wäre Eva auch dann gefallen, wäre die Frucht schon am Boden gelegen? Gott sagt immer: »Iss nichts vom Baum.« Großmutter sagt immer: »Iss nichts vom Boden.« Wer kennt sich denn da noch aus?

»Jetzt wirf den weg, das ist ja grauslig! Der ist schon ganz braun und schrumplig.« »Er ist perfekt«, haucht Großmutter schmachtend, greift nach dem geschenkten Apfel und drückt ihn zärtlich an ihre Wange. Großmutter legt das matschige Stück Obst behutsam in den Safe zurück. Dort kompostiert es nun schon seit Tagen. Der Lebenssaft des Apfels ist aus den Schnitzereien gesickert und saut unsere Pässe voll. Großmutter macht das nichts aus. Für sie ist er der Garant seiner Liebe. Großmutter hat offensichtlich wieder vom Baum der Verblendung genascht.

»Kannst du mir bitte den Reißverschluss zumachen?« Sie schreckt auf. Großmutter war so mit ihrem fruchtigen Doppelgänger beschäftigt, dass sie meine edle Robe bislang gar nicht in Augenschein nahm. »Das willst du anziehen?!«, entfährt es ihr harsch. Höflich ignoriere ich sie und betrachte mich im Spiegel. Ein ganz und gar olympisches Bild. Da fällt Anblick und Beischlaf in eins. Wäre Großmutter nicht hier, fiele ich umgehend über mich her. »Billig«, kommentiert sie lakonisch. Sie wiederholt es drei weitere Male, ehe ich sie korrigiere. »Du, hör mal, das war ganz schön teuer.« »Das glaub ich gern. Aber du schaust billig aus!«

Das stimmt nicht. Ich sehe nicht billig, sondern gratis aus. Ein Röntgenbild meines Leibes würde mehr der Fantasie überlassen als dieses spärliche Stück Stoff. Doch für Fantasie bleibt keine Zeit mehr. Das Dinner ist die letzte Chance, den Offizier für mich zu gewinnen. »Ein grauenhafter Fetzen!«, schaufelt Großmutter gehässig nach. Auch das stimmt nicht. Fetzen ist es mit Sicherheit keiner. Das klingt viel zu zugeknöpft. In Wahrheit ist es mehr ein Fussel. Den braucht er mir nicht auszuziehen, sondern mir nur von der Schulter zu wischen. »Kannst du jetzt zumachen?« Ich kehre ihr meinen Rücken zu. Großmutter fingert mit gespielter Arthritis an meiner Wirbelsäule herum. Sie zerrt sowohl an meinem Kleid als auch an meinem Nervenkostüm. »Hoppala!« Na, bravo. Jetzt kriege ich keins von beiden mehr zu. »Herrje, das tut mir schrecklich leid.« Großmutter hält mir den abgerissenen Reißverschluss entgegen. Sie ist sich ihrer Schuld bewusst. Deswegen grinst sie auch so breit. »Das macht nichts«, lache ich kulant, packe sie rechts und links am Kragen und reiße ihre Bluse auf. Die schöne Seidenbluse, von der die Großmutter stets schwärmt, sie sitzt wie eine zweite Haut. Das will freilich nicht viel heißen, weil ihre erste schon recht schlecht sitzt. Barbusig stehen wir voreinander da. Aus wilder Leidenschaft entkleidet. Nur nicht füreinander. »Na, warte, du Rotzmensch!« Großmutter schraubt eine Tube Haftcreme auf und drückt sie über meinem offenen Koffer aus. Ich würde sie aufhalten, wäre ich nicht auf der Suche nach der Nagelschere, um ihren restlichen Blusen ein paar neue Akzente zu verleihen.

Die Alten haben alles gegeben, um möglichst vornehm auszusehen. Und sie haben es geschafft. Hie und da ist zwar etwas verrutscht. Beim Auftragen des Lippenstifts hielten sich nicht allzu viele an die natürlich vorhandenen Linien. Und die Regionen im Gesicht, wo sich Lidschatten befindet, tatsächlich zum Lid zu zählen, wäre mindestens verwegen. Nichtsdestotrotz sind sie bezaubernd. Die Herren tragen Einstecktücher. Die Damen sind mit Broschen gepflastert. Alles Abzeichen der Reisen, die sie erfolgreich überlebt haben. Mit dem Stolz von Pfadfinderinnen erläutern sie einander die Herkunft der jeweiligen Schmuckstücke. Als ganz besonders exklusiv gelten Skarabäus-Broschen.

Sogar den Piefkes ist es irgendwie gelungen, sich piekfein zurechtzumachen. Weit und breit kein Anorak – sonst zweite Haut des greisen Deutschen. Schließlich will er stets aufbruchsbereit sein, falls ihn die Wanderlust erfasst. Er sucht nicht das Abenteuer. Aber wenn es ihm begegnet, hat er die richtige Kleidung dabei. Anorak. Ein Wort, das Menschen unter sechzig nicht laut auszusprechen wagen. Anorak. Der Klang einer indogermanischen Gottheit, deren hohe Zeit vorüber, doch deren Name auch in Zukunft die Sterblichen erschaudern lässt. Der Anorak hat beige zu sein. So wie die alte SA-Uniform. Nur ein kleines bisschen heller. Um zu zeigen, dass wir nun ein kleines bisschen schlauer sind. Doch die Farbe Beige ist mehr als vergilbte Nostalgie. Sie ist kein versöhnliches Grau, das nur die Halbherzigen tragen. Grau ist ein feiger Schlichtungsversuch für all jene, denen die Kraft fehlt, alles in Schwarz-Weiß zu sehen. Jene blutleeren Geschöpfe, welche das Extreme meiden und lieber im Talmiglanz der goldenen Mitte dahinvegetieren. Beige dagegen ist das Extremste, wozu man sich bekennen kann. Beige strotzt sowohl vor Renitenz als auch vor Resignation. Wer beige trägt, hat sich mit dem Sterben abgefunden. Er macht sich schon der Erde gleich, in die er alsbald eingehen wird. Dadurch jedoch entwischt er ihr ständig. Ungesehen durchwandert er das finstere Tal und kehrt wieder heim. Die Alten wissen ganz genau: Das letzte Hemd hat keine Taschen. Deswegen hat der Anorak viele. Heute aber ließen sie den Anorak in der Kabine. Heute Abend wollen sie tanzen. Wenn es sein muss, mit dem Tod.

Großmutter und ich hingegen wählten ein verspieltes Ensemble aus hellblauen Kapuzenwesten und knallgelben Bermudahosen. Nachdem wir uns gegenseitig unsere gesamte Kleidung versteckt, verdreckt sowie zerstört haben, blieb uns nichts anderes übrig, als unsere Abendgarderobe im Souvenirshop zusammenzustellen. Großmutter rückt ihren Skarabäus zurecht. Das hat sie sich nicht nehmen lassen, die Brosche auf die scheußliche Weste zu stecken. Nicht zuletzt, damit sie das aufgestickte Logo der Kreuzfahrtreederei verdeckt. Wenn sich zwei streiten, freut sich ein Dritter. Ich wusste nie, wer dieser Dritte ist, dem es solche Freude macht, wenn Großmutter und ich uns streiten. Aber ich weiß, dass es der glücklichste Mensch auf der Welt sein muss.

Jetzt marschiert die Mannschaft ein. Allen voran der Kapitän. Hinter ihm die Offiziere. Ein Meer aus dunklen Mähnen wogt majestätisch in den Saal. Den Alten imponiert das sehr. Wie diese weißen Lichtgestalten stramm vor ihnen paradieren. Mir ist nicht ganz wohl bei der Sache, weil ich die Frage nicht abschütteln kann, wer eigentlich gerade das Schiff steuert. Der Goran etwa, der beileibe kein umsichtiger Fahrer war, hätte niemals das Lenkrad verlassen. Er blieb zwar nie nüchtern, und selten nur wach, aber zumindest stets am Steuer. Die Mannschaft an Bord scheint bei Weitem fahrlässiger. Schließlich ist alles hier, was Rang oder zumindest Namen hat. Sogar Stalin ist gekommen. Eingeklemmt zwischen zwei Offizieren, welche ihn am Umfallen hindern. Nur die philippinischen Putzkräfte fehlen. Die haben nämlich keine Namen. Die werden der Einfachheit halber alle mit demselben gerufen. Die Männer mit Philippo. Die Frauen mit Philippa. Wie recht denen das ist, ist unklar. Klar ist aber, dass das anscheinend die Einzigen sind, die an diesem Dinner nicht teilhaben. Demnach steuern die wohl das Schiff. Na servas! Da muss es zugehen auf der Brücke! Richtig wuseln wird es dort. An jedem Griff des riesigen Steuerrads hängt ein kleiner Philippine. Mit vereinten Kräften lenken sie das Ungetüm durch die Nacht. Können tun sie es bestimmt. Ob sie es wollen, ängstigt mich. Die sind sicher ziemlich grantig, dass sie jedes Jahr aufs Neue vor den Kopf gestoßen werden. Dass sie navigieren müssen, während man sich im Festsaal unten pudelnackert um den Verstand säuft. Es ist nur eine Frage der Zeit, bis die putschen. Dann stürmen sie den Saal und schneiden dem Kapitän die Kehle durch. Ganz langsam mit dem Buttermesser. Damit er länger was davon hat. Darauf folgen die Offiziere, die sie nach Dienstgraden abschlachten werden. Die sind zwar alle groß und stark, aber die Philippinos sind viele. Außerdem so klein und wendig, dass man sie gar nicht kommen sieht. Zwölf von ihnen dürften reichen, um einen Offizier zu stürzen. Sie werden ihn an den Haaren zerren, unter seine Uniform kriechen und ihn in die Brustwarzen beißen.

»Da ist er!« Großmutter beißt sich auf die Lippe. Ich war so herrlich weggetreten. Das hätte sie nicht sagen sollen, denn jetzt sehe ich ihn auch. Jetzt müssen wir den Anblick teilen. Unser beider Augen trachten dieses Mannsbild auszutrinken, dass für die anderen nichts bleibt. Großmutter verschluckt sich. Die Mannschaft nimmt Platz. Frisuren und Hütchen versperren die Sicht. Der erste Gang wird aufgetragen. Eine Meeresfrüchtesuppe. Eine prächtige Garnele ragt bräsig aus der Bouillabaisse und fordert Großmutter spöttisch zum Kampf auf. Zumindest kommt es ihr so vor. Weil sie nicht weiß, wie man sie auslöst. Um sich keine Blöße zu geben, tupft sie die Garnele trocken und steckt sie in ihr Abendtäschchen. Es wird wohl nicht das Letzte sein, was sie heute Abend da reinstopft. Ich ermahne sie, sich zu benehmen. »Pass auf, Marthe, gleich dreht sie durch.« Zwei ältere Weiberl sitzen mit uns am Tisch und schließen eifrig Wetten ab, mit welcher der platzierten Gabeln ich auf Großmutter einstechen werde. Vielleicht mit allen. Ein Hieb pro Gang. Doch in welcher Reihenfolge? Dolche ich klassisch von außen nach innen, wie es die Tischsitte verlangt? Oder wage ich etwas Verrücktes und bohre ihr erst die

Dessertgabel ins Bein, ehe ich ihr die Aorta mit dem Brotmesser durchtrenne? Die Weiberl können vor Spannung kaum essen.

Großmutter lässt drei Miesmuscheln verschwinden. »Die sind doch schon offen!« »Ja, aber die mag ich nicht.« Großmutter mag auch keine Tintenfische. Keinen Hummer und keinen Krebs. Das wandert alles in ihr Täschchen. Dort baut sie sich ihr eigenes Meereskundemuseum. Stehenlassen will sie nichts. Dann glaubt der Koch, dass die Suppe nicht schmeckt. Dabei schmeckt sie ja nur ihr nicht. Großmutter ist sehr besorgt um die Gefühle des Personals. Meine kümmern sie eher wenig. Ich atme flach durch die Serviette. Aus dem Täschchen strömt ein Gestank, der fast nicht auszuhalten ist. Schließlich befindet sich darin noch das Beef Tatar von gestern, welches sich scheinbar mit dem Tarama, das man vorgestern servierte, unselig vereinigt hat. Mein Appetit hat sich verflüchtigt. Durch das Parfüm verwesender Speisen sowie durch die unschöne Aussicht auf Großmutters vernähte Wunde. Sie hat für das Dinner den Verband abgenommen. Weil sie kein Mitleid ernten will. Und weil ihr Mull für diesen Anlass nicht sehr elegant vorkam. Das blutverklebte Schorfgebirge ist aber auch kein Augenschmaus. Großmutter ist überzeugt, dass dem Offizier das taugt, wenn er sieht, wie tapfer sie ist. Die Wunde nässt. Ob ihm das taugt, ist fraglich. Safteln sollen die Weiber schon. Aber bitte nicht aus dem Schädel. Damit kann sie wohl kaum punkten. Dafür rinnt sie sonst nirgends aus. Womöglich imponiert ihm das. Die meisten alten Frauen hier sind nämlich weder saftig noch trocken. Eine verheerende Kombination.

Großmutter tunkt die Suppe mit ihrer Serviette auf und quetscht diese ebenfalls in ihr Täschchen. Subtil versuche ich sie zu treten, erwische aber statt ihres gläsernen Schienbeins lediglich das stählerne Tischbein. Was umso schmerzhafter ist, da ich keine Schuhe trage, sondern lediglich Plastiksandalen. Ebenfalls aus dem Souvenirshop. Großmutter kichert. Danach tritt sie mir gegen das Schienbein. Wie ich schon sagte, wir schlagen uns nicht. Treten aber ist erlaubt. Insbesondere in Gesellschaft. Wenn wir nicht lauthals streiten können, werden Konflikte anstandshalber meist unter dem Tisch geklärt. Wenn dafür zufällig einmal das passende Schuhwerk fehlt, muss man eben kreativ werden und den anderen dazu bringen, sich selber etwas anzutun. »Pass auf, da sitzt eine Gelse!« Ich deute auf Großmutters Hinterkopf. »Soll ich sie erschlagen?«, biete ich ihr zuvorkommend an. Sie aber wittert eine Finte und lehnt hämisch lachend ab. Patsch. An Großmutters Hand klebt Blut. Wohlgemerkt, ihr eigenes. Statt die fiktive Fliege zu treffen, hat sie sich eben mit Karacho ihre Platzwunde geöffnet. Auf Rache sinnend greift sie nach dem Brotkorb und pickt sich das steinharte Endstück heraus. »Hör auf, das ist jetzt nicht dein Ernst!«, versuche ich zu intervenieren, doch da hat Großmutter sich bereits das Scherzerl vorne auf die Zehen gesteckt, um schmerzhafter zutreten zu können. Wir strampeln wie zwei arme Irre.

Ein Gläserklirren unterbricht uns. Der Kapitän hat sich erhoben. Er beginnt eine Rede zu halten. Schnell wird klar: Er sollte nicht reden. Das zieht seine virile Noblesse nämlich stark in Mitleidenschaft. »Ich hoffe, Ihnen hat diese Reise so viel Spaß gemacht wie mir. Ach, was haben wir gelacht!« Er lacht. »Und was haben wir geweint!« Er lacht erneut. Das hier ist kein Mann von Welt. Er hat sie eben nur umsegelt. Das nützt nichts, wenn man nie von Bord geht. »Und wieder wurde viel getanzt!« Jetzt lässt er seine Hüften kreisen. Und zwar gefühlt minutenlang. Begleitet wird die Einlage nur von dem Orchester hechelnder Damen. Die vergehen fast bei dem Spektakel, wie der Kapitän seine Lenden befehligt. In einer La-Ola-Welle klappen Pillendöschen auf. Der Schlag darf sie nicht vor der Eisbombe treffen, die sie ganz am Schluss erwartet. »Tschaka-uh!« Der Kapitän beschließt sein Tänzchen mit einem Hüftstoß in den Saal. Er räuspert sich kurz.

»Zugleich blutet mir das Herz, da ich mich heute verabschieden muss. Von einem meiner besten Männer, von einem treuen Kameraden und, Gott verzeih's mir, einem Freund.« »Da, schau!«, zischt Großmutter erregt. Unser Offizier erhebt sich. Der Kapitän geht auf ihn zu und legt ihm dramatisch den Arm um die Schulter. »Ich sage meinen Männern immer: Lasst mir die Finger von den Passagieren!« Er versetzt dem Offizier spielerisch einen Fauststreich aufs Kinn. »Doch Sie kennen ja den Spruch: Wo die Liebe hinfällt …«

Die Alten nicken verständnisvoll. Ja, sie wissen, wie das ist. Auch sie fallen sehr oft hin. Deswegen haben sie am Handgelenk so einen kleinen Notfallknopf. Den hat die Liebe hoffentlich auch. So oft, wie die hinfällt. Tut sie das, weil sie noch so jung oder schon so gebrechlich ist? Wahrscheinlich ist sie einfach potschert.

»Und um unseren kleinen Racker …«, jetzt trommelt ihm der Kapitän neckisch auf der Brust herum, »… ist es nun einmal geschehen. Weswegen er uns morgen früh verlassen wird, um mit seinem Herzblatt ein neues Leben an Land zu beginnen. Sag, willst du uns nicht verraten, wer die große Liebe ist? Soweit du mir anvertraut hast, weiß die noch gar nichts von ihrem Glück …« Großmutter und ich ergreifen die zwei offenen Pillendöschen unserer alten Tischnachbarinnen und schlürfen sie wie Austern aus. Der Offizier druckst herum wie ein Lausbub. Ein zwei Meter großer Lausbub mit pompösem Muskelschwulst und dank der viel zu engen Hose für jedermann ersichtlich animalischem Gemächt. »Nun sag schon!«, drängt der Kapitän den erröteten Offizier, der sich verschmitzt in Schweigen hüllt. »Ich kann mir vorstellen, dass es dir schwerfällt. Es war nie leicht für unsereins. Seit jeher ist das weite Meer unser einziges Zuhause. Wo wir von allen Fesseln frei sind. Ungebändigt, wild und nackt!« Die alten Damen juckt es plötzlich. Aber seltsamerweise an Stellen, wo gar keine Ekzeme sind. Das Blut an Großmutters Wunde versiegt. Das wird anderswo gebraucht. Unser verliebter Offizier kriegt weiterhin den Mund nicht auf. Die alten Damen kriegen ihn nicht zu. »Doch es ist keine schwache Nacktheit! Wie die Nacktheit der Weiber. Wir Männer sind stark!« Der Kapitän drückt den mundtoten Offizier auf seinen Stuhl nieder. Die hirntoten Damen füllen ihre halb geleerten Suppen mit ihrem Sabber wieder auf, während der Kapitän nonchalant durch den Saal zu schlendern beginnt. »Hier auf See sind wir daheim! Wo ein Mann noch Mann sein darf!« Die Offiziere pflichten ihm bei. »Christoph Kolumbus, Vasco da Gama, Marco Polo, Thomas Cook. Was kümmerten sie fremde Länder? Unerforschte Kontinente? Sie fanden längst, was sie begehrten.« Der Kapitän hält andächtig inne. Die Offiziere senken wie zum Gebet ihre Häupter. »Christoph Kolumbus warf man vor, er wäre verwirrt gewesen. Er hätte die Orientierung verloren. Dabei folgte er doch immer nur dem Kompass seines Herzens. Was spielt es denn für eine Rolle, an welchem Ufer ein Mann anlegt?« Die Offiziere stimmen ihm zu. Ihr tiefes Brummen vibriert durch den Raum. Sie nicken sogar mit geschlossenen Augen. So spricht er ihnen aus der Seele. »Bald schon war jeder Winkel der Erde erobert, und die Weiber wurden skeptisch. Denn wir kehrten nicht zurück. Wir segelten einfach weiter. Also begannen wir Handel zu treiben. Damit niemand mehr Verdacht schöpft. Tonnenweise brachten wir den Weibern allerlei Geschenke. Feine Seide, kräftige Sklaven und exotische Gewürze. Auf dass sie neue Rezepte probieren, mit den Sklaven Federball spielen und sich in den edlen Stoffen tagein, tagaus im Spiegel anschauen. Auf dass sie uns Ruhe lassen!« Das Mienenspiel der Offiziere ist ein stummer Gospelchor. Ihre feuchten Wimpern zwinkern Beifall. »Aber sie wollten unbedingt mit. Wir sagten ihnen, das sei zu gefährlich. Dass wir eigentlich nicht handeln, sondern plündern, meutern und morden. Also nichts für schwache Gemüter. Wir stachen uns die Augen aus und sägten uns die Beine ab, um den Weibern zu beweisen, wie rau es in der Seefahrt zugeht. Dann wollten sie nicht mehr mit. So eitel waren sie zum Glück. Aber nach uns verzehrten sie sich, verstümmelt wie wir waren, noch mehr. Hakenhände, Augenklappen, Holzbeine – all das machte die Weiber nur schärfer. Nirgends ließen sie uns Frieden.« Ein paar der Offiziere weinen. Sie halten sich Servietten ans Lid, um ihren Tränen den langen Weg über die Wange zu ersparen. »Wir hatten keine andere Wahl, als sie mit an Bord zu nehmen. Das sollte ihre Neugier stillen. Aber sie waren so unerträglich …« Der Kapitän vergräbt sein Gesicht in den Händen. »Gott verzeih's uns, wir konnten nicht anders!« Das leise Weinen der Offiziere schwillt zu einem ausgewachsenen Schluchzen an. »Als wir weit genug draußen waren, läuteten wir plötzlich Alarm. Wir täuschten einen Notfall vor. Das Schiff würde sinken. Alle müssten schleunigst von Bord. Wir riefen: Frauen und Kinder zuerst! Sie stiegen in die Rettungsboote, und wir ließen sie zu Wasser. Und dann …« Der Kapitän schluckt. Die Offiziere drehen Däumchen. Manche pfeifen sogar vor sich hin. »… fuhren wir einfach weiter.« Der Kapitän blickt starr in den Saal. Die Alten haben keine Ahnung, was er ihnen sagen will. Ungeduldig halten sie Ausschau nach der Eisbombe. »Ja, verurteilen Sie uns nur!«, brüllt der Kapitän gereizt. Die alten Damen ducken sich. So wild wollen sie ihn nun doch nicht. Der Kapitän zittert vor Erregung. Aber nicht die lüsterne Art. Ein Offizier springt auf und beruhigt ihn. Er streicht ihm zärtlich durchs Haar und führt ihm das Sektglas an den Mund. Der Kapitän nimmt einen Schluck und einen tiefen Atemzug. »Gott verzeih's mir«, seufzt er zahm. Versöhnlich breitet er die Arme aus. »Und Sie, verehrte Gäste, auch. Manchmal überkommt es mich einfach. Bitte vergessen Sie, was ich …« »Wann kommt denn die Eisbombe?«, grätscht ihm ein altes Weiberl dazwischen. Das Beben fährt ihm zurück in den Leib, und er beginnt erneut zu schreien. »Wir tauften unsere Schiffe wie Weiber! Warum reichte Ihnen das nicht? Warum müssen wir bis zum Arsch der Welt hinaussegeln, nur weil unsere Welt der Arsch ist?!« Eine alte Dame kracht kopfüber in die Bouillabaisse. »Der Gärtner war's!«, ertönt es dement. Der Kapitän grölt tatenlos weiter. »Und selbst auf See sind wir nicht sicher vor der Häme und dem Hass! So waren selbst Roald Amundsen und Robert Falcon Scott gezwungen, sich als Rivalen auszugeben. Um vor den Augen der Welt zu verbergen, wie heiß und innig sie sich liebten!« Da kippt die nächste Alte um. »Immerzu mussten sie lügen! Dass ihre Reise ein Wettrennen sei. In Wahrheit aber turtelten sie Hand in Hand durch die Antarktis!« Jetzt trifft es drei auf einen Streich. »Eine Südpolexpedition! Was für ein Sinnbild für ...« Die Offiziere kichern. »... den Frost, dem sie lebtags augesetzt waren. Sie umarmten die Kälte des Eises, um die Kälte der Menschen zu fliehen.« Die Offiziere seufzen gerührt. »Von uns Männern wird erwartet, dass wir uns immerzu bekämpfen. Doch, Gott verzeih's mir, dass wir uns lieben! Das heißen sie ein Verbrechen! Nur in der Schlacht dürfen wir uns begegnen. Nur im Krieg dürfen wir uns berühren!« Bling. Bling. Bling. Bling. Der helle Klang von Ohrringen, die auf Porzellanteller plumpsen. »Wir müssen Schützengräben ausheben, um uns ein Liebesnest zu bauen!«

»Aufhören! Aufhören!«, schreit ein alter Mann verzweifelt und wischt der ohnmächtigen Gattin die Bouillabaisse aus dem Gesicht. Eine dicke, lange Gräte ragt ihr geradewegs aus der Stirn. Nun wird es auch den Herren zu bunt. Die haben jetzt nämlich ganz schön zu tun, ihre Frauen zu beschwichtigen. »Karli! Ist das wahr, was der da sagt?« »Fritz! Du hast doch auch gedient! Bitte schwör mir, dass das nicht stimmt!« »Ich wusste es, du Haderlump! Und du, du hast mir immer gechrieben, dass du etwas später kommst, weil der Krieg noch länger dauert!« Stalin torkelt durch den Saal, um den weggetretenen Damen zu helfen. Einer der Alten winkt ihn zu sich. »Schnell! Meine Frau hier! Sie braucht

Mund-zu-Mund-Beatmung!« Stalin schreckt angewidert zurück. »Ich nix küssen Frau!« »Ja, ja, fürchtet uns nur!«, lacht der Kapitän über den Tumult hinweg. »Alle halten uns für Perverse. Für ein Versehen der Natur. Dabei sind sie die Unterarten! Wir aber sind die Auserwählten. Nur der Homo ist ein Mensch!« Der Kapitän hat sich heiser gepredigt. Ausgelaugt sinkt er auf seinen Stuhl zurück. Der Saal brodelt. Wenn nicht bald jemand etwas unternimmt, oder zumindest die Eisbombe kommt, gibt das ein wahres Kuddelmuddel.

»Bitte, meine Damen und Herren!« Unser Offizier ergreift das Wort. Das Raunen legt sich. Die keifenden Damen sind schlagartig still. Nicht einmal ein leises Blubbern hört man aus den Suppentellern. Großmutter und ich schauen uns um. Wir sind offenbar nicht allein. Jede dieser alten Damen scheint es schwer erwischt zu haben. Speichel und Gestöhne tröpfelt an jedem Tisch die Kinnladen herunter. Sie himmeln dieses Mannsbild an, als wäre es der Selige selbst, der erneut auf die Erde hinabstieg, um ihnen die Sünde wiederzugeben. Großmutter und ich sind ratlos. Wie konnten wir das übersehen? Wir dachten, wir wären die Einzigen. Er redet schon eine Minute. Aber keiner hört ihm zu. Kann ihm zuhören. Alle sind zu sehr mit Schauen beschäftigt. Auch Großmutter und ich sind gebannt. Die Haut so braun wie Laminat und das Haar so grob wie Schiffstau. Die Lippen sind sinnlich, ohne dümmlich zu wirken. Kurzum, er ist wahrhaft die Krone der Schöpfung. Wer aber wird mit ihr bekrönt werden? Wer darf diesen Halbgott tragen?

Die alten Damen senken ihr Haupt. In Demut und vor Rückenschmerzen. Zwei Minuten sind vergangen. Jede zwingt sich zuzuhören. Die meisten aber verheddern sich geistig immerzu in der Locke Brusthaar, die aus seinem Kragen hervorwinkt, als wolle sie, dass man ihr folgt. Was gäben diese alten Damen nur für diese eine Locke. Sie flöchten sie daheim in ihre Putzschwammerl aus Stahlwolle ein und schrubbten sich damit von Sinnen. »… hier an Bord meine große Liebe gefunden.« Jählings spitzen alle die Ohren und drehen die Hörgeräte auf. Die Frequenzen interferieren. Ein schrilles Pfeifkonzert erklingt. Manchen tritt Blut aus dem Gehörgang. Aber das bekümmert sie nicht. Sie drehen die Lautstärke weiter hoch. Sie müssen hören, wer es ist. Wen der Offizier erwählt. »Bitte, komm zu mir …« Das Pfeifen wird beständig greller. Die ersten Sektflöten zerspringen. Wer kurz vorm Gehörsturz stand, der hat ihn jetzt mit Sicherheit. Den alten Damen ist das egal. Denn gleich sagt er ihren Namen. Danach können sie getrost taub werden. Hören kann man seine Schönheit eh nicht.

»Leopold!« Das Pfeifen verklingt. Das Besteck hört auf zu klappern. Niemand hustet, röchelt, keucht. Nicht die kleinste Flatulenz traut sich mehr aus der Reserve. Am Ende des Saals erhebt sich ein Mann. Wenigstens versucht er es. Leopold ist schneidige neunzig und allem Anschein nach weder gut bei Fuß noch bei Verstand. Gerade nimmt er die Schläuche seines Sauerstoffgeräts und halftert damit seinen Rollator. Hü, hott. Und schon reitet er davon. Der Offizier steht erwartungsvoll da und geht ihm keinen Schritt entgegen. Er genießt, wie die Menge perplex seinen Bräutigam beneidet. Sie sollen nur sehen, welchen Prachtkerl er da hat. Dazu haben sie ausreichend Zeit. Der Prachtkerl Leopold ist kein Sprinter. Bucklig und blind schleicht er vorsichtig durch den Saal, damit der Rollator nicht mit ihm durchgeht. Die Damen mustern ihn mit Entsetzen. Dafür wurden sie versetzt? Für dieses alte Trockenfrüchtchen?

»Pst!« Unsere zwei alten Tischnachbarinnen lehnen sich zu mir herüber. »Du musst dich um diesen alten Knacker kümmern.« Ihre Gesichter zucken ganz komisch. Wahrscheinlich ein Nervenleiden. »Was soll ich?« »Dich um diesen Alten kümmern!« Ich verstehe. Das ist kein Zucken. Sie zwinkern mir zu.

Aber was soll es bedeuten? Zwinkern war einst so unmissverständlich. Doch diese verdammten Mobiltelefone mit ihren verdammten Textnachrichten haben diese Geste so lange mit pseudoironischer Kryptik besudelt, dass sich jetzt kein Mensch mehr auskennt. »Kümmern! Du sollst dich um ihn kümmern!« Die beiden zeigen auf den Greis, der sich in Zeitlupe durch den Saal schleppt. »Dem fehlt doch nichts.« Zumindest nichts, was ich ihm wiedergeben könnte. »Der kommt schon zurecht.« Die beiden wirken desperat. »Nein, du sollst dich um ihn k-ü-m-m-e-r-n.« Der gute alte Leopold schlurft orientierungslos im Kreis. Unser Offizier versucht seinen Liebsten mittels Rufen zu sich zu locken. Aber offensichtlich hört der ebenso schlecht wie er sieht. Drei Damen vom Nebentisch schleichen ebenfalls zu mir her und starren mich erwartungsvoll an. »Ein Schlag auf den Kopf!«, zischt eine der drei. »Mach's wie mit deiner Großmutter!« »Ich bin aus dem Bett gefallen«, murmelt Großmutter beleidigt. »Komm schon!«, husst ein anderes Weiberl mir von hinten in mein Ohr. »Hier, nimm den! Und damit, zack!« Sie hält mir ihren Gehstock entgegen. »Ich …« Immer mehr mordlustige Weiber wanzen sich an mich heran. »Jetzt mach! Stell dir vor, es wär deine Oma!« »Ich bin aus dem Bett gefallen!« Großmutters Einwand findet keinerlei Beachtung. »Tu so, als würdest du ihm über die Straße helfen.« »Dabei hilfst du ihm über den Jordan!« »Schlag ihn tot!!« Der Ton wird deutlich ruppiger, je näher Leopold den Armen des verliebten Offiziers kommt. Ich bin eingekesselt von Weiberln. Manch eine echauffiert sich so sehr, dass sie welk zu Boden blättert. Sogleich rückt eine andere nach, deutet aufgebracht auf den Greis und bietet mir wahlweise eine Gabel, ein Messer oder einen Kerzenleuchter an. »Menschenskind, beeil dich! Gleich hat er ihn!« Leopold hat einen weiteren stolzen Meter zurückgelegt. Nun verlangsamt sich sein Schritt. Er kommt nur mehr schleppend voran, weil die alten Weiberln ihn mit ihren Hörgeräten bewerfen.

Wieder ertönt dieses scheußliche Pfeifen, das einem durch Mark und Bein schießt. Leopold lässt sich von all dem nicht beirren. Er schiebt seinen Rollator beherzt durch die feindlichen Gebiete. Wie eine Schildkröte zieht er den Kopf fast vollständig in seinen runzeligen Hals ein und trotzt so dem Hagelsturm aus Hasstiraden und Hörgeräten. Die Traube von Weiberln, die mich umzingelt, wird zunehmend panischer.

Der Alte darf den Offizier nicht erreichen. Sonst ist er auf ewig verloren. Dann verhext ihn dieser geile Greis unwiderbringlich. Der geile Greis legt gerade ein Päuschen auf seinem Rollator ein. »Jetzt! Jetzt bewegt er sich nicht!« Das hat er beim Gehen auch nicht getan. »Der ist fix hin, wenn du ihn nur halb so hart triffst!«, agitiert ein Weiberl und zeigt auf Großmutters lädierten Schädel. »Kruzitirkn noch amoi! Hört ihr dummen Trutschen nicht zu? Ich bin aus dem Bett gefallen!« Die Weiberl schütteln verächtlich den Kopf. »Na, die Alte ist vielleicht biestig«, lästert eine, und die anderen schließen sich an.

Eijeijeij. Sie haben Großmutter alt genannt. Da muss ich jetzt dazwischengehen, sonst läuft die Sache aus dem Ruder. Zu spät. Mit Gebrüll schwingt sie ihr Täschchen. Normalerweise wäre das keine ernst zu nehmende Waffe. Doch mit all den Meeresfrüchten, dem Tatar und dem Tarama, sowie all dem, was Großmutter im Laufe der Wochen sonst nicht geschmeckt hat, handelt es sich nunmehr um einen Totschläger erster Güte.

Ich versuche sie zu stoppen. Erbittert ringen wir um das Täschchen. »Lass los!« »Lass du los!« Großmutters Kräfte sind schier unermesslich, wenn sie einen solchen Grant hat. Fair kann ich sie nicht entwaffnen. Ich muss einen Trick anwenden, für den ich mich jetzt schon schäme. »Schau, da! Der André Rieu!« Großmutter lässt sofort aus. »Wo? Wo?« Ich bin im Besitz des Täschchens. Gleichwohl sehr kurz. Schon fliegt es in hohem Bogen und mit Karacho durch den Saal. Wegen des Rückstoßes. Und weil Großmutter so unvermittelt davon abließ, um ihren scharfen Geiger zu suchen.

»Leopold! Nein!« Ach, herrje. Da hat die Panzerfaust von Täschchen doch tatsächlich den Leopold von seinem Rollator geschleudert. Jetzt liegt er da und rührt sich nicht mehr. Unser Offizier heult auf. Die alten Damen dagegen jubeln. Sie klopfen mir auf die Schulter und schütteln mir ehrerbietig die Hände. »Wusst ich's doch, dass du es kannst!« Eine der Damen steckt mir zum Dank ein Halsbonbon zu. »Genau auf den Schädel! Wie bei deiner Omama!« »Ich bin aus dem Bett …« »Da, das sind sie!«, brüllt unser Offizier unter Tränen. Er ist auf einen der Tische gestiegen und zeigt nun mit dem Finger zu uns. »Da sind die Schwulenhasserinnen! Tötet sie! Tötet sie!« Die Offiziere ziehen einander martialisch ihre Hemden aus. Mit nackten Oberkörpern stampfen sie schnaubend auf mich und Großmutter zu. Auch unser Offizier stürmt los, um den Geliebten zu verarzten. »Hiergeblieben, du Verräter!« Jemand reißt ihn von hinten zu Boden. »Dachtest du wirklich, ich ließe dich gehen?« Der Kapitän steigt ihm mit einem schwer bestiefelten Fuß auf den Brustkorb und hält ihn gewaltsam nieder. »Dass du zu so einer Landschwuchtel wirst?!« Das Korps der Offiziere rückt näher. Großmutter und ich fassen uns ängstlich an der Hand. Das war es wohl. Diese warmen Seebären werden uns eiskalt zertrümmern. Unweit entfernt schlägt der cholerische Kapitän auf den schönen Offizier ein. »Der Regenbogenpapagei auf der Schulter – das war unser Symbol! Aber diese Landschwuchteln haben es uns einfach weggenommen!« Der Offizier sieht mittlerweile selbst aus wie ein Regenbogen. Mit den vielen Hämatomen und dem ganzen Blut dazu. Den kann man so, wie er ist, wunderbar als Flagge hissen. »Die haben sich sogar mit den Weibern verbündet! Ist es das, was du willst? Willst du der schwule, beste Freund sein? Dass dich so eine dumme Gans als kastriertes Schoßhündchen hält?« Vom hübschen Gesicht ist nun nicht mehr viel übrig. Der Kapitän hat die delikaten Züge unseres Offiziers zu einer visagistischen Pampe verknetet. »Nein, das lasse ich nicht zu!« Die übrigen Offziere steuern weiterhin auf uns zu. Sie haben nur kurz haltgemacht, um sich mit dem Olivenöl, welches auf den Tischen steht, gegenseitig einzureiben. Sie lassen ihre Fingerknöchel sowie ihre Nacken knacken. So klingt es bestimmt auch gleich, wenn sie uns in die Mangel nehmen. Bei mir wahrscheinlich etwas lauter als bei der Großmutter. Die ist nämlich sehr porös. Wie diese Grissini-Stangerl. Von denen zwei, drei in der Packung immer schon zerkrümelt sind. So sieht es wohl in einer Packung Großmutter auch aus. Ein paar bröselige Gebeine und ein Haufen Knochenbruch, der beim Gehen in den Füßen scheppert. »Am Ende wirst du noch wie die!« Die therapeutische Misshandlung des abtrünnigen Offiziers ist noch in vollem Gange. Die Fäuste des Kapitäns sind inzwischen fast zur doppelten Größe geschwollen. Wie Hebel eines Flipperautomaten schlagen sie unermüdlich aus. »So ein ekelhafter Zwitter!« Rechter Haken. »Eine wehleidige Tunte!« Linker Haken. »Ein Weib!« Na toll, jetzt ragt die Nase nach innen. Gleich verliert er das Bewusstsein und kommt endlich zur Besinnung. »Kinderl, da hast du uns was eingebrockt!«, sudert Großmutter ungewohnt furchtsam. Sonst mag sie Eingebrocktes gerne. Vor allem Brioche in ein warmes Glas Milch. Doch die Vorstellung, von einer glänzenden Horde Homosexueller inhuman zermalmt zu werden, entlockt ihr erstmals etwas wie Angst.

Die haben wahrlich Hummeln im Hintern. Und da haben viele Hummeln Platz. »Du kannst ihnen anbieten, ihr Popscherl zu streicheln. Vielleicht besänftigt sie das ja.« Großmutter schluckt. Sie scheint nicht überzeugt. Ich ebenso wenig. Nun ist es höchste Zeit für das Wunder, das an solchen Stellen gewöhnlich und auch hier tatsächlich eintritt. Die Armada alter Damen, die uns eben noch drangsaliert hat, stellt sich schützend vor uns hin. »Lauft!«, rufen sie uns wacker zu. Sie sind entschlossen, es mit den Offizieren aufzunehmen. Sie haben nichts gegen Schwule. Sie haben nur etwas gegen Männer, die etwas gegen Frauen haben. Die alten Damen wollen verschmäht werden, weil ihre Tutteln nicht mehr halten. Nicht etwa, weil sie Tutteln haben. Sie haben sich damit abgefunden, dass ihre Gatten sie betrügen. Solange es Jüngere sind und nicht Jungen. Gleich prallen die Fronten aufeinander. Das ist nicht das leidige Ringen um Matriarchat oder Patriarchat. Das ist der wahre Kampf der Geschlechter. Hunderte Omas gegen zwei Dutzend Homos. Zahllose zweckfreie Brustwarzenpaare. Unfruchtbar und zeugungsunwillig kämpfen sie nicht um die Zukunft, sondern nur für den Moment. Echte Frauen gegen echte Männer. Unbefleckt von Lust aufeinander. Alle rüsten sich für den Aufprall. Die Homos legen Mundschutz an. Die Omas nehmen die Dritten heraus. Die Homos ziehen sich Schlagringe über. Die Omas ihre Eheringe.

Großmutter und ich erreichen ungesehen eine Seitentür, die zum Stiegenhaus führt. Auf einmal gehen die Lichter aus. Es wird leise. Das Kreuzfahrtschiff ist zum Stehen gekommen. Über dem Festsaal tapst irgendetwas. Erst nur vereinzelt, dann werden es mehr. Immer mehr bedächtige Schritte, die sich von allen Seiten nähern. Eine Horde trampelt da oben auf Zehenspitzen durch die Gänge, das Stiegenhaus, die Abflussrohre. Bald schon hört man helles Kichern. Beinahe wie das von Kindern. Jedoch sind kaum Kinder an Bord. »Um Himmels Christi willen! Was ist das?« Mit einem Ruck fliegen alle Türen auf. Gläser und Teller zerschellen am Boden. Tische werden umgeworfen. Stühle durch die Luft geschleudert. Panik bricht aus. Alles schreit und rennt durch den Saal. Die Weiberl und die Offiziere versöhnen sich aus nackter Angst und halten einander zitternd im Arm. Ja, sogar der Kapitän hat sich mit dem schwerverletzten Deserteur in einer Ecke verschanzt. Allerorts fangen Tischdecken Feuer. Die Sprinkleranlagen springen an. Im Halbdunkel sieht man Heerscharen kleiner Kreaturen. Sie huschen zwischen Beinen hindurch, klettern an den Wänden entlang, springen von den prunkvollen Lustern. Passagiere gehen reihenweise zu Boden. Zerissene Perlenketten kullern arglos übers Parkett. Es ist so weit. Die Philippinos meutern. Das darf doch nicht wahr sein! Jetzt wird der ewige Kampf der Geschlechter glatt vom Klassenkampf unterbrochen. Sachen gibt's, die gibt es gar nicht.

Der Luxusdampfer schwankt hin und her. Aus seinem Bauch dringt Kampfgeschrei. Die Lichter in den Gängen flackern. Gemälde stürzen von den Wänden. Großmutter und ich sind dem Festsaal entkommen und hasten zu unserer Kabine zurück. Großmutter will an die Klinke draußen das »Bitte nicht stören«-Schild hängen. Ich drehe es um. »Bitte saubermachen.« »Das ist unaufälliger«, flüstere ich. »Dann kommt garantiert niemand rein.« Großmutter zwinkert. »Ist doch nicht so sinnlos, wie ich dachte, dass wir dich studieren geschickt haben.« Ich bin gerührt. Das hat sie richtig lieb gesagt. Dann verriegeln wir die Tür. Ich lasse mich sofort auf das Bett fallen. Großmutter stolpert im Zimmer herum und mehrmals über meinen Koffer. »Was machst du denn?!« Sie antwortet nicht. Es ist stockfinster. Da erstrahlt ein kleines Lichtlein. Die Zahlen am Safe leuchten auf. Pieps, pieps, pieps, pieps, klack. Großmutter holt den Apfel hervor und setzt sich neben mich aufs Bett. Ich sehe nichts. Ich höre nur, wie sie in das verfaulte Obst beißt. »Und?«, schmatzt sie genüsslich. »Wo fahren wir nächsten Sommer hin?« In mein Gesicht spritzt Apfelmus.

KAPITEL 5

Großmutter fliegt nicht mehr um die Welt, sondern einzig mir um die Ohren. Zweimal wöchentlich rufe ich an. Sie hat so ein Seniorenhandy. Damit kann sie sich nicht verwählen, weil die Tasten äußerst groß und die Zahlen eins bis neun Kurzwahlen zum Enkelkind sind. Außer den gängigen Notrufen gibt es wohl keine Tastenkombination, die sie nicht mit mir verbindet. Seniorenhandys läuten länger. Sogar bis zu dreißigmal, weil die Besitzer oft schlecht hören und auch nicht gerade flitzen. Zehnmal, bis sie das Läuten vernehmen. Zehnmal, bis sie die Richtung orten. Zehnmal, bis sie zum Handy gelangen. Danach ist Schluss. Dann geht das Handy davon aus, dass der Besitzer nicht mehr lebt. Deswegen muss es aufhören zu läuten, sonst beschweren sich die Nachbarn. Großmutter bräuchte noch fünf mehr. Meist hält sie das läutende Gerät schon in Händen, entsinnt sich aber nicht, wie man abhebt. Während sie wild auf den Tasten herumdrückt, stürze ich in die Mobilbox. Das ist fürwahr kein schönes Wort, doch eine bessere Beschreibung, als es der Anrufbeantworter war. Schließlich hat von diesem niemand jemals eine Antwort erhalten. Die Box behauptet das erst gar nicht. Sie gaukelt nicht vor, eine Antwort zu haben. Sie ist lediglich ein Ort, wo die Fragenden antichambrieren und um Audienz ersuchen. Ein privates Fegefeuer voll vergeblichen Fluchens und Flehens. Großmutter hört sie nicht ab. Sie erhört keine Wünsche, Nachfragen und Rückrufbitten. Sie wüsste gar nicht, wie man das anstellt. Ihr Handy ist acht Jahre alt. Viele Menschen, deren Stimmen in dieses Gerät gebannt sind, sind in der Zwischenzeit verstorben. Könnte man alle gleichzeitig abhören, horchte man vom Apparat aus direkt in die Unterwelt. Es gibt Menschen, die behaupten, sie könnten mit den Toten sprechen. Ich halte das für hehren Unsinn. Und trotzdem ängstigt es mich manchmal. Gibt es wahrlich einen Weg, aus dem Jenseits Kontakt aufzunehmen, dann wird Großmutter ihn finden. Ich lege auf und versuche es erneut. So haben wir es abgemacht. Ich rufe immer zweimal an. Sie bräuchte nur Vertrauen haben. Aber das liegt Großmutter nicht. Vertrauen ist gut, doch Kontrollverlust besser. Sie ruft mich umgehend zurück, und ich lande unverzüglich wieder in der Unterwelt. Großmutter landet ebenfalls dort, weil auch meine Leitung belegt ist. So geht das jetzt ein Dutzend Mal. Wir kollidieren miteinander und versäumen uns dabei.

Anstelle der Begrüßung seufzt sie ausgedehnt in den Hörer. Das ist ihr Eröffnungsschlag. Manchmal reicht dieser bereits, um mich aus dem Sattel zu schleudern. Sollte ich an dieser Stelle noch nicht zu schreien begonnen haben, legt Großmutter schleunigst nach. »Dass du mich auch mal wieder anrufst!« Wir haben uns zwar erst am Tag zuvor gesprochen, doch das soll Großmutter nicht hindern, Vernachlässigung einzuklagen. Ich atme tief ein und aus und presse mir mein Mobiltelefon in die Schläfe, bis ich nur mehr Schmerz wahrnehme. Schlagartig wird sie wieder fröhlich. »Erzähl mir was!«, jauchzt sie fidel. Großmutter will sich nicht unterhalten. Sie will unterhalten werden. »Ich habe einen Artikel geschrieben, der …« »Und sonst?« »Gestern Abend war ich in Bonn.« »Wo ist denn das?« »Das liegt gleich neben Köln. Da war so ein …« »Und sonst?« »Sonst war nichts.« »Erzähl mir was!« Großmutters Gier nach Geschichten ist groß. Gleichzeitig aber gibt es keinen Themenbereich, der sie interessiert. »Was hast du denn gerade an?« Oft habe ich nicht die Kraft, ihr den sonderbaren Charakter dieser Frage zu erläutern. »Eine Hose und einen

Pullover.« »Kein Kleid?« »Nein, kein Kleid.« »Welche Farbe hat die Hose?« »Schwarz.« »Und das Leiberl?« »Weiß.« Das stimmt nicht. Meine Hose ist ebenfalls weiß. Ich muss auf diese Frage lügen. Denn jetzt wird sie sich mich vorstellen. Wie ich in der Küche sitze mit schwarzer Hose, weißem Leiberl und mit ihr telefoniere. Sie wird sich ein Bild von mir machen, um selbst in dieses Bild zu treten, sich neben mich hinzusetzen und mich wortlos anzustarren. Allerdings werde es nicht ich sein, sondern nur eine Attrappe. Sie wird über das falsche Enkelkind herfallen. Sie wird es so lange herzen, bis diese Fantasie verschleißt und sich in einer Bildstörung auflöst. Kurz habe ich sie ausgetrickst. Das ist alles, was ich tun kann. Besiegen kann ich Großmutter nicht. Niemand vermag das. Es ist auch gar nicht vorgesehen, sie jemals endgültig niederzuringen. Gespräche mit ihr sind wie ein Ritt auf einem elektrischen Bullen. Das Ziel besteht darin, so lange wie möglich am Hörer zu bleiben. So lange wie möglich die Fassung zu wahren. Nicht zu brüllen, nicht zu plärren, nicht das Handy aus der Hand und gegen die Wand zu schmeißen. Dass es so enden wird, steht fest. Nur wann es passiert, entscheidet darüber, ob ich den jeweiligen Anruf als Erfolg verbuchen kann. Beim mechanischen Rodeo fängt das Ruckeln harmlos an und steigert sich dann nach und nach. Großmutter aber ist keine Maschine. Sie muss nicht langwierig geladen oder hochgefahren werden. Sie hat nicht mehrere Schwierigkeitsgrade. Großmutter hat nur einen Level. Sie ist der Endboss, und zwar von Beginn an. »Jetzt lass mich doch ein bisschen mitleben!« Mitleben. Davon kriegt sie den Hals nicht voll. Ich könnte Großmutter huckepack nehmen und ein Jahr durch die Gegend tragen, ihr erster Satz im Anschluss wäre: »Und jetzt lass mich ein bisschen mitleben!«

Es ist acht Uhr in der Früh an einem milden Tag im Oktober. Das Läuten meines Telefons reißt mich unschön aus dem Schlaf. Großmutter drängt mich außer sich, ihr nun endlich zu verraten, was ich mir denn zu Weihnachten wünsche. Sie würde es gern jetzt schon kaufen, falls sie im November stirbt. »Dir auch einen guten Morgen«, stöhne ich und lege auf. Seit Jahren schon kauft Großmutter kein Geschenk mehr auf eigene Faust, und dafür bin ich sehr dankbar. Vor diesem Entschluss erhielt ich oftmals haarsträubende Gaben. Vom Topflappen bis zum Traumfänger. Ich war nicht enttäuscht von dem, was sie schenkte. Ich war verletzt. Und überdies war ich verwirrt. Großmutter verabsäumt nicht, mir regelmäßig anzudrohen, dass sie Tag und Nacht an mich denke. Und das ist weitaus unangenehmer als ein Griff zwischen die Beine. Am Weihnachtsabend stellt sich aber für mich zwangsläufig die Frage, wer dieses Ich ist, an welches sie denkt. Ich selbst besitze nicht die Zeit, um Tag und Nacht an mich zu denken, so wie es Großmutter zu tun pflegt. Streng genommen müsste sie mich besser kennen als ich selbst. Bin ich es also, die irrt? Kann ich mir nur nicht eingestehen, dass ich im tiefsten Inneren nach Topflappen und Traumfängern lechze? Oder kreisen ihre Gedanken nur um ein entmenschlichtes, saftiges Stück Enkelfleisch ohne jede Eigenschaft? Denn Fakt ist: Großmutters Geschenke wurden immer unpersönlicher, je mehr Persönlichkeit ich hatte. Vielleicht aber ist das ein Trugschluss. Vielleicht war alles unpersönlich. Vielleicht fiel es mir nur nicht auf, weil man als Kind so charakterlos ist, dass schnell etwas persönlich wirkt. Schenkte mir Großmutter rutschfeste Socken, freute mich das ungemein. Weil ich nicht sonderlich geschickt und sehr oft hingefallen bin. Und weil Großmutter mich scheinbar vor schlimmen Stürzen schützen wollte. So dachte ich, dass sie denkt. Dass sie sich überhaupt nichts dachte, erkannte ich erst Jahre später, als ich schon in Paris studierte und Großmutter mir freudestrahlend das zehnte Paar entgegenstreckte. »Damit kannst in der Wohnung herumlaufen!« Nein, konnte ich nicht. Meine Pariser Garconniere hatte acht Quadratmeter. Herumlaufen war ausgeschlossen. Von Um- und Hinfallen ganz zu schweigen. Außerdem war ich erwachsen. Zugegeben, auch jetzt bin ich nicht viel geschickter als früher. Allerdings bewege ich mich heute nur mehr äußerst wenig, und wenn, dann geriatrisch langsam. Ich hechte nicht mehr zur Toilette, um mein Computerspiel schnellstmöglich fortsetzen zu können. Heute unterbreche ich das Computerspiel erst gar nicht, sondern uriniere lieber in das Styroporgeschirr, welches mir ein Asiate in landestypischer Verbeugung an der Haustür überreicht hat. Und Großmutter weiß das. Zumindest müsste sie es wissen, wenn sie mich in der Tat so liebte, wie sie mir stetig an den Kopf wirft.

Irgendwann ist es aus mit den Socken. Von da an bekomme ich, was jeder andere auch bekommt. Großmutters berühmten Geschenkkorb. Dieser umfasst eine Schachtel Bonbonniere, eine Stange Zigaretten und, je nach Geschlecht, entweder eine Flasche Baileys oder eine Flasche Cognac. Personalisiert wird das Ganze durch Geldscheine, die Großmutter erst kunstvoll faltet und danach auf die Flaschen klebt. Daran kann man ablesen, wie sich ihre Sympathie in diesem Jahr verteilt. Untereinander wird eifrig verglichen. Das sorgt für ausgelassene Stimmung. Zumal es nie derselbe Betrag ist wie im Vorjahr. Großmutters Gunst unterliegt extremen Kursschwankungen, die auf nichts denn Willkür beruhen. Wer im Jahr zuvor noch Günstling und nun mit einem Zehner dasteht, wird niemals erfahren, warum dem so ist. Den größten Quell an Heiterkeit bietet jedoch das Rätselraten, wie viel ich bekommen habe. Auf meiner Flasche klebt kein Schein. Meinen erhalte ich im Verborgenen. »Ansonsten werden die anderen neidisch«, kichert sie und deutet mir, gefälligst Stillschweigen zu wahren. Großmutter weiß, wie man Weihnachten feiert.

Meist bekam ich hundert Euro. In der Fantasie der anderen waren es dagegen tausend. Dazu ein Stapel Wertpapiere sowie Großmutters Testament, aus welchem ich jährlich einen mir unlieben Verwandten streichen durfte. Später am Abend löst sich die Spannung. Zwar bleiben die Geschenkkörbe weiterhin Thema, aber in einem versöhnlichen Sinne. Nachdem Großmutter im Bett ist, beginnt ein reger Schwarzmarkthandel. Pralinen gegen Zigaretten. Zigaretten gegen Baileys. Baileys gegen Cognac. Man tauscht so lange, bis ein jeder sein Hauptlaster befriedigt sieht. Ich habe drei Stangen Zigaretten. Vater drei Flaschen Cognac. Mutter drei Schachteln Bonbonniere. Und weil das so ein großer Spaß war, gibt es jetzt keine Körbe mehr. Um das Tauschen einzudämmen, bekommt jetzt jeder nur mehr Geld, dazu die Autobahnvignette, oder wird nicht mehr eingeladen. Ich kriege das, was ich mir wünsche. Vorausgesetzt, ich reiche meinen Wunschzettel rechtzeitig ein. Anfang November ist Abgabefrist. Was bis dahin nicht mitgeteilt wurde, muss ich eben selbst besorgen. »Kannst du es dann auch gleich einpacken?« Und selbst einpacken natürlich. An Heiligabend übergebe ich Großmutter ihr Geschenk an mich, lasse es einen Augenblick los und nehme es wieder an mich. Ich bedanke mich recht herzlich und beginne es zu öffnen. Großmutter ist aufgeregt, ob es mir gefallen wird. »Jetzt reiß es einfach auf!« Ich aber lasse mich nicht hetzen. Ich habe es mir so schön eingepackt, dass ich es nicht zerstören möchte. Doch Großmutter ist ungeduldig. Sie will endlich wissen, was sie mir schenkt. Das sage ich ihr vorher nicht. Behutsam öffne ich das Papier. Sieh an! Es ist ein blaues Kleid von Versace. Das, was ich seit Jahren wollte und deswegen vor Jahren kaufte. Jetzt aber kann ich es mir schenken. »Wie viel hat es denn gekostet?« Großmutter zückt ihr Portemonnaie. »Fünfzig Euro«, sage ich. Sie drückt mir einen Fünfziger in die Hand. Ich bedanke mich erneut. »Später kriegst du dann noch mehr«, gluckst sie laut und fleucht in die

Küche. Die Verwandtschaft starrt mich an. Sie sind sehr glücklich mit ihren Vignetten. Ihre Augen leuchten richtig. Wahrscheinlich denken sie schon fleißig nach, wo sie die Vignette dieses Jahr nur wieder hinkleben werden.

Großmutter reicht der Kassiererin den Mantel. »Das macht 280 Euro.« »Ich gebe Ihnen zweihundert.« Die Kassiererin glaubt sich verhört zu haben. Großmutter will immer handeln. Weil sie sich alles leisten kann. Nur reiche Menschen handeln gerne. Arme haben zu viel Angst, man könnte sie als arm entlarven. Deswegen zahlen sie jeden Preis. Sie fragen auch gern zweimal nach, wenn sie an der Kasse stehen. Was haben Sie gesagt, wie viel? Damit auch wirklich jeder weiß, dass sie nicht auf den Preis geschaut haben. Die Armen schauen nicht aufs Geld. Da gibt es auch nicht viel zu sehen. »Ich hab nur eine kleine Pension. Aber meine Enkelin … die wünscht sich so sehr einen Mantel. Vor allem jetzt, wo es so kalt ist. Sehen Sie, wie die Kleine friert.« Die Kassiererin schaut mich an. Ich senke meinen Kopf in Scham und reibe wärmend meine Arme. Es ist ein abgekartetes Spiel. Wenngleich nicht das meine. Ich schäme mich wirklich. Und mir ist auch wirklich kalt. Ich musste meine Jacke ja für diesen Coup zu Hause lassen. Sie erst vor dem Geschäft auszuziehen ließe Großmutter nicht gelten. Sie ist kein unehrlicher Mensch. Sie lügt nicht, bis sich die Balken biegen. Großmutter verbiegt die Balken, bis, was sie sagt, die Wahrheit ist.

»Hier fehlt ein Knopf!«, moniert sie laut. »Und da, noch einer! Fräulein, Sie sollten mich bezahlen, dass ich diesen Fetzen nehme!« Die Finger der Kassiererin turteln mit dem kleinen Knopf, der bei Überfällen Alarm schlägt. »Bei uns im Ort, da gibt es einen, der hat im Krieg seine Hände verloren. Der würde das besser schneidern!« Wir verlassen das Geschäft. Dankend drücke ich Großmutter an mich. Sie lugt in das Papiersackerl mit dem penibel gefalteten Mantel. Dann schaut sie auf und blickt mich voller Sorge an. »Gefällt er dir eh noch?« Ich würde Großmutter zu gerne am Ohrwaschel packen und drei Minuten zurück in die Zeit schleifen. Zurück zu dem Moment, wo ich schwärmte, dass ich nie Schöneres besaß, dass es Schöneres nicht gibt, und dass ich, sollte man einst auf mich schießen, nicht um mein zerlöchertes Leben, doch um den Mantel trauern werde. Stattdessen versichere ich ihr nochmals, wie wunderschön der Mantel sei und dass ich ihn am liebsten gleich anziehen würde. Großmutter verfinstert sich. Die Falten der Sorge werden solche des Zorns. »Nein! Kommt gar nicht infrage! Den gibt es erst zu Weihnachten!« Um uns sind zu viele Passanten, um der Großmutter eine zu schmieren. Plötzlich glättet sich ihr Antlitz. Sie lächelt. Hämisch wie ein Regenbogen. »Bis dahin häng ich ihn in den Schrank. Bei mir im Schlafzimmer ganz rechts. Nur, damit du weißt, wo er ist, falls ich noch vor Weihnachten sterbe.« Immer noch zu viele Passanten. Großmutter zieht aus der Hosentasche zwei Knöpfe.

»Kindchen, du brauchst mir doch nichts schenken.« Das würde Großmutter nie sagen. Sie will gefälligst ein Geschenk. Sie weiß eben, was sich gehört. Und sie kann sich aufrichtig freuen. Sofern es kein Klumpert ist. Für Klumpert hat sie kein Verständnis. Das gibt sie gnadenlos zurück. Aber nicht in dem Geschäft, wo es für sie erworben wurde, wie es die meisten Menschen tun. Großmutter gibt es dem Schenker zurück. Soll es der doch umtauschen gehen, der Lump. Und nachdenken soll er, was er getan hat. Ja, wer billig kauft, kauft doppelt. Doch billig beschenkt man Großmutter nur einmal. Dann brät sie es einem über, und man wird vor die Wahl gestellt: Man darf sein Glück erneut versuchen oder ihr nie wieder was schenken. Großmutter weiß wirklich, was sich gehört. Was man ihr kauft, um sie zu befrieden, muss nicht prinzipiell viel kosten. Es muss einfach den Schenker viel kosten. Gemessen an dessen Finanzlage soll das

Geschenk sehr teuer sein. Wenn einer keinen Euro hat, freut Großmutter sich auch über zwei. Doch teuer allein reicht lang noch nicht aus. Sie will weder Klumpert, noch will sie Schmafu. Schmafu kann durchaus teuer sein, bringt einen im Leben aber nicht weiter. Unter Schmafu versteht Großmutter jedwede entartete Kunst. Wie dieses karikatureske Porträt ihrer selbst, das ihr Sohn anfertigen ließ. Großmutter muss gerochen haben, dass mit dem schiefen Mutterbild irgendeine Aufarbeitung versucht wird. Aber das schminke man sich ab. Niemand rührt hier einen Finger und stierdelt damit in die Wunden. Hier wird nicht herumgedoktert. Niemand legt sich auf die Couch. Alle bleiben brav am Tisch. Großmutter hat ihrem Sohn die Groteske in sein altes Kinderzimmer gehängt, wo er heute noch schläft, wenn er auf Besuch kommt. Und zwar hat sie es so platziert, dass man vom Bett aus draufschauen muss. Na, gute Nacht. Auch ich habe einst den Fehler begangen, Großmutter Schmafu zu schenken. Ebenfalls ein Gemälde. Eines, das ich selbst gemalt hatte. Es zeigt einen dürren, fleischlosen Leib, der das Wurzelwerk eines Baums ist und nach dem von weiter unten eine riesige, blutige Hand greift. Ich weiß nicht, was das bedeutet. Doch auch ich muss seither beim Einschlafen draufschauen. Auch mir hat sie mein Gemälde in mein eigenes Zimmer gehängt.

Ist ein Geschenk sowohl wert- als auch nutzlos, also Schmafu und Klumpert zugleich, nennt es Großmutter Kramuri. Kramuri gibt sie auch zurück, allerdings auf andere Weise. Solcherlei schenkt sie nämlich zurück. Bei der erstbesten Gelegenheit händigt sie es wieder aus und mimt schwere Betroffenheit, wenn der Beschenkte nicht frohlockt. Grundsätzlich fiel es mir nie schwer, das richtige Geschenk zu finden. Denn Großmutter händigt Wunschzettel aus. Zumindest an mich. Doch nicht vulgär in Form einer Liste. Was ich in dem einen Jahr von ihr als Geschenk erhalte, das wünscht sich Großmutter fürs nächste. Ein Pullover von Lacoste, eine Hautcreme von Chanel und ein Armband von Swarovski. Allesamt Dinge, mit denen ich selbst rein gar nichts anzufangen weiß. Aber das spielt keine Rolle. Es ist ja, wie Großmutter sagt, nur so eine Kleinigkeit, die ich zusätzlich erhalte. Und die ich nun implizit aufgefordert bin, für sie ein zweites Mal zu kaufen. In exakt der gleichen Farbe, Größe, Schachtel und Fasson. Großmutters Wunschzettel ist der subtilste und deppensicherste zugleich. Überreicht man das Präsent schließlich im darauffolgenden Jahr, kokettiert sie gerne mit: »Kindchen, das wäre nicht nötig gewesen.« Aber es ist nötig gewesen.

Großmutter spendet überhaupt nicht. Vor allem nicht an Weihnachten. Das ist nicht die Zeit zum Spenden, sondern zum Schenken. Denn Weihnachten ist das Fest der Liebe. Es ist nicht das Fest der Hoffnung. Aber Großmutter tut es auch sonst nicht. Weniger, weil sie verficht, dass die Übel des Privateigentums nicht durch jenes gelöst werden können, sondern einfach, weil sie nicht will. Weil sie nichts zu verschenken hat. Großmutter spendiert auch nicht. Spendieren hat zwar nichts mit Spenden, aber viel mit Leihen zu tun. Und leihen tut Großmutter erst recht nicht. Spendieren ist eine Form des Leihens, das nicht erstattet werden will. Es will die finanzielle Schuld in ein Schuldgefühl verwandeln. Wie in einem Wechselstübchen. Denn Schuldgefühle werfen weitaus mehr Zinsen ab als Geldschulden. Mit Letzteren hantieren nur äußerst grobschlächtige Geister. Großmutter hat das nicht nötig. Niemand schuldet Großmutter Geld, aber jeder schuldet ihr etwas.

Großmutter hat ihr Leben lang eisern gespart. Was sie beim Schmuggeln, Hausieren und Putzen verdient hat, gab sie niemals aus. Sie lebt von ihrer kleinen Pension. Der Rest soll einmal mir gehören. Großmutter hinterlässt mir sehr viel Geld sowie einen Berg von Schuld.

»Du wirst noch an mich zurückdenken.« Nicht erinnern, zurückdenken werde ich. Aber erst, wenn sie dann tot ist. Denn derzeit tue ich das nicht. Großmutter denkt stets an mich, aber ich denke nicht zurück. Ich rufe, schreibe und komme zurück, aber das alles ist nichts wert, wenn ich nicht auch an Großmutter denke. Sie zöge es sogar vor, ich wäre immer bei ihr in Gedanken, als immer bei ihr auf Besuch. Es wäre wohl ihr höchstes Glück, wenn ich gar nicht imstande wäre, das Haus zu verlassen, den Zug zu besteigen und zu ihrem Haus zu fahren, weil ich so lähmend an sie denke. Sie tatsächlich zu besuchen ist fast eine Beleidigung.

Seit ich mich erinnern kann, droht Großmutter mit ihrem Tod. Ich wusste noch gar nicht, was tot sein bedeutet, da hat sie bereits gedroht, dass sie es sehr bald sein werde. Irgendwann wusste ich es dann. Großmutter wird also sterben. Erst viel später wusste ich, dass alle Menschen sterben werden. Das hat mich ganz schön überrascht. So oft wie Großmutter vom Tod spricht, dachte ich, das beträfe nur sie. Sie allein ereilt dieses Schicksal. Manch Unglückselige sind arm, kinderlos oder unansehnlich, aber Großmutter muss sterben. Die Ärmste. Doch sie scheint das nicht zu kümmern. Seneca schauderte vor ihr, könnte er sehen, wie herzlich egal ihr der eigene Tod ist. Weder ersehnt noch fürchtet sie ihn. Für beides bin ich zuständig.

Wo immer man mich mit Lorbeeren bekränzt, Großmutter steht hinter mir und flüstert mahnend in mein Ohr: »Bedenke, dass ich sterblich bin.« Ich soll es ja nur nie vergessen. Einige Menschen drohen mit Selbstmord. Einige andere drohen mit Mord. In beiden Fällen weiß man meist, was zu tun ist, um das zu verhindern. Ich aber habe keine Ahnung. »Bedenke, dass ich sterblich bin.« Großmutter der Hirtenjunge, der immerfort zum Scherze »Wolf!« brüllt, obwohl ein Wolf zugegen ist. Sie sagt so lange die Wahrheit, bis ihr schließlich niemand mehr glaubt.

»Rufst du mich an?«, fragt Großmutter schüchtern, als ich den neuen Mantel anziehe. Jetzt ist Weihnachten vorüber, und sie will nicht, dass ich gehe. Sie weiß, dass wir uns höchstwahrscheinlich erst wieder in einem Jahr sehen. Ich nicke. Großmutter drückt mich so fest, dass mir Milz und Leber verrutschen. »Und vergiss nicht …« Sie löst die Umschlingung. Meine Organe wandern langsam in ihre alte Position. »Wenn du nichts aus dir machst, war mein Leben umsonst.« Sie wirkt sehr traurig. Seltsam. Sonst freut sie sich immer, wenn etwas umsonst ist.

Man sollte nie im Streit auseinandergehen. Aber ist es nicht viel schlimmer, wenn man sich zum Abschied küsst, anstatt einander zu bespucken? Im Fall der Großmutter bestimmt. Gingen wir einst im Streit auseinander, würde es mich ewig reuen. Gingen wir hingegen in Frieden, wäre die Reue nicht geringer. Habe ich sie fest genug geherzt? Habe ich lang genug gewunken? Habe ich Großmutter den Abschied so schwer und schmerzhaft wie möglich gemacht? Sodass der Tod nun fast eine Erlösung ist? Großmutter ließe niemals zu, dass man sich im Streite trennt. Im Gegenteil. Wenn man geht, soll es am schönsten sein. So schön, dass man sich ewig fragen wird, wie man denn nur gehen konnte.

EPILOG

»Barátaim! Meine Freunde!« Wir sind in Zalakaros. In einer kleinen, ranzigen Schenke, wo man traditionsgemäß nach der langen Autofahrt erst einmal gemütlich einkehrt und sich so lange antschechert, bis jeder fließend Ungarisch spricht. Der Wirt hat Großvater sofort erkannt und fällt ihm grölend um den Hals. »Franz!« »Rudi!«, bessert ihn Großvater aus, jedoch ohne jede Strenge. Er ist von dem Wiedersehen offensichtlich nicht minder berührt. »Rudi!«, schreit der Wirt fidel und schlägt ihm versöhnlich auf die Schulter. Danach dreht er sich zum Hansi. »Franz!«, brüllt er auch ihm entgegen und drückt ihn fest an seine Brust. Großvater und Hansi blicken zeitgleich auf ihre Armbanduhren. Es ist gerade kurz nach Mittag. Beide sind zutiefst beeindruckt, welchen Fetzen der Wirt bereits hat. Da müssen sie jetzt schleunigst aufholen. Der erste Abend in Zalakaros ist traditionsgemäß immer sehr emotional. »Weißt du noch, wie wir mit der Inge diese Froscherln aufblasen haben?« »Und du bist auf einen draufgstiegn!« »Der is noch wochenlang auf die Schuh pickt!« Alle kudern und sind lustig. Der Wirt bringt eine Runde Schnaps. Man trinkt auf den Erzherzog. Auf Hansis Hals setzt sich eine Gelse. »Wart, die erwisch ich!« Großvater schlägt ihm ins Gesicht, dass es dem Hansi die Brille zertrümmert. Großmutter prustet lauthals los. »Du bist so eine blede Funsn!«, bellt der Großvater sie an. Großmutter kommt aus dem Lachen überhaupt nicht mehr heraus. Wahrscheinlich bleibt sie darin stecken. Na servas, das wird eine Woche. Der Hansi sucht derweil am Boden die Scherben seiner Brillengläser. Der Wirt bringt eine neue Runde. Unter seinen Sohlen splittert Glas. Großmutter hyperventiliert. »Das war der Frosch!«, wiehert sie auf. Großvater ist vom Stuhl gefallen. Wo er schon einmal unten ist, hilft er dem Hansi beim Suchen der Gläser. »Hier! Ich hab sie!« Er hält triumphierend einen Bierdeckel in die Höhe. Der Wirt bringt wieder eine Runde. Er stelllt das Tablett mit den fünf Stamperln auf den Tisch, trinkt eines nach dem anderen aus, nimmt das Tablett und geht wieder ab. »Hansi! Hansi!« Großmutter tritt nach ihrem Bruder. »Du hast dich anzudelt!« Sie versucht kurz ernst zu bleiben. Aber das Lachen bahnt sich geräuschvoll aus allen Körperöffnungen. »Und außerdem schaust du aus wie Sau!« »Der Witz geht andersrum, du Dirn!«, schreit Großvater herrisch eine Fremde am Nebentisch an. Dann kriecht er auf den Hansi zu und flüstert ihm leise ins Ohr: »Du bist es wert, dass ich die Helga kennenglernt hab.« Die beiden kuscheln sich zusammen und nennen einander Franz. Dann zerstreiten sie sich darüber, ob Bertha von Suttner den Nobelpreis gekriegt hat.

Ich vermisse diese Zeiten, als man noch um Fakten stritt. Als es noch um Wahr und Falsch, nicht nur um Gut und Böse ging. Als der Klügere noch nicht nachgeben musste. Weil es noch gar keinen Klügeren gab. Es gab den Klugen und den Dummen. Dem Dummen wurde Einhalt geboten, indem man Lexika zur Hand nahm und sie ihm um die Ohren schlug. Der Dumme wurde widerlegt und nicht etwa überzeugt. Weil im Recht zu sein noch mehr als reine Ansichtssache war. Damals bestand die Streitkraft des Zänkers maßgeblich aus seinem Wissen, manchmal sogar aus seinem Verstand, niemals aber aus seinem Gefühl. Der, welcher die Welt nur fühlt, doch weder etwas denkt noch weiß, ist zum Streiten gar nicht fähig. Er zieht schon siegreich in die Schlacht. Deshalb trägt er keine Waffen. Er kommt nur, um dem Feind zu künden, dass er bereits gewonnen hat. Großvater und Hansi streiten jeden Tag zu jeder Stunde. Niemals aber über Fragen, auf die es keine Antwort gibt. »Hitler hat die Sommerzeit erfunden!« »Nein, hat er nicht!« »Hat er wohl!« »Hat er nicht!« Mir scheint das sehr zivilisiert. Denn das sind keine Glaubenskriege. Meinungen sind hier tabu. Hier wird nichts ins Feld geführt, was nicht entweder nachweislich falsch oder hieb- und stichfest wäre. Doch Wissen ist nicht mehr im Stich. Sich großes Wissen anzueignen gilt als nostalgische Marotte. Wie Blätterteig selbst herzustellen. Wer sich heutzutage bildet, tut es aus Spaß am Anachronismus. Und wenn er ein bisschen Glück hat, darf er sein apartes Hobby sogar im Fernsehen präsentieren. Da sitzt er dann auf einem Stuhl und beantwortet allerlei Fragen. In der Gameshow nebenan misst man sich im Dreibeinspringen. Und das Publikum sieht darin keinen Unterschied. Eine Freak-Show, hier wie da.

»Die Erdbeere ist eine Nuss!« »Die Erdbeere ist eine Beere!« »Nein, eine Nuss!« »Beere!« »Nuss!« Großvater und Hansi greifen immer erst dann zum Lexikon, wenn sie sich vollständig heiser geschrien oder schwerst verwundet haben. Aber wer zeugt heute noch von einer solchen Selbstbeherrschung? Wer schämt sich heute noch dafür, in das Lösungsheft zu schielen? Wer kostet es genüsslich aus, wenn ihm etwas auf der Zunge liegt? Wenn der Geist einen Ort oder Namen unerbittlich in Geiselhaft nimmt. Wer bringt dann den Ehrgeiz auf, im Gedächtnis verschüttete Schätze aus eigenen Kräften zu bergen? Es gibt schließlich das Internet. Und das dürfen wir alles fragen. Jederzeit und überall. Es geizt nicht so mit seiner Weisheit wie etwa dieses Orakel von Delphi. Das gab nur einmal im Jahr Auskunft. Da überlegte man noch gut, welche Frage man ihm stellte. Da fanden sich im Suchverlauf keine Trivialitäten. Niemand hätte gewagt zu fragen, wie das Wetter morgen wird oder wie viele Kalorien in Brot sind. Solch einen hätte man gevierteilt und falsch herum zusammengenäht. In den Augen des Internets aber gibt es keine dummen Fragen. Zumindest macht es Fragenden ihre Dummheit nicht zum Vorwurf. Ehe es die Antwort preisgibt, blendet es kein Banner ein, auf welchem steht: »*Das* weißt du nicht?« Aber wer stellt denn noch Fragen? Wer schlägt denn noch etwas nach? Schließlich genügt es doch zu wissen, dass das Internet es weiß.

»Hab ich dir schon einmal erzählt, wie ich dem Russen das Rad gfladert hab?«, lallt mir der Hansi melancholisch ins Ohr. »Seit wir losgegangen sind, zweimal«, kläre ich meinen Großonkel auf. »Oh.« Hansi ist peinlich berührt und verstummt. »Aber das mit dem Russen und dem Rad … das hab ich dir noch nicht erzählt, oder?« Ich gebe nach. »Nein, das hast du mir noch nicht erzählt.« »Also es war so …« Hansi verfällt wieder in Schweigen. »Kannst nicht du die Geschichte erzählen? Ich kann mich nicht so erinnern.« »Du hast dem Russen ein Fahrrad gefladert.« Hansi entwindet sich meinem Arm und torkelt einen Schritt zurück. »Wer hat das gesagt?! Gar nix hab ich gefladert! Bist du leicht einer von den Russen? Du bist mir schon immer verdächtig vorkommen.« Ich nehme wieder seinen Arm und lege ihn mir um die Schulter. Er lässt sich streichzart manövrieren. Es folgen noch etwa zweihundert Meter, von denen der Hansi die meiste Zeit singt. *An der schönen blauen Donau.* Dazwischen fäkale Invektiven gegen die Bewohner Wiens. Zunehmend vermischen sich die Ebenen. »*Donau so blau, so schön und so blau.* Die Drecksäu, die Hurna, die unnedigen! *Durch Tal und Au, so schön, so blau.*« Bis sich schlussendlich alles zu einem vokalen Brei vermengt. »Gleich sind wir da.« Das reißt den Hansi kurz aus seinem Kehlkopfgesang. »Zehn Eier«, murmelt er benommen. »Ja, morgen zum Frühstück machen wir Eier.« »Nein.« Hansi schüttelt energisch den Kopf. »Zehn Eier!« »Ja, aber erst morgen in der Früh …« Wieder reißt sich Hansi los und schreit mir auf offener Straße entgegen: »Nein, du verstehst nicht. Sie nimmt zehn Eier!«

»Sag es mir endlich!«, faucht mich Großmutter an. »Erst das

Wildrezept, alte Frau!« Großmutter taktiert. Sie beißt sich trotzig auf die Lippe. »So war unsre Abmachung.« »Du kriegst es ja!« »Aber sag mir einfach zuerst, wie die Elfriede ihre verdammte Torte macht!« »Wenn ich dir Elfriedes Geheimnis verrate, sagst du mir nachher gar nichts mehr.« Großmutter streicht sich gefasst und geschlagen durch das Haar. Sie richtet den Kragen ihrer Bluse zurecht und schließt andächtig die Augen. »Gut.« Großmutter macht ein Theater, als werde sie exekutiert. »Es ist oben«, haucht sie gequält und erhebt sich aus ihrem Sessel. Ich folge ihr ins Dachgeschoss. Jeder ihrer Schritte zieht sich, als hoffe sie noch insgeheim, einen Herzinfarkt zu kriegen. Doch das ist ihr nicht vergönnt. Sie schleppt sich bis zu ihrem Nachttisch und schlägt den Opernführer auf. *Aida.* »Weil mich das damals so gefreut hat, als du es mit mir angeschaut hast.« Zwischen den Seiten steckt ein gefaltetes Stück Papier. Sie reicht es mir. Doch ehe ich es fassen kann, zieht sie es noch einmal zurück und hält es sich schwermütig an die Brust. »Weißt du, warum wir älteren Damen …« »Du bist doch nicht alt!«, grätsche ich empört dazwischen. »Doch, doch, ich bin es, und ich weiß es. Weißt du, warum wir älteren Damen so ungern ein Rezept hergeben?« Wissend schüttle ich den Kopf. »Wenn wir euch, der Jugend, sagen, wie die guten Torten gehen, was man alles für das Wild braucht … dann haben wir Angst, ihr kommt uns gar nicht mehr besuchen. Du kannst das Wild jetzt selber machen. Daheim mit deinem Freund zusammen. Aber ich hoffe, du kommst trotzdem noch manchmal zu mir.« Sie überreicht mir das Rezept. Ich nehme es behutsam an mich. Großmutter schnieft und senkt den Kopf. Ich soll nicht sehen, dass sie nicht weint. Ich umarme sie. Es ist das erste Mal, dass ich das tue. Bislang kam sie mir immer zuvor. Sie hat sich niemals rar gemacht. Ich war immer damit beschäftigt, mich ihren Fängen zu entwinden. Dieses eine Mal war ich schneller. Großmutter drückt mich zurück. Nicht wie ein mörderischer Schraubstock oder diese Hochdruckmaschinen, mit denen Knochenputz hergestellt wird. Nein, wie ein Mensch. Wie ein Mensch einen anderen drückt. »Elfriede tut zehn Eier in ihre Torte.« Großmutter hatte tatsächlich recht. Nachdem wir wussten, wie Elfriede die Schokoladentorte macht, besuchten wir sie niemals wieder. Doch was mich betrifft, lag sie falsch. Ich werde Großmutter immer besuchen. Ich besuche sie ja nicht wegen ihres vortrefflichen Wilds. Sondern wegen meines schlechten Gewissens. Und, ich möchte es nicht leugnen: Von Zeit zu Zeit seh ich die Alte gern.

NACHRUF

Da stehen wir jetzt am Freiensteiner Friedhof. Regnen tut's. Die Füß tun mir schon weh. Der Pfarrer sagt, sie war ein so ein herzensguter Mensch. »So ein Schmarrn!«, lacht Großmutter auf. »Oma, bitte!« Der Trauergast vor uns schüttelt den Kopf. »Is doch wahr!«, zischt sie zurück. »Ein Flitscherl war sie!« »Herzensgut. Hat er doch gsagt.« Der Pfarrer liest eine Bibelpassage. Großmutter versucht sich hörbar mit der Zunge das Reisfleisch von vorhin aus einer Zahnritze zu zuzeln. »Schau, wie er plärrt, der falsche Hund!« Sie deutet auf Gittis Gatten. Jetzt gehen die Beileidsbekundungen los. Großmutter würgt. Man weiß nicht recht, ob es gespielt oder doch das Reisfleisch ist. Ich finde das recht anständig. Hingehen, Hände schütteln, weggehen. Wenn einer überdies noch fragt, ob er Beistand leisten solle, geschieht das gefälligst leise. Es bräuchte auf der Welt mehr Beileid. Man sieht es selten dieser Tage. Stattdessen trieft alles vor Mitleid. Jeder Unglücksfall entgleitet zu einem interaktiven Spektakel. Zu einer großen Mitmachstimmung. Niemand schenkt mehr Interesse. Alle wollen nur Anteil nehmen. Sie wollen tief betroffen sein, von etwas, das sie nicht betrifft. Weil niemand untätig zusehen möchte, sondern eifrig mitleiden dürfen. Menschen neiden einander das Leid heute mehr als den Erfolg. Ein regelrechter Hungerneid. Da werden sie richtig rabiat, wenn sie wieder mitbekommen, wie schlecht es andere doch haben. Wenn mal wieder irgendwo jemand aus dem Keller kriecht. Dann stehen sie davor und fragen: Warum traf es ausgerechnet nicht mich? Womit hat sie das verdient?

»Schlimm, wenn'st denkst, in einer Woche kommen sicher schon die Würmer. Aber so, wie ich sie kenn, taugt ihr das eh. Dann wurdelt's wieder in der Gitti.« Und der Spaß ist gar nicht billig. Da hat sie ordentlich geblecht. Dafür, dass man die tote Gitti in ein dunkles Erdloch wirft. Der Goran hätte das gratis gemacht. Aber der war nicht zur Stelle. Nun nagte sie am Hungertuch, nur um ins Gras beißen zu dürfen. Das haben wir jetzt davon, dass Gott tot ist. Jetzt gibt es keinen Himmel mehr, doch dafür einen Eintrittspreis. Gräber und Toiletten sollten jedem kostenfrei zugänglich sein. Schließlich ist aus- und verscheiden zu müssen sowieso die größte Kränkung, die dem Menschen auferlegt wurde. Einzig größer ist die Frechheit, dafür auch noch bezahlen zu müssen. Dabei bräuchte es für beides doch nur eine große Grube. Eine, wo alles und jeder verschwindet, nachdem es aus dem Unterleib oder aus dem Leben trat. Hier liegt dann ein hartes Los neben einer harten Losung. Man sollte da nicht zu sehr trennen. Jeder Mensch ist doch im Grunde eine Ausscheidung der Mutter. Das ist nicht abwertend gemeint. Eigentlich sollten wir uns freuen. Der Mensch ist das einzige Exkrement, welches man erst nach Jahrzehnten runterspült. Man beseitigt ihn nicht gleich wie alles andere, was so aus der Mutter flutscht. Ihn hebt man auf, weil man sich denkt: »Aus dem könnte noch was werden.«

»Komm, wir gehen. Ich muss daheim noch Fenster putzen.« Vor Jahren noch hätte ich protestiert. Ich hätte ihr vorgeschlagen, sich geruhsam hinzusetzen, während ich die Fenster putze. Weil ich lange fürchtete, Großmutter überanstrenge sich. Wer zu viel arbeitet, wird krank. Heute weiß ich, das ist Humbug. Wer krank wird, arbeitet zu wenig. Er glaubt vielleicht zu arbeiten, weil er fortwährend etwas tut. Er ist nichts weiter als ein Täter. Nicht einmal ein Straftäter ist er, sondern ein ganz gemeiner Täter. Er ist ein Schuft. Weil er schuftet statt zu schaffen. Und davon ist er so geschafft. Er ist erschöpft, aber er schöpft nicht. Er schöpft nicht gegen den Schöpfer an. Stattdessen stirbt er auf den Tod zu. Die Krankheit zwingt ihn nicht ins Bett, sie zwingt ihn wieder auf die Beine. Sie mahnt ihn nicht zurückzutreten, sondern endlich zuzutreten. Der Kranke soll sein Leben nicht ändern. Er soll sein Leben zum Lebenswerk machen. Man beurteile Menschen nicht nach Taten, sondern nach Werken. Wer weiß schon, was ein gutes Leben? Doch jeder weiß, was eine gute Geschichte. Nicht lebenswert, doch lesenswert muss das gute Leben sein. Menschen denken zu viel an die Zukunft und zu wenig an den Schluss. Sie denken viel zu viel ans Alter und viel zu wenig an den Tod. Sie blenden ihn aus. Nicht, weil er sie vom Leben abhält, sondern sie zum Leben anhält. Und das fürchten sie am meisten. Lebensgefahr.

Großmutter bleibt plötzlich stehen. Sie wirft einen Blick zurück auf den Friedhof. »Kinderl, wenn ich einmal tot bin … Sorg dafür, dass sie mich verbrennen. Ich möcht' es am Ende noch einmal recht warm haben.« Ich nicke. Wenn ich jetzt den Mund aufmache, fließt mir alles aus den Augen. »Und pudelnackert will ich sein! Die im Krematorium soll es einmal richtig gruseln.«

DAS KITZ GOTTES

Eines noch, versprochen. Ich will mich nicht verabschieden, ohne meinem werten Leser das Rezept anzuvertrauen, das mir Großmutter schlussendlich nach jahrelangem Bitten und Fluchen so pathetisch überreichte. Es dauerte erstaunlich lange, bis ich mich überwinden konnte, es tatsächlich aufzufalten. Zuvor lag es in einem Karton. Mit meiner Skarabäus-Brosche, ein paar Kopeken und einer alten Omatagskarte. Ich hatte so darum gekämpft, aber nun, da ich es besaß, erfüllte es mich mit nichts als tiefer Traurigkeit. Ich weiß nicht mehr, was mich bewog, es eines Tages doch zu lesen. Ob infolge eines Besuchs, der unerwartet friedlich verlief, oder infolge eines Streits, bei dem wir uns gegenseitig diverse Hautkrankheiten an den Hals wünschten. Auf dem sakralen Dokument, das Großmutter unter sichtbaren Schmerzen aus ihrer Opernbibel herausoperierte, fand ich folgende zittrige Inschrift. Sic!

Reh ◆ Krocketten ◆ Blaukraut ◆ Birne mit Preißelbeeren und ein gutes Soßerl

Geheimtip: Damit das Soßerl richtig gut wird, tust du am besten Gewürze rein. Zum Beispiel Lohrbeeren. Oder dieses Kraut, Du weißt schon, das mit den Blättern. Die Kroketten schaffst du nicht selber. Die musst Du tiefgefroren kaufen.
Viel Freude beim Nachkochen!
In Liebe, Deine Oma

Da ich für meinen Teil jedoch nicht so ein verdorbenes, hinterlistiges, unlauteres und infames Weiberl bin, werde ich nun mit dem Leser meine Forschungsergebnisse teilen. Es ist nicht das wahre Kitz Gottes, wie es alleine Großmutter kann, aber es ist das, was dieser Köstlichkeit am nächsten kommt.

1 kg Rehbraten ◆ 1 kg Wildknochen ◆ 400 ml Wildfond
1 Sellerieknolle ◆ 3 große Karotten ◆ 3 große Zwiebeln
3 große Petersilienwurzeln ◆ 200 g Speck ◆ 1 Orange
1 Zitrone ◆ 1 EL Preiselbeeren ◆ 50 ml Schlagobers
Rotwein nach Belieben (wenn möglich, bitte keinen Fusel, am allerbesten Amarone) ◆ Nelken, Zimt, Lorbeeren, Thymian, Wacholderbeeren, Rosmarin ◆ Butterschmalz
Pfeffer ◆ Fleur de Sel

Das Fleisch von allen Seiten kurz in Butterschmalz anbraten. Herausnehmen und liebevoll in Alufolie wickeln. Daraufhin die Knochen, den Speck und das in grobe Stücke geschnittene Gemüse im selben Töpfchen anbraten, mit dem Rotwein ablöschen und mit Wildfond aufgießen. Das Rehfleisch in das Safterl zurücklegen und bei 180 Grad Ober- und Unterhitze für bis zu zwei Stunden ins Rohr schieben. Das Fleisch gerne hie und da wenden. Anschließend das Fleisch erneut in Alufolie wickeln und das ausgelaugte Gemüse sowie den verlebten Speck aus dem Safterl fischen. Den Orangen- und Zitronensaft, die Preiselbeeren sowie das Schlagobers unterrühren und einkochen lassen. Am besten machen Sie das Soßerl am Vortag. Es wird über Nacht auf unheimliche Weise besser.

Jetzt aber, mein werter Leser, sind Sie endgültig entlassen. Nun können Sie diesen Roman nicht nur lesen, also sehen, und, falls Sie zu den Glücklichen zählen, die unentwegt meine Stimme im

Kopf haben, auch hören, sondern überdies noch schmecken. Und ich hoffe inniglich, dass Sie sich fortan mit jedem Roman, der Sie nicht gleichfalls mindestens auf dreierlei Arten zu verzaubern versucht, bestenfalls das Popscherl abwischen.